Janet Evanovich

Einmal ist keinmal

Zweimal ist einmal zuviel

Zwei Romane
in einem Band

GOLDMANN

Die Originalausgabe von »Einmal ist keinmal« erschien 1994
unter dem Titel »One for the Money«
bei Charles Scribner's Sons, New York,
die von »Zweimal ist einmal zuviel« 1996
unter »Two for the Dough« bei Charles Scribner's Sons, New York.

FSC
Mix
Produktgruppe aus vorbildlich
bewirtschafteten Wäldern und
anderen kontrollierten Herkünften

Zert.-Nr. SGS-COC-1940
www.fsc.org
© 1996 Forest Stewardship Council

Verlagsgruppe Random House FSC-DEU-0100
Das für dieses Buch verwendete FSC-zertifizierte Papier
Holmen Book Cream liefert Holmen Paper, Hallstavik, Schweden.

Einmalige Sonderausgabe Juni 2007

Umschlaggestaltung: Design Team München
Umschlagillustration: Natascha Römer/Agt. die Kleinert
NG · Herstellung: sc
Druck und Bindung: GGP Media GmbH, Pößneck
Printed in Germany
ISBN 978-3-442-13388-8

www.goldmann-verlag.de

Einmal ist keinmal

Deutsch von Regina Rawlinson

Für Peter,
meinen Mann,
in Liebe

1

Es gibt Männer, die können einer Frau das Leben vom ersten Moment an versauen. Genauso ging es mir mit Joseph Morelli – nicht immer, aber immer wieder.

Morelli und ich stammen beide aus Trenton, wir sind in demselben Arbeiterviertel geboren und aufgewachsen. Die Reihenhäuschen waren schmal, die Gärten klein, die Autos amerikanisch. Die Menschen waren zum größten Teil italienischer Abstammung, aber es gab genügend ungarische und deutsche Einsprengsel, um Inzucht zu vermeiden. Es war ein guter Stadtteil, wenn man eine Calzone essen oder illegale Wetten abschließen wollte. Und wenn man sowieso in Trenton leben mußte, war es nicht die schlechteste Gegend, Kinder großzuziehen.

Als kleines Mädchen habe ich kaum mit Joseph Morelli gespielt. Er wohnte zwei Straßen weiter und war zwei Jahre älter als ich. »Bleib weg von den Morelli-Brüdern«, warnte mich meine Mutter. »Die Burschen sind gefährlich, vor allem, wenn sie dich allein erwischen. Sie sollen alle möglichen Sachen mit kleinen Mädchen anstellen.«

»Was denn für Sachen?« fragte ich gespannt.

»Das brauchst du nicht zu wissen«, antwortete meine Mutter. »Schlimme Sachen. Nichts Gutes.«

Von da an beäugte ich Joseph Morelli mit einer Mischung aus Angst und lüsterner Neugier, die an Ehrfurcht grenzte. Zwei Wochen später, ich war gerade sechs Jahre alt, folgte ich Morelli mit weichen Knien und einem flauen Gefühl im Magen in die Garage seines Vaters, weil er mir versprochen hatte, mir ein neues Spiel beizubringen.

Die Garage, ein baufälliger Schuppen, stand allein und verlassen am Rand des Morellischen Grundstücks. Durch das einzige dreckverschmierte Fenster drang nur spärlich Licht herein. Die Luft war abgestanden, und es roch muffig nach ausrangierten Autoreifen und Kannen mit verbrauchtem Motoröl. Da es der Garage nie vergönnt war, irgendwelche Wagen der Familie Morelli zu beherbergen, diente sie anderen Zwekken. Vater Morelli benutzt sie, um seine Söhne mit dem Gürtel zu verdreschen, seine Söhne benutzten sie, um Hand an sich zu legen, und Joseph Morelli benutzte sie, um mit mir, Stephanie Plum, Eisenbahn zu spielen.

»Wie heißt das Spiel?« fragte ich Joseph Morelli.

»Puff-Puff«, sagte er. Da war er schon längst auf allen vieren zwischen meinen Beinen und hatte den Kopf unter mein kurzes rosa Röckchen gesteckt. »Du bist der Tunnel, und ich bin die Lokomotive.«

Kann sein, daß sich an dieser Geschichte einiges über meine Persönlichkeit ablesen läßt Zum Beispiel, daß ich mir nicht gern einen Rat geben lasse, oder daß ich viel zu neugierig bin. Kann auch sein, daß sie etwas über kindliche Aufsässigkeit, Langeweile und die Macht des Schicksals aussagt. Wie dem auch sei, es war jedenfalls eine sehr einseitige Angelegenheit und verdammt enttäuschend, weil ich nur der Tunnel sein durfte, obwohl ich eigentlich die Lokomotive spielen wollte.

Zehn Jahre später wohnte Joseph Morelli immer noch zwei Straßen weiter. Er war ein großer, starker, wilder Kerl geworden, und er hatte Augen wie schwarze Kohlen, die leidenschaftlich und zärtlich zugleich funkelten. Er hatte eine Adlertätowierung auf der Brust, einen knackigen Po, schmale Hüften, einen aufreizenden Gang und war allseits berühmt für seine flinken Hände und geschickten Finger.

Meine beste Freundin Mary Lou Molnar erzählte mir, sie hätte gehört, daß Morelli eine Zunge wie eine Eidechse hätte.

»Heiliger Bimbam«, sagte ich, »was soll denn das bedeuten?«

»Das wirst du schnell merken, wenn du mit ihm allein bist. Wenn er dich allein erwischt, ist es aus. Dann bist du geliefert.«

Seit unserem Eisenbahnspiel hatte ich nicht viel mit Morelli zu tun gehabt, aber ich nahm an, daß er seine Verführungskünste inzwischen vervollkommnet hatte. Mit großen Augen rutschte ich näher an Mary Lou heran. Ich war auf das Schlimmste gefaßt. »Du redest doch nicht etwa von Vergewaltigung?«

»Ich rede von Lust! Wenn er dich haben will, bist du verloren. Der Typ ist unwiderstehlich.«

Abgesehen davon, daß ich als Sechsjährige von Sie-wissen-schon-von-wem befingert worden war, war ich noch unberührt. Ich sparte mich für die Ehe auf, oder wenigstens fürs College. »Ich bin noch Jungfrau«, sagte ich, als ob das etwas Neues wäre. »Der macht sich doch bestimmt nicht an Jungfrauen ran.«

»Jungfrauen sind seine Spezialität! Er braucht eine Jungfrau bloß anzufassen, und schon verwandelt sie sich in einen winselnden Schmachtlappen.«

Zwei Wochen später kam Joe Morelli in die Bäckerei Tasty Pastry, wo ich nach der Schule jobbte. Er kaufte ein Chocolate Chip Cannoli, erzählte mir, er sei jetzt bei der Navy, und raspelte derart viel Süßholz, daß ich vier Minuten nach Ladenschluß mit ihm auf dem Fußboden des Tasty Pastry, hinter der Vitrine mit den Liebesknochen, zugange war.

Als ich ihn das nächste Mal sah, war ich drei Jahre älter. Ich fuhr gerade mit dem Buick meines Vaters ins Einkaufszentrum, als ich Morelli vor der Metzgerei Giovichinni stehen sah. Ich ließ den Achtzylindermotor aufheulen, rollte über den Bordstein auf den Bürgersteig und rammte Morelli von hinten, so daß er über den vorderen rechten Kotflügel flog. Ich hielt an und stieg aus, um den Schaden zu begutachten. »Was gebrochen?«

Er lag platt auf dem Bürgersteig und linste unter meinen Rock. »Mein Bein.«

»Gut«, sagte ich. Dann drehte ich mich um, stieg wieder in den Buick und fuhr ins Einkaufszentrum.

Ich kann mir diesen Vorfall nur mit vorübergehender Unzurechnungsfähigkeit erklären, und zu meiner Verteidigung möchte ich außerdem anführen, daß ich seither keinen einzigen Menschen mehr an- oder umgefahren habe.

Im Winter pfeift ein kalter Wind durch die Hamilton Avenue. Heulend fegt er an den Panzerglasscheiben vorbei und türmt den Abfall an den Bordsteinen und in den Ladeneingängen auf. Im Sommer liegt die Luft reglos und zäh über der Straße, bleischwer von Feuchtigkeit, gesättigt mit Kohlenwasserstoffen. Die Hitze flimmert über dem Zement und weicht den Asphalt auf. Zikaden zirpen, Müllcontainer stinken, und über dem gesamten Bundesstaat hängt eine staubige Dunstglocke. All das war für mich Teil des großen Abenteuers »Leben in New Jersey«.

An einem solch brütend heißen Tag im August beschloß ich, das Ozon, das ich schon auf der Zunge schmecken konnte, zu ignorieren, das Verdeck meines Mazda Miata herunterzulassen und mit dem Wagen zu fahren. Die Klimaanlage lief auf vollen Touren, ich sang laut mit Paul Simon um die Wette, die schulterlangen braunen Haare wehten in wilden Locken und Kringeln um mein Gesicht, meine stets wachsamen Augen waren hinter einer coolen Oakleys-Sonnenbrille verborgen, und mein Fuß ruhte schwer auf dem Gaspedal.

Es war Sonntag, und im Haus meiner Eltern wartete ein Braten auf mich. Als ich vor einer roten Ampel in den Rückspiegel blickte, entdeckte ich zwei Wagen hinter mir Lenny

Gruber in einer beigefarbenen Limousine. Ich schlug mit dem Kopf aufs Lenkrad und fluchte: »Verdammt.« Gruber und ich waren zusammen auf die High-School gegangen. Schon damals war er ein Wurm gewesen, und das war er immer noch. Aber leider kämpfte dieser Wurm inzwischen für eine gerechte Sache. Ich war mit den Ratenzahlungen für den Miata im Rückstand, und Gruber arbeitete als Schuldeneintreiber.

Vor sechs Monaten, als ich den Wagen kaufte, sah alles prima aus. Ich hatte eine schöne Wohnung und eine Dauerkarte für die Rangers. Aber dann war ich auf einmal – *peng!* – meinen Job los. Keine Kohle mehr, meine Kreditwürdigkeit beim Teufel.

Nachdem ich noch einen Blick in den Rückspiegel geworfen hatte, biß ich die Zähne zusammen und zog die Handbremse an. Lenny war wie Rauch. Wenn man versuchte, ihn zu fassen, löste er sich auf, deshalb durfte ich mir diese wahrscheinlich einzige Gelegenheit, mit ihm zu verhandeln, nicht entgehen lassen. Ich stieg aus, entschuldigte mich bei dem Fahrer, der zwischen uns feststeckte, und ging auf die Limousine zu.

»Stephanie Plum«, sagte Gruber mit geheuchelter Überraschung. »Was für eine Freude.«

Ich legte beide Hände auf das Wagendach und sah durch das offene Fenster zu ihm hinein. »Lenny, ich bin unterwegs zu meinen Eltern, sie warten mit dem Essen auf mich. Du wirst mir doch nicht den Wagen wegnehmen, während ich meine Eltern besuche? Das würdest du nicht machen, oder? Das wäre wirklich zu schäbig.«

»Ich bin ein ziemlich schäbiger Typ, Steph. Darum habe ich ja auch diesen schönen Job. Ich bin fast zu allem fähig.«

Die Ampel wurde grün, und der Fahrer hinter Lenny hupte.

»Vielleicht können wir einen Deal machen«, sagte ich.

»Was springt dabei für mich raus? Daß du dich splitternackt ausziehst?«

Am liebsten hätte ich ihm die Nase umgedreht, bis er wie ein

Schwein quiekte. Das Problem war nur, daß ich ihn dazu hätte anfassen müssen. Aber mir schien etwas Zurückhaltung angebrachter. »Laß mich den Wagen heute abend noch behalten. Und morgen früh liefere ich ihn als erstes bei dir ab.«

»Kommt nicht in Frage«, sagte Gruber. »Dir kann man nicht trauen. Ich bin jetzt schon seit fünf Tagen hinter der Karre her.«

»Dann kommt es doch auf einen Tag mehr oder weniger auch nicht mehr an.«

»Dafür würde ich aber eine kleine Gegenleistung erwarten, wenn du verstehst, was ich meine.«

Mich überkam ein Brechreiz. »Das kannst du dir abschminken. Nimm den Wagen. Nimm ihn gleich mit. Ich gehe zu Fuß zu meinen Eltern.«

Grubers Blick hatte sich auf meiner Brust festgehakt. Ich habe BH-Größe 80B. Ansehnlich, aber keinesfalls überwältigend bei meinen einssiebzig. Ich trug eine schwarze Radlerhose und ein schlabbriges Eishockeyhemd. Kein besonders verführerisches Outfit, aber Gruber glotzte trotzdem.

Er grinste so breit, daß man sehen konnte, wo ihm ein Backenzahn fehlte. »Vielleicht könnte ich doch noch bis morgen warten. Schließlich waren wir zusammen auf der High-School.«

»Hm, tja.« Mehr fiel mir dazu beim besten Willen nicht ein.

Fünf Minuten später bog ich von der Hamilton in die Roosevelt ein. Es waren noch zwei Block bis zum Haus meiner Eltern, aber ich spürte bereits, wie die familiären Pflichten nach mir riefen und mich in das Herz des heimatlichen Viertels zogen. In diesem Viertel wohnten fast nur Großfamilien. In diesem Viertel gab es Sicherheit, Liebe, Stabilität und tröstliche Rituale. Die Uhr am Armaturenbrett sagte mir, daß ich sieben Minuten zu spät dran war, und daran, daß ich beinahe einen Schreikrampf bekommen hätte, merkte ich, daß ich zu Hause war.

Ich hielt und sah mir das schmale Doppelhaus an, die Veranda mit den Jalousien und die Aluminiumvordächer. Die Plumsche Hälfte war gelb gestrichen, wie seit vierzig Jahren schon, und das Dach war mit braunen Schindeln gedeckt. Schneeballsträucher rahmten die Betontreppe ein, und entlang der Veranda blühten in gleichmäßigen Abständen rote Geranien. Das Haus machte nicht viel her. Vorne das Wohnzimmer, in der Mitte das Eßzimmer, hinten die Küche, im ersten Stock drei Schlafzimmer und das Bad. Es war ein ordentliches, bescheidenes kleines Haus, vollgesogen mit Küchengerüchen und vollgestopft mit Möbeln.

Mrs. Markowitz von nebenan, die von Sozialhilfe lebte und sich nur Farben aus dem Sonderangebot leisten konnte, hatte ihre Haushälfte giftgrün gestrichen.

Meine Mutter stand an der offenen Fliegendrahttür. »Stephanie«, rief sie. »Was sitzt du noch da im Wagen? Du bist sowieso schon zu spät dran. Du weißt doch, wie sehr dein Vater es haßt, wenn nicht pünktlich gegessen wird. Die Kartoffeln werden kalt. Der Braten trocknet aus.«

In meinem alten Viertel wird dem Essen große Bedeutung zugemessen. Der Mond dreht sich um die Erde, die Erde dreht sich um die Sonne, und in meinem alten Viertel dreht sich alles um den Sonntagsbraten. Solange ich zurückdenken kann, wird das Leben meiner Eltern von fünf Pfund schweren Rollbraten bestimmt, die Punkt sechs Uhr abends perfekt zubereitet auf dem Tisch zu stehen haben.

Grandma Mazur stand zwei Schritte hinter meiner Mutter. »So was muß ich mir auch besorgen«, sagte sie mit einem neidischen Blick auf meine Shorts. »Ich habe immer noch ziemlich schöne Beine.« Sie lüpfte ihren Rock und besah sich ihre Knie. »Was meinst du? Ob mir diese Radlerhosen wohl stehen würden?«

Grandma Mazur hatte die schönsten Knubbelknie. In ihrer

Jugend war sie eine Schönheit gewesen, aber mit den Jahren waren ihre Knochen spindelig und ihre Haut schlaff geworden. Wenn sie trotzdem Radlerhosen tragen wollte, meinen Segen hatte sie. Das war einer der vielen Vorteile, die das Leben in New Jersey mit sich brachte: Sogar alte Damen konnten so ausgeflippt herumlaufen, wie sie wollten.

Aus der Küche, wo mein Vater gerade den Braten aufschnitt, drang ein entsetztes Knurren. »Radlershorts«, murmelte er und schlug sich mit der flachen Hand gegen die Stirn. »Igitt!«

Als Grandpa Mazur vor zwei Jahren durch seine verfetteten Arterien in die ewigen Bratengründe befördert wurde, war Grandma Mazur bei meinen Eltern ein- und nie wieder ausgezogen. Mein Vater fand sich mit einer Mischung aus altmodischem Stoizismus und taktlosem Geknurre wohl oder übel mit dieser Tatsache ab.

Früher hat er mir oft von dem Hund erzählt, der ihm als Junge gehört hatte. Wenn man ihm seine Geschichte glauben kann, war es der häßlichste, älteste, einfältigste Hund aller Zeiten. Er hinterließ überall Urinpfützen, hatte das ganze Maul voller fauler Zähne, arthritische, völlig verkalkte Hüftgelenke und eine dicke Geschwulst unter der Haut. Eines Tages ging Grandpa Plum mit dem Hund hinter die Garage und erschoß ihn. Ich vermute, daß mein Vater sich für Grandma Mazur gelegentlich ein ähnliches Ende ausmalt.

»Du solltest wirklich Kleider tragen«, sagte meine Mutter zu mir, während sie die grünen Bohnen und das Perlzwiebelpüree auf den Tisch stellte. »Jetzt bist du dreißig Jahre alt und läufst immer noch wie ein Teenager durch die Gegend. Wie willst du dir so einen netten Mann angeln?«

»Ich will keinen Mann. Der eine, den ich hatte, reicht mir fürs erste.«

»Aber nur, weil er so ein Schafskopf war«, sagte Grandma Mazur.

Damit hatte sie vollkommen recht. Mein Exmann war ein Schafskopf gewesen. Und als ich ihn in flagranti mit Joyce Barnhardt auf dem Eßzimmertisch erwischte, hatte er völlig belämmert ausgesehen.

»Ich habe gehört, daß Loretta Buzicks Junge sich von seiner Frau getrennt hat«, sagte meine Mutter. »Erinnerst du dich noch an ihn? Ronald Buzick?«

Ich wußte genau, worauf sie hinauswollte. Ohne mich. »Ich verabrede mich nicht mit Ronald Buzick«, sagte ich. »Das kannst du gleich wieder vergessen.«

»Was hast du denn gegen den Jungen?«

Ronald Buzick war Metzger. Er war kahl und fett. Mag sein, daß es snobistisch von mir war, aber ich fand es schwierig, mir eine Liebesbeziehung mit einem Mann vorzustellen, der den ganzen Tag Wurstbrät in Därme stopfte.

Meine Mutter ließ nicht locker. »Na gut, wie wäre es dann mit Bernie Kuntz? Ich habe Bernie Kuntz in der Reinigung getroffen, und er hat sich extra nach dir erkundigt. Ich glaube, er interessiert sich für dich. Er könnte doch mal zum Kaffee kommen.«

Bei meinem Glück hatte meine Mutter ihn womöglich längst eingeladen. Wahrscheinlich fuhr er gerade ein letztes Mal um den Block und warf noch schnell ein paar Tic-tacs ein. »Ich will nicht über Bernie reden«, sagte ich. »Ich muß euch etwas sagen. Ich habe schlechte Neuigkeiten . . .«

Vor diesem Augenblick hatte mir gegraut, und ich hatte ihn so lange wie möglich hinausgezögert.

Meine Mutter schlug sich die Hände vor den Mund. »Du hast einen Knoten in der Brust!«

In unserer Familie hat noch nie jemand einen Knoten in der Brust gehabt, aber meine Mutter ist immer auf das Schlimmste gefaßt. »Es geht nicht um meine Brust, der fehlt nichts. Es geht um meine Arbeit.«

»Was ist denn mit deiner Arbeit?«

»Ich habe keine mehr. Ich bin entlassen worden.«

»Entlassen!« japste sie. »Wie ist denn das möglich? So eine gute Stellung. Du hast deine Arbeit geliebt.«

Ich hatte als Dessouseinkäuferin bei E. E. Martin gearbeitet, in Newark, das man nicht gerade als das blühendste Fleckchen Erde im sogenannten Gartenstaat New Jersey bezeichnen kann. In Wahrheit hatte meine Mutter meinen Job geliebt, weil sie ihn sich irgendwie romantisch vorstellte, obwohl ich die meiste Zeit bloß um den Preis von Nylonschlüpfern feilschen mußte.

»Mach dir keine Sorgen«, sagte meine Mutter. »Dessouseinkäufer werden immer gebraucht.«

»Dessouseinkäufer werden überhaupt nicht gebraucht.« Vor allem dann nicht, wenn sie von E. E. Martin kamen. Wer bei E. E. Martin eine bezahlte Stelle gehabt hatte, war ungefähr genauso beliebt wie ein Aussätziger. Weil sich die Firma im letzten Winter etwas knauserig mit den Schmiergelderzahlungen angestellt hatte, waren ihre Verbindungen zur Unterwelt ans Licht gekommen. Der Geschäftsführer wurde wegen illegaler Geschäftspraktiken verhaftet, E. E. Martin wurde an Baldicott Inc. verkauft, und ich wurde, ohne daß ich mir etwas hatte zuschulden kommen lassen, von den neuen Besen, die angeblich so gut kehren, vor die Tür gefegt. »Ich bin seit sechs Monaten arbeitslos.«

»Seit sechs Monaten! Und ich wußte nichts davon! Deine eigene Mutter wußte nicht, daß du auf der Straße sitzt.«

»Ich sitze nicht auf der Straße. Ich schlage mich mit Teilzeitjobs durch. Im Büro und so.« Währenddessen ging es unaufhaltsam mit mir bergab. Ich war bei jeder Stellenvermittlung im Großraum Trenton gemeldet und las eifrig die Anzeigen in der Zeitung. Obwohl ich nicht besonders wählerisch war und höchstens eine Stelle als Telefonsexbiene oder Hundepflegerin abgelehnt hätte, sah meine Zukunft alles andere als rosig aus. Für eine Berufsanfängerin war ich überqualifiziert, für eine verantwortlichere Stellung fehlte mir die Erfahrung.

Mein Vater legte sich noch eine Scheibe Braten auf den Teller. Er hatte dreißig Jahre bei der Post gearbeitet und war dann in Frührente gegangen. Nun fuhr er stundenweise Taxi.

»Gestern habe ich deinen Vetter Vinnie getroffen«, sagte er. »Er sucht eine Aushilfe fürs Büro. Ruf ihn doch mal an.«

Genau der Schritt auf der Karriereleiter, der mir vorgeschwebt hatte: für Vinnie Bürokram erledigen. Von all meinen Verwandten konnte ich Vinnie am allerwenigsten leiden. Er war ein Wurm, ein Perverser, ein Scheißkerl. »Was zahlt er denn?« fragte ich.

Mein Vater zuckte mit den Schultern. »Den Mindestlohn, nehme ich an.«

Wunderbar. Die ideale Stelle für jemanden, der sowieso vom Schicksal schwer geschlagen war. Mieser Boß, mieser Job, miese Bezahlung. Ich würde mich nach Herzenslust in meinem Unglück suhlen können.

»Und was das beste ist«, sagte meine Mutter, »es wäre nicht weit von hier. Du konntest jeden Mittag zum Essen kommen.«

Ich nickte stumm. Lieber hätte ich mir eine Nadel ins Auge gestochen.

Die Sonne fiel schrägt durch den Spalt zwischen den Schlafzimmervorhängen herein, die Klimaanlage im Wohnzimmer kündigte mit ominösem Brummen einen neuen Hitzetag an, die Digitalanzeige meines Radioweckers blinkte elektrisch blau und ließ mich wissen, daß es neun Uhr war. Der Tag hatte ohne mich angefangen.

Ich wälzte mich ächzend aus dem Bett und schlurfte ins Bad. Danach schlurfte ich in die Küche, stellte mich vor den Kühlschrank und betete, daß mir die gute Kühlschrankfee über Nacht einen Besuch abgestattet hatte. Ich machte die Tür auf, starrte auf die leeren Fächer und mußte leider feststellen, daß sich aus den Flecken hinter der Butterklappe und den verschrumpelten Resten in der Gemüsetruhe kein neues Essen geklont hatte. Ein halbes Glas Mayo, eine Flasche Bier, ein Kopf Eisbergsalat, eingehüllt in Plastikfolie und braunen Schleim, und eine Dose Hamsterkörner standen zwischen mir und dem Hungertod. Ich fragte mich, ob neun Uhr noch zu früh für ein Bier war. In Moskau war es schließlich vier Uhr nachmittags. Der Grund mußte reichen.

Nachdem ich ein paar Schluck getrunken hatte, trat ich grimmig entschlossen ans Wohnzimmerfenster. Ich zog den Vorhang auf und starrte auf den Parkplatz hinunter. Mein Miata war verschwunden. Lenny hatte früh zugeschlagen. Eine Überraschung war es nicht, trotzdem hatte ich einen Kloß im Hals. Jetzt war es offiziell: Ich war eine Asoziale.

Diese Tatsache wäre an sich schon deprimierend genug gewesen, aber ich hatte gestern abend auch noch nachgegeben und meiner Mutter beim Nachtisch versprochen, Vinnie aufzusuchen.

Ich schleppte mich unter die Dusche. Erst eine halbe Stunde später, nachdem ich mich richtig schön ausgeweint hatte, kam ich wieder heraus. Ich zog mir ein Kostüm an und war bereit, meine töchterliche Pflicht zu erfüllen.

Mein Hamster Rex, dessen Käfig in der Küche auf der Arbeitsplatte stand, schlief noch in seiner Suppendose. Ich schüttete Futter in seinen Napf und gab ein paar schmatzende Kußgeräusche von mir. Rex machte die schwarzen Augen auf und blinzelte. Er zuckte mit den Schnurrhaaren, schnupperte mißtrauisch an den Körnern und weigerte sich, sie zu fressen. Ich konnte es ihm nicht verdenken. Ich hatte sie gestern selbst zum Frühstück probiert und war nicht sonderlich beeindruckt gewesen.

Ich verließ das Haus und ging die St. James hinunter, drei

Straßen weiter bis zum nächsten Gebrauchtwagenhändler. Ein Nova stand vor dem Laden, der für fünfhundert Dollar zu haben war. Er war dermaßen verrostet, zerschrammt und verbeult, daß er kaum als Auto, geschweige denn als Chevy zu erkennen war, aber der Händler war bereit, meinen Fernseher und den Videorecorder dafür in Zahlung zu nehmen. Als ich noch meine Küchenmaschine und die Mikrowelle drauflegte, bezahlte er auch die Zulassungsgebühren und die Steuern für mich.

Ich fuhr sofort zu Vinnie. An der Ecke Hamilton und Olden hielt ich an, zog den Zündschlüssel heraus und wartete, bis der Nova seine letzten Zuckungen von sich gegeben hatte. Ich sandte ein Stoßgebet zum Himmel, daß mich bloß niemand entdeckte, der mich kannte, stemmte die Tür auf und stieg aus. Bis zum Eingang des Kautionsbüros waren es nur ein paar Schritte. Auf dem blau-weißen Schild über derTür konnte man lesen: »Vincent Plum, Bail Bonding Company.« In kleineren Buchstaben stand darunter, daß man einen landesweiten Vierundzwanzigstundenservice anbot. Günstig gelegen zwischen einer chemischen Reinigung und einem italienischen Feinkostgeschäft, wurde Vincent Plums Kautionsbüro hauptsächlich für Stammkunden tätig, die sich kleinerer Vergehen schuldig gemacht hatten. Meistens ging es um Familienstreitigkeiten, Erregung öffentlichen Ärgernisses, mutwillige Sachbeschädigung, Auto- und Ladendiebstahl. Das Büro war klein und nicht zu fein. Es bestand aus zwei Räumen mit billigen Walnußpaneelen an den Wänden und war mit einem strapazierfähigen, rostbraunen Teppichboden ausgelegt. Eine Kiefernholzcouch mit braunen Kunstlederpolstern stand an der einen Wand des Vorzimmers, ein schwarz-brauner Metallschreibtisch mit Telefonanlage und Computer weiter hinten in der Ecke.

Hinter dem Schreibtisch saß, über einen Aktenstapel gebeugt, Vinnies Sekretärin. »Ja?«

»Mein Name ist Stephanie Plum. Ich hätte gern meinen Vetter gesprochen.«

»Stephanie Plum!« Sie hob den Kopf. »Ich bin Connie Rosolli. Du warst mit meiner kleinen Schwester Tina in derselben Klasse. Ach Gottchen, ich hoffe bloß, du brauchst keine Kaution.«

Jetzt erkannte ich sie ebenfalls wieder. Sie war eine ältere Ausgabe von Tina, fülliger in der Taille, gröber vom Gesichtsschnitt her. Sie hatte schwarze Locken, einen makellosen südländischen Teint und dunklen Flaum auf der Oberlippe.

»Das einzige, was ich brauche, ist Geld«, sagte ich. »Wie ich höre, sucht Vinnie eine Aushilfe fürs Büro.«

»Wir haben gerade jemanden eingestellt. Unter uns gesagt, da hast du nicht viel verpaßt. Es war ein beschissener Job. Akten ordnen. Man kriegt nur den Mindestlohn, liegt ständig vor den Aktenschränken auf den Knien und sagt das Alphabet auf. Ich finde, wenn man sowieso die ganze Zeit auf den Knien liegen muß, kann man auch eine Arbeit finden, die besser bezahlt wird. Wenn du verstehst, was ich meine.«

»Ich hab' das letzte Mal vor zwei Jahren auf den Knien gelegen. Mir war eine Kontaktlinse runtergefallen.«

»Weißt du was? Wenn du wirklich Geld brauchst, fang doch als Kopfgeldjäger bei Vinnie an. Dabei fällt ganz schön was ab.«

»Wieviel?«

»Zehn Prozent der Kautionssumme.« Connie nahm einen Aktenordner aus der obersten Schreibtischschublade. »Dieser Fall ist gestern reingekommen. Die Kaution wurde auf hunderttausend Dollar festgesetzt, und der Kerl ist nicht zu einem Gerichtstermin erschienen. Wenn du ihn findest und dingfest machen kannst, bekommst du zehntausend Dollar.«

Ich mußte mich mit der Hand am Schreibtisch abstützen. »Zehntausend Dollar dafür, daß man jemanden findet? Die Sache hat doch bestimmt einen Haken, oder?«

»Wenn die Kerle nicht gefunden werden wollen, schießen sie manchmal. Aber das kommt fast nie vor.« Connie blätterte in der Akte. »Der Typ, der gestern reinkam, stammt hier aus der Gegend. Morty Beyers war hinter ihm her, so daß die Vorarbeiten schon erledigt sind. Du könntest Fotos haben und was du sonst noch brauchst.«

»Was ist mit Morty Beyers passiert?«

»Blinddarmdurchbruch. Gestern abend um halb zwölf. Er hängt jetzt im St. Francis am Tropf.«

Ich wünschte Morty Beyers nichts Böses, aber der Gedanke, in seine Fußstapfen zu treten, hatte etwas für sich. Das Geld reizte mich, und die Berufsbezeichnung klang irgendwie aufregend. Andererseits auch nicht ganz ungefährlich, und wenn es um meine heilen Glieder geht, bin ich ein ausgemachter Feigling.

»Es dürfte nicht schwierig sein, den Typen zu fangen«, sagte Connie. »Du könntest mal mit seiner Mutter reden. Und wenn es dir zu brenzlig wird, kannst du immer noch aussteigen. Was hast du schon zu verlieren?«

Nur mein Leben. »Ich weiß nicht. Daß dabei geschossen wird, finde ich ungemütlich.«

»Wahrscheinlich ist es auch nicht viel anders, als durch eine Mautstelle zu fahren«, sagte Connie. »Alles eine Sache der Gewöhnung. Ich sehe das so. In New Jersey zu leben, ist sowieso eine Herausforderung, bei dem ganzen Giftmüll, der hier rumliegt, bei den vielen Schwertransportern auf den Straßen und den schießwütigen Spinnern. Da kommt es auf einen Bewaffneten mehr oder weniger auch nicht mehr an.«

Das erinnerte mich sehr an meine eigene Philosophie. Und die zehntausend Dollar waren verdammt verlockend. Damit könnte ich meine Schulden bezahlen und mein Leben wieder in den Griff kriegen. »Okay«, sagte ich. »Ich mache es.«

»Zuerst muß ich mit dem Boß reden.« Connie drehte ihren

Stuhl herum. »He, Vinnie!« rief sie in das hintere Büro. »Kundschaft!«

Vinnie war fünfundvierzig Jahre alt, einssechzig groß ohne Einlagen, und er hatte den schlanken, weichen Körper eines Frettchens. Er trug gern spitze Schuhe, hatte ein Vorliebe für spitzbrüstige Frauen und dunkelhäutige junge Männer, und er fuhr einen Cadillac Seville.

»Steph will als Kopfjäger anheuern«, sagte Connie zu Vinnie.

»Kommt überhaupt nicht in Frage. Das ist viel zu gefährlich«, sagte Vinnie. »Meine Leute sind fast alle ehemalige Sicherheitskräfte. Außerdem muß man sich mit den Gesetzen auskennen.«

»Das kann ich lernen«, sagte ich.

»Wenn du es gelernt hast, kannst du wiederkommen.«

»Ich brauche den Job sofort.«

»Das ist nicht mein Problem.«

Es wurde allmählich Zeit, ihm die Zähne zu zeigen. »Es könnte aber sehr schnell dein Problem werden, Vinnie. Ich müßte mich nur mal ausführlich mit Lucille unterhalten.«

Lucille war Vinnies Frau und das einzige weibliche Wesen im ganzen Viertel, das von Vinnies ausgefallenen Sexgelüsten keine Ahnung hatte. Es war nicht an mir, Lucille die Augen zu öffnen. Es sei denn, sie hätte mich gefragt . . . Dann sähe die Sache schon ganz anders aus.

»Du willst mich erpressen? Mich, deinen eigenen Vetter?«

»Mir steht das Wasser bis zum Hals.«

Er wandte sich an Connie. »Gib ihr ein paar zivilrechtliche Fälle. Bei denen sie den ganzen Tag am Telefon hängt.«

»Ich will den da«, sagte ich und zeigte auf die Akte, die auf Connies Schreibtisch lag. »Ich will den Zehntausender.«

»Vergiß es. Dabei geht es um Mord. Ich hätte die Kaution nie stellen dürfen, aber er kommt aus unserem Viertel, und mir tat seine Mutter leid. Glaub mir, den Ärger willst du dir sicher nicht aufhalsen.«

»Ich brauche das Geld, Vinnie. Gib mir die Chance, ihn einzufangen.«

»Da kannst du warten, bis du schwarz wirst«, sagte Vinnie. »Wenn ich den Typen nicht zurückkriege, kostet mich das hundert Riesen. Ich setze doch keinen Amateur auf ihn an.«

Connie verdrehte die Augen. »Man könnte meinen, er müßte das alles selber bezahlen. Dabei gehört sein Büro einer Versicherungsgesellschaft. Die können das verschmerzen.«

»Gib mir eine Woche Zeit, Vinnie«, sagte ich. »Wenn ich ihn dir in einer Woche nicht gebracht habe, kannst du den Fall jemand anderem geben.«

»Du kriegst keine halbe Stunde.«

Ich holte tief Luft, beugte mich über Vinnie und flüsterte ihm ins Ohr: »Ich weiß alles über Madam Zaretski und ihre Peitschen und Ketten. Ich weiß alles über deine Jungengeschichten. Und ich weiß alles über die Ente.«

Er sagte kein Wort. Er preßte bloß die Lippen aufeinander, bis sie weiß wurden. Da wußte ich, daß ich ihn an der Angel hatte. Lucille würde sich übergeben, wenn sie hörte, was er mit der Ente gemacht hatte. Dann würde sie es ihrem Vater erzählen. Ihr Vater war Harry der Hammer, und Harry würde Vinnie den Schwanz abschneiden.

»Wie heißt der Typ, den ich suchen soll?« fragte ich Vinnie.

Vinnie gab mir die Akte. »Joseph Morelli.«

Mein Herz schlug schneller. Ich wußte, daß Morelli einen Mann erschossen hatte. Es war *das* Thema im Viertel gewesen, die *Trenton Times* hatte mit dicken Schlagzeilen darüber berichtet: COP KILLT UNBEWAFFNETEN MANN. Das war nun schon über einen Monat her, und wichtigere Themen, wie zum Beispiel die genaue Höhe des Lotto-Jackpots, hatten Morelli allmählich verdrängt. Da ich nichts Genaueres wußte, war ich davon ausgegangen, daß er den Mann in Ausübung seiner Pflicht erschossen hatte. Davon, daß er unter Mordanklage stand, wußte ich nichts.

Meine Reaktion war Vinnie nicht entgangen. »Deinem Gesicht nach zu urteilen, würde ich sagen, du kennst ihn.«

Ich nickte. »Ich habe ihm mal ein Cannoli verkauft, als ich noch auf der High-School war.«

Connie knurrte. »Schätzchen, die Hälfte aller Frauen in New Jersey haben ihm ihr Cannoli verkauft.«

2

Ich kaufte mir im Feinkostgeschäft nebenan eine Dose Limo und öffnete sie schon auf dem Weg zum Wagen. Nachdem ich hinter das Lenkrad gerutscht war, knöpfte ich die obersten beiden Knöpfe meiner Seidenbluse auf und zog, weil es so heiß war, die Strumpfhose aus. Dann schlug ich Morellis Akte auf und sah mir erst einmal die Fotos an – typische Polizeifotos aus der Verbrecherkartei, ein lockerer Freizeitschnappschuß, auf dem er eine braune Bomberjacke und Jeans trug, und eine etwas steifere Aufnahme, die ihn mit Hemd und Krawatte zeigte und offensichtlich aus einer amtlichen Veröffentlichung stammte. Er hatte sich kaum verändert. Vielleicht war er etwas hagerer geworden, vielleicht etwas kantiger im Gesicht. Er hatte ein paar Fältchen um die Augen, und eine hauchfeine Narbe, die ich noch nicht kannte, zog sich durch seine rechte Augenbraue, wodurch das Lid eine Idee zu weit herunterhing. Die Wirkung war beunruhigend. Bedrohlich.

Morelli hatte meine Naivität nicht nur ein-, sondern gleich zweimal ausgenutzt. Nach der Szene auf dem Bäckereifußboden hatte er mich nicht angerufen, mir nicht geschrieben; er hatte sich nicht mal von mir verabschiedet. Das Schlimmste war, daß ich gehofft hatte, er würde sich melden. Mary Lou Molnar hatte in bezug auf Joseph Morelli recht gehabt. Er war einfach unwiderstehlich.

Aber das war alles Schnee von gestern. Ich hatte den Mann in den letzten elf Jahren höchstens drei-, viermal gesehen, und auch dann immer nur aus der Ferne. Morelli war ein Teil meiner Kindheit, und für meine kindlich-kindischen Gefühle ihm gegenüber war in der Gegenwart kein Platz. Ich hatte einen Job zu erledigen. So einfach war das. Ich hatte nicht vor, mich für vergangene Schmach zu rächen. Mir ging es nicht um Rache, mir ging es um meine Miete. Ganz genau. Hatte ich deshalb plötzlich so ein merkwürdiges Gefühl im Magen?

Laut den Angaben in der Kautionsvereinbarung wohnte Morelli in einem Apartmenthaus nicht weit von der Route 1. Es war sicher keine schlechte Idee, dort mit der Suche anzufangen. Zwar konnte ich mir nicht vorstellen, daß ich Morelli zu Hause antreffen würde, aber ich wollte wenigstens seine Nachbarn befragen und nachsehen, ob er seine Post abholte.

Ich legte die Akte weg und zwängte meine Füße wieder in die schwarzen Pumps. Als ich den Zündschlüssel herumdrehte, tat sich nichts. Ich verpaßte dem Armaturenbrett einen kräftigen Faustschlag und seufzte erleichtert, als der Motor doch noch ansprang.

Zehn Minuten später fuhr ich auf den Parkplatz, der zu Morellis Apartmentkomplex gehörte. An jedem der niedrigen, nüchternen Gebäude zogen sich zwei Außentreppenhäuser entlang, von denen jeweils acht Wohnungen abgingen, vier im ersten Stock und vier im Erdgeschoß. Ich stellte den Motor ab und ließ die Augen über die Apartmentnummern wandern. Morelli wohnte im Erdgeschoß, nach hinten hinaus.

Ich blieb noch eine Weile im Wagen sitzen, weil ich nicht so recht weiterwußte. Was, wenn Morelli nun doch zu Hause war? Was sollte ich dann machen? Ihm damit drohen, daß ich ihn bei seiner Mutter verpetzen würde, wenn er nicht friedlich mitkäme? Der Mann wurde wegen Mordes gesucht. Für ihn stand allerhand auf dem Spiel. Ich glaubte zwar nicht, daß er mir etwas antun würde, aber die Gefahr, daß ich mich bis auf die Knochen blamierte, war äußerst groß. Womit nicht gesagt sein soll, daß mich die Angst vor einer Blamage schon jemals vor einer Dummheit bewahrt hätte. Zu nennen wäre hier zum Beispiel meine unglückselige Ehe mit Dickie Orr, dem Schafskopf. Bei dieser Erinnerung verzog ich unwillkürlich das Gesicht. Kaum zu fassen, daß ich einen Mann geheiratet hatte, der Dickie hieß.

Aber jetzt war nicht die Zeit, weitere Gedanken an Dickie zu verschwenden. Ich hatte einen Plan. Zuerst wollte ich mir Morellis Briefkasten und seine Wohnung ansehen. Wenn ich Glück hatte – oder Pech, je nachdem, wie man es drehte –, und er mir tatsächlich die Tür aufmachte, würde ich ihm kurz etwas vorflunkern und mich schleunigst wieder verziehen. Dann würde ich die Polizei anrufen und ihn festnehmen lassen.

Als erstes nahm ich mir die Briefkästen vor, die in die Ziegelwand eingelassen waren. In allen steckte Post. Morellis Kasten war voller als die meisten anderen. Ich ging durch das Treppenhaus und klopfte an seine Tür. Keine Antwort. Große Überraschung. Ich klopfe noch einmal und wartete. Nichts. Ich ging um das Gebäude herum und zählte die Fenster. Vier gehörten zu Morellis Wohnung, vier zu der dahinterliegenden. Morellis Rollos waren heruntergelassen, aber ich pirschte mich trotzdem vorsichtig an und versuchte, durch den Spalt zwischen Rollo und Wand hineinzuspähen. Wenn die Rollos plötzlich nach oben geschnellt wären und jemand herausgeschaut hätte, hätte ich mir garantiert in die Hose gemacht. Zum Glück blieben sie unten, aber leider konnte ich auch nicht hineinsehen. Ich kehrte um und probierte es bei den drei anderen Wohnungen auf der Etage. Bei den ersten beiden machte niemand auf. In der dritten öffnete mir eine ältere Frau, die schon seit sechs Jahren dort wohnte und Morelli noch nie gesehen hatte. Sackgasse.

Ich setzte mich wieder in den Wagen und überlegte, was ich als nächstes tun sollte. Auf dem ganzen Grundstück regte und rührte sich nichts. Kein Fernsehlärm, der aus offenen Fenstern dröhnte, keine Kinder, die auf Fahrrädern herumsausten, keine Hunde, die auf den Rasen machten. Nicht gerade familienfreundlich, fand ich. Bestimmt keine Anlage, wo der eine Nachbar den anderen kannte.

Ein Sportwagen fuhr auf den Parkplatz, beschrieb einen weiten Halbkreis um mich herum und hielt an. Der Fahrer blieb so lange hinter dem Lenkrad sitzen, daß ich mich fragte, ob er vielleicht ein Rendezvous hatte. Da ich nichts Besseres zu tun hatte, wartete ich ab, was passieren würde. Fünf Minuten später ging die Fahrertür auf, der Mann stieg aus und steuerte Morellis Haus an.

Ich traute meinen Augen kaum. Der Mann war Joes Vetter, Mooch Morelli. Mooch hatte bestimmt auch einen richtigen Namen, aber den wußte ich nicht. Ich hatte ihn immer nur unter seinem Spitznamen gekannt. Als Junge hatte er in der Straße hinter dem St.-Francis-Krankenhaus gewohnt und war ständig mit Joe herumgezogen. Ich drückte die Daumen. Vielleicht sollte der gute alte Mooch für seinen Vetter etwas abholen, was der bei einem Nachbarn untergestellt hatte. Vielleicht stemmte er auch gerade Joes Fenster auf. Ich hatte mich eben mit der Idee angefreundet, daß Mooch ein Einbrecher war, als er mit einem Schlüsselbund in der Hand um das Haus kam, Joes Tür aufschloß und in die Wohnung ging.

Zehn Minuten später kam Mooch mit einem schwarzen Matchbeutel über der Schulter wieder heraus. Er stieg in seinen Wagen und fuhr los. Als er auf der Straße war, klemmte ich mich hinter ihn. Ich achtete darauf, daß immer ein paar Wagen zwischen uns waren. Vor Aufregung hielt ich das Lenkrad so fest umklammert, daß meine Fingerknöchel weiß hervortraten. Das Herz wummerte mir in der Brust, und bei dem Gedanken an die zehntausend Dollar wurde mir schwindelig.

Ich verfolgte Mooch bis in die State Street, wo er in eine private Auffahrt einbog. Ich fuhr einmal um den Block und parkte in sicherer Entfernung. An den solide gebauten, großen Häusern und den ausgedehnten Gärten konnte man noch erkennen, daß es früher ein vornehme Wohngegend gewesen war. In den sechziger Jahren, als es die Rassentrennung noch gab, hatte ein liberal gesonnener Mensch sein Haus in der State Street an eine schwarze Familie verkauft, woraufhin binnen fünf Jahren die gesamte weiße Bevölkerung panisch geflüchtet war. Ärmere Familien waren nachgezogen, die Häuser verfielen und wurden in kleine Wohnungen unterteilt, die Gärten verkamen, Fenster wurden mit Brettern zugenagelt. Aber wie es bei günstig gelegenen Grundstücken oft der Fall ist, hatte sich das Blatt inzwischen gewendet, und die Gegend wurde allmählich wieder etwas feiner.

Mooch verließ das Haus schon nach wenigen Minuten wieder. Er war allein, und den Matchbeutel hatte er auch nicht mehr bei sich. O Mann. Eine Spur. Wie standen die Chancen, daß Joe Morelli mit dem Matchbeutel auf dem Schoß in dem Haus hockte? Gut bis mittelprächtig. Wahrscheinlich lohnte es sich, der Sache nachzugehen. Ich hatte zwei Alternativen. Ich konnte die Polizei sofort verständigen oder erst auf eigene Faust Erkundigungen einziehen. Wenn ich umsonst Verstärkung holte und Morelli gar nicht da war, stand ich wie der letzte Depp da, und die Polizei wäre vielleicht nicht besonders versessen darauf, mir beim nächsten Mal beizuspringen. Andererseits hatte ich keine große Lust, allein etwas zu unternehmen. Das war zwar nicht die beste Einstellung für jemanden, der gerade einen Job als Kopfgeldjäger an Land gezogen hatte, aber was will man machen?

Eine ganze Weile starrte ich das Haus nur unentschlossen an und hoffte, Morelli käme herausspaziert, damit ich nicht hineinspazieren mußte. Ich sah auf die Uhr und dachte ans Essen. Bis jetzt hatte ich bloß eine Flasche Bier zum Frühstück gehabt. Ich sah wieder zum Haus. Wenn ich diese Sache durchzog, würde ich im Geld schwimmen. Ich könnte mein letztes Kleingeld verprassen und mir einen Hamburger gönnen. Ein Motivationsschub.

Ich atmete tief durch, stieß die Wagentür auf und stieg aus. Stell dich nicht so an, sagte ich mir. Mach aus einer Mücke keinen Elefanten. Wahrscheinlich ist er gar nicht da.

Ich marschierte zielstrebig den Gehsteig entlang und redete mir unentwegt gut zu. Die Zahl der Briefkästen im Eingang ließ auf acht Mietparteien schließen. Sämtliche Wohnungstüren führten auf ein gemeinsames Treppenhaus. An allen Briefkästen hingen Namensschilder, nur nicht an dem, der zu Apartment 201 gehörte. Keiner der Namen lautete Morelli.

In Ermangelung eines besseren Plans beschloß ich, mein Glück mit der namenlosen Wohnung zu probieren. Das Adrenalin stolperte in meinen Adern, als ich die Treppe hochstieg. Oben angekommen, klopfte mir das Herz bis zum Hals. Lampenfieber, sagte ich mir. Vollkommen normal. Ich holte ein paarmal tief Luft und überwand mich, weiterzugehen. Eine Hand klopfte an die Tür. Heilige Scheiße, es war meine Hand.

Auf der anderen Seite der Tür bewegte sich etwas. Jemand stand dahinter und beobachtete mich durch den Spion. Morelli? Ich war überzeugt davon. Die Luft blieb in meinen Lungen stecken, und mir tat die Kehle weh. Was wollte ich eigentlich hier? Ich war Einkäuferin für billige Unterwäsche. Was wußte ich denn schon davon, wie man einen Mörder fing?

Ich durfte einfach nicht daran denken, daß er ein Mörder war. Er war ein gemeiner Macho. Er war der Mann, der mich vom Pfad der Tugend abgebracht und hinterher die Einzelheiten in Mario's Sub Shop an die Toilettenwand geschrieben hatte. Ich kaute auf meiner Lippe und gönnte dem Menschen am Türspion ein unsicheres Lächeln. Sicher konnte kein Macho der Versuchung widerstehen, sich eines dermaßen arglosen Dummerchens anzunehmen.

Noch immer tat sich nichts. Ich bildete mir fast ein, hören zu können, wie er in sich hineinfluchte, während er überlegte, ob es klug wäre, die Tür zu öffnen. Ich winkte zum Spion. Die Geste fiel eher zurückhaltend und auf keinen Fall bedrohlich aus. Sie sollte ihm nur zeigen, daß ich keine Gefahr für ihn darstellte, aber trotzdem wußte, daß er da war.

Ein Riegel glitt zurück, die Tür ging auf, und ich stand Morelli Auge in Auge gegenüber.

Seine Haltung war passiv-aggressiv, sein Ton leicht gereizt. »Ja?«

Er war stabiler gebaut, als ich ihn in Erinnerung hatte. Und er war wütend. Er hatte einen abwesenden Blick, der Zug um seinen Mund war zynischer als früher. Ich hatte einen Jungen gesucht, der im Affekt zum Mörder geworden war. Bei dem Mann, der vor mir stand, kam mir der Verdacht, daß er fähig war, mit professioneller Gefühllosigkeit zu töten.

Ich brauchte einen Augenblick, um mich zu fassen und mir eine Lüge auszudenken. »Ich wollte zu John Juniak.«

»Sie haben die falsche Wohnung erwischt. Hier gibt es keinen Juniak.«

Ich tat verwirrt und setzte ein verlegenes Lächeln auf. »Entschuldigung.« Ich wollte gerade die Treppe wieder hinunterflitzen, als Morelli das berühmte Licht aufging.

»Herr im Himmel!« sagte er. »Stephanie Plum?«

Den Ton kannte ich nur zu gut, und ich wußte auch, was er zu bedeuten hatte. Mein Vater schlug haargenau den gleichen Ton an, wenn der Hund der Smullens mal wieder an seinen Hortensien das Beinchen hob. Aber mir war das ganz recht. Damit waren die Fronten klar abgesteckt. Daß wir wohl nie ein Herz und eine Seele werden würden, stand fest. Das erleichterte mir die Arbeit.

»Joseph Morelli«, sagte ich. »Was für eine Überraschung.«

Er sah mich mißtrauisch an. »Ja, fast so eine Überraschung

wie damals, als du mich mit dem Wagen deines Vaters über den Haufen gefahren hast.«

Um größeren Ärger zu vermeiden, sah ich mich gezwungen, eine Erklärung abzugeben. Aber ich fühlte mich nicht verpflichtet, sie besonders überzeugend zu gestalten. »Es war ein Unfall. Ich bin mit dem Fuß vom Pedal gerutscht.«

»Das war kein Unfall. Du bist absichtlich auf den Bürgersteig gefahren und hast mich verfolgt. Du hättest mich umbringen können.« Er steckte den Kopf aus der Tür und sah forschend in den Hausflur. »Also, was willst du hier? Hast du in der Zeitung von mir gelesen? Willst du mir das Leben jetzt noch mehr zur Hölle machen?«

Ich war so empört, daß sich mein ganzer schlauer Plan verflüchtigte. »Dein Leben ist mir scheißegal«, raunzte ich. »Ich arbeite für meinen Vetter Vinnie. Du hast deine Kautionsvereinbarung gebrochen.«

Gut gemacht, Stephanie. Wunderbare Selbstbeherrschung.

Er grinste. »Vinnie hat *dich* hinter mir hergeschickt?«

»Findest du das etwa witzig?«

»Kann man wohl sagen. Aber ich bin für jeden Witz dankbar, weil ich in letzter Zeit nicht besonders viel zu lachen habe.«

Ich konnte ihn verstehen. Hätte ich eine Haftstrafe von zwanzig Jahren bis lebenslänglich in Aussicht gehabt, wäre mir auch nicht zum Lachen zumute gewesen. »Wir müssen reden.«

»Mach schnell. Ich hab's eilig.«

Mir blieben schätzungsweise vierzig Sekunden, um ihn zu überzeugen, sich zu stellen. Mir blieb nichts anderes übrig, als gleich schweres Geschütz aufzufahren. Ich appellierte an seine Familienehre. »Was ist mit deiner Mutter?«

»Was soll mit ihr sein?«

»Sie hat die Kautionsvereinbarung unterschrieben. Sie muß für die hunderttausend Dollar geradestehen. Bestimmt muß sie eine Hypothek auf ihr Häuschen aufnehmen. Und wie soll sie das erklären? Soll sie sagen, daß ihr Sohn Joe zu feige war, sich einem Prozeß zu stellen?«

Sein Gesicht wurde hart. »Du vergeudest deine Zeit. Ich habe nicht die Absicht, mich wieder in Polizeigewahrsam zu begeben. Die sperren mich ein und schmeißen den Schlüssel weg. Mit ein bißchen Pech wäre ich bald ein toter Mann. Du weißt doch sicher, was einen Bullen im Gefängnis erwartet. Es ist nicht schön. Und dann will ich dir noch etwas sagen. Du bist der letzte Mensch, dem ich die Kopfprämie gönne. Du bist irre. Du hast mich mit dem Buick überfahren.«

Obwohl mir Morelli und die Meinung, die er von mir hatte, herzlich egal sein konnten, ärgerte ich mich über seine Feindseligkeit. Mir wäre es lieber gewesen, wenn er eine kleine Schwäche für mich gehabt hätte. Ich wollte ihn fragen, warum er mich nie angerufen hatte, nachdem er mich auf dem Bäckereifußboden verführt hatte. Statt dessen schrie ich ihn an: »Du hattest es verdient, überfahren zu werden. Außerdem habe ich dich kaum erwischt. Das Bein hast du dir nur deshalb gebrochen, weil du aus lauter Panik über deine eigenen Füße gefallen bist.«

»Du hattest Glück, daß ich dich nicht angezeigt habe.«

»Und du hattest Glück, daß ich nicht den Rückwärtsgang eingelegt und dich noch einmal überrollt habe.«

Morelli verdrehte die Augen und warf die Hände hoch. »Ich muß los. So gerne ich noch bliebe, um mit dir über weibliche Logik zu plaudern . . .«

»Wie bitte? Weibliche Logik?«

Morelli drehte sich um, schlüpfte in ein leichtes Sportjackett und griff nach dem schwarzen Matchbeutel, der hinter ihm stand. »Ich muß hier weg.«

»Wo willst du hin?«

Er schubste mich zur Seite, stopfte sich eine häßliche schwarze Knarre in den Bund seiner Levis, schloß die Tür ab und steckte den Schlüssel ein. »Das geht dich nichts an.«

»Hör zu«, sagte ich, während ich hinter ihm die Treppe hinunterlief. »Ich bin vielleicht neu in der Verbrecherfängerbranche, aber blöd bin ich nicht. Und aufgeben tue ich auch nicht. Ich habe Vinnie gesagt, daß ich dich abliefere, und genau das habe ich auch vor. Du kannst abhauen, wenn du willst, aber ich bleibe dir auf den Fersen. Ich finde dich, und ich werde alles tun, was nötig ist, um dich hinter Gitter zu bringen.«

Was für ein Schwachsinn. Ich konnte kaum glauben, was ich da von mir gab. Daß ich ihn gefunden hatte, war der reinste Glückstreffer gewesen. Ihn festzunehmen und bei der Polizei abzuliefern, würde mir höchstens dann gelingen, wenn ich ihn zufällig irgendwo gefesselt, geknebelt und bewußtlos vorfand. Und selbst dann war es noch fraglich, wie weit ich ihn überhaupt schleppen konnte.

Er verließ das Haus durch den Hintereingang und ging auf ein neues Auto zu, das nicht weit entfernt abgestellt war. »Das Kennzeichen zu überprüfen, kannst du dir sparen«, sagte er. »Der Wagen ist geborgt. In einer halben Stunde fahre ich einen anderen. Und du brauchst mir auch nicht zu folgen. Ich hänge dich sowieso ab. Darauf kannst du dich verlassen.«

Morelli stellte den Matchbeutel auf den Beifahrersitz und wollte schon einsteigen, als er es sich noch einmal anders überlegte. Er drehte sich um, richtete sich auf, hängte einen Ellenbogen über die Tür und sah mich zum ersten Mal richtig an, seit ich vor ihm aufgetaucht war. Die anfängliche Wut war verraucht, und an ihre Stelle war ruhige Besonnenheit getreten. Das war der Morelli, den ich nicht kannte. Der Bulle. Der erwachsene Morelli, falls es den überhaupt gab. Aber vielleicht war es auch nur der alte Morelli mit einer neuen Masche.

»Die Locken stehen dir«, sagte er schließlich. »Sie passen zu deinem Charakter. Wild und wirr und höllisch sexy.«

»Du weißt doch überhaupt nichts über meinen Charakter.«

»Aber daß du höllisch sexy bist, weiß ich.«

Ich wurde rot. »Taktlos von dir, mich daran zu erinnern.«

Morelli grinste. »Du hast recht. Und wegen der Sache mit dem Buick könntest du auch richtig liegen. Wahrscheinlich hatte ich es wirklich verdient, überfahren zu werden.«

»Soll das eine Entschuldigung sein?«

»Nein. Aber wenn wir wieder mal Eisenbahn spielen, darfst du die Taschenlampe halten.«

Es war kurz vor eins, als ich wieder in Vinnies Büro aufkreuzte. Ich schmiß mich neben Connies Schreibtisch in einen Sessel und legte den Kopf weit in den Nacken, um möglichst viel von der Klimaanlage zu profitieren.

»Warst du joggen?« fragte Connie. »So viel Schweiß habe ich seit Nixon nicht mehr gesehen.«

»Mein Wagen hat keine Klimaanlage.«

»Blöd. Wie kommst du mit Morelli voran? Hast du schon eine Spur?«

»Darum bin ich hier. Ich brauche Hilfe. Diese Verbrecherfängerei ist doch nicht so einfach. Ich muß unbedingt mit jemandem reden, der sich damit auskennt.«

»Da weiß ich genau den Richtigen für dich. Ranger. Richtig heißt er Ricardo Carlos Mañoso. Seine Eltern kommen aus Kuba. Er war früher bei den Special Forces und arbeitet jetzt für Vinnie. Ranger knackt Fälle, von denen andere nur träumen können. Manchmal ist er vielleicht ein bißchen zu kreativ, aber was will man von einem Genie anderes erwarten?«

»Kreativ?«

»Er hält sich nicht immer an die Regeln.«

»Aha.«

»Wie Clint Eastwood in den Dirty-Harry-Filmen«, sagte Connie. »Du hast doch hoffentlich nichts gegen Clint Eastwood, oder?«

Sie wählte Rangers Piepser an und hinterließ ihre Nummer.

»Keine Angst«, sagte sie lächelnd. »Ranger erklärt dir alles, was du wissen willst.«

Eine Stunde später saß ich Ranger Mañoso in einem Café gegenüber. Er hatte glatte schwarze Haare, die im Nacken zum Pferdeschwanz gebunden waren, und seine Bizepse sahen aus, als wären sie aus Granit gemeißelt. Er war knapp einsachtzig groß, hatte einen Stiernacken und eine imponierende Figur. Ich schätzte ihn auf Mitte Zwanzig.

Er lehnte sich zurück und grinste. »Soooooo, Connie will also, daß ich einen knallharten Kopfgeldjäger aus Ihnen mache. Sie sagt, Sie brauchen einen Schnellkurs für Anfänger. Wozu die Eile?«

»Sehen Sie den braunen Nova da draußen?«

Sein Blick wanderte zum Fenster. »Hm.«

»Das ist mein Wagen.«

Er nickte kaum merklich. »Sie brauchen also Geld. Sonst noch was?«

»Persönliche Gründe.«

»Kautionsflüchtlinge zu fangen, ist ein gefährliches Geschäft. Da müssen Ihre persönlichen Gründe schon verdammt gut sein.«

»Und warum machen Sie es?«

Er hob die Hände. »Weil es das ist, was ich am besten kann.«

Eine gute Antwort. Plausibler als meine. »Vielleicht werde ich es eines Tages auch so gut können. Aber im Moment geht es mir nur um eine feste Anstellung.«

»Hat Vinnie Sie schon auf jemanden angesetzt?«

»Joseph Morelli.«

Er warf den Kopf in den Nacken und lachte. Er lachte so laut, daß die Wände des kleinen Cafés wackelten. »O Mann! Soll das ein Witz sein? Den Typen kriegen Sie nie. Der ist kein kleines Würstchen. Der Kerl ist clever. Und er hat was auf dem Kasten. Verstehen Sie, was ich meine?«

»Connie sagt, Sie sind der Beste.«

»Ich bin ich, und Sie sind Sie, und so gut wie ich werden Sie niemals werden, Kindchen.«

Da ich mich noch nie durch engelhafte Geduld ausgezeichnet habe, platzte mir auch jetzt prompt der Kragen. »Ich will Ihnen mal kurz meine Lage klarmachen«, sagte ich. »Ich bin arbeitslos. Mein Wagen ist weg, mein Kühlschrank ist leer, ich werde demnächst aus der Wohnung geschmissen, und meine Füße passen nicht in diese Schuhe. Ich habe nicht die Zeit, lange um den heißen Brei herumzureden. Helfen Sie mir jetzt, oder helfen Sie mir nicht?«

Mañoso grinste. »Das ist toll. Wir spielen Professor Higgins und Eliza Doolittle in Trenton.«

»Freunde?«

»Freunde.«

»Wie soll ich dich nennen?« fragte ich.

»Sag Ranger zu mir.«

Er nahm die Akte vom Tisch, die ich mitgebracht hatte, und überflog die Kautionsvereinbarung. »Hast du schon was unternommen? Zum Beispiel seine Wohnung überprüft?«

»Er war nicht da, aber dann habe ich ihn in einem Haus in der State Street aufgestöbert. Als ich hinkam, wollte er gerade gehen.«

»Und?«

»Er ist gegangen.«

»Scheiße«, sagte Ranger. »Hat dir denn keiner gesagt, daß du ihn aufhalten sollst?«

»Ich habe ihn aufgefordert, mit mir zur Polizeiwache zu kommen, aber er wollte nicht.«

Wieder erntete ich schallendes Gelächter. »Du hast bestimmt keine Knarre, oder?«

»Meinst du, ich sollte mir eine besorgen?«

»Das wäre keine schlechte Idee«, sagte er, noch immer höchst belustigt. Er las die Kautionsvereinbarung zu Ende. »Morelli hat einen Typen namens Ziggy Kulesza umgenietet. Er hat Ziggy mit seiner Privatwaffe aus nächster Nähe eine .45er Hydroshock zwischen die Augen gesetzt.« Ranger sah hoch. »Verstehst du überhaupt etwas von Waffen?«

»Ich weiß bloß, daß ich sie nicht leiden kann.«

»Eine .45er Hydroshock geht glatt rein, aber wenn sie wieder rauskommt, reißt sie ein Loch in Kartoffelgröße. Das Gehirn spritzt nur so durch die Gegend. Ziggys Kopf muß explodiert sein wie ein Ei in der Mikrowelle.«

»Herzlichen Dank für die anschauliche Beschreibung.«

Er strahlte über das ganze Gesicht. »Ich dachte, du solltest das wissen.« Er kippelte mit dem Stuhl nach hinten und verschränkte die Arme vor der Brust. »Hast du irgendwelche Hintergrundinformationen über den Fall?«

»Den Zeitungsartikeln zufolge, die Morty Beyers an die Kautionsvereinbarung geheftet hat, fand die Schießerei vor gut einem Monat in einem Apartmentgebäude in der Shaw Street statt. Morelli, der nicht im Dienst war, wollte Carmen Sanchez besuchen. Er behauptet, sie hätte ihn angerufen, weil sie ihn in einer polizeilichen Angelegenheit sprechen wollte. Er wäre daraufhin zu ihr gefahren. Als er bei Carmen klopfte, hätte ihm Ziggy Kulesza die Tür aufgemacht und sofort auf ihn geschossen. Morelli sagt, er hätte Ziggy in Notwehr erschossen.

Carmens Nachbarn erzählen eine andere Geschichte. Mehrere von ihnen liefen ins Treppenhaus, als sie die Schüsse hörten, und sahen, wie sich Morelli mit der rauchenden Waffe in der Hand über Kulesza beugte. Ein Nachbar hat Morelli überwältigt und festgehalten, bis die Polizei eintraf. Keiner der Mieter kann sich daran erinnern, in Ziggys Hand eine Waffe gesehen zu haben, und die polizeilichen Ermittlungen ergaben ebenfalls keinen Hinweis darauf, daß Ziggy bewaffnet war.

Morelli behauptet, zum Zeitpunkt der Schießerei hätte sich

noch ein zweiter Mann in Carmens Wohnung befunden, und drei Mieter erinnerten sich, ein fremdes Gesicht im Treppenhaus gesehen zu haben, aber der Mann verschwand anscheinend, bevor die Polizei zum Tatort kam.«

»Und Carmen?« fragte Ranger.

»Was aus ihr geworden ist, wußte keiner. Der letzte Artikel wurde eine Woche nach der Tat geschrieben. Bis dahin war Carmen jedenfalls noch nicht wiederaufgetaucht.«

Ranger nickte. »Weißt du sonst noch was?«

»Das war eigentlich alles.«

»Der Typ, den Morelli erschossen hat, arbeitete für Benito Ramirez. Sagt dir der Name was?«

»Ramirez ist ein Boxer.«

»Mehr als ein Boxer, ein wahres Weltwunder. Ein Schwergewichtler der Extraklasse. So etwas wie den hat es in Trenton seit Ewigkeiten nicht mehr gegeben. Er trainiert in einem Studio in der Stark Street. Ziggy hat an Ramirez geklebt wie ein Schatten. Manchmal ist er auch als Sparringspartner eingesprungen. Hauptsächlich hat er für Ramirez den Laufburschen und Leibwächter gemacht.«

»Hast du vielleicht irgendwas gehört, warum Morelli diesen Kulesza umgebracht haben soll?«

Ranger sah mich lange an. »Nein. Aber er muß schon einen sehr guten Grund gehabt haben. Morelli ist ein cooler Cop, und wenn sich ein Cop jemanden vom Hals schaffen will, findet er immer einen Weg.«

»Auch coole Cops machen Fehler.«

»Aber nicht so einen Fehler, Baby. Und nicht Morelli.«

»Und was bedeutet das alles?«

»Daß du auf der Hut sein mußt.«

Mir wurde ein bißchen mulmig. Plötzlich ging es nicht mehr nur um ein tolles Abenteuer, in das ich mich gestürzt hatte, um schnell ein paar Dollars zu machen. Morelli zu fangen, würde schwierig werden. Und wenn ich ihn tatsächlich ablieferte, hätte ich ein übles Gefühl. Es war zwar nicht gerade mein Lieblingsmensch, aber ich haßte ihn nicht so sehr, daß ich ihn gern für den Rest seines Lebens in den Knast bringen wollte.

»Willst du ihn jetzt immer noch fangen?« fragte Ranger.

Ich schwieg.

»Wenn du es nicht machst, macht es ein anderer«, sagte Ranger. »Das war deine erste Lektion. Und es ist auch nicht deine Aufgabe, ein Urteil zu fällen. Du machst nur deine Arbeit und lieferst den Kerl ab. Man muß dem System schon vertrauen.«

»Vertraust du ihm denn?«

»Immer noch besser als Anarchie.«

»Es geht um viel Geld. Wenn du so gut bist, warum hat Vinnie dich nicht auf Morelli angesetzt? Warum hat er Morty Beyers genommen?«

»Die Wege Vinnies sind unerforschlich.«

»Muß ich sonst noch was über Morelli wissen?«

»Wenn du dir die Prämie verdienen willst, solltest du ihn dir möglichst schnell krallen. Man munkelt, unser Rechtssystem wäre noch das kleinste seiner Probleme.«

»Heißt das, daß noch ein anderer eine Prämie für ihn bezahlt?«

Ranger tat so, als drückt er seine Waffe ab. »Peng.«

»Und an dem Gerücht ist tatsächlich etwas dran?«

Er zuckte mit den Schultern. »Ich wiederhole nur, was ich gehört habe.«

»Die Geschichte wird immer undurchsichtiger.«

»Wie ich schon sagte, die Geschichte geht dich nichts an. Dein Job ist einfach. Finde den Mann, und mach ihn dingfest.«

»Traust du mir das zu?«

»Nein.«

Wenn er mich entmutigen wollte, war das genau die falsche Antwort. »Hilfst du mir trotzdem?«

»Solange du es keinem weitererzählst. Ich will mir nicht meinen schlechten Ruf versauen und plötzlich als braver Bub dastehen.«

Ich nickte. »Okay, wo fange ich an?«

»Zuerst brauchst du mal eine Ausrüstung. Und während wir dich ausstaffieren, erzähle ich dir was über die Gesetze.«

»Und was kostet der ganze Spaß?«

»Meine Zeit und mein Wissen kosten dich nichts, weil ich dich mag und weil ich schon immer mal Professor Higgins spielen wollte, aber Handschellen kosten vierzig Dollar das Paar. Bist du nicht flüssig?«

Ich besaß keine einzige Kreditkarte mehr. Ich hatte meine wenigen guten Schmuckstücke verpfändet und mein Schlafsofa an einen Nachbarn verscherbelt. Die wichtigsten Haushaltsgeräte waren für den Nova draufgegangen. Ich hatte nur noch meinen Sparstrumpf für Notfälle, den ich bislang nicht angerührt hatte. Ich wollte das Geld für die Operation sparen, der ich mich sicher demnächst würde unterziehen müssen, wenn mir die Schuldeneintreiber die Kniescheiben gebrochen hatten.

Aber jetzt konnte ich genausogut darauf pfeifen. Wahrscheinlich reichte die Kohle für neue Knie sowieso nicht. »Ich habe noch ein paar Dollars auf der hohen Kante«, sagte ich.

Ich stellte die große schwarze Umhängetasche neben meinen Stuhl und setzte mich an den Eßtisch. Meine Mutter, mein Vater und Grandma Mazur waren bereits versammelt und wollten hören, wie es mir bei Vinnie ergangen war.

»Du kommst zwölf Minuten zu spät«, sagte meine Mutter. »Ich habe schon aufgepaßt, ob ich Sirenen höre. Du hattest doch hoffentlich keinen Unfall?«

»Ich habe gearbeitet.«

»Jetzt schon?« Sie wandte sich meinem Vater zu. »Ihr erster Arbeitstag, und schon läßt dein Vetter sie Überstunden machen. Du mußt mal mit ihm reden, Frank.«

»Es ist nicht so, wie es aussieht«, sagte ich. »Ich habe gleitende Arbeitszeit.«

»Dein Vater hat über dreißig Jahre bei der Post gearbeitet, aber in der ganzen Zeit ist er nicht ein einziges Mal zu spät zum Essen gekommen.«

Mir entschlüpfte ein Seufzer.

»Was gibt es da zu seufzen?« fragte meine Mutter. »Ist das eine neue Tasche? Wann hast du dir eine neue Tasche gekauft?«

»Heute. Bei diesem Job muß ich verschiedene Sachen mit mir herumschleppen. Deshalb brauchte ich eine größere Tasche.«

»Was für Sachen? Ich dachte, du ordnest die Akten.«

»Der Job war schon weg. Ich habe einen anderen gekriegt.«

»Was für einen anderen?«

Ich schüttete Ketchup auf den Hackbraten und unterdrückte mit Mühe einen weiteren Seufzer. »Als Kautionsdetektivin«, sagte ich. »Ich habe eine Stelle als Kautionsdetektivin.«

»Kautionsdetektivin?« wiederholte meine Mutter. »Frank, weißt du, was ein Kautionsdetektiv ist?«

»Ja«, sagte mein Vater. »Ein Kopfgeldjäger.«

Meine Mutter schlug sich die flache Hand gegen die Stirn und verdrehte die Augen. »Stephanie, Stephanie, Stephanie. Was fällt dir ein? Das ist doch keine Arbeit für eine nette junge Dame.«

»Es ist eine anständige, respektable Arbeit«, sagte ich. »So etwas Ähnliches wie Polizist oder Privatdetektiv.« Berufe, die mir bisher wenig respektabel vorgekommen waren.

»Aber du verstehst doch gar nichts davon.«

»Es ist einfach«, sagte ich. »Vinnie gibt mir einen KF, ich suche ihn und bringe ihn zur Polizei.«

»Was ist denn nun wieder ein KF?« wollte meine Mutter wissen.

»Ein Kautionsflüchtling.«

»Vielleicht könnte ich auch ein Kopfgeldjäger werden«, sagte Grandma Mazur. »Ich könnte ein bißchen Taschengeld gebrauchen. Dann gehe ich mit dir auf KF-Jagd.«

»Herrgott noch mal«, sagte mein Vater.

Meine Mutter achtete nicht auf sie. »Du solltest lieber lernen, wie man Bettbezüge näht«, sagte sie zu mir. »Bettwäsche wird immer gebraucht.« Sie sah meinen Vater an. »Frank, meinst du nicht auch, es wäre gut, wenn sie lernen würde, Bettbezüge zu nähen? Ist das nicht eine gute Idee?«

Meine Rückenmuskeln verspannten sich, aber ich versuchte, ganz locker zu bleiben und mich zusammenzureißen. Schließlich war es eine gute Generalprobe für den nächsten Morgen, für meinen geplanten Besuch bei Morellis Mutter.

In der Rangordnung meines alten Viertels sah meine Mutter, verglichen mit Joseph Morellis Mutter, wie eine zweitklassige Hausfrau aus. Meine Mutter war alles andere als schlampig, aber Mrs. Morelli war eine Legende. Gott selbst hätte die Fenster nicht sauberer putzen, die Wäsche nicht weißer waschen oder die Ziti besser kochen können als Mrs. Morelli. Sie versäumte nie die Messe, sie verkaufte in der Freizeit Amway, und mit ihren stechend schwarzen Augen lehrte sie mich das Gruseln. Ich glaubte zwar nicht, daß Mrs. Morelli ihren Jüngsten verraten würde, aber sie stand trotzdem auf meiner Liste. Man durfte nichts unversucht lassen.

Joes Vater hätte ich mit fünf Dollar und einem Sechserpack Bier bestechen können, aber sein Vater war tot.

Weil ich einen seriösen Eindruck machen wollte, zog ich am nächsten Morgen ein beiges Leinenkostüm, eine Seidenstrumpfhose und hochhackige Schuhe an und schmückte mich außerdem mit geschmackvollen Perlenohrringen. Ich parkte am Straßenrand, stieg die Verandatreppe hinauf und klopfte an die Morellische Haustür.

»Na so was«, sagte Mama Morelli, die hinter der Fliegentür stand und mich mit dem tadelnden Blick musterte, den sie sich normalerweise für Atheisten und Asoziale aufsparte. »Wer steht denn da so früh putzmunter auf meiner Veranda? Die kleine Miss Kopfgeldjägerin.« Sie reckte ihr Kinn noch ein paar Zentimeter höher. »Ich habe schon von dir und deiner neuen Arbeit gehört. Ich habe dir nichts zu sagen.«

»Ich muß Joe finden, Mrs. Morelli. Er ist nicht vor Gericht erschienen.«

»Er hatte gewiß gute Gründe dafür.«

Klar. Zum Beispiel den, daß er schuldig war. »Wie wäre es, wenn ich Ihnen meine Karte dalasse, falls Sie es sich doch noch anders überlegen. Ich habe mir gestern welche machen lassen.« Ich wühlte in meiner großen schwarzen Umhängetasche zwischen Handschellen, Haarspray, Taschenlampe und Haarbürste herum – keine Visitenkarten. Als ich die Tasche auf die Seite kippte, um besser hineinsehen zu könne, fiel mein Revolver heraus und landete auf dem grünen Allwetterteppichboden der Veranda.

»Eine Waffe«, sagte Mrs. Morelli. »Was ist nur aus dieser Welt geworden? Weiß deine Mutter, daß du bewaffnet bist? Ich werde es ihr sagen. Ich rufe sie sofort an.«

Sie sah mich angewidert an und knallte die Haustür zu.

Ich war dreißig Jahre alt und Mrs. Morelli wollte mich bei meiner Mutter verpetzen. So etwas gab es nur in diesem Viertel. Als ich den Revolver wieder in der Tasche verstaute, fand ich meine Visitenkarten. Ich steckte eine zwischen Fliegendraht und Rahmen. Dann fuhr ich zu meinen Eltern und rief von ihrem Telefon aus meine Cousine Francie an, die alles über jeden wußte.

Morelli ist längst über alle Berge, sagte Francie. Der Kerl ist clever, und wahrscheinlich hat er sich inzwischen einen falschen Schnurrbart angeklebt. Er ist ein ehemaliger Bulle. Er hat Kontakte. Er weiß sicher, wie man es anstellt, daß man eine neue Sozialversicherungsnummer bekommt. Bestimmt baut er sich mittlerweile irgendwo anders ein neues Leben auf. Gib es auf, sagte Francie. Du wirst ihn nie finden.

Meine Intuition sagte mir etwas anderes, und da meine Lage verzweifelt war, hörte ich auf sie und rief Eddie Gazarra an, der in Trenton als Polizist arbeitete und mein allerbester Freund war, solange ich denken konnte. Aber er war nicht nur ein guter Kumpel, er war auch mit meiner Cousine Shirley, der Meckerziege, verheiratet. Wieso Gazarra Shirley geheiratet hatte, war mir ein Rätsel, aber da ihre Ehe schon elf Jahre hielt, mußten sie wohl irgend etwas aneinander finden.

Als ich Gazarra am Apparat hatte, hielt ich mich nicht mit langen Vorreden auf. Ich kam sofort zur Sache, erzählte ihm von meinem Job bei Vinnie und fragte ihn, was er über die Morelli-Sache wüßte.

»Eins weiß ich genau. Es wäre besser, wenn du dich da raushalten würdest«, sagte Gazarra. »Du willst für Vinnie arbeiten? Schön. Aber dann laß dir einen anderen Fall geben.«

»Zu spät. Ich arbeite schon daran.«

»Die ganze Geschichte stinkt zum Himmel.«

»Ganz New Jersey stinkt zum Himmel. Das ist doch eines der wenigen Dinge, auf die hier überhaupt Verlaß ist.«

Gazarra senkte die Stimme. »Wenn ein Cop unter Mordanklage steht, ist das eine verdammt ernste Geschichte. Auf so etwas reagieren alle höchst empfindlich. Und dieser Mord sah besonders häßlich aus, weil sämtliche Beweise so stark gegen Morelli sprechen. Er wurde am Tatort festgenommen, mit der Tatwaffe in der Hand. Er behauptet, Ziggy hätte auf ihn geschossen, aber es wurde keine Waffe gefunden, es waren keine

Kugeln in der Wand oder in der Decke eingeschlagen, und Ziggy hatte keine Schmauchspuren an der Hand oder am Hemd. Die Geschworenen der Vorverhandlung hatten keine andere Wahl, als Morelli unter Anklage zu stellen. Aber dann macht er alles noch schlimmer und erscheint einfach nicht zur Verhandlung. Für die Abteilung war das wie ein Schlag ins Gesicht, verflucht peinlich. Du brauchst bei der Polizei nur Morellis Namen zu erwähnen, und schon hat keiner mehr Zeit für dich. Du machst dir keine Freunde, wenn du deine Nase in die Angelegenheit steckst. Wenn du dich hinter Morelli klemmst, bist du ganz auf dich allein gestellt.«

»Wenn ich ihn erwische, kassiere ich zehntausend Dollar.«

»Kauf dir lieber ein Lotterielos. Damit hast du bessere Chancen.«

»Soweit ich weiß, wollte Morelli zu Carmen Sanchez, aber sie war nicht da.«

»Sie war nicht nur nicht am Tatort, sie ist vollkommen von der Bildfläche verschwunden.«

»Bis heute?«

»Bis heute. Und glaub nicht, daß wir sie nicht gesucht haben.«

»Und wo ist der Kerl abgeblieben, den Morelli zusammen mit Ziggy in der Wohnung gesehen haben will? Was ist aus dem geheimnisvollen Zeugen geworden?«

»Verschwunden.«

Ich kräuselte skeptisch die Nase. »Findest du das nicht auch etwas merkwürdig?«

»Merkwürdig ist gar kein Ausdruck.«

»Vielleicht hat Morelli die Seiten gewechselt.«

Ich hatte das Gefühl, daß Gazarra mit den Schultern zuckte. »Auf jeden Fall ist irgend etwas faul an der Sache, das sagt mir mein Polizeiverstand.«

»Meinst du, Morelli geht zur Fremdenlegion?«

»Ich glaube, er bleibt hier und testet seine Überlebenschancen, oder er kommt bei dem Versuch um.«

Ich war erfreut, daß er der gleichen Ansicht war wie ich. »Hast du einen Vorschlag?«

»Keinen, der dir gefallen würde.«

»Komm schon, Eddie. Ich brauche Hilfe.«

Er seufzte. »Bei Verwandten oder Freunden findest du ihn bestimmt nicht. Dafür ist er zu clever. Du könntest höchstens nach dieser Carmen Sanchez suchen oder nach dem Kerl, der mit Ziggy in ihrer Wohnung gewesen sein soll. Wenn ich Morelli wäre, würde ich versuchen, die beiden aufzustöbern, entweder um meine Unschuld zu beweisen, oder um zu verhindern, daß sie gegen mich aussagen. Ich habe allerdings keine Ahnung, wie du das anstellen willst. Wir können sie jedenfalls nicht finden, und du wirst wahrscheinlich auch nicht mehr Glück haben als wir.«

Ich dankte Gazarra und legte auf. Es schien mir eine gute Idee zu sein, nach den Zeugen zu suchen, und es war mir ziemlich egal, wie schlecht meine Chancen standen, sie zu finden. Mir ging es um etwas anderes. Wenn ich nach Carmen Sanchez forschte, würde ich vielleicht der gleichen Route folgen wie Morelli. Eine Begegnung war nicht ausgeschlossen.

Wo sollte ich anfangen? In dem Haus, in dem Carmen gewohnt hatte. Ich konnte mit ihren Nachbarn sprechen und vielleicht etwas über ihre Freunde und Verwandten in Erfahrung bringen. Was konnte ich sonst noch unternehmen? Mich ein bißchen mit dem Boxer unterhalten, Benito Ramirez. Wenn er so ein guter Freund von Ziggy war, kannte er vielleicht auch Carmen Sanchez. Unter Umständen wußte er sogar, wer der verschwundene Zeuge war.

Ich nahm mir eine Dose Mineralwasser aus dem Kühlschrank, stibitzte eine Schachtel Fig Newtons aus der Speisekammer und beschloß, mir als erstes Ramirez vorzuknöpfen.

3

Die Stark Street fängt unten am Fluß an, gleich hinter dem Parlamentsgebäude, und verläuft in nordöstlicher Richtung. Mit ihren heruntergekommenen Geschäften, Bars, Crack-Schuppen und trostlosen Reihenhäusern ist sie fast eine Meile lang. Die meisten Häuser waren mit der Zeit in Wohnungen oder einzeln zu vermietende Zimmer aufgeteilt worden. Klimaanlagen gibt es kaum, Mieter dafür um so mehr. Wenn es heiß ist, verteilen sich die Bewohner auf den Treppen und an den Straßenecken, um ein bißchen an die frische Luft zu kommen und vielleicht etwas zu erleben. Um halb elf vormittags war es in der Straße verhältnismäßig ruhig.

Beim ersten Mal verfehlte ich das Boxstudio. Ich überprüfte die Adresse noch einmal anhand der Seite, die ich aus meinem Telefonbuch gerissen hatte, wendete den Wagen, fuhr langsam zurück und hielt nach der richtigen Hausnummer Ausschau. Schließlich entdeckte ich das gesuchte Haus, in ordentlich gepinselten, schwarzen Buchstaben stand an einer Tür: Stark Street Gym. Es sprang einem nicht gerade ins Auge, aber wahrscheinlich hatte das Studio sowieso nicht viel Werbung nötig. Zwei Blocks weiter fand ich eine Parklücke.

Ich schloß den Nova ab, schulterte meine Umhängetasche und machte mich auf den Weg. Das Fiasko mit Mrs. Morelli hatte ich längst vergessen. Ich kam mir verdammt schick vor in meinem Kostüm, den hochhackigen Schuhen und mit meiner tollen Kopfgeldjägerausrüstung. Es ist mir zwar peinlich, aber ich muß doch zugeben, daß ich mir allmählich in meiner neuen

Rolle gefiel. Es geht eben nichts über ein Paar Handschellen, um einer Frau neue Energie zu verleihen.

Das Studio lag in der Mitte eines Straßenblocks, direkt über einer Autowerkstatt. Das Tor zur Werkstatt stand offen, und ich wurde ordentlich mit Gejohle und Pfiffen bedacht, als ich daran vorbeiging. Als gute New Jerseyerin hätte ich mich zu gern mit ein paar abfälligen Bemerkungen revanchiert, aber da nun einmal Vorsicht die Mutter der Porzellankiste ist, hielt ich lieber die Klappe und machte, daß ich weiterkam.

In einem Gebäude auf der gegenüberliegenden Straßenseite wich eine schattenhafte Gestalt von einem dreckverschmierten Fenster im zweiten Stock zurück. Jemand hatte mich beobachtet. Kein Wunder eigentlich. Schließlich war ich nicht nur einmal, sondern gleich zweimal die Straße entlanggedonnert. Am Morgen hatte ich als erstes den Auspufftopf verloren, so daß der röhrende Motor mein Kommen schon von weitem ankündigte. Kein besonders unauffälliger Auftritt.

Durch die Eingangstür gelangte ich in einen kleinen Vorraum, von dem aus eine Treppe nach oben führte. Die anstaltsgrün gestrichenen Wände des Treppenhauses waren mit Graffitis bedeckt und mit Handabdrücken aus zwei Jahrzehnten verschmiert. Es stank. Im Erdgeschoß roch es nach Urin, gemischt mit kaltem Männerschweiß und Körpergeruch. Im ersten Stock, der an ein Lagerhaus erinnerte, miefte es auch nicht viel besser.

Ein paar Männer stemmten Hanteln. Der Ring war leer. Niemand stand an den Sandsäcken. Wahrscheinlich waren die anderen Sportskameraden alle draußen, beim Seilspringen oder Autoklauen. Aber das war auch schon der letzte frivole Gedanke, der mir in den Sinn kam. Sämtliche Aktivitäten hörten schlagartig auf, als ich die Halle betrat, und wenn mir schon auf der Straße mulmig gewesen war, so war das gar nichts im Vergleich zu dem Gefühl, das mich jetzt befiel. Ich hatte erwartet, einen Champion in einer profihaften Umgebung vorzufinden. Auf die feindselige, mißtrauische Stimmung, die mich empfing, war ich nicht gefaßt. Für die Boxer war ich offensichtlich eine ahnungslose weiße Pute, die in ein schwarzes Männerterritorium eingedrungen war. Es hätte nicht viel gefehlt, und ich wäre vor dem vorwurfsvollen Schweigen zurückgewichen und die Treppe hinuntergerannt, wie das Opfer eines Poltergeists.

Ich stellte mich breitbeinig hin – allerdings eher, um nicht vor Angst umzukippen, als um die Jungs zu beeindrucken – und rückte meine Tasche zurecht. »Ich suche Benito Ramirez.«

Ein Muskelberg erhob sich von einer Bank. »Ich bin Ramirez.«

Er war fast einsneunzig groß. Er hatte eine samtige Stimme, und seine Lippen kräuselten sich zu einem verträumten Lächeln. Die Wirkung war unheimlich. Seine Stimme und das Lächeln paßten nicht zu seinem verschlagenen, berechnenden Blick.

Ich ging zu ihm hinüber und streckte ihm die Hand hin. »Stephanie Plum.«

»Benito Ramirez.«

Sein Händedruck war zu weich, und er dauerte zu lange. Er glich einer unangenehm sinnlichen Liebkosung. Ich sah Ramirez in die eng zusammenstehenden Augen mit den schweren Lidern und machte mir rasch ein paar Gedanken über Preisboxer. Bis jetzt hatte ich immer geglaubt, Boxen sei ein Sport, bei dem es darauf ankam, mit Geschicklichkeit und Aggressivität einen Kampf zu gewinnen, ohne den Gegner mutwillig zu verletzen. Aber Ramirez sah ganz so aus, als ob es ihm Freude machen würde, einem anderen Menschen Schmerzen zuzufügen. Seine Augen waren wie schwarze Löcher, die alles verschluckten und nichts wieder herausgaben. Es war, als ob das Böse in ihnen lauerte. Und in seinem Lächeln, diesem leicht dümmlichen, ekelhaft süßlichen Lächeln, lag ein Hauch von Wahnsinn. Ich fragte mich, ob dieser Ausdruck vielleicht nur gespielt war, um seine Gegner im Ring schon vor dem ersten Gong einzuschüchtern. Aber ganz egal, ob es nun geschauspielert war oder nicht, mir war der Kerl auf jeden Fall nicht geheuer.

Als ich ihm meine Hand entziehen wollte, drückte er sie fester.

»Stephanie Plum. So, so«, sagte er mit seiner samtigen Stimme. »Was kann ich für Sie tun?«

Als Einkäuferin für Unterwäsche hatte ich mich oft genug mit irgendwelchen Schleimis abgeben müssen. Ich hatte gelernt, mich durchzusetzen, dabei aber stets zuvorkommend und sachlich zu bleiben. An meinem Ton und meiner Miene ließ ich Ramirez nicht merken, wie mir zumute war, aber mit meiner Wortwahl drückte ich mich unmißverständlich aus. »Wenn Sie meine Hand loslassen würden, könnte ich Ihnen meine Karte geben.«

Er lächelte immer noch, aber nicht mehr ganz so irre, sondern eher freundlich und interessiert. Ich gab ihm meine Karte.

»Kautionsdetektivin«, sagte er belustigt. »Ein großer Titel für ein so kleines Mädchen.«

Bis ich neben Ramirez stand, hatte ich mich nie für klein gehalten. Ich bin einssiebzig und drahtig gebaut, was ich dem ungarischen Teil der Familie verdanke. Die ideale Figur, um Paprikafelder zu hacken, Pflüge zu ziehen und reihenweise Kinder in die Welt zu setzen. Obwohl ich mich mit Joggen fit hielt und manchmal einen Hungertag einlegte, um nicht zuzunehmen, brachte ich trotzdem fünfundsechzig Kilo auf die Waage. Nicht besonders schwer, aber auch nicht gerade schmächtig. »Ich bin auf der Suche nach Joe Morelli. Haben Sie ihn gesehen?«

Ramirez schüttelte den Kopf. »Ich kenne Joe Morelli nicht.

Ich weiß bloß, daß er Ziggy erschossen hat.« Er sah seine Männer an. »Hat einer von euch Morelli gesehen?«

Niemand antwortete.

»Es soll bei der Schießerei einen Zeugen gegeben haben, der seitdem verschwunden ist«, sagte ich. »Haben Sie vielleicht eine Ahnung, wer dieser Zeuge sein könnte?«

Auch diesmal bekam ich keine Antwort.

Ich ließ nicht locker. »Und was ist mit Carmen Sanchez? Kennen Sie sie? Hat Ziggy mal von ihr gesprochen?«

»Sie fragen zuviel«, sagte Ramirez.

Wir standen vor den altmodisch hohen Fenstern an der Straßenseite der Halle. Aus einem plötzlichen Instinkt heraus richtete ich meine Aufmerksamkeit auf das Gebäude gegenüber. Wieder huschte eine Gestalt an dem Fenster im zweiten Stock vorbei. Ich tippte auf einen Mann. Ob es ein Schwarzer oder ein Weißer war, konnte ich nicht sagen. Aber das war sowieso egal.

Ramirez betatschte meinen Arm. »Wollen Sie was trinken? Wir haben einen Automaten hier. Ich spendiere Ihnen gern eine Cola.«

»Vielen Dank, aber ich habe heute vormittag noch einiges vor, und es wird langsam Zeit, daß ich mich wieder auf den Weg mache. Wenn Sie Morelli sehen, wäre es nett, wenn Sie mich anrufen könnten.«

»Die meisten Frauen wären geschmeichelt, wenn ihnen der Champ eine Cola ausgeben würde.«

Aber diese Frau nicht. Diese Frau hatte eher den Eindruck, daß der Champ nicht alle Tassen im Schrank hatte. Außerdem gefiel dieser Frau das Klima in der Halle ganz und gar nicht.

»Ich würde liebend gern eine Cola mit Ihnen trinken«, sagte ich. »Aber ich bin gleich zum Mittagessen verabredet.« Mit einer Schachtel Fig Newtons.

»Wozu die Eile? Bleiben Sie doch noch ein bißchen, und machen Sie es sich gemütlich. Ihre Verabredung kann warten.«

Ich verlagerte mein Gewicht und wich Schritt um Schritt zurück, während ich meine Lüge noch etwas ausschmückte. »Um ehrlich zu sein, handelt es sich um ein Geschäftsessen mit Sergeant Gazarra.«

»Das nehme ich Ihnen nicht ab«, sagte Ramirez. Sein Lächeln war erstarrt, und sein Ton war ruppiger geworden. »Ich glaube, das mit dem Essen ist gelogen.«

Mir wurde ein bißchen mulmig, und ich mußte mich zusammennehmen, um nicht übertrieben zu reagieren. Ramirez spielte nur mit mir. Wahrscheinlich ärgerte er sich, daß ich seinem Charme nicht erlegen war. Jetzt mußte er versuchen, vor seinen Freunden das Gesicht zu wahren.

Ich sah auf meine Armbanduhr. »Tut mir leid, wenn Sie mir nicht glauben, aber ich bin in zehn Minuten mit Sergeant Gazarra verabredet. Er wird nicht besonders erfreut sein, wenn ich mich verspäte.«

Als ich mich umdrehte, packte Ramirez mich mit der Hand im Genick und drückte so fest zu, daß ich unwillkürlich einen Buckel machte.

»Du gehst nirgendwo hin, Stephanie Plum«, flüsterte er. »Der Champ ist noch nicht fertig mit dir.«

Die Stille in der Halle schlug mir aufs Gemüt. Niemand rührte sich. Niemand erhob Einspruch. Ich sah die Männer der Reihe nach an und bekam nur ausdruckslose Blicke zurück. Ich wußte, daß mir keiner helfen würde, und zum ersten Mal überkam mich echte Angst.

Ich senkte die Stimme, bis ich so leise sprach wie Ramirez. »Ich bin eine Vertreterin des Gesetzes. Ich habe Sie um Informationen gebeten, die mir bei der Dingfestmachung von Joe Morelli nützen könnten, und ich habe Ihnen keinen Anlaß gegeben, meine Absichten mißzuverstehen. Ich habe mich Ihnen gegenüber sachlich und höflich verhalten, und ich erwarte, daß Sie das respektieren.«

Ramirez zog mich näher an sich heran. »Ich will dir mal was über den Champ verraten«, sagte er. »Erstens, komm du dem Champ nicht mit Respekt. Und zweitens, der Champ kriegt immer, was er will.« Er schüttelte mich. »Weißt du, was der Champ jetzt will? Der Champ will, daß du nett zu ihm bist, Baby. Richtig nett. Dafür, daß du ihm einen Korb gegeben hast. Zeig du ihm mal ein bißchen Respekt.« Er sah auf meine Brust. »Vielleicht zeigst du ihm auch etwas Angst. Hast du Angst vor mir, Fotze?«

Jede Frau, deren Intelligenzquotient zwölf überstieg, hätte Angst vor Benito Ramirez gehabt.

Er kicherte, und ich bekam eine Gänsehaut.

»Jetzt hast du Schiß«, sagte er mit seiner Flüsterstimme. »Ich kann es riechen. Du machst dir gleich in die Hose. Soll ich mal fühlen, ob du dich schon bepißt hast?«

Ich hatte meine Waffe dabei, und wenn es gar nicht anders ging, wollte ich sie auch benützen, aber nur im äußersten Notfall. Die zehn Minuten Übungsschießen, die ich absolviert hatte, hatten keinen Scharfschützen aus mir gemacht. Vielleicht ging es auch anders. Schließlich wollte ich niemanden umbringen. Ich mußte die Männer nur soweit einschüchtern, daß ich flüchten konnte. Langsam tastete ich mit der Hand die Tasche ab, bis ich die Waffe spürte. Sie fühlt sich hart und fest an.

Ich mußte Ramirez mit dem Revolver bedrohen und ein Gesicht machen, als ob ich zu allem entschlossen wäre. Ob ich imstande gewesen wäre abzudrücken? Ich weiß es nicht. Ich hatte meine Zweifel. Hoffentlich würde es nicht zum Äußersten kommen.

»Lassen Sie meinen Hals los«, sagte ich. »Das war meine letzte Warnung.«

»Dem Champ sagt keiner, was er zu tun hat!« brüllte er unbeherrscht los. Sein Gesicht war verzerrt und häßlich. Den

Bruchteil einer Sekunde lang war es, als ob ich in ihn hineinblicken könnte. Ich sah Wahnsinn, lodernde Höllenfeuer und einen Haß, der so stark war, daß es mir den Atem verschlug.

Er krallte sich in meine Bluse, und obwohl ich laut aufschrie, hörte ich, wie der Stoff zerriß.

In einer kritischen Situation, wenn man sich nur noch auf seinen Instinkt verlassen kann, tut man das, was einem als erstes einfällt. Ich tat das, was jede andere Amerikanerin in einer vergleichbaren Situation ebenfalls getan hätte. Ich holte weit aus und knallte Ramirez meine Handtasche an den Kopf. Mit der Waffe, meinem Piepser und dem ganzen anderen Krempel wog sie mindestens zehn Pfund.

Ramirez taumelte, und ich rannte zur Treppe. Ich war noch keine fünf Schritte weit gekommen, als er mich an den Haaren zurückriß und wie eine Stoffpuppe durch die Halle schleuderte. Ich verlor den Boden unter den Füßen und landete bäuchlings auf den Dielen. Mit den Händen voraus schlitterte ich über das unlackierte Holz. Durch den Aufprall bekam ich keine Luft mehr.

Ramirez hockte sich auf meinen Rücken, krallte sich in meine Haare und zerrte heftig daran. Ich kam mit der Hand an meine Tasche, aber ich bekam den Revolver nicht heraus.

Plötzlich knallte es, und an der Straßenseite zersprang eine Fensterscheibe. Ich hörte, wie weitere Schüsse fielen. Jemand feuerte ein ganzes Magazin in das Boxstudio. Die Männer rannten brüllend durch die Halle und gingen in Deckung. Ramirez brachte sich ebenfalls schleunigst in Sicherheit. Ich mußte wie ein Krebs über den Boden kriechen, weil mich meine Beine nicht mehr tragen wollten. An der Treppe stand ich auf und hielt mich am Geländer fest. Ich verfehlte die zweite Stufe, konnte mich, weil ich viel zu durcheinander war, nicht mehr halten und schoß die restlichen Stufen hinunter, bis ich im Eingang auf dem rissigen Linoleum landete. Ich rappelte mich hoch und stolperte in die Hitze und den strahlenden Sonnenschein hinaus. Meine Strumpfhose war zerrissen, meine Knie bluteten. Nach Atem ringend, hielt ich mich an der Türklinke fest, als sich plötzlich eine Hand um meinen Oberarm legte. Ich zuckte zusammen und schrie. Es war Joe Morelli.

»Himmelherrgott«, sagte er und zog mich mit sich. »Steh nicht so dumm rum. Beweg dich!«

Ich war mir nicht sicher, ob Ramirez soviel an mir lag, daß er mich verfolgen würde, aber weil es mir auf jeden Fall ratsamer erschien, es gar nicht erst darauf ankommen zu lassen, stöckelte ich mit hochgerafftem Rock atemlos hinter Morelli her. Auf der Kinoleinwand hätte Kathleen Turner in diesem Aufzug bestimmt toll ausgesehen. Bei mir hatte es einen weniger umwerfenden Effekt. Mir lief die Nase, und ich glaube fast, ich sabberte. Ich ächzte vor Schmerzen und schniefte vor Angst, gab unappetitliche Tierlaute von mir und versprach dem lieben Gott zwischendurch das Blaue vom Himmel.

Wir bogen um die Ecke, liefen durch eine schmale Gasse bis zum nächsten Block und dann eine einspurige Straße entlang, die von Hinterhöfen gesäumt war. Rechts und links standen baufällige Garagen und überquellende, verbeulte Mülltonnen.

In der Ferne schrillten Sirenen. Bestimmt waren es ein paar Streifenwagen und eine Ambulanz, wegen der Schießerei. Im nachhinein war mir klar, daß es besser gewesen wäre, in der Nähe des Boxstudios zu bleiben. Dann hätten die Polizisten mir helfen können, Morelli zu verfolgen. Das mußte ich mir unbedingt merken. Man konnte schließlich nie wissen, wann man das nächste Mal zusammengeschlagen und fast vergewaltigt werden würde.

Morelli blieb abrupt stehen und zog mich in eine leere Garage, deren Tor einen Spaltbreit offenstand. Der Boden bestand aus Lehm, die Luft war stickig und roch nach Metall. Plötzlich wurde ich mir der Ironie der Situation bewußt. Nach all den Jahren war ich wieder allein mit Morelli in einer Garage. Sein Blick war stechend, und er hatte einen harten Zug um den Mund. Er packte mich bei der Jacke und knallte mich mit solcher Wucht rückwärts gegen die rohe Holzwand, daß der Staub von den Dachbalken rieselte und mir die Zähne klapperten.

In seiner Stimme lag kaum unterdrückte Wut. »Wie kommst du eigentlich dazu, einfach so in das Boxstudio zu spazieren?«

Zur Bekräftigung seiner Frage rammte er mich noch einmal gegen die Wand, so daß noch mehr Dreck auf uns herunterregnete.

»Los, antworte!« schnauzte er.

Es stimmte ja, ich hatte eine Dummheit gemacht. Aber daß ich mich jetzt auch noch von Morelli schikanieren lassen mußte, war fast genauso erniedrigend, wie von ihm gerettet zu werden. »Ich habe dich gesucht.«

»Herzlichen Glückwunsch, du hast mich gefunden. Außerdem hast du mich aus der Deckung gelockt, und das gefällt mir gar nicht.«

»Dann warst du also der Schatten am Fenster gegenüber, der das Studio beobachtet hat.«

Morelli schwieg. In der dunklen Garage hatten sich seine Pupillen so stark geweitet, daß seine Augen schwarz aussahen.

Im Geiste knackte ich mit den Fingerknöcheln. »Nun denn. Du weißt ja sicher, was jetzt kommt.«

»Ich kann es kaum erwarten.«

Ich kramte den Revolver aus der Tasche und stieß Morelli den Lauf zwischen die Rippen. »Du bist festgenommen.«

Er riß die Augen auf. »Du hast eine Waffe? Wieso bist du damit nicht auf Ramirez losgegangen? Du hast ihn mit der Handtasche geschlagen wie ein richtiges Mädchen. Warum hast du die verdammte Knarre nicht benutzt?«

Ich wurde rot. Was sollte ich darauf antworten? Die Wahrheit war nicht nur peinlich, sie war schädlich. Wenn ich zugab, mehr Angst vor meiner Waffe als vor Ramirez gehabt zu haben, würde das meinem guten Ruf als Kautionsdetektivin nicht gerade nützen.

Aber es dauerte sowieso nicht lange, bis Morelli sich alles allein zusammengereimt hatte. Er schnaubte verächtlich, schob den Revolver weg und nahm ihn mir ab. »Wenn du nicht bereit bist, eine Waffe zu benutzen, solltest du erst gar keine mit dir rumschleppen. Hast du eigentlich einen Waffenschein, der dir das versteckte Mitführen einer Waffe erlaubt?«

»Ja.« Und ich hielt es nicht einmal für völlig ausgeschlossen, daß er echt war.

»Wo hast du den Schein her?«

»Ranger hat ihn mir besorgt.«

»Ranger Mañoso? Der hat ihn bestimmt zu Hause im Keller selbst gedruckt.« Er schüttelte die Patronen aus der Waffe und gab sie mir zurück. »Such dir einen neuen Job. Und laß die Finger von Ramirez. Der Kerl ist gemeingefährlich. Er hat schon dreimal wegen Vergewaltigung vor Gericht gestanden, und jedesmal ist er wieder freigesprochen worden, weil die Opfer plötzlich verschwunden waren.«

»Das wußte ich nicht.«

»Du weißt vieles nicht.«

Allmählich hatte ich die Nase voll von ihm. Ich war mir durchaus darüber im klaren, daß ich über den Flüchtlingsfang noch einiges lernen mußte. Aber auf Morellis sarkastische Überheblichkeit konnte ich dabei durchaus verzichten. »Worauf willst du hinaus?«

»Halte dich aus meinem Fall raus. Du willst als Kopfgeldjägerin Karriere machen? Schön. Nur zu. Aber such dir bitte ein anderes Versuchskaninchen. Ich habe auch schon so genug Probleme, ohne daß ich für dich das Kindermädchen spiele.«

»Es hat dich keiner gebeten, auf mich aufzupassen. Mir wäre

schon noch was eingefallen, wenn du dich nicht eingemischt hättest.«

»Du meinst, wenn dieses Brett vor deinem Kopf erst mal weg wäre.«

Meine aufgeschürften Hände brannten höllisch. Mir tat die Kopfhaut weh. Meine Knie pochten. Ich wollte nur noch weg von Morelli, mich fünf bis sechs Stunden unter die heiße Dusche stellen und neue Kräfte sammeln. »Ich fahre nach Hause.«

»Gute Idee«, sagte er. »Wo steht dein Wagen?«

»Ecke Stark Street und Tyler.«

Er drückte sich flach an die Wand und lugte vorsichtig zum Tor hinaus. »Die Luft ist rein.«

Ich hatte steife Knie, und das geronnene Blut klebte an den Fetzen meiner Strumpfhose. Aber weil ich Morelli die Genugtuung, mich humpeln zu sehen, nicht gönnen wollte, marschierte ich tapfer darauf los. In Gedanken machte ich autsch, autsch, autsch, aber ich gab keinen Ton von mir. Als wir an die nächste Kreuzung kamen, merkte ich, daß er mich bis zu meinem Wagen begleiten wollte. »Ich brauche keine Eskorte«, sagte ich. »Ich komme allein zurecht.«

Er hatte die Hand unter meinen Ellenbogen gelegt und schob mich vorwärts. »Bilde dir bloß nichts ein. Mir liegt bei weitem nicht soviel an deinem Wohlergehen wie an deinem Verschwinden. Ich will mich überzeugen, daß du auch wirklich wegfährst. Ich will sehen, wie dein Auspuff dem Sonnenuntergang entgegenruckelt.«

Aus diesem Wunsch würde leider nichts werden. Mein Auspuff lag irgendwo auf der Route 1, zusammen mit dem Auspufftopf.

Als wir um die letzte Ecke bogen und ich meinen Wagen erblickte, hätte mich fast der Schlag getroffen. In der knappen Stunde, die er in der Stark Street gestanden hatte, war er über und über besprüht worden. Die vorherrschenden Farben waren Neonpink und Knallgrün, und auf beiden Seiten prangte dick und fett die Aufschrift »Pussi«. Ich überprüfte das Kennzeichen und sah nach, ob auf dem Rücksitz eine Schachtel Fig Newtons stand. Doch, es war tatsächlich mein Wagen.

Noch eine Blamage an einem Tag, der mit Blamagen ohnehin schon reich gesegnet war. Ob es mir etwas ausmachte? Nicht viel. Ich war wie betäubt. Allmählich wurde ich gegen Blamagen immun. Ich suchte nach meinen Schlüsseln und schloß die Wagentür auf.

Morelli wippte auf den Fersen, die Hände in den Taschen, den Anflug eines Grinsens auf den Lippen. »Die meisten Leute begnügen sich mit einem Zierstreifen und ihren Initialen auf dem Nummernschild.«

»Du kannst mich mal!«

Morelli warf den Kopf in den Nacken und lachte. Sein Lachen klang tief und volltönend, und es war so ansteckend, daß ich bestimmt mitgelacht hätte, wenn ich nicht so geknickt gewesen wäre. So aber riß ich bloß die Wagentür auf und rutschte hinter das Lenkrad. Ich drehte den Zündschlüssel herum, verpaßte dem Armaturenbrett einen wuchtigen Schlag mit der Faust und fuhr mit knatterndem Auspuff davon. Morelli ließ ich in einer Lärm- und Abgaswolke stehen, die ausgereicht hätte, seine Eingeweide zu verflüssigen.

Ich wohnte am äußersten östlichen Stadtrand von Trenton in einem häßlichen, dunkelroten Backsteinkasten, der noch aus der Zeit vor der Erfindung von Klimaanlagen und Isolierfenstern stammte. Insgesamt gab es achtzehn Wohnungen in dem Gebäude, die sich gleichmäßig über drei Stockwerke verteilten und die man nicht unbedingt als Traum eines jeden Mieters bezeichnen konnte. Wir hatten weder ein Schwimmbad noch einen Tennisplatz, und auf den Fahrstuhl war kein Verlaß.

Mein Badezimmer hatte senfgelbe Einbauten und altmodische Zierfliesen, die wahrscheinlich zur Zeit der Partridge Family der letzte Schrei gewesen waren. Die Küche war auch nicht wesentlich jünger.

Aber die Wohnung hatte auch ihre Vorteile. Die Wände waren so solide gebaut, daß keine Geräusche hindurchdrangen. Die Zimmer waren groß und sonnig. Die Decken waren hoch. Ich wohnte im ersten Stock, und meine Fenster gingen auf unseren kleinen Privatparkplatz hinaus. Einen Balkon hatte ich nicht, aber immerhin führte die altmodische schwarze Feuerleiter direkt an meinem Schlafzimmerfenster vorbei, geradezu ideal, um Strumpfhosen zu trocknen oder von Blattläusen befallene Topfpflanzen auszulagern, und außerdem groß genug, um in warmen Sommernächten draußen sitzen zu können.

Das schönste an diesem häßlichen Backsteinkasten war jedoch die Tatsache, daß er nicht zu einem riesigen Komplex anderer häßlicher Backsteinkästen gehörte, sondern für sich allein an einer belebten Straße mit kleinen Geschäften stand, an die bescheidene Holzhäuschen grenzten. Fast so wie in meinem alten Viertel, nur besser. Meine Mutter hatte ihre liebe Not, die Nabelschnur so weit zu spannen, und die nächste Bäckerei lag gleich um die Ecke.

Ich stellte den Wagen auf dem Parkplatz ab und schlich durch den Hintereingang ins Haus. Ohne Morelli brauchte ich nicht mehr tapfer zu sein, und so humpelte ich denn unter ausgiebigem Wimmern und Fluchen in meine Wohnung. Nachdem ich geduscht und mich verarztet hatte, zog ich mir ein frisches T-Shirt und Shorts an. Meine Knie hatten die oberste Hautschicht eingebüßt, und die Blutergüsse, die sich darauf abzeichneten, schillerten bereits in den schönsten Lila- und Blautönen. Meine Ellenbogen sahen auch nicht viel besser aus. Ich fühlte mich wie ein Kind, das vom Fahrrad gefallen war. Ich hörte mich noch jubeln: »Ich kann es, ich kann es«, da lag ich auch schon auf der Nase und hatte aufgeschlagene Knie.

Ich warf mich aufs Bett und streckte alle viere von mir. Das mache ich immer, wenn ich nicht mehr weiterweiß. Ich kann es nur empfehlen. Man kann ein Nickerchen machen, während man darauf wartet, daß einem ein genialer Gedanke kommt. Ich lag also da, und die Zeit verging. Ein genialer Gedanke wollte mir nicht kommen, und zum Schlafen war ich zu aufgeregt.

Immer und immer wieder lief die Begegnung mit Ramirez vor mir ab. Ich war noch nie von einem Mann angegriffen worden. Es war eine entwürdigende beängstigende Erfahrung, und obwohl sich die Aufregung inzwischen etwas gelegt und ich mich ein wenig beruhigt hatte, fühlte ich mich immer noch verletzt und wehrlos.

Ich überlegte, ob ich Ramirez anzeigen sollte, entschied mich aber sofort dagegen. Wenn ich mich bei Big Brother ausweinte, würde das meinem Ruf als harter, zäher Kopfgeldjägerin nicht gerade nützen. Daß Ranger jemanden wegen eines tätlichen Angriffs anzeigte, konnte ich mir jedenfalls nicht vorstellen.

Ich hatte noch einmal Glück gehabt, ich war mit leichten Blessuren davongekommen. Und das hatte ich ausgerechnet Morelli zu verdanken.

Es fiel mir nicht leicht, das zuzugeben: Von Morelli gerettet zu werden, war verdammt peinlich gewesen. Und furchtbar ungerecht. Alles in allem hatte ich mich wirklich nicht schlecht geschlagen. Ich arbeitete noch keine achtundvierzig Stunden an dem Fall und hatte Morelli schon zweimal gefunden. Sicher, es war mir nicht gelungen, ihn festzunehmen, aber ich lernte ständig dazu. Von einem Ingenieurstudenten im ersten Semester erwartet schließlich auch niemand, daß er auf Anhieb eine perfekte Brücke baut. Da konnte man bei mir ruhig auch ein Auge zudrücken.

Ich bezweifelte, daß mir der Revolver jemals sehr viel nützen würde. Es kam mir eher unwahrscheinlich vor, daß ich auf Morelli schoß. Das höchste der Gefühle wäre ein Schuß in den

Fuß gewesen. Aber wie gut standen meine Chancen, so ein kleines, bewegliches Ziel zu treffen? Nicht besonders gut. Ich brauchte unbedingt eine weniger tödliche Waffe, um mein Opfer außer Gefecht zu setzen. Vielleicht wäre mir mit einem Selbstverteidigungsspray besser gedient. Also gut, am nächsten Morgen würde ich mir in Sunny's Gun Shop noch ein neues Spielzeug für meine Umhängetasche besorgen.

Mein Radiowecker blinkte. 5.50 Uhr. Dösig sah ich auf die Anzeige, ohne mir viel dabei zu denken. Doch dann bekam ich einen Heidenschrecken. Meine Mutter erwartete mich wieder zum Abendessen!

Ich sprang aus dem Bett und raste zum Telefon. Die Leitung war tot. Die Telefongesellschaft hatte mir wegen unbezahlter Rechnungen den Anschluß abgeklemmt. Ich schnappte mir die Wagenschlüssel und schoß zur Tür hinaus.

4

Meine Mutter stand auf der Verandatreppe, als ich vor dem Haus anhielt. Sie schrie etwas und fuchtelte mit den Armen. Wegen meines laut knatternden Auspuffs konnte ich nicht hören, was sie schrie, aber dafür konnte ich es ihr von den Lippen ablesen. »STELL DAS AB!« schrie sie. »STELL DAS AB!«

»'tschuldigung!« schrie ich zurück. »Der Auspuff ist kaputt.«

»Das mußt du reparieren lassen. Ich habe dich schon vier Straßen weiter kommen hören. Bei dem Krach kriegt die alte Mrs. Ciak noch Herzjagen.« Sie musterte mit zusammengekniffenen Augen meinen fahrbaren Untersatz. »Hast du den Wagen neu spritzen lassen?«

»Das ist mir in der Stark Street passiert. Vandalen.« Ich schob sie rasch in die Diele, bevor sie die Aufschrift entziffern konnte.

»Mensch, was für tolle Knie«, sagte Grandma Mazur und bückte sich, um sich meine blutigen Schrammen genauer anzusehen. »Letzte Woche im Fernsehen, ich glaubte, es war in der Oprah-Winfrey-Show, da war eine Gruppe von Frauen im Studio, die hatten auch solche Knie. Sie haben gesagt, sie müßten ständig auf den Knien rumrutschen. Das habe ich bis heute nicht verstanden.«

»Herrschaftszeiten«, knurrte mein Vater hinter seiner Zeitung. Mehr brauchte er nicht zu sagen. Wir verstanden ihn auch so.

»Das kommt nicht vom Rumrutschen«, sagte ich zu

Grandma Mazur. »Ich bin mit meinen Roller Blades hingefallen.« Die kleine Lüge machte mir nichts aus. Ich war sowieso berühmt für unglückselige Mißgeschicke.

Ich warf einen Blick ins Eßzimmer. Die gute Spitzendecke lag auf dem Tisch. Besuch. Ich zählte die Gedecke. Fünf. Ich verdrehte die Augen. »Ma, du hast doch nicht etwa ...?«

»Was?«

Es klingelte an der Haustür, und meine schlimmsten Befürchtungen wurden wahr.

»Wir bekommen Besuch, das ist alles«, sagte meine Mutter und ging zur Tür. »Ich kann mir doch in mein eigenes Haus Gäste einladen, wann ich will.«

»Es ist Bernie Kuntz«, sagte ich. »Ich sehe ihn durchs Dielenfenster.«

Meine Mutter blieb stehen und stemmte die Hände in die Hüften. »Und was hast du gegen Bernie Kuntz einzuwenden?«

»Zum Beispiel, daß er ein Mann ist.«

»Ich weiß ja, daß du eine schlechte Erfahrung gemacht hast. Aber das muß doch noch lange nicht das Ende vom Lied sein. Sieh dir deine Schwester Valerie an. Sie ist seit zwölf Jahren glücklich verheiratet und hat zwei reizende kleine Mädchen.«

»Mir reicht's. Ich haue ab. Ich verschwinde durch die Hintertür.«

»Es gibt Ananasauflauf«, sagte meine Mutter. »Du verpaßt den Nachtisch, wenn du jetzt gehst. Und glaub ja nicht, daß ich dir eine Portion aufhebe.«

Meine Mutter schreckt auch vor Gemeinheiten nicht zurück, solange sie der Meinung ist, daß sie einem guten Zweck dienen. Sie wußte, daß sie mich mit dem Ananasauflauf ködern konnte. Für einen guten Nachtisch würde jedes Mitglied der Familie Plum einiges in Kauf nehmen.

Grandma Mazur starrte Bernie an. »Wer sind Sie?«

»Ich bin Bernie Kuntz.«

»Was wollen Sie?«

Bernie scharrte verlegen mit den Füßen.

»Ich bin zum Abendessen eingeladen«, sagte er.

Grandma Mazur hatte die Fliegendrahttür immer noch nicht aufgemacht. »Helen«, rief sie über ihre Schulter. »Hier steht ein junger Mann vor der Tür. Er sagt, er ist zum Essen eingeladen Wieso weiß ich nichts davon? Jetzt habe ich so ein altes Kleid an. In diesem Kleid kann ich doch keinen Männerbesuch empfangen.«

Ich kannte Bernie, seit er fünf war. Ich war mit ihm zur Grundschule gegangen. Von der ersten bis zur dritten Klasse hatten wir immer die Mittagspause zusammen verbracht, und noch heute fielen mir beim Namen Bernie Kuntz als erstes Erdnußbutter- und Geleebrote ein. An der High-School hatte ich ihn aus den Augen verloren. Ich wußte, daß er studiert hatte und zurückgekommen war, um im Geschäft seines Vaters Elektrogeräte zu verkaufen.

Er war mittelgroß und mittelbreit, inklusive Babyspeck, den er nie ganz losgeworden war. Er hatte sich fein gemacht, blank gewienerte Slipper mit Troddeln, schicke Hose und Sportjakkett. Anscheinend hatte er sich seit der sechsten Klasse nicht sehr verändert. Er sah immer noch so aus, als ob er keine Brüche addieren könnte, und der Schieber an seinem Reißverschluß stand hoch, so daß sich an seinem Hosenschlitz ein kleines Zelt bildete.

Wir setzten uns an den Tisch und konzentrierten uns aufs Essen.

»Bernie verkauft Elektroartikel«, sagte meine Mutter, während sie den Rotkohl herumreichte. »Er verdient gutes Geld damit. Er fährt einen Bonneville.«

»Man stelle sich vor, einen Bonneville«, sagte Grandma Mazur.

Mein Vater sah nicht von seinem Hähnchen hoch. Er hielt

den Mets die Treue, er trug Unterwäsche von Fruit of the Loom, und er fuhr einen Buick. Das waren die unverrückbaren Konstanten in seinem Leben, und er hatte ganz und gar nicht die Absicht, sich von einem Toasterverkäufer beeindrucken zu lassen, der einen Bonneville fuhr.

Bernie wandte sich mir zu. »Und was machst du so beruflich?«

Ich spielte mit meiner Gabel. Nach meinem alles andere als erfolgreichen Tag schien es mir etwas dreist, großspurig zu verkünden, ich wäre Kautionsdetektivin. »In gewisser Weise arbeite ich für eine Versicherungsgesellschaft«, sagte ich.

»Dann bist du so etwas wie eine Schadensreguliererin?«

»Eher so etwas wie eine Inkassovertreterin.«

»Sie ist Kopfgeldjägerin!« posaunte Grandma Mazur los. »Sie jagt gemeine Verbrecher, genau wie im Fernsehen. Sie hat eine Waffe und alles, was sie sonst noch braucht.« Sie griff hinter sich aufs Sideboard, wo meine Tasche lag. »Sie hat eine ganz tolle Ausrüstung«, sagte Grandma Mazur und stellte sich die Tasche auf den Schoß. Sie holte die Handschellen, den Piepser und eine Schachtel Tampons heraus und legte alles vor sich auf den Tisch. »Und hier ist ihre Waffe«, sagte sie stolz. »Ist sie nicht schön?«

Ich muß zugeben, es war eine ziemlich schicke Waffe. Sie hatte einen Edelstahlrahmen und einen geschnitzten Holzgriff. Es war ein fünfschüssiger Smith-and-Wesson-Revolver, Model 60. A .38 Special. Wenig Gewicht, einfache Handhabung hatte Ranger gesagt. Außerdem war er wesentlich preisgünstiger gewesen als eine halbautomatische Waffe, falls man vierhundert Dollar noch preisgünstig nennen kann.

»Mein Gott!« schrie meine Mutter. »Tu das Ding weg! Nehmt ihr die Waffe weg, bevor sie sich etwas antut!«

Die Trommel war offen und eindeutig leer. Ich kannte mich zwar nicht besonders gut mit Waffen aus, aber immerhin wußte ich, daß sie ohne Patronen nicht losgehen konnten. »Sie ist leer«, sagte ich. »Sie ist nicht geladen.«

Grandma Mazur hielt den Revolver mit beiden Händen, den Zeigefinger am Abzug. Sie kniff ein Auge zu und visierte die Nippesvitrine an. »Ka-bumm«, sagte sie. »Ka-bumm, ka-bumm, ka-bumm.«

Mein Vater beschäftigte sich mit der Hähnchenfüllung und würdigte uns keines Blickes.

»Ich will keine Waffen am Tisch haben«, sagte meine Mutter. »Außerdem wird das Essen kalt. Gleich muß ich die Soße aufwärmen.«

»Ohne Munition nützt dir die beste Knarre nichts«, sagte Grandma Mazur zu mir. »Wie willst du denn die ganzen Mörder fangen, wenn deine Waffe nicht geladen ist?«

Bernie, der bis jetzt nur stumm dagesessen und mit offenem Mund zugehört hatte, sagte entgeistert: »Mörder?«

»Sie ist hinter Joe Morelli her«, erklärte Grandma Mazur. »Er ist ein echter Mörder und ein Kautionsflüchtling. Er hat Ziggy Kulesza in den Kopf geschossen.«

»Ich kannte Ziggy Kulesza«, sagte Bernie. »Ich habe ihm vor ungefähr einem Jahr einen Fernseher mit Großbildschirm verkauft. Davon werden wir nicht viele los. Sie sind zu teuer.«

»Hat er sonst noch was bei dir gekauft?« fragte ich. »In der letzten Zeit vielleicht?«

»Nein. Aber ich habe ihn ein paarmal in den Laden gegenüber gehen sehen, in Sals Metzgerei. Mir ist nichts Besonderes an Ziggy aufgefallen. Er war ein ganz normaler Mensch.«

Niemand hatte auf Grandma Mazur geachtet. Sie spielte immer noch mit dem Revolver, visierte und zielte, wog ihn in der Hand. Plötzlich fiel mir ein, daß ich eine Schachtel Munition in der Tasche hatte. Mir kam ein ungemütlicher Gedanke. »Grandma, du hast die Waffe doch nicht etwa geladen, oder?«

»Natürlich habe ich sie geladen«, sagte sie. »Und eine Kammer habe ich leer gelassen, das weiß ich aus dem Fernsehen. Dann kann man nämlich aus Versehen keinen erschießen.« Sie drückte ab, um uns zu zeigen, daß nichts zu befürchten war. Es krachte, die Revolvermündung blitzte auf, und das Hähnchen sprang vom Teller in die Höhe.

»Heilige Mutter Gottes!« kreischte meine Mutter. Sie sprang auf und kippte ihren Stuhl um.

»Mist«, sagte Grandma. »Da muß ich wohl die falsche Kammer leer gelassen haben.« Sie beugte sich vor, um das Ergebnis ihrer Handarbeit zu begutachten. »Gar nicht so übel für meinen ersten Schießversuch. Ich habe den Vogel genau in den Bürzel getroffen.«

Mein Vater krallte die Finger so fest um seine Gabel, daß die Knöchel weiß hervortraten. Sein Gesicht war preißelbeerrot.

Ich lief um den Tisch und nahm Grandma Mazur vorsichtig die Waffe aus der Hand. Dann schüttelte ich die Patronen aus der Trommel und packte meine Siebensachen wieder in die Tasche.

»Seht euch den kaputten Teller an«, sagte meine Mutter. »Der gehörte zum Service. Wo soll ich denn nur wieder einen neuen herbekommen?« Sie schob den Teller zur Seite, und wir starrten schweigend auf das kreisrunde Loch in der Tischdecke und auf die Kugel, die sich in die Mahagoniplatte gebohrt hatte.

Grandma Mazur fand als erste die Sprache wieder. »Schießen macht hungrig«, sagte sie. »Reicht mir mal die Kartoffeln rüber.«

Alles in allem hatte Bernie Kuntz den Abend gut überstanden. Er hatte sich nicht in die Hose gemacht, als Grandma Mazur dem Hähnchen ins Gesäß schoß. Er hatte zwei Portionen vom berüchtigten Rosenkohleintopf meiner Mutter bewältigt. Und er war einigermaßen nett zu mir gewesen, obwohl kein Zweifel daran bestand, daß wir nie zusammen unter eine Decke schlüpfen würden, und obwohl meine Familie verrückt war. Sein Motiv für so viel Freundlichkeit lag auf der Hand. Ich war eine Frau, der es an Elektrogeräten mangelte. Romantik ist gut für ein paar vertrödelte Abendstunden, aber bei florierendem Geschäft fällt schon mal ein Urlaub auf Hawaii ab. Er wollte verkaufen, ich wollte kaufen, und gegen die zehn Prozent Rabatt, die er mir anbot, hatte ich auch nichts einzuwenden. Als Belohnung für den verkorksten Abend hatte ich immerhin etwas Neues über Ziggy Kulesza erahren. Er kaufte sein Fleisch bei Sal Bocha, einem Mann, der mehr wegen seiner Wettgeschäfte als seiner fachmännischen Fähigkeiten bekannt war.

Ich merkte mir diese Information für später. Momentan kam sie mir nicht wichtig vor, aber vielleicht war sie ja später noch von Bedeutung.

Als ich wieder zu Hause war, setzte ich mich mit einem Glas Eistee und Morellis Akte an den Tisch und versuchte, mir einen Schlachtplan zurechtzulegen. Ich hatte Rex eine Schüssel Popcorn gemacht. Die Schüssel stand neben mir auf dem Tisch, und Rex saß in der Schüssel, die Backen mit Popcorn vollgestopft. Seine Augen leuchteten, und seine Schnurrhaare waren kaum zu sehen, so schnell bewegten sie sich.

»Na, Rex«, sagte ich. »Was meinst du? Glaubst du, wir können Morelli schnappen?«

Da klopfte es an der Wohnungstür. Rex und ich saßen völlig reglos da, nur unser inneres Radar summte. Ich erwartete keinen Besuch. Bei meinen Nachbarn handelte es sich zum größten Teil um ältere Herrschaften. Mit niemanden stand ich auf besonders freundschaftlichem Fuß. Ich konnte mir jedenfalls nicht vorstellen, daß einer von ihnen abends um halb zehn an meine Tür klopfte. Höchstens Mrs. Becker aus dem zweiten Stock. Sie vergaß manchmal, wo sie wohnte.

Es klopfte noch einmal. Rex und ich drehten die Köpfe zur Tür. Es war eine schwere Eisentür mit Sicherheitsspion, einem

Riegel und einer zweifach verstärkten Vorlegekette. Bei schönem Wetter ließ ich meine Fenster Tag und Nacht offenstehen, aber die Tür schloß ich immer ab. Hannibal und seine Elefanten wären nicht durch meine Wohnungstür gekommen, aber durch meine Fenster konnte jeder Vollidiot eindringen, der imstande war, eine Feuerleiter hinaufzusteigen.

Ich legte den Spritzschutz meiner Bratpfanne auf die Popcornschüssel, damit Rex nicht herausklettern konnte, und ging nachsehen. Als ich vor der Tür stand, hörte das Klopfen auf. Ich drückte ein Auge auf den Spion und sah nichts. Jemand hielt das Guckloch zu. Kein gutes Zeichen. »Wer ist da?« rief ich.

Ein leises Lachen, das durch die Ritzen drang, ließ mich ein paar Schritte zurückweichen. Auf das Lachen folgte nur ein einziges Wort: »Stephanie.«

Diese Stimme mit dem melodischen, höhnischen Klang war nicht zu verwechseln. Sie gehörte Ramirez.

»Ich will mit dir spielen, Stephanie«, säuselte er. »Hast du Lust zum Spielen?«

Ich bekam weiche Knie, und in mir stieg eine irrationale Angst auf. »Verschwinde, oder ich rufe die Polizei.«

»Du kannst doch überhaupt nicht telefonieren, du Flittchen. Dein Apparat ist tot. Das weiß ich genau, weil ich selber schon probiert habe, bei dir anzurufen.«

Meine Eltern haben nie begriffen, warum mir soviel an meiner Unabhängigkeit liegt. Sie sind überzeugt davon, daß ich mich die meiste Zeit verängstigt und einsam in meiner Wohnung verkrieche. Ich kann ihnen erzählen, was ich will, sie glauben mir nicht. Dabei habe ich fast nie Angst. Höchstens ab und zu vor vielfüßigen Krabbeltieren. Meiner Ansicht nach ist nur eine tote Spinne eine gute Spinne, und die ganze Gleichberechtigung ist keinen Pfifferling wert, wenn ich keinen Mann mehr bitten darf, für mich die Insekten totzuschlagen. Ich habe keine Angst, daß irgendwelche mordlüsternen Skinheads meine Tür aufbrechen oder durch das offene Fenster einsteigen. Solche Typen bevorzugen sowieso meistens die Gegend um den Bahnhof. Außerdem wird man in meinem Viertel so gut wie nie überfallen oder samt dem eigenen Wagen entführt, und wenn es doch mal passiert, kommt man in der Regel mit dem Leben davon.

Bis zu diesem Augenblick hatte ich Angst eigentlich nur dann gekannt, wenn ich mitten in der Nacht aufwachte, aus dem Schlaf geschreckt von einer Invasion der grauenhaftesten Monster... Geister, Ungeheuer, Vampirfledermäuse, Außerirdische. Dann lag ich, meiner vollkommen aus den Fugen geratenen Phantasie hilflos ausgeliefert, im Bett, wagte kaum noch zu atmen und wartete darauf, daß ich abhob. Ich muß zugeben, daß es tröstlich wäre, nicht allein warten zu müssen, aber abgesehen von Bill Murray, welcher normale Sterbliche würde mir schon bei einem Geisterangriff helfen können? Zum Glück ist mir noch nie etwas passiert. Weder hat sich mein Kopf jemals um die eigene Achse gedreht, noch bin ich in den Weltraum gebeamt worden, noch ist mir Elvis erschienen. Und falls ich überhaupt einmal ein außerkörperliches Erlebnis gehabt habe, dann vor vierzehn Jahren, als Joe Morelli mit mir hinter der Vitrine mit den Liebesknochen lag.

Ramirez Stimme drang schneidend durch die Tür. »Ich bin noch nicht fertig mit dir, Stephanie Plum. Ich kann es nicht leiden, wenn ein Weib vor dem Champ wegläuft.«

Er drehte am Türknauf, und einen Augenblick lang klopfte mir das Herz im Hals. Die Tür rührte sich nicht, und mein Puls sank wieder auf eine nicht mehr unmittelbar zum Hirnschlag führende Frequenz.

Ich atmete ein paarmal tief durch und kam zu dem Schluß, daß es das klügste wäre, ihn einfach zu ignorieren. Ich hatte keine Lust, mich mit ihm herumzustreiten, und ich wollte nicht alles noch schlimmer machen, als es sowieso schon war. Ich schloß die Fenster, verriegelte sie und zog die Vorhänge zu. Dann lief ich ins Schlafzimmer und überlegte, ob ich über die Feuerleiter abhauen sollte, um Hilfe zu holen. Aber irgendwie erschien mir das albern, so als ob ich Ramirez' Drohung damit mehr Gewicht beimaß, als ihr zukam. Mach dir nicht gleich in die Hose, schalt ich mich. Es ist doch nichts Ernstes. Ich verdrehte die Augen. Nichts Ernstes! Nur ein gemeingefährlicher Irrer von zweihundertfünfzig Pfund Lebendgewicht, der in meinem Hausflur stand und mich lautstark bedrohte.

Ich schlug die Hand vor den Mund, um ein hysterisches Wimmern schon im Ansatz zu ersticken. Nur keine Panik. Es würde sicher nicht lange dauern, bis meine Nachbarn kamen, um nach dem Rechten zu sehen. Dann war Ramirez gezwungen zu gehen.

Ich nahm den Revolver aus der Tasche und ging noch einmal in die Diele. Der Spion war frei, der Hausflur sah verlassen aus. Ich legte mein Ohr an die Tür und lauschte. Nichts. Ich schob den Riegel zurück und öffnet einen Spaltbreit, rührte aber die Sicherheitskette nicht an und hielt die Waffe im Anschlag. Kein Ramirez in Sicht. Ich machte die Kette los und spähte den Hausflur hinaus. Alles friedlich. Er war tatsächlich verschwunden.

Plötzlich bemerkte ich, daß an meiner Tür ein widerwärtiger Schleim hinunterlief. Haferschleim war es nicht, dessen war ich mir sicher. Ich mußte würgen. Schnell machte ich die Tür zu, schloß ab, schob den Riegel vor und hängte die Kette wieder ein. Wunderbar. Gerade mal zwei Tage in dem Job, und schon holte sich der erste Irre vor meiner Tür einen runter.

So etwas war mir früher nie passiert, als ich noch bei E. E. Martin arbeitete. Sicher, einmal hatte mir ein Obdachloser auf den Fuß uriniert, und zuweilen ließ im Bahnhof schon auch mal ein Kerl die Hose runter, aber darauf war man gefaßt, wenn man in Newark arbeitete. Ich hatte gelernt, diese Dinge nicht persönlich zu nehmen. Die Sache mit Ramirez war etwas vollkommen anderes. Sie machte mir angst.

Ich schrie auf, als über mir ein Fenster geöffnet und wieder geschlossen wurde. Dabei war es nur Mrs. Delgado, die ihre Katze für die Nacht rausließ. Ich mußte mich zusammenreißen. Um auf andere Gedanken zu kommen, fing ich an, nach verpfändbaren Gegenständen zu suchen. Viel war nicht mehr übrig. Ein Walkman, ein Bügeleisen, Perlenohrringe von meiner Hochzeit, eine Küchenuhr, die wie ein Huhn aussah, ein gerahmtes Ansel-Adams-Poster und zwei getöpferte Tischlampen. Vielleicht konnte ich damit die Telefonrechnung zahlen. Ich wollte es nicht noch einmal erleben, daß ich in meiner eigenen Wohnung in der Falle saß und nicht um Hilfe rufen konnte.

Ich setzte Rex wieder in seinen Käfig, putzte mir die Zähne, zog ein Nachthemd an und kroch ins Bett. Sämtliche Lampen ließ ich brennen.

Als ich am nächsten Morgen aufwachte, sah ich als allererstes durch den Türspion. Da mir nichts Ungewöhnliches auffiel, duschte ich rasch und zog mich an. Rex schlief tief und fest in seiner Suppendose, nachdem er die ganze Nacht in seinem Rad gelaufen war. Ich gab ihm frisches Wasser und schüttete die berüchtigten Hamsterkörner in seinen Napf. Eine Tasse Kaffee wäre nicht zu verachten gewesen. Aber leider hatte ich keinen Kaffee im Haus.

Ich ging ans Wohnzimmerfenster und hielt auf dem Parkplatz nach Ramirez Ausschau, dann spähte ich vorsichtshalber noch einmal durch den Spion. Ich schob den Riegel zurück und öffnete die Tür, aber die Kette nahm ich nicht ab. Ich steckte die Nase durch den Spalt und schnupperte. Es roch nicht nach Boxer, also löste ich die Kette und trat mit gezückter Waffe einen Schritt in den Hausflur. Er war leer. Ich schloß hinter mir ab und pirschte mich mich ein paar Schritte vorwärts. Der Aufzug klingelte, die Tür glitt summend auf, und ich hätte um ein Haar die alte Mrs. Moyer erschossen. Nachdem ich mich wortreich entschuldigt und ihr versichert hatte, daß die Waffe nicht echt war, schlich ich zur Treppe. Die Luft war rein. Ich konnte die erste Ladung Sperrmüll nach unten schleppen.

Als Emilio seine Pfandleihe endlich aufmachte, war ich voll auf Koffeinentzug. Um den Preis der Ohrringe versuchte ich noch zu feilschen, aber ich war nicht recht mit dem Herzen dabei und ließ mich von ihm übers Ohr hauen. Es war mir egal. Ich hatte, was ich brauchte. Geld für eine weniger gefährliche Waffe und die Telefonrechnung. Es war sogar noch genügend für einen Blaubeermuffin und eine große Tasse Kaffee übrig.

Ich gönnte mir fünf Minuten Pause, um mein Frühstück ausgiebig zu genießen, dann beeilte ich mich, zur Telefongesellschaft zu kommen. An einer Ampel wurde ich von zwei Typen in einem Geländewagen angehupt. Ihren Gesten nach zu urteilen, bewunderten sie die Aufschriften an meinem Wagen. Was sie sagten, konnte ich nicht hören, weil der Motor zu laut war. Ein Gutes hatte das Geknatter also doch.

Plötzlich stieg um mich herum Nebel auf, und ich begriff, daß ich qualmte. Es war keine gutartige weiße Abgasfahne wie an einem kalten Tag. Es war dicker, schwarzer Qualm, und in Ermangelung eines Auspuffrohres kam er in großen Wolken irgendwo unter mir herausgequollen. Ich hämmerte auf das Armaturenbrett, um zu sehen, ob wenigstens eine der Anzeigen funktionierte, und wie fast nicht anders zu erwarten, ging tatsächlich das rote Öllämpchen an. Ich fuhr sofort die nächste Tankstelle an, kaufte eine Dose Öl, gab sie dem Wagen zu saufen und kontrollierte den Ölstand. Er war immer noch ziemlich niedrig, also kippte ich gleich eine zweite Dose hinterher.

Meine nächste Station war die Telefongesellschaft. Die Rechnung zu bezahlen und dafür zu sorgen, daß mein Telefon wieder angeschlossen wurde, war kaum weniger kompliziert als das Erwerben einer Green Card. Zum Schluß blieb mir nichts anderes übrig, als zu behaupten, meine blinde, senile Großmutter wohne bei mir, wenn sie nicht gerade mit einem Herzinfarkt im Krankenhaus liege; ein funktionstüchtiges Telefon würde unter Umständen über Leben und Tod entscheiden. Ich glaube zwar nicht, daß mir die Frau hinter dem Schalter meine Geschichte abgenommen hat, aber ich glaube, daß sie mir ein paar Pluspunkte für besonderen Unterhaltungswert gutgeschrieben hat. Außerdem versprach sie mir, daß im Laufe des Tages irgendwer irgendwas wieder anklemmen würde. Gut. Wenn Ramirez noch einmal auftauchte, konnte ich wenigstens die Polizei anrufen. Und für den Notfall wollte ich mir noch eine Dose Tränengas besorgen. Mit der Knarre war ich zwar nicht besonders fit, aber im Umgang mit einer Sprühdose konnte mir keiner etwas vormachen.

Als ich vor dem Waffengeschäft ankam, flackerte das Öllämpchen schon wieder. Da ich keinen Qualm sah, erklärte ich mir die Sache so, daß der Öldruckmesser steckengeblieben war. Auf jeden Fall hatte ich keine große Lust, noch mehr Geld für Öl zu verplempern. Der Wagen durfte einfach nicht schlappmachen. Wenn ich meine zehntausend Dollar Kopfgeld kassiert hatte, würde ich ihm so viel Öl kaufen, wie er saufen konnte, und ihn anschließend von einer Brücke stürzen.

Die Besitzer von Waffengeschäften hatte ich mir immer als große, stämmige Männer vorgestellt, die Baseballmützen mit Aufklebern von Motorradmarken trugen und Bubba oder Billy Bob oder so ähnlich hießen. Dieses Waffengeschäft gehörte einer Frau namens Sunny. Sie war Mitte Vierzig. Ihre Haut hatte die Farbe und Struktur einer guten Zigarre, die fransigen Haare waren kanariengelb gefärbt, und ihre Stimme klang so, als ob sie zwei Schachteln Zigaretten pro Tag rauchte. Sie trug Straßohrringe, hautenge Jeans und hatte aufgemalte kleine Palmen auf den Fingernägeln.

»Hübsch«, sagte ich und zeigte auf ihre Nägel.

»Das macht Maura im Hair Palace. Was Fingernägel angeht, ist sie ein Genie. Und wenn sie einem mit Warmwachs die Schamhaare entfernt, ist man hinterher so glatt wie eine Billardkugel.«

»Muß ich mir merken.«

»Fragen Sie nach Maura. Sagen Sie ihr, Sie kommen von Sunny. Was kann ich heute für Sie tun? Haben Sie schon Ihre ganze Munition verschossen?«

»Ich brauche Tränengas.«

»Und an was für eine Sorte haben Sie gedacht?«

»Gibt es denn verschiedene?«

»Aber natürlich. Wir haben eine große Auswahl unterschiedlicher Sprays im Sortiment.« Sie holte mehrere in Plastik verschweißte Päckchen aus dem Regal. »Das ist Mace, das Original. Das ist Peppergard, die umweltfreundliche Alternative, die heutzutage oft von der Polizei benutzt wird. Und last not least Sure Guard, eine echte chemische Waffe. Damit fällen Sie einen Dreizentnermann in sechs Sekunden. Es wirkt direkt auf die Neurotransmitter. Wer dieses Zeug auf die Haut kriegt, kippt aus den Latschen. Auch wenn er betrunken ist oder unter Drogen steht. Einmal sprühen, und schon heißt es: Aus die Maus.«

»Hört sich gefährlich an.«

»Das können Sie laut sagen.«

»Ist es tödlich? Hinterläßt es bleibende Schäden?«

»Der einzige bleibende Schaden, den das Opfer davonträgt, ist die Erinnerung an die größte Blamage seines Lebens. Anfänglich gibt es natürlich Lähmungserscheinungen, und wenn sie sich wieder gelegt haben, kommt es normalerweise zu heftigem Erbrechen und bösen Kopfschmerzen.«

»Ich weiß nicht. Was ist, wenn ich mich aus Versehen selbst damit einsprühe?«

Sie verzog das Gesicht. »Kindchen, das sollten Sie besser bleibenlassen.«

»Hört sich kompliziert an.«

»Ist es aber nicht. Sie müssen bloß aufs Knöpfchen drücken, mehr ist nicht dabei. Sie sind jetzt schließlich ein Profi.« Sie tätschelte meine Hand. »Nehmen Sie das Sure Guard. Es ist genau das Richtige für Sie.«

Ich kam mir nicht wie ein Profi vor. Ich fühlte mich wie ein Idiot. Früher hatte ich gegen den Einsatz von Giftgas protestiert, und nun wollte ich bei einer Frau, die sich die Schamhaare mit Warmwachs entfernen ließ, selbst Nervengas kaufen.

»Sure Guard haben wir in verschiedenen Größen vorrätig«, sagte Sunny. »Ich persönlich bevorzuge das Schlüsselringmodell, das nur siebzehn Gramm wiegt. Es hat einen Karabiner aus Edelstahl, steckt in einem attraktiven Lederetui und ist in drei Modefarben erhältlich.«

»In drei Farben? Wahnsinn.«

»Probieren Sie es ruhig mal aus«, sagte Sunny. »Damit Sie wissen, wie man damit umgeht.«

Ich ging nach draußen, machte den Arm ganz lang und sprühte. Plötzlich drehte der Wind, ich rannte wieder hinein und knallte die Tür zu.

»Der Wind kann tückisch sein«, sagte Sunny. »Vielleicht nehmen Sie lieber den Hinterausgang, wenn Sie gehen. Hinter dem Schießstand.«

Ich folgte ihrem Rat. Als ich wieder auf der Straße war, lief ich so schnell wie möglich zu meinem Wagen für den Fall, daß doch noch ein paar Tröpfchen Sure Guard in der Luft hingen, die nur darauf lauerten, sich auf meine Neurotransmitter zu stürzen. Als ich den Schlüssel ins Zündschloß steckte, gab ich mir Mühe, nicht daran zu denken, daß eine unter Druck stehende Tränengasdose oder, etwas anders ausgedrückt, eine Nervengasbombe vor meinen Knien baumelte. Der Motor sprang an, und das Öllämpchen blinkte auf. Es sah sehr rot und böse aus. Aber darum konnte ich mich jetzt nicht kümmern. Auf meiner Liste der dringendsten Probleme rangierte Öl noch nicht einmal unter den Top Ten.

Ich fuhr los, ohne auch nur ein einziges Mal im Rückspiegel zu überprüfen, ob ich eine verräterische Qualmwolke hinter mir herzog. Carmen Sanchez wohnte nicht weit von der Stark Street entfernt. Kein tolle Gegend, aber auch nicht die allerschlechteste. Das Haus war ein gelber Ziegelbau, der so aussah, als ob er einen ausführlichen Frühjahrsputz vertragen könnte. Drei Stockwerke hoch. Kein Aufzug. Gesprungene Fliesen in der kleinen Eingangshalle. Carmens Wohnung lag im ersten Stock. Bis ich oben war, schwitzte ich. Die Tür war zwar nicht mehr polizeilich versiegelt, aber dafür mit einem Vorhängeschloß versehen. Auf derselben Etage waren noch zwei Wohnungen. In der ersten war niemand zu Hause. Als ich an der zweiten Tür klopfte, machte mir eine Latinofrau auf. Mrs. Santiago, Ende Vierzig, Anfang Fünfzig. Sie hatte einen blauen Baumwollkittel und Flanellpantoffeln an und trug ein Baby auf der Hüfte. In der dunklen Wohnung hinter ihr plärrte ein Fernseher. Vor dem Bildschirm zeichneten sich zwei kleine Köpfe ab. Ich stellte mich vor und gab ihr meine Karte.

»Ich weiß nicht, was ich Ihnen erzählen soll«, sagte sie. »Diese Carmen hat nicht lange hier gewohnt. Keiner kannte sie. Sie war ruhig. Sie hatte nicht viel Kontakt.«

»Haben Sie sie seit der Schießerei gesehen?«

»Nein.«

»Wissen Sie, wo sie sein könnte? Freunde? Verwandte?«

»Ich kannte sie nicht. Keiner kannte sie. Soweit ich weiß, hat sie in einer Bar gearbeitet – im Step in der Stark Street. Vielleicht weiß dort jemand mehr.«

»Waren Sie am Abend der Schießerei zu Hause?«

»Ja. Es war schon spät, und Carmen hatte den Fernseher furchtbar laut aufgedreht. So laut wie noch nie. Dann hat jemand an Carmens Tür gehämmert. Ein Mann. Das war dieser Polizist. Er mußte wohl so hämmern, weil ihn ja bei dem Krach von dem Fernseher keiner hören könnte. Dann fiel ein Schuß. Dann habe ich die Polizei gerufen. Und dann habe ich ein ziemliches Getöse im Hausflur gehört. Also habe ich nachgeschaut.«

»Und?«

»John Kuzack war da und noch ein paar andere Leute aus dem Haus. Bei uns kümmert sich noch der eine um den anderen. Nicht wie in anderen Häusern, wo alle so tun, als ob sie nichts hören würden. Deshalb gibt es bei uns auch keine Drogen. So was kommt hier nicht vor. John hielt den Polizisten am Boden. Er wußte nicht, daß der Mann ein Bulle war. John hatte nur gesehen, daß jemand vor Carmens Haustür erschossen worden war, und dieser andere Mann hatte eine Waffe, also hat John was unternommen.«

»Und dann?«

»Es war ein ziemliches Durcheinander. Die vielen Leute im Treppenhaus.«

»War Carmen auch da?«

»Ich habe sie nicht gesehen. Es waren einfach furchtbar viele Leute. Und alle wollten wissen, was passiert war. Ein paar haben versucht, dem toten Mann zu helfen, aber es war zu spät. Er war tot.«

»Angeblich sollen zwei Männer in Carmens Wohnung gewesen sein. Haben Sie den anderen auch gesehen?«

»Kann schon sein. Da war ein Mann, den ich nicht kannte. Den hatte ich noch nie gesehen. Mager, dunkle Haare, dunkle

Haut, um die Dreißig, komisches Gesicht. Als ob er einen Schlag mit einer Bratpfanne abbekommen hätte. Eine ganz platte Nase. Deshalb ist er mir auch aufgefallen.«

»Was wurde aus ihm?«

Sie zuckte mit den Schultern. »Ich weiß nicht. Er muß wohl irgendwann gegangen sein. Genau wie Carmen.«

»Vielleicht sollte ich mal mit John Kuzack reden.«

»Er wohnt im dritten Stock. Er müßte zu Hause sein. Zur Zeit hat er keine Arbeit.«

Ich bedankte mich. Auf dem Weg nach oben versuchte ich mir vorzustellen, was das wohl für ein Mensch war, der bereit und imstande war, Morelli zu entwaffnen. Ich klopfte an Kuzacks Tür und wartete. Ich klopfte noch einmal, aber diesmal so energisch, daß ich mir die Fingerknöchel aufschrammte. Die Tür ging auf, und meine Überlegungen über Mr. Kuzack hatten sich erübrigt. John Kuzack war über einsneunzig groß und wog ungefähr fünf Zentner. Die fast grauen Haare hatte er zum Pferdeschwanz gebunden, und auf seiner Stirn prangte eine tätowierte Klapperschlange. In der einen Hand hielt er eine Fernsehzeitschrift, in der anderen eine Dose Bier. Süßer Haschischgeruch drang aus der verräucherten Wohnung. Ein Vietnam-Veteran, dachte ich. Von den Luftlandetruppen.

»John Kuzack?«

Er sah zu mir hinunter. »Was kann ich für Sie tun?«

»Ich bin hinter Joe Morelli her. Ich hatte gehofft, Sie könnten mir vielleicht etwas über Carmen Sanchez erzählen.«

»Sind Sie ein Bulle?«

»Ich arbeite für Vincent Plum. Er hat Morelli die Kaution gestellt.«

»Besonders gut habe ich Carmen Sanchez nicht gekannt«, sagte er. »Sie ist mir ein paarmal über den Weg gelaufen. Wir haben uns gegrüßt. Sie machte einen ziemlich netten Eindruck. Ich kam gerade die Treppe rauf, als ich den Schuß hörte.«

»Mrs. Santiago aus dem ersten Stock sagt, Sie hätten den Täter überwältigt.«

»Stimmt. Ich wußte nicht, daß er ein Bulle war. Ich wußte bloß, daß er jemanden erschossen hatte und noch bewaffnet war. Es kamen immer mehr Leute in den Hausflur, und er hat versucht, sie sich vom Leib zu halten. Die Situation sah nicht besonders gut aus, und da habe ich ihm eben mit einem Sechserpack eins übergebraten. Da ist er k. o. gegangen.«

Morelli war also ein Sechserpack Bier zum Verhängnis geworden. Ich hätte beinahe laut gelacht. Im Polizeibericht hatte es geheißen, Morelli sei mit einem stumpfen Gegenstand niedergeschlagen worden. Daß es ein Sechserpack gewesen war, stand nicht darin.

»Das war sehr mutig.«

Er grinste. »Ich war nicht mutig – ich war total blau.«

»Wissen Sie, was aus Carmen geworden ist?«

»Keine Ahnung. Sie wird sich wohl bei den Handgreiflichkeiten verdrückt haben.«

»Und Sie haben sie seitdem nicht mehr gesehen?«

»Nein.«

»Und wie steht es mit dem fehlenden Zeugen? Mrs. Santiago hat etwas von einem Mann mit einer platten Nase gesagt . . .«

»Ich kann mich an ihn erinnern, aber das ist auch schon alles.«

»Würden Sie ihn wiedererkennen?«

»Glaub' schon.«

»Meinen Sie, hier im Haus könnte es noch jemanden geben, der etwas über den verschwundenen Mann weiß?«

»Edleman war der einzige, der ihn auch noch deutlich gesehen hat.«

»Wohnt Edleman hier?«

»Edleman hat hier gewohnt. Er ist letzte Woche überfahren worden. Genau vor dem Haus. Es war Fahrerflucht.«

Ich hatte ein mulmiges Gefühl im Magen. »Halten Sie es für möglich, daß Edlemans Tod etwas mit dem Kulesza-Mord zu tun hat?«

»Kann ich nicht sagen.«

Ich bedankte mich bei Kuzack für seine Hilfe und ging langsam die Treppe wieder hinunter, angenehm benommen von einem passiven Haschischrausch.

Es war kurz vor zwölf und brütend heiß. Leider hatte ich mir am Morgen ein Kostüm und hochhackige Schuhe angezogen, um einen achtbaren, vertraueneinflößenden Eindruck zu machen. Ich hatte die Wagenfenster offengelassen, als ich vor Carmens Haus parkte, in der stillen Hoffnung, daß jemand den Nova stehlen würde. Aber so viel Glück war mir nicht beschieden, also quetschte ich mich hinter das Lenkrad und aß die letzten Fig Newtons, die ich meiner Mutter aus der Speisekammer geklaut hatte. Viel hatte ich von Carmens Nachbarn nicht erfahren, aber wenigstens war ich heute noch nicht angegriffen worden oder eine Treppe hinuntergefallen.

Morellis Wohnung stand als nächstes auf meiner Liste.

5

Ich hatte Ranger angerufen und ihn um Hilfe gebeten, weil ich mich nicht traute, auf eigene Faust einzubrechen. Als ich auf Morellis Parkplatz einbog, wartete Ranger schon. Er war von Kopf bis Fuß in Schwarz gekleidet. Ärmelloses schwarzes T-Shirt, schwarze Armeehosen. Er lehnte an einem schwarz schimmernden Mercedes, der so viele Antennen hatte, daß man damit bis zum Mars gekommen wäre. Ich ließ zwischen uns ein paar Lücken Platz, damit meine Abgase seinen Lack nicht beschmutzten.

»Dein Wagen?« fragte ich. Wem sollte dieser Schlitten wohl sonst gehören?

»Das Leben hat es gut mit mir gemeint.« Sein Blick wanderte zu meinem Nova hinüber. »Schöne Farben«, sagte er. »Warst du in der Stark Street?«

»Ja, und das Radio haben sie mir auch geklaut.«

»Ha, ha, ha. Nett von dir, der notleidenden Bevölkerung auch etwas zukommen zu lassen.«

»Ich würde ihr am liebsten meinen Wagen spenden, aber ihn will keiner haben.«

»Nur weil die Kerle spinnen, müssen sie noch lange nicht wahnsinnig sein.« Er deutete mit dem Kopf auf Morellis Wohnung. »Scheint keiner zu Hause zu sein, also werden wir die Besichtigung wohl ohne Führer machen müssen.«

»Ist das ungesetzlich?«

»Ach was. Wir sind das Gesetz, Baby. Kopfgeldjäger dürfen alles. Wir brauchen noch nicht mal einen Durchsuchungsbefehl.« Er schnallte sich einen schwarzen Waffengurt um die Hüften und schob seine 9-Millimeter-Glock hinein. Nachdem er sich ein Paar Handschellen an den Gurt gehängt hatte, schlüpfte er in dieselbe schwarze Jacke, die er schon im Café getragen hatte. »Ich glaube zwar nicht, daß Morelli da ist«, sagte er, »aber man kann nie wissen. Man muß auf alles gefaßt sein.«

Wahrscheinlich hätte ich ähnliche Vorbereitungen treffen sollen, aber ich konnte mir einfach nicht vorstellen, mit einem Revolver im Rockbund rumzulaufen. Außerdem wäre es nur eine leere Drohung gewesen, weil Morelli wußte, daß ich nicht den Mumm hatte, auf ihn zu schießen.

Wir gingen über den Parkplatz und durch das Außentreppenhaus zu Morellis Wohnung. Ranger klopfte und wartete einen Augenblick. »Jemand zu Hause?« rief er. Niemand antwortete.

»Und was nun?« sagte ich. »Trittst du jetzt die Tür ein?«

»Ich bin doch nicht blöd. Bei der Machonummer kann man sich den Fuß brechen.«

»Du knackst das Schloß, ja? Mit deiner Kreditkarte?«

Ranger schüttelte den Kopf. »Du siehst zuviel fern.« Er holte einen Schlüssel aus der Hosentasche und steckte ihn ins Schloß. »Ich habe mir vom Hausmeister den Ersatzschlüssel geben lassen, während ich auf dich gewartet habe.«

Morellis Apartment bestand aus Wohnzimer, Eßecke, Kochnische, Bad und Schlafzimmer. Es war relativ sauber und spärlich möbliert. Ein kleiner quadratischer Eichentisch mit vier Stühlen, eine bequeme, zu weich gepolsterte Couch, ein Couchtisch und ein Fernsehsessel. Im Wohnzimmer stand eine teure Stereoanlage, im Schlafzimmer ein kleiner Fernsehapparat.

Ranger und ich durchsuchten die Küche. Wir hatten es auf ein Adreßbuch abgesehen und stöberten rücksichtslos in dem Stapel Rechnungen, der sich vor dem Tischgrill auftürmte.

Ich sah Morelli fast vor mir, wie er nach Hause kam, seine Schlüssel auf die Küchentheke warf, aus den Schuhen schlüpfte und die Post durchging. Mich überkam so etwas wie Trauer, als mir klar wurde, daß er diese alltäglichen Dinge wahrscheinlich nie mehr würde machen können. Morelli hatte einen Menschen getötet und damit gewissermaßen auch sein eigenes Leben zerstört. Es war eine Schande. Wie hatte er nur so dumm sein können? Wie war er in diesen furchtbaren Schlamassel hineingeraten? Wie konnte so etwas überhaupt passieren?

»Hier ist nichts«, sagte Ranger. Er drückte die Abspieltaste von Morellis Anrufbeantworter. »Hi, Schnucki«, säuselte eine weibliche Stimme. »Hier ist Charlene. Ruf mich zurück.« Pieps.

»Joseph Anthony Morelli. Hier spricht deine Mutter. Bist du da? Hallo? Hallo?« Pieps.

Ranger drehte das Gerät um und schrieb den Sicherheitscode und die Fernabfragenummer auf. »Damit kannst du seinen Anrufbeantworter von außen abhören. Vielleicht kommt ja doch noch was Interessantes rein.«

Als nächstes nahmen wir uns das Schlafzimmer vor. Wir durchwühlten Morellis Schubladen, blätterten in Büchern und Zeitschriften und sahen uns die wenigen Fotos auf seiner Frisierkommode an. Es waren nur Aufnahmen von seiner Familie. Nichts, was wir gebrauchen konnten. Keine Fotos von Carmen. Die Schubladen waren zum größten Teil leer. Socken und Unterwäsche hatte er mitgenommen. Schade. Ich hätte zu gern einen Blick auf seine Unterwäsche geworfen.

Zum Schluß standen wir wieder in der Küche.

»Die Wohnung ist sauber«, sagte Ranger. »Hier werden wir nichts finden, was dir weiterhilft. Und ich glaube kaum, daß er noch einmal zurückkommt. Sieht ganz so aus, als ob er alles mitgenommen hätte, was er braucht.« Er nahm einen Schlüsselbund von einem Haken an der Küchenwand und drückte ihn mir in die Hand. »Da, nimm. Dann brauchst du nicht erst den Hausmeister zu fragen, wenn du das nächste Mal reinwillst.«

Wir schlossen Morellis Wohnung ab und warfen den Schlüssel beim Hausmeister ein. Ranger stieg in den Mercedes, setzte sich eine verspiegelte Sonnenbrille auf, öffnete das automatiche Schiebedach, legte eine Kassette mit harter Baßmusik ein und rollte wie Batman davon.

Mit einem ergebenen Seufzer sah ich mir meinen Nova an, aus dem das Öl auf den Asphalt tropfte. Zwei Wagen weiter stand Morellis nagelneuer rot-goldener Cherokee Jeep und funkelte in der Sonne. Der Schlüsselbund lag schwer in meiner Hand. Ein Wohnungs- und zwei Wagenschlüssel. Es konnte bestimmt nicht schaden, wenn ich mir den Jeep ein bißchen aus der Nähe betrachtete. Ich schloß ihn auf und sah hinein. Der Wagen roch neu. Auf dem Armaturenbrett lag nicht das kleinste Stäubchen, die Fußmatten waren frisch gesaugt und flekkenfrei, die roten Polster glatt und makellos. Der Jeep hatte Fünfgangschaltung und Vierradantrieb, und seine Pferdestärken wären der Stolz jeden Mannes gewesen. Er hatte Klimaanlage, Radio und Kassettenrecorder von Alpine, Telefon, Polizei- und CB-Funk. Ein Spitzenwagen. Und er gehörte Morelli. Es kam mir ungerecht vor, daß ein Verbrecher so einen tollen Wagen besaß, während ich eine uralte Schrottmühle fahren mußte.

Da ich den Wagen nun schon aufgeschlossen hatte, konnte ich ihn auch genausogut mal kurz anlassen. Es ist nicht gut für ein Auto, wenn es bloß herumsteht und nicht gefahren wird. Das weiß jeder. Ich holte tief Luft und setzte mich vorsichtig hinters Steuer. Ich stellte mir den Sitz und den Rückspiegel ein. Ich legte die Hände aufs Lenkrad. Ein herrliches Gefühl. Wenn ich so einen Wagen hätte, würde ich Morelli garantiert fangen. Ich war clever. Ich war zäh. Ich brauchte bloß einen anständigen Wagen. Ich überlegte, ob ich ein Stück fahren sollte. Sicher genügte es nicht, nur den Motor laufen zu lassen. Der Jeep konnte bestimmt ein bißchen Auslauf vertragen. Oder vielleicht sollte ich ihn gleich ein, zwei Tage richtig einfahren.

Wem wollte ich eigentlich etwas vormachen? Ich geb's ja zu, ich spielte mit dem Gedanken, Morellis Wagen zu stehlen. Nein, nicht stehlen, verbesserte ich mich. Beschlagnahmen. Schließlich war ich Kopfgeldjägerin, und als Kopfgeldjägerin durfte ich im Notfall wahrscheinlich jedes Fahrzeug beschlagnahmen. Ich warf einen Blick auf den Nova. Sah mir ganz nach einem Notfall aus.

Wenn ich mir Morellis Wagen unter den Nagel riß, hatte das noch einen weiteren Vorteil. Ich war mir ziemlich sicher, daß ihm das ganz und gar nicht gefallen würde. Vielleicht würde er eine Dummheit machen und ihn sich zurückholen wollen.

Ich ließ den Motor an und versuchte, nicht weiter darauf zu achten, daß mein Herz doppelt so schnell schlug wie sonst. Das Erfolgsgeheimnis eines guten Kopfgeldjägers liegt darin, daß er eine günstige Gelegenheit erkennt und beim Schopf packt, sagte ich mir. Flexibilität, Anpassungsfähigkeit, Kreativität, das waren die wichtigsten Eigenschaften. Und wenn man außerdem ein bißchen Mut hatte, schadete es auch nicht.

Allmählich beruhigte ich mich wieder. Das war gut so, sonst hätte ich womöglich meinen ersten gestohlenen Wagen zu Schrott gefahren. Ein unerledigter Punkt stand noch auf meiner Liste. Ich wollte dem Step In einen Besuch abstatten, Carmen Sanchez' letztem bekannten Arbeitsplatz. Die Bar lag am unteren Ende der Stark Street, zwei Straßen vom Boxstudio entfernt. Ich überlegte, ob ich erst nach Hause fahren sollte, um mir etwas Unauffälligeres anzuziehen, aber zum Schluß blieb ich doch bei meinem Kostüm. Ich konnte tragen, was ich wollte, ich würde auf alle Fälle auffallen.

Nicht weit von der Bar entfernt fand ich eine Parklücke. Ich schloß den Wagen ab und ging die paar Schritte zu Fuß. Leider mußte ich feststellen, daß die Bar geschlossen war. An der Tür hing ein Vorhängeschloß. Die Fenster waren mit Brettern vernagelt. Kein Schild gab einen Grund für die Schließung an. Ich war nicht allzu enttäuscht. Nach dem Vorfall im Boxstudio war ich nicht gerade versessen darauf gewesen, eine weitere Bastion der Männlichkeit in der Stark Street zu erstürmen. Ich ging zum Cherokee zurück und fuhr ein paarmal die Straße rauf und runter, um eine Spur von Morelli zu entdecken. Nach dem fünften Mal wurde es mir langsam kühl, und weil ich auch nicht mehr viel Benzin hatte, gab ich die Suche für den Tag auf. Ich hoffte, vielleicht im Handschuhfach eine Kreditkarte zu finden, hatte aber kein Glück. Toll. Kein Sprit. Keine Kohle. Kein Plastikgeld.

Wenn ich weiter hinter Morelli herjagen wollte, brauchte ich Geld. Ich konnte nicht von der Hand in den Mund leben. Vinnie war die logische Antwort auf mein Problem, er würde mir einen kleinen Vorschuß geben müssen. An einer Ampel sprang mir Morellis Autotelefon ins Auge. Ich schaltete es ein, und seine Nummer blinkte auf. Wie praktisch. Jetzt war sowieso schon alles egal. Warum sollte ich es bei dem Diebstahl von Morellis Wagen bewenden lassen? Genausogut konnte ich ihm auch noch eine gepfefferte Telefonrechnung servieren.

Ich rief Vinnies Büro an, und Connie meldete sich.

»Ist Vinnie da?« fragte ich.

»Ja«, sagte sie. »Den ganzen Nachmittag.«

»Ich komme in zehn Minuten vorbei. Ich muß mit ihm sprechen.«

»Hast du Morelli geschnappt?«

»Nein, aber ich habe seinen Wagen beschlagnahmt.«

»Hat er ein Schiebedach?«

Ich sah zur Decke. »Kein Schiebedach.«

»Mist«, sagte sie.

Ich legte auf und überlegte mir, wieviel Vorschuß ich verlangen sollte. Ich brauchte genug Geld, um zwei Wochen davon leben zu können, und wenn ich den Wagen als Köder für Morelli benutzen wollte, mußte ich eine Alarmanlage kaufen. Ich wollte den Jeep nicht rund um die Uhr beobachten, aber ich wollte auch nicht, daß Morelli ihn mir unter der Nase wegnahm, während ich schlief, auf dem Klo saß oder einkaufte.

Ich hatte meine Überlegungen noch nicht abgeschlossen, als plötzlich das Telefon klingelte. Das heißt, es surrte nur »brrrp«. Vor Schreck wäre ich fast von der Straße abgekommen. Es war ein sonderbares Gefühl, so als wäre man auf frischer Tat beim Lauschen oder Lügen ertappt worden, oder als säße man auf der Toilette und auf einmal klappten die Wände weg. Um ein Haar hätte ich angehalten und wäre schreiend aus dem Auto gesprungen.

Zaghaft griff ich nach dem Hörer. »Hallo?«

Erst blieb es still, dann sagte eine Frauenstimme: »Ich möchte Joseph Morelli sprechen.«

Ach du dickes Ei. Es war Mama Morelli. Als ob ich nicht schon tief genug in der Scheiße saß. »Joe ist im Moment nicht da.«

»Wer sind Sie?«

»Eine Freundin. Joe hat mich gebeten, ab und zu seinen Wagen auszufahren.«

»Das ist gelogen«, sagte sie. »Ich weiß, mit wem ich spreche. Ich spreche mit Stephanie Plum. Ich erkenne doch deine Stimme. Was machst du in Josephs Wagen?«

Niemand kann seine Verachtung so gut zeigen wie Mama Morelli. Wenn ich eine gewöhnliche Mutter am Telefon gehabt hätte, hätte ich mir vielleicht schnell eine Erklärung oder Entschuldigung einfallen lassen, aber vor Mama Morelli hatte ich eine Heidenangst.

»Wie bitte?« schrie ich. »Ich kann Sie nicht verstehen. Was? Was?«

Ich knallte den Hörer auf und schaltete das Telefon aus. »Gut gemacht«, sagte ich zu mir. »Sehr erwachsen. Sehr professionell. Tolle Reaktion.«

Nachdem ich den Wagen abgestellt hatte, marschierte ich strammen Schrittes den halben Block bis zum Kautionsbüro. Das Adrenalin pumpte nur so durch meine Adern, und ich steigerte mich richtig schön in die bevorstehende Auseinandersetzung hinein. Ich stürmte durch die Tür wie Wonder Woman persönlich, zeigte Connie den zuversichtlich hochgestreckten Daumen und ging sofort in das hintere Büro durch. Vinnie saß an seinem Schreibtisch und studierte die Ergebnislisten vom Pferderennen.

»Tag«, sagte ich. »Wie geht's?«

»Ach du Scheiße«, sagte Vinnie. »Was ist denn nun schon wieder?«

Das ist es, was ich an meiner Familie so liebe. Die Freundlichkeit, die Herzenswärme, die Höflichkeit. »Ich will einen Vorschuß auf meine Prämie. Ich habe ziemliche Unkosten.«

»Einen Vorschuß? Soll das ein Witz sein? Das soll doch wohl ein Witz sein, ja?«

»Das soll kein Witz sein. Ich bekomme zehntausend Dollar, wenn ich Morelli abliefere, und ich will zweitausend Dollar Vorschuß.«

»Wenn die Hölle zufriert. Und bilde dir bloß nicht ein, du kannst mich noch mal erpressen. Wenn du es meiner Frau steckst, bin ich so gut wie tot. Dann kannst du zusehen, ob du von einem Toten einen Job kriegst, du Intelligenzbestie.«

Da war was dran. »Okay, mit Erpressung komme ich also nicht weiter. Wie wäre es dann mit Geldgier? Wenn du mir jetzt zweitausend gibst, verlange ich hinterher nicht die vollen zehn Prozent.«

»Und wenn du Morelli nicht kriegst? Hast du daran schon mal gedacht?«

Nur in jeder wachen Minute. »Ich kriege Morelli.«

»Tja, tja. Entschuldige, aber ich kann deinen Optimismus nicht teilen. Und vergiß nicht, daß ich dir für dein wahnsinniges Vorhaben nur eine Woche Zeit gegeben habe. Du hast noch vier Tage. Wenn du Morelli bis nächsten Montag nicht geschnappt hast, setze ich jemand anderen auf ihn an.«

Connie kam herein. »Wo liegt eigentlich das Problem? Stephanie braucht Geld? Dann geben Sie ihr doch Clarence Sampson.«

»Wer ist Clarence Sampson?« fragte ich.

»Einer von unseren Quartalsäufern. Normalerweise ist er die Friedfertigkeit in Person. Aber ab und zu rastet er ein bißchen aus.«

»Und wie sieht das aus?«

»Das sieht so aus, daß er volltrunken Auto fährt. Diesmal hat er unglückseligerweise einen Polizeiwagen zu Schrott gefahren.«

»Er ist mit einem Polizeiwagen zusammengestoßen?«

»Nicht direkt«, sagte Connie. »Er hat versucht, den Polizeiwagen zu fahren. Dabei ist er leider in der State Street von der Straße abgekommen und in einen Schnapsladen gekracht.«

»Hast du ein Foto von dem Kerl?«

»Ich habe eine fünf Zentimeter dicke Akte mit Fotos aus zwei Jahrzehnten. Wir haben für Sampson schon so oft die Kaution gestellt, daß ich seine Sozialversicherungsnummer auswendig weiß.«

Ich ging mit ihr ins Vorzimmer und wartete, während sie in einem Aktenstapel stöberte.

»Die meisten unserer Kautionsdetektive bearbeiten mehrere Fälle gleichzeitig«, sagte Connie. »Das ist effektiver.« Sie gab mir ein Dutzend Akten. »Das sind die Kautionsflüchtlinge, hinter denen Morty Beyers für uns her war. Er wird noch ein Weilchen außer Gefecht sein, also kannst du ruhig dein Glück damit probieren. Manche sind einfacher als andere. Präg dir die Namen und Adressen ein, und merk dir die dazugehörigen Gesichter. Man kann nie wissen. Manchmal hat man Glück. Letzte Woche stand Andy Zabotsky in einem Schnellrestaurant in der Schlange, da erkannte er plötzlich den Typ, der vor ihm stand. Es war ein sehr guter Fang. Ein Dealer. Der hätte uns dreißigtausend Dollar gekostet.«

»Ich wußte gar nicht, daß ihr auch für Drogenhändler die Kaution stellt«, sagte ich. »Ich dachte, eure Kunden wären hauptsächlich kleine Fische.«

»Es geht nichts über Drogenhändler«, sagte Connie. »Sie verlassen nicht gern die Gegend. Sie haben Kunden. Sie verdienen gutes Geld. Wenn sie sich absetzen, kann man sich normalerweise darauf verlassen, daß sie wiederauftauchen.«

Ich klemmte mir die Akten unter den Arm und versprach, mir Kopien zu machen. Die Geschichte mit dem Schnellrestaurant war ermutigend. Wenn Andy Zabotsky einen Gauner in einer Hamburgerbude fangen konnte, waren meine Aussichten nicht die schlechtesten. Ich ernährte mich fast nur von Fast Food. Ich aß das Zeug sogar gern. Vielleicht würde es mit der Kopfgeldjägerei doch noch klappen. Bis ich irgendwann wieder flüssig war, konnte ich mich damit über Wasser halten, daß ich Leute wie Sampson einsammelte und zwischendurch die Schnellrestaurants abklapperte.

Als ich vor die Tür trat, hielt ich erst einmal den Atem an. Es war wie in einem Backofen. Die Luft war schwer und schwül, der Himmel dunstig. Die Sonne piekste auf der nackten Haut, und als ich mit der Hand vor den Augen zum Himmel sah, erwartete ich fast, daß über mir das Ozonloch klaffte, wie ein großes Zyklopenauge, dessen radioaktive Todesstrahlen mich auf Schritt und Tritt verfolgten. Ich weiß, daß das Loch angeblich über der Antarktis hängen soll, aber es wäre nicht verwunderlich, wenn es früher oder später über New Jersey auftauchen würde. In New Jersey wird Formaldehyd hergestellt, und man kippt den Müll von New York vor der Küste ab. Meiner Meinung nach hätte das Ozonloch gut dazu gepaßt.

Ich setzte mich in den Cherokee. Mit der Prämie für Sampson würde ich zwar nicht bis nach Barbados kommen, aber wenigstens würde ich etwas mehr im Kühlschrank haben als Schimmel. Und was noch wichtiger war, an diesem Fall konnte ich endlich eine Festnahme üben. Als Ranger mit mir aufs Polizeirevier gegangen war, um den Waffenschein zu besorgen, hatte er mir auch gleich das Festnahmeverfahren erklärt. Aber das war kein Ersatz für eine praktische Erfahrung.

Ich schaltete das Autotelefon ein und wähle Clarence Sampsons Nummer. Niemand meldete sich. Eine andere Telefonnummer war in der Akte nicht angegeben. Laut Polizeibericht wohnte er in 5077, Limeing Street. Ich schlug die Adresse im Stadtplan nach und fand die Straße nur zwei Blocks von der Stark Street entfernt. Ich klebte mir Sampsons Foto ans Armaturenbrett und verglich es im Fahren alle paar Sekunden mit den Männern, die ich auf der Straße sah.

Connie hatte gemeint, ich sollte in den Bars am unteren Ende der Stark Street anfangen. Auf der Liste meiner Lieblingsbeschäftigungen rangierte die Happy Hour in einer zwielichtigen Spelunke in der Stark Street noch einen Platz unter dem Absäbeln beider Daumen mit einem stumpfen Messer. Es erschien mir äußerst sinnvoll, aber wesentlich ungefährlicher, einfach im Cherokee sitzen zu bleiben und die Straße im Auge zu behalten. Wenn Clarence Sampson sich in einer der Bars aufhielt, mußte er früher oder später auch wieder herauskommen.

Nach einigem Suchen fand ich eine Parklücke, von wo aus ich die Stark Street gut überblicken und auch die Limeing Street einsehen konnte. Mit meinem Kostüm, meiner weißen Haut und dem großen roten Wagen fiel ich in der Gegend zwar etwas auf, aber wenn ich mich in eine Kneipe gewagt hätte,

hätte ich mindestens doppelt soviel Aufsehen erregt. Ich ließ die Scheiben ein Stück herunter und machte es mir auf dem Sitz, so gut es ging, bequem.

Irgendwann blieb ein Jugendlicher mit einer Menge Haare auf dem Kopf und Goldketten für siebenhundert Dollar um den Hals neben dem Cherokee stehen. Seine beiden Freunde standen daneben. »He, Baby«, sagte der erste. »Was machst du hier?«

»Ich warte auf jemanden«, sagte ich.

»Ach, ja? So ein Prachtbaby wie dich läßt man doch nicht warten.«

Einer der Freunde kam näher. Er schmatzte und züngelte mir etwas vor. Als er merkte, daß ich ihn ansah, leckte er mein Fenster ab.

Ich kramte in meiner Tasche nach dem Revolver und dem Nervengas und legte beides aufs Armaturenbrett. Danach blieben zwar immer noch gelegentlich Leute stehen und glotzten, aber sie wurden nicht mehr aufdringlich.

Um fünf Uhr, als ich mir schon ziemlich böse Falten in meinen Rayonrock gesessen hatte, wurde ich plötzlich unruhig. Ich hielt zwar Ausschau nach Clarence Simpson, aber ich dachte an Joe Morelli. Er war in der Nähe. Das spürte ich in der Magengrube. Es war wie eine summende elektrische Spannung. Im Geist spielte ich seine Festnahme durch. Am einfachsten wäre es, wenn er mich nicht kommen sähe, wenn ich mich von hinten anschleichen und ihn mit dem Gas betäuben könnte. Wenn das nicht ging, mußte ich ihn in ein Gespräch verwickeln und den richtigen Moment für das Spray abwarten. Wenn er erst mal gelähmt am Boden lag, konnte ich ihm Handschellen anlegen. Dann wäre mir wesentlich wohler.

Um sechs Uhr war ich die Festnahme ungefähr zweiundvierzigmal durchgegangen und zu allem bereit. Um halb sieben war der Gipfel der Spannung schon wieder überschritten, und mir war die linke Backe eingeschlafen. Ich reckte und streckte mich und probierte es mit isometrischen Übungen. Ich zählte vorbeifahrende Autos, sagte den Text der Nationalhymne auf und las mir die Liste der Zutaten auf einem Kaugummipäckchen vor, das ich in meiner Tasche gefunden hatte. Um sieben rief ich bei der Zeitansage an, um zu überprüfen, ob Morellis Uhr richtig ging.

Ich war gerade dabei, mir vor Augen zu führen, daß ich für die meisten Operationen im Stadtgebiet von Trenton die falsche Hautfarbe und das falsche Geschlecht hatte, als ein Mann, auf den Sampsons Beschreibung zutraf, aus dem Rainbow Room gewankt kam. Ich sah mir das Foto am Armaturenbrett an. Ich sah mir den Mann noch einmal an. Ich warf einen letzten Blick auf das Foto. Ich war mir zu neunzig Prozent sicher, daß es sich bei dem Mann um Sampson handelte. Großer, schwabbeliger Körper, fieser kleiner Kopf, dunkle Haare und Bart, weiße Hautfarbe. Er sah aus wie Bluto. Es mußte Sampson sein. Außerdem wimmelte es in dieser Gegend bestimmt nicht von bärtigen Weißen.

Ich packte Revolver und Spray in die Tasche, ließ den Wagen an und fuhr zweimal um die Ecke, um ihm den Weg nach Hause abzuschneiden. Ich parkte in der zweiten Reihe und stieg aus. Ein Häufchen Teenager stand quatschend an der Ecke, zwei kleine Mädchen saßen mit ihren Barbiepuppen auf einer Treppe. Auf dem Bürgersteig gegenüber stand eine ausrangierte kaputte Couch, die zwei alten Männern mit zerfurchten, ausdruckslosen Gesichtern als eine Art Hollywoodschaukel diente.

Sampson kam langsam auf mich zugetorkelt, voll wie tausend Mann. Sein Lächeln war ansteckend. Ich lächelte zurück.

»Clarence Sampson?« fragte ich.

»Ja«, sagte er. »Das bin ich.«

Er lallte, und er roch muffig wie Kleider, die wochenlang im Wäschekorb gelegen hatten.

Ich streckte ihm die Hand hin. »Ich heiße Stephanie Plum. Ich repräsentiere Ihr Kautionsbüro. Sie haben eine Gerichtsverhandlung versäumt, und wir möchten Ihnen gern einen neuen Termin vorschlagen.«

Während er die Information verarbeitete, zog er verwirrt die Stirn kraus, dann lächelte er wieder.

»Muß ich wohl vergessen haben.«

Ein Managertyp war Sampson jedenfalls nicht. Es bestand keinerlei Gefahr, daß er streßbedingt einen Herzinfarkt bekommen könnte. Viel eher würde er an Trägheit sterben.

Nun war ich wieder an der Reihe zu lächeln. »Das macht nichts. So etwas kommt öfter vor. Ich bin mit dem Wagen da...« Ich zeigte auf den Cherokee. »Wenn es Ihnen recht ist, fahre ich Sie aufs Revier. Dann können wir den Papierkram gleich erledigen.«

Er sah an mir vorbei, zu dem Haus, wo er wohnte. »Ich weiß nicht...«

Ich hakte mich bei ihm unter und lenkte ihn die gewünschte Richtung, wie ein gutmütiger alter Cowboy einen strohdoofen Bullen. »Es dauert nicht lange.« Drei Wochen vielleicht.

Ich versprühte Freundlichkeit und Charme, und als zusätzlichen Anreiz drückte ich ihm auch noch meine Brust gegen den fleischigen Arm. Nachdem ich ihn auf die Beifahrerseite bugsiert hatte, machte ich ihm die Tür auf. »Ich bin Ihnen wirklich dankbar«, sagte ich.

Plötzlich wurde er bockig. »Und ich muß mir wirklich bloß einen neuen Gerichtstermin geben lassen?«

»Ja, genau.« Und dann so lange in der Zelle hocken, bis der Tag gekommen war. Ich hatte kein Mitleid mit ihm. Er hätte jemanden umbringen können, als er besoffen am Steuer saß.

Ich brachte ihn dazu, einzusteigen, und legte ihm den Sicherheitsgurt an. Dann sprintete ich um den Wagen herum, sprang hinein und gab Gas. Wenn ich Pech hatte, ging dem Erbsengehirn womöglich doch noch ein Licht auf, und es dämmerte ihm, daß ich Kautionsdetektivin war. Was ich mit ihm anfangen sollte, wenn wir aufs Revier kamen, wußte ich im Moment selbst noch nicht. Immer schön der Reihe nach, sagte ich mir. Wenn er gewalttätig wird, kann ich ihn immer noch mit meinem Spray betäuben... vielleicht.

Meine Ängste erwiesen sich als unbegründet. Ich war noch keine Viertelmeile weit gekommen, als seine Augen glasig wurden und er einnickte, an die Tür gelehnt wie eine dicke, fette Nacktschnecke. Ich konnte nur beten, daß sich der alte Säufer nicht übergab, in die Hose machte oder sonstwie ekelhaft benahm.

Als ich ein paar Straßen weiter an einer Ampel anhalten mußte, warf ich noch einmal einen Blick auf ihn. Er schlief nach wie vor. So weit, so gut.

Plötzlich fiel mir ein mattblauer Econoline Lieferwagen auf der gegenüberliegenden Seite der Kreuzung auf. Er hatte drei Antennen. Eine ziemlich auffällige Ausrüstung für so eine alte Schrottkiste. Das Gesicht des Fahrers lag hinter getönten Scheiben im Schatten. Meine Nackenhaare sträubten sich. Die Ampel sprang um. Autos fuhren in die Kreuzung ein. Der Lieferwagen rollte vorbei, und mir klopfte das Herz im Hals, als ich hinter dem Lenkrad Joe Morelli erkannte, der mich mit offenem Mund anstaunte. Theoretisch hätte ich mich über dieses erneute Zusammentreffen freuen müssen, aber dafür war ich viel zu verwirrt. Ich war gut, wenn es darum ging, mir Morellis Festnahme auszumalen. Aber ob ich tatsächlich imstande war, die Sache durchzuziehen, war eine völlig andere Frage. Hinter mir hörte ich das Quietschen von Bremsen, und im Rückspiegel sah ich, daß der Lieferwagen mitten auf der Straße wendete.

Ich war darauf gefaßt gewesen, daß er mir folgte. Aber daß es so plötzlich passieren würde, hatte ich nicht erwartet. Die

Türen des Jeeps waren verriegelt, aber vorsichtshalber drückte ich trotzdem noch einmal das Knöpfchen runter. Das Sure Guard lag in meinem Schoß. Das Polizeirevier war keine Meile mehr entfernt. Ich überlegte, ob ich Clarence einen Tritt verpassen und mir statt dessen Morelli vorknöpfen sollte. Schließlich war Morelli derjenige, auf den ich es im Grunde abgesehen hatte.

Ich ging rasch ein paar Festnahmemethoden durch, aber keine erschien mir praktikabel. Morelli sollte mich nicht erwischen, solange ich noch mit Clarence beschäftigt war. Und ich wollte Morelli nicht auf der Straße mit meinem K.-o.-Gas außer Gefecht setzen. Jedenfalls nicht hier. Die Gegend war mir einfach nicht geheuer.

Morelli war fünf Wagen hinter mir, als ich schon wieder an einer roten Ampel halten mußte. Die Fahrertür des Lieferwagens flog auf, Morelli sprang heraus und rannte auf mich zu. Ich packte die Spraydose und betete, daß es grün werden würde. Morelli hatte mich fast erreicht, als alle Wagen anfuhren und er gezwungen war, wieder zum Lieferwagen zurückzulaufen.

Der gute alte Clarence schlief immer noch tief und fest. Der Kopf hing ihm auf die Brust, sein Mund stand offen, er sabberte und schnaufte leise. Als ich in die North Clinton Stree einbog, zirpte das Telefon.

Es war Morelli, und er klang nicht gerade glücklich. »Bist du verrückt geworden? Was soll das?« brüllte er.

»Ich bringe Mr. Sampson auf die Polizeiwache. Du bist herzlich eingeladen mitzukommen. Das würde mir die Arbeit sehr erleichtern.«

Eine ziemlich mutige Antwort, wenn man bedachte, daß ich panische Angst hatte.

»DU FÄHRST MEINEN WAGEN!«

»Mmm. Ich habe ihn beschlagnahmt.«

»Du hast WAS?«

Ich schaltete das Telefon aus, bevor die Unterhaltung in Morddrohungen ausarten konnte. Zwei Straßen vor dem Revier verschwand der Lieferwagen aus dem Rückspiegel. Mein Flüchtling schlief noch immer wie ein Baby.

Die städtische Polizei ist in einem zweistöckigen, würfelförmigen Gebäude untergebracht, das Biedermanns Vorstellung von urbaner Architektur entspricht. Da die Polizei offenbar, was die Bezuschussung mit öffentlichen Mittel angeht, einen der letzten Plätze auf der Liste einnimmt, ist bei dem Bau der Wache auf allen unnötigen Schnickschnack verzichtet worden. Das ist auch gut so, denn sie liegt mitten in einem Ghetto und würde wahrscheinlich ohnehin dem Erdboden gleichgemacht werden, wenn es jemals zu größeren Krawallen käme.

Neben dem Gebäude ist ein mit Maschendraht umzäuntes Gelände, auf dem die Streifenwagen abgestellt werden und das auch den belagerten Bürgern eine Parkmöglichkeit bietet.

Auf einer Linie mit dem Haupteingang der Wache behaupten sich ärmliche Reihenhäuser und die für die Gegend typischen kleinen Geschäfte – ein Fischrestaurant, eine namenlose Bar mit ominösen Metallgittern vor den Fenstern, ein Lebensmittelgeschäft an der Ecke mit einer RC-Cola-Reklame, ein Hutgeschäft, ein Gebrauchtmöbellager, vor dem ein buntgemischtes Sortiment von Waschmaschinen auf dem Bürgersteig stand, und die Tabernacle-Kirche.

Ich fuhr auf den Parkplatz, schaltete das Telefon wieder ein, wählte die Nummer der Polizei und erbat Hilfe bei der Einlieferung eines Festgenommenen. Man wies mich an, bis zur hinteren Sicherheitstür weiterzufahren, wo mich ein uniformierter Beamter in Empfang nehmen würde. Ich tat, wie mir geheißen war, fuhr rückwärts auf den Eingang zu und plazierte Clarence so dicht wie möglich an der Hauswand. Als sich kein uniformierter Beamter blicken ließ, rief ich noch einmal auf der Wache an. Prompt erhielt ich den guten Rat, mir nicht in die

Hose zu machen. Sie hatten leicht reden. Sie wußten schließlich, was sie taten.

Ein paar Minuten später streckte Crazy Carl Constanza den Kopf zur Tür heraus. Ich war mit ihm zur Kommunion gegangen und kannte ihn auch sonst von früher.

Er lugte an Clarence vorbei. »Stephanie Plum?«

»Tag, Carl.«

Er grinste. »Man hat mir gesagt, hier draußen wartet eine Nervensäge.«

»Damit bin ich wohl gemeint«, sagte ich.

»Und was ist mit unserem Dornröschen hier?«

»Er ist ein Kautionsflüchtling.«

Carl kam einen Schritt näher, um ihn sich genauer anzusehen. »Ist er tot?«

»Ich glaube nicht.«

»Er riecht tot.«

Ich gab ihm recht. »Es würde ihm sicher nicht schaden, wenn er mal mit einem Schlauch abgespritzt werden würde.« Ich rüttelte Clarence und brüllte ihm ins Ohr: »Gehen wir. Aufwachen.«

Clarence verschluckte sich an seiner eigenen Spucke und machte die Augen auf. »Wo bin ich?«

»Polizeiwache«, sagte ich. »Alles aussteigen.«

Er starrte mich benebelt an und blieb so reglos sitzen wie ein Sandsack.

»Tu was«, sagte ich zu Constanza. »Schaff ihn hier raus.«

Constanza packte Clarence bei den Armen, und ich drückte meinen Fuß in seinen verlängerten Rücken. Mit vereinten Kräften, schiebend und ziehend, schafften wir es, den schwammigen, stinkenden Fettkloß Stück für Stück aus dem Wagen zu befördern.

»Deswegen bin ich Polizist geworden«, sagte Constanza. »Der Beruf hat eben seinen ganz besonderen Reiz.«

Wir bugsierten Clarence durch die Sicherheitstür, schlossen ihn mit Handschellen an eine Holzbank und übergaben ihn dem Schalterbeamten. Ich lief noch einmal nach draußen und stellte den Cherokee in einer gekennzeichneten Parkbucht ab, damit er weniger auffiel und nicht womöglich noch von den Bullen mit einem gestohlenen Wagen verwechselt wurde.

Als ich zurückkam, hatte man Clarence bereits den Gürtel, die Schnürsenkel und seine persönliche Habe abgenommen. Er war ein Bild des Jammers. Er war mein erster Fang, und ich hatte eigentlich erwartet, daß ich den Erfolg richtig genießen würde, aber es fiel mir ziemlich schwer, mich über das Unglück eines anderen zu freuen.

Ich holte mir meine Bestätigung ab, wärmte mit Crazy Carl noch ein paar Minuten lang alte Erinnerungen auf und ging. Ich hatte gehofft, noch bei Tageslicht wieder fahren zu können, aber es war rasch dunkel geworden. Der Himmel war wolkenverhangen, sternen- und mondlos. Es herrschte nicht viel Verkehr. So kann man einen Verfolger leichter bemerken, redete ich mir ein, aber ich glaubte es selbst nicht. Ich hatte nur minimales Zutrauen in meine Fähigkeit, Morelli zu entdecken.

Von dem Lieferwagen war nichts zu sehen. Das hatte nicht viel zu bedeuten. Morelli konnte sich längst einen anderen Wagen besorgt haben. Vorsichtshalber behielt ich den Rückspiegel im Auge. Ich war mir sicher, daß Morelli hier irgendwo auf mich lauerte, aber immerhin erwies er mir die Höflichkeit, sich vor mir in acht zu nehmen. Was bedeutete, daß er mich einigermaßen ernst nahm. Bei diesem aufmunternden Gedanken legte ich mir sogleich einen neuen Schlachtplan zurecht. Er sah ganz einfach aus. Ich brauchte nur nach Hause zu fahren, den Cherokee auf dem Parkplatz abzustellen, mich mit meinem Killergas im Gebüsch auf die Lauer zu legen und Morellli zu betäuben, wenn er versuchte, seinen Wagen zu stehlen.

6

Die Vorderfront des Hauses, in dem ich wohnte, reichte bis an den Bürgersteig. Parken konnte man auf der Rückseite. Der Platz war alles andere als malerisch, ein asphaltiertes Rechteck, das in Parkbuchten aufgeteilt war. So vornehm, daß jeder Mieter einen eigenen markierten Abstellplatz gehabt hätte, waren wir nicht. Beim Parken herrschte das Gesetz des Stärkeren, und die besten Plätze waren für Behinderte reserviert. Am Tor standen drei große Müllcontainer, einer für den Hausmüll, zwei für recyclingfähige Wertstoffe. Gut für die Umwelt, weniger gut für die Ästhetik. Fast über die gesamte Länge des Parkplatzes zog sich dicht an der Hauswand ein Streifen wuchernder Azaleen hin. Im Frühling, wenn die Pflanzen über und über mit rosa Blüten bedeckt waren, sahen sie herrlich aus, und im Winter, wenn der Hausmeister blinkende Lichterketten hineinhängte, war der Anblick geradezu zauberhaft. Den Rest des Jahres waren sie immerhin besser als gar nichts.

Ich suchte mir einen gutbeleuchteten Platz in der Mitte des Platzes aus. So konnte ich Morelli wenigstens kommen sehen, wenn er sich sein Eigentum zurückholen wollte. Außerdem war ohnehin kaum noch etwas frei. Die meisten Hausbewohner waren nicht mehr die Jüngsten, sie fuhren nicht gern im Dunkeln. Spätestens um neun Uhr war der Parkplatz meistens voll, und in den Wohnungen der Senioren dröhnten die Fernsehapparate.

Ich vergewisserte mich gründlich, daß Morelli noch nicht aufgekreuzt war. Dann machte ich die Motorhaube auf und entfernte die Verteilerkappe. Das war einer meiner vielen für New Jersey unerläßlichen Überlebenstricks. Jeder, der seinen Wagen schon einmal für längere Zeit am Flughafen von Newark abstellen mußte, weiß, wie man eine Verteilerkappe herausnimmt. Es ist die einzig wirksame Methode sicherzustellen, daß der Wagen bei der Rückkehr noch da ist.

Mein Plan sah folgendermaßen aus. Wenn der Cherokee nicht ansprang, würde Morelli den Kopf unter die Haube stekken, und ich konnte ihn mit dem Spray attackieren. Ich versteckte mich hinter den Azaleen und war richtig stolz auf mich.

Um meinen Rock zu schonen, hockte ich mich auf eine Zeitung. Am liebsten hätte ich mich umgezogen, aber ich hatte Angst, Morelli zu verpassen, wenn ich schnell nach oben lief. Vor den Azaleen waren Holzspäne verstreut worden. Hinter ihnen, wo ich saß, bestand der Boden nur aus festgestampftem Lehm. Wäre ich ein Kind gewesen, hätte ich mein Versteck bestimmt gemütlich gefunden, aber ich war keines mehr, und mir fielen Dinge auf, die ein Kind nie bemerkt hätte. Vor allem, daß Azaleen von hinten alles andere als gut aussahen.

Ein großer Chrysler fuhr auf den Parkplatz, aus dem ein weißhaariger Mann ausstieg. Ich kannte ihn, auch wenn ich seinen Namen nicht wußte. Er kam langsam auf das Haus zu. Da er sich nicht zu fürchten schien und auch nicht losbrüllte: »Hilfe, da sitzt eine Irre in den Büschen«, war ich mir ziemlich sicher, daß ich gut versteckt war.

Ich warf einen Blick auf meine Uhr. Viertel vor zehn. Warten gehörte nicht zu meinen liebsten Freizeitbeschäftigungen. Ich hatte Hunger, ich langweilte mich, und es war mir unbequem. Wahrscheinlich gibt es Menschen, die eine längere Wartezeit sinnvoll nutzen, indem sie Ordnung in ihre Gedanken bringen, eine Liste mit Hausarbeiten aufstellen oder Nabelschau betreiben. Für mich ist Warten eine Qual. Ein schwarzes Loch. Verlorene Zeit.

Um elf Uhr wartete ich immer noch. Ich war schlecht gelaunt, und ich mußte aufs Klo. Irgendwie schaffte ich es, noch anderthalb Stunden länger auszuhalten. Ich überlegte mir gerade, ob ich meinen Plan vielleicht ändern sollte, als es anfing zu regnen. Dicke, schwere Tropfen fielen wie in Zeitlupe vom Himmel, zersprangen auf den Azaleen und spritzten von dem festgestampften Lehm hoch, auf dem ich hockte. Ein muffiger Geruch nach Spinnenweben und Kellerlöchern stieg mir in die Nase. Ich lehnte mit dem Rücken an der Hauswand und hatte die Knie bis an Kinn angezogen. Bis auf den einen oder anderen verirrten Tropfen blieb ich vom Regen verschont.

Nach ein paar Minuten hatte es sich eingeregnet, die Tropfen wurden kleiner und fielen gleichmäßiger, der Wind frischte auf. Auf dem schwarzen Asphalt bildeten sich Pfützen, in denen sich das Licht spiegelte, und der Regen rann in Perlen am glänzend roten Lack des Cherokee hinunter.

Es war die ideale Nacht, um im Bett zu liegen und auf das Tick, Tick, Tick der Tropfen am Fenster und auf der Feuerleiter zu lauschen. Es war ein schlechter Abend, um hinter einer Azalee zu hocken. Der Regen kam nun in Böen, die mich immer wieder erwischten, bis mein Rock naß war und mir die Haare im Gesicht klebten.

Um ein Uhr zitterte ich vor Kälte. Ich hatte keine Lust mehr. Ich war völlig durchgeweicht und kurz davor, mir in die Hose zu machen. Was aber auch schon egal gewesen wäre. Um fünf nach eins gab ich auf. Selbst wenn Morelli sich noch blicken ließe, woran ich allmählich zweifelte, war ich mir nicht sicher, ob ich überhaupt noch in der Verfassung war, ihn zu fangen. Außerdem sollte er mich auf gar keinen Fall mit den angeklatschten Haaren sehen.

Ich wollte gerade gehen, als ein Wagen auf den Parkplatz fuhr und am äußersten Rand parkte. Die Scheinwerfer erloschen. Ein Mann stieg aus und ging, den Kopf zwischen den

Schultern, mit schnellen Schritten auf den Cherokee zu. Es war nicht Joe Morelli. Es war schon wieder Mooch. Ich legte die Stirn auf die Knie und schloß die Augen. Es war naiv von mir gewesen anzunehmen, daß Joe mir in die Falle gehen würde. Die gesamte Polizei war hinter ihm her. Er würde auf meinen Trick nicht reinfallen. Ich schmollte noch ein paar Minuten, aber dann beruhigte ich mich wieder und schwor mir, beim nächsten Mal noch cleverer zu sein. Ich hätte mich an Joes Stelle versetzen müssen. Hätte ich etwa alles aufs Spiel gesetzt, nur um mir meinen Wagen persönlich zurückzuholen? Nein. Okay, ich hatte also wieder etwas dazugelernt. Regel Nummer eins: Unterschätze nie den Gegner. Regel Nummer zwei: Denke wie ein Verbrecher.

Mooch schloß die Fahrertür auf und setzte sich hinters Lenkrad. Der Motor drehte, sprang aber nicht an. Mooch wartete einen Augenblick, dann probierte er es noch einmal. Er stieg aus und sah unter die Haube. Jetzt konnte es nicht mehr lange dauern. Man mußte kein Genie sein, um festzustellen, daß die Verteilerkappe fehlte. Mooch kam wieder unter der Haube hervor, knallte sie zu, trat gegen einen Reifen und gab ein paar deftige Flüche von sich. Er lief zu seinem Wagen zurück und fuhr vom Parkplatz.

Ich verließ mein Versteck und schleppte mich die paar Meter bis zum Hintereingang. Der Rock klebte mir an den Beinen, und in meinen Schuhen schwappte Wasser. Der Abend war ein Fehlschlag gewesen, aber es hätte noch schlimmer kommen können. Joe hätte schließlich auch seine Mutter schicken können, um den Wagen abzuholen.

Das leere Treppenhaus wirkte trübselig wie immer. Während ich auf den Fahrstuhl wartete, tropfte mir das Wasser von der Nasenspitze und aus dem Rock und bildete einen kleinen See auf dem gekachelten Fußboden. Das Haus hatte zwei Fahrstühle. Soweit ich wußte, war zwar noch nie jemand damit abgestürzt oder oben aus dem Schacht katapultiert worden, doch dafür hatte man ausgezeichnete Chancen, zwischen zwei Stockwerken steckenzubleiben. Normalerweise benutzte ich die Treppe. Aber an diesem Abend beschloß ich, meine masochistische Blödheit auf die Spitze zu treiben und den Fahrstuhl zu nehmen. Er kam, die Türen gingen auf, und ich stieg ein. Nachdem ich ohne Zwischenfall im ersten Stock gelandet war, platschte ich durch den Hausflur zu meiner Wohnung. Ich hatte die Tür schon aufgeschlossen, als mir plötzlich die Verteilerkappe wieder einfiel. Sie lag noch hinter den Azaleen. Ich überlegte, ob ich sie holen sollte, aber ich hielt mich nicht lange mit dieser Überlegung auf. Auf gar keinen Fall würde ich heute noch einmal nach unten gehen.

Ich verriegelte hinter mir die Tür und schälte mir gleich in der kleinen Diele die nassen Sachen vom Leib. Meine Schuhe waren hinüber, und auf der Rückseite meines Rocks zeichneten sich die Schlagzeilen vom Vortag ab. Ich zog mich aus und lief schnurstracks ins Badezimmer.

Ich stieg in die Dusche, zog den Vorhang zu und ließ das Wasser auf mich herunterprasseln. Der Tag war keine vollkommene Pleite gewesen. Ich hatte meinen ersten Kautionsflüchtling zur Strecke gebracht. Jetzt war ich ein echter Profi. Am nächsten Morgen wollte ich als erstes zu Vinnie fahren, um meine Prämie zu kassieren. Ich seifte mich ein und brauste mich ab. Ich wusch mir die Haare. Ich stellte auf Duschmassage um und blieb so lange unter dem Strahl stehen, bis die Spannung aus meinem Körper gewichen war. Joe hatte Mooch nun schon zum zweitenmal als Botenjungen benutzt. Vielleicht sollte ich Mooch überwachen. Das Problem war nur, daß ich nicht alle gleichzeitig beobachten konnte.

Plötzlich bemerkte ich einen Schatten auf der anderen Seite des durchscheinenden, seifenverschmierten Duschvorhangs. Der Schatten bewegte sich. Mir blieb fast das Herz stehen.

Jemand war in meinem Badezimmer. Sekundenlang stand ich stocksteif da, ohne einen klaren Gedanken fassen zu können. Dann fiel mir Ramirez ein, und mein Magen drehte sich um. Bestimmt war es Ramirez, der zurückgekommen war. Er hatte sich vom Hausmeister einen Schlüssel geben lassen oder war durch ein Fenster eingestiegen. Nicht auszudenken, wozu Ramirez imstande war.

Ich hatte zwar meine Tasche mit ins Badezimmer genommen, aber nicht mit unter die Dusche.

Schon hatte der Eindringling das Badezimmer mit zwei Schritten durchquert. Er riß den Duschvorhang so heftig auseinander, daß die Plastikringe absprangen und klappernd auf den Boden fielen. Ich schrie und warf, ohne zu zielen, mit der Shampooflasche, dann wich ich zurück und drückte mich mit dem Rücken an die Kacheln.

Es war nicht Ramirenz. Es war Joe Morelli. Mit der einen Hand krallte er sich in den Duschvorhang, die andere hatte er zur Faust geballt. Auf seiner Stirn, wo ich ihn mit der Flasche getroffen hatte, bildete sich eine Beule. Er war außer sich vor Wut, und ich war mir nicht sicher, ob mich die Tatsache, daß ich eine Frau war, vor einer gebrochenen Nase bewahren würde. Aber mir sollte es recht sein. Ich brannte auf einen Kampf. Was bildete dieser Dackel sich eigentlich ein, mich halb zu Tode zu erschrecken und auch noch meinen Duschvorhang kaputtzumachen?

»Was bildest du dir eigentlich ein?« schrie ich. »Hast du noch nie was von einer Klingel gehört? Wie bist du hier reingekommen?«

»Dein Schlafzimmerfenster war offen.«

»Das Fliegenfenster war zu.«

»Fliegenfenster zählen nicht.«

»Wenn du das auch noch kaputtgemacht hast, mußt du es bezahlen. Und was ist mit dem Duschvorhang? Duschvorhänge wachsen auch nicht auf Bäumen.« Ich schrie nicht mehr ganz so laut, aber dafür immer noch eine Oktave höher als normal. Ehrlich gesagt, hatte ich keine Ahnung, was ich überhaupt schrie. Ich war völlig durcheinander vor Wut und Angst. Ich war wütend, weil er meine Privatsphäre verletzt hatte, und ich hatte Angst, weil ich nackt war.

Bei den passenden Gelegenheiten ist Nacktheit etwas Feines – beim Duschen, beim Sex, bei der Geburt. Aber nackt und tropfnaß vor Joe Morelli zu stehen, der vollkommen angezogen war, das war der Stoff, aus dem die Alpträume sind.

Ich drehte das Wasser ab und wollte mir ein Handtuch schnappen, aber Morelli gab mir einen Klaps auf die Finger und warf das Tuch hinter sich auf den Boden.

»Gib mir das Handtuch«, befahl ich.

»Erst, wenn wir ein paar Dinge geregelt haben.«

Als Junge war Morelli unberechenbar gewesen. Als Erwachsener schien seine Unberechenbarkeit in Schüben zu kommen. Sein italienisches Temperament glühte in seinen Augen, aber es war wohldosiert. Er trug ein regennasses schwarzes T-Shirt und Jeans. Als er sich zum Handtuchhalter drehte, sah ich, daß er hinten eine Waffe im Hosenbund stecken hatte.

Es war nicht schwer zu glauben, daß Morelli einen Menschen töten könnte, aber ich mußte Ranger und Eddie Gazarra recht geben. Es erschien mir nahezu ausgeschlossen, daß dieser erwachsene Morelli dumm und impulsiv handeln würde.

Er hatte die Hände in die Hüften gestemmt. Seine nassen Haare lockten sich in seiner Stirn und über seinen Augen. Er hatte einen harten, ernsten Zug um den Mund. »Wo ist die Verteilerkappe?«

Angriff ist die beste Verteidigung. »Wenn du nicht in einer Sekunde aus meinem Badezimmer verschwunden bist, fange ich an zu schreien.«

»Es ist zwei Uhr morgens, Stephanie. Deine Nachbarn schlafen tief und fest, und ihre Hörgeräte liegen auf dem Nachttischchen. Schrei ruhig. Es hört dich sowieso keiner.«

Ich funkelte ihn böse an. Mehr konnte ich nicht tun, um mich gegen ihn zu behaupten. Auf keinen Fall würde ich ihm die Befriedigung gönnen, mich verletzlich und verlegen zu sehen.

»Ich frage dich jetzt zum letzten Mal«, sagte er. »Wo ist die Verteilerkappe?«

»Ich weiß nicht, wovon du redest.«

»Hör zu, du Törtchen, ich stell' die ganze Bude auf den Kopf, wenn es sein muß.«

»Ich habe die Kappe nicht. Sie ist nicht hier. Und ich bin noch lange nicht deine Torte.«

»Warum ausgerechnet ich?« fragte er. »Womit habe ich das verdient?«

Ich zog eine Augenbraue hoch.

Morelli seufzte. »Ja«, sagte er. »Ich weiß schon.« Er nahm meine Handtasche und kippte sie aus. Er griff nach den Handschellen und kam einen Schritt auf mich zu. »Gib mir deine Hand.«

»Du Perverser.«

»Wie du meinst.« Er öffnete die Handschelle und ließ sie um mein rechtes Handgelenk zuschnappen.

Ich riß den Arm zurück und trat nach ihm, aber es war schwierig, auf dem rutschigen Boden die Balance zu halten. Er wich meinem Fuß aus und schloß das andere stählerne Armband um die Vorhangstange. Ich erstarrte. Ich konnte nicht fassen, was gerade passiert war.

Morelli trat einen Schritt zurück und musterte mich langsam und genüßlich von oben bis unten. »Verrätst du mir jetzt, wo die Verteilerkappe ist?«

Ich war sprachlos. Ich wurde rot vor Verlegenheit und Angst, und meine Kehle war wie zugeschnürt.

»Wunderbar«, sagte Morelli. »Spiel ruhig die große Schweigsame. Von mir aus kannst du ewig da stehen bleiben.«

Er durchwühlte den Badezimmerschrank, leerte den Abfalleimer. Dann stürmte er aus dem Badezimmer, ohne mich eines Blickes zu würdigen. Ich hörte, wie er meine Wohnung methodisch und professionell durchsuchte, Zentimeter um Zentimeter. Besteck klapperte, Schubladen knallten, Schranktüren wurden aufgerissen. Zwischendurch wurde es still, dann folgte wütendes Gemurmel.

Ich hängte mich mit dem ganzen Gewicht an die Vorhangstange, um sie vielleicht zu verbiegen, aber sie war aus Industriestahl, stabil und belastbar.

Endlich kam Morelli zurück.

»Na?« kläffte ich. »Und was nun?«

Er lehnte sich lässig gegen den Türpfosten. »Ich wollte dich nur noch ein letztes Mal ansehen.« Seine Mundwinkel kräuselten sich zu einem Lächeln, und sein Blick glitt an mir hinunter. »Kalt?«

Wenn ich wieder frei war, würde ich mich wie ein Bluthund auf seine Fährte setzen. Es war mir egal, ob er schuldig oder unschuldig war. Und es war mir auch egal, ob ich bis an mein Lebensende damit beschäftigt wäre. Ich würde Morelli kriegen. »Scher dich zum Teufel.«

Sein Grinsen wurde breiter. »Du hast Glück, daß ich ein Gentleman bin. Andere Individuen hätten die Situation schamlos ausgenutzt.«

»Verschon mich.«

Er drückte sich vom Türpfosten ab. »Es war mir ein Vergnügen.«

»Warte mal! Du willst doch wohl nicht etwa gehen?«

»Ich muß leider los.«

»Und was wird aus mir? Wie werde ich die Handschelle wieder los?«

Er überlegte einen Augenblick. Dann ging er in die Küche und kam mit dem tragbaren Telefon wieder zurück. »Wenn ich gehe, schließe ich die Wohnungstür ab. Du rufst also am besten jemanden an, der einen Schlüssel hat.«

»Es hat aber keiner einen Schlüssel!«

»Dir fällt bestimmt was ein«, sagte Morelli. »Ruf die Polizei an. Oder die Feuerwehr. Von mir aus auch die Kavallerie.«

»Aber ich bin nackt!«

Er lächelte, zwinkerte mir zu und ging.

Kurz darauf fiel die Wohnungstür zu, und der Schlüssel drehte sich im Schloß. Ich erwartete keine Antwort, aber ich probierte es trotzdem und rief Morellis Namen. Ich hielt einige Augenblicke die Luft an und lauschte in die Stille. Der Kerl schien tatsächlich gegangen zu sein. Meine Finger legten sich fester um das Telefon. Gott helfe der Telefongesellschaft, wenn die Handwerker nicht, wie versprochen, mein Telefon wieder angeklemmt hatten. Ich kletterte auf den Rand der Duschwanne, um mit meiner gefesselten Hand auf einer Höhe zu sein. Vorsichtig zog ich die Antenne heraus, schaltete den Apparat ein und hielt ihn mir ans Ohr. Der Wählton war klar und deutlich zu hören. Ich war so erleichtert, daß ich fast in Tränen ausgebrochen wäre.

Nun stand ich vor dem nächsten Problem. Wen sollte ich anrufen? Polizei und Feuerwehr kamen nicht in Frage. Sie würden mit Blaulicht auf den Parkplatz rasen, und bis sie endlich vor meiner Wohnungstür standen, würde es im Hausflur von spärlich bekleideten Senioren nur so wimmeln, die sehen wollten, was los war, und nach einer Erklärung verlangten.

Im Laufe der Zeit waren mir ein paar Besonderheiten an meinen Mitbewohnern aufgefallen. Wenn es ums Parken ging, konnten sie gemeingefährlich werden, und sie hatten eine Vorliebe für Notfälle, die ans Krankhafte grenzte. Beim ersten

Anzeichen eines blinkenden Blaulichts standen sämtliche alten Herrschaften aus meinem Haus am Fenster und drückten sich die Nasen platt.

Außerdem konnte ich durchaus darauf verzichten, von fünf oder sechs der tüchtigsten Söhne der Stadt lüstern angeglotzt zu werden, während ich an meine Duschvorhangstange gefesselt war.

Wenn ich meine Mutter anrief, konnte ich auch gleich diesen Staat verlassen. Sie würde es mir immer wieder aufs Butterbrot schmieren. Außerdem würde sie mir meinen Vater schicken, und dann würde er mich nackt sehen. Ich konnte mir nicht vorstellen, daß ich nackt und in Handschellen vor meinem Vater stand.

Wenn ich meine Schwester anrief, würde sie meine Mutter anrufen.

Ich wäre lieber an der Vorhangstange hängen geblieben und vermodert, bevor ich meinen Exmann anrief.

Um die Sache noch komplizierter zu machen, würde mein Retter, um wen es sich dabei auch immer handeln würde, entweder die Feuerleiter hochklettern oder meine Wohnungstür aufbrechen müssen. Dazu fiel mir nur ein einziger Name ein. Ich kniff die Augen zusammen. »Scheiße.« Ich würde Ranger anrufen müssen. Nachdem ich ein paarmal tief durchgeatmet hatte, wählte ich seine Nummer. Ich konnte nur hoffen, daß ich sie mir richtig gemerkt hatte.

Nach dem ersten Läuten nahm er ab. »Yo.«

»Ranger?«

»Wer will das wissen?«

»Stephanie Plum. Ich habe ein Problem.«

Zwei Herzschläge lang blieb alles still. Ich sah direkt vor mir, wie er mit einem Schlag hellwach war und sich im Bett aufsetzte. »Was für ein Problem?«

Ich verdrehte die Augen. Ich konnte selbst kaum glauben,

daß ich dieses Gespräch führte. »Ich bin mit Handschellen an meine Duschvorhangstange gefesselt, und ich brauche jemanden, der mich befreit.«

Wieder eine kurze Pause, dann hatte er aufgelegt.

Ich drückte die Wahlwiederholungstaste.

»Yo!« sagte Ranger, und er klang ziemlich sauer.

»Nicht auflegen! Die Sache ist ernst, verdammt noch mal. Ich bin in meinem Badezimmer gefangen. Meine Wohnungstür ist abgeschlossen, und niemand sonst hat einen Schlüssel.«

»Warum rufst du nicht die Bullen an? Die spielen doch so gern den Retter in der Not.«

»Weil ich den Bullen keine Erklärung geben möchte. Außerdem bin ich nackt.«

»Ha, ha, ha.«

»Es ist nicht witzig. Morelli ist bei mir eingebrochen, als ich in der Dusche war, und der Mistkerl hat mich an die Vorhangstange gefesselt.«

»Der Mann hat Einfälle.«

»Hilfst du mir jetzt oder nicht?«

»Wo wohnst du?«

»St. James Ecke Dunworth. Apartment zweihundertfünfzehn. Es liegt nach hinten raus. Morelli ist über die Feuerleiter eingestiegen. So kannst du auch reinkommen.«

Ich konnte es Morelli nicht einmal verdenken, daß er mich an die Vorhangstange gekettet hatte. Schließlich hatte ich gewissermaßen seinen Wagen gestohlen. Und ich konnte auch verstehen, daß er mich nicht im Weg haben wollte, während er meine Wohnung durchsuchte. Ich hätte ihm sogar verzeihen können, daß er in einem Wutanfall meinen Duschvorhang heruntergerissen hatte, aber als er mich nackt und gefesselt zurückließ, war er zu weit gegangen, hatte er sich getäuscht. Im Gegenteil, ich betrachtete dieses kindische Spiel inzwischen als Herausforderung, vor der ich nicht kneifen würde.

Ich würde Morelli zur Strecke bringen, und wenn es das letzte war, was ich tat.

Es kam mir so vor, als stünde ich schon Stunden in der Dusche, als ich endlich hörte, wie die Wohnungstür auf- und wieder zuging. Der Wasserdampf hatte sich längst aufgelöst, und es war kalt geworden. Meine Hand war vom Hochhalten eingeschlafen. Ich war müde und hungrig. Außerdem kündigten sich Kopfschmerzen an.

Als Ranger in der Badezimmertür erschien, war ich viel zu erleichtert, um verlegen zu sein. »Ich bin dir sehr dankbar, daß du mitten in der Nacht gekommen bist«, sagte ich.

Ranger lächelte. »Dich nackt und gefesselt zu sehen, konnte ich mir doch nicht entgehen lassen.«

»Die Schlüssel liegen bei den anderen Sachen auf dem Fußboden.«

Er fand sie, nahm mir das Telefon aus den tauben Fingern und schloß die Handschelle auf. »Spielt sich zwischen dir und Morelli vielleicht irgendwas Abartiges ab?«

»Weißt du noch, daß du mir heute nachmittag seine Schlüssel gegeben hast?«

»Hm.«

»Ich habe mir gewissermaßen seinen Wagen geborgt.«

»Geborgt?«

»Eigentlich eher beschlagnahmt. Schließlich vertreten wir doch das Gesetz, oder nicht?«

»Hm.«

»Also, ich habe seinen Wagen beschlagnahmt, und er hat es rausgekriegt.«

Ranger lächelte und gab mir ein Handtuch. »War er mit der Beschlagnahmung einverstanden?«

»Sagen wir mal, er war nicht erfreut. Jedenfalls habe ich den Wagen unten auf dem Parkplatz abgestellt und vorsichtshalber die Verteilerkappe entfernt.«

»Ich möchte wetten, er war begeistert.«

Ich stieg aus der Dusche und hätte beinahe laut aufgeschrien, als ich mich im Spiegel sah. Meine Haare sahen aus, als ob sie unter zweitausend Volt gestanden hätten und mit Wäschestärke eingesprüht worden wären. »Ich muß in den Wagen unbedingt eine Alarmanlage einbauen lassen, aber ich habe kein Geld.«

Ranger lachte leise und tief. »Eine Alarmanlage. Da wird Morelli sich aber freuen.« Er hob einen Stift vom Fußboden auf und schrieb mir eine Adresse auf ein Stück Klopapier. »Ich kenne eine Werkstatt, die dir einen anständigen Preis macht.«

Ich tapste an ihm vorbei ins Schlafzimmer und vertauschte das Handtuch mit einem langen Froteemorgenrock. »Du bist durch die Tür gekommen?«

»Ich hab' das Schloß geknackt. Ich wollte den Hausmeister nicht wecken.« Er warf einen Blick auf das Fenster. Der Regen schlug gegen die dunkle Scheibe und trommelte auf einen Fetzen Fliegendraht, der auf der Fensterbank lag. »Die Spiderman-Nummer ziehe ich nur bei gutem Wetter ab.«

»Morelli hat das Fliegengitter kaputtgemacht.«

»Er war wohl in Eile.«

Ich bedankte mich noch einmal und brachte ihn zur Tür.

Ich schlief fest und traumlos, und womöglich wäre ich erst im November wieder aufgewacht, wenn nicht jemand gnadenlos an meine Tür gehämmert hätte. Ich kniff die Augen auf und sah auf den Wecker. 8.35 Uhr. Früher hatte ich immer gern Gesellschaft gehabt. Jetzt schreckte ich schon zusammen, wenn nur jemand an meine Tür klopfte. Meine erste Angst galt Ramirez, die zweite der Polizei. Womöglich waren sie gekommen, um mich wegen Autodiebstahls zu verhaften.

Ich nahm das Safe Guard vom Nachttisch, zog mir den

Morgenrock über und schleppte mich in die Diele. Ich kniff ein Auge zu und lugte mit dem anderen durch den Spion. Eddie Gazarra stand vor der Tür. Er war in Uniform und hatte zwei Tüten von Dunkin' Donuts in der Hand. Ich machte ihm auf und schnupperte wie ein Jagdhund, der Witterung aufnimmt. »Lecker«, sagte ich.

»Ebenfalls einen guten Morgen«, sagte Gazarra, drückte sich an mir vorbei und wollte ins Eßzimmer. »Wo sind deine Möbel?«

»Ich richte mich neu ein.«

»Ach so.«

Nachdem wir uns hingesetzt hatten, holte er zwei Pappbecher mit Kaffee aus einer der beiden Tüten. Wir nahmen die Deckel ab, breiteten Servietten über die Knie und machten uns über die Donuts her.

Wir waren so gute Freunde, daß wir beim Essen nicht zu reden brauchten. Zuerst vertilgten wir die Boston Creams. Dann teilten wir uns die verbliebenen vier Jelly Donuts. Als ihm meine Stromfrisur auch nach dem zweiten Donut noch nicht aufgefallen war, fragte ich mich doch, wie meine Haare wohl normalerweise aussahen. Weil er außerdem kein Wort über das Chaos verlor, das Morelli beim Durchstöbern der Wohnung angerichtet hatte, kamen mir auch noch Zweifel an meinen hausfraulichen Fähigkeiten.

Beim dritten Donut ließ er sich mehr Zeit. Er trank einen Schluck, biß in den Donut, trank einen Schluck, biß in den Donut. »Wie ich höre, hast du gestern einen Kautionsflüchtling gefaßt«, sagte er zwischen zwei Bissen.

Bald hatte er nur noch Kaffee übrig. Neidisch beäugte er meinen Donut, aber ich zog ihn rasch zu mir herüber.

»Den willst du bestimmt nicht teilen«, sagte Gazarra.

»Bestimmt nicht«, antwortete ich. »Woher weißt du, daß ich einen Gefangenen gemacht habe?«

»Polizeitratsch. In letzter Zeit bist du auf der Wache Thema Numer eins. Die Jungs haben schon eine Wette laufen, wie lange es wohl dauert, bis Morelli dich aufs Kreuz gelegt hat.«

Ich dachte, mir würden die Augen aus dem Kopf springen Eine geschlagene Minute lang starrte ich Gazarra sprachlos an und wartete darauf, daß sich mein Blutdruck langsam wieder normalisierte, während in meinem Körper wahrscheinlich überall kleine Äderchen platzten.

»Und woher wollen sie wissen, wann er mich aufs Kreuz gelegt hat?« fragte ich mit knirschenden Zähnen. »Vielleicht hat er das schon längst geschafft. Vielleicht schieben wir zweimal am Tag eine Nummer.«

»Sie meinen, du läßt den Fall sausen, wenn er dich erst im Bett hatte. Eigentlich wird darum gewettet, wann du aufgibst.«

»Wettest du auch mit?«

»Ach was. Morelli hat dich schließlich schon auf der High-School genagelt. Deshalb glaube ich kaum, daß er dich damit besonders beeindrucken kann.«

»Woher weißt du das mit der High-School?«

»Das weiß doch jeder.«

»O Gott.« Ich schob den letzten Bissen in den Mund und spülte mit Kaffee nach.

Eddie seufzte, als er sah, daß seine letzte Hoffnung auf ein Stück von meinem Donut unwiederbringlich dahin war. »Deine Cousine, die Nörgelkönigin, hat mich auf Diät gesetzt«, sagte er. »Zum Frühstück kriege ich nur koffeinfreien Kaffee, ein halbes Schüsselchen Pappflocken in Magermilch und eine halbe Grapefruit.«

»So was reicht einem richtigen Bullen wohl nicht, was?«

»Nehmen wir mal an, ich werde angeschossen«, sagte Eddie, »und ich habe nichts im Magen außer kastriertem Kaffee und einer halben Pampelmuse. Meinst du etwa, damit würde ich es bis in die Notaufnahme schaffen?«

»Nicht so gut wie mit richtigem Kaffee und ein paar Donuts.«

»Du sagst es.«

»Dann ist dein Rettungsring wohl auch dazu da, Kugeln abzuhalten.«

Eddie trank aus, drückte den Deckel wieder auf den Becher und warf ihn in die leere Tüte. »Das hättest du dir bestimmt verkniffen, wenn du nicht sauer wärst, weil ich das mit der Nagelei gesagt habe.«

Ich gab ihm recht. »Das war grausam.«

Er nahm eine Serviette und fächelte sich gekonnt den Puderzucker von seinem blauen Uniformhemd. Eine der vielen Fertigkeiten, die er auf der Polizeischule gelernt hatte. Dann lehnte er sich zurück und verschränkte die Arme vor der Brust. Er war knapp einsachtzig groß und stämmig gebaut. Er hatte ostslawische Gesichtszüge, tiefliegende blaßblaue Augen, weißblonde Haare und eine Stupsnase. Als wir noch Kinder waren, hatte er nur zwei Häuser weiter gewohnt. Seine Eltern leben heute noch da. Sein Leben lang hatte er Polizist werden wollen. Und als er endlich die Uniform trug, waren alle seine Wünsche erfüllt. Er fuhr gern mit dem Streifenwagen Einsätze, er war gern als erster am Tatort. Er verstand es, andere zu trösten. Jeder Mensch mochte ihn, mit einer möglichen Ausnahme: seiner Frau.

»Ich habe eine Information für dich«, sagte Eddie. »Gestern abend war ich auf ein Bierchen bei Pino. Gus Dembrowski war auch da. Gus ist der Zivile, der den Kulesza-Fall bearbeitet.«

»Der Zivile?«

»Der Kriminalbeamte.«

Ich setzte mich aufrecht hin. »Wußte er was Neues über Morelli?«

»Er hat bestätigt, daß Carmen Sanchez eine Informantin war. Dembrowski hat durchblicken lassen, daß Morelli sie in seiner

Kartei hatte. Informanten werden immer geheimgehalten. Aber Carmens Name wurde zwischenzeitlich freigegeben, weil es für die Ermittlungen nötig war.«

»Dann ist es möglicherweise doch komplizierter, als es zuerst aussah. Vielleicht hatte der Mord mit einem Fall zu tun, an dem Morelli gearbeitet hat.«

»Könnte sein. Könnte aber genausogut sein, daß Morelli etwas mit dieser Sanchez hatte. Sie soll jung und hübsch gewesen sein. Sehr südländisch.«

»Und sie ist immer noch verschwunden.«

»Ja. Sie ist immer noch verschwunden. Die Abteilung hat Angehörige von ihr auf Staten Island ausfindig gemacht, aber von denen hat sie keiner gesehen.«

»Ich habe gestern ihre Nachbarn befragt und dabei erfahren, daß ein Hausbewohner, der Morellis angeblichen Zeugen gesehen hat, plötzlich verstorben ist.«

»Wie plötzlich?«

»Ein tödlicher Autounfall, Fahrerflucht, genau vor dem Haus.«

»Könnte ein Zufall sein.«

»Das würde ich auch gern glauben.«

Er warf einen Blick auf seine Uhr und stand auf. »Ich muß los.«

»Eine Frage noch. Kennst du Mooch Morelli?«

»Vom Sehen.«

»Weißt du, was er macht oder wo er wohnt?«

»Er arbeitet beim Gesundheitsamt. Er ist so was wie ein Inspektor. Wohnt irgendwo in Hamilton Township. Connie hat sicher ein Verzeichnis im Büro. Wenn er Telefon hat, kannst du seine Adresse rauskriegen.«

»Danke. Und danke auch für die Donuts und den Kaffee.«

In der Diele blieb er noch einmal stehen. »Brauchst du Geld?«

Ich schüttelte den Kopf. »Es geht schon.«

Er drückte mich, gab mir einen Kuß auf die Backe und ging.

Ich schloß die Tür und merkte plötzlich, daß sich hinter meinen Augen Tränen sammelten. Manchmal macht Freundschaft mich ganz rührselig. Ich hob die Servietten und leeren Tüten auf, brachte sie in die Küche und warf sie in den Mülleimer. Es war meine erste Gelegenheit, mir ein Bild vom Zustand der Wohnung zu machen. Morelli hatte seinen Frust offenbar dadurch abreagiert, daß er soviel Schaden wie möglich anrichtete.

Die Küchenschränke standen offen, der Inhalt war auf der Arbeitsplatte und dem Fußboden verteilt, die Bücher waren aus dem Regal gerissen, die Kissen aus meinem einzigen noch verbliebenen Sessel gezerrt. Das Schlafzimmer war mit Kleidungsstücken übersät. Ich legte die Kissen wieder in den Sessel und räumte die Küche auf. Der Rest der Wohnung konnte bis morgen warten.

Nachdem ich geduscht hatte, zog ich mir schwarze Radlerhosen und ein schlabberiges khakifarbenes T-Shirt an. Meine Kopfgeldjägerausrüstung lag immer noch im Badezimmer auf dem Boden. Ich packte alles in die schwarze Ledertasche und schwang sie mir über die Schulter. Dann sah ich nach, ob alle Fenster verschlossen waren.

An dieses Ritual würde ich mich morgens und abends gewöhnen müssen. Ich haßte es, wie ein Tier im Käfig zu leben, aber ich hatte keine Lust mehr auf ungebetene Besucher. Die Wohnungstür abzuschließen, erschien mir weniger wie eine Sicherheitsvorkehrung als vielmehr wie eine Formalität. Ranger hatte das Schloß ohne große Mühe geknackt. Natürlich war nicht jeder Einbrecher so geschickt wie er. Trotzdem würde es nicht schaden, wenn ich mir noch einen Riegel anschaffte. Bei nächster Gelegenheit wollte ich mit dem Hausmeister darüber sprechen.

Ich verabschiedete mich von Rex, nahm meinen ganzen Mut zusammen und wagte mich erst in den Hausflur, als ich mich vergewissert hatte, daß nicht plötzlich Ramirez wieder aufgekreuzt war.

7

Die Verteilerkappe lag noch genau da, wo ich sie deponiert hatte, hinter einem Strauch, dicht an der Hauswand. Ich baute sie wieder ein und fuhr los. Direkt vor Vinnies Büro fand ich eine Parklücke, und es gelang mir schon beim dritten Versuch, den großen Cherokee hineinzumanövrieren.

Connie saß an ihrem Schreibtisch, betrachtete sich im Handspiegel und zupfte sich schwarze Klumpen von den dick getuschten Wimpern.

Sie sah hoch, als ich hereinkam. »Hast du schon mal einen Wimpernverlängerer benutzt?« fragte sie. »Anscheinend tun sie da Rattenhaare rein.«

Ich winkte ihr mit der Polizeiquittung. »Ich habe Clarence erwischt.«

Sie machte eine Faust und riß den Ellenbogen zurück. »Super!«

»Ist Vinnie da?«

»Der mußte zum Zahnarzt. Ich glaube, er läßt sich die Schneidezähne schärfen.« Sie suchte Sampsons Akte heraus und ließ sich die Quittung geben. »Dazu brauchen wir Vinnie nicht. Ich kann dir den Scheck auch ausstellen.« Sie schrieb eine Notiz auf die Akte und legte sie in den Ablagekorb. Dann holte sie ein Scheckbuch aus der mittleren Schublade und schrieb mir einen Scheck aus. »Wie läuft es mit Morelli? Hast du schon eine Spur von ihm?«

»Nicht direkt eine Spur, aber ich weiß, daß er noch in der Stadt ist.«

»Morelli ist ein heißer Typ«, sagte Connie. »Ich hab' ihn vor sechs Monaten gesehen, bevor diese Geschichte passiert ist. Er hat im Fleischmarkt ein Viertelpfund Provolone bestellt. Ich konnte mich fast nicht beherrschen; am liebsten hätte ich ihm die Zähne in den Po geschlagen.«

»Du Menschenfresserin.«

»Der Mann ist einfach zu appetitlich.«

»Er wird außerdem wegen Mordes gesucht.«

Connie seufzte. »Die holde Weiblichkeit in Trenton wird totunglücklich sein, wenn sie Morelli auf Eis legen.«

Wahrscheinlich hatte sie recht, aber ich gehörte nicht zu diesen Frauen. Nach dem gestrigen Abend wurde mir bei dem Gedanken, Morelli hinter Gittern zu sehen, richtig warm ums Herz. »Hast du ein Straßenverzeichnis hier?«

Connie drehte sich mit ihrem Stuhl zu den Aktenschränken um. »Es ist das dicke Buch über der Schublade G.«

»Weißt du irgendwas über Mooch Morelli?« fragte ich, während ich unter seinem Namen nachschlug.

»Nur, daß er Shirley Gallo geheiratet hat.«

Der einzige Morelli in Hamilton Township wohnte in 617, Bergen Court. Ich suchte die Straße auf dem Stadtplan, der hinter Connies Schreibtisch hing. Wenn ich mich recht erinnerte, handelte es sich um eine Gegend, in der die Häuser so aussahen, als ob sie mein Badezimmer verdient hätten.

»Hast du Shirley in letzter Zeit mal gesehen?« fragte Connie. »Sie hat eine Figur wie ein Pferd. Seit der High-School muß sie einen Zentner zugenommen haben. Ich habe sie auf Margie Manuscos Polterabend getroffen. Sie brauchte drei Stühle für sich allein, und ihre Handtasche war randvoll mit Bonbons. Die waren wahrscheinlich für Notfälle gedacht, falls ihr jemand beim Kartoffelsalat zuvorgekommen wäre oder so.«

»Shirley Gallo? Fett? Die war doch in der High-School eine Bohnenstange.«

»Die Wege des Herrn sind unerforschlich«, sagte Connie.

»Amen.«

Wo wir herkamen, war der katholische Glaube eine Zweckreligion. Wenn einem etwas nicht in den Kopf wollte, konnte man es immer noch Gott in die Schuhe schieben.

Connie gab mir den Scheck und zupfte an einem Kaskaraklumpen, der ihr am linken Auge in den Wimpern hing. »Du kannst es mir glauben. Es ist schon ein verdammtes Kreuz mit der Schönheit.«

Die Werkstatt, die Ranger mir empfohlen hatte, lag in einem kleinen Gewerbehof, der mit der Rückseite an die Route 1 angrenzte. Der Komplex bestand aus sechs bunkerähnlichen, gelbgestrichenen Betonbauten, deren Farbe mit der Zeit und dank der Abgase verblichen war. Vermutlich hatten dem Architekten Rasenflächen und Sträucher vorgeschwebt, doch die Realität sah anders aus: festgetretener Lehm, Zigarettenkippen, Styroporbecher und stacheliges Unkraut. Jedes der sechs Gebäude verfügte über eine eigene Auffahrt und einen Parkplatz.

Nachdem ich langsam an einer Druckerei und einer Spritzgießerei vorbeigefahren war, hielt ich vor Als Karosseriewerkstatt. Sie hatte drei große Türen, von denen aber nur eine offenstand. Verbeulte, rostige Wagen in den unterschiedlichsten Ausschlachtungsstadien standen hinter der Werkstatt, und neuere Modelle mit eingedrückten Stoßstangen waren neben der dritten Tür auf einem Platz abgestellt, der mit einem Zaun samt Natodrahtverzierung umgeben war.

Ich parkte neben einem schwarzen Toyota-Geländewagen, dessen Räder so groß waren, daß sie gut zu einem Bagger gepaßt hätten. Unterwegs hatte ich bei der Bank meinen Prämienscheck eingereicht. Ich wußte genau, wieviel ich für eine Alarmanlage ausgeben wollte. Mehr war einfach nicht drin.

Wahrscheinlich ließ sich der Job dafür nicht machen, aber fragen kostete schließlich nichts.

Ich öffnete die Wagentür und stieg aus. In der Bruthitze, die mich empfing, atmete ich nicht allzutief ein, um sowenig Schwermetalle wie möglich zu inhalieren. So dicht neben der Autobahn sah die Sonne schmutzig aus, die verpestete Luft schluckte ihr Licht und drückte sie zu einem Ei zusammen. Das Zischen und Kreischen eines Druckluftwerkzeugs drang aus der offenen Tür.

Ich ging hinüber und spähte mit zusammengekniffenen Augen in das finstere Höllenloch, voll von Ölkannen, Ölfiltern und potentiell unhöflichen Gestalten in orangeleuchtenden Overalls. Einer der Männer kam auf mich zugeschlendert. Er hatte das abgeschnittene und an den Beinöffnungen verknotete Oberteil einer übergroßen Nylonstrumpfhose auf dem Kopf. Sicher, um Zeit zu sparen, falls er plötzlich Lust bekam, auf dem Heimweg einen Supermarkt zu überfallen. Ich sagte, ich sei auf der Suche nach Al, und er sagte, ich hätte ihn gefunden.

»Ich möchte mir eine Alarmanlage in meinen Wagen einbauen lassen. Ranger hat gemeint, Sie machen mir einen anständigen Preis.«

»Woher kennen Sie Ranger?«

»Wir arbeiten zusammen.«

»Das kann alles mögliche bedeuten.«

Ich war mir nicht sicher, was er damit meinte, aber wahrscheinlich war es sowieso besser, wenn ich es nicht verstand. »Ich bin Kopfgeldjägerin.«

»Und Sie brauchen eine Alarmanlage, weil Sie in gefährlichen Stadtvierteln arbeiten müssen?«

»Genaugenommen ist es so – ich habe gewissermaßen einen Wagen gestohlen, und jetzt habe ich Angst, daß der Besitzer ihn sich zurückholen will.«

In seinen Augen blitzte es amüsiert auf. »Noch besser.«

Er ging zu einer Werkbank im hinteren Teil der Werkstatt und kam mit einem etwa zehn Quadratzentimeter großen Plastikkästchen wieder zurück. »Das ist das beste Gerät, das zur Zeit auf dem Markt zu haben ist«, sagte er. »Es reagiert auf Luftdruck. Wenn zum Beispiel eine Scheibe eingeschlagen oder eine Tür geöffnet wird, macht dieses Schätzchen einen Radau, daß einem das Trommelfell platzt.« Er drehte es um. »Mit diesem Knopf hier schaltet man die Alarmanlage ein. Dann dauert es zwanzig Sekunden, bevor sie losgeht. Man hat also genug Zeit, auszusteigen und die Tür zu schließen. Wenn die Tür geöffnet wird, dauert es ebenfalls zwanzig Sekunden, bevor die Alarmanlage losheult, damit man genug Zeit hat, den Code einzutippen und sie zu deaktivieren.«

»Und wie kriege ich sie wieder aus, wenn der Alarm mal ausgelöst wurde?«

»Mit einem Schlüssel.« Er drückte mir einen kleinen silbernen Schlüssel in die Hand. »Ich rate Ihnen, ihn nicht im Wagen aufzubewahren. Das wäre nicht im Sinne des Erfinders.«

»Die Anlage ist kleiner, als ich dachte.«

»Klein, aber kräftig. Und das Schönste daran ist, daß sie nicht viel kostet, weil sie leicht zu installieren ist. Man braucht sie bloß ans Armaturenbrett zu schrauben.«

»Wieviel kostet sie denn?«

»Sechzig Dollar.«

»Gekauft.«

Er zog einen Schraubenzieher aus der Gesäßtasche. »Wo wollen Sie sie hinhaben?«

»In den roten Cherokee da drüben, neben dem Monstertruck. Es wäre schön, wenn Sie sie möglichst unauffällig anbringen könnten. Ich möchte das Armaturenbrett nicht verschandeln.«

Nur wenige Minuten später war ich, höchst zufrieden mit mir selbst, auf dem Weg in die Stark Street. Ich hatte eine

Alarmanlage, die nicht nur preiswert war, sondern sich auch leicht ausbauen ließ. Ich konnte sie mir also später in dem Wagen installieren lassen, den ich mir von dem Kopfgeld für Morelli kaufen wollte. Auf der Fahrt zur Werkstatt hatte ich an einem Supermarkt angehalten, um mir einen Vanillejoghurt und einen Liter Orangensaft für die Mittagspause zu kaufen. Nun trank und fuhr und schlürfte ich gleichzeitig, und es ging mir prima in meinem klimatisierten Prachtstück. Ich hatte eine Alarmanlage, ich hatte Nervengas, ich hatte einen Joghurt. Was braucht der Mensch mehr?

Ich parkte genau gegenüber dem Boxstudio, schluckte den restlichen Orangensaft, stellte die Alarmanlage an, nahm meine Tasche und Morellis Fotos und schloß den Wagen ab. Genausogut hätte ich dem Stier mit dem roten Tuch winken können. Wenn ich ihn noch mehr hätte reizen wollen, hätte ich höchstens ein Plakat auf die Windschutzscheibe kleben können, worauf stand: »Hier ist es! Hol es dir doch!«

Es war so heiß, daß sich auf der Straße kaum etwas regte. Zwei schwarze Nutten, die an der nächsten Ecke standen, sahen aus, als ob sie auf den Bus warteten, aber in der Stark Street fahren leider keine Busse. Die beiden Frauen wirkten angeödet, was wahrscheinlich daran lag, daß um diese Tageszeit die Geschäfte flau waren. Sie trugen Badelatschen aus Plastik, enge, ärmellose Oberteile und knackige Strickshorts. Ihre kurzgeschnittenen Haare, die sie auf irgendeine Weise entkräuselt hatten, erinnerten an Wildschweinborsten. Ich wußte nicht genau, wie Nutten ihre Preise festsetzten, aber falls sie nach Gewicht bezahlt wurden, hätten diese beiden alles andere als schlecht verdient.

Sie gingen sofort in Kampfstellung, als ich mich ihnen näherte: Hände in die Hüften, Unterlippe vorgeschoben, Augen so weit aufgerissen, daß sie wie Enteneier aus den Höhlen traten.

»He, du da!« rief eines der beiden Prachtstücke. »Spinnst du, oder was? Das ist unsere Ecke, kapiert?«

Offenbar sahen sie eine Konkurrentin in mir, was mich denn doch ein wenig überraschte.

»Ich suche jemanden, einen Freund. Joe Morelli.« Ich zeigte ihnen sein Bild. »Hat ihn vielleicht eine von euch gesehen?«

»Was willst du denn von diesem Morelli?«

»Das ist persönlich.«

»Kann ich mir denken.«

»Kennst du ihn?«

Sie verlagerte ihr Gewicht. Keine leichte Aufgabe. »Kann schon sein.«

»Eigentlich ist er mehr als bloß ein Freund.«

»Ach ja?«

»Der Schweinehund hat mich geschwängert.«

»Du siehst aber nicht schwanger aus.«

»Warten wir noch einen Monat ab.«

»Da kann man doch was gegen machen.«

»Klar«, sagte ich. »Aber erst muß ich Morelli finden. Wißt ihr, wo er ist?«

»Nö.«

»Kennt ihr dann vielleicht Carmen Sanchez? Sie hat früher im Step In gearbeitet.«

»Hat die dich etwa auch geschwängert?«

»Es könnte sein, daß Morelli bei ihr ist.«

»Carmen ist verschwunden«, sagte die andere der beiden Nutten. »Das kann einer Frau in der Stark Street schon mal passieren. Berufsrisikio.«

»Kannst du etwas ausführlicher werden?«

»Sie soll lieber die Klappe halten, das wäre besser für sie«, sagte ihre Kollegin. »Wir wissen nichts. Und wir haben keine Zeit, hier rumzustehen und zu quatschen. Wir haben zu arbeiten.«

Ich blickte die Straße rauf und runter, aber von Arbeit war nicht viel zu sehen. Vermutlich wollte sie mich nur abwimmeln. Nachdem ich mich noch nach ihren Namen erkundigt hatte – sie hießen Lula und Jackie –, gab ich ihnen meine Karte und sagte ihnen, daß ich sehr dankbar wäre, wenn sie mich anrufen könnten, falls sie Morelli oder Carmen Sanchez entdeckten. Ich hätte sie gern noch nach dem verschwundenen Zeugen gefragt, aber ich wußte nicht recht, wie ich es anstellen sollte. Schließlich konnte ich schlecht sagen: »Habt ihr vielleicht einen Mann mit einem Bratpfannengesicht gesehen?«

Danach ging ich von Haus zu Haus, um die Leute, die auf den Treppenstufen hockten, und die Ladenbesitzer zu befragen. Bis um vier Uhr hatte ich mir für meine Mühen lediglich eine verbrannte Nase eingehandelt. Zuerst hatte ich mich langsam auf der Nordseite der Stark Street nach Westen vorgearbeitet und dann in entgegengesetzter Richtung die gegenüberliegende Straßenseite abgeklappert. Um die Werkstatt und das Boxstudio hatte ich einen weiten Bogen gemacht und auch die Bars links liegen lassen. Wahrscheinlich hätte ich dort ausgezeichnete Informationen erhalten, aber sie waren mir nicht geheuer. Außerdem hatte ich das Gefühl, daß ich mich damit überforderte. Vielleicht war ich übertrieben vorsichtig, vielleicht saßen in den Kneipen nur nette Menschen, denen meine Existenz herzlich gleichgültig war. Um die Wahrheit zu sagen, ich war einfach nicht daran gewöhnt, eine Minderheit zu sein. Ich kam mir vor wie ein Schwarzer, der im tiefsten Süden der Vereinigten Staaten einer weißen Frau unter den Rock guckt.

Ich graste noch die nächsten zweieinhalb Blocks ab und wechselte dann wieder auf die Nordseite. Je später es wurde, desto mehr Leute quollen aus den Mietshäusern auf den Bürgersteig, und auf dem Rückweg zum Wagen kam ich nur noch langsam voran.

Gut war, daß der Cherokee immer noch am Bordstein stand,

daß Morelli nirgends zu sehen war. Ich vermied es absichtlich, zu den Fenstern des Boxstudios hochzusehen. Falls Ramirez mich beobachtete, wollte ich ihn auf keinen Fall zur Kenntnis nehmen. Ich hatte mir die Haare zu einem windschiefen Pferdeschwanz gebunden, und mein Nacken fühlte sich kratzig an. Wahrscheinlich war er ebenfalls verbrannt. Wenn es um Sonnenöl ging, war ich etwas schlampig. Meistens verließ ich mich darauf, daß die Luftverschmutzung die krebserregenden Strahlen schon herausfiltern würde.

Eine Frau kam über die Straße. Sie war stabil gebaut, konservativ gekleidet und hatte die schwarzen Haare zu einem straffen Knoten geschlungen.

»Entschuldigen Sie«, sagte sie. »Sind Sie Stephanie Plum?«

»Ja.«

»Mr. Alpha hätte Sie gern gesprochen«, sagte sie. »Sein Büro ist gleich gegenüber.«

Ich kannte niemanden, der Alpha hieß, und ich hatte auch keine besondere Lust, mich in Ramirez' Nähe zu begeben, aber weil der Frau die Rechtschaffenheit aus allen Poren quoll, ließ ich es darauf ankommen und begleitete sie. Wir gingen in das schmale, zweistöckige Gebäude neben dem Boxstudio. Es hatte eine verrußte Fassade und schmutzige Fenster. Wir stiegen in den ersten Stock hinauf. Oben gingen vom Hausflur drei Türen ab, wovon eine einen Spalt offenstand. Klimatisierte Luft wehte heraus.

»Hier entlang«, sagte die Frau und führte mich in ein kleines Vorzimmer, das durch eine schwere grüne Ledercouch und einen großen zerschrammten Schreibtisch noch winziger wirkte. Auf einem ramponierten Beistelltischchen lagen abgegriffene Boxzeitschriften, und an den Wänden, die dringend einen neuen Anstrich gebraucht hätten, hingen Bilder von Boxern.

Sie brachte mich in das hintere Büro und schloß die Tür. Bis auf die beiden Fenster, die auf die Straße hinaus gingen, hatte der Raum sehr viel Ähnlichkeit mit dem Vorzimmer. Als ich eintrat, stand der Mann, der am Schreibtisch saß, auf. Er trug eine Bundfaltenhose und ein kurzärmliges, am Hals offenes Hemd. Sein Gesicht war zerfurcht, und er hatte deutliche Hängebacken. Sein stämmiger Körper wirkte noch immer muskulös, obwohl die Jahre ihm einen Rettungsring verpaßt und in seinen schwarzen, zurückgekämmten Haaren bleigraue Strähnen hinterlassen hatten. Ich schätzte ihn auf Mitte Fünfzig. Er sah so aus, als wäre er im Leben nicht immer auf Rosen gebettet gewesen.

Er beugte sich vor und streckte mir die Hand hin. »Jimmy Alpha. Ich bin Benito Ramirez' Manager.«

Ich nickte, wußte aber nicht, wie ich reagieren sollte. Am liebsten hätte ich geschrien, aber das wäre wahrscheinlich unprofessionell gewesen.

Er deutete auf einen Klappstuhl, der etwas seitlich neben dem Schreibtisch stand. »Ich habe gehört, daß Sie wieder in der Gegend sind, und da wollte ich die Gelegenheit nutzen, mich bei Ihnen zu entschuldigen. Ich weiß, was im Studio zwischen Benito und Ihnen vorgefallen ist. Ich habe schon versucht, Sie anzurufen, aber Ihr Telefon war tot.«

Seine Entschuldigung ließ meine Wut neu aufflammen. »Wie Ramirez sich aufgeführt hat, war ungehörig und unverzeihlich.«

Alpha machte ein verlegenes Gesicht. »Mit solchen Problemen hatte ich nie gerechnet«, sagte er. »Ich habe mir immer nur einen Spitzenboxer gewünscht. Jetzt habe ich endlich einen, und was ist? Ich bekomme Magengeschwüre.« Er holte eine große Flasche Mylanta aus der obersten Schreibtischschublade. »Sehen Sie? Ich kaufe dieses Magenzeug gleich kistenweise.« Er schraubte die Flasche auf und trank einen Schluck. Dann klopfte er sich mit der Faust aufs Brustbein und seufzte. »Es tut mir leid. Es tut mir wirklich sehr leid, was Ihnen im Studio passiert ist.«

»Sie brauchen sich nicht zu entschuldigen. Es war doch nicht Ihre Schuld.«

»Ich wünschte, Sie hätten recht. Aber leider bin ich gewissermaßen dafür verantwortlich.« Er schraubte die Flasche wieder zu, stellte sie in die Schublade zurück und beugte sich, die Arme auf dem Schreibtisch, ein Stück vor. »Sie arbeiten für Vinnie?«

»Ja.«

»Ich kenne Vinnie von früher. Er ist schon eine ganz besondere Type.«

Er lächelte, und ich hatte den Eindruck, daß er irgendwo auf seinen Reisen von Vinnie und der Ente erfahren haben mußte.

Er nahm sich zusammen, starrte auf seine Daumen und sank ein wenig in sich zusammen. »Manchmal weiß ich einfach nicht mehr, was ich mit Benito machen soll. Er ist kein schlechter Kerl. Er ist nur leider ein bißchen zurückgeblieben. Das einzige, was er kann, ist boxen. Für einen Menschen wie Benito, der aus dem Nichts kommt, ist der ganze Erfolg schwer zu verkraften.«

Alpha hob den Kopf, um zu sehen, ob ich ihm seine Jammergeschichte abkaufte. Ich schnaubte nur verächtlich.

»Ich will ihn nicht entschuldigen«, sagte er verbittert. »Benito macht Sachen, die falsch sind. Ich habe keinen Einfluß mehr auf ihn. Er hält sich für den Größten. Und er hat sich mit Typen umgeben, die nur mit den Boxhandschuhen denken können.«

»Das Studio war voll von kräftigen Männern, die keinen Finger gerührt haben, um mir zu helfen.«

»Ich habe mit ihnen darüber geredet. Früher hatte man noch Achtung vor den Frauen, aber heute wird nichts und niemand mehr respektiert. Sinnlose Morde, Drogen . . .« Er brach ab und versank in Gedanken.

Mir fiel wieder ein, was Morelli mir über Ramirez erzählt hatte, daß er nämlich schon öfter wegen Vergewaltigung angezeigt worden war. Alpha steckte also entweder den Kopf in den Sand, oder er war ahnungslos und gab sich nur große Mühe, den Schaden wiedergutzumachen, den seine Goldene Gans angerichtet hatte. Ich hielt die Vogel-Strauß-Theorie für wahrscheinlicher.

Eisern schweigend starrte ich ihn an. In diesem Ghettobüro fühlte ich mich zu isoliert, um ihm die Meinung zu sagen. Und für irgendwelche Höflichkeiten war ich zu wütend.

»Wenn Benito Ihnen noch einmal zu nahe tritt, lassen Sie es mich sofort wissen«, sagte Alpha. »Ich will nicht, daß so etwas noch mal passiert.«

»Vorgestern abend stand er vor meiner Wohnung und wollte rein. Er hat im Flur rumgegrölt und meine Tür angewichst. Beim nächstenmal zeige ich ihn an.«

Alpha war sichtlich erschüttert. »Davon wußte ich nichts. Er hat doch hoffentlich keinem was getan?«

»Es wurde niemand verletzt.«

Alpha kritzelte etwas auf eine Visitenkarte. »Das ist meine Telefonnummer«, sagte er und reichte sie mir. »Wenn Sie noch mal Ärger mit ihm haben, rufen Sie mich an. Wenn er Ihre Tür beschädigt hat, komme ich dafür auf.«

»Die Tür ist heil geblieben. Sorgen Sie nur dafür, daß er mich in Ruhe läßt.«

Alpha preßte die Lippen zusammen und nickte.

»Sie können mir wahrscheinlich auch nichts über Carmen Sanchez sagen, oder?«

»Ich weiß nur, was in der Zeitung stand.«

An der Kreuzung zur State Street bog ich links ab und fädelte mich in den Rush-hour-Verkehr ein. Die Ampel sprang auf Grün um, und wir alle krochen ein Stückchen vorwärts. Weil ich noch genug Geld hatte, um mir etwas zu essen zu kaufen, fuhr ich nicht gleich nach Hause, sondern noch eine Viertelmeile weiter zu Super-Fresh.

Während ich an der Kasse stand, kam mir der Gedanke, daß auch Morelli irgendwie oder von irgendwem mit Lebensmitteln versorgt werden mußte. Ob er sich mit einem angeklebten Groucho-Marx-Schnurrbart und einer Brille mit angesetzter Plastiknase im Supermarkt herumdrückte? Wo wohnte er überhaupt? Vielleicht hauste er in dem blauen Lieferwagen. Ich war eigentlich davon ausgegangen, daß er den bereits abgestoßen hatte, nachdem ich ihn nun kannte, aber möglicherweise hatte ich mich auch getäuscht. Vielleicht war der Wagen einfach zu praktisch für ihn. Vielleicht war er seine Kommandozentrale und sein geheimes Konservendosenlager. Außerdem war es möglich, daß er mit einer Abhöreinrichtung ausgestattet war. Schließlich hatte Morelli Ramirez von der anderen Straßenseite aus beobachtet. Wieso sollte er ihn nicht auch belauscht haben?

In der Stark Street hatte ich den Lieferwagen nicht bemerkt. Zwar hatte ich nicht direkt nach ihm Ausschau gehalten, aber übersehen hätte ich ihn trotzdem nicht. Ich wußte nicht viel über elektronische Überwachung, aber immerhin war sogar mir klar, daß sich der Überwacher ziemlich nah beim Überwachten aufhalten mußte. Das war ein paar Überlegungen wert. Vielleicht würde ich Morelli finden, wenn ich nach dem Lieferwagen suchte.

Während ich den Jeep in der hintersten Ecke des Parkplatzes abstellte, ärgerte ich mich insgeheim ein wenig über behinderte Senioren, die immer die besten Parkplätze mit Beschlag belegten. Ich nahm drei Plastiktüten in jede Hand und klemmte mir einen Sechserpack Bier unter den linken Arm. Die Tür des Cherokee drückte ich mit dem Knie zu. Meine Arme wurden lang und länger. Die schweren Tüten schlugen mir beim Gehen gegen die Beine, und ich mußte an einen alten Witz denken, bei dem es um Elefantenhoden ging.

Als ich mit dem Aufzug nach oben gefahren war, stolperte ich die paar Schritte bis zu meiner Wohnungstür und stellte die Taschen ab, während ich den Schlüssel aus der Tasche kramte. Ich machte auf, knipste das Licht an, schleppte die Einkäufe in die Küche und ging wieder zurück in die Diele, um die Tür abzuschließen. Dann packte ich die Tüten aus und trennte Schrankzeug von Kühlschrankzeug. Es war ein schönes Gefühl, wieder einen kleinen Lebensmittelvorrat zu haben. Das Horten lag mir im Blut. Die Hausfrauen in meinem Heimatviertel sind stets auf Katastrophen vorbereitet, sie horten Klopapier und Maispüree in Dosen, für den Fall, daß irgendwann einmal wieder ein Blizzard wie der von Anno dunnemals über sie hereinbrechen sollte.

Sogar Rex ließ sich von meiner Betriebsamkeit anstecken. Die kleinen rosa Hamsterfüßchen gegen die Glasscheibe seines Käfigs gestemmt, sah er mir zu.

»Jetzt kommen wieder bessere Zeiten, Rex«, sagte ich und gab ihm ein Apfelstückchen. »Von nun an gibt es nur noch Äpfel und Brokkoli.«

Ich hatte mir im Supermarkt einen Stadtplan besorgt, den ich vor mir auf dem Tisch ausbreitete, während ich in meinem Essen stocherte. Morgen würde ich systematisch nach dem blauen Lieferwagen suchen. Ich würde die Gegend um das Boxstudio durchkämmen und anschließend Ramirez' Wohngegend abklappern. Ich holte mir das Telefonbuch und schlug unter Ramirez nach. Es gab dreiundzwanzig Einträge, davon waren drei Teilnehmer nur mit der Initiale B gekennzeichnet. Außerdem gab es zwei Benitos. Ich wählte die Nummer des ersten Benito, und nach dem vierten Läuten meldete sich eine Frau. Im Hintergrund hörte ich ein Baby schreien.

»Wohnt dort Benito Ramirez, der Boxer?« fragte ich.

Die Antwort kam auf spanisch, und sie klang nicht gerade freundlich. Ich entschuldigte mich für die Störung und legte auf. Der zweite Benito kam selbst ans Telefon, aber er war eindeutig nicht der Ramirez, nach dem ich suchte. Bei den drei Bs kam ich auch nicht weiter. Ich beschloß, mir die restlichen achtzehn Nummern zu schenken. Irgendwie war ich sogar erleichtert, daß ich ihn nicht gefunden hatte. Ich wußte nicht, was ich zu ihm gesagt hätte. Ich wollte eine Adresse, kein Gespräch. Außerdem muß ich zugeben, daß ich allein bei dem Gedanken an Ramirez eine Gänsehaut bekam. Ich konnte das Boxstudio beobachten und Ramirez folgen, wenn er ging. Leider war der große rote Cherokee nicht unbedingt ein unauffälliges Gefährt. Vielleicht konnte Eddie mir helfen. Die Cops hatten ihre eigenen Methoden, Adressen rauszukriegen. Wen kannte ich sonst noch, der Zugang zu Adressen hatte? Marilyn Truro arbeitete bei der Zulassungsstelle. Wenn ich Ramirez' Autokennzeichen wüßte, könnte sie mir vielleicht seine Anschrift besorgen. Ich konnte mich natürlich auch im Boxstudio danach erkundigen. Nein, das wäre viel zu einfach.

Was soll's? dachte ich. Warum nicht? Ein Versuch konnte jedenfalls nicht schaden. Weil ich die Seite mit der Adresse des Studios vor ein paar Tagen aus dem Telefonbuch gerissen hatte, mußte ich zuerst die Auskunft anrufen. Ich bedankte mich für die Nummer und rief im Studio an. Dem Mann, der sich meldete, sagte ich, daß ich mit Benito verabredet sei, aber leider seine Adresse verloren hätte.

»Die kann ich Ihnen geben«, sagte er. »320, Polk Street. Die Nummer des Apartments weiß ich nicht, aber es liegt im ersten Stock. Am Ende vom Flur. Sein Name steht an der Tür. Nicht zu übersehen.«

»Danke«, sagte ich. »Sehr verbunden.«

Ich schob das Telefon weg und beugte mich wieder über den Stadtplan, um die Polk Street zu suchen. Sie war nur drei Straßen vom Boxstudio entfernt und verlief parallel zur Stark Street. Ich kringelte sie mit gelbem Leuchtstift ein. Nun hatte ich zwei Stellen, wo ich nach dem Lieferwagen suchen konnte. Wenn es sein mußte, würde ich zu Fuß umherstreifen und mich in dunkle Gassen und Garagen wagen. Das war mein Plan für den nächsten Vormittag. Wenn nichts dabei herauskam, wollte ich mir den nächsten Kautionsflüchtling aus Connies Stapel vornehmen. Mit so einem Kleinkleckerfall konnte ich wenigsten ein bißchen Geld für die Miete verdienen.

Nachdem ich mich zweimal vergewissert hatte, daß alle Fenster verriegelt waren, zog ich die Vorhänge zu. Ich wollte noch duschen und dann ins Bett gehen. Auf einen Überraschungsbesuch hatte ich keine Lust mehr.

Ich räumte mein Apartment auf und versuchte dabei, nicht auf die leeren Stellen zu achten, wo früher die Elektrogeräte gestanden hatten. Auch die Abdrücke der Phantommöbel auf dem Wohnzimmerteppich ignorierte ich eisern. Die zehntausend Dollar für Morelli konnte ich gut gebrauchen, um mein Leben wieder einigermaßen in den Griff zu kriegen, aber an sich war die Kopfgeldjägerei nur eine Überbrückungsmaßnahme. Eigentlich sollte ich gleichzeitig nach einem anständigen Job suchen.

Warum redete ich mir das noch ein? Ich hatte doch längst alle Brücken hinter mir abgebrochen.

Ich konnte bei der Kopfgeldjägerei bleiben, aber selbst wenn alles gut lief, war die Arbeit ein riskantes Spiel. Wenn aber etwas schiefging ... Daran wollte ich gar nicht erst denken. Ich würde mich nicht nur damit abfinden müssen, bedroht, gehaßt, belästigt, verletzt oder gar getötet zu werden, sondern ich würde mich auch daran gewöhnen müssen, freiberuflich tätig zu sein. Außerdem blieb mir gar nichts anderes übrig, als Kampfsportarten zu lernen und mir polizeiliche Techniken für die Festnahme von Straftätern anzueignen. Ich mußte ja nicht gleich zum Terminator werden, aber weiter so aufs Geratewohl vor mich hin wursteln wollte ich auch nicht. Wenn ich noch einen Fernsehapparat besessen hätte, hätte ich mir Wiederholungen von *Cagney und Lacey* ansehen können.

Mir fiel ein, daß ich noch einen zweiten Riegel an der Wohnungstür anbringen lassen wollte, und ich beschloß, Dillon Ruddick, dem Hausmeister, einen Besuch abzustatten. Dillon und ich waren Freunde, was daran lag, daß wir so ziemlich die einzigen Menschen im ganzen Haus waren, die Metamusil nicht für einen der größten Lebensmittelmultis des Landes hielten. Dillon bewegte die Lippen, wenn er die Comicseite in der Zeitung las, aber man brauchte ihm bloß ein Werkzeug in die Hand zu drücken, und schon verwandelte er sich in ein echtes Genie. Er wohnte im Souterrain in einer Einzimmerwohnung, in die nie ein Sonnenstrahl fiel. Die ständige Geräuschkulisse wurde von rumorenden Heizkesseln und gurgelnden Wasserleitungen gebildet. Dillon behauptete, der Lärm störe ihn nicht. Er redete sich einfach ein, es wäre das Meer.

»'n Abend, Dillon«, sagte ich, als er mir aufmachte. »Wie geht's?«

»Gut geht's. Kann nicht klagen. Na, wo brennt's?«

»Ich habe Angst vor Einbrechern, Dillon. Ich hätte gern noch einen zweiten Riegel an der Wohnungstür.«

»Gute Idee«, sagte er. »Man kann nie vorsichtig genug sein. An Mrs. Lugers Tür habe ich auch gerade einen neuen Riegel angebracht. Sie hat gesagt, vor ein paar Nächten hätte ein Kerl wie ein Schrank im Hausflur rumkrakeelt. Angeblich wäre sie vor Schreck fast gestorben. Vielleicht hast du ihn auch gehört. Mrs. Luger wohnt ja fast neben dir.«

Um ein Haar hätte ich mich verraten. Ich wußte, wie der Schrank hieß.

»Wenn ich es schaffe, kriegst du morgen deinen Riegel«, sagte Dillon. »Wie wär's inzwischen mit einem Bier?«

»Ein Bier wäre prima.«

Dillon gab mir eine Flasche und eine Dose mit gemischten Nüssen. Er drehte den Fernseher wieder laut, und wir ließen uns aufs Sofa fallen.

Ich hatte den Wecker auf acht Uhr gestellt, aber ich war schon um sieben aus den Federn, so erpicht war ich darauf, den Lieferwagen zu finden. Ich duschte und gab mir ziemliche Mühe mit meinen Haaren, indem ich sie in Form fönte, Gel hineinknetete und zum Schluß noch Haarspray auf das Kunstwerk sprühte. Als ich fertig war, sah ich aus wie Cher an einem schlechten Tag. Aber Cher ist auch an einem schlechten Tag nicht zu verachten. Ich zog mir meine letzte saubere Radlerhose und einen dazu passenden Sport-BH an, der auch als Bikinioberteil durchgehen konnte, und schlüpfte in ein weites lila T-Shirt mit einem großen, tiefen Halsausschnitt. Nachdem ich meine hohen Reeboks geschnürt und die weißen Söckchen eingerollt hatte, kam ich mir ziemlich cool vor.

Zum Frühstück aß ich eine Schüssel Frosties. Wenn sie gut genug für Tony den Tiger waren, waren sie auch gut genug für mich. Ich warf eine Multivitamintablette ein, putzte mir die Zähne, hängte mir zwei große Goldringe an die Ohrläppchen, malte mir die Lippen knallrot an und war abmarschbereit.

Die Zikaden sagten zirpend einen neuen Hitzetag voraus. Ich fuhr vom Parkplatz und reihte mich in den dichten Verkehr auf der St. James Street ein. Den Stadtplan hatte ich auseinandergefaltet neben mir auf dem Beifahrersitz liegen, dazu noch einen Stenoblock mit Telefonnummern, Adressen und anderen wichtigen Informationen.

Der Häuserblock, in dem Ramirez wohnte, hatte seinen ursprünglichen Charakter längst verloren. Wahrschienlich hatten dort früher Einwanderer gewohnt, hoffnungsvolle Iren, Italiener und Polen, die den Delaware hinaufgeschippert waren, um in den Trentoner Fabriken zu arbeiten. Wer inzwischen in den dicht an dicht hochgezogenen Mietskasernen lebte, war schwer zu sagen. Es hockten keine alten Männer auf den Treppenstufen, und es spielten auch keine Kinder auf dem Bürgersteig. Zwei Asiatinnen mittleren Alters standen an der Bushaltestelle, die Taschen fest an die Brust gepreßt, die Gesichter ausdruckslos. Von Morellis Lieferwagen war nichts zu sehen, und ein mögliches Versteck dafür konnte ich auch nicht entdecken. Es gab weder Garagen noch kleine Seitengassen. Wenn Morelli Ramirez beschattete, dann entweder von der Rückseite des Gebäudes oder einer Nachbarwohnung aus.

Ich fuhr um die Ecke und entdeckte eine einspurige Zufahrtstraße, die den Block in zwei Hälften teilte. Hier gab es ebenfalls keine Garagen. Ein asphaltierter Platz erstreckte sich bis an Ramirez' Haus. Sechs Parkbuchten waren auf dem Boden markiert. Nur vier Wagen standen dort, drei alte Schrottkisten und ein silberner Porsche mit einem Kennzeichenhalter, auf den in Gold »The Champ« aufgedruckt war. Alle vier Fahrzeuge waren leer.

Auf der anderen Seite der Zufahrt standen noch mehr Mietskasernen. Es war durchaus denkbar, daß Morelli seinen Überwachungsstandort dort drüben eingerichtet hatte, aber es war nichts von ihm zu sehen.

Ich fuhr bis ans Ende der Zufahrt und kurvte dann in immer größer werdenden Kreisen um Ramirez' Haus, bis ich alle befahrbaren Straßen in einem Radius von neun Blocks abgesucht hatte. Kein Lieferwagen weit und breit.

Als nächstes durchkämmte ich systematisch die Nachbarschaft der Stark Street. Weil es dort von Garagen und kleinen

Gassen nur so wimmelte, stellte ich den Cherokee ab und machte mich zu Fuß auf die Suche. Um halb eins hatte ich so viele baufällige, muffige Schuppen durchstöbert, daß es mir bis an mein Lebensende reichen würde. Wenn ich schielte, konnte ich erkennen, daß sich meine Nase schälte. Die schweißnassen Haare klebten mir im Nacken, und vom Schleppen der Schultertasche bekam ich langsam, aber sicher, eine Schleimbeutelentzündung.

Als ich wieder zum Cherokee kam, hatte ich das Gefühl, meine Füße stünden in Flammen. Ich lehnte mich an den Wagen und sah nach, ob meine Schuhsohlen schon geschmolzen waren. An der nächsten Straßenecke standen Lula und Jackie. Ich fand es sinnvoll, noch mal mit ihnen zu sprechen.

»Immer noch hinter Morelli her?« fragte Lula.

Ich schob mir die Sonnenbrille in die Stirn. »Hast du ihn gesehen?«

»Nee, und gehört hab' ich auch nichts von ihm. Der Typ hält sich bedeckt.«

»Und was ist mit seinem Lieferwagen?«

»Wieso Lieferwagen? Seit kurzem fährt Morelli einen rotgoldenen Cherokee ... genau wie deiner.« Sie riß die Augen auf. »Sag bloß ... das ist doch nicht etwa Morellis Karre, oder?«

»Ich habe sie mir gewissermaßen geliehen.«

Lula verzog das Gesicht zu einem Grinsen. »Schätzchen, soll das heißen, du hast Morellis Wagen geklaut? Dafür gibt er dir bestimmt einen Tritt in deinen kleinen weißen Hühnerpopo.«

»Vor ein paar Tagen habe ich ihn in einem blauen Econoline gesehen«, sagte ich. »Die Kiste war mit Antennen gespickt. Ist euch hier in der Gegend vielleicht so etwas Ähnliches aufgefallen?«

»Wir haben nichts gesehen«, sagte Jackie.

Ich wandte mich an Lula. »Und du, Lula? Hast du einen blauen Lieferwagen gesehen?«

»Rück erst mal mit der Wahrheit raus. Bist du wirklich schwanger?« fragte Lula.

»Nein, aber ich hätte es werden können.« Vor vierzehn Jahren.

»Also, worum geht es dann? Was willst du von Morelli?«

»Ich arbeite für ein Kautionsbüro. Er ist ein Kautionsflüchtling.«

»Im Ernst? Kann man damit Kohle machen?«

»Zehn Prozent von der Kautionssumme.«

»Das könnte ich auch«, sagte Lula. »Vielleicht sollte ich umsatteln.«

»Vielleicht solltest du lieber die Klappe halten und wenigstens so tun, als ob du anschaffen willst. Sonst haut dir dein Alter noch die Hucke voll«, sagte Jackie.

Ich fuhr nach Hause, genehmigte mir noch eine Schüssel Frosties und rief meine Mutter an.

»Ich habe einen großen Topf Kohlrouladen auf dem Herd«, sagte sie. »Warum kommst du nicht zum Mittagessen?«

»Klingt gut, aber ich habe noch zu tun.«

»Was denn zum Beispiel? Was ist so wichtig, daß du dir nicht mal die Zeit nehmen kannst, ein paar Kohlrouladen zu essen?«

»Meine Arbeit.«

»Was für eine Arbeit? Bist du etwa immer noch hinter dem Jungen der Morellis her?«

»Ja.«

»Du solltest dir eine andere Arbeit suchen. In Claras Frisiersalon brauchen sie eine Schamponiererin.«

Im Hintergrund hörte ich Grandma Mazur etwas rufen.

»Ach ja«, sagte meine Mutter. »Heute morgen hat ein Boxer für dich angerufen, der sich mit dir treffen will, Benito Ramirez. Dein Vater war ganz aus dem Häuschen. Ein reizender junger Mann. So höflich.«

»Was wollte Ramirez?«

»Er wollte dich anrufen, aber dein Telefon war außer Betrieb. Ich habe ihm gesagt, daß es wieder geht.«

Im Geist rannte ich ein paarmal mit dem Kopf gegen die Wand. »Benito Ramirez ist ein Ekelpaket. Wenn er sich noch mal meldet, leg einfach auf.«

»Er war sehr zuvorkommend zu mir.«

Ja, dachte ich. Er ist ja auch der galanteste, geistesgestörte Vergewaltiger, der in Trenton rumläuft. Und jetzt wußte er, daß er mich wieder anrufen konnte.

8

In dem Haus, in dem ich wohnte, gab es weder Waschküche noch Trockenkeller, und der derzeitige Besitzer hatte auch nicht die Absicht, für solche Einrichtungen Geld auszugeben. Der nächste Waschsalon, Super Suds, lag ungefähr eine halbe Meile entfernt in der Hamilton Avenue. Keine Weltreise, aber unbequem.

Ich stopfte die Akten, die ich von Connie bekommen hatte, in meine Tasche und hängte mir die Tasche über die Schulter. Ich schleppte meinen Wäschekorb in den Hausflur, schloß die Tür ab und schleppte mich mitsamt der Wäsche zum Auto.

Für einen Waschsalon war Super Suds nicht übel. Es gab einen Kundenparkplatz, und nebenan war ein kleines Café, wo man einen schmackhaften Hühnchensalat bekommen konnte, falls man etwas Geld im Portemonnaie hatte. Da es aber um meine Finanzen nicht besonders rosig bestellt war, stopfte ich die Wäsche in die Maschine, schüttete Waschpulver hinterher, warf ein paar Münzen ein und machte es mir mit meinen Kautionsflüchtlingen gemütlich.

Lonnie Dodd lag zuoberst auf dem Stapel. Ein durchaus machbarer Fall, wie mir schien. Der Gesuchte war zweiundzwanzig und wohnte in Hamilton Township. Er war wegen Autodiebstahls angeklagt. Ein Ersttäter. Vom Münztelefon im Waschsalon rief ich Connie an, um mich zu vergewissern, ob Dodd immer noch flüchtig war.

»Wahrscheinlich ist er bei sich zu Hause in der Garage und macht einen Ölwechsel«, sagte sie. »So was kommt dauernd vor. Typisch Mann. Teufel auch, sagen sich die Kerle, mich schubst keiner rum. Ich hab' doch bloß ein paar Autos geklaut. Was ist denn schon dabei? Und dann erscheinen sie einfach nicht zur Verhandlung.«

Ich dankte Connie für ihre Erläuterungen und setzte mich wieder hin. Wenn die Wäsche fertig war, würde ich mal bei Dodd vorbeifahren und nachsehen, ob er zu Hause war.

Ich steckte die Akten wieder in die Tasche und räumte die Wäsche aus der Maschine in den Trockner. Ich sah durch die große Schaufensterscheibe nach draußen, als plötzlich der blaue Lieferwagen vorbeirollte. Ich war so überrascht, daß ich zur Salzsäule erstarrte – Mund offen, Augen glasig, Kopf leer. Nicht gerade die beste aller denkbaren Reaktionen. Der Lieferwagen fuhr weiter, aber dann sah ich, wie ein Stückchen weiter seine Bremslichter aufleuchteten. Morelli steckte im Verkehr fest.

Jetzt bewegte ich mich endlich. Ich glaube fast, ich flog, denn ich kann mich nicht mehr erinnern, daß meine Füße das Gehsteinpflaster berührt hätten. Mit quietschenden Reifen raste ich vom Parkplatz. Ich kam bis zur nächsten Ecke, dann ging die Alarmanlage los. In meiner Eile hatte ich vergessen, den Code einzugeben.

Das Geheul war so laut, daß ich kaum denken konnte. Der Schlüssel hing an meinem Schlüsselring, und der Schlüsselring hing an dem Schlüssel, der im Zündschloß steckte. Ich trat auf die Bremse und kam mitten auf der Straße schlingernd zum Stehen. Erst jetzt warf ich einen Blick in den Rückspiegel und war erleichtert, daß hinter mir keine Autos zu sehen waren. Ich schaltete die Alarmanlage aus und fuhr weiter.

Morelli war ein paar Wagen vor mir. Als er nach rechts abbog, packte ich das Lenkrad fester. Ich kam nur schleichend voran und erfand blumige Flüche, während ich mich langsam auf die Kreuzung zuarbeitete. Als ich endlich auch abbiegen konnte, war er verschwunden. Ich wollte die Suche schon einstellen, als ich den Lieferwagen hinter Mannis Feinkostladen entdeckte.

Ich stoppte in der Einfahrt und starrte den Wagen erst einmal ausgiebig an, weil ich nicht wußte, was ich als nächstes tun sollte. Ich hatte keine Ahnung, ob Morelli hinter dem Lenkrad saß. Vielleicht hatte er sich auch hinten aufs Ohr gelegt, oder er war in Mannis Laden und bestellte sich ein Thunfischsandwich zum Mitnehmen. Vielleicht sollte ich erst einmal parken und die Lage sondieren. Wenn er nicht im Wagen war, konnte ich mich verstecken und ihn mit meinem Spray betäuben, sobald ich ihn nah genug vor der Düse hatte.

Ich parkte vier Autos von dem Lieferwagen entfernt und stellte den Motor ab. Ich wollte gerade nach meiner Tasche greifen, als die Fahrertür aufgerissen wurde und ich hinter dem Lenkrad nach draußen gezerrt wurde. Ich stolperte ein paar Schritte und knallte gegen Morellis stabilen Brustkorb.

»Suchst du mich?« fragte er.

»Gib lieber gleich auf«, sagte ich. »Mich wirst du nie wieder los.«

Er bekam einen harten Zug um den Mund. »Laß hören. Soll ich mich auf den Boden legen, damit du mich ein paarmal mit meinem eigenen Wagen überrollen kannst, wie in der guten alten Zeit? Wäre das nach deinem Geschmack? Mußt du mich tot oder lebendig abliefern?«

»Deshalb brauchst du dich doch nicht so zu ärgern. Ich habe einen Job zu erledigen. Es ist nichts Persönliches.«

»Nichts Persönliches? Du hast meine Mutter belästigt, meinen Wagen geklaut, und du erzählst überall herum, ich hätte dir ein Kind angehängt! Ich finde es ziemlich persönlich, jemanden zu schwängern. Herrgott, reicht es nicht, daß ich wegen Mordes gesucht werde? Wer bist du eigentlich, die Kopfgeldjägerin aus der Hölle?«

»Reg dich nicht auf.«

»Ich rege mich längst nicht mehr auf. Ich gebe mich geschlagen. Jeder Mensch hat sein Kreuz zu tragen, und du bist meines. Du hast gewonnen. Behalte den Wagen. Er interessiert mich nicht mehr. Ich bitte dich bloß, mir nicht allzu viele Beulen in die Tür zu schlagen und einen Ölwechsel zu machen, wenn das rote Lämpchen angeht.« Er sah in das Innere des Cherokee. »Du telefonierst doch hoffentlich nicht?«

»Nein. Natürlich nicht.«

»Telefongespräche sind teuer.«

»Keine Angst.«

»Scheiße«, sagte er. »Mein Leben ist Scheiße.«

»Das geht wieder vorbei.«

Sein Blick wurde etwas sanfter. »Schick siehst du aus.« Er hakte einen Finger in den weiten Ausschnitt meines T-Shirts und riskierte einen Blick auf den schwarzen Sport-BH. »Sehr sexy.«

Ich bekam ein warmes Kribbeln im Bauch. Ich versuchte mir einzureden, es wäre Wut, aber vermutlich handelte es sich eher um so etwas wie erotische Panik. Ich gab ihm einen Klaps. »Nimm die Hand weg.«

»Na ja, schließlich habe ich dich doch geschwängert, weißt du nicht mehr? Da dürfte dir eine weitere kleine Intimität eigentlich nichts ausmachen.« Er kam näher. »Der Lippenstift gefällt mir auch. Kirschrot. Sehr verführerisch.«

Er senkte den Kopf und küßte mich.

Ich weiß, daß ich ihm ein Knie in den Unterleib hätte rammen sollen, aber der Kuß war einfach köstlich. Joe Morelli hatte das Küssen nicht verlernt. Es fing sachte und zärtlich an und hörte heiß und stürmisch auf. Dann ließ er mich los und lächelte. Da wußte ich, daß er mich reingelegt hatte.

»Erwischt«, sagte er.

»Du Schweinehund.«

Er langte um mich herum und zog den Schlüssel aus dem Zündschloß. »Ich will nicht, daß du mir folgst.«

»Auf die Idee wäre ich nie gekommen.«

»Ach nein? Ich lege dir trotzdem ein paar Steine in den Weg.« Er ging zu dem Müllcontainer neben dem Feinkostgeschäft und warf den Schlüsselbund hinein.

»Waidmannsheil«, sagte er, während er schon wieder auf seinen Lieferwagen zumarschierte. »Aber putz dir bitte die Schuhe ab, bevor du in meinen Wagen steigst.«

»Warte mal«, rief ich hinter ihm her. »Ich habe ein paar Fragen. Ich will etwas über den Mord wissen. Ich will etwas über Carmen Sanchez wissen. Und stimmt es, daß sie einen Killer auf dich angesetzt haben?«

Er stieg ein und fuhr vom Parkplatz.

Der Container war riesig. Anderthalb Meter hoch, anderthalb Meter breit und zwei Meter lang. Ich stellte mich auf die Zehenspitzen und lugte hinein. Er war zu einem Viertel voll und stank nach totem Hund. Ich konnte die Schlüssel nirgends sehen.

Eine schwächere Frau als ich wäre in Tränen ausgebrochen. Eine klügere Frau hätte Ersatzschlüssel bei sich gehabt. Ich zog eine Holzkiste neben den Container, stellte mich darauf und sah noch einmal hinein. Der meiste Müll steckte in Beuteln, von denen einige bei der Landung aufgeplatzt waren. Angebissene Hamburger, Kartoffelbrei, Kaffeesatz, Bratfett, undefinierbarer Matsch und Salatköpfe, die sich allmählich wieder in Urschlamm zurückverwandelten, quollen heraus.

Der Anblick erinnerte mich an totgefahrene Tiere. Asche zu Asche, Mayo zu ihren verschiedenen Bestandteilen. Ganz egal, ob es sich um Katzen oder Krautsalat handelt, das Ende ist nicht appetitlich.

Ich dachte an alle Leute, die ich kannte, aber mir fiel keiner ein, der blöd genug gewesen wäre, für mich in einen Müllcontainer zu steigen. Okay, sagte ich zu mir. Jetzt oder nie. Ich schwang ein Bein hinüber, blieb einen Moment so hängen und nahm meinen ganzen Mut zusammen. Dann ließ ich mich langsam hinunter. Wenn ich nur den leisesten Hauch von einer Ratte gerochen hätte, wäre ich wie der Blitz wieder draußen gewesen.

Konservendosen rollten unter meinen Füßen weg, und schon stand ich in weichem, matschigem Brei. Ich merkte, daß ich wegrutschte, und hielt mich schnell am Rand des Containers fest, wobei ich mir auch noch den Ellenbogen zerschrammte. Ich fluchte und kämpfte mit den Tränen.

Ich fand eine relativ saubere Plastiktüte, die ich als Handschuh benutzen konnte, und tastete mich damit durch den Matsch. Ich ging äußerst vorsichtig vor, weil ich panische Angst davor hatte, mit dem Gesicht voraus in die Artischocken und Kalbshirne zu kippen. Es war erschreckend, wieviel Essen weggeworfen wurde. Diese Verschwendung war fast genauso widerwärtig wie der alles durchdringende Modergeruch, der mir in die Nase stieg und sich an meinem Gaumen festsetzte.

Es schien eine Ewigkeit zu dauern, bis ich die Schlüssel endlich in einem gelblichbraunen Schleimklecks entdeckte. Da in der Nähe keine Windeln lagen, ging ich davon aus, daß es sich bei dem gelben Zeug um Senf handelte. Ich steckte todesmutig die Hand hinein und mußte würgen.

Ich hielt den Atem an, warf den Schlüssel im hohen Bogen aus dem Container und machte, daß ich ebenfalls rauskam. Dann wischte ich die Schlüssel, so gut es ging, mit der Plastiktüte sauber. Das meiste von der gelben Matsche bekam ich ab. Es mußte reichen. Ich zog die Schuhe aus, ohne sie anzufassen, und streifte mit zwei Fingern die Söckchen von den Füßen. Ich betrachtete mich von oben bis unten. Bis auf ein paar Flecken Thousand-Island-Dressing auf der Vorderseite des T-Shirts schien ich einigermaßen unbeschadet davongekommen zu sein.

Neben dem Container stand ein Stapel Altpapier. Ich deckte den Fahrersitz mit dem Sportteil einer Zeitung ab, für den Fall, daß ich womöglich doch irgendwelchen widerlichen Dreck auf meiner Rückseite übersehen hatte, und legte eine weitere Zeitung auf die Fußmatten vor dem Beifahrersitz. Darauf stellte ich vorsichtig meine Schuhe und Söckchen.

Plötzlich sprang mir eine Schlagzeile ins Auge. »Mann aus fahrendem Auto heraus erschossen.« Unter der Schlagzeile war ein Foto von John Kuzack abgebildet. Ich hatte am Mittwoch mit ihm gesprochen. Heute war Freitag. Die Zeitung, die ich in der Hand hielt, war einen Tag alt. Mit angehaltenem Atem las ich den Artikel. John Kuzack war am späten Mittwochabend vor seinem Haus niedergeschossen worden. Es hieß, er sei Vietnam-Veteran gewesen, Träger des Verwundetenabzeichens und eine schillernde Persönlichkeit, aber in der Nachbarschaft allseits beliebt. Zu dem Zeitpunkt, als die Zeitung in Druck ging, hatte die Polizei weder einen Verdächtigen noch ein Motiv ermittelt.

Ich lehnte mich an den Cherokee. Es gelang mir kaum, John Kuzacks Tod zu begreifen. Er war so stark und lebendig gewesen, als ich mit ihm gesprochen hatte. Und jetzt war er tot. Erst Edleman, der Unfall mit Fahrerflucht, und jetzt Kuzack. Von den drei Menschen, die den fehlenden Zeugen gesehen hatten und sich an ihn erinnerten, waren zwei tot. Ich dachte an Mrs. Santiago und ihre Kinder und bekam eine Gänsehaut.

Ich faltete die Zeitung vorsichtig zusammen und steckte sie in die Landkartentasche. Wenn ich wieder zu Hause war, würde ich Gazarra anrufen, um mich zu überzeugen, daß Mrs. Santiago nichts passiert war.

Ich konnte mich zwar längst selbst nicht mehr riechen, aber bevor ich losfuhr, ließ ich vorsichtshalber trotzdem die Scheiben herunter.

Ich parkte hinter dem Waschsalon und schlüpfte barfuß

hinein, um meine Sachen zu holen. Außer mir war nur noch eine ältere Frau in dem Laden, die Wäsche zusammenlegte.

»Du meine Güte«, sagte sie mit einem verstörten Blick. »Was ist denn das für ein Gestank?«

Ich spürte, daß ich rot wurde. »Muß von draußen kommen«, sagte ich. »Es muß wohl mit reingekommen sein, als ich die Tür aufgemacht habe.«

»Das ist ja nicht zum Aushalten!«

Ich schnupperte, aber ich roch nichts. Meine Nase streikte aus Notwehr. Ich warf einen Blick auf mein T-Shirt. »Riecht es nach Thousand-Island-Dressing?«

Die Frau drückte sich einen Kopfkissenbezug aufs Gesicht. »Ich glaube, mir wird schlecht.«

Ich stopfte die Wäsche in den Korb und verdünnisierte mich. Als ich unterwegs an einer Ampel anhalten mußte, stellte ich plötzlich fest, daß meine Augen tränten. Ein schlechtes Zeichen. Zum Glück traf ich niemanden, als ich den Wagen zu Hause auf dem Parkplatz abstellte. Treppenhaus und Aufzug waren leer. So weit, so gut. Als ich aus dem Fahrstuhl trat, war ebenfalls niemand zu sehen. Ich atmete erleichtert auf, schleppte den Wäschekorb in meine Wohnung, zog mich noch in der Diele aus und steckte meine Sachen in einen großen schwarzen Plastikmüllsack, den ich oben zuband.

Ich sprang in die Dusche, seifte und schrubbte und schamponierte mich dreimal ein. Nachdem ich mir saubere Sachen angezogen hatte, klingelte ich bei Mr. Wolesky von gegenüber, um die Probe aufs Exempel zu machen.

»Igitt«, ächzte er. »Was ist denn das für ein Gestank?«

»Das habe ich mich auch schon gefragt«, sagte ich. »Er scheint im Hausflur zu hängen.«

»Riecht nach totem Hund.«

Ich seufzte. »Ja, das war auch mein erster Gedanke.«

Ich kehrte in meine Wohnung zurück. Also würde ich alles

noch einmal waschen müssen, aber ich hatte kein Kleingeld mehr für den Waschsalon. Dann mußt ich die Sachen eben bei meinen Eltern in die Maschine stecken. Ich sah auf die Uhr. Es war kurz vor sechs. Ich konnte meine Mutter vom Auto aus anrufen und sie darauf vorbereiten, daß ich doch noch zum Essen kommen würde.

Als ich vor dem Haus anhielt, erschien auch schon wie durch Zauberei meine Mutter auf der Veranda, getrieben von einem geheimnisvollen mütterlichen Instinkt, der ihr immer sagte, wann ihre Tochter einen Fuß auf den heimatlichen Bordstein setzte.

»Ein neuer Wagen«, sagte sie. »Wie schön. Wo hast du den her?«

Ich hatte den Wäschekorb unter dem einen und den Müllsack unter dem anderen Arm. »Von einem Freund geliehen.«

»Von welchem Freund?«

»Du kennst ihn nicht. Ein ehemaliger Schulkamerad.«

»Ein Glück, daß du solche Freunde hast. Du solltest ihm etwas backen. Einen Kuchen.«

Ich zwängte mich an ihr vorbei und peilte die Kellertreppe an. »Ich habe meine Wäsche mitgebracht. Hoffentlich macht es dir nichts aus.«

»Natürlich nicht. Was ist das für ein Geruch? Bist du das? Du riechst wie eine Mülltonne.«

»Mir sind aus Versehen die Wagenschlüssel in einen Container gefallen, und dann mußte ich reinklettern, um sie wieder rauszuholen.«

»Ich verstehe nicht, warum dir immer solche Sachen passieren. So etwas passiert keinem anderen Menschen. Oder kennst du jemanden, dem schon mal die Schlüssel in einen Müllcontainer gefallen sind? Nein. Den gibt es nicht. So etwas kannst nur du fertigbringen.«

Grandma Mazur kam aus der Küche. »Ich rieche Kotze.«

»Das ist Stephanie«, sagte meine Mutter. »Sie war in einem Müllcontainer.«

»Was wollte sie denn da drin? Hat sie nach einer Leiche gesucht? Letztens kam ein Film im Fernsehen, da haben Gangster einem Typen das Gehirn rausgepustet und ihn dann in einen Müllcontainer geschmissen, als Fressen für die Ratten.«

»Sie hat ihre Schlüssel gesucht«, sagte meine Mutter zu Grandma Mazur. »Es war ein Unfall.«

»Ach, wie schade«, sagte Grandma Mazur. »Ich hatte mehr von ihr erwartet.«

Als wir mit dem Essen fertig waren, rief ich Eddie Gazarra an, packte die zweite Ladung Wäsche in die Maschine und spritzte meine Schuhe und den Schlüsselbund mit dem Gartenschlauch ab. Ich sprühte den Jeep mit Lysol aus und ließ die Scheiben bis zum Anschlag herunter. Mit offenen Fenstern funktionierte die Alarmanlage zwar nicht, aber ich nahm nicht an, daß man mir den Wagen vor dem Haus meiner Eltern klauen würde. Ich duschte und zog mir frische Sachen an, die gerade aus dem Trockner kamen.

John Kuzacks Tod war mir unheimlich, und weil ich keine Lust hatte, im Dunkeln nach Hause zu kommen, verabschiedete ich mich möglichst schnell wieder. Ich hatte eben die Wohnungstür hinter mir abgeschlossen, als das Telefon klingelte. Die Stimme war gedämpft, so daß ich kaum etwas verstehen konnte.

Angst ist kein logisches Gefühl. Niemand kann dir über das Telefon etwas antun, aber ich zuckte trotzdem zusammen, als ich erkannte, daß es Ramirez war.

Ich legte sofort auf, und als das Telefon wieder anfing zu läuten, zog ich den Stecker raus. Ich brauchte dringend einen Anrufbeantworter, aber ich konnte mir nur dann einen leisten, wenn ich schnellstens einen Kautionsflüchtling dingfest machte. Am nächsten Morgen mußte ich mich als allererstes auf die Jagd nach Lonnie Dodd begeben.

Als ich aufwachte, trommelte der Regen rhythmisch auf meine Feuerleiter. Wunderbar. Genau das hatte mir gefehlt, um mein Leben noch komplizierter zu machen. Ich kroch aus dem Bett und zog den Vorhang auf, genervt von der Aussicht auf einen total verregneten Tag. Auf dem naß glänzenden Parkplatz spiegelten sich geheimnisvolle Lichtreflexe. Ansonsten war die Welt bleigrau. Eine geschlossene Wolkendecke hing tief über der Stadt, und die Gebäude hatten im Regen alle Farben verloren.

Ich duschte und zog Jeans und T-Shirt an. Die Haare konnten von selbst trocknen. Wozu sollte ich mich groß aufstylen, wenn ich sowieso klitschnaß werden würde, sobald ich einen Fuß vor die Tür setzte? Ich frühstückte, putzte mir die Zähne und zog mir schön breite, türkisblaue Lidstriche, um mich etwas aufzuheitern. Wegen des Regens schlüpfte ich in meine Müllcontainerschuhe. Ich sah nach unten und schnupperte. Zwar glaubte ich, einen Hauch gekochten Schinkens zu riechen, aber alles in allem konnte ich mich nicht beklagen.

Ich überprüfte meine Tasche und vergewisserte mich, ob ich die ganze Ausrüstung beisammen hatte – Handschellen, Schlagstock und Taschenlampe, Revolver und Munition, wobei mir die beiden zuletzt genannten Sachen allerdings nicht viel nützen würden, weil ich längst wieder vergessen hatte, wie man die Knarre lud. Aber man wußte schließlich nie, wann man vielleicht mal ein schweres Objekt brauchen würde, um nach einem flüchtenden Straftäter zu werfen. Außerdem packte ich Dodds Akte, einen Knirps und als Notration eine Packung Erdnußbutterkekse ein. Dann schnappte ich mir meine ultracoole schwarzlila Goretex-Jacke, die ich mir gekauft hatte, als ich noch zur privilegierten Klasse der Berufstätigen gehörte, und machte mich auf den Weg zum Parkplatz.

Es war der ideale Tag, um sich mit einem guten Comic unter der Bettdecke zu verkriechen und aus einem Cremekuchen die Füllung herauszupulen. Es war kein Tag, um Desperados zu jagen. Leider war ich in Geldnöten und konnte mir die für die Desperadojagd geeigneten Tage nicht aussuchen.

Lonnie Dodd wohnte in 2115, Barnes Street. Ich nahm den Stadtplan und suchte die Koordinaten. Hamilton Township ist ungefähr dreimal so groß wie das eigentliche Trenton, und es sieht so aus wie ein angeknabbertes Stück Kuchen.

Weil der Himmel unterwegs ein wenig aufgeklart hatte, war es möglich, im Fahren die Hausnummern zu lesen. Je näher ich der Nummer 2115 kam, desto deprimierter wurde ich. Der Wert der Immobilien sank mit erschreckender Geschwindigkeit. Was früher eine solide Arbeitersiedlung mit adretten kleinen Einfamilienhäusern und annehmbaren Grundstücken gewesen war, war mit der Zeit ziemlich heruntergekommen und beherbergte nun Leute mit Mindest- beziehungsweise gar keinem Einkommen.

2115 lag am Ende der Straße. Ein verrostetes Motorrad und eine Waschmaschine mit offenem Deckel zierten den verwilderten Vorgarten. Das Haus selbst war ein kleiner Bungalow aus Betonbausteinen, der auf einer Fundamentplatte stand. Es glich eher einem Hühner- oder Schweinestall. Vor dem großen Fenster, das zur Straße hinausging, hing ein Bettlaken. Wahrscheinlich sollte damit die Privatsphäre der Bewohner gewahrt werden, während sie Bierbüchsen an der bloßen Stirn zerquetschten und mutwillige Sachbeschädigungen ausheckten.

Okay, sagte ich mir. Jetzt oder nie. Der Regen trommelte auf das Dach und lief die Windschutzscheibe hinunter. Um mir Mut zu machen, zog ich mir die Lippen nach. Leider ließ die Wirkung etwas zu wünschen übrig, also zog ich auch noch die Lidstriche nach und tuschte mir die Wimpern. Ich begutachtete mich im Rückspiegel. Wonder Woman wäre vor Neid gelb geworden, keine Frage. Ich prägte mir noch ein letztes Mal Dodds Bild ein. Schließlich wollte ich nicht den Falschen überwältigen. Dann verstaute ich die Schlüssel in der Tasche, klappte die Kapuze hoch und stieg aus. Während ich an die Tür klopfte, hoffte ich insgeheim, daß niemand zu Hause war. Der Regen, die Gegend und die häßliche kleine Bruchbude waren mir unheimlich. Wenn auch beim zweiten Klopfen keiner aufmachte, wollte ich es einfach als Gottes Wille verstehen, daß es mir nicht bestimmt war, Dodd zu fassen, und mich so schnell wie möglich wieder verdrücken.

Zwar machte mir auch beim zweiten Klopfen niemand auf, aber ich hörte eine Toilette rauschen und wußte, daß jemand da war. Mist. Ich hämmerte ein paarmal kräftig mit der Faust gegen die Tür. »Aufmachen«, rief ich aus vollem Hals. »Der Pizzaservice.«

Ein magerer Typ mit verfilzten, schulterlangen Haaren kam an die Tür. Er war eine Handbreit größer als ich und trug weder Schuhe noch Hemd, sondern lediglich eine verdreckte, auf Halbmast hängende Jeans, an der der Knopf ganz und der Reißverschluß halb offen war. Hinter ihm konnte ich ein mit Müll übersätes Wohnzimmer sehen. Die Luft, die mir entgegenschlug, roch stechend nach Katze.

»Ich habe keine Pizza bestellt«, sagte er.

»Sind Sie Lonnie Dodd?«

»Ja. Wieso kriege ich eine Pizza?«

»Das war nur eine Kriegslist, um Sie dazu zu bringen, die Tür zu öffnen.«

»Das war *was?«*

»Ich arbeite für Vinnie Plum, der Ihre Kaution gestellt hat. Sie haben Ihre Verhandlung verpaßt, und Mr. Plum würde gern einen neuen Termin mit Ihnen vereinbaren.«

»Da scheiß ich drauf. Ihr könnt mir alle mal den Buckel runterrutschen.«

Der Regen rann in Bächen von meiner Jacke, und meine Jeans und Schuhe sogen sich langsam voll. »Es würde nur ein paar Minuten dauern. Ich könnte Sie hinbringen.«

»Plum hat doch keinen Fahrdienst. Für Plum arbeiten nur zwei Sorten von Leuten – Weiber mit großen, spitzen Titten und versiffte Kopfgeldjäger. Nichts für ungut, und es ist auch schwer zu sagen bei dem Regenmantel, den Sie anhaben, aber Sie sehen mir nicht so aus, als ob Sie zu denen mit den großen, spitzen Titten gehören. Also müssen Sie wohl ein versiffter Kopfgeldjäger sein.«

Ohne Vorwarnung streckte er eine Hand in den Regen heraus, riß mir die Tasche von der Schulter und schleuderte sie hinter sich auf den beigen Wollteppich. Sie ging auf und der Revolver plumpste heraus.

»Sie können sich in diesem Staat ziemlichen Ärger einhandeln, wenn man Sie mit einer Knarre in der Tasche erwischt«, sagte er.

Ich kniff die Augen zusammen. »Wollen Sie nun kooperieren oder nicht?«

»Was denken Sie?«

»Ich denke, wenn Sie clever sind, ziehen Sie sich ein Hemd und Schuhe an und kommen mit mir in die Stadt.«

»So clever bin ich denn doch nicht.«

»Schön. Dann geben Sie mir meine Sachen, und ich verschwinde. Nichts lieber als das.« Wahrere Worte waren nie gesprochen worden.

»Ich gebe dir gar nichts. Die Sachen gehören jetzt mir.«

Ich überlegte noch, ob ich ihm in die Eier treten sollte, als er mir einen Stoß gegen die Brust versetzte und ich rückwärts von der kleinen Betonstufe kippte. Ich landete mit dem Hintern im Schlamm.

»Verzieh dich«, sagte er. »Oder ich knall' dich mit deiner eigenen Knarre ab.«

Die Tür fiel ins Schloß, und der Riegel wurde vorgeschoben. Ich stand auf und wischte mir die Hände an der Jacke ab. Ich konnte es einfach nicht fassen, daß ich mir widerstandlos die Tasche hatte abnehmen lassen. Was hatte ich mir eigentlich gedacht?

Ich hatte an Clarence Sampson gedacht und nicht an Lonnie Dodd. Lonnie Dood war kein fetter Säufer. Ich hätte wesentlich vorsichtiger mit ihm umgehen müssen und ihn nicht so nah an mich heranlassen dürfen. Und das Spray hätte ich in der Hand haben sollen, nicht in der Tasche.

Was die Kopfgeldjägerei anging, hatte ich noch viel zu lernen. Ich hatte nicht die richtigen Tricks auf Lager, aber was noch entscheidender war, mir fehlte auch die richtige Einstellung. Ranger hatte versucht, mir das klarzumachen, aber es war nicht viel davon hängengeblieben. Sei stets auf der Hut, hatte er gesagt. Wenn du im Einsatz bist, mußt du ständig auf alles achten. Wenn du dich auch nur eine Sekunde ablenken läßt, kannst du tot sein. Wenn du hinter einem Kautionsflüchtling her bist, mußt du immer auf das Schlimmste gefaßt sein.

Damals waren mir seine Ratschläge übertrieben dramatisch vorgekommen. Im nachhinein sah ich ein, daß er recht gehabt hatte.

Kochend vor Wut, stapfte ich zum Jeep zurück. Ich fluchte auf mich, auf Dodd und auf E. E. Martin. Aber auch Ramirez und Morelli bekamen ihr Fett weg. Zum Schluß trat ich gegen einen Reifen.

»Und wie weiter?« schrie ich in den Regen. »Was jetzt, du kleines Wunderkind?«

Eines stand fest. Ich würde erst weichen, wenn Lonnie Dodd in Handschellen auf meinem Rücksitz lag. Aber dazu brauchte ich Hilfe, und mir blieben nur zwei Möglichkeiten. Entweder die Polizei oder Ranger. Wenn ich die Polizei rief, kriegte ich unter Umständen tatsächlich Ärger wegen der Knarre. Es kam also nur Ranger in Frage.

Ich machte die Augen zu. Ich wollte Ranger nicht anrufen. Ich hatte diese Sache im Alleingang erledigen wollen, weil ich allen zeigen wollte, wie tüchtig ich war.

»Hochmut kommt vor dem Fall«, sagte ich. Ich wußte zwar nicht genau, was das eigentlich bedeutete, aber es erschien mir irgendwie passend.

Ich atmete einmal tief durch, zog den schlammigen, triefnassen Regenmantel aus, rutschte hinter das Lenkrad und rief Ranger an.

»Yo«, sagte er.

»Ich habe ein Problem.«

»Bist du nackt?«

»Nein, ich bin nicht nackt.«

»Schade.«

»Ich habe einen Kautionsflüchtling in seinem Haus gestellt, aber ich schaffe es nicht, ihn dingfest zu machen.«

»Was heißt, du schaffst es nicht? Kannst du dich vielleicht ein bißchen klarer ausdrücken?«

»Er hat mir meine Tasche abgenommen und mich rausgeschmissen.«

Pause. »Es ist dir vermutlich nicht gelungen, wenigstens die Waffe zu behalten?«

»Richtig. Aber immerhin war sie nicht geladen.«

»Hast du Munition in der Tasche?«

»Könnte schon sein, daß ein paar Patronen in der Tasche herumkullern.«

»Wo bist du jetzt?«

»Vor seinem Haus, im Jeep.«

»Und du möchtest, daß ich komme und deinen Flüchtling überrede, sich zu benehmen?«

»Genau.«

»Du hast wirklich Glück, daß ich auf diese My-Fair-Lady-Kacke stehe. Wo wohnt der Typ?«

Ich gab ihm die Adresse und legte auf. Ich ärgerte mich über mich selbst. Erst hatte ich meinen Flüchtling bewaffnet, und jetzt erwartete ich von Ranger, daß er die Kastanien für mich aus dem Feuer holte. Es wurde höchste Zeit, daß ich in meinem Job fit wurde. Ich wollte lernen, die verdammte Knarre zu laden, und ich wollte lernen, damit zu schießen. Vielleicht würde ich mich nie überwinden können, auf Joe Morelli zu schießen, aber ich war mir ziemlich sicher, daß ich bei Lonnie Dodd solche Skrupel nicht gehabt hätte.

Während ich auf Ranger wartete, ließ ich die Uhr am Armaturenbrett nicht aus den Augen, so versessen war ich darauf, die Angelegenheit endlich zu Ende zu bringen. Es vergingen zehn Minuten, bis der Mercedes am Ende der Straße auftauchte. Schnittig und gespenstisch glitt er durch den Regen, und die Tropfen wagten es nicht, sich auf seinem Lack festzusetzen.

Wir stiegen gleichzeitig aus. Ranger trug eine schwarze Baseballmütze, enge schwarze Jeans und ein schwarzes T-Shirt. Er schnallte sich sein schwarzes Nylonholster um, die Waffe wurde mit einem Streifen Klettverschluß an seinem Bein befestigt. Auf den ersten Blick hätte man ihn für einen Beamten vom Sondereinsatzkommando der Polizei halten können. Er schlüpfte in eine kugelsichere Weste. »Wie heißt der Kautionsflüchtling?«

»Lonnie Dodd.«

»Hast du ein Foto?«

Ich holte Ranger schnell Dodds Bild aus dem Jeep.

»Was hat er auf dem Kerbholz?« wollte Ranger wissen.

»Autodiebstahl, keine Vorstrafen.«

»Ist er allein?«

»Soweit ich weiß, ja. Aber ich kann für nichts garantieren.«

»Hat das Haus einen Hintereingang?«

»Ich weiß nicht.«

»Sehen wir mal nach.«

Während wir den kürzesten Weg nach hinten nahmen und durch das hohe Gras trampelten, behielten wir die Haustür im Auge und achteten auf Bewegungen am Fenster. Ich hatte mich gar nicht erst damit aufgehalten, die Jacke wieder überzuziehen. Sie hätte mich doch nur behindert. Meine ganze Kraft war darauf ausgerichtet, Dodd zu erwischen. Ich war naß bis auf die Haut, und der Gedanke, daß ich nicht mehr nasser werden konnte, war irgendwie befreiend. Der Hinterhof ähnelte dem Vorgarten: wucherndes Gras, eine verrostete Schaukel, zwei überquellende Mülltonnen, deren verbeulte Deckel auf dem Boden lagen. Eine Hintertür führte aus dem Haus in den Hof.

Ranger zog mich dicht an die Hauswand, wo wir von den Fenstern aus nicht gesehen werden konnten. »Du bleibst hier und beobachtest die Tür. Ich gehe vorne rein. Spiel bloß nicht die Heldin. Wenn du jemanden siehst, der zum Bahndamm flüchten will, bleibst du weg von ihm. Kapiert?«

Mir tropfte das Wasser von der Nase. »Tut mir leid, daß ich dich in diesen Schlamassel mit reingezogen habe.«

»Es ist auch meine eigene Schuld. Ich habe dich nicht richtig ernst genommen. Wenn du diese Arbeit wirklich machen willst, brauchst du unbedingt jemanden, der dir dabei hilft, die Typen hochzunehmen. Und wir müssen uns auch noch mal ausführlich über Festnahmetechniken unterhalten.«

»Ich brauche also einen Partner.«

»Genau. Du brauchst einen Partner.«

Er verschwand um die Hausecke, und der Regen verschluckte seine Schritte. Ich lauschte mit angehaltenem Atem und hörte, wie er an die Tür klopfte und sich identifizierte.

Anscheinend bekam er keine Antwort aus dem Haus, oder aber ich konnte sie nicht verstehen. Was folgte, war ein Gemisch aus Geräuschen und Aktivitäten, alles in einem Affentempo. Eine Warnung von Ranger, daß er reinkommen würde, eine Tür, die krachend aufflog, lautes Geschrei. Ein Schuß.

Die Hintertür sprang auf, und Lonnie Dodd stürmte heraus. Er wollte nicht zum Bahndamm, sondern zum Nachbarhaus. Er hatte nach wie vor nur die Jeans an. Wie blind und offenbar panisch vor Angst lief er durch den Regen. Ich war halb hinter einem Schuppen versteckt, und er kam direkt an mir vorbei, ohne mich zu entdecken. In seinem Hosenbund sah ich etwas silbern aufblitzen. Eine Waffe. Typisch, jetzt machte sich der Kerl auch noch mit meiner Kanone aus dem Staub. Vierhundert Dollar beim Teufel, und das ausgerechnet jetzt, wo ich gerade beschlossen hatte zu lernen, wie man mit dem verdammten Ding umgeht.

Das konnte und wollte ich nicht zulassen. Ich rief nach Ranger und nahm die Verfolgung auf. Dodd war noch nicht weit vor mir, und ich hatte ihm etwas voraus: Ich hatte Schuhe an. Er rutschte in dem regennassen Gras aus und stolperte über Gott weiß was. Er knickte mit einem Bein weg, und ich rannte mit voller Wucht in ihn hinein, so daß wir beide umkippten. Er landete mit einem »Umpf«, begraben von fünfundsechzig Kilo Lebendgewicht einer wütenden Frau.

Während er noch nach Luft rang, schnappte ich mir die Waffe, nicht um mich zu verteidigen, sondern weil ich sie zurückhaben wollte. Schließlich gehörte sie mir, verdammt noch mal. Ich rappelte mich hoch und zielte mit dem .38er auf Dodd. Ich hielt ihn mit beiden Händen fest, um nicht allzusehr zu zittern. Auf die Idee, mal nachzusehen, ob sie überhaupt geladen war, kam ich nicht. »Keine Bewegung!« schrie ich. »Keine Bewegung, sonst drücke ich ab.«

Ranger tauchte am Rand meines Blickfeldes auf. Er rammte Dodd ein Knie ins Kreuz, legte ihm Handschellen an und riß ihn hoch.

»Der Scheißkerl hat auf mich geschossen«, sagte Ranger. »Ist denn das zu fassen? Ein mieser kleiner Autodieb hat mich angeschossen.« Er schubste Dodd Richtung Straße. »Ich trage eine kugelsichere Weste. Aber meinst du, er hätte wenigstens in die Weste geschossen? Der doch nicht. Der ist so ein miserabler Schütze, der ist so ein Waschlappen, daß er mich ins Bein schießt. Verflucht.«

Ich warf einen Blick auf Rangers Bein und wäre um ein Haar in Ohnmacht gefallen.

»Lauf voraus und verständige die Polizei«, sagte Ranger. »Und ruf Al von der Werkstatt an, damit er meinen Wagen abholt.«

»Ist es auch wirklich nichts Ernstes?«

»Bloß eine Fleischwunde, Baby. Keine Bange.«

Nachdem ich die Anrufe erledigt hatte, holte ich meine Tasche samt Inhalt aus dem Haus und wartete mit Ranger auf die Polizei. Dodd lag, verschnürt wie ein Postpaket, mit dem Gesicht im Schlamm. Ranger und ich hockten im Regen auf der Bordsteinkante. Er schien sich wegen der Wunde keine Sorgen zu machen. Er sagte, es hätte ihn schon schlimmer erwischt, aber ich sah ihm an, daß er Schmerzen hatte, denn sein Gesicht war eingefallen.

Ich schlang die Arme um ihn und biß die Zähne zusammen, damit sie nicht klapperten. Nach außen hin bemühte ich mich, cool zu bleiben, so stoisch wie Ranger, um ihm Mut zu machen und ihn zu unterstützen. Innerlich war ich so aufgewühlt, daß mir das Herz im Leib vibrierte.

9

Zuerst kam die Polizei, dann der Krankenwagen, dann Al. Wir machten unsere Aussagen. Ranger wurde ins Krankenhaus verfrachtet, und ich fuhr hinter dem Polizeiwagen her zur Wache.

Es war kurz vor fünf, als ich in Vinnies Büro eintraf. Ich bat Connie, zwei Schecks auszustellen. Fünfzig Dollar für mich, den Rest für Ranger. Ich hätte gar nichts von dem Geld genommen, wenn ich nicht unbedingt einen Anrufbeantworter gebraucht hätte, und den bekam ich nur gegen Bezahlung.

Am liebsten wäre ich sofort nach Hause gefahren, hätte geduscht, mir saubere, trockene Klamotten angezogen und etwas Anständiges gegessen. Aber weil ich genau wußte, daß ich mich nie wieder aufgerafft hätte, vor die Tür zu gehen, wenn ich mich erst eingeigelt hatte, fuhr ich auf dem Heimweg noch kurz bei Bernie Kuntz' Elektrohandlung vorbei.

Bernie klebte gerade mit einem kleinen Auszeichner Preisschilder auf eine Kiste mit Weckern. Er sah hoch, als ich zur Tür hereinkam.

»Ich brauche einen Anrufbeantworter«, sagte ich. »Er darf nicht mehr als fünfzig Dollar kosten.«

Mein T-Shirt und meine Jeans waren mittlerweile wieder ziemlich trocken, aber wenn ich ging, schwappte noch immer Wasser aus meinen Schuhen. Blieb ich stehen, bildeten sich amöbenförmige Pfützen.

Höflich, wie Bernie war, tat er so, als merkte er nichts davon. Er warf sich in seine beste Verkäuferpose und zeigte mir zwei

Geräte, die in meiner Preisklasse lagen. Ich bat ihn, mir eines zu empfehlen, und folgte seinem Rat.

»MasterCard?« fragte er.

»Ich habe gerade einen Scheck über fünfzig Dollar von Vinnie bekommen. Kann ich damit zahlen?«

»Klar«, sagte er. »Das geht schon in Ordnung.«

Von Bernies Laden aus hatte ich einen günstigen Blick auf Sals Metzgerei auf der anderen Straßenseite. Es gab nicht viel zu sehen – ein düsteres Schaufenster, auf dem in schwarz-goldenen Buchstaben der Name prangte, und eine Glastür, an der in Augenhöhe ein rot-weißes GEÖFFNET-Schild hing. Ich stellte mir vor, daß Bernie Stunden damit zubrachte, vor dem Fenster zu stehen und auf Sals Eingang zu starren.

»Hast du nicht mal gesagt, daß Ziggy Kulesza bei Sal einkauft?«

»Doch. Aber natürlich kann man bei Sal nicht nur Fleisch und Wurst kriegen.«

»Das habe ich auch schon gehört. Und was meinst du, was Ziggy bei ihm gekauft hat?«

»Schwer zu sagen. Ich habe ihn jedenfalls nie mit Tüten unter dem Arm herauskommen sehen.«

Ich schob den Anrufbeantworter unter das T-Shirt und rannte zum Wagen. Nach einem letzten prüfenden Blick auf die Metzgerei fuhr ich davon.

Wegen des Regens herrschte dichter Verkehr, und ich kam nur langsam voran. Das rhythmische Hin und Her der Scheibenwischer und die verschwommenen roten Bremslichter, die vor mir aufleuchteten, hatten eine hypnotische Wirkung auf mich. Ich fuhr wie mit Autopilot, ließ den Tag noch einmal an mir vorüberziehen und dachte an Ranger. Es ist eine Sache, wenn man im Fernsehen sieht, wie jemand angeschossen wird. Es ist etwas völlig anderes, wenn man direkt daneben steht. Ranger hatte zwar immer wieder gesagt, die Verletzung wäre nicht schlimm, aber für mich war sie schlimm genug. Ich besaß eine Waffe, und ich würde auch lernen, sie zu benutzen, aber meine Begeisterung, einen anderen Menschen mit Blei vollzupumpen, war wieder auf ihrem Ausgangspunkt angelangt.

Ich bog auf meinen Parkplatz ein, fand eine Lücke in der Nähe des Hauses, schaltete die Alarmanlage ein, stieg aus und schleppte mich die Treppe hoch. Die Schuhe ließ ich in der Diele stehen, den Anrufbeantworter und meine Tasche nahm ich mit in die Küche. Nachdem ich mir ein Bier aufgemacht hatte, rief ich im Krankenhaus an, um mich nach Ranger zu erkundigen. Ich erfuhr, daß man ihn nach der Behandlung entlassen hatte. Das war eine gute Nachricht.

Ich stopfte mich mit Erdnußbutterkräckern voll, spülte alles mit einem zweiten Bier hinunter und taumelte ins Schlafzimmer. Als ich mir die nassen Klamotten vom Leib schälte, wunderte ich mich, daß ich noch keinen Schimmel angesetzt hatte. Ich sah nicht überall nach, aber die Körperteile, die ich inspizierte, waren schimmelfrei. Toll. Noch mal Glück gehabt. Ich zog mir ein T-Shirt-artiges Nachthemd und eine frische Unterhose an und fiel ins Bett.

Als ich aufwachte, hämmerte das Herz in meiner Brust, und ich wußte nicht, warum. Dann teilten sich die Spinnenweben, und ich merkte, daß das Telefon klingelte. Ich tastete nach dem Hörer und starrte blödsinnig auf den Wecker. Zwei Uhr morgens. Bestimmt war jemand gestorben. Grandma Mazur oder Tante Sophie. Oder vielleicht hatte mein Vater einen Nierenstein ausgeschieden.

Atemlos meldete ich mich, auf das Schlimmste gefaßt. »Hallo?«

Zunächst blieb alles still. Dann hörte ich angestrengtes Keuchen, dumpfe Geräusche, und zuletzt stöhnte jemand. Eine Frauenstimme aus großer Entfernung. »Nein« flehte sie. »Nein, nicht.« Ein schrecklicher Schrei zerriß mir schier das

Trommelfell; mir fiel der Hörer aus der Hand und ich brach in kalten Schweiß aus, als mir klar wurde, was ich da hörte. Ich knallte den Hörer auf die Gabel und knipste die Nachttischlampe an.

Mit zitternden Beinen stand ich auf und stolperte in die Küche. Ich schloß den Anrufbeantworter so an, daß er auf das erste Läuten reagierte. Meine Ansage bat nur um Hinterlassung einer Nachricht. Meinen Namen nannte ich nicht. Ich ging ins Badezimmer, putzte mir die Zähne und legte mich wieder ins Bett.

Das Telefon klingelte, und ich hörte, wie sich das Gerät einschaltete. Ich setzte mich aufrecht hin und lauschte. Der Anrufer sprach in einem halb geflüsterten Singsang. »Stephanie«, säuselte er. »Stephanie.«

Instinktiv hielt ich mir die Hand vor den Mund. Es war ein angeborener Urreflex, um einen Schrei zu ersticken, aber ich war sowieso zu zivilisiert, um zu schreien. Das einzige, was noch daran erinnerte, war ein scharfes Luftholen. Teils Ächzen, teils Schluchzen.

»Du hättest nicht auflegen sollen, du Biest«, sagte er. »Du hast das Beste verpaßt. Du sollst doch wissen, was der Champ alles drauf hat, damit du dich schon darauf freuen kannst.«

Ich rannte in die Küche, aber bevor ich den Stecker aus der Wand ziehen konnte, hörte ich wieder die Frau. Sie klang jung. Ihre tränenerstickte Stimme war kaum zu verstehen. »Es war g-g-gut«, sagte sie. Ihre Stimme brach. »Gott hilf mir, er hat mir weh getan. Er hat mir so furchtbar weh getan.«

Dann war die Verbindung unterbrochen, und ich rief sofort die Polizei an. Ich erklärte, daß ich die Nachricht auf Band aufgenommen hatte und daß sie von Ramirez kam. Ich gab den Beamten Ramirez' Adresse. Ich gab ihnen meine Telefonnummer, falls sie eine Fangschaltung einrichten wollten. Nachdem ich aufgelegt hatte, lief ich ziellos durch die Wohnung und vergewisserte mich dreimal, daß Fenster und Tür gesichert waren. Ich war heilfroh um den zusätzlichen Riegel.

Das Telefon klingelte wieder, und der Anrufbeantworter schaltete sich ein. Niemand sagte etwas, aber ich konnte die bösen, wahnsinnigen Schwingungen in der Leitung spüren. Ramirez war irgendwo da draußen und lauschte, er berauschte sich an dem Kontakt und wollte meine Angst schmecken. In weiter Ferne, so leise, daß es kaum zu hören war, weinte eine Frau. Ich riß den Telefonstecker so heftig aus der Wand, daß der Gips abplatzte, und kotzte ins Spülbecken. Ein Glück, daß es Abfallzerkleinerer gab.

Im Morgengrauen wachte ich auf. Ich war froh, daß ich die Nacht hinter mir hatte. Es hatte aufgehört zu regnen. Für Vogelgezwitscher war es noch zu früh. Es fuhren auch noch keine Autos. Es war, als ob die ganze Welt den Atem anhielt und darauf wartete, daß die Sonne am Horizont auftauchte.

Der Telefonanruf brannte in meinem Hirn. Ich brauchte kein Tonband, um mich an die Nachricht zu erinnern. Die brave, vernünftige Stephanie wollte einen Gerichtsbeschluß erwirken, der Ramirez verbot, sich ihr zu nähern oder sie sonstwie zu belästigen. Stephanie, die frischgebackene Kopfgeldjägerin, hatte immer noch Angst um ihren guten Ruf. Ich konnte nicht jedesmal zur Polizei rennen, wenn ich bedroht wurde, und gleichzeitig erwarten, als ebenbürtige Partnerin respektiert zu werden. Die Cops hatten mich jetzt in den Akten, weil ich um Hilfe für die mißhandelte Frau auf dem Anrufbeantworter gebeten hatte. Ich überlegte eine Zeitlang hin und her und beschloß dann, es fürs erste dabei zu belassen.

Später am Tag würde ich Jimmy Alpha anrufen.

Ich hatte vorgehabt, Ranger zu bitten, mit mir zum Schießstand zu fahren, aber da er sich erst von seiner Schußverletzung erholen mußte, blieb mir nichts anderes übrig, als Eddie Gazarra zu beglücken. Ich sah auf die Uhr. Gazarra mußte eigentlich schon im Büro sein. Ich rief auf der Wache an und bat um seinen Rückruf.

Ich zog T-Shirt und Shorts an und schnürte mir die Joggingschuhe. Laufen gehört nicht gerade zu meinen Lieblingsbeschäftigungen, aber es war an der Zeit, meinen Job ernst zu nehmen, und eine gute Kondition gehört nun einmal dazu.

»Auf die Plätze«, sagte ich, um mich anzuspornen.

Ich trabte durch den Flur, die Treppe hinunter und zur Haustür hinaus. Seufzend begab ich mich auf meine Drei-Meilen-Strecke, die ich so geplant hatte, daß ich unterwegs nicht bergauf mußte oder an irgendwelchen Bäckereien vorbeikam.

Ich brachte die erste Meile hinter mich, und dann wurde es richtig schlimm. Ich gehöre nicht zu den Leuten, die erst langsam in Schwung kommen müssen. Mein Körper ist nicht fürs Joggen gebaut. Mein Körper ist dafür gebaut, in einem teuren Wagen zu sitzen und durch die Gegend kutschiert zu werden. Schwitzend und keuchend bog ich um die Ecke und sah einen halben Block entfernt mein Haus vor mir. So nah und doch so fern. Das letzte Stück sprintete ich, so gut es eben ging. Vor der Tür blieb ich taumelnd stehen, knickte in der Hüfte ein und wartete darauf, daß sich die Sternchen vor meinen Augen lichteten. Ich fühlte mich so verdammt gesund, daß ich kaum allein stehen konnte.

Eddie Gazarra hielt mit seinem Streifenwagen am Bordstein. »Ich habe deine Nachricht bekommen«, sagte er. »Mein Gott, siehst du beschissen aus.«

»Ich war joggen.«

»Vielleicht solltest du einen Arzt konsultieren.«

»Es ist mein heller Teint. Da kriegt man leicht einen roten Kopf. Hast du von der Sache mit Ranger gehört?«

»In allen Einzelheiten. Du bist das Thema des Tages. Ich

weiß sogar, was du anhattest, als du Dodd auf der Wache abgeliefert hast. Ein nasses T-Shirt, sagt man. Ein klitschnasses T-Shirt.«

»Als du noch neu warst als Polizist, hattest du da Angst, mit einer Waffe umzugehen?«

»Ich habe fast mein ganzes Leben lang mit Waffen zu tun gehabt. Als Junge hatte ich ein Luftgewehr, und später bin ich mit meinem Vater und Onkel Walt auf die Jagd gegangen. Für mich waren Waffen immer so etwas wie Werkzeuge.«

»Meinst du, ich brauche eine Waffe, wenn ich weiter für Vinnie arbeite?«

»Kommt darauf an, welche Fälle du kriegst. Wenn du nur Kautionsflüchtlinge einfangen willst, brauchst du keine. Aber wenn du hinter Wahnsinnigen her bist, schon. Hast du eine Waffe?«

»Einen .38er Smith and Wesson Special. Ranger hat mir ungefähr zehn Minuten Schießunterricht gegeben, aber ich fühle mich noch unsicher. Hättest du Lust, für mich am Schießstand den Babysitter zu spielen, während ich übe?«

»Es ist dir wohl wirklich ernst damit, was?«

»Anders geht es nicht.«

Er nickte. »Ich habe von deinem Anruf gestern nacht gehört.«

»Ist etwas dabei rausgekommen?«

»Die Zentrale hat einen Wagen zu Ramirez geschickt, aber als sie ankamen, war er allein zu Hause. Er behauptet, er hätte dich nicht angerufen. Keine Frau hat Anzeige gegen ihn erstattet, aber wenn du willst, kannst du ihn wegen Belästigung anzeigen.«

»Ich überlege es mir.«

Ich winkte ihm zum Abschied zu und schleppte mich ächzend und stöhnend die Treppe hoch. In der Wohnung suchte ich ein Ersatzkabel für das Telefon, legte ein neues Band in den

Anrufbeantworter ein und ging duschen. Es war Sonntag. Vinnie hatte mir eine Woche gegeben, und diese Woche war um. Das war mir egal. Von mir aus sollte Vinnie den Fall ruhig jemand anderem übergeben, aber er konnte mich nicht daran hindern, Morelli weiter zu verfolgen. Wenn ihn mir jemand vor der Nase wegschnappte, hatte ich eben Pech gehabt, aber bis dahin wollte ich am Ball bleiben.

Gazarra hatte sich bereit erklärt, sich nach Dienstschluß um vier Uhr am Schießstand hinter Sunnys Waffengeschäft mit mir zu treffen. Das hieß, ich hatte den ganzen Tag Zeit zum Spionieren. Zuerst fuhr ich bei Morellis Mutter, seinem Cousin und verschiedenen anderen Verwandten vorbei. Dann überprüfte ich den Parkplatz vor seinem Haus und sah, daß der Nova noch genau da stand, wo ich ihn zurückgelassen hatte. Ich fuhr ein paarmal die Stark Street und die Polk Street rauf und runter. Ich entdeckte weder den Lieferwagen noch sonst eine Spur von Morelli.

Als nächstes nahm ich mir Carmens Haus vor, und zwar die Rückseite. Die Feuerwehr- und Lieferantenzufuhr hinter dem Haus war schmal und voller Schlaglöcher. Mieterparkplätze gab es nicht. Eine Hintertür führte auf die Zufahrt hinaus, an die auf der gegenüberliegenden Seite mit Platten verkleidete Reihenhäuser angrenzten.

Obwohl ich so dicht wie möglich an der Hauswand parkte, blieb kaum genügend Platz, daß sich ein anderer Wagen an mir hätte vorbeiquetschen können. Ich stieg aus, blickte zum ersten Stock hinauf und versuchte, Carmens Apartment zu finden. Statt dessen sah ich zwei mit Brettern vernagelte, rußgeschwärzte Fenster. Sie gehörten zur Wohnung der Santiagos.

Die Hintertür stand offen, und ein beißender Geruch nach Rauch und verkohltem Holz lag in der Luft. Ich hörte, daß jemand den schmalen Hausflur, der nach vorne zur Straße hinausführte, schrubbte.

Ein Rinnsal rußigen Wassers lief über die Schwelle, und ein dunkelhäutiger Mann mit einem Schnauzbart schaute mich an. Er warf einen Blick auf das Auto und deutete dann mit dem Kopf auf die Zufahrt. »Parken verboten.«

Ich gab ihm meine Karte. »Ich bin auf der Suche nach Joe Morelli. Er hat eine Kautionsvereinbarung gebrochen.«

»Als ich ihn das letzte Mal gesehen habe, lag er k. o. auf dem Fußboden.«

»Haben Sie gesehen, wie er niedergeschlagen wurde?«

»Nein. Als ich kam, war die Polizei schon da. Meine Wohnung liegt im Keller. Da kriegt man nicht viel mit.«

Ich sah zu den kaputten Fenstern hoch. »Was ist denn da passiert?«

»Bei den Santiagos hat es gebrannt. Am Freitag. Beziehungsweise Samstag, wenn man ganz genau sein will. Ungefähr um zwei Uhr morgens. Gott sei Dank war niemand zu Hause. Mrs. Santiago war bei ihrer Tochter. Sie hat auf das Baby aufgepaßt. Normalerweise kommen die Kinder immer hierher, aber am Freitag war sie bei ihnen.«

»Weiß man, wie das Feuer entstanden ist?«

»Dafür gibt es tausend Erklärungen. In so einem Haus entspricht eben nicht alles den Vorschriften. Dabei ist es im Vergleich zu anderen gar nicht mal schlecht, aber es ist eben alt. Sie verstehen?«

Ich hielt die Hand über die Augen und sah noch ein letztes Mal an dem Haus hoch. Ich überlegte, wie schwierig es war, einen Brandsatz in Mrs. Santiagos Schlafzimmerfenster zu werfen. Wahrscheinlich war es ein Kinderspiel. Und in so einer kleinen Wohnung hätte ein Feuer, das im Schlafzimmer ausbrach, tödliche Folgen gehabt. Wenn Mrs. Santiago zu Hause gewesen wäre, wäre sie verbrannt. Es gab weder Balkone noch Feuerleitern. Für alle Wohnungen gab es nur einen Fluchtweg ins Freie – durch die Haustür. Andererseits sah es aber auch nicht so aus, als ob Carmen und der fehlende Zeuge durch die Haustür verschwunden wären.

Ich drehte mich um und starrte auf die dunklen Fenster der Reihenhäuser gegenüber. Es konnte nicht schaden, wenn ich die Bewohner befragte. Ich fuhr einmal um den Block, bis ich eine Straße weiter eine Parklücke fand. Ich klopfte an Türen, stellte Fragen und zeigte Bilder herum. Die Antworten fielen überall ähnlich aus. Nein, sie erkannten Morelli nicht wieder, nein, sie hatten weder am Abend des Mordes noch in der Nacht des Feuers irgend etwas Ungewöhnliches bemerkt.

Als ich mein Glück in dem Reihenhäuschen probierte, das genau hinter Carmens Haus lag, stand ich einem gebückten alten Mann gegenüber, der einen Baseballschläger schwang. Er hatte Knopfaugen, eine Hakennase und Segelohren, die ihn wahrscheinlich zwangen, bei windigem Wetter zu Hause zu bleiben.

»Baseballtraining?« fragte ich.

»Man kann nicht vorsichtig genug sein«, sagte er.

Ich wies mich aus und fragte ihn, ob er Morelli schon einmal gesehen habe.

»Nee. Den kenn' ich nicht. Und ich habe was Besseres zu tun, als dauernd aus dem Fenster zu glotzen. An dem Mordabend hätte ich sowieso nichts gesehen. Es war dunkel. Wie hätte ich da was erkennen können?«

»Da stehen doch Straßenlaternen«, sagte ich. »Ist es dort drüben nicht relativ hell erleuchtet?«

»Die Laternen waren an dem Abend aus. Das habe ich auch den Polypen erzählt, die mich ausgefragt haben. Die verdammten Laternen sind immer kaputt. Die jungen Burschen schießen sie aus. Daß sie aus waren, weiß ich, weil ich rausgeguckt habe. Ich wollte sehen, woher der Krach kam. Ich konnte fast meinen eigenen Fernseher nicht mehr verstehen, so laut waren die Polizeiautos und die Lastwagen.

Als ich das erste Mal nachgesehen habe, kam der Krach von einem Kühlwagen, wie sie die Supermärkte beliefern. Die verdammte Kiste parkte genau vor meinem Haus. Ich sage Ihnen, mit dieser Nachbarschaft geht es den Bach runter. Die stellen hier andauernd ihre Laster und Lieferwagen ab, während sie irgendwelche Privatbesuche machen. So was müßte verboten werden.«

Ich nickte zustimmend, wenn auch etwas abwesend. Gott sei Dank besaß ich eine Waffe, dann konnte ich mich wenigstens erschießen, wenn ich auf meine alten Tage auch mal so quengelig werden würde wie dieser Typ.

Er verstand mein Nicken als Ermunterung und schimpfte weiter. »Später kam ein Polizeiauto, das war fast so groß wie der Kühlwagen, und den Motor haben sie auch nicht abgestellt. Wahrscheinlich kriegen sie das Benzingeld nachgeschmissen.«

»Dann haben Sie also wirklich nichts Verdächtiges gesehen?«

»Es war zu duster, das sage ich doch. King Kong hätte die Wand hochklettern können, und keiner hätte es gesehen.«

Ich dankte ihm für seine Hilfe und ging zurück zum Jeep. Es war kurz vor Mittag, und die Luft knisterte, so heiß war es. Ich fuhr zur Kneipe meines Vetters Roonie, staubte einen eiskalten Sechserpack Bier ab und machte mich auf den Weg in die Stark Street.

Lula und Jackie stellten an der Kreuzung ihr Fleisch zur Schau, wie immer. Sie schwitzten in der Hitze und versuchten, potentielle Freier mit ausgesuchten Kosenamen und eindeutigen Vorschlägen anzulocken. Ich parkte in ihrer Nähe, stellte den Sechserpack auf die Motorhaube und machte mir eine Dose auf.

Lula beäugte das Bier. »Willst du uns von unserer Ecke weglotsen, Mädchen?«

Ich grinste. Irgendwie mochte ich die beiden. »Ich dachte, ihr hättet vielleicht Durst.«

»Durst? Durst ist gar kein Ausdruck.« Lula kam angeschlendert, nahm sich ein Bier und trank ein paar Schluck. »Heute ist alles vergebliche Liebesmühe. Bei dem Wetter will doch sowieso kein Schwein bumsen.«

Jackie kam hinter ihr her. »Laß das lieber bleiben«, sagte sie warnend zu Lula. »Dein Alter wird fuchsteufelswild.«

»Na und?« sagte Lula. »Als ob mir das was ausmacht. Dieser Bananenwichser von einem Luden. Der braucht sich ja auch nicht in der knallheißen Sonne die Beine in den Bauch zu stehen.«

»Was hört man so von Morelli?« fragte ich. »Gibt's was Neues?«

»Hab' nichts von ihm gesehen«, sagte Lula. »Und von seinem Lieferwagen auch nicht.«

»Und was ist mit Carmen?«

»Was willst du denn zum Beispiel wissen?«

»Zum Beispiel, wo sie ist.«

Lula trug ein ärmelloses Oberteil, aus dem jede Menge Busen quoll. Sie rollte sich die Bierdose über die Brust. Wahrscheinlich nützte es nicht viel. Sie hätte ein ganzes Faß gebraucht, um diese Oberweite abzukühlen.

»Von Carmen hab' ich nichts gehört.«

Mir kam ein häßlicher Gedanke. »Hatte Carmen irgendwann mal was mit Ramirez zu tun?«

»Früher oder später hat jede Professionelle mal was mit Ramirez zu tun.«

»Du auch?«

»Bis jetzt noch nicht. Der steht mehr auf magere Hühnchen.«

»Und wenn er nun etwas von dir wollte? Würdest du mitgehen?«

»Schätzchen, zu Ramirez sagt keine nein.«

»Ich habe gehört, daß er Frauen mißhandelt.«

»Viele Männer mißhandeln Frauen«, sagte Jackie. »Manchmal überkommt es sie eben.«

»Wenn sie krank sind«, sagte ich. »Wenn sie irre sind. Ramirez soll einer von der irren Sorte sein.«

Lula sah die Straße hinunter, und ihr Blick blieb an den Fenstern des Boxstudios hängen. »Ja«, sagte sie leise. »Der Typ ist ein Irrer. Ich habe Angst vor ihm. Eine Freundin von mir ist mal mit Ramirez mitgegangen, und er hat sie böse geschlitzt.«

»Geschlitzt? Mit dem Messer?«

»Nein«, sagte sie. »Mit einer Bierflasche. Er hat den Hals abgebrochen und meine Freundin damit ... Na, du kannst es dir schon denken.«

Mir wurde schwindelig, und einen Augenblick lang stand die Zeit still. »Woher weißt du, daß es Ramirez war?«

»Das weiß jeder.«

»Was heißt hier wissen?« sagte Jackie. »Die Leute quatschen einfach zuviel. Das gilt für dich genauso. Wenn das rauskommt, bist du erledigt. Und das ist dann deine eigene Schuld, weil du ganz genau weißt, daß du die Klappe halten mußt. Ich hör' mir das nicht mehr mit an. Nein. Ohne mich. Ich stelle mich wieder an meine Ecke. Wenn du weißt, was gut für dich ist, kommst du mit.«

»Wenn ich wüßte, was gut für mich ist, würde ich gar nicht hier rumstehen«, sagte Lula, aber sie ging mit.

»Paß auf dich auf«, rief ich ihr nach.

»Eine Frau von meinem Kaliber braucht nicht aufzupassen«, sagte sie. »Ich walze übergeschnappte Scheißkerle einfach platt. An Lula traut sich keiner ran.«

Ich verstaute die restlichen Bierdosen im Wagen, setzte mich hinters Lenkrad und verriegelte die Türen. Nachdem ich den Motor angelassen hatte, drehte ich die Klimaanlage bis zum Anschlag auf und stellte die Düsen so ein, daß sie mir kalte Luft ins Gesicht bliesen. »Komm schon, Stephanie«, sagte ich.

»Reiß dich zusammen.« Aber ich konnte mich nicht zusammenreißen. Mein Herz hämmerte, und meine Kehle war wie zugeschnürt wegen einer Frau, die ich nicht einmal kannte, einer Frau, die furchtbar gelitten haben mußte. Ich wollte weg aus der Stark Street, so weit weg wie nur möglich und nie mehr wiederkommen. Ich wollte von diesen Dingen nichts wissen, ich wollte nicht, daß sich das Grauen in meine Gedanken schlich. Ich umklammerte das Lenkrad und sah zu den Fenstern des Boxstudios hoch, außer mir vor Wut, weil Ramirez nicht bestraft worden war, weil er immer noch frei herumlaufen durfte, um Frauen zu verstümmeln und zu terrorisieren.

Ich sprang aus dem Auto, knallte die Tür zu, marschierte über die Straße und stapfte, zwei Stufen auf einmal nehmend, zu Jimmy Alphas Büro hoch. Ich stürmte an der Sekretärin vorbei und stieß die Tür des Managers mit solcher Wut auf, daß sie gegen die Wand knallte.

Alpha wäre fast vom Stuhl gesprungen.

Ich stützte mich mit den Händen auf seinen Schreibtisch und schob mein Gesicht ganz nah an seines heran. »Gestern nacht habe ich einen Anruf von Ihrem Boxer gekriegt. Er war gerade dabei, eine Frau zu mißhandeln, und ich sollte das hören. Ich weiß, daß er schon öfter wegen Vergewaltigung angezeigt worden ist und daß er auf Verstümmelungen abfährt. Ich weiß nicht, wie er es bisher geschafft hat, sich einer Verurteilung zu entziehen, aber ich bin hier, um Ihnen zu sagen, daß seine Glückssträhne dem Ende zugeht. Entweder Sie halten ihn auf, oder ich halte ihn auf. Ich gehe zur Polizei. Ich wende mich an die Presse. Ich beschwere mich beim Boxverband.«

»Bloß das nicht. Ich kümmere mich darum, Ehrenwort. Ich sorge dafür, daß er eine Therapie macht.«

»Heute noch!«

»Ja, schon gut. Heute noch. Ich verspreche Ihnen, daß er Hilfe bekommt.«

Ich glaubte ihm kein Wort, aber wenigstens hatte ich ihm ordentlich die Meinung gegeigt. Genauso wütend, wie ich gekommen war, stürmte ich wieder hinaus. Auf der Treppe zwang ich mich, tief durchzuatmen, und die Straße überquerte ich unnatürlich ruhigen Schrittes. Ich fuhr sehr, sehr vorsichtig und langsam weg.

Es war noch früh am Tag, aber mein Jagdfieber hatte sich gelegt. Der Wagen suchte sich wie von selbst den Weg, und ehe ich's mich versah, stand ich zu Hause auf dem Parkplatz. Ich schloß den Cherokee ab, ging nach oben in meine Wohnung, schmiß mich aufs Bett und nahm meine liebste Nachdenkstellung ein.

Als ich aufwachte, war es drei Uhr, und es ging mir wesentlich besser. Während ich schlief, hatte mein Verstand offenbar emsig nach abgelegenen Geheimfächern in meinem Gehirn gesucht und meine neueste Sammlung deprimierender Gedanken in sie verbannt. Sie waren noch da, aber wenigstens drückten sie nicht mehr von innen gegen die Stirn.

Ich machte mir ein Brot mit Erdnußbutter und Gelee, gab Rex einen Happen ab und schlang den Rest hinunter, während ich mit der Fernabfrage Morellis Anrufbeantworter abhörte.

Ein Fotostudio bot ihm einen kostenlosen Bildabzug im Miniposterformat an, wenn er sich bei ihnen knipsen ließ. Irgend jemand wollte ihm Glühbirnen verkaufen, und Charlene hatte ihm eine unanständige Nachricht hinterlassen. Das heftige Gestöhne konnte entweder bedeuten, daß sie einen Wahnsinnsorgasmus hatte oder daß sie ihrer Katze auf den Schwanz getreten war. Leider hatte sie aber das ganze Band vollgestöhnt, so daß es keine weiteren Nachrichten mehr gab. Ich war froh darüber. Viel mehr hätte ich mir auch nicht anhören können.

Ich räumte gerade die Küche auf, als das Telefon klingelte und sich der Anrufbeantworter einschaltete.

»Hörst du mich, Stephanie? Bist zu Hause? Ich habe gesehen, wie du heute mit Lula und Jackie geredet hast. Ich habe gesehen, daß du Bier mit ihnen getrunken hast. Das hat mir gar nicht gefallen, Stephanie. Das hat mich böse gemacht. Ich habe das Gefühl, daß du sie lieber magst als mich. Es macht mich wütend, daß du das nicht haben willst, was der Champ dir geben will.

Vielleicht mache ich dir ein Geschenk, Stephanie. Vielleicht liefere ich es persönlich bei dir ab, während du schläfst. Würde dir das gefallen? Alle Frauen mögen Geschenke. Vor allem Geschenke, die der Champ ihnen macht. Es wird eine Überraschung, Stephanie. Nur für dich.«

Mit diesem Versprechen im Ohr vergewisserte ich mich, daß ich meinen Revolver und die Munition eingepackt hatte. Dann fuhr ich zu Sunnys Waffengeschäft. Ich kam um vier Uhr an, Eddie kreuzte eine Viertelstunde später auf.

Er war in Zivil und hatte seinen privaten .38er am Gürtel.

»Wo ist deine Waffe?« fragte er.

Ich klopfte auf meine Tasche.

»Das nennt man Mitführen einer Waffe. In New Jersey ist das strafbar.«

»Ich habe einen Waffenschein.«

»Zeig mal her.«

Ich holte den Schein aus der Brieftasche.

»Das ist nur die Berechtigung, eine Waffe zu besitzen. Das heißt noch lange nicht, daß du sie auch mitführen darfst.«

»Ranger hat gesagt, der Schein würde alles abdecken.«

»Kommt Ranger dich auch besuchen, wenn du Tüten kleben mußt?«

»Manchmal glaube ich, er legt die Gesetze ein bißchen flexibel aus. Verhaftest du mich jetzt?«

»Nein, aber dafür mußt du bluten.«

»Ein Dutzend Donuts?«

»Für ein Dutzend Donuts sorge ich höchstens dafür, daß ein

Strafzettel verschwindet. Diese Sache kostet dich einen Sechserpack Bier und eine Pizza.«

Um in den Schießstand zu gelangen, mußte man durch das Waffengeschäft. Eddie bezahlte das Standgeld und kaufte eine Schachtel Patronen. Ich ließ mir ebenfalls eine geben. Der Schießstand, der gleich hinter dem Laden lag, bestand aus einem Raum, der ungefähr so groß war wie eine kleine Bowlingbahn. Er war in sieben Boxen aufgeteilt, die jeweils von einem brusthohen Brett abgeschlossen wurden. Hinter den Boxen befanden sich die eigentlichen Schießbahnen. An Drähten hingen die Ziele, Umrisse geschlechtsloser Menschen, die an den Knien abgeschnitten waren und um deren Herzen sich unterschiedlich große Ringe legten. Es ist Sitte im Schießstand, niemals die Waffe auf den Nebenmann zu richten.

»Okay«, sagte Gazarra. »Fangen wir ganz von vorne an. Du hast einen .38er Smith and Wesson Special. Das ist ein fünfschüssiger Revolver, also eher eine kleine Waffe. Du benutzt Hydroshock-Munition, um eine möglichst große und schmerzhafte Wirkung zu erzielen. Wenn du dieses kleine Dingelchen hier mit dem Daumen nach vorne schiebst, klappt die Trommel raus, und du kannst eine Patrone einlegen. Jede Patrone hat eine Kugel. Du lädst je eine Patrone in jede Kammer und läßt die Trommel dann wieder einrasten. Du darfst dabei nie den Zeigefinger am Abzug haben. Es ist ein natürlicher Reflex abzudrücken, wenn man sich erschreckt, und mit ein bißchen Pech kann es passieren, daß du dir aus Versehen ein Loch in den Fuß schießt. Streck den Zeigefinger immer ganz aus, in Richtung Lauf, und drück erst ab, wenn du bereit bist. Heute üben wir die einfachste Grundstellung. Die Füße schulterbreit auseinander, das Gewicht auf die Fußballen verlagern, die Waffe mit beiden Händen festhalten, den linken Daumen über den rechten Daumen, die ausgestreckten Arme durchgedrückt. Du siehst dir das Ziel an, hebst die Waffe hoch und visierst.

Vorne hast du das Korn, hinten die Kimme. Wenn die beiden auf dem Ziel genau übereinanderliegen, kannst du abdrücken.

Mit diesem Revolver kannst du auf zwei verschiedene Arten schießen. Entweder du drückst nur den Abzug durch, oder du spannst zuerst den Hahn und drückst dann erst ab.« Während er mir alles erklärte, führte er mir gleichzeitig vor, was er meinte. Bis jetzt hatte er mir alles gezeigt, nur geschossen hatte er nicht. Er klappte die Trommel heraus, kippte die Patronen auf das Regal, legte den Revolver daneben und trat einen Schritt zurück. »Noch Fragen?«

»Nein. Im Moment nicht.«

Er gab mir einen Ohrenschützer. »Na, dann los.«

Mit dem ersten Schuß, den ich mit gespanntem Hahn probierte, traf ich ins Schwarze. Ich schoß noch ein paarmal auf die einfache Art, dann probierte ich abzudrücken, ohne den Hahn vorher zu spannen. Das war schon erheblich schwieriger, aber ich machte meine Sache nicht schlecht.

Nach einer halben Stunde hatte ich meine ganze Munition verpulvert. Zum Schluß traf ich gar nichts mehr, weil ich stark zitterte. Wenn ich ins Fitneßstudio gehe, trainiere ich meistens nur die Bauchmuskeln und die Beine, weil das die Stellen sind, wo ich das meiste Fett ansetze. Wenn ich jemals eine gute Schützin abgeben wollte, mußte ich zusehen, daß ich mehr Kraft im Oberkörper bekam.

Eddie zog meine Zielscheibe ran. »Sauber geschossen, Falkenauge.«

»Mit gespanntem Hahn bin ich besser.«

»Weil du ein Mädchen bist.«

»Solche Bemerkungen solltest du dir lieber verkneifen, solange ich eine Knarre in der Hand habe.«

Bevor ich ging, kaufte ich noch eine Schachtel Patronen. Die Munition samt der Waffe steckte ich in meine Tasche. Ich fuhr einen gestohlenen Wagen. Es schien mir übertrieben, mich vor einer Anklage wegen unerlaubten Mitführens einer Waffe zu fürchten.

»Also, kriege ich jetzt meine Pizza?« wollte Eddie wissen.

»Und was ist mit Shirley?«

»Sie ist auf einem Kaffeekränzchen.«

»Und die Kinder?«

»Bei der Schwiegermutter.«

»Und deine Diät?«

»Willst du dich etwa drücken?«

»Was mich im Moment von einer Bahnhofspennerin unterscheidet, sind genau zwölf Dollar und dreiunddreißig Cent.«

»Okay, dann spendiere ich eben die Pizza.«

»Gut. Ich muß mit dir reden. Ich habe Probleme.«

Zehn Minuten später trafen wir uns in Pinos Pizzeria. Es gab mehrere Italiener in unserem Viertel, aber bei Pino gab es die beste Pizza. Es wurde zwar gemunkelt, daß nachts Kakerlaken in Katzengröße in die Küche einfielen, aber die Pizza war erstklassig. Die Kruste war schön dick und knusprig, die Sauce hausgemacht und die Peperoni so ölig, daß einem der Saft am Arm hinunterlief und vom Ellenbogen tropfte. Es gab eine Bar und ein Restaurant. Spätabends war die Bar voll von Polizisten, die ein bißchen abschalten wollten, bevor sie nach Hause fuhren. Um diese Tageszeit war die Bar voll von Familienvätern, die Pizzas zum Mitnehmen wollten.

Wir bekamen einen Tisch im Restaurant und bestellten Bier, während wir auf die Pizza warteten. Auf dem Tisch standen zwei Streuer, einer mit Chilipulver, der andere mit Parmesan. Die Tischdecke war rot-weiß kariert und aus Plastik. An den vertäfelten, glänzend lackierten Wänden hingen Fotos berühmter Italiener und einiger nichtitalienischer Lokalgrößen. Frank Sinatra und Benito Ramirez waren am häufigsten vertreten.

»Also, was hast du denn für ein Problem?« wollte Eddie wissen.

»Zwei Probleme. Erstens, Joe Morelli. Ich bin ihm schon viermal über den Weg gelaufen, seit ich den Fall übernommen habe, aber an eine Festnahme ist einfach nicht zu denken.«

»Hast du Angst vor ihm?«

»Nein. Aber ich habe Angst, meine Waffe zu benützen.«

»Dann mach es auf die damenhaften Tour. Betäub ihn mit deinem Spray und leg ihm Handschellen an.«

Das war leichter gesagt, als getan. Es war nicht so einfach, einen Mann zu betäuben, der einem gerade einen Zungenkuß gab. »Das hatte ich auch vor, aber er ist viel zu schnell für mich.«

»Willst du meinen Rat hören? Vergiß Morelli. Er ist ein Profi, und du bist eine Anfängerin. Er hat jahrelange Erfahrung. Er war ein cleverer Bulle, und als Verbrecher ist er wahrscheinlich noch gerissener.«

»Kommt nicht in Frage. Ich möchte, daß du ein paar Autokennzeichen für mich überprüfst.« Ich schrieb ihm die Registrierung des Lieferwagens auf eine Serviette. »Versuch doch mal rauszufinden, wem dieser Wagen gehört. Außerdem hätte ich gern gewußt, ob Carmen Sanchez ein Auto besitzt. Und wenn ja, ist es sichergestellt worden?«

Ich trank einen Schluck Bier, lehnte mich zurück und genoß die kühle Luft und das Stimmengewirr rings um mich her. Mittlerweile waren alle Tische besetzt, und am Eingang warteten schon die nächsten Gäste. Kein Mensch wollte kochen, wenn es so heiß war wie heute.

»Und was ist das zweite Problem?« fragte Eddie.

»Wenn ich es sage, mußt du versprechen, daß du dich nicht aufregst.«

»Ach, du Himmel. Du bist schwanger.«

Ich starrte ihn verblüfft an. »Wie kommst du denn auf die Idee?«

Er machte ein dummes Gesicht. »Ich weiß selber nicht, es ist einfach so rausgerutscht. Das sagt Shirley immer, wenn es mal wieder soweit ist.«

Gazarra hatte vier Kinder. Das älteste war neun, das jüngste eins. Vier Jungen, vier kleine Ungeheuer.

»Nein, ich bin nicht schwanger. Es geht um Ramirez.« Ich erzählte ihm alles.

»Du hättest ihn anzeigen sollen«, sagte Gazarra. »Warum hast du nicht die Polizei gerufen, als er in dem Boxstudio über dich hergefallen ist?«

»Würde Ranger vielleicht Anzeige erstatten, wenn ihm jemand etwas antut?«

»Du bist aber nicht Ranger.«

»Das stimmt, aber du verstehst doch sicher, was ich meine?«

»Warum erzählst du mir das?«

»Nur für den Fall, daß ich plötzlich verschwunden bin. Damit du weißt, wo du nach mir suchen mußt.«

»Großer Gott. Wenn du ihn für so gefährlich hältst, solltest du einen Gerichtsbeschluß gegen ihn erwirken.«

»Davon halte ich nicht viel. Außerdem, was soll ich dem Richter denn sagen? Daß Ramirez damit gedroht hat, mir ein Geschenk zu schicken? Schau dich doch mal um. Na, was siehst du?«

Eddie seufzte. »Fotos von Ramirez, Seite an Seite mit dem Papst und Frank Sinatra.«

»Mir passiert schon nichts«, sagte ich. »Ich wollte es mir bloß mal von der Seele reden.«

»Wenn es neue Probleme gibt, rufst du mich gleich an.«

Ich nickte.

»Und wenn du zu Hause bist, sorg dafür, daß dein Revolver immer geladen und in deiner Nähe ist. Könntest du ihn gegen Ramirez benutzen, was meinst du?«

»Ich weiß nicht. Wahrscheinlich schon.«

»Unser Dienstplan ist wieder mal geändert worden, und ich arbeite zur Zeit tagsüber. Wir treffen uns jeden Tag um vier bei Sunny. Ich kaufe die Munition und bezahle den Schießstand. Mit einer Waffe kann man sich nur anfreunden, wenn man sie auch benutzt.«

10

Um neun Uhr war ich wieder zu Hause, und weil ich nichts Besseres zu tun hatte, beschloß ich, die Wohnung zu putzen. Es waren keine Nachrichten auf dem Anrufbeantworter, und vor meiner Tür lagen auch keine verdächtigen Päckchen. Ich gab Rex neue Streu, saugte den Teppichboden, schrubbte das Badezimmer und polierte die wenigen Möbelstücke, die mir geblieben waren. Damit verging die Zeit bis zehn. Ich überprüfte noch ein letztes Mal, ob auch alles abgeschlossen war, dann duschte ich und ging ins Bett.

Um sieben Uhr wachte ich auf. Ich fühlte mich quicklebendig, denn ich hatte geschlafen wie ein Murmeltier. Der Anrufbeantworter war immer noch wunderbar nachrichtenfrei. Die Vögel tirilierten, die Sonne schien, und ich konnte mich im Toaster spiegeln. Nachdem ich in Shorts und T-Shirt geschlüpft war, warf ich die Kaffeemaschine an. Dann zog ich den Wohnzimmervorhang auf und freute mich über den herrlichen Tag. Der Himmel war strahlend blau, die Luft roch noch frisch vom Regen, und mich überkam der übermächtige Drang, ein Stück aus *The Sound of Music* zu schmettern. Ich sang: *»The hills are aliiiiive with the sound of muuusic«*, aber dann wußte ich den Text nicht mehr.

Ich wirbelte zurück ins Schlafzimmer und riß schwungvoll den Vorhang auf. Dann stand ich wie versteinert da. Lula war an meine Feuerleiter gefesselt. Sie hing da wie eine große Stoffpuppe, die Arme in einem unnatürlichen Winkel über dem Geländer abgeknickt, den Kopf auf der Brust. Ihre Beine waren gespreizt, so daß es aussah, als säße sie. Sie war nackt und blutverschmiert, das Blut klebte ihr die Haare zusammen und war auf ihren Beinen zu Klumpen geronnen. Hinter ihr hing ein Bettlaken, damit sie vom Parkplatz aus nicht zu sehen war.

Ich schrie ihren Namen und kämpfte mit dem Fensterschloß. Mein Herz hämmerte so heftig, daß mir alles vor den Augen verschwamm. Ich wuchtete das Fenster hoch und wäre fast auf die Feuerleiter hinausgefallen, dann streckte ich die Hände nach ihr aus und zerrte hilflos an ihren Fesseln.

Lula bewegte sich nicht, sie gab auch keinen Laut von sich, und ich war so aufgeregt, daß ich nicht erkennen konnte, ob sie noch atmete. »Es wird alles wieder gut«, schrie ich. Meine Stimme klang heiser, meine Kehle war wie zugeschnürt, meine Lungen brannten. »Ich hole Hilfe.« Und unhörbar hauchte ich: »Du darfst nicht tot sein. Bitte, Lula, du darfst nicht tot sein.«

Als ich wieder ins Zimmer zurückkletterte, um einen Krankenwagen zu rufen, blieb ich mit dem Fuß am Fensterbrett hängen und knallte auf den Boden. Ich empfand keinen Schmerz, nur Panik, als ich auf Händen und Füßen zum Telefon kroch. Ich wußte die Notnummer nicht mehr. Ich war so außer mir, daß ich keinen klaren Gedanken fassen konnte, ich war zu hilflos und verwirrt, um mit dieser plötzlichen, unvorhersehbaren Tragödie fertig zu werden.

In meiner Not wählte ich die 0 und erzählte der Frau von der Vermittlung, daß Lula verletzt auf meiner Feuerleiter lag. Plötzlich mußte ich daran denken, wie Jackie Kennedy über den Autositz geklettert war, um ihrem toten Mann zu helfen, und ich fing an zu weinen. Ich weinte um Lula, um Jackie und um mich selbst, die wir alle Opfer von Gewalttätigkeiten waren.

Ich kramte in der Besteckschublade nach meinem Obstmesser, das ich schließlich auf dem Ablaufbrett fand. Ich hatte keine Ahnung, wie lange Lula schon an das Geländer gefesselt war, aber sie sollte keinen Augenblick länger dort hängen.

Ich lief mit dem Messer zurück zum Fenster und sägte an den Fesseln herum, bis ich sie aufgeschnitten hatte und Lula in meine Arme sackte. Sie war fast doppelt so groß und schwer wie ich, aber irgendwie gelang es mir trotzdem, ihren unbeweglichen, blutenden Körper ins Schlafzimmer zu ziehen. Mein Beschützerinstinkt. Stephanie Plum, die Katzenmutter. In der Ferne hörte ich Sirenen heulen, sie kamen näher und immer näher, und dann hämmerte die Polizei an meine Tür. Ich kann mich nicht daran erinnern, sie hereingelassen zu haben, aber ich muß es wohl getan haben. Ein uniformierter Beamter nahm mich zur Seite, ging mit mir in die Küche und setzte mich auf einen Stuhl. Ein Sanitäter folgte.

»Was ist passiert?« fragte der Polizist.

»Ich habe sie auf der Feuerleiter gefunden«, sagte ich. »Ich habe den Vorhang aufgezogen, und da war sie.« Meine Zähne klapperten, und mein Herz hämmerte immer noch. Ich sog mir die Lungen voll Luft. »Sie war festgebunden, damit sie nicht umkippen konnte, und ich habe sie abgeschnitten und durch das Fenster gezogen.«

Die Sanitäter riefen nach einer Trage. Ich hörte, daß mein Bett weggeschoben wurde, um Platz zu machen. Ich hatte Angst zu fragen, ob Lula noch lebte. Ich atmete noch einmal ganz tief durch und krallte die Hände in meinem Schoß ineinander, bis die Knöchel weiß wurden und sich die Fingernägel in meine Handteller gruben.

»Wohnt Lula hier?« wollte der Polizist wissen.

»Nein. Ich wohne hier. Ich weiß nicht, wo Lula wohnt. Ich weiß nicht mal, wie sie mit Nachnamen heißt.«

Als das Telefon klingelte, nahm ich automatisch ab.

Die Stimme des Anrufers kam flüsternd aus dem Hörer. »Hast du mein Geschenk bekommen, Stephanie?«

Es war, als ob die Erde aufgehört hätte, sich zu drehen. Einen Augenblick lang hing alles in der Schwebe, dann rastete es wieder ein. Ich drückte die Aufnahmetaste des Anrufbeantworters und am Lautstärkeknopf, damit alle mithören konnten.

»Was für ein Geschenk meinst du?« fragte ich.

»Das weißt du ganz genau. Ich habe gesehen, wie du sie gefunden hast. Wie du sie durchs Fenster gezogen hast. Ich habe dich beobachtet. Ich hätte letzte Nacht kommen und dich holen können, aber ich wollte, daß du erst Lula siehst. Du sollst sehen, was ich mit Frauen mache, damit du weißt, was dich erwartet. Du sollst daran denken, Schlampe. Du sollst daran denken, wie weh es tun wird und wie du um Gnade winseln wirst.«

»Macht es dir Spaß, Frauen zu quälen?« fragte ich. Allmählich fand ich meine Fassung wieder.

»Manchmal brauchen Frauen das.«

Ich wagte einen Schuß ins Blaue. »Und was ist mit Carmen Sanchez? Hast du ihr auch weh getan?«

»Nicht so weh, wie ich dir tun werde. Für dich habe ich mir etwas ganz Besonderes ausgedacht.«

»Dann bringen wir es doch hinter uns«, sagte ich. Und ich erschrak, als mir klar wurde, daß ich es ernst meinte. Mit Mut hatte diese Herausforderung nichts zu tun. Es war Wut, kalte, harte, aus dem Bauch kommende Wut.

»Jetzt sind die Bullen bei dir, Schlampe. Ich komme nicht, solange die Bullen da sind. Ich komme, wenn du allein bist und mich nicht erwartest. Wir werden noch sehr viel Zeit zusammen haben.«

Die Verbindung wurde unterbrochen.

»Um Gottes willen«, sagte der Polizist. »Der Mann ist wahnsinnig.«

»Wissen Sie, wer das war?«

»Ich will es gar nicht wissen.«

Ich nahm die Kassette aus dem Gerät und beschriftete sie mit meinem Namen und dem Datum. Meine Hand zitterte so stark, daß die Schrift kaum lesbar war.

Im Wohnzimmer knarzte ein Funkgerät. Im Schlafzimmer wurde gemurmelt. Die Stimmen klangen nicht mehr so hektisch, und auch sonst schien sich alles ein wenig beruhigt zu haben. Ich sah an mir hinunter und stellte fest, daß ich blutverschmiert war. T-Shirt und Shorts waren vollgesogen, Lulas Blut klebte mir an den Händen und Fußsohlen. Das Telefon war blutverschmiert, genau wie der Fußboden und die Arbeitsplatte.

Der Polizist und der Sanitäter wechselten einen Blick. »Vielleicht sollten Sie sich das Blut abwaschen«, sagte der Sanitäter. »Am besten gehen Sie schnell unter die Dusche.«

Auf dem Weg zum Badezimmer schaute ich zu Lula hinein. Sie wurde gerade für den Transport fertig gemacht. Sie lag auf der Trage, unter einem Laken und einer Decke. Sie hing am Tropf. »Wie geht es ihr?« fragte ich.

Der Sanitäter rollte die Trage zur Tür. »Sie lebt noch«, sagte er.

Als ich aus der Dusche kam, waren die Sanitäter verschwunden. Zwei uniformierte Beamte waren noch geblieben. Der eine, der in der Küche mit mir geredet hatte, saß mit einem Kollegen in Zivil im Wohnzimmer, wo sie ihre Notizen verglichen. Ich zog mir nur rasch etwas an, die Haare konnten von selbst trocknen. Ich wollte so schnell wie möglich meine Aussage machen und die Sache hinter mich bringen, damit ich ins Krankenhaus konnte, um nach Lula zu sehen.

Der Kriminalbeamte hieß Dorsey. Ich hatte ihn schon irgendwo gesehen. Wahrscheinlich in Pinos Pizzeria. Er war mittelgroß, mittelschwer und sah aus wie Ende Vierzig. Er hatte ein kurzärmeliges Hemd, Hosen und Halbschuhe an. Die Kassette aus meinem Anrufbeantworter steckte in seiner Hemdtasche. Beweisstück A. Ich erzählte ihm von dem Vorfall im Boxstudio, aber ohne Morellis Namen zu erwähnen, so daß Dorsey annehmen mußte, ich wäre von einem Unbekannten gerettet worden. Wenn die Polizei glauben wollte, daß Morelli die Stadt verlassen hatte, sollte sie es meinetwegen ruhig glauben. Ich hatte die Hoffnung, ihn zu schnappen und die Prämie zu kassieren, immer noch nicht aufgegeben.

Während Dorsey sich Notizen machte, sah er den Streifenbeamten vielsagend an. Was ich zu sagen hatte, schien ihn nicht zu überraschen. Aber wenn man lange genug bei der Polizei war, überraschte einen wohl so leicht gar nichts mehr.

Als sie gegangen waren, schaltete ich die Kaffeemaschine aus, verriegelte das Schlafzimmerfenster, schnappte mir meine Tasche und wappnete mich innerlich gegen das, was mich vermutlich im Hausflur erwartete. Ich mußte an Mrs. Orbach, Mr. Grossman, Mrs. Feinsmith, Mr. Wolesky und Gott weiß wem noch vorbei. Sie würden ganz genau Bescheid wissen wollen, und ich war nicht in der Verfassung, ausführlich zu werden.

Ich zog den Kopf ein, brüllte Entschuldigungen und hielt schnurstracks auf die Treppe zu, weil ich wußte, daß das die Meute aufhalten würde. Ich flitzte aus dem Haus und rannte zum Cherokee.

Ich fuhr auf dem schnellsten Weg in die Stark Street. Es wäre einfacher gewesen, direkt zum St.-Francis-Krankenhaus zu fahren, aber ich wollte Jackie mitnehmen. Ich raste am Boxstudio vorbei, ohne auch nur einen Blick darauf zu werfen. Was mich anging, war Ramirez erledigt. Wenn er auch diesmal wieder durch die Maschen des Gesetzes schlüpfte, würde ich ihn persönlich erledigen. Wenn es sein mußte, würde ich ihm mit einem Tranchiermesser den Schwanz abschneiden.

Jackie kam gerade aus der Corner Bar, wo sie vermutlich gefrühstückt hatte. Ich hielt mit quietschenden Reifen und hängte mich halb aus der Tür. »Steig ein!« schrie ich.

»Was ist denn los?«

»Lula ist im Krankenhaus. Ramirez hat sie erwischt.«

»O Gott«, heulte sie. »Ich hatte solche Angst. Ich wußte, daß was passiert war. Wie schlimm ist es?«

»Ich weiß es nicht. Ich habe sie vorhin auf meiner Feuerleiter gefunden. Ramirez hatte sie dort festgebunden, als Nachricht für mich. Sie war bewußtlos.«

»Ich war dabei, als er sie geholt hat. Sie wollte nicht mit, aber zu Ramirez sagt man nicht nein. Ihr Alter hätte sie halb totgeprügelt.«

»Tja, halb totgeprügelt worden ist sie trotzdem.«

Einen Block von der Notaufnahme entfernt, fand ich eine Parklücke. Ich setzte die Alarmanlage in Betriebsbereitschaft, dann liefen wir los. Jackie schleppte ungefähr vier Zentner mit sich herum, aber sie atmete noch nicht einmal schneller, als wir durch die Glastür gingen. Wahrscheinlich hält Bumsen fit.

»Vor kurzem ist eine Frau namens Lula mit dem Krankenwagen eingeliefert worden«, sagte ich an der Aufnahme.

Die Krankenhausangestellte sah erst mich und dann Jackie an. Jackie trug giftgrüne Shorts, aus denen ihr halber Hintern quoll, dazu passende Gummisandalen und ein heißes, pinkfarbenes Oberteil. »Gehören Sie zur Familie?« fragte die Angestellte Jackie.

»Lulas Verwandte wohnen nicht in Trenton.«

»Jemand muß die Formulare ausfüllen.«

»Das mach' ich schon«, sagte sie.

Als wir mit dem Papierkram fertig waren, mußten wir warten. Schweigend saßen wir da, blätterten in zerfledderten Illustrierten und sahen mit unnatürlicher Distanz zu, wie eine Tragödie nach der anderen durch den Flur geschoben wurde. Als ich mich nach einer halben Stunde nach Lula erkundigte, sagte man mir, sie werde noch geröntgt. Wie lange das Röntgen dauern würde, wußte die Frau nicht. Aber danach würde auf jeden Fall ein Arzt mit uns sprechen. Ich gab die Information an Jackie weiter.

»Ach ja?« sagte sie. »Werden wir ja sehen.«

Allmählich fing ich an, unter Koffeinentzug zu leiden; ich ließ Jackie allein weiterwarten und machte mich auf die Suche nach der Cafeteria. Man sagte mir, ich solle den Fußspuren auf dem Boden folgen, und wie durch ein Wunder führten sie mich tatsächlich an die Quelle. Ich belud ein Tablett mit Kuchen und zwei großen Tassen Kaffee und nahm vorsichtshalber auch noch zwei Orangen mit, falls Jackie und mich zufälligerweise der Wunsch überkommen sollte, etwas für unsere Gesundheit zu tun. Sehr wahrscheinlich war das nicht, aber ich fand, es war das gleiche wie mit den sauberen Unterhosen, die man besser immer anhaben sollte, für den Fall, daß man überfahren wird. Es schadet nichts, auf alles vorbereitet zu sein.

Eine Stunde später kam der Arzt.

Er sah erst mich und dann Jackie an. Jackie zog ihr Oberteil hoch und ihre Shorts runter. Es war eine sinnlose Geste.

»Gehören Sie zur Familie?« fragte er Jackie.

»Könnte man sagen«, antwortete Jackie. »Wie sieht's aus?«

»Ich will keine zu großen Erwartungen wecken, aber die Chancen stehen nicht schlecht. Sie hat viel Blut verloren und ein Schädeltrauma erlitten. Mehrere Wunden müssen genäht werden. Sie wird gerade in den Operationssaal gebracht. Es wird wahrscheinlich noch eine Weile dauern, bis sie auf die Station kommt. Wenn Sie möchten, können Sie in ein, zwei Stunden wiederkommen.«

»Ich gehe nirgendwohin«, sagte Jackie.

Zwei Stunden vergingen wie im Zeitlupentempo, ohne daß wir etwas Neues hörten. Wir hatten den ganzen Kuchen aufgegessen und mußten uns nun mit den Orangen begnügen.

»Ich hasse das«, sagte Jackie. »Es ist wie in einer Anstalt. Überall stinkt es nach Bohnen aus der Dose.«

»Bist du schon viel in Anstalten gewesen?«

»Lange genug.«

Sie hatte keine Lust, ausführlicher zu werden, und ich wollte es eigentlich auch gar nicht genauer wissen. Als ich unruhig auf meinem Stuhl herumrutschte, entdeckte ich plötzlich Dorsey, der mit der Frau von der Aufnahme sprach. Er nickte. Offenbar konnte sie ihm seine Fragen beantworten. Dann zeigte die Frau auf Jackie und mich, und Dorsey kam herüber.

»Wie geht es Lula?« fragte er. »Weiß man schon was?«

»Sie wird noch operiert.«

Er setzte sich neben mich. »Wir konnten Ramirez noch nicht festnehmen. Haben Sie eine Ahnung, wo er sich aufhalten könnte? Hat er irgend etwas gesagt, was uns weiterhelfen könnte, bevor Sie angefangen haben, das Gespräch aufzuzeichnen?«

»Er hat gesagt, er hätte gesehen, wie ich Lula durchs Fenster gezogen habe. Und er wußte, daß die Polizei in meiner Wohnung war. Er muß ganz in der Nähe gewesen sein.«

»Wahrscheinlich hat er von einem Autotelefon aus angerufen.«

Der Meinung war ich auch.

»Ich gebe Ihnen meine Karte.« Er schrieb etwas auf die Rückseite. »Das ist meine Privatnummer. Wenn Sie Ramirez sehen oder noch einmal einen Anruf von ihm bekommen, rufen Sie mich sofort an.«

»Es dürfte nicht einfach für ihn sein, sich zu verstecken«, sagte ich. »Er ist eine lokale Berühmtheit. Er ist leicht zu erkennen.«

Als Dorsey seinen Stift wieder in die Innenseite seiner Jacke steckte, sah ich, daß er ein Revolverholster am Gürtel trug. »In dieser Stadt gibt es viele Leute, die alles tun würden, um Benito Ramirez zu verstecken und zu beschützen. Das haben wir schon früher erlebt.«

»Ja, aber bis jetzt hatten Sie auch noch nie ein Tonband.«

»Stimmt. Damit können wir vielleicht etwas mehr ausrichten.«

»Die richten überhaupt nichts aus«, sagte Jackie, als Dorsey gegangen war. »Ramirez macht, was er will. Wen juckt das schon, daß er eine Hure zusammengeschlagen hat?«

»Uns macht es etwas aus«, sagte ich. »Wir können ihm das Handwerk legen. Wir können Lula dazu bringen, gegen ihn auszusagen.«

»Ach was«, sagte Jackie. »Du hast doch keine Ahnung.«

Erst um drei Uhr durften wir Lula sehen. Sie lag auf der Intensivstation und war noch nicht wieder bei Bewußtsein. Jede von uns durfte genau zehn Minuten zu ihr. Ich drückte ihre Hand und versprach ihr, daß alles wieder gut werden würde. Als meine Zeit um war, erklärte ich Jackie, daß ich eine Verabredung hätte, die ich unbedingt einhalten müßte. Sie wollte bleiben, bis Lula die Augen aufmachte.

Ich kam eine halbe Stunde vor Eddie Gazarra bei Sunnys Waffengeschäft an. Ich bezahlte für den Schießstand, kaufte eine Schachtel Patronen und ging nach hinten. Zum Aufwärmen schoß ich ein paarmal mit gespanntem Hahn, dann übte ich ernsthaft. Ich stellte mir Ramirez auf der Zielscheibe vor. Ich zielte auf sein Herz, seine Eier, seine Nase.

Gazarra stieß um halb fünf zu mir. Er stellte mir eine neue Schachtel Munition auf den Tisch und ging in die Box nebenan. Als die Patronen verbraucht waren, fühlte ich mich angenehm entspannt. Die Waffe lag schon wesentlich sicherer in meiner Hand. Ich lud die fünf Kammern und steckte den Revolver in meine Tasche. Dann tippte ich Gazarra auf die Schulter und gab ihm ein Zeichen, daß ich fertig war.

Er steckte seinen Glock weg und folgte mir nach draußen. Wir warteten, bis wir auf dem Parkplatz waren, bevor wir redeten.

»Ich habe von deinem Notruf gehört«, sagte er. »Tut mir leid, daß ich nicht kommen konnte. Aber ich hatte alle Hände voll mit einer anderen Sache zu tun. Ich habe Dorsey auf der Wache getroffen. Er meinte, du wärst cool gewesen. Du hättest sogar den Anrufbeantworter eingeschaltet, als Ramirez anrief.«

»Du hättest mich fünf Minuten vorher sehen sollen. Ich wußte nicht einmal mehr die Telefonnummer der Polizei.«

»Ich vermute, du hast keine Lust, ein bißchen Urlaub zu machen?«

»Doch, ich habe schon daran gedacht.«

»Du hast den Revolver in deiner Tasche?«

»Aber nein. Ich tue doch nichts Illegales.«

Gazarra seufzte. »Aber laß die Knarre keinen sehen, ja? Und ruf mich an, wenn du Angst kriegst. Du kannst bei Shirley und mir wohnen, so lange du willst.«

»Vielen Dank.«

»Ich habe das Kennzeichen überprüft, das du mir gegeben hast. Es gehörte zu einem Wagen, der wegen eines Parkvergehens abgeschleppt, sichergestellt und nie wieder abgeholt worden ist.«

»Ich habe Morelli in dem besagten Fahrzeug gesehen.«

»Wahrscheinlich hat er es sich ausgeliehen.«

Wir mußten lächeln bei dem Gedanken, daß Morelli einen Wagen fuhr, den er der Polizei gestohlen hatte.

»Und was ist mit Carmen Sanchez? Hat sie auch einen Wagen?«

Gazarra holte einen Zettel aus der Tasche. »Das ist die Marke und das Kennzeichen. Er ist nicht sichergestellt worden. Soll ich hinter dir bleiben, bis du zu Hause bist? Dann könnte ich auch gleich nachsehen, ob deine Wohnung okay ist.«

»Nicht nötig. Die Hälfte meiner Mitbewohner kampiert wahrscheinlich immer noch im Hausflur.«

Das einzige, wovor mir wirklich graute, war das Blut. In der

Wohnung würde mich alles an Ramirez' brutale Tat erinnern. Lulas Blut klebte noch am Telefon, den Wänden, der Arbeitsplatte und dem Fußboden. Falls ich beim Anblick des Blutes einen hysterischen Anfall bekam, wollte ich allein damit fertig werden, auf meine Art.

Ich stellte den Wagen ab und schlüpfte unbemerkt ins Haus. Gutes Timing. Das Treppenhaus war leer. Alle saßen gerade beim Abendessen. Ich hatte das Giftgas in der Hand und den Revolver im Hosenbund. Als ich den Schlüssel ins Schloß steckte, hätte sich mir fast der Magen umgedreht. Aber es half alles nichts, ich mußte es hinter mich bringen. Ich würde einfach reinmarschieren, unter dem Bett nach Vergewaltigern suchen, Gummihandschuhe anziehen und die Schweinerei beseitigen.

Beim ersten zögernden Schritt in meine Diele merkte ich, daß jemand in der Wohnung war. Jemand war in der Küche und kochte. Töpfe klapperten, Wasser rauschte. Außerdem brutzelte etwas in der Bratpfanne.

»Hallo!« rief ich, den Revolver in der Hand. Ich konnte mich kaum selbst verstehen, so laut klopfte mein Herz. »Wer ist da?«

Morelli spazierte aus der Küche. »Ich bin's. Leg die Knarre weg. Wir müssen reden.«

»Herrgott! Du bist vielleicht arrogant! Hast du eigentlich gar keine Angst, daß ich auf dich schießen könnte?«

»Nein, auf die Idee wäre ich nie gekommen.«

»Ich habe geübt. Ich bin eine ziemlich gute Schützin.«

Er trat hinter mich, drückte die Tür zu und schloß ab. »Aber sicher, du bist wahrscheinlich der absolute Meisterschütze, wenn es darum geht, einem Pappkameraden das Licht auszupusten.«

»Was tust du in meiner Wohnung?«

»Ich koche uns was zum Abendessen.« Er ging wieder in die Küche. »Es wird gemunkelt, du hättest einen schlimmen Tag gehabt.«

Mir schwirrte der Kopf. Da hatte ich mir das Hirn zermartert und alles mögliche versucht, um Morelli zu finden, dabei war der Kerl in meiner Wohnung. Er drehte mir sogar den Rücken zu. Ich hätte ihn in den Hintern schießen können.

»Man schießt nicht auf einen Unbewaffneten«, sagte er, als hätte er meine Gedanken gelesen. »Im Staat New Jersey ist das nicht gern gesehen. Laß dir das von einem Fachmann gesagt sein.«

Na schön, dann würde ich ihm eben keine Kugel verpassen, sondern ihn mit dem Sure Guard betäuben. Seine Neurotransmitter würden nicht wissen, wie ihnen geschah.

Morelli gab ein paar blättrig geschnittene Champignons in die Pfanne. Himmlische Kochgerüche stiegen mir in die Nase. Er rührte rote und grüne Paprikaschoten, Zwiebeln und Champignons zusammen, und je mehr mir das Wasser im Mund zusammenlief, desto mehr versiegte mein Killerinstinkt.

Plötzlich merkte ich, daß ich mir erklärte, warum ich das Spray nicht benutzte. Das Argument lautete, ich müsse mir auch mal seine Version der Geschichte anhören. Aber in Wahrheit waren meine Motive nicht im entferntesten so edelmütig. Ich hatte Hunger und war deprimiert. Außerdem hatte ich wesentlich mehr Angst vor Ramirez als vor Joe Morelli. Mit Morelli in der Wohnung fühlte ich mich sicher.

Immer schön eine Krise nach der anderen, sagte ich mir. Zuerst mußt du etwas essen. Zum Nachtisch kannst du ihn immer noch betäuben.

Er drehte sich um und sah mich an. »Möchtest du darüber reden?«

»Ramirez hat Lula fast umgebracht, und dann hat er sie an meine Feuerleiter gefesselt.«

»Ramirez lebt davon, daß andere Angst vor ihm haben. Hast du ihn mal im Ring gesehen? Seine Fans lieben ihn, weil er immer in die vollen geht, bis der Ringrichter den Kampf abbricht. Er spielt mit seinem Gegner. Er will Blut sehen. Er will den anderen verletzen. Und dabei redet er die ganze Zeit mit seiner säuselnden Stimme auf sein Opfer ein. Er sagt, daß es noch sehr viel schlimmer kommen wird, daß er erst dann aufhört, wenn der andere um einen K.O. bettelt. Mit Frauen geht er genauso um. Es gefällt ihm, wenn sie sich vor Angst und Schmerzen winden. Er will ihnen seinen Stempel aufdrücken.«

Ich stellte meine Tasche ab. »Ich weiß. Er will, daß man leidet und ihn anfleht. Man könnte sagen, er ist davon besessen.«

Morelli drehte die Hitze herunter. »Ich versuche, dir angst zu machen, aber ich glaube nicht, daß es mir gelingt.«

»Die Angst habe ich längst hinter mir. Ich kann keine Angst mehr empfinden. Vielleicht morgen wieder.« Ich sah, daß das Blut weggeputzt war. »Hast du die Küche gewischt?«

»Die Küche und das Schlafzimmer. Den Teppich mußt du reinigen lassen.«

»Danke. Ich hatte keine Lust, heute noch mehr Blut zu sehen.«

»War es schlimm?«

»Ja. Im Gesicht hat er sie so übel zugerichtet, daß sie kaum noch zu erkennen ist, und sie hat geblutet . . . überall hat sie geblutet.« Meine Stimme versagte. Ich senkte den Blick. »Scheiße.«

»Ich habe Wein im Kühlschrank. Wieso tauschst du die Knarre nicht gegen ein paar Gläser ein?«

»Warum bist du so nett zu mir?«

»Ich brauche dich.«

»O Mann.«

»Nicht so, wie du denkst.«

»Das denke ich doch gar nicht. Ich habe bloß ›O Mann‹ gesagt. Was kochst du da?«

»Steaks. Ich habe sie in die Pfanne gelegt, als du auf den Parkplatz gefahren bist.« Er schenkte mir ein Glas Wein ein. »Du bist ein wenig spartanisch eingerichtet.«

»Ich habe meinen Job verloren und keinen anderen gefunden. Die Möbel habe ich verkauft, um mich irgendwie über Wasser zu halten.«

»Bist du deshalb auf die Idee gekommen, für Vinnie zu arbeiten?«

»Ich hatte keine große Auswahl.«

»Du bist also aus finanziellen Gründen hinter mir her. Nicht aus persönlichen?«

»Anfangs nicht.«

Er bewegte sich so selbstverständlich in meiner Küche, als hätte er sein Leben lang nichts anderes getan. Er stellte zwei Teller auf die Arbeitsplatte und holte eine Schüssel Salat aus dem Kühlschrank. Ich hätte es als aufdringlich und lästig empfinden müssen, aber ich fand es sehr gemütlich.

Er servierte uns Steaks mit Paprika und Zwiebeln und einer Folienkartoffel. Er nahm das Salatdressing, die saure Sahne und die Steaksauce aus dem Kühlschrank, schaltete den Herd aus und wischte sich die Hände an einem Küchentuch ab. »Warum ist es jetzt etwas Persönliches?«

»Weil du mich in der Dusche an die Vorhangstange gefesselt hast! Dann mußte ich in einen Müllcontainer krabbeln, um meine Schlüssel zurückzubekommen! Jedesmal, wenn ich in deine Nähe gerate, tust du alles, um mich zu demütigen.«

»Es waren nicht deine Schlüssel. Es waren *meine* Schlüssel.« Er trank einen Schluck Wein, und unsere Blicke trafen sich. »Du hast meinen Wagen geklaut.«

»Ich hatte einen Plan.«

»Du wolltest mir auflauern, wenn ich mir den Wagen zurückhole?«

»So in etwa.«

Er ließ meinen Plan unkommentiert. »Bei Macy's soll eine Stelle als Kosmetikerin frei sein.«

»Du klingst wie meine Mutter.«

Morelli grinste und machte sich über sein Steak her.

Ich hatte einen anstrengenden Tag hinter mir, und der Wein und das gute Essen versetzten mich in eine gnädigere Stimmung. Wir saßen einander gegenüber wie ein altes Ehepaar und widmeten uns dem Essen. Als ich alles verputzt hatte, lehnte ich mich zurück. »Weshalb brauchst du mich?«

»Ich brauche deine Hilfe. Wenn du mir hilfst, sorge ich dafür, daß du dein Kopfgeld bekommst.«

»Ich bin ganz Ohr.«

»Carmen Sanchez war meine Informantin. Eines Abends sitze ich zu Hause vor dem Fernseher, da klingelt das Telefon. Es ist Carmen, sie braucht Hilfe. Sie sagt, sie ist vergewaltigt und zusammengeschlagen worden. Sie braucht Geld und einen sicheren Unterschlupf. Und im Tausch dafür will sie mir ein Riesending verraten.

Als ich bei ihr an die Tür klopfte, macht Ziggy Kulesza auf. Von Carmen ist nichts zu sehen. Ein anderer Typ, besser bekannt als der fehlende Zeuge, kommt aus dem Schlafzimmer, erkennt mich von Gott weiß woher und dreht durch. ›Das ist ein Bulle!‹ schreit er Ziggy zu. ›Du hast einen Scheißbullen reingelassen!‹

Ziggy zieht eine Pistole und drückt ab. Ich schieße zurück und treffe ihn. Dann weiß ich nichts mehr. Als ich wieder zu mir komme, starre ich an die Decke. Der zweite Typ ist weg. Carmen ist weg. Ziggys Waffe ist weg.«

»Wie kann er dich aus der Entfernung verfehlt haben? Und wenn er tatsächlich danebengeschossen hat, wo ist dann die Kugel geblieben?«

»Ich kann es mir nur so erklären, daß die Knarre nicht losgegangen ist.«

»Und jetzt willst du Carmen finden, damit sie deine Version bestätigt?«

»Ich glaube nicht, daß Carmen noch irgendwas bestätigen kann. Ich glaube, Ramirez hat sie zusammengeschlagen und später Ziggy und seinen Kumpel hingeschickt, um sie ein für allemal zu erledigen. Ziggy hat für Ramirez immer die Dreckarbeit gemacht. Wenn man auf der Straße lebt, so wie ich im Moment, kriegt man ziemlich viel mit. Ramirez besorgt es den Frauen gern auf die harte Tour. Manchmal verschwinden Frauen, die zuletzt mit ihm gesehen wurden, für immer von der Bildfläche. Ich glaube, er rastet so aus, daß er sie umbringt, oder er verletzt sie so schwer, daß er jemand anderen hinschickt, der die Sache zu Ende bringt, damit nichts rauskommt. Dann verschwindet die Leiche. Keine Leiche, kein Verbrechen. Ich glaube, daß Carmen tot im Schlafzimmer lag, als ich geklopft habe. Deshalb ist Ziggy völlig ausgerastet.«

»Es gibt aber nur eine Tür«, sagte ich. »Niemand hat sie gehen sehen, weder tot noch lebendig.«

»Das Schlafzimmer hat ein Fenster, das nach hinten auf die Feuerwehrzufahrt hinausgeht.«

»Meinst du, sie haben Carmen aus dem Fenster geschmissen?«

Morelli stellte seinen Teller ins Spülbecken und schaltete die Kaffeemaschine ein. »Ich bin hinter dem Kerl her, der mich wiedererkannt hat. Ziggy hat die Waffe fallen lassen, als er umgekippt ist. Ich habe noch gesehen, wie sie weggeschlittert ist. Als ich von hinten niedergeschlagen wurde, muß Ziggys Partner sie genommen haben. Dann hat er sich wahrscheinlich ins Schlafzimmer verzogen, Carmen aus dem Fenster gekippt und ist hinter ihr hergeklettert.«

»Ich habe mich hinter dem Haus umgesehen. Für einen, der nicht tot ist, geht es ganz schön tief runter.«

Morelli zuckte mit den Schultern. »Vielleicht konnte er sich wegschleichen, als die Nachbarn um Ziggy und mich herumstanden. Er ist in dem ganzen Durcheinander abgehauen, hat Carmen eingesammelt und ist weggefahren.«

»Jetzt will ich endlich hören, wie ich an meine zehntausend Dollar komme.«

»Du hilfst mir zu beweisen, daß ich Kulesza in Notwehr erschossen habe, und dafür darfst du mich bei der Polizei abliefern.«

»Ich kann kaum erwarten, wie ich das anstellen soll.«

»Die einzige Spur zu dem verschwundenen Zeugen, die ich habe, ist Ramirez. Ich habe ihn beobachtet, aber es nichts dabei rausgekommen. Leider kann ich mich nicht frei bewegen. Mir haben schon so viele Leute geholfen, daß ich keinen mehr um einen Gefallen bitten kann. Mittlerweile verbringe ich mehr Zeit mit Versteckspielen als mit der Suche nach dem unbekannten Mann. Allmählich gehen mir die Zeit und die Ideen aus. Du bist der einzige Mensch, den niemand verdächtigen würde, mir zu helfen«, sagte Morelli.

»Wieso sollte ich dir helfen? Warum packe ich nicht einfach die Gelegenheit beim Schopf und nehme dich fest?«

»Weil ich unschuldig bin.«

»Das ist dein Problem, nicht meines.« Das war eine harte Antwort, und sie entsprach nicht einmal ganz der Wahrheit. Morelli war mir tatsächlich schon ein wenig ans Herz gewachsen.

»Dann erhöhen wir eben den Einsatz. Wenn du mir hilfst, meinen Zeugen zu finden, beschütze ich dich vor Ramirez.«

Beinahe hätte ich gesagt, daß ich mich selbst beschützen könne, aber das wäre Quatsch gewesen. Ich brauchte allen Schutz, den ich kriegen konnte. »Was ist, wenn Dorsey Ramirez verhaftet und ich deinen Schutz nicht mehr brauche?«

»Ramirez kommt auf Kaution wieder raus, und dann ist er noch heißer auf dich als vorher. Er hat einflußreiche Freunde.«

»Und wie willst du mich beschützen?«

»Ich werde deinen Leibwächter spielen, Zuckerstück.«

»Du schläfst aber nicht in meiner Wohnung.«

»Ich schlafe im Wagen. Morgen wirst du verdrahtet, damit ich immer mithören kann.«

»Und heute nacht?«

»Die Entscheidung liegt bei dir«, sagte er. »Wahrscheinlich bist du sicher. Ich schätze, daß Ramirez noch ein Weilchen mit dir spielen will. Für ihn ist das wie beim Boxen. Er will den Kampf bis zur letzten Runde auskosten.«

Der Meinung war ich auch. Ramirez hätte jederzeit durch mein Schlafzimmerfenster springen können, aber er hatte beschlossen, noch abzuwarten.

»Selbst wenn ich dir helfen wollte, wüßte ich nicht, wo ich anfangen soll«, sagte ich. »Was könnte ich denn machen, was du nicht schon längst ausprobiert hast? Vielleicht ist der Zeuge inzwischen in Argentinien.«

»Der Zeuge ist nicht in Argentinien. Er ist irgendwo da draußen und bringt Leute um. Er bringt jeden um, der ihn am Tatort gesehen hat. Er hat zwei von Carmens Nachbarn umgebracht, der dritte Mordversuch ist nur knapp mißlungen. Ich stehe auch auf seiner Abschußliste, aber er findet mich nicht, solange ich mich versteckt halte. Und wenn ich mich öffentlich zeige, um ihn aus der Reserve zu locken, schnappt mich die Polizei.«

Mir ging ein Licht auf. »Du willst mich als Köder benutzen. Du willst Ramirez mit mir ködern, und du erwartest, daß ich ihn aushorche, während er mir seine neuesten Foltermethoden vorführt. Herrgott, Joe Morelli, ich weiß ja, daß du sauer bist, weil ich dich damals mit dem Buick über den Haufen gefahren habe, aber übertreibst du es mit deiner Rachsucht nicht doch ein bißchen?«

»Es ist keine Rachsucht. Um die Wahrheit zu sagen, ich mag

dich.« Seine Lippen verzogen sich zu einem verführerischen Lächeln. »Wenn die Umstände andere wären, würde ich vielleicht sogar versuchen, alte Fehler wiedergutzumachen.«

»Ist ja toll.«

»Eines steht fest. Wenn wir diese Geschichte hinter uns haben, müssen wir unbedingt was gegen die zynische Ader unternehmen, die du dir inzwischen zugelegt hast.«

»Du erwartest also von mir, daß ich mein Leben aufs Spiel setze, um deine Haut zu retten.«

»Dein Leben ist doch sowieso in Gefahr. Du wirst von einem sehr großen, sehr starken Mann verfolgt, der Frauen vergewaltigt und verstümmelt. Wenn wir meinen Zeugen finden, können wir ihn mit Ramirez in Verbindung bringen und die beiden mit etwas Glück ein für allemal in den Knast schicken.«

Damit hatte er nicht unrecht.

»Ich baue Wanzen in der Diele und im Schlafzimmer ein«, sagte Morelli. »Dann kann ich die ganze Wohnung abhören, bis auf das Badezimmer. Wenn du die Badezimmertür zumachst, kriege ich wahrscheinlich nichts mit. Du wirst komplett verkabelt, und wenn du aus dem Haus gehst, folge ich dir in sicherer Entfernung.«

Ich atmete tief durch. »Und du läßt mich wirklich die Prämie für dich einstreichen, wenn wir den verschwundenen Zeugen erwischt haben?«

»Auf jeden Fall.«

»Du hast gesagt, Carmen war deine Informantin. Worüber hat sie dich eigentlich informiert?«

»Sie hat mir alles mögliche verkauft. Meistens Informationen über kleinere Drogengeschäfte und Namen von Syndikatsmitgliedern. Was sie für mich hatte, als sie mich anrief, weiß ich nicht. Ich habe es nie erfahren.«

»Syndikatsmitglieder?«

»Mitglieder einer Jamaikanergang. Das Muttersyndikat, das

in Philadelphia sitzt, heißt Striker. Es hat bei jedem Drogendeal in Trenton die Finger im Spiel. Im Vergleich zu den Männern von Striker sehen unsere alteingesessenen Gangster wie kleine Würstchen aus. Die bringen das Zeug schneller ins Land, als sie es verkaufen können, und wir kriegen einfach nicht raus, wie sie das machen. Diesen Sommer gab es schon zwölf Rauschgifttote, die an einer Überdosis Heroin gestorben sind. Es ist so viel Stoff im Umlauf, daß die Dealer sich nicht einmal mehr die Mühe machen, das Zeug zu strecken.«

»Meinst du, daß Carmen Informationen über Striker hatte?«

Morelli starrte mich ein paar Augenblicke an. »Nein«, sagte er schließlich. »Ich glaube, sie wollte mir was über Ramirez verraten. Wahrscheinlich hatte sie etwas rausgekriegt, als sie mit ihm zusammen war.«

11

Um sieben Uhr in der Früh klingelte das Telefon. Der Anrufbeantworter schaltete sich ein, und ich erkannte Morellis Stimme. »Aus den Federn, Pfläumchen«, sagte er. »Ich bin in zehn Minuten oben, um dich zu verdrahten. Wirf schon mal die Kaffeemaschine an.«

Ich machte Kaffee, putzte mir die Zähne und zog mich an. Morelli kam fünf Minuten zu früh, und er hatte einen Werkzeugkasten unter dem Arm. Auf der Tasche seines kurzärmeligen Hemdes prangte ein Wappen, das ihn als Mitarbeiter von Long's Service auswies.

»Was ist Long's Service?« fragte ich.

»Was du willst.«

»Aha«, sagte ich. »Eine Verkleidung.«

Er nahm seine Sonnenbrille ab und steuerte auf die Kaffeemaschine zu. »Handwerker fallen keinem auf. Man merkt sich höchstens die Farbe der Arbeitskluft, aber das ist auch schon alles. Wenn man den richtigen Dreh raushat, kommt man in einem Overall fast in jedes Gebäude.«

Ich goß mir eine Tasse Kaffee ein und rief im Krankenhaus an. Man sagte mir, daß Lulas Zustand stabil sei und sie die Intensivstation bereits verlassen habe.

»Du mußt mit ihr reden«, sagte Morelli. »Du mußt sie überzeugen, Anzeige zu erstatten. Sie haben Ramirez gestern abend festgenommen, wegen schwerer sexueller Nötigung. Er ist schon wieder auf freiem Fuß. Die Kaution hat er selbst bezahlt.«

Er stellte seine Kaffeetasse weg, klappte den Werkzeugkasten auf und holte einen kleinen Schraubenzieher und zwei Steckdosen heraus. »Sie sehen genau wie Steckdosen aus«, sagte er. »Aber sie haben Abhörgeräte eingebaut. Ich benutze sie, weil sie nicht auf Batterie laufen, sondern mit Strom. Sie sind sehr zuverlässig.«

Er baute die Steckdose in der Diele aus und löste ein paar Drähte ab, die er mit einer isolierten Zange festhielt. »Vom Lieferwagen aus kann ich mithören und alles aufzeichnen. Wenn Ramirez einbricht oder vor deiner Tür auftaucht, mußt du dich auf deinen Instinkt verlassen. Wenn du meinst, du kannst ihn in ein Gespräch verwickeln und Informationen aus ihm rausholen, ohne dich in Gefahr zu bringen, solltest du es ruhig versuchen.«

Als er in der Diele fertig war, ging er ins Schlafzimmer. »Zwei Dinge solltest du dir merken. Wenn das Radio läuft, kann ich nicht hören, was hier vorgeht. Und falls ich gewaltsam eindringen muß, komme ich wahrscheinlich durchs Schlafzimmerfenster. Also laß immer den Vorhang zu, damit ich etwas Deckung habe.«

»Glaubst du, daß es soweit kommen wird?«

»Hoffentlich nicht. Versuch lieber, Ramirez am Telefon zum Sprechen zu bringen. Und denk daran, es aufzunehmen.« Er legte den Schraubenzieher wieder in den Werkzeugkasten und nahme eine Rolle Heftpflaster und ein kleines Plastikkästchen heraus, das ungefähr so groß war wie eine Packung Kaugummi. »Das ist ein kleiner Körpersender. Er hat zwei 9-Volt-Lithium-Batterien, das reicht für fünfzehn Stunden Übertragungszeit. Er hat ein Außenmikrofon, wiegt fünfzehn Gramm und kostet ungefähr tausendzweihundert Dollar. Verlier ihn nicht, und trage ihn nicht unter der Dusche.«

»Vielleicht benimmt Ramirez sich ja auch anständig, wenn er noch mal wegen Körperverletzung angezeigt wird.«

»Ich glaube nicht, daß Ramirez weiß, was anständiges Benehmen ist.«

»Wie sieht der Plan für heute aus?«

»Ich dachte, wir postieren dich wieder in der Stark Street. Jetzt, wo du nicht mehr versuchen mußt, mich in den Wahnsinn zu treiben, kannst du dich darauf konzentrieren, Ramirez um sein Quentchen Verstand zu bringen. Du mußt ihn dazu bringen, etwas Unüberlegtes zu tun.«

»Ich soll in die Stark Street? Super. Mein liebstes Fleckchen Erde. Und was mache ich da?«

»Spazierengehen und sexy aussehen, lästige Fragen stellen, kurz und gut alles, was anderen auf die Nerven geht. Alles, was dir so leichtfällt.«

»Kennst du Jimmy Alpha?«

»Jeder kennt Jimmy Alpha.«

»Was hältst du von ihm?«

»Ich weiß nicht genau. Wenn ich bisher mit ihm zu tun hatte, war er immer in Ordnung. Und früher habe ich auch geglaubt, er wäre ein guter Manager. Er hat das Richtige für Ramirez getan. Hat ihm die richtigen Kämpfe besorgt, und gute Trainer.« Morelli schenkte sich Kaffee nach. »Leute wie Jimmy Alpha warten ihr ganzes Leben darauf, daß sie einen Fighter von Ramirez' Kaliber finden. Die meisten warten vergeblich. Ramirez' Manager zu sein, ist das gleiche, als hätte man eine Million Dollar in der Lotterie gewonnen, nur noch besser, weil Ramirez sich wesentlich länger bezahlt macht. Der Kerl ist Gold wert. Aber leider ist er ein Irrer, und deshalb sitzt Alpha ganz schön in der Zwickmühle.«

»Den Eindruck hatte ich auch. Wenn man das Große Los in der Hand hält, drückt man bei Ramirez' kleinen Schwächen vielleicht eher mal ein Auge zu.«

»Vor allen Dingen jetzt, wo sie endlich anfangen, das große Geld zu scheffeln. Alpha hat Ramirez jahrelang durchgefüttert, als er nur ein halbstarker Schläger war. Jetzt hat Ramirez den Titel, und er hat einen Fernsehvertrag in der Tasche. Demnächst könnte er für Alpha Millionen abwerfen.«

»Deiner Meinung nach ist Alpha also nicht ganz zu trauen.«

»Ich finde, Alpha ist so verantwortungslos, daß es schon fast kriminell ist.« Er sah auf seine Uhr. »Ramirez läuft morgens immer ein paar Runden um den Block, dann frühstückt er in dem Café gegenüber vom Boxstudio. Nach dem Frühstück trainiert er, normalerweise bis vier Uhr.«

»Ganz schön viel Training.«

»Er überanstrengt sich nicht. Wenn er jemals gegen einen anständigen Boxer antreten müßte, würde er Ärger kriegen. Seine letzten beiden Gegner waren handverlesenes Fallobst. In drei Wochen kämpft er gegen die nächste Niete. Aber danach muß er sich ernsthaft auf seinen Fight gegen Lionel Reesey vorbereiten.«

»Du weißt eine Menge übers Boxen.«

»Boxen ist der ultimative Sport. Mann gegen Mann. Urinstinkte werden wach. So ähnlich wie beim Sex ... man spürt das Tier im Manne.«

Ich gab ein halbersticktes Räuspern von mir.

Er nahm sich eine Orange aus der Obstschale. »Du bist bloß sauer, weil du dich nicht mehr erinnern kannst, wann du das Tier zum letztenmal gesehen hast.«

»Oft genug, vielen Dank.«

»Schätzchen, du siehst das Tier überhaupt nicht. Ich habe mich erkundigt. Kein Privatleben.«

Ich zeigte ihm den ausgestreckten Mittelfinger. »Du kannst mich mal.«

Morelli grinste. »Wie niedlich du bist, wenn du dich so albern aufführst. Wenn dir mal danach ist, daß ich das Tier von der Leine lasse, brauchst du es bloß zu sagen.«

Ich hatte genug. Ich würde ihn doch noch mit Gas einsprühen. Vielleicht würde ich ihn nicht bei der Polizei abliefern, aber es wäre mir ein Genuß zuzusehen, wie er umkippte und sich übergab.

»Ich muß los«, sagte Morelli. »Einer von deinen Nachbarn hat mich reinkommen sehen. Wenn ich zu lange bleibe, ruiniere ich noch deinen guten Ruf, und das wollen wir doch nicht. Sei so gegen Mittag in der Stark Street und spazier dann ein, zwei Stunden dort herum. Trag den Sender am Körper. Ich werde dich beobachten und alles mithören.«

Weil ich den Vormittag irgendwie rumkriegen mußte, ging ich erst mal eine Runde joggen. Es lief nicht viel besser als beim letzten Mal, aber wenigstens mußte ich mir nicht von Eddie Gazarra sagen lassen, daß ich wie eine Leiche auf Abwegen aussah. Ich frühstückte, duschte ausgiebig und schmiedete Pläne, wie ich mein Geld ausgeben wollte, wenn ich Morelli erst im Sack hatte.

Ich zog Riemchensandalen an, einen knackigen schwarzen Minirock und dazu ein rotes Stretch-Top mit einem gewagten Ausschnitt, der tief blicken ließ – jedenfalls für meine Verhältnisse. Ich bearbeitete meine Haare mit Schaum und Spray, bis ich eine richtige Löwenmähne hatte. Ich umrandete meine Augen mitternachtsblau, tuschte die Wimpern, malte die Lippen nuttenrot an und steckte mir die größten, glitzerndsten Ohrringe an, die ich besaß. Dann lackierte ich mir die Nägel passend zum Lippenstift und betrachtete mich im Spiegel.

Ich gab eine hervorragende Schlampe ab.

Es war elf Uhr. Noch ein bißchen früh, aber ich wollte die Bordsteinschwalbentour möglichst schnell hinter mich bringen, weil ich Lula besuchen wollte. Nach dem Krankenhaus wollte ich ein bißchen schießen üben, nach Hause fahren und darauf warten, daß mein Telefon klingelte.

Ich parkte einen Block vom Boxstudio entfernt und spazierte los, die Tasche über der Schulter, die Hand um das Sure Guard gelegt. Weil sich der Sender unter dem engen Oberteil abzeichnete, hatte ich ihn in meinen Minislip geschoben. Geschieht dir ganz recht, Morelli.

Ich entdeckte seinen Lieferwagen fast genau gegenüber vom Boxstudio. Zwischen mir und ihm stand Jackie. Sie sah noch genervter aus als sonst.

»Wie geht es Lula?« fragte ich. »Warst du heute schon bei ihr?«

»Morgens ist keine Besuchszeit. Aber ich hab' sowieso keine Zeit. Ich muß schließlich meine Brötchen verdienen.«

»Im Krankenhaus haben sie gesagt, daß ihr Zustand stabil ist.«

»Ja, sie ist nicht mehr auf der Intensivstation. Sie muß noch eine Weile drinbleiben, weil sie innere Blutungen hatte. Aber ich glaube, sie berappelt sich wieder.«

»Kann sie irgendwohin, wo sie sicher ist, wenn sie rauskommt?«

»Wenn Lula rauskommt, ist sie nirgendwo sicher. Außer, sie ist clever. Sie muß den Bullen sagen, daß irgendein weißer Schweinehund sie aufgeschlitzt hat.«

Ich sah zum Lieferwagen hinüber und konnte telepathisch Morellis enttäuschtes Knurren spüren. »Jemand muß Ramirez das Handwerk legen.«

»Aber nicht Lula«, sagte Jackie. »Was für eine Zeugin würde sie denn schon abgeben? Meinst du etwa, die glauben einer Hure? Sie würden sagen, daß Lula bekommen hat, was sie verdient, und daß sie wahrscheinlich bloß von ihrem Alten zusammengeschlagen worden ist. Der hat sie dir dann hingehängt, um dir eins auszuwischen. Kann sogar sein, daß sie sagen, du wärst auch anschaffen gegangen und der Konkurrenz in die Quere gekommen, und es sollte eine Lektion für dich sein.«

»Hast du Ramirez heute schon gesehen? Ist er im Studio?«

»Weiß nicht. Diese Augen sehen keinen Ramirez. Für mich ist er der große Unsichtbare.«

Von Jackie hatte ich eigentlich nichts anderes erwartet. Wahrscheinlich hatte sie sogar recht damit, daß Lula im Zeugenstand keine gute Figur machen würde. Ramirez würde sich den besten Strafverteidiger nehmen; aber es war ohnehin nicht schwer, Lula in ein schlechtes Licht zu rücken.

Ich ging weiter und fragte herum. Hatte jemand Carmen Sanchez gesehen? Stimmte es, daß sie an dem Abend, als Ziggy Kulesza erschossen wurde, mit Benito Ramirez zusammen gesehen worden war?

Niemand hatte sie gesehen. Niemand wußte irgend etwas über sie und Ramirez.

Nachdem ich noch eine Stunde durch die Gegend gewandert war, hatte ich die Nase voll. Ich ging über die Straße, um Jimmy Alpha an meinem Kummer teilhaben zu lassen. Diesmal stürmte ich nicht einfach in sein Büro. Ich wartete, bis seine Sekretärin mich angemeldet hatte.

Er schien nicht überrascht zu sein. Wahrscheinlich hatte er mich aus dem Fenster beobachtet. Er hatte dunkle Ringe unter den Augen. Zu viele schlaflose Nächte, zu viele Probleme, für die er keine Lösung wußte. Ich baute mich vor seinem Schreibtisch auf, und wir starrten uns eine geschlagene Minute lang an, ohne etwas zu sagen.

»Haben Sie von der Sache mit Lula gehört?« fragte ich schließlich.

Alpha nickte.

»Er hätte sie fast umgebracht, Jimmy. Er hat sie aufgeschlitzt, zusammengeschlagen und dann an meine Feuerleiter gefesselt. Anschließend hat er mich angerufen. Er wollte wissen, ob ich sein Geschenk bekommen habe, und mir sagen, daß ich mich auf eine noch schlimmere Behandlung gefaßt machen könne.«

Alpha nickte erneut. Aber diesmal sollte es »nein« heißen. »Ich habe mit ihm geredet«, sagte er. »Benito gibt zu, mit Lula zusammengewesen zu sein, und er streitet auch nicht ab, daß er sie möglicherweise ein bißchen zu hart angefaßt hat, aber mehr wäre nicht passiert. Er sagt, daß ihm jemand etwas anhängen will.«

»Ich habe am Telefon mit ihm gesprochen. Ich weiß, was ich gehört habe. Und ich habe alles auf Band.«

»Er schwört, daß er es nicht war.«

»Und Sie glauben ihm?«

»Ich weiß, daß er bei Frauen leicht ausrastet. Das ist seine harte Machotour. Er bildet sich immer ein, daß man ihn nicht respektiert. Aber ich kann mir nicht vorstellen, daß er eine Frau an eine Feuerleiter fesselt. Ich kann mir auch nicht vorstellen, daß er Sie angerufen haben soll. Natürlich ist er kein Einstein, aber so dumm ist er nun auch wieder nicht.«

»Es geht nicht darum, ob er dumm ist, Jimmy. Er ist krank. Er hat schreckliche Sachen gemacht.«

Alpha fuhr sich mit der Hand durch die Haare. »Ich weiß nicht. Vielleicht haben Sie recht. Bitte, tun Sie mir und sich einen Gefallen, kommen Sie in der nächsten Zeit nicht in die Stark Street. Die Polizei wird schon herausfinden, was mit Lula passiert ist. Und mit dem Ergebnis werde ich leben müssen, egal, wie es ausfällt. Aber in der Zwischenzeit muß ich Benito auf den Kampf vorbereiten. Er tritt in drei Wochen gegen Tommy Clark an. Clark ist kein gefährlicher Gegner, aber man muß so einen Kampf trotzdem ernst nehmen. Die Fans bezahlen schließlich Eintritt, sie wollen einen anständigen Fight sehen. Wenn Benito Sie entdeckt, regt er sich womöglich wieder auf. Es ist auch so schon schwer genug, ihn zum Trainieren zu bringen.«

In Alphas Büro herrschten vielleicht zehn Grad, aber der Mann hatte dunkle Flecken unter den Armen. An seiner Stelle wäre ich auch ins Schwitzen geraten. Er erlebte gerade, wie sich sein Traum in einen Alptraum verwandelte, und das wollte er einfach nicht wahrhaben.

Ich antwortete, daß ich einen Auftrag zu erledigen hätte und mich nicht von der Stark Street fernhalten könne. Damit verließ ich das Büro und ging die Treppe hinunter. Ich hockte mich auf die unterste Stufe und murmelte in Richtung Bauchnabel: »Verdammt. Das war vielleicht deprimierend.«

Auf der anderen Straßenseite hörte Morelli im Lieferwagen mit. Ich hatte keine Ahnung, was er dachte.

Um halb elf an diesem Abend klopfte Morelli an meine Tür. Er hatte einen Sechserpack Bier, eine Pizza und einen tragbaren Fernseher unter dem Arm. Die Handwerkerkluft hatte er nicht mehr an, er trug Jeans und ein marineblaues T-Shirt.

»Noch ein Tag in dem Wagen, und ich freue mich direkt auf den Knast«, sagte er.

»Ist die Pizza von Pino?«

»Was dachtest du denn?«

»Wie hast du das geschafft?«

»Pino liefert auch an Straftäter«, sagte er. »Wo ist dein Fernsehanschluß?«

»Im Wohnzimer.«

Er stellte Pizza und Bier auf den Boden, schloß das Gerät an und drückte auf die Fernbedienung. »Irgendwelche Anrufe?«

»Nichts.«

Er machte ein Bier auf. »Es ist noch früh. Ramirez läuft erst in der Nacht zu Hochform auf.«

»Ich habe mit Lula gesprochen. Sie wird nicht aussagen.«

»Wen wundert's?«

Ich hockte mich auf den Boden neben den Pizzakarton. »Hast du das Gespräch mit Jimmy Alpha mitgehört?«

»Klar, Wort für Wort. Aber sag mal, was hattest du dir für Klamotten angezogen? Was sollte das darstellen?«

»Das war mein Nuttenkostüm. Ich wollte ein bißchen Dampf machen.«

»Mensch, wegen dir sind die Kerle von der Straße abgekommen. Und wo hattest du den Sender versteckt? Unter dem Oberteil war er jedenfalls nicht. Sonst hätte ich das Heftpflaster gesehen.«

»Ich habe ihn in den Slip gesteckt.«

»Wahnsinn«, sagte Morelli. »Wenn ich ihn zurückbekomme, lasse ich ihn mit Bronze überziehen.«

Ich machte mir auch ein Bier auf und nahm ein Stück Pizza. »Was hältst du von Alpha? Meinst du, man könnte ihn vielleicht dazu bringen, gegen Ramirez auszusagen?«

Morelli schaltete mit der Fernbedienung herum, fand ein Baseballspiel und sah ein paar Sekunden zu. »Kommt darauf an, wieviel er weiß. Er hat den Kopf in den Sand gesteckt, er will nichts Genaues wissen. Dorsey hat ihm nach dir einen Besuch abgestattet, und er hat noch weniger aus ihm rausgekriegt als du.«

»Du hörst Alphas Büro ab?«

»Nein. Das habe ich bei Pino aufgeschnappt.«

Es war nur noch ein Stück Pizza übrig. Wir hatten es beide ins Auge gefaßt.

»Das setzt sich sofort in Hüftspeck um«, sagte Morelli.

Er hatte recht, aber ich nahm es mir trotzdem.

Kurz nach eins setzte ich Morelli vor die Tür und ging ins Bett. Ich schlief durch, und am nächsten Morgen hatte ich keine Nachricht auf dem Anrufbeantworter. Ich wollte gerade die Kaffeemaschine anschmeißen, als unten auf dem Parkplatz die Alarmanlage des Jeeps losging. Ich schnappte die Schlüssel, rannte aus der Wohnung und raste die Treppe hinunter. Die Fahrertür stand offen, als ich den Jeep erreichte. Die Alarmanlage jaulte. Ich schaltete sie aus, machte sie wieder scharf, schloß den Wagen ab und ging zurück nach oben.

Morelli stand in der Küche. Er beherrschte sich nur mühsam und sah so aus, als stünde er kurz vor einem Schlaganfall.

»Ich wollte doch nicht, daß jemand deinen Wagen stiehlt«, sagte ich. »Also habe ich eine Alarmanlage einbauen lassen.«

»Du wolltest nicht irgendwen abschrecken, du wolltest *mich* abschrecken. Du hast eine Alarmanlage in meinen Wagen einbauen lassen, damit ich ihn dir nicht unterm Hintern weg klauen kann.«

»Und es hat funktioniert. Was wolltest du eigentlich in unserem Wagen?«

»Es ist nicht *unser* Wagen. Es ist *mein* Wagen. Ich habe dir lediglich erlaubt, ihn zu fahren. Ich wollte Frühstück holen.«

»Warum hast du nicht den Lieferwagen genommen?«

»Weil ich mal wieder mit dem Jeep fahren wollte. Ich schwöre dir, wenn dieser Fall aufgeklärt ist, wandere ich nach Alaska aus. Es ist mir egal, was das kostet. Ich will nur so weit wie möglich weg von dir, denn wenn ich hierbleibe, erwürge ich dich, und dann bin ich wirklich wegen Mord dran.«

»Mein Gott, Morelli, du hörst dich an, als ob du unter PMS leidest. Du mußt alles ein bißchen lockerer sehen. Es ist doch bloß eine Alarmanlage. Du solltest mir dankbar sein. Ich habe sie von meinem eigenen Geld gekauft.«

»Scheiße auch, wie konnte ich nur Böses von dir denken?«

»Du hast in letzter Zeit viel durchgemacht.«

Es klopfte an der Tür, und wir zuckten zusammen.

Morelli war als erster am Spion. Er wich ein paar Schritte zurück und zog mich mit. »Es ist Morty Beyers«, flüsterte er.

Es klopfte noch einmal.

»Der kriegt dich nicht«, sagte ich. »Du gehörst mir, und ich habe keine Lust, dich zu teilen.«

Morelli schnitt eine Grimasse. »Ich bin unter dem Bett, falls du mich brauchst.«

Ich ging zur Tür und warf selbst einen Blick durch den

Spion. Zwar kannte ich Morty Beyers nicht, aber dieser Mann sah tatsächlich so aus, als ob er gerade eine Blinddarmoperation hinter sich hätte. Er war Ende Dreißig, übergewichtig und aschgrau im Gesicht. Er stand vornübergebeugt und hielt sich den Bauch. Die dünnen, rotblonden Haare, die er sich über den halbkahlen Schädel gekämmt hatte, waren klitschnaß von Schweiß.

Ich machte ihm auf.

»Morty Beyers«, sagte er und gab mir die Hand. »Sie müssen Stephanie Plum sein.«

»Müßten Sie nicht noch im Krankenhaus liegen?«

»Bei einem kaputten Blinddarm setzen sie einen nach ein paar Stunden wieder raus. Ich arbeite wieder. Man hat mir gesagt, ich wäre so gut wie neu.«

Den Eindruck machte er ganz und gar nicht. Er sah eher so aus, als wäre er auf der Treppe einem Vampir begegnet. »Tut Ihnen der Bauch noch weh?«

»Nur, wenn ich mich aufrichte.«

»Was kann ich für Sie tun?«

»Vinny hat gesagt, Sie hätten meine Fälle übernommen. Aber wo ich jetzt wieder auf dem Damm bin, dachte ich mir...«

»Sie wollen Ihre Akten zurück.«

»Genau. Tut mir leid, daß es bei Ihnen nicht so ganz geklappt hat.«

»Na ja, ein totaler Reinfall war es auch nicht. Zwei habe ich immerhin erwischt.«

Er nickte. »Mit Morelli sind Sie nicht weitergekommen?«

»Keinen Schritt.«

»Ich weiß, daß das komisch klingt, aber ich könnte schwören, daß sein Wagen unten vor dem Haus steht.«

»Ich habe ihn geklaut. Ich dachte, ich könnte ihn fangen, wenn er sich den Wagen zurückholen will.«

»Sie haben ihn geklaut? Im Ernst? Mann, das ist spitze.« Er lehnte sich an die Wand und hielt sich den Bauch.

»Möchten Sie sich einen Augenblick hinsetzen? Soll ich Ihnen ein Glas Wasser bringen?«

»Nein, es geht schon. Die Arbeit ruft. Ich wollte bloß die Fotos und das übrige Zeug abholen.«

Ich brachte ihm schnell die Akten aus der Küche. »Bitte schön.«

»Super.« Er klemmte sich das Material unter den Arm. »Wollen Sie den Wagen noch behalten?«

»Ich weiß nicht genau.«

»Wenn Sie Morelli auf der Straße entdecken, würden Sie ihn dann kassieren?«

»Aber klar.«

Er lächelte. »Würde ich an Ihrer Stelle genauso machen. Ich würde auch nicht aufgeben, nur weil die Frist abgelaufen ist. Unter uns gesagt, Vinny zahlt die Prämie jedem, der ihm Morelli bringt. Also dann, ich muß los. Danke.«

»Passen Sie auf sich auf.«

»Mach' ich. Ich nehme den Lift.«

Ich schloß die Tür, schob den Riegel vor und hängte die Sicherheitskette ein. Als ich mich umdrehte, stand Morelli in der Schlafzimmertür. »Meinst du, er hat gewußt, daß du hier bist?«

»Dann hätte ich längst seinen Revolver an der Schläfe. Du darfst Beyers nicht unterschätzen. Er ist nicht so dumm, wie er aussieht. Und er ist nicht halb so nett, wie er dich glauben machen will. Er war früher Bulle. Er wurde gefeuert, weil er von Prostituierten beiderlei Geschlechts kleine Gefälligkeiten verlangt hat. Bei uns hieß er nur Morty der Maulwurf.«

»Ich möchte wetten, daß Vinny und er die besten Kumpel sind.«

Ich ging ans Fenster und sah auf den Parkplatz hinunter.

Beyers untersuchte Morellis Wagen. Er schaute hinein und probierte die Türen. Er schrieb sich etwas auf einen Aktenordner. Dann richtete er sich ein bißchen auf und schaute sich auf dem Parkplatz um. Sein Blick blieb an Morellis Lieferwagen hängen. Er ging langsam hinüber und drückte sich die Nase an der Scheibe platt. Als nächstes kletterte er umständlich auf die Stoßstange und versuchte, durch die Windschutzscheibe hineinzusehen. Er trat einen Schritt zurück und starrte die Antennen an. Er ging um den Wagen herum und schrieb sich das Kennzeichen auf. Dann drehte er sich um und sah an meinem Haus hoch. Ich war mit einem Satz vom Fenster weg.

Fünf Minuten später klopfte es wieder an meiner Tür.

»Mir ist auf dem Parkplatz ein Lieferwagen aufgefallen«, sagte Beyers. »Haben Sie ihn auch bemerkt?«

»Der blaue mit den Antennen?«

»Genau. Wissen Sie, wem er gehört?«

»Nein, aber er steht schon eine ganze Weile da.«

Ich machte die Tür zu, schloß ab und beobachtete Beyers durch den Spion. Er überlegte einen Augenblick, dann klopfte er bei Mr. Wolesky. Er zeigte ihm Morellis Foto und stellte ihm ein paar Fragen. Zum Schluß bedankte er sich, gab Mr. Wolesky seine Karte und verschwand.

Ich ging wieder ans Fenster, aber Beyers tauchte nicht mehr auf dem Parkplatz auf. »Er geht von Tür zu Tür«, sagte ich.

Ich blieb auf meinem Posten, bis Beyers schließlich zu seinem Wagen hinkte, einem relativ neuen, dunkelblauen Ford Escort mit Autotelefon, und davonfuhr.

Morelli war in der Küche und steckte den Kopf in den Kühlschrank. »Beyers wird uns noch Scherereien machen. Wenn er das Kennzeichen des Lieferwagens überprüfen läßt, kann er sich alles zusammenreimen.«

»Was bedeutet das?«

»Ich muß Trenton verlassen, bis ich mir einen neuen fahrbaren Untersatz besorgt habe.« Er holte Milch und ein Rosinenbrot aus dem Kühlschrank. »Schreib's mir auf die Rechnung.« An der Tür blieb er stehen. »Ich fürchte, du bist jetzt eine Zeitlang auf dich allein gestellt. Am besten schließt du dich ein und läßt keinen in die Wohnung, dann wird dir schon nichts passieren. Die Alternative wäre, daß du mitkommst, aber wenn wir zusammen gefaßt werden, giltst du als Mittäter.«

»Ich bleibe hier. Ich schaff' das schon.«

»Versprich mir, daß du nicht vor die Tür gehst.«

»Versprochen, versprochen!«

Manche Versprechen sind nur dazu da, gebrochen zu werden. Dieses gehörte dazu. Ich hatte nicht die Absicht, Däumchen zu drehen und auf Ramirez zu warten. Es wäre mir am liebsten gewesen, wenn er sich gestern schon gemeldet hätte. Ich wollte, daß diese häßliche Geschichte ein für allemal ein Ende hatte. Ich wollte Ramirez hinter Gittern sehen. Ich wollte meine Prämie. Ich wollte endlich wieder normal leben können.

Nachdem ich noch einmal aus dem Fenster gesehen hatte, um mich zu überzeugen, daß Morelli fort war, nahm ich meine Tasche und ging. Ich fuhr in die Stark Street und parkte gegenüber vom Boxstudio. Weil ich mich doch nicht recht traute, ohne Morellis Unterstützung die Straße entlangzuspazieren, blieb ich im Auto, ließ die Fenster zu und die Türen verriegelt. Ich war überzeugt, daß Ramirez meinen Wagen mittlerweile kannte. Sicher war der rote Jeep effektiver als ein Knoten im Taschentuch.

Alle halbe Stunde schaltete ich die Klimaanlage ein, um mich abzukühlen und für etwas Abwechslung zu sorgen. Ab und zu sah ich in Jimmy Alphas Büro ein Gesicht am Fenster. Hinter den Scheiben des Boxstudios tat sich nicht halb soviel.

Um halb eins trottete Alpha über die Straße und klopfte an die Scheibe der Fahrertür.

Ich ließ sie herunter. »Tut mir leid, daß ich hier stehe,

Jimmy, aber ich muß weiter nach Morelli Ausschau halten. Dafür haben Sie doch sicher Verständnis.«

Er runzelte die Stirn. »Das ist mir zu hoch. Wenn ich hinter Morelli her wäre, würde ich seine Freunde und Verwandten beobachten. Was haben Sie nur ständig mit der Stark Street und Carmen Sanchez?«

»Ich habe eine Theorie über das, was passiert ist. Ich glaube, Benito hat Carmen genauso mißhandelt wie Lula. Hinterher hat er Ziggy und einen anderen Typen in Carmens Wohnung geschickt, die dafür sorgen sollten, daß sie keine Zicken macht. Dann ist Morelli dazugekommen und hat Ziggy wahrscheinlich in Notwehr erschossen, genauso, wie er gesagt hat. Irgendwie sind dann Carmen, der andere Typ und Ziggys Knarre verschwunden. Morelli versucht nun, sie zu finden. Ich fände es nur logisch, wenn er in der Stark Street anfinge zu suchen.«

»Das ist doch verrückt. Wie kommen Sie bloß auf diese Idee?«

»Ich habe Morellis Festnahmeprotokoll gelesen.«

Alpha verzog das Gesicht. »Was hätte Morelli denn sonst sagen sollen? Daß er Ziggy aus Jux und Dollerei abgeknallt hat? Benito bietet sich doch als Sündenbock geradezu an. Jeder weiß, daß er mit Frauen etwas grob umspringt und daß Ziggy für ihn gearbeitet hat. Morelli baut seine Ausrede nur darauf auf.«

»Und was ist mit dem fehlenden Zeugen? Er muß auch für Benito gearbeitet haben.«

»Von einem fehlenden Zeugen weiß ich nichts.«

»Er soll ein Gesicht haben, als hätte ihm einer einen Schlag mit der Bratpfanne verpaßt. So was fällt einem doch auf.«

Alpha lächelte. »Aber nicht in einem drittklassigen Boxstudio. Von denen, die da trainieren, haben die meisten eine platte Nase.« Er sah auf seine Uhr. »Ich komme zu spät zum

Essen. Sie sehen aus, als ob Ihnen heiß ist. Soll ich Ihnen etwas mitbringen? Etwas Kaltes zu trinken? Oder vielleicht ein Sandwich?«

»Es geht noch. Außerdem mache ich auch bald Mittagspause. Ich muß mal für kleine Mädchen.«

»Im ersten Stock ist ein Klo. Den Schlüssel kriegen Sie von Lorna. Sagen Sie ihr, ich hätte Sie geschickt.«

Ich fand es anständig von Alpha, daß er mir erlaubte, seine Toilette zu benutzen, aber ich wollte nicht das Risiko eingehen, von Ramirez erwischt zu werden, während ich auf dem Töpfchen saß.

Nachdem ich noch ein letztes Mal die Straße rauf- und runtergesehen hatte, fuhr ich los, um ein Fast-Food-Restaurant zu suchen. Eine halbe Stunde später stand ich wieder haargenau an derselben Stelle wie vorher, wesentlich zufriedener, aber auch doppelt so angeödet. Ich hatte mir unterwegs ein Buch besorgt, aber gleichzeitig lesen und schwitzen fiel mir schwer, und das Schwitzen hatte Vorrang.

Um drei Uhr war ich klitschnaßgeschwitzt, und meine Haare standen in wüsten Locken vom Kopf ab. Ich hatte Krämpfe in den Beinen und ein nervöses Zucken im linken Auge.

Ramirez hatte sich immer noch nicht blicken lassen. Fußgänger gab es, wenn überhaupt, nur im Schatten, und auch die verkrochen sich schnell in verräucherte, aber klimatisierte Kneipen. Ich war der einzige Vollidiot, der bei der Bruthitze in einem Auto hockte. Sogar die Nutten waren verschwunden, um sich eine kleine Crackpause zu gönnen.

Ich nahm mein Verteidigungsspray und stieg aus. Als sich die Rückenwirbel entstauchten und wieder einrenkten, stöhnte ich. Ich streckte mich und lief auf der Stelle. Ich ging ein paarmal um das Auto, bückte mich und berührte meine Fußspitzen mit den Fingern. Eine Brise wehte durch die Stark Street, und ich fühlte mich wie beschenkt. Sicher, die Abgaswerte waren tödlich, und die Temperatur lag über der eines Hochofens, aber trotzdem war es eine Brise.

Ich lehnte mich an den Wagen und zupfte mir das T-Shirt vom schwitzenden Körper.

Jackie kam aus dem Grand Hotel und blieb auf dem Weg zu ihrer Straßenecke bei mir stehen. »Du siehst so aus, als ob du gleich einen Hitzschlag kriegst«, sagte sie und gab mir eine kalte Cola.

Ich trank ein paar Schluck und hielt mir die eisige Dose an die Stirn. »Danke. Das tut gut.«

»Glaub bloß nicht, daß ich wegen so einem mageren weißen Hühnchen wie dir auf meine alten Tage noch ein weiches Herz kriege«, sagte sie. »Ich mach' das bloß, weil du sonst womöglich abnippelst, wenn du weiter im Wagen sitzt, und das bringt die Stark Street in Verruf. Es wird heißen, es wäre ein rassistischer Mord gewesen, und so was verdirbt das Geschäft mit den weißen Perversen.«

»Ich werde versuchen, nicht zu sterben. Ich will dir doch auf keinen Fall das Perversengeschäft kaputtmachen.«

»So ist es recht«, sagte sie. »Die kleinen weißen Perversen zahlen gutes Geld für meinen dicken, fetten Arsch.«

»Wie geht es Lula?«

Jackie zuckte mit den Schultern. »Wie soll's ihr schon gehen? Sie hat sich über die Blumen gefreut, die du ihr geschickt hast.«

»Nicht viel los heute, was?«

Jackie sah zum Boxstudio hoch. »Gott sei Dank«, sagte sie leise.

Ich folgte ihrem Blick. »Laß dich lieber nicht mit mir sehen.«

»Hast recht«, sagte sie. »Ich muß sowieso wieder an die Arbeit.«

Ich blieb noch ein paar Minuten neben dem Wagen stehen.

Die Cola tat gut, und es war angenehm, mal wieder in der Senkrechten zu sein. Als ich mich umdrehte, um wieder einzusteigen, blieb mir vor Schreck fast die Luft weg. Ramirez stand direkt hinter mir.

»Hab' schon den ganzen Tag darauf gewartet, daß du endlich aussteigst«, sagte er. »Jetzt staunst du wohl, wie leise ich mich anpirschen kann. Hast mich nicht kommen hören, was? So wird es immer sein. Du hörst mich erst, wenn ich schon da bin. Und dann ist es zu spät.«

Ich atmete langsam und gleichmäßig, um mich zu beruhigen. Dann wartete ich noch einen Augenblick, bis ich meine Stimme wiedergefunden hatte. Als ich mich einigermaßen gefangen hatte, fragte ich ihn nach Carmen. »Ich will wissen, wie das mit Carmen war«, sagte ich. »Hat Carmen dich kommen sehen?«

»Carmen und ich hatten eine Verabredung. Carmen hat bekommen, was sie verdient hat.«

»Wo ist sie jetzt?«

Er zuckte mit den Schultern. »Keine Ahnung. Nachdem Ziggy tot war, ist sie abgehauen.«

»Und der Typ, der an dem Abend mit Ziggy zusammen war? Wer war das? Wo ist er abgeblieben?«

»Davon weiß ich nichts.«

»Ich dachte, die beiden hätten für dich gearbeitet.«

»Komm mit nach oben, dann unterhalten wir uns in aller Ruhe darüber. Oder wir fahren ein Stück spazieren. Ich habe einen Porsche. Wir könnten in meinem Porsche einen Ausflug machen.«

»Ich glaube kaum.«

»Da haben wir's schon wieder. Schon wieder gibst du dem Champ einen Korb. Andauernd gibst du dem Champ einen Korb. Das mag der Champ gar nicht.«

»Erzähl mir was von Ziggy und seinem Freund, dem Kerl mit der platten Nase.«

»Ich erzähl' dir lieber was vom Champ. Daß er dir Respekt beibringen wird. Daß er dich bestrafen wird, bis du gelernt hast, keine Widerworte mehr zu geben.« Er kam näher, und im Vergleich zu der Hitze, die sein Körper ausstrahlte, wirkte die Luft geradezu kühl. »Vielleicht willst du erst ein bißchen Blut sehen, bevor ich dich durchficke. Stehst du auf so was? Willst du geschlitzt werden, du Schlampe?«

Das war's. Mir reichte es. »Du wirst mir überhaupt nichts tun«, sagte ich. »Du machst mir keine Angst, und du machst mich auch nicht an.«

»Du lügst.« Er packte meinen Oberarm und drückte so fest zu, daß ich schrie.

Als ich ihm mit voller Wucht gegen das Schienbein trat, schlug er mich. Es ging so schnell, daß ich seine Hand nicht einmal kommen sah. Mir dröhnten die Ohren, und mein Kopf flog nach hinten. Ich schmeckte Blut und blinzelte ein paarmal, um wieder klar sehen zu können. Als ich kaum noch Sternchen vor den Augen hatte, sprühte ich ihm eine Ladung Sure Guard mitten ins Gesicht.

Ramirez heulte vor Schmerz und Wut. Er schlug die Hände vor die Augen und taumelte auf die Straße. Das Heulen ging in Würgen und Röcheln über, dann sackte er zu Boden. Er kroch auf allen vieren herum wie ein monströses Tier, wie ein großer, wütender, verwundeter Büffel.

Jimmy Alpha kam über die Straße gerannt, gefolgt von seiner Sekretärin und einem Mann, den ich nicht kannte.

Der Fremde kniete neben Ramirez nieder und versuchte, ihn zu beruhigen. Er sagte, in ein paar Minuten wäre alles vorbei, und riet ihm, tief durchzuatmen.

Alpha und die Sekretärin liefen zu mir.

»Um Gottes willen«, sagte Jimmy Alpha und drückte mir ein sauberes Taschentuch in die Hand. »Sind Sie verletzt? Hat er Ihnen etwas gebrochen?«

Ich hielt mir das Tuch auf den Mund und fuhr mit der Zunge über die Zähne, um zu fühlen, ob welche fehlten oder sich gelockert hatten. »Ich glaube, ich bin heil geblieben.«

»Es tut mir sehr leid«, sagte Jimmy. »Ich weiß auch nicht, was mit ihm los ist, warum er so brutal zu Frauen ist. Ich entschuldige mich für ihn. Ich weiß wirklich nicht mehr, was ich machen soll.«

Ich war nicht in der Stimmung, mir Entschuldigungen anzuhören. »Sie können alles mögliche tun«, sagte ich. »Besorgen Sie ihm einen Psychiater. Sperren Sie ihn ein. Bringen Sie ihn zum Tierarzt und lassen Sie ihn kastrieren.«

»Ich bezahle Ihnen den Arzt«, sagte Jimmy Alpha. »Wollen Sie zum Arzt?«

»Ich will zur Polizei. Ich zeige ihn an. Sie können sagen, was Sie wollen, Sie werden es mir nicht ausreden.«

»Überlegen Sie es sich bis morgen«, bat Jimmy. »Warten Sie wenigstens, bis Sie sich beruhigt haben. Noch eine Anzeige wegen Körperverletzung wäre das letzte, was er jetzt gebrauchen kann.«

12

Ich riß die Fahrertür auf und schwang mich hinters Lenkrad. Als ich losfuhr, paßte ich auf, daß ich niemanden überrollte. Ich fuhr relativ langsam, und ich sah nicht mehr zurück. An einer Ampel überprüfte ich im Rückspiegel, was ich abbekommen hatte. Meine Oberlippe war eingerissen und blutete immer noch. Auf der linken Backe bildete sich ein lila Bluterguß. Backe und Lippe waren schon leicht geschwollen.

Ich umklammerte das Lenkrad und nahm meine ganze Kraft zusammen, um ruhig zu bleiben. Erst als ich in der Hamilton Avenue war, gewissermaßen in Sichtweite von zu Hause, fühlte ich mich wieder einigermaßen sicher, und ich hielt an, um nachzudenken. Ich fuhr auf den Parkplatz eines Supermarktes und blieb eine Weile im Wagen sitzen. Ich mußte zur Polizei, um Anzeige zu erstatten, aber ich hatte Angst, den heimischen Boden wieder zu verlassen. Außerdem wußte ich nicht, wie die Polizei diesen letzten Zusammenstoß mit Ramirez bewerten würde. Sicher, er hatte mich angegriffen, aber ich hatte ihn provoziert, indem ich vor dem Boxstudio parkte. Nicht sehr clever.

Seit Ramirez neben mir aufgetaucht war, war ich wie im Rausch gewesen, doch nun verflog die Wirkung des Adrenalins allmählich, und Erschöpfung und Schmerzen machten sich bemerkbar. Der Arm und der Unterkiefer taten weh, und ich hatte das Gefühl, als wäre mein Puls auf zwölf Schläge in der Minute gesunken.

Ich sah ein, daß ich es heute nicht mehr bis zur Polizei

schaffen würde, und kramte in meiner Umhängetasche nach Dorseys Karte. Der Kriminalbeamte war wenigstens schon daran gewöhnt, daß ich ihm etwas vorjammerte. Ich wählte seine Nummer und bat um Rückruf, ohne mich genauer darüber auszulassen, worum es ging. Ich sah mich außerstande, die Geschichte zweimal zu erzählen.

Ich schleppte mich in den Supermarkt und kaufte ein Fruchteis. »Ich hatte einen Unfall«, sagte ich zu der Kassiererin. »Meine Lippe ist geschwollen.«

»Vielleicht sollten Sie zum Arzt gehen.«

Ich wickelte das Eis aus und hielt es mir an die Lippe. »Aahh«, seufzte ich. »Das ist besser.«

Ich stieg wieder in den Wagen, gab Gas, setzte rückwärts aus der Parklücke und krachte in einen Pickup-Truck. Mein ganzes Leben zog an mir vorbei. Ich war erledigt. Bitte, lieber Gott, flehte ich, bitte, keine Delle.

Der andere Fahrer und ich stiegen aus und sahen uns den Schaden an. Der Pickup hatte nicht den kleinsten Kratzer abbekommen. Keine Beule, kein Lackschaden, kein nichts. Der Cherokee sah aus, als ob ihn jemand mit dem Büchsenöffner bearbeitet hätte.

Der Fahrer des Pickup starrte auf meine Lippe. »Ehekrach?«

»Ein Unfall.«

»Ist wohl nicht Ihr Tag heute.«

»Kein Tag ist mein Tag«, sagte ich.

Da ich den Unfall verursacht hatte und sein Wagen nicht beschädigt war, verzichteten wir auf das Ritual, die Namen unserer Versicherungen auszutauschen. Ich warf noch einen letzten Blick auf die Bescherung, schüttelte mich und fuhr nach Hause. Vielleicht war es besser, Selbstmord zu begehen, als Morelli vor die Augen zu treten.

Das Telefon klingelte, als ich die Wohnungstür aufschloß. Es war Dorsey.

»Ich möchte Ramirez wegen Körperverletzung anzeigen«, sagte ich. »Er hat mir ins Gesicht geschlagen.«

»Wo ist das passiert?«

»Stark Street.« Ich erzählte ihm ganz genau, was vorgefallen war, aber ich wollte nicht, daß er vorbeikam, um meine Aussage aufzunehmen. Mir war das Risiko zu groß, daß er womöglich Morelli über den Weg lief. Ich versprach ihm, mich morgen auf dem Revier zu melden, damit der Papierkram erledigt werden konnte.

Nachdem ich geduscht hatte, genehmigte ich mir ein Töpfchen Eiskrem zum Abendessen. Alle zehn Minuten sah ich aus dem Fenster, um nach Morelli Ausschau zu halten. Ich hatte seinen Wagen in der hintersten, dunkelsten Ecke des Parkplatzes abgestellt. Wenn ich die Nacht heil überstand, würde ich ihn am nächsten Morgen als erstes zu Al in die Werkstatt fahren. Vielleicht konnte er ihn sofort reparieren. Aber wie ich das bezahlen sollte, war mir schleierhaft.

Bis elf Uhr sah ich fern, dann ging ich zu Bett. Rex' Käfig nahm ich mit, um Gesellschaft zu haben. Ramirez hatte nicht angerufen, und Morelli war auch nicht aufgetaucht. Ich wußte nicht, ob ich erleichtert oder enttäuscht sein sollte. Ich hatte keine Ahnung, ob Morelli mich noch überwachte und beschützte, wie wir es ausgemacht hatten, also schlief ich mit dem Verteidigungsspray, dem tragbaren Telefon und der Knarre auf dem Nachttisch.

Um halb sieben klingelte das Telefon. Es war Morelli.

»Zeit zum Aufstehen«, sagte er.

Ich sah auf den Wecker. »Es ist doch noch mitten in der Nacht.«

»Du wärst auch schon seit Stunden wach, wenn du in einem Nissan Sentra hättest schlafen müssen.«

»Was machst du denn in einem Sentra?«

»Ich lasse den Lieferwagen umspritzen und die Antennen

abmontieren. Ich habe mir neue Nummernschilder besorgt. Bis alles fertig ist, hat mir die Werkstatt einen Ersatzwagen geliehen. Ich habe gewartet, bis es dunkel war, und dann in der Maple Street geparkt, gleich hinter deinem Parkplatz.«

»Um meinen Leib zu bewachen?«

»Hauptsächlich um mitzuhören, wie du dich ausziehst. Was war das für ein komisches Quietschen die ganze Nacht?«

»Rex in seinem Laufrad.«

»Ich dachte, der Hamster wohnt in der Küche.«

Weil Morelli nicht wissen sollte, daß ich Angst gehabt hatte und einsam gewesen war, flunkerte ich ihm etwas vor. »Ich habe die Spüle geputzt, und er mag den Geruch von dem Reiniger nicht, deshalb habe ich ihn mit ins Schlafzimmer genommen.«

Die Stille dauerte einige Herzschläge lang.

»Ich übersetze«, sagte Morelli. »Du hattest Angst und warst einsam, und du hast Rex mitgenommen, um Gesellschaft zu haben.«

»Die Zeiten sind schwer.«

»Wem sagst du das.«

»Du willst bestimmt aus Trenton verschwinden, bevor Beyers wieder aufkreuzt.«

»Stimmt genau. Der Sentra ist zu auffällig. Den Lieferwagen kriege ich heute abend um sechs, dann komme ich wieder.«

»Bis dann also.«

»Roger und Ende.«

Ich drehte mich noch einmal aufs andere Ohr. Zwei Stunden später wurde ich von der Alarmanlage aus dem Schlaf gerissen, die unten auf dem Parkplatz jaulte. Ich sprang aus dem Bett, rannte zum Fenster, riß den Vorhang auf und sah, wie Morty Beyers die Alarmanlage mit seinem Revolvergriff kurz und klein schlug.

»Beyers!« brüllte ich durch das offene Fenster. »Was zum Teufel soll das?«

»Meine Frau hat mich verlassen, und den Escort hat sie mitgenommen.«

»Na, und?«

»Deshalb brauche ich einen Wagen. Ich wollte mir einen mieten, aber dann ist mir Morellis Jeep eingefallen. Damit kann ich ein bißchen Kohle sparen, bis ich Mona gefunden habe.«

»Mensch, Beyers, Sie können doch nicht einfach auf einen Parkplatz marschieren und sich irgendeinen Wagen schnappen! Das ist Diebstahl. Sie sind ein mieser Autodieb.«

»Na, und?«

»Wo haben Sie die Schlüssel her?«

»Wo Sie Ihre auch herhaben. Aus Morellis Wohnung. Die Ersatzschlüssel lagen auf der Kommode.«

»Damit kommen Sie nie durch.«

»Was wollen Sie denn dagegen machen? Die Polizei rufen?«

»Gott wird Sie dafür bestrafen.«

»Ich scheiß auf Gott«, sagte Beyers und rutschte hinter das Lenkrad. Er nahm sich sogar noch die Zeit, den Sitz passend einzustellen und am Radio herumzudrehen.

Was für ein arrogantes Arschloch. Nicht nur, daß er mir den Wagen klaute, er sonnte sich auch noch in seiner Unverschämtheit. Ich schnappte mir das Verteidigungsspray und rannte aus der Wohnung. Ich war barfuß und hatte nur ein Mickey-Maus-Nachthemd und einen Tanga an, aber das war mir egal.

Ich war schon aus der Tür, hatte schon einen Fuß auf dem Asphalt, als Beyers den Schlüssel im Zündschloß drehte und aufs Gaspedal trat. Den Bruchteil einer Sekunde später explodierte der Wagen mit einem ohrenbetäubenden Knall. Die Türen wirbelten wie Frisbeescheiben durch die Luft. Flammen schlugen unter dem Cherokee hervor, setzten ihn sofort in Brand und verwandelten ihn in einen Feuerball.

Ich konnte mich nicht bewegen vor Schreck. Mit offenem Mund stand ich da, während Teile des Daches und der Kotflügel ihre Flugbahn verließen und scheppernd wieder auf der Erde landeten.

In der Ferne kreischten Sirenen. Meine Mitbewohner drängten aus dem Haus, stellten sich neben mich und starrten auf den brennenden Jeep. Schwarze Rauchwolken stiegen in den Morgenhimmel auf, und eine Gluthitze wehte mir über das Gesicht.

Es gab keine Möglichkeit, Morty Beyers zu retten. Auch wenn ich sofort reagiert hätte, wäre es mir nicht gelungen, ihn aus dem Wagen zu ziehen. Vermutlich war er schon durch die Explosion getötet worden. Die Wahrscheinlichkeit, daß es sich um einen Unfall handelte, war in meinen Augen gering. Es sprach wesentlich mehr dafür, daß dieser Anschlag mir gegolten hatte.

Ein Gutes hatte die Sache allerdings auch. Ich mußte mir keine Sorgen mehr machen, daß Morelli den Blechschaden von gestern entdeckte.

Ich kämpfte mich durch die kleine Traube von Neugierigen, die sich um mich gebildet hatte. Zwei Stufen auf einmal nehmend, lief ich nach oben und schloß mich ein. Als ich hinter Beyers hergerannt war, hatte ich die Tür offenstehen lassen, deshalb durchsuchte ich jetzt mit gezogener Waffe Raum für Raum. Wenn ich auf den Kerl stieß, der Morty Beyers in die Luft gesprengt hatte, wollte ich mich erst gar nicht lange mit seinen Neurotransmittern abgeben. Ich wollte ihm lieber eine Kugel in den Bauch schießen. Ein Bauch war ein schönes großes Ziel.

Als ich mich überzeugt hatte, daß meine Wohnung sicher war, zog ich Shorts und T-Shirt an. Dann ging ich noch einmal kurz ins Badezimmer und betrachtete mich im Spiegel. Ich hatte einen blauen Fleck auf der Backe und einen kleinen Riß in der Oberlippe. Die Schwellungen waren fast völlig abgeklungen. Infolge des morgendlichen Feuers sah meine Haut so aus, als ob ich einen Sonnenbrand hätte und zusätzlich mit einem Sandstrahlgebläse bearbeitet worden wäre. Die Augenbrauen und die Haare um das Gesicht herum waren bis auf kurze Stoppeln versengt. Sehr sexy. Aber ich wollte mich nicht beklagen. Schließlich hätte ich auch tot und in sämtliche Einzelteile zerlegt in den Azaleen liegen können. Ich schnürte meine Reeboks und ging wieder nach unten.

Der Parkplatz und die angrenzenden Straßen waren voll von Feuerwehr-, Polizei- und Krankenwagen. Man hatte Absperrungen errichtet, um die Schaulustigen von den schwelenden Überresten des Jeeps fernzuhalten. Öliges, rußiges Wasser machte den Asphalt glitschig, und es roch nach verkohltem Schmorbraten. Diesen Gedankengang verfolgte ich lieber nicht weiter. Dorsey stand an der Sperre und unterhielt sich mit einem Streifenbeamten. Als er mich entdeckte, kam er herüber.

»Diese Sache gefällt mir gar nicht«, sagte er.

»Kennen Sie Morty Beyers?«

»Ja.«

»Er saß in dem Jeep.«

»Tatsächlich? Sind Sie sicher?«

»Ich habe mit ihm geredet, als der Wagen in die Luft flog.«

»Das erklärt dann wohl Ihre fehlenden Augenbrauen. Worüber haben Sie mit ihm geredet?«

»Vinnie hatte mir eine Woche Zeit gegeben, um Morelli zu fangen. Die Woche war um, und Beyers wollte sich wieder auf seine Fährte setzen. Wir haben über Morelli geredet.«

»Allzunah können Sie aber nicht neben ihm gestanden haben, sonst wären Sie jetzt Hackfleisch.«

»Ich war ungefähr hier, und wir haben uns eher angeschrien. Wir hatten eine kleine Meinungsverschiedenheit.«

Ein Streifenbeamter brachte ein verbogenes Nummernschild. »Wir haben das hier neben dem Müllcontainer gefunden«, sagte er. »Soll ich den Besitzer feststellen?«

Ich nahm ihm das Nummernschild ab. »Das können Sie sich sparen. Der Wagen gehörte Morelli.«

»Na, so was«, sagte Dorsey. »Jetzt bin ich aber gespannt.«

Ich beschloß, die Wahrheit ein wenig zu beschönigen. Womöglich war die Polizei nicht in die letzten Feinheiten der Kopfgeldjägerei eingeweiht und hätte kein Verständnis für Beschlagnahmungen gehabt. »Es war so«, sagte ich. »Ich war bei Morellis Mutter, und sie hat sich Sorgen gemacht, weil Joes Wagen nicht gefahren wurde. Sie wissen ja selbst, daß so etwas schlecht für den Motor ist. Nun ja, eines kam zum anderen, und es endete damit, daß ich mich bereit erklärt habe, den Jeep für sie zu fahren.«

»Sie haben also Morellis Wagen benutzt, um seiner Mutter einen Gefallen zu tun?«

»Ja. Er hatte sie gebeten, sich darum zu kümmern, aber sie hatte keine Zeit dazu.«

»Sehr edel von Ihnen.«

»Man tut, was man kann.«

»Und weiter?«

Ich erzählte ihm den Rest. Ich erklärte ihm, daß Beyers von seiner Frau verlassen worden war, daß er versucht hatte, den Wagen zu klauen, daß er den Fehler gemacht hatte, »Ich scheiß auf Gott« zu sagen, und daß daraufhin der Wagen explodiert war.

»Meinen Sie etwa, Gott hat Beyers in die Luft gesprengt, weil er sich über ihn geärgert hat?«

»Das wäre eine Theorie.«

»Wenn Sie aufs Revier kommen, um Ihre Aussage im Fall Ramirez zu vervollständigen, müssen wir uns noch ein bißchen ausführlicher über diese Geschichte hier unterhalten.«

Einige Minuten später ging ich zurück in die Wohnung. Ich

wollte nicht unbedingt dabeisein, wenn sie die Teile zusammenkehrten, die einmal Morty Beyers gewesen waren.

Bis zum Mittag saß ich bei zugezogenem Vorhang vor dem Fernseher, weil ich von dem Tatort unter meinem Fenster nichts sehen wollte. Ab und zu ging ich ins Badezimmer und überprüfte im Spiegel, ob meine Augenbrauen schon wieder nachgewachsen waren.

Um zwölf Uhr zog ich schließlich den Vorhang wieder auf und riskierte einen Blick auf den Parkplatz. Der Cherokee war entfernt worden, und von den Polizisten waren nur noch zwei Mann übriggeblieben. Es hatte den Anschein, als ob sie für die Handvoll Autos, die von umherfliegenden Trümmern getroffen worden waren, Schadensprotokolle schrieben.

Der Fernsehmorgen hatte mich so weit abgestumpft, daß ich mich wieder einsatzfähig fühlte, also duschte ich, zog mir etwas an und hütete mich davor, mich in Gedanken an Tod und Bomben zu verlieren.

Irgendwie mußte ich aufs Polizeirevier, aber ich hatte keinen Wagen mehr. Ich hatte noch ein paar Dollars in der Tasche, aber keinen müden Cent auf dem Bankkonto. Meine Kreditkarten waren eingezogen worden. Ich mußte unbedingt einen Kautionsflüchtling schnappen.

Ich rief Connie an und erzählte ihr, was mit Morty Beyers passiert war.

»Jetzt sieht Vinnie aber ganz schön alt aus«, sagte Connie. »Erst wird Ranger angeschossen, und nun ist auch noch Beyers ausgefallen. Die beiden waren unsere besten Agenten.«

»Tja. Traurige Sache. Dann hat Vinnie also nur noch mich.«

Am anderen Ende der Leitung blieb es einen Augenblick still. »Ich will nicht hoffen, daß du Morty aus dem Weg geräumt hast.«

»Morty hat sich eher selbst aus dem Weg geräumt. Hast du

vielleicht einen leichten Fall für mich? Ich muß unbedingt schnell zu Geld kommen.«

»Ich könnte dir einen Exhibitionisten anbieten, für den wir zweitausend Dollar Kaution gestellt haben. Den haben sie schon aus drei Altersheimen rausgeschmissen. Im Moment hat er irgendwo eine Wohnung.« Sie blätterte in ihren Unterlagen. »Da hätten wir ihn«, sagte sie. »Das ist ja ein Ding. Er wohnt bei dir im Haus.«

»Wie heißt er?«

»William Earling. Apartment 3E.«

Ich schnappte mir meine Tasche, schloß hinter mir ab und stieg die Treppe hoch. Als ich die richtige Apartmentnummer gefunden hatte, klopfte ich an Earlings Tür. Ein Mann machte mir auf. Sofort kam mir der Verdacht, daß es sich bei ihm um den Gesuchten handelte. Er war nämlich alt und nackt. »Mr. Earling?«

»Ja, das bin ich. Bin ich nicht gut bestückt, Häschen? Findest du nicht auch, daß ich ein beeindruckendes Gemächte habe?«

Obwohl ich mir befahl, nicht hinzusehen, konnte ich nichts dagegen machen, daß mein Blick wie von selbst ein Stück südwärts wanderte. Sein Gemächte war alles andere als beeindruckend, es war verschrumpelt. »Doch, ich bin überwältigt«, sagte ich und gab ihm meine Karte. »Ich komme vom Kautionsbüro Vincent Plum. Sie sind nicht zur Ihrer Verhandlung erschienen, Mr. Earling. Ich muß Sie mitnehmen, damit ein neuer Termin festgesetzt werden kann.«

»Diese verdammten Verhandlungen sind doch die reinste Zeitverschwendung«, sagte Earling. »Ich bin sechsundsiebzig Jahre alt. Meinen Sie etwa, die stecken einen sechsundsiebzig Jahre alten Mann in den Knast, nur weil er seinen Schwengel gezeigt hat?«

Das hoffte ich sehr. Der Anblick des nackten Earling reichte aus, mich in den Zölibat zu treiben. »Ich muß Sie mitnehmen. Könnten Sie sich vielleicht etwas anziehen?«

»Ich ziehe mich nie an. Der liebe Gott hat mich nackt in die Welt gesetzt, und nackt will ich sie auch wieder verlassen.«

»Das soll mir recht sein. Aber bis es soweit ist, könnten Sie sich doch etwas überwerfen.«

»Wenn ich mitkomme, dann nur nackt.«

Ich holte die Handschellen aus der Tasche und legte sie ihm an.

»Polizeibrutalität, Polizeibrutalität!« schrie er.

»Tut mir leid, Sie enttäuschen zu müssen«, sagte ich. »Ich bin nicht von der Polizei.«

»Was sind Sie denn dann?«

»Kopfgeldjägerin.«

»Kopfgeldjägerbrutalität. Kopfgeldjägerbrutalität.«

Ich fand einen langen Regenmantel an seiner Garderobe, wickelte ihn darin ein und knöpfte ihn zu.

»Ich komme nicht mit«, sagte er und blieb stocksteif stehen, die gefesselten Hände unter dem Regenmantel. »Sie können mich nicht zwingen.«

»Hör zu, Opa«, sagte ich. »Entweder du kommst freiwillig mit, oder ich sprüh' dich mit meinem K.-o.-Gas ein und schleife dich an den Füßen hinter mir her.«

Nicht zu fassen, daß ich in diesem Ton mit einem schneckenschwänzigen Senioren redete. Ich war über mich selbst entsetzt, aber darauf konnte ich im Moment keine Rücksicht nehmen. Schließlich sprangen bei diesem Job zweihundert Dollar für mich raus.

»Vergessen Sie nicht abzuschließen«, sagte er. »Die Nachbarschaft ist auch nicht mehr das, was sie mal war. Die Schlüssel liegen in der Küche.«

Als ich sie holte, entdeckte ich auf einem der Schlüssel ein kleines Buick-Logo. Was für ein Glück. »Da wäre noch etwas«, sagte ich. »Würde es Ihnen etwas ausmachen, wenn wir Ihren Wagen nehmen?«

»Das geht schon in Ordnung, solange wir nicht zuviel Benzin verbrauchen. Ich habe nur eine kleine Rente.«

Ich lieferte Mr. Earling in Rekordzeit auf dem Revier ab, ohne Dorsey in die Arme zu laufen. Anschließend fuhr ich im Büro vorbei, um meinen Scheck abzuholen, und hielt unterwegs noch schnell bei der Bank, um ihn einzulösen. Ich parkte Mr. Earlings Wagen so nah wie möglich am Haus, damit er nicht so weit zu laufen hatte, wenn er sich nach seinem Gefängnisaufenthalt das nächste Mal entblößen ging. Ich wollte nicht mehr von Mr. Earling sehen als unbedingt nötig.

Ich lief nach oben und rief meine Mutter an. Mir graute bei dem Gedanken an das, was ich nun tun mußte.

»Ist Daddy mit dem Taxi unterwegs?« fragte ich. »Ich müßte wohin.«

»Er hat heute frei. Er steht neben mir. Wohin möchtest du denn?«

»Zu einem Apartmenthaus an der Route 1.« Wieder überkam mich das kalte Grausen.

»Jetzt gleich?«

»Ja.« Ein tiefer Seufzer. »Jetzt gleich.«

»Heute abend gibt es gefüllte Muschelnudeln. Hast du Lust auf Nudeln?«

Kaum zu glauben, wie sehr ich mir diese Nudeln plötzlich wünschte. Mehr noch als Sex, ein schnelles Auto, eine kühle Nacht oder Augenbrauen. Für kurze Zeit wollte ich wieder ein Kind sein. Ich wollte mich bedingungslos geborgen fühlen. Meine Mom sollte um mich herumglucken, mir ein Glas Milch geben und mich von meinen alltäglichen Pflichten befreien. Ich sehnte mich nach ein paar friedlichen Stunden in einem Haus voller appetitlicher Küchengerüche und viel zu vielen weichen Polstermöbeln. »Gefüllte Nudeln wären toll.«

Eine Viertelstunde später wartete mein Vater am Hintereingang auf mich. Als er mich sah, erschrak er.

»Auf unserem Parkplatz hat es einen Unfall gegeben«, sagte ich. »Ein Auto ist in Flammen aufgegangen, und ich stand zu nah dabei.« Ich nannte ihm mein Fahrziel und bat ihn, unterwegs an einem K-Markt anzuhalten. Eine halbe Stunde später setzte er mich auf Morellis Parkplatz ab.

»Richte Mom aus, daß ich um sechs Uhr da bin«, sagte ich.

Er warf einen Blick auf den Nova und einen anderen auf das Motoröl, das ich unterwegs gekauft hatte. »Vielleicht warte ich lieber noch, ob er anspringt.«

Ich gab dem Wagen drei Dosen Öl zu saufen und überprüfte den Ölstand. Dann machte ich meinem Vater das Okayzeichen. Er schien nicht sonderlich beeindruckt. Ich setzte mich hinter das Lenkrad, schlug einmal kräftig mit der Faust aufs Armaturenbrett und ließ den Motor an. »Die Kiste läßt mich nicht im Stich«, rief ich.

Mein Vater rührte sich immer noch nicht vom Fleck, und ich wußte, daß er dachte, ich hätte mir lieber einen Buick kaufen sollen. Auf einen Buick war immer Verlaß. Wir fuhren gleichzeitig los, er auf die Route 1, ich in Richtung Auspuffservice. Ich kam an einem Howard-Johnson-Hotel vorbei, an einem Campingplatz und an einer Hundepension. Die anderen Fahrer hielten respektvoll Abstand, weil sie sich nicht in meine stinkende Abgaswolke wagten. Als ich nach sieben Meilen das gelbblaue Schild des Auspuffdienstes erblickte, jubelte ich.

Obwohl ich meine Sonnenbrille aufsetzte, um meine Augenbrauen zu verstecken, sah mich der Angestellte zweimal an. Ich füllte die Formulare aus, gab ihm die Schlüssel und setzte mich in das kleine Wartezimmer, das für die Eltern kranker Autos reserviert war. Fünfundvierzig Minuten später war ich wieder auf der Straße. Den Qualm bemerkte ich nur, wenn ich an einer Kreuzung hielt, und das rote Lämpchen blinkte fast gar nicht mehr. Mehr war für mein Geld auch wahrscheinlich nicht zu erwarten.

Kaum hatte ich einen Fuß auf die Veranda gesetzt, legte meine Mutter auch schon los. »Jedesmal, wenn ich dich sehe, siehst du noch schlimmer aus. Blaue Flecken, aufgeplatzte Lippe, und was ist das jetzt wieder? Was ist mit deinen Haaren passiert? Ach, du großer Gott, du hast ja gar keine Augenbrauen mehr. Was hast du mit deinen Augenbrauen gemacht? Dein Vater hat gesagt, bei dir hätte es gebrannt.«

»Nur unten auf dem Parkplatz. Nicht der Rede wert.«

»Ich habe es im Fernsehen gesehen«, sagte Grandma Mazur, die sich unter Einsatz der Ellenbogen an meiner Mutter vorbeizwängte. »Sie haben gesagt, daß es eine Bombe war. Ein Wagen ist in die Luft geflogen. Und in dem Wagen saß ein Mann. Irgendso ein Schleimer, der Beyers hieß. Hinterher war nicht mehr viel von ihm übrig.«

Grandma Mazur trug eine pink und orange bedruckte Baumwollbluse, in deren Ärmel ein Taschentuch steckte, eine knallblaue Radlerhose, weiße Tennisschuhe und Strümpfe, die sie bis zu den Knöcheln hinuntergerollt hatte.

»Schicke Shorts«, sagte ich. »Tolle Farbe.«

»In dem Aufzug ist sie heute in die Leichenhalle gegangen!« rief mein Vater aus der Küche. »Zu Tony Mancusos Aufbahrung.«

»Das war ein Erlebnis«, sagte Grandma Mazur. »Der Veteranenverband war da. Eine schönere Aufbahrung habe ich den ganzen Monat noch nicht gesehen. Und Tony hat wirklich gut ausgesehen. Er hatte einen Schlips mit kleinen Pferdeköpfchen umgebunden.«

»Bis jetzt haben schon sieben Leute angerufen«, sagte meine Mutter. »Ich habe allen erzählt, Großmutter hätte heute morgen vergessen, ihre Medizin zu nehmen.«

Grandma Mazur klapperte mit ihrem Gebiß. »Die haben hier

doch keine Ahnung von Mode. Man darf nie was Ausgefallenes anziehen.« Sie sah auf ihre Shorts. »Was meinst du?« fragte sie mich. »Findest du nicht auch, daß man am Nachmittag in solchen Sachen zu einer Aufbahrung gehen kann?«

»Natürlich«, sagte ich. »Aber abends würde ich lieber in Schwarz gehen.«

»Ganz meine Meinung. Als nächstes muß ich mir eine schwarze Radlerhose besorgen.«

Um acht Uhr hatte ich genug vom guten Essen und von weichen Polstermöbeln. Ich war bereit, das Kreuz der Selbständigkeit wieder auf mich zu nehmen. Bepackt mit den Resten fuhr ich nach Hause.

Fast den ganzen Tag über hatte ich es vermieden, an die Explosion zu denken, aber nun wurde es allmählich Zeit, den Tatsachen ins Gesicht zu sehen. Jemand hatte versucht, mich umzubringen, und dieser Jemand war nicht Ramirez gewesen. Ramirez wollte mir weh tun und mich winseln hören. Ramirez machte mir angst und ekelte mich an, aber er war berechenbar. Ich wußte, was Ramirez wollte. Ramirez war ein gemeingefährlicher Irrer.

Aber es gehörte eine völlig andere Art von Wahnsinn dazu, eine Autobombe einzubauen. Ein solcher Anschlag war überlegt und zielgerichtet. Mit einer Bombe wollte man die Welt von einer ganz bestimmten, lästigen Person befreien.

Warum ausgerechnet mich? Warum wollte mich jemand tot sehen? Schon bei der Formulierung dieser Fragen liefen mir kalte Schauer über den Rücken.

Als ich den Nova mitten auf dem Parkplatz abstellte, fragte ich mich, ob ich wohl am nächsten Tag den Mut haben würde, aufs Gaspedal zu treten. Morellis Wagen war weggeschafft worden, und von dem Feuer waren kaum noch Spuren zu sehen. Der Asphalt war rissig und aufgesprungen, wo der Jeep gebrannt hatte, aber ansonsten wiesen weder irgendwelche Polizeimarkierungen noch verkohlte Überreste auf den Ort des Anschlags hin.

Als ich in die Wohnung kam, sah ich, daß der Anrufbeantworter blinkte. Dorsey, der dreimal versucht hatte, mich zu erreichen, bat um einen Rückruf. Er klang nicht besonders freundlich. Bernie hatte angerufen, um mir sein neuestes Sonderangebot durchzugeben. Mixer waren um zwanzig Prozent reduziert, und für die ersten zwanzig Käufer gab es eine Flasche Daiquiri gratis dazu. Bei dem Gedanken an einen Daiquiri bekam ich glasige Augen. Ich hatte noch ein paar Dollars übrig, und ein Mixer würde bestimmt nicht die Welt kosten. Der letzte Anruf war von Jimmy Alpha, der sich noch einmal entschuldigen wollte. Er hoffte, daß Ramirez mich nicht schwer verletzt hatte.

Ich sah auf die Uhr. Kurz vor neun. Ich würde es nicht mehr schaffen, in den Laden zu kommen, bevor Bernie Feierabend machte. Zum Heulen. Mit einem Daiquiri hätte ich bestimmt sehr viel klarer denken können. Wahrscheinlich wäre mir dann auch eingefallen, wer es darauf abgesehen haben konnte, mich in eine Erdumlaufbahn zu schießen.

Ich machte den Fernseher an und setzte mich davor, aber ich war nicht bei der Sache. Meine Gedanken kreisten nur noch um mögliche Attentäter. Von den Kautionsflüchtlingen, die ich geschnappt hatte, kam höchstens Lonnie Dodd in Frage, und der saß im Knast. Es war wesentlich wahrscheinlicher, daß der Anschlag etwas mit dem Kulesza-Mord zu tun hatte. Irgend jemand sah es nicht gern, daß ich meine Nase in die Angelegenheit steckte. Mir fiel keiner ein, dem ich so sehr in die Quere gekommen war, daß er mich umbringen wollte. Der Tod war schon eine verdammt ernste Sache.

Sicher hatte ich irgend etwas Wichtiges übersehen. Etwas, was mit Carmen oder Kulesza oder Morelli zu tun hatte. Oder vielleicht auch mit dem geheimnisvollen Zeugen.

Im Hinterkopf machte sich ein häßlicher kleiner Gedanke bemerkbar. Soweit ich sehen konnte, stellte ich nur für einen einzigen Menschen eine echte, tödliche Gefahr dar. Und dieser Mensch war Morelli.

Gegen elf klingelte das Telefon, und ich nahm ab, bevor sich der Anrufbeantworter einschalten konnte.

»Bist du allein?« fragte Morelli.

Ich zögerte. »Ja.«

»Wieso sagst du das nicht gleich?«

»Wie stehst du eigentlich zu Mord?«

»Kommt drauf an, an wem.«

»An mir zum Beispiel.«

»Bei dem Gedanken wird's mir warm ums Herz.«

»Ich dachte nur.«

»Ich bin gleich oben.«

Ich stopfte das Verteidigungsspray in den Hosenbund und hängte mein T-Shirt darüber. Als ich Morelli durch den Spion im Hausflur entdeckte, machte ich die Tür auf. Von Tag zu Tag sah er ein kleines bißchen schlechter aus. Er mußte dringend mal zum Friseur, und er schien sich eine Woche lang nicht mehr rasiert zu haben, dabei waren es bestimmt nur zwei Tage. Seine Jeans und sein T-Shirt sahen aus wie die eines Obdachlosen.

Er schloß die Tür hinter sich. Dann sah er sich mein versengtes, zerschrammtes Gesicht und die blauen Flecken auf meinem Arm an und zog ein grimmiges Gesicht. »Willst du es mir erzählen?«

»Die gesprungene Lippe und die Blutergüsse habe ich Ramirez zu verdanken. Wir hatten ein kleines Handgemenge, aber ich glaube, ich habe gewonnen. Ich habe ihn angespritzt. Da ist er auf die Straße gekippt und mußte kotzen.«

»Und die Augenbrauen?«

»Hmm. Das ist etwas komplizierter.«

»Was ist passiert?«

»Dein Wagen ist in die Luft geflogen.«

Sekundenlang reagierte er überhaupt nicht. »Kannst du das noch einmal wiederholen?« fragte er schließlich.

»Die gute Nachricht zuerst. Du brauchst dir keine Gedanken mehr wegen Morty Beyers zu machen.«

»Und die schlechte?«

Ich nahm das Kfz-Kennzeichen von der Arbeitsplatte in der Küche und gab es ihm. »Das ist alles, was von deinem Wagen übrig ist.«

Sprachlos vor Entsetzen starrte er das Nummernschild an.

Ich erzählte ihm, daß Morty Beyers von seiner Frau verlassen worden war, ich erzählte ihm von der Bombe und den drei Anrufen, die ich von Dorsey bekommen hatte.

Er kam zu dem gleichen Schluß wie ich. »Das war nicht Ramirez.«

»Ich habe mir eine Liste von allen Leuten gemacht, die mich am liebsten tot sehen würden. Dein Name stand an oberster Stelle.«

»So was würde mir nur in meinen kühnsten Träumen einfallen«, sagte er. »Wen hattest du sonst noch auf deiner Liste?«

»Lonnie Dodd, aber ich glaube, der sitzt noch im Kittchen.«

»Hast du Todesdrohungen erhalten? Von Exfreunden oder Exmännern? Hast du vielleicht in letzter Zeit jemanden überfahren?«

Diese Frage schien mir keiner Antwort würdig.

»Okay«, sagte er. »Du glaubst also, daß es mit dem Kulesza-Mord zu tun hat?«

»Ja.«

»Hast du Angst?«

»Ja.«

»Gut. Dann bist du wenigstens vorsichtig.« Er machte den Kühlschrank auf, nahm die Reste, die meine Mutter mir mitgegeben hatte, heraus und schlang sie kalt herunter. »Du mußt auf der Hut sein, wenn du mit Dorsey redest. Wenn er rauskriegt, daß du mit mir zusammenarbeitest, kriegt er dich wegen Beihilfe dran.«

»Ich habe das dumpfe Gefühl, daß du mich zu einem Vertrag überredet hast, der nicht in meinem Interesse ist.«

Morelli machte sich eine Dose Bier auf. »Du kriegst die zehntausend Dollar nur, wenn ich mich von dir abliefern lasse. Und ich lasse mich erst von dir abliefern, wenn ich beweisen kann, daß ich unschuldig bin. Wenn du aussteigen willst, brauchst du es mich bloß wissen zu lassen. Aber dann kannst du deiner Prämie Lebewohl sagen.«

»Tolle Einstellung.«

Er schüttelte den Kopf. »Eine realistische.«

»Ich hätte dich schon x-mal betäuben können.«

»Das glaube ich kaum.«

Ich riß das Spray heraus, aber bevor ich zielen konnte, hatte er mir die Dose aus der Hand gerissen und quer durch die Küche geworfen.

»Das zählt nicht«, sagte ich. »Du warst darauf gefaßt.«

Er stellte seinen Teller in die Spülmaschine. »Ich bin immer auf alles gefaßt.«

»Wie geht es jetzt weiter?«

»Genauso wie bisher. Offensichtlich haben wir bei irgend jemandem einen wunden Punkt getroffen.«

»Ich spiele nicht gern die Zielscheibe.«

»Du willst doch jetzt nicht kneifen, oder?« Er machte es sich vor dem Fernseher bequem und schaltete von einem Kanal zum anderen. Er lehnte mit dem Rücken an der Wand und hatte ein Bein angewinkelt. Er sah müde aus. Als er eine Talkshow gefunden hatte, schloß er die Augen. Sein Atem ging immer tiefer und gleichmäßiger, bis ihm der Kopf auf die Brust sackte.

»Jetzt könnte ich dich betäuben«, flüsterte ich.

Er hob den Kopf, aber er machte die Augen nicht auf. Ein Lächeln kräuselte seine Mundwinkel. »Das ist nicht dein Stil, Zuckerstückchen.«

Als ich um acht Uhr aufstand, saß er immer noch vor dem Fernseher auf dem Fußboden und schlief. Ich schlich auf Zehenspitzen an ihm vorbei und ging joggen. Als ich wieder zurückkam, las er die Zeitung und trank Kaffee.

»Schreiben sie was über die Autobombe?« fragte ich.

»Artikel und Fotos auf Seite drei. Sie sagen, daß die Ursache der Explosion noch ungeklärt ist. Nichts besonders Interessantes.« Er sah mich über die Zeitung hinweg an. »Dorsey hat dir schon wieder aufs Band gesprochen. Vielleicht solltest du dich lieber doch mal erkundigen, was er will.«

Ich duschte mich rasch, zog mir etwas Frisches an, klatschte mir ein bißchen Aloe-Vera-Creme in das blasige Gesicht und folgte meiner schuppigen Nase zur Kaffeekanne. Ich trank eine halbe Tasse, während ich die Comics las, dann rief ich Dorsey an.

»Wir haben inzwischen den Laborbericht«, sagte er. »Es war mit Sicherheit eine Bombe. Die Arbeit eines Profis. Andererseits kann man sich natürlich in jeder Bücherei Anleitungen zum professionellen Bombenbau holen. Man könnte sich sogar eine Atombombe basteln, wenn man wollte. Aber ich dachte, es würde Sie trotzdem interessieren.«

»So etwas hatte ich schon vermutet.«

»Fällt Ihnen jemand ein, der dazu fähig wäre?«

»Niemand Bestimmtes.«

»Morelli vielleicht?«

»Möglich ist alles.«

»Ich habe Sie gestern nicht auf dem Revier gesehen.«

Er wollte mich aushorchen. Er wußte, daß etwas faul war. Er wußte nur noch nicht, was. Willkommen im Club, Dorsey. »Ich werde zusehen, daß ich es heute schaffe.«

»Nehmen Sie es sich ernsthaft vor.«

Ich legte auf und goß mir Kaffee nach. »Dorsey möchte, daß ich aufs Revier komme.«

»Und? Gehst du hin?«

»Nein. Er würde mir nur Fragen stellen, die ich nicht beantworten kann.«

»Du solltest heute morgen wieder eine Schicht in der Stark Street einlegen.«

»Heute morgen nicht. Ich habe schon etwas anderes vor.«

»Was denn?«

»Etwas Privates.«

Er zog eine Augenbraue hoch.

»Ich möchte noch ein paar Dinge regeln ... Nur für den Fall des Falles.«

»Für den Fall was für eines Falles?«

Ich machte eine gereizte Geste. »Für den Fall, daß mir etwas zustößt. Seit zehn Tagen werde ich von einem professionellen Sadisten verfolgt, und jetzt stehe ich auch noch auf der Abschußliste eines Bombenlegers. Ich fühle mich unsicher, okay? Laß mich bitte ein bißchen in Frieden, Morelli. Ich möchte ein paar Leute besuchen. Ich möchte ein paar persönliche Dinge regeln.«

Vorsichtig schälte er mir einen Streifen loser Haut von der Nase. »Dir wird schon nichts passieren«, sagte er leise. »Ich verstehe, daß du Angst hast. Ich kriege auch manchmal kalte Füße. Aber wir sind die Guten, und die Guten gewinnen immer.«

Ich kam mir wie ein gemeines Biest vor. Morelli war so nett zu mir, dabei wollte ich in Wahrheit nichts weiter, als zu Bernies Laden zu fahren und mir eine Gratisflasche Daiquiri holen.

»Wie willst du das alles ohne den Jeep schaffen?« fragte er.

»Ich habe mir den Nova wieder geholt.«

Er zuckte zusammen. »Du hast aber hoffentlich nicht hinterm Haus geparkt.«

»Doch. Ich dachte mir, der Bombenleger weiß bestimmt nicht, daß es mein Auto ist.«

»Ach, du meine Güte.«

»Ich muß mir bestimmt keine Sorgen machen«, sagte ich.

»Nein, natürlich nicht. Aber ich komme trotzdem mit runter, um auf Nummer Sicher zu gehen.«

Ich suchte meine Sachen zusammen, überprüfte die Fenster und schaltete den Anrufbeantworter ein. Morelli wartete an der Tür auf mich. Wir gingen nach unten, und als wir den Nova erreichten, blieben wir gleichzeitig stehen.

»Auch wenn der Bombenleger wüßte, daß es dein Wagen ist, müßte er ziemlich blöd sein, wenn er es zweimal mit dem gleichen Trick probieren würde«, sagte Morelli. »Statistisch gesehen kommt der zweite Anschlag meistens aus einer anderen Richtung als der erste.«

Das hörte sich durchaus plausibel an, trotzdem waren meine Füße wie festgeklebt, und das Herz schlug mir bis zum Hals. »Also gut. Jetzt geht's los«, sagte ich. »Jetzt oder nie.«

Morelli legte sich auf den Bauch und untersuchte den Nova von unten.

»Siehst du was?« fragte ich.

»Eine riesige Ölpfütze.« Er kam wieder unter dem Wagen hervorgekrochen.

Ich machte die Motorhaube auf und überprüfte den Ölstand. Wunder über Wunder, der Wagen brauchte Öl. Ich gönnte ihm zwei Dosen und knallte die Haube wieder zu.

Morelli hatte sich inzwischen hinter das Lenkrad geklemmt. »Geh ein paar Schritte zurück«, sagte er.

»Kommt gar nicht in Frage. Das ist mein Wagen. Ich lasse den Motor an.«

»Wenn schon einer von uns in die Luft fliegen muß, dann

ich. Ich bin sowieso so gut wie tot, wenn ich den fehlenden Zeugen nicht auftreiben kann. Geh weg von dem Wagen.«

Er drehte den Schlüssel im Zündschloß. Nichts passierte. Er sah mich an.

»Manchmal muß man ihm erst eine vor den Latz knallen«, sagte ich.

Er drehte den Zündschlüssel noch einmal herum und schlug mit der Faust kräftig aufs Armaturenbrett. Hustend sprang der Motor an.

Morelli legte den Kopf aufs Lenkrad und machte die Augen zu. »Scheiße.«

Ich sah zu ihm hinein. »Ist mein Sitz naß?«

»Wie witzig.« Er stieg aus und hielt mir die Tür auf. »Soll ich dir folgen?«

»Nein. Es geht schon. Danke.«

»Ich bin in der Stark Street, wenn du mich brauchst. Wer weiß? Vielleicht kreuzt der Zeuge im Boxstudio auf.«

Vor Bernies Laden standen die Kauflustigen nicht gerade Schlange. Wahrscheinlich kam ich noch früh genug für die Flasche Daiquiri.

»Hallo«, sagte Bernie. »Wen haben wir denn da?«

»Schönen Dank für deine Nachricht wegen des Mixers.«

»Es handelt sich um dieses Prachtstück«, sagte er und tätschelte ein Vorführgerät. »Er hackt Nüsse und Eis, püriert Bananen und mixt einen spitzenmäßigen Daiquiri.«

Ich warf einen Blick auf das Preisschild. Der Mixer war erschwinglich. »Gekauft. Kriege ich jetzt eine Flasche Daiquiri gratis?«

»Aber klar.« Er ging mit einem originalverpackten Mixer zur Kasse, steckte ihn in eine Tüte und tippte den Preis ein. »Und wie geht's dir sonst?« fragte er vorsichtig, den Blick auf die Haarstoppeln geheftet, die einmal meine Augenbrauen gewesen waren.

»Es ist mir schon bessergegangen.«

»Ein Daiquiri hilft bestimmt.«

»Keine Frage.«

Auf der anderen Straßenseite putzte Sal sein Schaufenster. Er sah nett aus, korpulent, mit Stirnglatze und einer weißen Metzgerschürze vor dem Bauch. Soweit ich wußte, war er ein illegaler Buchmacher. Ein kleiner Fisch, nichts Besonderes. Ich hatte nicht den Eindruck, daß er für eine größere Organisation arbeitete. Warum fuhr ein Typ wie Kulesza, dessen ganzes Leben um die Stark Street kreiste, quer durch die Stadt, um Sal zu besuchen? Ich hatte zwar einige Informationen über Kulesza gesammelt, aber über sein Privatleben wußte ich rein gar nichts. Daß er bei Sal einkaufte, war das einzige halbwegs interessante Detail, das ich bis jetzt ausgegraben hatte. Vielleicht wettete er heimlich. Vielleicht waren Sal und er alte Freunde. Vielleicht waren sie verwandt. Wenn ich es mir recht überlege, war es nicht einmal ganz ausgeschlossen, daß Sal etwas über Carmen oder den Mann mit der platten Nase wußte.

Ich schwatzte noch ein paar Minuten mit Bernie, während ich mich mit der Idee anfreundete, Sal zu befragen. Als eine Frau den Laden betrat und etwas einkaufte, kam mir ein Gedanke. Wenn ich ihrem Beispiel folgte, hätte ich einen guten Vorwand, mich ein wenig umzuschauen.

Ich versprach Bernie, irgendwann wiederzukommen und noch größere, bessere Elektrogeräte zu kaufen. Dann ging ich über die Straße in Sals Metzgerei.

13

Ich stieß die Tür zu Sals Laden auf und stellte mich vor die lange Glastheke, in der die Steaks, Hackfleischpasteten und Rollbraten lagen.

Sal lächelte mich freundlich an. »Was darf es sein?«

»Ich habe mir gerade bei Bernie Kuntz einen Mixer gekauft.« Ich zeigte ihm die Tüte. »Und da dachte ich, ich nehme mir bei Ihnen gleich noch was zum Abendessen mit.«

»Würstchen? Frischen Fisch? Ein schönes Stück Hähnchen?«

»Fisch.«

»Ich habe fangfrische Jersey-Flundern.«

Wahrscheinlich leuchteten sie im Dunkeln. »Flunder wäre fein. Genug für zwei Personen, bitte.«

Irgendwo hinter dem Verkaufsraum ging eine Tür auf, und ich hörte das Brummen eines Lastwagenmotors. Die Tür fiel wieder zu, und der Motorenlärm war wie abgeschnitten.

Plötzlich betrat ein Mann durch eine Nebentür den Laden, und schon schlug mein Herz dreimal so schnell wie normal. Der Mann hatte nicht nur eine gebrochene Nase, sein ganzes Gesicht war platt. Als ob er einen Schlag mit einer Bratpfanne abbekommen hätte. Ich wußte nicht, aber ich vermutete stark, daß ich den fehlenden Zeugen gefunden hatte.

Ich war hin und her gerissen. Einerseits wäre ich am liebsten aufgeregt herumgehüpft, andererseits wollte ich die Beine in die Hand nehmen und flüchten, bevor sie mich zu Gulasch und Hackbraten verarbeiten konnten.

»Ich habe eine Lieferung für dich«, sagte der Mann zu Sal. »Soll ich sie ins Lager stellen?«

»Ja«, sagte Sal. »Und nimm auch die beiden Fässer mit, die neben der Tür stehen. Das eine ist ziemlich schwer. Du wirst dafür die Karre brauchen.«

Nun widmete Sal sich wieder dem Fisch. »Wie wollen Sie die Filets zubereiten?« fragte er. »Sie können sie braten, backen oder auch füllen. Ich mag sie am liebsten in Bierteig ausgebakken.«

Ich hörte, wie die hintere Tür ins Schloß fiel. »Wer war das?« fragte ich.

»Louis. Er bringt mir immer das Fleisch aus Philly.«

»Und was nimmt er in den Fässern mit?«

»Manchmal hebe ich die Abfälle auf. Sie machen Hundefutter daraus.«

Ich mußte mich zusammennehmen, um nicht einfach zur Tür hinauszustürmen. Ich hatte den Zeugen gefunden! Ich war mir vollkommen sicher. Als ich den Nova erreichte, war mir schwindelig vor lauter Selbstbeherrschung. Ich war gerettet! Ich würde die Miete bezahlen können. Ich hatte es geschafft. Und nun, wo ich den fehlenden Zeugen gefunden hatte, wäre ich auch wieder sicher. Ich würde Morelli abliefern, und der Fall Ziggy Kulesza wäre für mich erledigt. Ich wäre ein für allemal raus aus der Sache. Niemand hätte mehr einen Grund, mich zu töten ... bis auf Ramirez natürlich. Aber mit etwas Glück war Ramirez so tief in diese Geschichte verstrickt, daß man ihn für lange, lange Jahre einschließen würde.

Der alte Mann, der hinter Carmens Haus wohnte, hatte gesagt, daß ihn der Lärm eines Kühlwagens gestört hätte. Ich wäre jede Wette eingegangen, daß es ein Fleischlaster war. Ganz genau würde ich es erst wissen, wenn ich mich noch einmal hinter dem Haus umgesehen hatte, aber wenn Louis dicht genug an der Wand geparkt hatte, war es ihm wahrscheinlich gelungen, sich aus dem Fenster auf das Dach des Lasters hinunterzulassen. Dann hatte er Carmen auf Eis gelegt und war weggefahren.

Was das alles mit Sal zu tun hatte, war mir schleierhaft. Aber vielleicht gab es auch gar keine Verbindung. Vielleicht gab es nur eine Verbindung zwischen Louis und Ziggy, die als Aufräumkommando für Ramirez gearbeitet hatten.

Vom Wagen aus konnte ich Sals Laden ziemlich gut im Auge behalten. Ich steckte den Schlüssel ins Zündschloß und wollte gerade starten, als ich sah, daß Sal und Louis sich unterhielten. Louis war ruhig, Sal aufgeregt. Er fuchtelte mit den Händen herum. Ich beschloß, noch etwas abzuwarten. Sal wandte Louis den Rücken zu und telefonierte. Selbst aus der Entfernung konnte ich erkennen, daß er nicht glücklich war. Er knallte den Hörer auf die Gabel. Die beiden Männer gingen in den Kühlraum und kamen bald darauf mit einer Tonne Abfallfleisch wieder heraus. Sie rollten sie durch den Flur, der zum Hinterausgang führte. Etwas später kam Louis zurück. Er hatte etwas auf dem Buckel, das wie eine Rinderhälfte aussah. Er brachte das Fleisch in den Kühlraum und rollte das andere Faß heraus. Am Ende des Flurs blieb er stehen und drehte sich um. Mir stockte das Herz. Hoffentlich hatte er mich nicht beim Spionieren erwischt. Er kam ein paar Schritte auf mich zu, und ich griff schon nach meinem Sure Guard, als er an der Tür stehenblieb und das GEÖFFNET-Schild umdrehte, so daß nun GESCHLOSSEN zu lesen war.

Auf diese Entwicklung war ich nicht gefaßt gewesen. Was hatte das zu bedeuten? Sal war nirgends zu sehen, der Laden war geschlossen, und soweit ich wußte, war heute kein Feiertag. Louis verschwand im Flur, die Lichter gingen aus. Ich hatte ein ungutes Gefühl im Magen. Aus dem unguten Gefühl wurde Panik, und die Panik befahl mir, Louis nicht aus den Augen zu lassen.

Ich ließ den Nova an und fuhr einmal um den Block. Ein weißer Kühlwagen, der in Pennsylvania registriert war, fädelte sich vor mir in den fließenden Verkehr ein. Zwei Straßen weiter bogen wir in die Chambers ein. Ich hätte nichts lieber getan, als Morelli die ganze Sache in den Schoß zu legen, aber ich hatte nicht die leiseste Ahnung, wie ich ihn erreichen sollte. Er war im Norden der Stadt in der Stark Street, und ich fuhr in südlicher Richtung. Bestimmt hatte er ein Telefon in seinem Lieferwagen, aber erstens wußte ich die Nummer nicht, und zweitens hätte ich sowieso anhalten müssen, um mit ihm zu telefonieren.

In White Horse fuhr der Kühlwagen Richtung Route 206. Es herrschte ziemlich dichter Verkehr. Ich hielt mich zwei Autolängen hinter dem Laster. Es war nicht besonders schwierig, Louis zu verfolgen, ohne gesehen zu werden. Kurz nach der Ausfahrt zur Route 70 flammte mein Öllämpchen auf und ging nicht wieder aus. Deftig fluchend, hielt ich mit quietschenden Reifen auf dem Sandstreifen, kippte mit umwerfender Präzision zwei Dosen Öl nach, knallte die Motorhaube zu und raste weiter.

Mit Müh und Not brachte ich den Nova auf achtzig. Ich kümmerte mich weder um das Flattern der Vorderräder noch um die verdutzten Blicke der anderen Autofahrer, an denen ich in meinem klapprigen Pussimobil vorbeizog. Nach einigen endlosen Minuten hatte ich den Laster wieder eingeholt. Louis war einer der langsameren Fahrer auf der Straße, er hielt sich streng an eine Geschwindigkeitsübertretung von nur zehn Meilen. Mit einem Seufzer der Erleichterung reihte ich mich wieder auf der rechten Spur ein. Ich konnte nur hoffen, daß es nicht mehr weit war, denn ich hatte nur noch anderthalb Dosen Öl auf dem Rücksitz.

In Hammonton bog Louis auf eine Landstraße ab, die nach Osten führte. Hier herrschte nicht mehr ganz soviel Verkehr, und ich mußte mich weiter zurückfallen lassen. Rechts und links erstreckten sich weite Kornfelder und vereinzelte Wäldchen. Nach ungefähr fünfzehn Meilen wurde der Laster langsamer und schwenkte auf einen Schotterweg ein, der zu einem lagerhausartigen Gebäude aus Wellblech führte. Ein Schild verkündete, daß es sich um den Jachthafen Pachetco Inlet und um ein Tiefkühllager handelte. Hinter dem Gebäude sah ich Boote liegen, und hinter den Booten glitzerte die Sonne auf dem Wasser.

Ich ließ das Grundstück links liegen. Eine Viertelmeile weiter mußte ich wenden, denn die Straße endete am Mullica River in einer Sackgasse. Ich fuhr zurück und rollte langsam an dem Jachthafen vorbei. Der Kühlwagen stand vor dem Holzsteg, der zu den Bootsanlegeplätzen führte. Louis und Sal waren ausgestiegen. Sie lehnten an der hinteren Stoßstange und sahen ganz so aus, als ob sie auf jemanden oder etwas warteten. Außer ihnen war kein Mensch zu sehen. Es war ein kleiner Jachthafen, und es hatte den Anschein, als ob er auch im Sommer nur am Wochenende aus seinem Dornröschenschlaf erwachte.

Ein paar Meilen vorher waren wir an einer Tankstelle vorbeigekommen. Dort wollte ich mich auf die Lauer legen. Wenn Sal oder Louis den Hafen verließen, um wieder in die Zivilisation zurückzukehren, mußten sie an mir vorbei, und dann konnte ich ihnen folgen. Außerdem gab es dort bestimmt ein Telefon, und ich konnte versuchen, Morelli zu erreichen.

Die Tankstelle, eine vorsintflutliche Anlage, bestand aus zwei altmodischen Zapfsäulen, die auf einer fleckigen Zementfläche standen. Auf einem Schild, das an einer Zapfsäule lehnte, wurden lebende Köder und billiges Benzin angepriesen. Der niedrige Schuppen, der dazugehörte, war mit braunen Schindeln verkleidet, die mit platt gedrückten Dosen und Sperrholzstückchen geflickt waren. Neben dem Eingang entdeckte ich ein Telefon.

Ich parkte halb versteckt hinter der Tankstelle. Es tat gut, sich mal wieder die Füße vertreten zu können. Ich rief bei mir zu Hause an, etwas Besseres fiel mir nicht ein. Das Telefon klingelte, der Anrufbeantworter meldete sich, und ich hörte zu, wie mir meine eigene Stimme mitteilte, daß ich nicht zu Hause war. »Ist sonst jemand zu Hause?« fragte ich. Keine Antwort. Ich gab die Nummer des Tankstellentelefons durch und hinterließ die Nachricht, daß ich für die nächste Zeit hier zu erreichen wäre.

Ich wollte gerade wieder in den Wagen steigen, als Ramirez' Porsche vorbeibrauste. Das wurde ja immer merkwürdiger. Ein Stelldichein zwischen einem Metzger, einem Killer und einem Boxer am Pachetco Inlet Marina. Ich nahm nicht an, daß sie sich zum Fischen verabredet hatten. Wenn es nicht ausgerechnet Ramirez gewesen wäre, der zum Jachthafen unterwegs war, hätte ich mich vielleicht näher herangetraut, um zu spionieren. Statt dessen sagte ich mir, es wäre zu gefährlich, weil Ramirez womöglich den Nova erkannte. Aber das war nur die halbe Wahrheit. Ramirez hatte sein Ziel erreicht. Der Anblick seines Wagens reichte aus, mich in Panik zu versetzen. Ich hatte eine solche Angst, daß ich ernsthaft bezweifelte, ob ich einen weiteren Zusammenstoß heil überstehen würde.

Es dauerte nicht lange, und der Porsche rauschte wieder an mir vorbei, doch diesmal fuhr er in der anderen Richtung. Er hatte getönte Scheiben, so daß ich nicht hineinsehen konnte, aber da er bestenfalls zwei Menschen Platz bot, mußte mindestens noch ein Mann am Marina zurückgeblieben sein. Hoffentlich war es Louis. Ich rief noch einmal meinen Anrufbeantworter an. Diesmal fiel ich etwas dringender aus. »MELDE DICH!« sagte ich.

Es wurde schon fast dunkel, als das Telefon endlich klingelte.

»Wo bist du?« fragte Morelli.

»Am Meer. An einer Tankstelle kurz vor Atlantic City. Ich habe deinen Zeugen gefunden. Er heißt Louis.«

»Ist er bei dir?«

»Er ist ein Stück die Straße runter.« Ich schilderte Morelli die Ereignisse des Tages und erklärte ihm den Weg zum Jachthafen. Dann zog ich mir am Getränkeautomaten eine Cola, setzte mich wieder in den Wagen und wartete.

Es dämmerte bereits, als Morelli endlich mit dem Lieferwagen in die Tankstelle einbog. Seit dem Porsche hatte sich auf der Straße nichts mehr gerührt, und ich war sicher, daß der Kühlwagen nicht ungesehen an mir hätte vorbeikommen können. Ich hatte mir überlegt, daß Louis vielleicht auf einem Boot übernachten würde. Einen anderen Grund dafür, daß der Laster immer noch im Hafen stand, konnte ich mir nicht vorstellen.

»Ist unser Mann noch da?« fragte Morelli.

»Soweit ich weiß, ja.«

»Ist Ramirez noch einmal zurückgekommen?«

Ich schüttelte den Kopf.

»Dann sehe ich mich mal ein bißchen um. Du wartest hier.«

Da hatte er sich aber gehörig geschnitten. Ich hatte die Nase voll vom Warten. Außerdem traute ich Morelli immer noch nicht ganz über den Weg. Er hatte die unangenehme Angewohnheit, mir das Blaue vom Himmel herunter zu versprechen und sich dann klammheimlich aus meinem Leben zu verabschieden.

Ich folgte dem Lieferwagen bis zum Wasser und stellte mich mit dem Nova daneben. Der weiße Kühlwagen hatte sich nicht vom Fleck gerührt. Louis war nirgendwo zu sehen. Die Boote, die am Steg vertäut lagen, waren dunkel. Der Pachetco Inlet Marina war nicht gerade ein Hort der Betriebsamkeit.

Ich stieg aus und ging zu Morelli.

»Habe ich dir nicht gesagt, du sollst an der Tankstelle auf

mich warten?« knurrte Morelli. »Wir veranstalten hier keine Parade.«

»Ich dachte mir, du brauchst vielleicht Hilfe.«

In der Dunkelheit sah er gefährlich und nicht sehr vertrauenerweckend aus. Als er lächelte, blitzten seine Zähne weiß im bärtig schwarzen Gesicht auf. »Lügnerin. Du hast doch bloß Angst um deine zehntausend Dollar.«

»Das auch.«

Wir starrten uns eine Zeitlang schweigend an, jeder mit seinen eigenen Gedanken beschäftigt.

Schließlich griff Morelli durch das offene Fenster in den Lieferwagen, nahm eine Jacke vom Fahrersitz, holte eine halbautomatische Waffe aus der Tasche und schob sie sich oben in die Jeans. »Dann wollen wir mal schauen, ob wir meinen Zeugen finden.«

Wir gingen zum Kühlwagen und warfen einen Blick ins Führerhaus. Es war leer und abgeschlossen. Andere Fahrzeuge waren nicht zu sehen.

Nicht weit von uns schlugen die Wellen plätschernd gegen das Holz, Boote zerrten ächzend an ihren Vertäuungen. Es waren vier Stege mit jeweils vierzehn Anlegeplätzen, auf jeder Seite sieben. Nicht alle Plätze waren belegt.

Wir schlichen uns einen Steg nach dem anderen entlang, lasen die Bootsnamen und versuchten, Hinweise darauf zu finden, ob jemand an Bord war. In der Mitte des dritten Stegs blieben wir vor einem großen Hatteras Convertible stehen und sagten flüsternd den Namen des Bootes: »Sal's Gal.«

Morelli ging leise an Bord, ich folgte mit einigem Abstand. Das Deck war übersät mit den Teilen einer Anglerausrüstung, Netzen mit langen Stielen und Landungshaken. An der Tür zur Kabine hing ein Vorhängeschloß, das uns verriet, daß Louis vermutlich nicht hier war. Morelli holte eine kleine Taschenlampe heraus und leuchtete hinein. Das Boot schien für ernsthafte Arbeit ausgebaut worden zu sein, denn an den Seiten der Kabine zogen sich nur praktische Bänke hin, luxuriöse Einrichtungsgegenstände fehlten. In der kleinen Kombüse türmten sich zerquetschte Bierdosen und benutzte Pappteller. Im Licht der Taschenlampe glitzerten die Reste eines verstreuten Pulvers.

»Sal ist ein Ferkel«, sagte ich.

»Bist du sicher, daß Louis nicht mit Ramirez im Wagen gesessen hat?« fragte Morelli.

»Das weiß ich wirklich nicht. Der Porsche hat getönte Scheiben. Aber es passen nur zwei Leute hinein, also muß mindestens einer noch hier sein.«

»Und sonst hast du keine Wagen auf der Straße gesehen?«

»Nein.«

»Er hätte in die andere Richtung fahren können«, sagte Morelli.

»Dann wäre er nicht weit gekommen. Die Straße ist nach einer Viertelmeile zu Ende.«

Der niedrig stehende Mond verteilte Silberdollarscheiben von Licht auf dem Wasser. Wir drehten uns zu dem weißen Kühlwagen um. Der Kühlmotor brummte leise in der Dunkelheit.

»Vielleicht sollten wir uns die Kiste einmal genauer ansehen«, sagte Morelli.

Bei seinem Ton wurde mir mulmig, doch ich behielt die Frage, die mir in den Sinn kam, für mich. Wir hatten uns bereits überzeugt, daß Louis nicht im Führerhaus war. Wo sollte er also sonst sein?

Wir gingen zum Kühlwagen zurück, und Morelli leuchtete den Thermostaten an.

»Worauf steht er?« fragte ich.

»Auf null Grad.«

»Warum so kalt?«

Morelli ging langsam um den Lastwagen herum. »Was meinst du?«

»Weil jemand versucht, was einzufrieren?«

»Darauf würde ich auch tippen.« Die hintere Tür des Kühlwagens war mit einem schweren Riegel und einem Vorhängeschloß gesichert. Morelli wog das Schloß in der Hand. »Könnte schlimmer sein«, sagte er. Er lief schnell zum Lieferwagen und holte eine kleine Metallsäge.

Ich blickte mich nervös um. Ich hatte keine besondere Lust, beim Kapern eines Fleischlasters erwischt zu werden. »Gibt es keine andere Methode?« flüsterte ich laut, um das Geräusch der Säge zu übertönen. »Kannst du nicht einfach das Schloß knakken?«

»So geht es schneller«, sagte Morelli. »Paß auf, ob ein Nachtwächter kommt.«

Das Sägeblatt schnitt durch das Metall, und das Schloß sprang auf. Morelli schob den Riegel zurück und öffnete die schwere Isoliertür. Im Inneren des Kühlwagens war es stockfinster. Morelli stieg auf die Stoßstange, ich kletterte ihm hinterher und kramte meine Taschenlampe aus der Umhängetasche. Die kalte Luft, die mir entgegenschlug, nahm mir den Atem. Wir leuchteten die mit Eis überzogenen Wände an. Große, leere Fleischhaken hingen von der Decke. Neben der Tür stand die schwere Abfalltonne, die die Männer am Nachmittag aus Sals Laden gerollt hatten. Eine leere Tonne, deren Deckel verrutscht war und sich an der Lastwagenwand verkeilt hatte, stand daneben.

Ich leuchtete tiefer in den Wagen hinein und senkte die Taschenlampe ein Stück. Nachdem sich meine Augen auf die Dunkelheit eingestellt hatten, schnappte ich nach Luft, als ich begriff, was ich sah. Louis lag auf dem Rücken, alle viere von sich gestreckt, die Augen weit aufgerissen und starr. Schleim war aus seiner Nase gelaufen und auf der Backe gefroren. Vorn auf seiner Arbeitshose zeichnete sich ein großer gefrorener Urinfleck ab. Er hatte einen runden, dunklen Fleck auf der Stirn. Sal lag neben ihm, den gleichen Fleck auf der Stirn, den gleichen verdutzten Ausdruck im Gesicht.

»Mist«, sagte Morelli. »Ich habe aber auch überhaupt kein Glück.«

Die einzigen Toten, die ich bisher gesehen hatte, waren einbalsamiert und für die Beerdigung hergerichtet gewesen. Sie waren frisiert und geschminkt, und ihre Augen waren geschlossen, um ewigen Schlaf vorzutäuschen. Keiner von ihnen hatte ein Loch in der Stirn gehabt. Mir kam das Essen hoch, und ich hielt mir den Mund zu.

Morelli riß mich zur Tür hinaus, und wir sprangen auf den Schotter. »Du darfst nicht in den Wagen kotzen«, sagte er. »Du zerstörst die Spuren am Tatort.«

Ich atmete ein paarmal tief durch und zwang meinen Magen, sich wieder zu beruhigen.

Morelli hatte mir die Hand in den Nacken gelegt. »Geht es wieder?«

Ich nickte heftig. »Alles klar. Es w-w-war n-n-nur d-d-der Schock.«

»Ich hole ein paar Sachen aus dem Lieferwagen. Bleib du solange hier. Kletter nicht wieder auf den Laster, und faß nichts an.«

Den Rat hätte er sich sparen können. Keine zehn Pferde hätten mich noch einmal in den Kühlwagen gebracht.

Als er zurückkam, hatte er ein Brecheisen und zwei Paar Plastikhandschuhe dabei. Ein Paar gab er mir. Nachdem wir uns die Handschuhe angezogen hatten, stieg Morelli auf die Stoßstange und kletterte in den Wagen. »Leuchte Louis an«, befahl er, während er sich über die Leiche beugte.

»Was machst du da?«

»Ich suche die fehlende Knarre.«

Er stand auf und warf mir einen Schlüsselbund zu. »Keine Knarre, aber Schlüssel. Probier doch mal, ob du damit ins Führerhaus kommst.«

Ich schloß die Beifahrertür auf und durchsuchte die Kartentaschen und das Handschuhfach. Ich sah auch unter dem Sitz nach, aber eine Waffe fand ich nicht. Als ich wieder nach hinten kam, bearbeitete Morelli die geschlossene Tonne mit dem Brecheisen.

»Vorne ist keine Knarre«, sagte ich.

Der Deckel ging auf, Morelli knipste die Taschenlampe an und leuchtete hinein.

»Und?« fragte ich.

Seine Stimme klang gepreßt, als er antwortete: »Es ist Carmen.«

Mir wurde schon wieder schlecht. »Meinst du, Carmen war die ganze Zeit in Sals Kühlraum?«

»Sieht so aus.«

»Warum hatte er sie versteckt? Hätte er nicht Angst haben müssen, daß sie jemand entdeckt?«

Morelli zuckte mit den Schultern. »Wahrscheinlich fühlte er sich sicher. Vielleicht war es nicht das erste Mal. Wenn man so etwas oft genug macht, wird man leichtsinnig.«

»Du denkst an die anderen Frauen aus der Stark Street, die verschwunden sind.«

»Ja. Sal hat bestimmt nur einen günstigen Moment abgewartet, um Carmen wegzuschaffen und im Meer zu versenken.«

»Ich verstehe nicht, was Sal mit der ganzen Sache zu tun hat.«

Morelli machte den Deckel wieder zu. »Ich auch nicht, aber ich denke, daß Ramirez uns das erzählen wird.«

Als er sich die Hände an der Hose abwischte, blieben weiße Spuren auf dem Stoff zurück.

»Was ist das für ein Zeug?« fragte er. »Meinst du, Sal hat eine Schwäche für Babypuder oder Scheuerpulver?«

Morelli sah auf seine Hände und auf die Jeans.

»In dem Boot war auch so ein Pulver verstreut. Und jetzt hast du etwas von der Tonne an die Hände bekommen und dich damit beschmiert.«

»Großer Gott«, sagte Morelli, der immer noch auf seine Hände starrte. »Du heilige Scheiße.« Er hob den Deckel hoch und wischte an der Innenwand der Tonne herum. Dann steckte er den Finger in den Mund und probierte. »Das ist Rauschgift.«

»Ich hätte nicht gedacht, daß Sal Crack nimmt.«

»Das ist kein Crack. Das ist Heroin.«

»Bist du sicher?«

»Mit dem Zeug kenne ich mich aus.«

Ich konnte sehen, wie er im Dunkeln lächelte.

»Mein lieber Herr Gesangverein. Ich glaube, wir haben gerade ein Kurierboot entdeckt«, sagte er. »Die ganze Zeit dachte ich, es geht bei der Geschichte nur darum, Ramirez zu decken, aber jetzt bin ich mir da nicht mehr so sicher. Jetzt sieht es eher so aus, als ob es um Drogen geht.«

»Was ist ein Kurierboot?«

»Ein kleines Boot, das aufs Meer rausfährt und sich mit einem großen Schiff trifft, das Drogen an Bord hat. Das Heroin stammt zum größten Teil aus Afghanistan, Pakistan oder Burma. Normalerweise gelangt es zunächst über Nordafrika nach Amsterdam oder in eine andere europäische Großstadt. Anschließend wurde es bisher in erster Linie über den John-F.-Kennedy-Flughafen in den Nordosten der Vereinigten Staaten geschmuggelt. Seit einem Jahr nun erhalten wir Informationen, daß der Stoff auf großen Schiffen über den Hafen in Newark ins Land kommen soll. Seit wir das wissen, machen die Drogenermittler und der Zoll Überstunden, aber sie haben noch nie etwas gefunden.« Er hielt nachdenklich den Finger hoch. »Das könnte der Grund dafür sein. Wenn die Schiffe in Newark einlaufen, ist das Heroin längst an Land.«

»Mittels eines Kurierboots.«

»Genau. Das Kurierboot übernimmt den Stoff und bringt es in einen kleinen Jachthafen wie diesen hier, wo es keinen Zoll gibt. Wenn die Käufer das Zeug übernommen haben, laden sie es anscheinend in Fässer um, und dabei muß ihnen wohl beim letzten Mal ein Beutel geplatzt sein.«

»Kaum zu glauben, daß jemand so schlampig ist, solche Beweise zurückzulassen.«

Morelli knurrte. »Wenn du ständig mit Drogen zu tun hast, werden sie für dich zur Selbstverständlichkeit. Du wirst nicht glauben, was die Leute alles offen in ihren Wohnungen und Garagen rumliegen lassen. Außerdem gehört das Boot Sal, und der war wahrscheinlich noch nie damit auf großer Fahrt. Wenn das Boot also aufgebracht worden wäre, hätte Sal behaupten können, er hätte es einem Bekannten geliehen. Er hätte nicht gewußt, daß es für kriminelle Zwecke benutzt worden war.«

»Meinst du, daß deshalb in Trenton so viel Heroin im Umlauf ist?«

»Könnte sein. Wenn man ein Kurierboot hat, kann man große Mengen heranschaffen und die Zwischenhändler ausschalten. Der Nachschub ist sichergestellt, und man hat kaum Unkosten. Der Straßenpreis geht runter, und die Qualität geht rauf.«

»Und die Süchtigen sterben.«

»Genau.«

»Was meinst du, warum Ramirez Sal und Louis erschossen hat?«

»Vielleicht wollte er ein paar Mitwisser beseitigen.«

Morelli leuchtete die hintersten Winkel des Kühlwagens aus. Ich konnte ihn im Dunkeln kaum sehen, aber ich hörte seine Füße scharren, als er sich bewegte.

»Was machst du da?« fragte ich.

»Ich suche nach der Knarre. Falls du es noch nicht gemerkt

haben solltest, mir steht das Wasser bis zum Hals. Mein Zeuge ist tot. Wenn ich Ziggys verschwundene Waffe nicht finde, auf der sich mit ein bißchen Glück noch lesbare Fingerabdrücke befinden, bin ich ebenfalls geliefert.«

»Du hast immer noch Ramirez.«

»Der sich vielleicht als gesprächig erweist, vielleicht aber auch nicht.«

»Ich glaube, du machst dir unnötig Sorgen. Schließlich kann ich bezeugen, daß Ramirez bei zwei kaltblütigen Morden am Tatort war, und außerdem lassen wir einen großen Drogenring auffliegen.«

»Das wirft vielleicht ein schlechtes Licht auf Ziggys Charakter, aber es ändert nichts daran, daß sie glauben, ich hätte einen unbewaffneten Menschen erschossen.«

»Ranger sagt, man muß dem System vertrauen.«

»Ranger kümmert sich einen Dreck um das System.«

Ich wollte nicht, daß Morelli für ein Verbrechen in den Knast wanderte, das er nicht begangen hatte, aber ich wollte auch nicht, daß er bis an sein Lebensende auf der Flucht war. Im Grunde war er kein übler Kerl, und so ungern ich es auch zugab, er war mir richtig ans Herz gewachsen. Wenn die Jagd auf ihn vorbei war, würden mir seine Neckereien und die nächtlichen Gespräche bestimmt fehlen. Sicher, ab und zu ging er mir gehörig auf die Nerven, aber in letzter Zeit regten sich auch so etwas wie partnerschaftliche Gefühle für ihn in mir, und meine alte Wut war ein wenig verraucht. Es fiel mir schwer zu glauben, daß man ihn trotz der vielen neuen Beweise einbuchten würde. Vermutlich verlor er dann auch noch seine Arbeit bei der Polizei. Aber in meinen Augen war das immer noch leichter zu ertragen als ein langes Leben auf der Flucht.

»Ich bin dafür, daß wir die Polizei anrufen. Sollen die doch diesen ganzen Mist aufklären«, sagte ich zu Morelli. »Du kannst dich nicht bis ans Ende deiner Tage verstecken. Denk doch mal an deine Mutter. Und an deine Telefonrechnung.«

»An meine Telefonrechnung? Ach, verdammt, Stephanie, du hast doch nicht etwa auf meine Kosten telefoniert?«

»Wir haben eine Abmachung. Du wolltest dich von mir abliefern lassen, wenn wir den fehlenden Zeugen gefunden haben.«

»Da wußte ich auch noch nicht, daß er tot ist.«

»Jetzt kriege ich eine Räumungsklage an den Hals.«

»So toll ist deine Wohnung nun auch wieder nicht. Außerdem kannst du dir deine Puste sparen. Wir wissen beide, daß du nicht imstande bist, mich gegen meinen Willen festzunehmen. Du kriegst die Prämie nur, wenn ich mitspiele. Du mußt dich also noch ein bißchen gedulden.«

»Deine Einstellung gefällt mir nicht, Morelli.«

Das Licht wirbelte herum, und er machte einen Satz Richtung Tür. »Es ist mir ziemlich egal, was du von mir hältst. Ich habe eine Stinkwut im Leib. Mein Zeuge ist tot, und ich kann die verdammte Tatwaffe nicht finden. Es ist gut möglich, daß Ramirez wie ein Kanarienvogel singt und mich entlastet, aber bis es soweit ist, stelle ich mich nicht freiwillig.«

»So ein Blödsinn. Das ist gegen dein eigenes Interesse. Was, wenn dich inzwischen ein Bulle entdeckt und auf dich schießt? Außerdem habe ich einen Job zu erledigen, und ich werde ihn erledigen. Ich hätte mich nie auf diese Abmachung einlassen dürfen.«

»Es war eine gute Abmachung«, sagte er.

»Hättest du dich darauf eingelassen?«

»Nein. Aber ich bin auch nicht du. Ich habe Fähigkeiten, von denen du nur träumen kannst. Und ich bin wesentlich ausgekochter, als du es je sein wirst.«

»Du unterschätzt mich. Ich kann auch ganz schön hart sein.«

Morelli grinste. »Du bist eine Marshmallow. Weich und süß, und wenn man dich heiß macht, wirst du klebrig und lecker.«

Ich war sprachlos. Nicht zu glauben, daß ich mir noch vor wenigen Sekunden freundliche, sorgenvolle Gedanken um dieses Rindvieh gemacht hatte.

»Ich lerne schnell, Morelli. Am Anfang habe ich ein paar Fehler gemacht, aber mittlerweile bin ich imstande, dich abzuliefern.«

»Aber sicher doch. Und wie willst du das anstellen? Indem du mich über den Haufen schießt?«

Sein Sarkasmus war nicht dazu geeignet, mich zu besänftigen. »Der Vorschlag hat gewiß seinen Reiz, aber ich glaube, die Kugel kann ich mir sparen. Ich brauche nämlich bloß die Tür zuzuknallen, du arroganter Affe.«

Seine Augen weiteten sich, und eine Nanosekunde, bevor ich die schwere Isoliertür zuschlug, ging ihm ein Licht auf. Er warf sich gegen die Tür, aber es war zu spät. Ich hatte den Riegel schon vorgeschoben.

Ich stellte das Thermostat auf zehn Grad ein. Das war wahrscheinlich kalt genug, damit die Leichen nicht auftauten, und warm genug, damit Morelli sich auf der Rückfahrt nach Trenton nicht in ein Eis am Stiel verwandelte. Ich kletterte ins Führerhaus und ließ mit Hilfe von Louis' Schlüssel den Motor an. Dann rollte ich vom Parkplatz, fuhr auf die Landstraße und steuerte den Highway an.

Als ich unterwegs ein Telefon entdeckte, rief ich Dorsey an. Ohne ins Detail zu gehen, teilte ich ihm lediglich mit, daß ich mit Morelli im Anmarsch war. Ich sagte, ich würde in etwa vierzig Minuten vor dem Revier vorfahren, und es wäre schön, wenn er mich dort in Empfang nehmen könnte.

Auf die Minute pünktlich lenkte ich den Kühlwagen auf den Polizeiparkplatz. Dorsey und zwei uniformierte Beamte tauchten im Scheinwerferlicht auf. Ich stellte den Motor ab, atmete ein paarmal tief durch, um meinen nervösen Magen zu beruhigen, und kletterte aus dem Führerhaus.

»Vielleicht sollten Sie noch etwas Verstärkung holen«, sagte ich zu Dorsey. »Morelli dürfte ziemlich wütend sein.«

Dorsey zog die Augenbrauen bis zum Haaransatz hoch. »Sie haben ihn hinten im Laster?«

»Ja. Und er ist nicht allein.«

Einer der Beamten schob den Riegel zurück, die Tür flog auf, und Morelli schoß wie eine menschliche Kanonenkugel auf mich zu. Er rammte mich, wir fielen um und wälzten uns fluchend und schimpfend auf dem Asphalt.

Als Dorsey und seine Männer Morelli von mir wegrissen, tobte er weiter. »Ich kriege dich!« schrie er. »Wenn ich hier wieder rauskomme, bezahlst du mir dafür. Du bist eine gemeingefährliche Irre. Du bist eine Gefahr für die Menschheit!«

Zwei weitere Streifenbeamte erschienen auf dem Parkplatz, und zu viert gelang es den Männern schließlich, Morelli durch den Hintereingang auf die Wache zu schleppen. Dorsey blieb mit mir zurück. »Vielleicht warten Sie lieber draußen, bis er sich beruhigt hat«, sagte er.

Ich pickte mir ein paar Steinchen aus dem Knie. »Das könnte dauern.«

Ich gab Dorsey die Kühlwagenschlüssel und erzählte ihm, was ich über die Drogen und Ramirez wußte. Bis ich mit dem Erklären fertig war, hatte man Morelli in den ersten Stock verfrachtet. Die Luft war rein. Endlich konnte ich hineingehen und meine Ablieferungsbestätigung in Empfang nehmen.

Kurz vor Mitternacht war ich schließlich wieder zu Hause. Das einzige, was mir leid tat, war die Tatsache, daß ich meinen Mixer am Jachthafen gelassen hatte. Jetzt hätte ich wirklich einen Daiquiri vertragen können. Ich schloß die Wohnungstür ab und warf meine Umhängetasche auf die Arbeitsplatte in der Küche.

Was Morelli anging, hatte ich gemischte Gefühle. Ich war mir nicht sicher, ob ich das Richtige getan hatte. Letztendlich war nicht die Fangprämie ausschlaggebend gewesen, sondern meine gerechte Empörung und die Überzeugung, daß es besser für ihn wäre, sich freiwillig zu stellen.

Meine Wohnung war dunkel und friedlich, nur in der Diele brannte Licht. Im Wohnzimmer hingen dichte Schatten, aber sie machten mir keine Angst mehr. Die Jagd war vorbei.

Ich würde über meine Zukunft nachdenken müssen. Kopfgeldjäger zu sein, war wesentlich komplizierter, als ich mir ursprünglich vorgestellt hatte. Trotzdem, die Arbeit hatte auch ihre guten Seiten, und ich hatte in den vergangenen zwei Wochen allerhand gelernt.

Die Hitzewelle war am Nachmittag zu Ende gegangen, es herrschten nur noch angenehme fünfundzwanzig Grad. Der Vorhang war zugezogen, und eine leichte Brise spielte mit dem zarten Chintzstoff. Die ideale Nacht zum Schlafen.

Ich kickte die Schuhe von den Füßen und setzte mich auf die Bettkante. Plötzlich überfiel mich ein ungutes Gefühl. Woher es kam, wußte ich nicht. Irgend etwas stimmte nicht. Aber was? Mir fiel ein, daß meine Tasche am anderen Ende der Wohnung lag, und meine Beklemmung wuchs. Du leidest an Verfolgungswahn, sagte ich mir. Schließlich hatte ich alles abgeschlossen, und falls jemand versuchen sollte, durchs Fenster einzusteigen, was sowieso höchst unwahrscheinlich war, hatte ich genügend Zeit, ihn zu stoppen.

Trotzdem, die leise Angst nagte weiter an mir.

Ich warf einen Blick aufs Fenster und sah den sich sacht im Wind bauschenden Vorhang. Schlagartig war mir alles klar. Als ich am Morgen aus dem Haus gegangen war, hatte ich das Fenster geschlossen und verriegelt. Jetzt stand es offen. Mich überlief ein kalter Schauer, und ich bekam keine Luft mehr.

Es war jemand in der Wohnung. Vielleicht lauerte er auch auf der Feuerleiter. Ich biß mir auf die Lippe, um nicht zu schreien. Bitte, lieber Gott, laß es nicht Ramirez sein. Mein Herz klopfte unregelmäßig, und mir wurde schlecht vor Angst.

Ich hatte nur zwei Alternativen. Ich konnte entweder zur Wohnungstür rennen oder die Feuerleiter hinunterklettern. Vorausgesetzt, ich konnte überhaupt die Füße bewegen. Weil es mir wahrscheinlicher erschien, daß Ramirez in der Wohnung war und nicht auf der Leiter, ging ich ans Fenster. Ich holte tief Luft, riß den Vorhang auf und starrte auf den Riegel. Er war geschlossen. In der Scheibe war ein kreisrundes Loch, durch das man den Arm stecken konnte, um das Fenster zu öffnen. Die kühle Nachtluft pfiff leise durch den ordentlich ausgeschnittenen Kreis.

Es sah ganz nach der Arbeit eines Profis aus. Vielleicht war es doch nicht Ramirez, sondern nur ein ganz gewöhnlicher Einbrecher. Vielleicht hatte ihn meine Armut deprimiert. Vielleicht hatte er beschlossen, sich ein lohnenderes Objekt zu suchen und vor lauter Enttäuschung wieder hinter sich abgeschlossen. Ich sah auf die Feuerleiter hinaus. Sie war leer und sah höchst einladend aus.

Aber zuerst wollte ich die Polizei anrufen und den Einbruch melden. Das Telefon stand neben dem Bett. Ich hob ab, aber die Leitung war tot. Jemand mußte in der Küche den Stecker rausgezogen haben. Eine innere Stimme riet mir, die Wohnung schnellstens zu verlassen. Nimm die Feuerleiter, flüsterte sie. Beeil dich.

Schon war ich wieder am Fenster und nestelte am Riegel. Hinter mir bewegte sich etwas, ich spürte die Anwesenheit eines Eindringlings. Er spiegelte sich in der Scheibe, er stand in der offenen Schlafzimmertür, eingerahmt von dem schwachen Licht, das aus der Diele hereinfiel.

Er sagte meinen Namen, und mir sträubten sich sämtliche

Haare wie bei einer unter Strom stehenden Katze in einem Zeichentrickfilm.

»Ziehen Sie den Vorhang zu«, sagte er, »und dann drehen Sie sich schön langsam zu mir um.«

Ich tat, was er sagte. Ich kniff im Dunkeln die Augen zusammen, blind vor Verwirrung. Ich erkannte die Stimme, aber ich begriff nicht, was sie hier wollte. »Was wollen Sie hier?« fragte ich.

»Gute Frage.« Er knipste das Licht an. Es war Jimmy Alpha, und er hatte eine Waffe in der Hand. »Das frage ich mich auch schon die ganze Zeit«, sagte er. »Wie konnte es soweit kommen? Ich bin nämlich ein anständiger Mensch. Ich versuche, das Richtige zu tun.«

»Das Richtige zu tun, ist eine gute Sache«, sagte ich.

»Was ist mit Ihren Möbeln passiert?«

»Ich hatte eine finanzielle Durststrecke.«

Er nickte. »Dann wissen Sie ja, wie das ist.« Er grinste. »Haben Sie deshalb bei Vinnie angeheuert?«

»Ja.«

»Vinnie und ich, wir sind aus demselben Holz geschnitzt. Wir lassen uns einfach nicht unterkriegen. Und Sie scheinen vom gleichen Schlag zu sein.«

Ich ließ mich nicht gern mit Vinnie in einen Topf werfen, aber um des lieben Friedens willen verzichtete ich darauf, einem bewaffneten Mann zu widersprechen. »Könnte man sagen.«

»Interessieren Sie sich fürs Boxen?«

»Nein.«

Er seufzte. »Wir Manager warten unser Leben lang darauf, daß wir einen anständigen Boxer bekommen. Die meisten von uns sterben, ohne daß sie einen gefunden haben.«

»Aber Sie haben einen. Sie haben Ramirez.«

»Ich habe Benito schon unter Vertrag genommen, als er noch

ein Junge war. Er war erst vierzehn Jahre alt. Ich wußte sofort, daß er anders ist als die anderen. Das sah man ihm an. Er hatte Energie, Power, Talent.«

Und Wahnsinn, dachte ich. Vergiß den Wahnsinn nicht.

»Alles, was er über das Boxen weiß, weiß er von mir. Ich habe ihm alles beigebracht. Ich habe ihm Kleider gekauft, wenn er kein Geld hatte. Ich habe ihn im Büro schlafen lassen, wenn seine Mutter im Crackrausch durchgedreht ist.«

»Und jetzt ist er ein Champion«, sagte ich.

Er lächelte gezwungen. »Das ist mein Traum. Mein Leben lang habe ich dafür gearbeitet.«

Allmählich wurde mir klar, worauf unser Gespräch hinauslief. »Und jetzt ist er unberechenbar geworden.«

Jimmy sackte gegen den Türpfosten. »Ja, er ist unberechenbar geworden. Er wird alles ruinieren . . . das schöne Leben, das schöne Geld. Er läßt sich nichts mehr sagen. Er hört nicht mehr auf mich.«

»Und was wollen Sie dagegen machen?«

»Ach«, seufzte Alpha. »Das ist eine große Frage. Und die Antwortet lautet: Diversifizierung, Verbreiterung der Produktpalette. Ich mache einen Haufen Kohle und setze mich ab. Wissen Sie, was diversifizieren für mich heißt? Ich nehme das Geld, das ich mit Ramirez verdiene, und investiere es in andere Projekte. Eine Hühnerbraterei, einen Waschsalon, vielleicht auch in eine Metzgerei. Vielleicht komme ich ganz billig an eine Metzgerei, weil der Kerl, dem der Laden gehört, als Buchmacher auf die Nase gefallen ist.«

»Sal.«

»Ja, Sal. Heute haben Sie Sal mächtig erschreckt. Es war wirklich Pech, daß Sie ausgerechnet in dem Moment in den Laden spazieren mußten, als Louis ankam, aber ich denke, zum Schluß wird sich noch alles zum Besten fügen.«

»Ich wußte gar nicht, daß Sal mich kannte.«

»Schätzchen, Sie sind nicht schwer zu erkennen. Sie haben keine Augenbrauen.«

»Es hat Sal nicht gefallen, daß ich Louis gesehen habe.«

»Genau. Also hat er mich angerufen, und ich habe ihm gesagt, wir würden uns alle im Jachthafen treffen. Louis wollte sowieso dorthin, weil morgen eine Lieferung reinkommt. Ich hatte mir längst vorgenommen, Louis zu erledigen, weil er ein Versager war. Erst läßt er sich in Carmens Haus vor Zeugen blicken, die er anschließend aus dem Weg räumen muß. Und dann erwischt er nur zwei von dreien. Morelli wird er auch nicht los. Der Schwachkopf sieht Morellis Wagen auf Ihrem Parkplatz, überlegt aber nicht mal, ob Morelli überhaupt noch damit fährt. Also röstet er statt dessen Morty Beyers. Und dann muß er sich auch noch von Ihnen entdecken lassen. Da denke ich mir, seine Zeit ist abgelaufen.

Also borge ich mir Benitos Wagen und fahre zum Jachthafen. Unterwegs sehe ich Sie an der Tankstelle, und da kommt mir eine geniale Idee. Jimmy, sage ich mir, das ist die Lösung für dich.«

Ich konnte ihm kaum folgen. So ganz war mir noch nicht klar, was Jimmy eigentlich mit der Sache zu tun hatte. »Lösung wofür?« fragte ich.

»Für den ganzen Schlamassel. Eines sollen Sie nämlich wissen. Ich habe für das Boxen viel geopfert. Ich hatte nie Zeit, zu heiraten oder eine Familie zu gründen. Ich habe immer nur für das Boxen gelebt. Wenn man jung ist, macht einem das nichts aus. Man bildet sich ein, man hätte noch genug Zeit. Aber eines Tages wacht man auf, und man merkt, daß man keine Zeit mehr zu verlieren hat.

Ich habe einen Kämpfer, der gern Leute quält. Das ist eine Krankheit. Er ist krank im Kopf, und ich kann ihm nicht helfen. Ich weiß, daß er nie ein ganz Großer werden wird, also nehme ich das Geld und kauf' ein paar Immobilien. Als nächstes lerne ich diesen Jamaikaner kennen, der mir sagt, daß es einen besseren Weg gibt, Geld zu verdienen. Mit Drogen. Ich kaufe den Stoff, und seine Organisation übernimmt den Verkauf. Ich wasche das Geld in meinen Läden und durch Ramirez. Eine Weile läuft das Geschäft wie geschmiert. Wir müssen nur dafür sorgen, daß Ramirez nicht ins Kittchen wandert, damit wir weiter in Ruhe unser Geld waschen können.

Das Problem ist, ich habe jetzt zwar einen Haufen Geld, aber ich kann nicht mehr aussteigen. Die Organisation hat mich bei den Dingdongs, wenn Sie verstehen, was ich meine.«

»Striker.«

»Genau. Ein riesiges, jamaikanisches Syndikat. Geldgierige, unangenehme Kerle. Ich bin jedenfalls unterwegs, um Louis umzunieten. Da sehe ich Sie, und habe plötzlich eine geniale Idee. Ich erschieße Louis und Sal so, wie es ein Profikiller des Syndikats gemacht hätte. Dann verstreue ich ein bißchen erstklassiges Heroin auf dem Boot und in der Tonne, damit die Bullen auf den Trichter kommen und die Operation beenden. Dann ist keiner mehr da, der hinter meinem Rücken plaudern kann, und für das Syndikat bin ich jetzt so heiß, daß sie mich eine ganze Weile nicht mehr einsetzen werden. Und das schönste an der Sache ist, daß der Mord an Sal und Louis Ramirez angehängt wird, was ich Ihnen zu verdanken habe. Sie haben doch bestimmt bei der Polizei ausgesagt, daß Ramirez an Ihnen vorbeigedüst ist, als Sie an der Tankstelle standen.«

»Ich verstehe immer noch nicht, was Sie eigentlich hier wollen oder wieso Sie mich mit der Waffe bedrohen.«

»Ich kann es mir nicht erlauben, das Risiko einzugehen, daß Ramirez mit den Bullen spricht. Am Ende merken sie, daß er tatsächlich so doof ist, wie er aussieht. Oder er erzählt ihnen, daß ich mir seinen Wagen ausgeliehen habe, und sie glauben ihm. Also werde ich ihm eine Kugel verpassen müssen. Dann bin ich die ganze Bande los, Benito, Sal und Louis.«

»Und was wird aus der guten Stephanie?«

»Die gute Stephanie gibt es dann auch nicht mehr.« Er steckte das Telefon ein und wählte. »Hallo«, sagte er, als die Verbindung zustande kam. »Ich hätte hier ein Häschen, das ganz verrückt nach dir ist.«

Offensichtlich stellte ihm sein Gesprächspartner eine Frage.

»Stephanie Plum«, antwortete Jimmy. »Sie ist zu Hause und wartet auf dich. Und paß auf, daß dich niemand sieht, Benito. Vielleicht kommst du besser über die Feuerleiter.«

Damit war das Gespräch beendet.

»Ist es Carmen auch so ergangen?« fragte ich.

»Ach, die arme Carmen. Das war ein Gnadentod. Ich weiß gar nicht, wie sie es noch bis nach Hause geschafft hat. Als wir davon erfuhren, hatte sie schon Morelli angerufen.«

»Und was jetzt?«

Er lehnte sich mit dem Rücken an die Wand. »Jetzt warten wir.«

»Was passiert, wenn Ramirez hier auftaucht?«

»Ich drehe ihm den Rücken zu, während er sich mit Ihnen beschäftigt, und wenn er fertig ist, erschieße ich ihn mit Ihrer Waffe. Bis die Polizei kommt, seid ihr beide verblutet, und es gibt keine ungeklärten Fragen mehr.«

Es war ihm bitter ernst mit seinem Plan. Er würde seelenruhig zusehen, wie Ramirez mich vergewaltigte und folterte, und sich zum Schluß persönlich davon überzeugen, daß meine Wunden tödlich waren.

Mir verschwamm alles vor den Augen. Meine Beine gaben nach, und ich mußte mich auf die Bettkante setzen. Ich ließ den Kopf hängen und wartete, daß der Nebel sich lichtete. Ich sah Lulas zerschundenen Körper vor mir, und meine Angst wuchs.

Der Schwindel verging, aber mein Herz klopfte so wild, daß ich am ganzen Körper bibberte. Ich mußte etwas tun. Irgendwas, egal was. Ich durfte nicht einfach nur rumsitzen und auf Ramirez warten.

»Alles in Ordnung?« fragte Jimmy Alpha. »Sie sehen etwas käsig aus.«

Ich ließ den Kopf unten. »Mir wird schlecht.«

»Müssen Sie aufs Klo?«

Ich schüttelte den Kopf, den ich immer noch gesenkt hielt. »Ich muß nur wieder zu Atem kommen.«

Nicht weit von mir rannte Rex in seinem Käfig herum. Ich konnte mich nicht überwinden, zu ihm hinüberzusehen, weil ich wußte, daß es vielleicht das allerletzte Mal sein würde. Komisch, daß der Mensch so sehr an einem so kleinen Wesen hängen kann. Meine Kehle war wie zugeschnürt, als ich daran dachte, daß Rex bald eine Waise sein würde, und wieder hörte ich die Stimme, die mir befahl: Tu etwas! Tu etwas!

Ich sagte ein kurzes Gebet, biß die Zähne zusammen und sprang mit einem Riesensatz auf Jimmy Alpha zu. Ich überrumpelte ihn und rammte ihm den Kopf in den Bauch.

Alpha stieß mit einem Uff! die Luft aus, und die Waffe ging über meinen Kopf hinweg los. Die Kugel zertrümmerte das Fenster. Wenn ich etwas klüger gewesen wäre, hätte ich ihn gleich anschließend mit einem kräftigen Tritt in den Unterleib kampfunfähig gemacht, aber ich handelte ohne jede Überlegung. Flucht war das einzige, woran ich dachte.

Ich ließ ihn liegen, wo er war, und lief durch die offene Tür ins Wohnzimmer. Ich hatte die Wohnungstür schon fast erreicht, als der nächste Schuß krachte und mir ein elektrisch heißer Schmerz ins linke Bein schoß. Ich schrie auf vor Schmerz und Schock, geriet aus dem Gleichgewicht und taumelte in die Küche. Mit beiden Händen riß ich meine Tasche von der Arbeitsplatte und kramte nach meinem .38er. Alpha baute sich in der Küchentür auf. Er hob die Waffe und zielte. »Tut mir leid«, sagte er. »Es ist die einzige Lösung.«

Mein Hintern brannte, und mein Herz hämmerte wie verrückt. Meine Nase lief, und vor lauter Tränen konnte ich kaum etwas sehen. Ich hatte die Hände noch in der Tasche, auf dem kleinen Smith and Wesson. Ich blinzelte die Tränen weg und schoß.

14

Der Regen, der leise an mein Wohnzimmerfenster klopfte, konkurrierte zu den Geräuschen, die Rex in seinem Laufrad machte. Es war jetzt vier Tage her, daß ich angeschossen worden war. Die Wunde tat zwar noch weh, aber die Schmerzen waren eher lästig als unerträglich.

Die seelische Heilung verlief langsamer. Ich schreckte immer noch nachts aus dem Schlaf und fand es schwierig, in der Wohnung allein zu sein. Nachdem ich auf Jimmy Alpha geschossen hatte, war ich zum Telefon gekrochen und hatte die Polizei gerufen, bevor ich ohnmächtig zusammenbrach. Die Beamten trafen so schnell ein, daß sie Ramirez noch auf meiner Feuerleiter verhaften konnten. Dann schafften sie ihn ins Gefängnis und mich ins Krankenhaus. Ich hatte mehr Glück gehabt als Alpha. Er war tot. Ich lebte.

Zehntausend Dollar waren auf meinem Bankkonto eingetrudelt. Bis jetzt hatte ich noch keinen Cent davon ausgegeben. Was mich daran hinderte? Die siebzehn Stiche, mit denen mein Allerwertester genäht werden mußte. Wenn die Fäden gezogen waren, wollte ich mir etwas völlig Verrücktes gönnen, zum Beispiel übers Wochenende nach Martinique fliegen. Oder mir eine Tätowierung machen lassen. Oder mir die Haare rot färben.

Ich zuckte zusammen, als es an meiner Tür klopfte. Es war kurz vor sieben Uhr abends, und ich erwartete keinen Besuch. Vorsichtig humpelte ich in die Diele und sah durch den Spion. Ich schnappte vor Überraschung nach Luft. Es war Joe Morelli.

Er trug ein Sportjackett und Jeans, war glatt rasiert und kam anscheinend gerade vom Friseur. Mit einem selbstgefälligen Grinsen starrte er auf den Spion. Er wußte genau, daß ich ihn gesehen hatte und mir nun überlegte, ob es klug war, die Tür aufzumachen. Er winkte freundlich, und ich mußte daran denken, daß wir vor zwei Wochen schon einmal genauso voreinander gestanden hatten, nur mit vertauschten Rollen.

Ich schob die beiden Riegel zurück, ließ die Sicherheitskette aber noch hängen. Dann machte ich die Tür einen Spalt auf. »Ja?«

»Nimm die Kette ab«, sagte Morelli.

»Warum sollte ich?«

»Weil ich dir eine Pizza mitgebracht habe, und wenn ich sie hochkant durch die Ritze schiebe, rutscht der ganze Belag runter.«

»Eine Pizza von Pino?«

»Natürlich eine Pizza von Pino.«

Ich verlagerte mein Gewicht auf das andere Bein, um meine linke Seite zu schonen. »Warum bringst du mir eine Pizza?«

»Ich weiß nicht. Ich hatte einfach Lust dazu. Machst du nun die Tür auf oder nicht?«

»Ich habe mich noch nicht entschieden.«

Er lächelte fies. »Du hast doch nicht etwa Angst vor mir?«

»Also ... doch.«

Er lächelte immer noch. »Die solltest du auch haben. Du hast mich mit drei Leichen in einen Kühlwagen gesperrt. Früher oder später werde ich dir das heimzahlen.«

»Aber heute abend nicht mehr?«

»Nein«, sagte er. »Heute abend nicht mehr.«

Ich hakte die Sicherheitskette aus und ließ Morelli herein.

Er stellte die Pizza und den Sechserpack Bier in die Küche und drehte sich zu mir um. »Anscheinend bist du heute nicht sehr gut zu Fuß. Wie geht es dir?«

»Prima. Zum Glück hat Alphas Kugel fast nur Fett erwischt. Den meisten Schaden hat sie in der Dielenwand angerichtet.«

Sein Lächeln war verschwunden. »Und wie geht es dir wirklich?«

Ich weiß auch nicht, woran es liegt, aber irgendwie gelingt es Morelli immer, mir den letzten Rest an Selbstbeherrschung zu rauben. Selbst wenn ich auf der Hut bin und höllisch aufpasse, bringt er mich dazu, daß ich ihn in einem Moment am liebsten umbringen und im nächsten vernaschen möchte, oder daß ich zumindest an meinem Urteilsvermögen zweifle. Kurz gesagt, Morelli setzt jede Menge unerwünschter Emotionen in mir frei.

Nun sah er mich besorgt an, und um seinen Mund spielte ein ernsthafter Zug, den den beiläufigen Ton seiner Frage Lügen strafte.

Ich biß mir auf die Lippe, aber die Tränen kamen trotzdem und kullerten mir die Backen hinunter.

Morelli nahm mich in den Arm und hielt mich fest. Dann drückte er mir einen Kuß aufs Haar.

Wir blieben lange so stehen, und wenn ich nicht solche Schmerzen im Hintern gehabt hätte, wäre ich womöglich eingeschlafen, so tröstlich und friedlich war es, so geborgen fühlte ich mich in Morellis Armen.

»Wenn ich dir eine ernste Frage stelle«, murmelte Morelli in mein Ohr, »gibst du mir dann eine ehrliche Antwort?«

»Vielleicht.«

»Erinnerst du dich noch an damals, als wir in der Garage Eisenbahn gespielt haben?«

»Deutlich.«

»Und als wir in der Bäckerei zu Boden gingen . . .«

»Auch.«

»Warum hast du mitgemacht? Bin ich wirklich unwiderstehlich?«

Ich legte den Kopf in den Nacken, um ihn anzusehen. »Ich

glaube, es hatte eher etwas mit Neugier und Rebellion zu tun.« Von wild gewordenen Hormonen ganz zu schweigen.

»Dann gibst du also zu, daß es teilweise auch deine eigene Schuld war?«

»Natürlich.«

Nun lächelte er wieder. »Und wenn ich hier und jetzt in der Küche mit dir schlafen würde, würdest du dich dafür auch mitverantwortlich fühlen?«

»Mein Gott, Morelli. Ich habe siebzehn Stiche im Hintern!«

Er seufzte. »Meinst du, wir könnten nach all den Jahren doch noch Freunde werden?«

Was für eine Frage von einem Menschen, der meine Schlüssel in einen Müllcontainer geworfen hatte! »Möglich wäre es schon. Aber wir müßten keinen Vertrag schließen und ihn mit unserem Blut unterschreiben, oder?«

»Nein, aber wir könnten ihn mit einem Bierchen besiegeln.«

»Das wäre schon eher mein Fall.«

»Gut. Das hätten wir also geregelt. Dabei fällt mir ein, es kommt gleich ein Baseballspiel im Fernsehen, das ich mir gern ansehen würde. Und du hast meinen Fernseher.«

»Typisch Mann. Immer einen Hintergedanken im Kopf«, sagte ich und trug die Pizza ins Wohnzimmer.

Morelli kam mit dem Bier nach. »Wie schaffst du das eigentlich mit dem Sitzen?«

»Ich habe einen Gummiring. Wenn du auch nur den kleinsten Witz darüber reißt, betäube ich dich mit meinem K.-o.-Spray.«

Er zog sich die Jacke aus, schnallte das Revolverholster ab und hängte alles an die Schlafzimmerklinke. Dann machte er den Fernseher an und suchte den Sender. »Ich könnte dir noch das eine oder andere berichten«, sagte er. »Willst du es hören?«

»Vor einer halben Stunde hätte ich wahrscheinlich nein gesagt, aber mit einer Pizza schaffe ich alles.«

»Das liegt nicht an der Pizza, Schätzchen. Das liegt an meiner männlichen Ausstrahlung.«

Ich zog eine Augenbraue hoch.

Morelli ignorierte die Augenbraue. »Erstens, der Gerichtsmediziner meint, du hättest den Robin-Hood-Scharfschützenpreis verdient. Du hast Alpha fünfmal ins Herz getroffen, eine Kugel direkt neben der anderen. Was ziemlich beeindruckend ist, wenn man bedenkt, daß du dabei auch noch deine Tasche in Grund und Boden geschossen hast.«

Darauf gönnten wir uns beide erst mal einen Schluck Bier, weil wir nicht recht wußten, was wir davon halten sollten, daß ich einen Menschen erschossen hatte. Stolz schien fehl am Platz zu sein. Trauer paßte auch nicht recht. Mit Sicherheit gab es Bedauern.

»Meinst du, es hätte auch anders enden können?« fragte ich.

»Nein«, sagte Morelli. »Er hätte dich umgebracht, wenn du nicht schneller gewesen wärst.«

Damit hatte er recht. Jimmy Alpha hätte mich umgebracht. Daran bestand für mich nicht der leiseste Zweifel.

Morelli beugte sich vor, um sich den nächsten Wurf anzusehen. Howard Barker schlug den Ball ins Aus. »Mist«, sagte Morelli. Er wandte sich wieder mir zu. »Und nun zu der guten Nachricht. Ich hatte an dem Telegrafenmast neben deinem Parkplatz ein Aufnahmegerät installiert. Für den Notfall, wenn ich selbst nicht da war. So konnte ich das Band am Ende des Tages abhören und feststellen, ob ich irgendwas verpaßt hatte. Das verdammte Ding lief tatsächlich immer noch, als Jimmy dir seinen Besuch abgestattet hat. Es hat alles aufgezeichnet, das Gespräch, die Schießerei, einfach alles, klar und deutlich.«

»Super!«

»Manchmal bin ich so gut, daß es mir angst macht«, sagte Morelli.

»Immerhin gut genug, daß du nicht im Knast gelandet bist.«

Er nahm sich ein Stück Pizza. Auf dem Weg zum Mund verlor er ein paar Würfel grüne Paprika und Zwiebelringe, die er mit den Fingern wieder einsammelte. »Ich bin in allen Anklagepunkten freigesprochen worden und wieder in Amt und Würden. Das ausstehende Gehalt wird mir nachgezahlt. Die verschwundene Waffe lag mit Carmen in der Tonne. Sie war die ganze Zeit eingefroren gewesen, so daß die Fingerabdrücke noch bestens erhalten waren. Außerdem hat man im Labor Blutspuren darauf festgestellt. Auf die Analyse der DNA-Proben warten wir zwar zur Zeit noch, aber vorläufig scheinen die Tests darauf hinzudeuten, daß das Blut von Ziggy stammt, was bedeuten würde, daß Ziggy bewaffnet war, als ich ihn erschossen habe. Anscheinend hat seine Waffe blockiert, als er auf mich schießen wollte, genau, wie ich es mir gedacht hatte. Als Ziggy umkippte, fiel ihm die Waffe aus der Hand, und Louis hat sie aufgehoben und mitgenommen. Dann muß Louis beschlossen haben, sie sich vom Hals zu schaffen.«

Ich holte tief Luft und stellte ihm die Frage, die mir seit drei Tagen auf der Zunge brannte. »Was ist mit Ramirez?«

»Ramirez wird ohne Kaution festgehalten, mindestens bis zur Erstellung eines psychiatrischen Gutachtens. Seit du Alpha ausgeschaltet hast, haben sich einige glaubwürdige Frauen gemeldet, die als Zeuginnen gegen ihn aussagen werden.«

Ich war so erleichtert, daß es fast weh tat.

»Wie sehen deine Pläne für die Zukunft aus?« fragte Morelli. »Willst du weiter für Vinnie arbeiten?«

»Ich bin mir nicht sicher.« Ich biß in die Pizza. »Wahrscheinlich. Höchstwahrscheinlich sogar.«

»Eines muß ich unbedingt noch loswerden«, sagte Morelli. »Es tut mir leid, daß ich damals, als wir noch auf der High-School waren, das Gedicht über dich an die Stadionwand geschrieben habe.«

Mir blieb das Herz stehen. »An die Stadionwand?«

Schweigen.

Morelli bekam einen roten Kopf. »Ich dachte, das wüßtest du.«

»Ich wußte von Mario's Sub Shop!«

»Oh.«

»Soll das heißen, du hast ein Gedicht über mich an die Stadionwand geschrieben? Ein Gedicht, in dem es darum ging, was sich hinter der Vitrine mit den Liebesknochen abgespielt hat?«

»Würde es etwas nützen, wenn ich dir versicherte, daß es ein sehr schmeichelhaftes Gedicht war?«

Ich wollte ihm eine Ohrfeige geben, aber er war schon aufgesprungen und geflüchtet, bevor ich mich aus meinem Gummiring gehievt hatte.

»Das ist doch schon eine Ewigkeit her«, rief er, vor mir hertänzelnd. »Mensch, Stephanie. Sei nicht so sauer, das macht häßlich.«

»Du bist das letzte, Morelli. Das allerletzte.«

»Kann schon sein«, sagte Morelli. »Aber wenigstens bin ich ein sagenhafter . . . Pizzalieferant.«

Zweimal ist einmal zu viel

Deutsch von Anna Seifert und Regina Rawlinson

Für Alex und Peter

Weil sie immer mehr Glauben
als gesunden Menschenverstand hatten
– und immer aufgepaßt haben,
niemandes Traum zu zerstören.

- 1 -

Nur der im Mondlicht glitzernde Ohrring verriet mir, daß Ranger an meiner Seite war. Ansonsten war alles an ihm schwarz wie die Nacht, das T-Shirt, die kugelsichere Weste, seine zurückgekämmten Haare und die 9-Millimeter Glock. Sogar seine Haut schien eine Nuance dunkler als gewöhnlich. Ricardo Carlos Manoso, das kubanisch-amerikanische Chamäleon.

Als blauäugiges, hellhäutiges Produkt einer ungarisch-italienischen Verbindung war ich bei nächtlichen Einsätzen längst nicht so gut getarnt wie er.

Es war Ende Oktober, und Trenton erfreute sich eines der letzten warmen Tage. Ranger und ich kauerten an der Ecke Paterson Street und Wycliff hinter einem Hortensienbusch, aber wir erfreuten uns weder des milden Herbstabends, noch unserer gegenseitigen Gesellschaft; wir waren über gar nichts erfreut. Wir hockten schon seit drei Stunden hier, und langsam verging uns der Spaß.

Wir hatten den heißen Tip bekommen, daß Kenny Mancuso seiner Freundin Julia Cenetta einen Besuch abstatten wollte, deshalb überwachten wir das schindelverkleidete kleine Haus in der Paterson Street 5023. Kenny Mancuso war vor kurzem verhaftet worden, weil er einen Tankwart, der früher sein bester Freund gewesen war, ins Knie geschossen hatte.

Mancuso hatte sich durch das Kautionsbüro Vincent Plum auslösen lassen und dadurch seine Rückkehr in den Schoß der ehrbaren Gesellschaft bewerkstelligt. Nach der Entlassung war er sofort verschwunden und hatte sich auch drei Tage später bei der Vorverhandlung nicht blicken lassen. Das gefiel Vincent Plum ganz und gar nicht.

Ich sah das aus purem Eigennutz etwas anders, denn wenn Vincent Plum Probleme hatte, war das zu meinem Vorteil. Vincent ist nämlich mein Vetter und gleichzeitig mein Arbeitgeber. Ich arbeite als Kopfgeldjägerin für ihn, und wenn der lange Arm des Gesetzes einmal nicht lang genug ist, helfe ich etwas nach. Von den fünfzigtausend Dollar Kaution würden zehn Prozent für mich abfallen. Ein Teil davon stand Ranger für tatkräftige Unterstützung bei Kennys Überwältigung zu, mit dem Rest wollte ich den Kredit für mein Auto abbezahlen.

Ranger und ich arbeiteten gelegentlich zusammen. Er war ein Kopfgeldjäger der Spitzenklasse. Ich hatte ihn angerufen, weil ich immer noch Anfängerin war und jede erdenkliche Hilfe gebrauchen konnte. Daß er sich überhaupt mit mir abgab, hatte ich nur seiner Gutmütigkeit zu verdanken.

»Ich glaube, da tut sich nichts mehr«, sagte Ranger.

Da der Plan von mir war, wollte ich mich rechtfertigen. »Ich habe heute morgen mit Julia geredet und ihr erklärt, daß man sie als Komplizin drankriegen könnte.«

»Und damit hast du sie dazu gebracht, dir zu helfen?«

»Nicht ganz. Erst als ich ihr erzählt habe, daß Kenny sich vor der Schießerei ab und zu mit Denise Barkolowski getroffen hat.«

Ranger grinste. »Das mit Denise war gelogen?«

»Natürlich.«

»Alle Achtung.«

Ich machte mir wegen der Lüge keine Vorwürfe, Julia hatte sowieso etwas Besseres verdient als diesen miesen Kriminellen.

»Sieht so aus, als ob sie es sich doch noch mal überlegt und Kenny einen Wink gegeben hätte. Hast du rausbekommen, wo er wohnt?«

»Er hat keine feste Bleibe. Julia hat nicht mal eine Telefonnummer, unter der sie ihn erreichen kann. Sie sagt, er ist sehr vorsichtig.«

»Hat er zum ersten Mal Streß mit der Polizei?«

»Ja.«

»Dann wird er wohl Schiß vor dem Knast haben. Der macht sich ins Hemd, daß ihm die schweren Jungs an die Wäsche wollen.«

Als sich ein Pickup näherte, hielten wir wieder den Mund. Es war ein nagelneuer dunkler Toyota mit gesonderter Antenne für das Autotelefon. Er bog in die Einfahrt. Der Fahrer stieg aus und ging zur Haustür. Wir konnten ihn nur von hinten sehen, und die Beleuchtung ließ zu wünschen übrig.

»Was meinst du, ist er das?« fragte Ranger. »Ist das Mancuso?«

Ich war mir nicht sicher. Gewicht und Größe des Mannes stimmten. Mancuso war sechsundzwanzig Jahre alt, eins achtzig groß, fünfundachtzig Kilo schwer und hatte braune Haare. Er war erst vor vier Monaten aus der Armee entlassen worden und körperlich topfit. Ich hatte im Kautionsbüro einige Fotos von ihm bekommen, aber aus dieser Entfernung nützten sie mir rein gar nichts.

»Kann sein, aber ohne sein Gesicht zu sehen, kann ich es nicht beschwören«, sagte ich.

Die Tür ging auf, der Mann verschwand im Haus, und die Tür schlug wieder zu.

»Wir könnten anklopfen und uns höflich erkundigen, ob er unser Mann ist«, schlug Ranger vor.

Ich nickte zustimmend. »Könnte funktionieren.«

Wir standen auf und rückten unsere Waffen zurecht.

Ich trug dunkle Jeans, einen schwarzen Rollkragenpullover, eine dunkelblaue, kugelsichere Weste und rote Turnschuhe. Meine halblangen braunen Locken hatte ich zum Pferdeschwanz gebunden und unter eine navyblaue Baseballkappe gesteckt. Die fünfschüssige 38er Smith & Wesson Special steckte in einem Hüftholster aus schwarzem Nylon, die Handschellen und das Tränengas hatte ich hinten in den Gürtel geschoben.

Wir liefen durch den Vorgarten, und Ranger klopfte mit seiner überdimensionalen Taschenlampe an die Eingangstür. Die Lampe eignete sich, laut Ranger, unter anderem vorzüglich dazu, jemandem eins überzubraten. Zum Glück hatte ich noch keinen solchen Einsatz miterleben müssen. Spätestens seit ich mitten in *Reservoir Dogs* in Ohnmacht gefallen war, gab ich mich hinsichtlich meiner Tauglichkeit beim Anblick von Blutorgien keinen Illusionen mehr hin. Sollte Ranger sich jemals dazu gezwungen sehen, jemandem in meiner Gegenwart mit der Taschenlampe den Schädel spalten zu müssen, würde ich die Augen ganz fest zumachen… und mir anschließend vielleicht einen neuen Job suchen.

Als niemand öffnete, trat ich zur Seite und zog den Revolver. Theoretisch kann man seinem Partner in dieser Position Rükkendeckung geben. In meinem Fall war es allerdings eher eine leere Geste. Ich ging zwar brav zum Schießstand und übte, war aber, um ehrlich zu sein, eine technische Niete. Meiner Angst vor Revolvern war rational nicht beizukommen, und die meiste Zeit vermied ich es, meinen kleinen S & W zu laden, damit ich mir nicht versehentlich die Zehen abballerte. Ich habe erst ein einziges Mal auf jemanden schießen müssen, und damals war ich so nervös, daß ich abdrückte, bevor ich den Revolver aus der Handtasche geholt hatte. Ich war nicht erpicht darauf, so etwas noch einmal zu erleben.

Ranger hämmerte gegen die Tür. »Kautionsdetektiv«, rief er. »Aufmachen.«

Endlich reagierte jemand. Die Tür wurde geöffnet, allerdings nicht von Julia Cenetta oder Kenny Mancuso, sondern von Joe

Morelli, einem Zivilbeamten der Trentoner Polizei. Im ersten Augenblick waren wir alle so überrascht, daß keiner einen Ton herausbrachte.

»Gehört der Pickup in der Einfahrt Ihnen?« fragte Ranger schließlich.

»Ja«, sagte Morelli. »Ich habe ihn gerade erst gekauft.«

Ranger nickte. »Schöner Wagen.«

Morelli und ich stammten aus demselben Trentoner Viertel, wo man betrunkene Obdachlose noch Penner nannte und nur Waschlappen ihren Ölwechsel in der Werkstatt machen ließen. Nachdem Morelli meine Naivität in der Vergangenheit schamlos ausgenutzt hatte, war es mir kürzlich gelungen, es ihm heimzuzahlen. Nun waren wir zwar quitt, wußten aber nicht mehr so recht, wie wir zueinander standen.

Julia kam hinter Morelli zum Vorschein.

»Was ist los?« fragte ich sie. »Wollte Kenny nicht heute abend vorbeikommen?«

»Ja, schon«, antwortete sie. »Aber auf den war noch nie Verlaß.«

»Hat er angerufen?«

»Nein. Ich habe nichts von ihm gehört. Wahrscheinlich ist er bei Denise Barkolowski. Warum rennt ihr der nicht die Bude ein?«

Obwohl Ranger keine Miene verzog, wußte ich, daß er sich insgeheim amüsierte. »Ich hau ab«, sagte er. »Ich mische mich nicht gerne in Beziehungsprobleme ein.«

Morelli musterte mich. »Was hast du mit deinen Haaren gemacht?« fragte er.

»Die sind unter der Mütze.«

Er hatte die Hände in den Hosentaschen. »Sehr sexy.«

Morelli fand alles sexy.

»Es ist schon spät«, sagte Julia. »Ich muß morgen arbeiten.«

Ich sah auf die Uhr, es war halb elf. »Sie sagen Bescheid, wenn Sie etwas von Kenny hören?«

»Na klar.«

Morelli kam hinter mir her. Wir gingen zum Wagen und starrten ihn eine Weile gedankenverloren an. Zuletzt hatte er einen Jeep Cherokee gefahren, der von einer Bombe in Stücke gerissen worden war. Zum Glück hatte Morelli nicht darin gesessen, als er in die Luft flog.

»Was führt dich hierher?« fragte ich schließlich.

»Dasselbe wie dich. Ich suche Kenny.«

»Ich wußte nicht, daß du unter die Kopfgeldjäger gegangen bist.«

»Mancusos Mutter ist eine geborene Morelli. Die Familie hat mich gebeten, ihn zu suchen und mit ihm zu reden, bevor er sich noch weiter reinreitet.«

»Dann bist du also mit Kenny Mancuso verwandt?«

»Ich bin mit Gott und der Welt verwandt.«

»Aber nicht mit mir.«

»Ist Julia deine einzige Spur oder hast du noch andere Anhaltspunkte?«

»Nichts Besonderes.«

Er überlegte kurz. »Wir könnten uns doch zusammentun.«

Ich verzog das Gesicht. Bei meiner letzten Zusammenarbeit mit Morelli hatte ich eine Kugel in den Allerwertesten bekommen. »Was bringt mir das?«

»Ich habe einen guten Draht zu Kennys Familie.«

Kenny war vielleicht wirklich so blöd, bei seiner Familie Hilfe zu suchen. »Woher soll ich wissen, daß du mich nicht aufs Kreuz legen willst?« Das war ihm durchaus zuzutrauen.

Morelli hatte ein kantiges Gesicht, das mit zunehmendem Alter noch an Charakter gewann. Eine hauchdünne Narbe zog sich durch seine linke Augenbraue und zeugte von einem Leben voller Risikobereitschaft. Er war zweiunddreißig, zwei Jahre älter als ich, und alleinstehend. Zudem war er ein wirklich guter Polizist. Über seine Qualitäten als Mensch hatte ich noch kein abschließendes Urteil gefällt.

»Du wirst mir wohl einfach vertrauen müssen«, sagte er und wippte auf den Fersen.

»Das kann ja heiter werden.«

Als Morelli die Tür des Toyota öffnete, schlug uns eine Wolke Neuwagenduft entgegen. Er schwang sich hinter das Lenkrad und ließ den Motor an. »Ich glaube nicht, daß sich Kenny noch so spät hier blicken läßt«, sagte er.

»Ziemlich unwahrscheinlich. Julia wohnt bei ihrer Mutter. Die ist Krankenschwester im St. Francis und müßte in einer halben Stunde vom Nachtdienst kommen. Ich kann mir beim besten Willen nicht vorstellen, daß Kenny hier antanzt, wenn Mami zu Hause ist.«

Morelli nickte noch einmal und fuhr los. Nachdem seine Rücklichter in der Dunkelheit verschwunden waren, ging ich zu meinem Jeep, der an der nächsten Straßenecke parkte. Ich hatte den Wagen gebraucht von Skoogie Krienski gekauft, der als Pizzabote arbeitete, und wenn das Auto warm wurde, roch es nach Teig und Tomatensoße. Außerdem war es ein sogenanntes Wüstenmodell, sandfarben lackiert und somit ungemein praktisch, falls ich mich jemals einem Armeekonvoi anschließen wollte.

Wahrscheinlich würde Kenny wirklich nicht mehr kommen, aber es konnte nicht schaden, noch ein bißchen zu warten. Um nicht gesehen zu werden, klappte ich das Verdeck des Jeeps hoch und drückte mich so tief wie möglich in den Sitz. Hinter dem Hortensienbusch war die Sicht zwar besser gewesen, aber für meine Zwecke ging es auch so. Falls Kenny auftauchte, würde ich sofort mein Handy zücken und Ranger anrufen. Ich war nicht scharf darauf, einen Typen, der wegen schwerer Körperverletzung gesucht wurde, allein festzunehmen.

Nach zehn Minuten fuhr ein Kleinwagen am Haus der Cenettas vorbei. Ich rutschte noch ein Stück tiefer in meinen Sitz. Einige Minuten später war er wieder da und hielt vor dem Haus. Der Fahrer hupte. Julia Cenetta kam heraus und stieg auf der Beifahrerseite ein.

Erst als sie schon einen halben Häuserblock von mir entfernt waren, ließ ich den Jeep an, aber mit den Scheinwerfern wartete ich noch, bis sie um die Ecke gebogen waren. Wir befanden uns am Rande des Viertels, in dem ich groß geworden war. Es war eine ruhige Wohngegend mit erschwinglichen Einfamilienhäusern. Da es nur wenig Verkehr gab, hielt ich Abstand, um nicht entdeckt zu werden. Wir bogen in die Hamilton Street ein und fuhren in Richtung Osten. Auf dieser etwas befahreneren Straße wagte ich mich ein wenig näher heran. Julia und ihr Freund fuhren schließlich auf den Parkplatz eines Supermarktes und parkten in einer dunklen Ecke.

Zu dieser späten Stunde war der Parkplatz leer, und es gab kein Versteck für eine neugierige Kopfgeldjägerin. Mit ausgeschalteten Scheinwerfern rollte ich ans andere Ende des Platzes. Dann fischte ich mein Fernglas vom Rücksitz und richtete es auf den anderen Wagen.

Als plötzlich jemand an die Fahrertür klopfte, fuhr ich zusammen.

Es war Morelli, der meinen Schreck sichtlich genoß. »Dafür brauchst du ein Nachtsichtgerät«, sagte er freundlich. »So wirst du überhaupt nichts erkennen.«

»Ich habe aber keines. Was hast du eigentlich hier zu suchen?«

»Ich bin dir gefolgt. Ich dachte mir, daß du noch ein bißchen nach Kenny Ausschau halten würdest. Von Polizeiarbeit hast du zwar keine Ahnung, aber dafür hast du mehr Glück als Verstand und bist so verbissen wie ein Pitbull, der seinen Knochen verteidigt.«

Die Beschreibung war zwar nicht sonderlich schmeichelhaft, dafür aber zutreffend. »Verstehst du dich gut mit Kenny?«

Morelli zuckte mit den Schultern. »Wir sind nicht gerade Busenfreunde.«

»Du hast also keine Lust, ihm guten Tag zu sagen.«

»Wäre doch schade, Julia den Spaß zu verderben, falls es gar nicht Kenny ist.«

Auch ohne Nachtsichtgerät war deutlich zu erkennen, daß der andere Wagen sich auf und ab bewegte. Rhythmisch hervorgestoßene Grunzlaute und spitze Schreie wehten herüber. Die Situation war mir so peinlich, daß ich mich fast auf meinem Sitz gekrümmt hätte.

»Verdammt«, sagte Morelli. »Wenn die nicht aufpassen, ruinieren sie noch die Stoßdämpfer.«

Das Auto hörte auf zu wippen, und die Scheinwerfer gingen an.

»Hoppla«, sagte ich. »Das ging aber schnell.«

Morelli sprang in den Jeep. »Die müssen schon unterwegs losgelegt haben. Schalte die Scheinwerfer erst ein, wenn sie auf der Straße sind.«

»Leichter gesagt als getan, ohne Licht sehe ich nichts.«

»Wir sind auf einem Parkplatz. Hier gibt es nichts zu sehen.«

Ich ließ den Wagen langsam vorrollen.

»Er hängt dich ab«, sagte Morelli. »Nun fahr doch.«

Ich gab etwas mehr Gas, kniff die Augen zusammen und verfluchte Morelli, weil ich bei der Dunkelheit nichts erkennen konnte.

Als er mich einen Feigling nannte, trat ich das Gaspedal bis zum Anschlag durch.

Plötzlich krachte es, der Jeep bäumte sich auf, und ich stieg auf die Bremse. Als wir zum Stehen kamen, sackte das Auto deutlich zur Seite.

Morelli stieg aus, um nachzusehen, was passiert war. »Du hängst auf einer Verkehrsinsel«, sagte er. »Setz ein Stück zurück, dann ist alles in Ordnung.«

Vorsichtig fuhr ich rückwärts von der Insel. Der Wagen zog nach links und ließ sich kaum noch steuern. Während Morelli den Schaden inspizierte, hätte ich mir vor Wut in den Arsch beißen können, weil ich auf ihn gehört hatte.

»Sieht übel aus«, sagte Morelli, der sich durch das offene Fenster zu mir hereinlehnte. »Die Felge ist verbogen. Kennst du einen guten Abschleppdienst?«

»Das hast du mit Absicht gemacht. Du wolltest nicht, daß ich deinen beknackten Vetter festnehme.«

»He, Schätzchen, schieb mir jetzt nicht deine eigenen Fehler in die Schuhe.«

»Du bist ein Dreckskerl, Morelli.«

Er grinste. »Ein bißchen freundlicher bitte, sonst verpasse ich dir eine Verwarnung wegen Gefährdung des Straßenverkehrs.«

Ich holte das Handy aus der Tasche und rief Al an. Er war ein guter Freund von Ranger und betrieb tagsüber eine völlig legale Autowerkstatt. Nachts spritzte er vermutlich gestohlene Autos um. Mir war das egal. Hauptsache, er reparierte meinen Reifen.

Eine Stunde später konnte ich mich auf den Heimweg machen. Es hatte keinen Sinn mehr, jetzt noch nach Kenny Mancuso zu suchen. Der hatte sich längst aus dem Staub gemacht. Unterwegs kaufte ich mir eine Familienpackung Eiscreme, das reinste Gift für die Arterien.

Ich wohnte nur wenige Meilen von meinen Eltern entfernt in einem zweistöckigen Backsteinkasten, an einer belebten Straße mit vielen kleinen Läden. Die Gegend war sauber und ordentlich, an unser Grundstück grenzten einfache Einfamilienhäuser.

Meine Wohnung mit Blick auf den Anwohnerparkplatz lag im ersten Stock auf der Rückseite des Hauses. Sie bestand aus einem Schlafzimmer, einem winzigen Bad, einer kleinen Küche und einem Wohnzimmer mit Eßnische. Mein Badezimmer sah aus wie eine Kulisse für *Die Partridge Family*, und aufgrund meiner angespannten Finanzlage konnte man den Rest der Einrichtung als eklektisch bezeichnen, womit auf hochgestochene Weise gesagt wäre, daß nichts zusammenpaßte. Mrs. Bestler aus dem zweiten Stock stand im Korridor, als ich aus dem Aufzug kam. Sie war dreiundachtzig und konnte nachts nicht schlafen, also lief sie im Haus umher, um sich fit zu halten.

»Hallo, Mrs. Bestler«, sagte ich. »Wie geht's?«

»Man will ja nicht klagen. Sieht aus, als hätten Sie heute nacht gearbeitet. Haben Sie ein paar Gangster geschnappt?«

»Nein. Leider nicht.«

»So ein Pech.«

»Vielleicht morgen«, sagte ich, während ich meine Tür aufschloß und in die Wohnung schlüpfte.

Mein Hamster Rex war in seinem Laufrad und rannte so schnell, daß seine rosafarbenen Füßchen nicht mehr klar auszumachen waren. Als ich zur Begrüßung an die Glasscheibe des Käfigs klopfte, blieb er kurz stehen und sah mich mit zitternden Barthaaren und glänzenden schwarzen Augen neugierig an.

»Hi, Rex«, sagte ich.

Rex gab keine Antwort. Er ist eher ein stiller Typ.

Ich warf meine schwarze Tasche auf den Küchentisch und nahm einen Löffel aus der Geschirrschublade. Während ich den Anrufbeantworter abhörte, aß ich mein Eis.

Alle Nachrichten waren von meiner Mutter. Sie wollte morgen ein leckeres Hühnchen in den Ofen schieben, und ich sollte zum Abendessen kommen. Aber ich sollte mich nicht verspäten, da Betty Szajacks Schwager gestorben war und Grandma Mazur unbedingt um sieben ins Bestattungsinstitut wollte.

Für Grandma Mazur waren die Todesanzeigen so etwas Ähnliches wie ein Veranstaltungskalender. In anderen Vierteln gab es Vereine und Bürgerhäuser. Bei uns gab es Bestattungsinstitute. Wenn es plötzlich keine Toten mehr gegeben hätte, wäre das gesellschaftliche Leben im Viertel vollständig zum Erliegen gekommen.

Ich aß das Eis auf und beförderte den Löffel in die Spülmaschine. Rex bekam noch etwas Futter und eine Weintraube, dann ging ich zu Bett.

Als ich aufwachte, trommelte der Regen an das Schlafzimmerfenster und auf die altmodische schmiedeeiserne Feuertreppe, die mir auch als Balkon diente. Abends, wenn ich mich ins Bett gekuschelt hatte, mochte ich dieses Geräusch, aber morgens konnte ich dem Regen überhaupt nichts abgewinnen.

Ich würde Julia Cenetta noch einmal aufs Dach steigen müssen, um herauszukriegen, wem der Wagen gehörte, mit dem sie abgeholt worden war. Das Telefon klingelte, und ich hob automatisch ab, auch wenn es eigentlich noch etwas früh für einen Anruf war. Mein Wecker zeigte 7.15 Uhr an.

Es war mein Freund Eddie Gazarra, ein Polizist.

»Guten Morgen«, sagte er. »Auf, auf, an die Arbeit.«

»Rufst du mich nur aus alter Freundschaft an?« Gazarra und ich waren zusammen aufgewachsen, und außerdem war er mit meiner Cousine Shirley verheiratet.

»Nein, ich habe ein paar Informationen für dich, aber das muß unter uns bleiben. Suchst du Kenny Mancuso immer noch?«

»Ja.«

»Der Tankwart, dem er ins Knie geschossen hat, ist heute morgen umgelegt worden.«

Ich sprang aus dem Bett. »Was ist passiert?«

»Es gab eine zweite Schießerei. Ich habe es von Schmidty gehört. Der hat den Notruf entgegengenommen. Ein Kunde hat Moogey Bues mit einem großen Loch im Kopf in der Tankstelle gefunden.«

»Mein Gott.«

»Ich dachte, das interessiert dich bestimmt. Es könnte ja eine Verbindung geben. Vielleicht hat es Mancuso nicht gereicht, ihm nur ins Knie zu ballern, und er hat ihm auch noch das Gehirn weggepustet.«

»Ich steh in deiner Schuld.«

»Wir könnten nächsten Freitag einen Babysitter gebrauchen.«

»So viel bin ich dir dann auch wieder nicht schuldig.«

Eddie knurrte und legte auf.

Ich duschte hastig, fönte mir die Haare und steckte sie unter eine New-York-Rangers-Mütze, die ich falsch herum aufsetzte. Ich trug schwarze Levis und ein rotkariertes Flanellhemd über einem schwarzen T-Shirt. An den Füßen hatte ich schwarze Doc Martens, die mich vor dem Regen schützen sollten.

Da Rex nach einer anstrengenden Nacht im Laufrad in seiner Suppendose schlummerte, schlich ich mich auf Zehenspitzen an ihm vorbei. Ich schaltete den Anrufbeantworter ein, schnappte mir meine Handtasche sowie die schwarz-lila Gore-Tex-Jacke und brach auf.

Die Tankstelle lag nicht weit von meinem Haus entfernt in der Hamilton Street. Auf dem Weg kaufte ich mir einen großen Becher Kaffee und eine Tüte Schoko-Doughnuts. Wer mit der Luftverschmutzung in New Jersey leben muß, braucht sich wegen ungesunder Ernährung nun wirklich keine Sorgen zu machen.

Die Tankstelle wimmelte von Polizisten, ein Krankenwagen

stand auf dem Vorplatz. Aus dem Wolkenbruch war ein feiner Nieselregen geworden. Ich parkte einen halben Block entfernt, schob mich durch die Menge und hielt nach einem bekannten Gesicht Ausschau. Den Kaffee und die Tüte nahm ich mit.

Ich konnte nur eine einzige mir bekannte Person entdecken, und das war Joe Morelli. Ich drängelte mich zu ihm durch und hielt ihm die Doughnuts hin. Er nahm einen und biß gleich die Hälfte ab.

»Noch nicht gefrühstückt?« fragte ich.

»Nein, ich bin aus dem Bett geklingelt worden.«

»Ich dachte, du wärst jetzt bei der Vice-Squad.«

»Bin ich auch, Walt Becker ist für den Fall zuständig. Aber er weiß, daß ich Kenny suche und hat mir deshalb Bescheid gegeben.«

Schweigend aßen wir unsere Doughnuts.

»Also, was ist passiert?« fragte ich.

Ein Polizeifotograf machte Aufnahmen vom Tatort. Zwei Sanitäter standen herum und warteten darauf, die Leiche abtransportieren zu können.

Durch die getönte Fensterscheibe des Büros beobachtete Morelli das Geschehen. »Er ist vermutlich gegen halb sieben erschossen worden. Um die Zeit öffnete er gewöhnlich die Tankstelle. Offenbar hat ihn der Täter einfach über den Haufen geknallt. Er ist aus nächster Nähe dreimal ins Gesicht geschossen worden. Es scheint nichts zu fehlen, und auch die Kasse ist nicht angerührt worden. Bis jetzt haben wir noch keine Zeugen.«

»Ein gezielter Anschlag?«

»Sieht ganz danach aus.«

»Werden hier Drogendeals oder illegale Wettgeschäfte abgewickelt?«

»Ich weiß jedenfalls nichts davon.«

»Möglicherweise waren es persönliche Gründe. Vielleicht hat er sich an einer verheirateten Frau vergriffen oder Schulden gehabt.«

»Schon möglich.«

»Es ist aber auch möglich, daß Kenny noch einmal zurückgekommen ist und ihn abgeknallt hat.«

Morelli verzog keine Miene. »Möglich wäre es.«

»Traust du Kenny so etwas zu?«

Er zuckte mit den Schultern. »Schwer zu sagen.«

»Hast du das Kennzeichen des Wagens von gestern abend schon überprüft?«

»Ja, er gehört meinem Vetter Leo.«

Ich zog die Augenbrauen hoch.

»Wir sind eine große Familie«, sagte er. »Da gibt es solche und solche.«

»Hast du vor, mit Leo zu reden?«

»Sobald ich hier fertig bin.«

Ich trank einen Schluck und sah, wie er neidisch auf meinen Becher schielte. »Wetten, du könntest jetzt auch einen Kaffee vertragen.«

»Für einen Kaffee würde ich momentan alles geben.«

»Du kriegst die Hälfte, wenn du mich zu Leo mitnimmst.«

»Abgemacht.«

Ich nahm einen letzten Schluck und gab ihm den Becher. »Hast du noch mal bei Julia vorbeigeschaut?«

»Ich bin am Haus vorbeigefahren. Das Licht war aus. Kein Auto weit und breit. Wir können sie uns vornehmen, wenn wir bei Leo waren.«

Als der Polizeifotograf fertig war, gingen die Sanitäter ans Werk. Sie legten den Toten in einen Leichensack und hoben ihn auf eine Bahre. Als die Räder über die Türschwelle klapperten, lag mir der Doughnut mit einemmal wie ein Stein im Magen.

Obwohl ich das Opfer nicht gekannt hatte, ging mir sein Tod unter die Haut.

Zwei Beamte der Mordkommission waren am Tatort. Unter ihren Trenchcoats trugen sie Anzüge und Krawatten. Morelli war in einem dunkelblauen T-Shirt, Levis, einer Tweedjacke und Turnschuhen erschienen. Wie feiner Tau legte sich der Regen auf seine Haare.

»Du siehst nicht so aus wie deine Kollegen«, sagte ich. »Wo hast du deinen Anzug gelassen?«

»Hast du mich schon mal in einem Anzug gesehen? Darin sehe ich aus wie ein schmieriger Spielhöllenbetreiber. Ich habe strikte Anweisung, nie einen Anzug zu tragen.« Er zog seine Autoschlüssel aus der Tasche und bedeutete einem seiner Kollegen, daß er gehen wollte. Der Beamte nickte zustimmend.

Morellis Dienstwagen war ein dreckverschmierter brauner Fairlane. Aus dem zerbeulten Kofferraum ragte eine Antenne, und auf der Hutablage stand eine Hulapuppe aus Plastik. Das Auto sah aus, als käme es nicht einmal im Schrittempo einen Berg hoch.

»Hast du es schon mal mit Waschen probiert?« fragte ich.

»Noch nie. Ich will gar nicht so genau wissen, was unter dem Dreck steckt.«

»Die Stadtväter möchten euch die Polizeiarbeit wohl so schwer wie möglich machen.«

»Wenn es zu einfach wäre, hätten wir ja überhaupt keinen Spaß mehr.«

Leo Morelli stammte aus demselben Viertel wie Joe und ich. Er wohnte noch bei seinen Eltern, war so alt wie Kenny und arbeitete wie sein Vater bei der Stadtverwaltung.

Vor dem Haus der Morellis stand ein Streifenwagen. Die ganze Familie redete aufgeregt auf einen uniformierten Beamten ein.

»Leos Auto ist gestohlen worden«, sagte Mrs. Morelli. »Es ist nicht zu fassen. Früher hätte es so etwas hier nicht gegeben.«

Solche Dinge passierten bei uns deshalb nicht, weil die Gegend einem Altersheim der Mafia glich. Als es in Trenton vor Jahren Krawalle gegeben hatte, wäre niemand auf die Idee gekommen, Polizeikräfte in unser Viertel zu schicken. Jeder alte Mafia-Veteran war auf den Dachboden geklettert und hatte seine Maschinenpistole ausgegraben.

»Wann hast du gemerkt, daß dein Auto weg war?« fragte Morelli.

»Heute morgen«, sagte Leo. »Als ich zur Arbeit fahren wollte, war es nicht mehr da.«

»Wann hast du es zum letzten Mal gesehen?«

»Gestern abend um sechs, als ich nach Hause gekommen bin.«

»Und wann hast du Kenny zuletzt gesehen?«

Alles guckte verdutzt.

»Kenny?« sagte Leos Mutter. »Was hat denn Kenny damit zu tun?«

Morelli wippte auf den Fersen. »Vielleicht brauchte Kenny ein Auto.«

Alles schwieg.

Morelli wiederholte die Frage. »Also, wann hast du zuletzt mit Kenny gesprochen?«

»Das darf doch nicht wahr sein«, mischte sich Leos Vater ein. »Sag bloß, du hast diesem verdammten Idioten dein Auto geliehen.«

»Er hat versprochen, er bringt es zurück«, sagte Leo.

»Du hast wirklich nur Stroh im Kopf«, schimpfte Leos Vater. »Nichts als Stroh.«

Wir erklärten Leo, daß er sich strafbar gemacht hatte. Und wie ernst ein Richter dieses Vergehen nehmen würde. Dann schärften wir ihm ein, daß er Kenny, sobald er sich meldete, an seinen Cousin Joe oder Joes gute Freundin Stephanie Plum verpfeifen mußte.

»Glaubst du, er ruft an, wenn er etwas von Kenny hört?« fragte ich, als wir wieder allein im Auto saßen.

»Nein, der schlägt Kenny höchstens mit dem Wagenheber grün und blau.«

»Die typische Morelli-Methode.«

»Nicht ganz.«

»Typisch Mann?«

»Du hast es erfaßt.«

»Meinst du, er ruft wenigstens an, wenn er ihn grün und blau geschlagen hat?«

Morelli schüttelte den Kopf. »Du hast wirklich keine Ahnung.«

»Ich ahne so einiges.«

Er konnte sich ein Schmunzeln nicht verkneifen.

»Und was nun?« fragte ich.

»Jetzt fahren wir zu Julia Cenetta.«

Julia Cenetta arbeitete in der Buchhandlung des State-College. Wir fuhren erst bei ihr zu Hause vorbei. Als niemand öffnete, machten wir uns auf den Weg zum College. Wir kamen nur langsam voran, weil sich um uns herum alle an die Geschwindigkeitsbeschränkung hielten. Nichts verlangsamt den Verkehr so effektiv wie das Auto eines Zivilpolizisten.

Morelli fuhr durch den Haupteingang und hielt Kurs auf den einstöckigen Betonbau, in dem sich die Buchhandlung befand. Wir kamen an einem Ententeich, ein paar Bäumen und noch sommerlich grünen Rasenflächen vorbei. Es regnete wieder stärker. Das monotone Prasseln verhieß nichts Gutes. Wahrscheinlich würde es den ganzen Tag nicht mehr aufhören zu regnen. Die Studenten liefen mit gesenkten Köpfen an uns vorbei und hatten die Kapuzen ihrer Jacken und Sweatshirts tief ins Gesicht gezogen.

Morelli warf einen Blick auf den Parkplatz vor der Buchhandlung. Weil in der Nähe der Eingangstür alle Plätze belegt waren, parkte er ohne zu zögern im Halteverbot.

»Ein Notfall?« fragte ich.

»Worauf du Gift nehmen kannst«, antwortete Morelli.

Julia arbeitete an der Kasse, und da gerade niemand zu bedienen war, hatte sie die Hüfte gegen die Geldschublade gelehnt und kratzte an ihrem Nagellack herum. Die Verärgerung über unser Auftauchen zeichnete sich in kleinen Falten auf ihrer Stirn ab.

»Nicht viel los heute«, sagte Morelli.

Julia nickte. »Das liegt am Regen.«

»Haben Sie etwas von Kenny gehört?«

Julia wurde rot. »Nun ja, eigentlich habe ich ihn gestern doch noch gesehen. Kurz nachdem Sie gegangen waren, hat er angerufen und ist noch auf einen Sprung vorbeigekommen. Ich habe ihm gesagt, daß Sie ihn sprechen möchten und ihm Ihre Visitenkarte mit der Piepsernummer gegeben.«

»Glauben Sie, er kommt heute abend wieder?«

»Nein.« Bekräftigend schüttelte sie den Kopf. »Bestimmt nicht. Er hat erzählt, daß er sehr vorsichtig sein muß, weil irgendwelche Leute hinter ihm her sind.«

»Die Polizei?«

»Ich glaube, er meinte jemand anderen, aber ich bin mir nicht sicher.«

Morelli gab ihr eine weitere Visitenkarte mit der Empfehlung, sich sofort bei ihm zu melden, wenn sie etwas von Kenny hören sollte.

Sie reagierte zurückhaltend, und ich hatte den Eindruck, daß von ihr wenig Hilfe zu erwarten war.

Wir sprinteten durch den Regen zum Auto. Die Polizeiausrüstung des Fairlane beschränkte sich auf ein altes Funkgerät. Es war eingeschaltet, und manchmal übertönten Durchsagen das heftige Rauschen. Ich hatte eine ähnliche Anlage in meinem Jeep installiert, kämpfte aber noch mit dem Erlernen des Polizeicodes. Wie alle Polizisten, die ich kannte, nahm Morelli die verworrenen Informationen völlig unbewußt auf.

Beim Verlassen des Universitätsgeländes stellte ich ihm die unausweichliche Frage: »Was nun?«

»Du hast doch immer den richtigen Riecher. Was schlägst du vor?«

»Mein Riecher streikt gerade.«

»Also gut. Gehen wir noch mal durch, was wir bis jetzt haben. Was wissen wir über Kenny?«

Seit gestern abend wußten wir zumindest, daß er zu frühzeitigem Samenerguß neigte, aber darum ging es Morelli wahrscheinlich nicht. »Ist hier groß geworden und hat seinen High-School-Abschluß gemacht. Nach der Schule hat er sich freiwillig zur Armee gemeldet und ist erst vor vier Monaten entlassen worden. Er ist arbeitslos, aber trotzdem nicht knapp bei Kasse. Aus einem noch ungeklärten Grund hat er beschlossen, seinem Freund Moogey Bues ins Knie zu schießen. Dabei ist er von einem Polizisten erwischt worden, der gerade dienstfrei hatte und zufällig vorbeikam. Da er nicht vorbestraft ist, wurde er auf Kaution freigelassen. Dann ist er getürmt und hat ein Auto geklaut.«

»Falsch. Er hat sich ein Auto geliehen und ist bis jetzt noch nicht dazu gekommen, es zurückzugeben.«

»Ist das wichtig?«

Morelli bremste an einer Ampel. »Vielleicht ist ihm etwas dazwischengekommen.«

»So etwas wie das Abmurksen seines alten Kumpels Moogey?«

»Laut Julia denkt Kenny, es ist jemand hinter ihm her.«

»Wer denn? Leos Vater?«

»Kannst du nicht ein bißchen ernster sein?« sagte Morelli.

»Bin ich doch. Mir fällt bloß nicht sehr viel dazu ein, und bei dir scheinen die Ideen ja auch nicht gerade zu sprudeln. Was meinst du, wer ist hinter Kenny her?«

»Als Kenny und Moogey wegen der Schießerei befragt wurden, haben beide zu Protokoll gegeben, es sei um etwas Persönliches gegangen. Weitere Angaben wollten sie nicht machen. Aber vielleicht haben sie sich ja wegen etwas Geschäftlichem verkracht.«

»Und weiter?«

»Nichts weiter.«

Ich sah ihn mir genau an, um herauszukriegen, ob er mir etwas verheimlichte. Wahrscheinlich war es so, aber er ließ sich nichts anmerken. »Okay«, sagte ich schließlich mit einem Seufzer. »Ich habe eine Liste seiner Bekannten. Die kann ich ja mal durchgehen.«

»Wo hast du die her?«

»Das ist vertraulich.«

Morelli machte ein gequältes Gesicht. »Du bist bei ihm eingebrochen und hast sein Adreßbuch geklaut.«

»Nicht geklaut, nur kopiert.«

»Ich will nichts davon hören.« Er richtete den Blick auf meine Handtasche. »Du hast doch nicht etwa eine Waffe da drin?«

»Wer? Ich?«

»Scheiße«, sagte Morelli. »Ich muß wirklich verrückt sein, mit dir zusammenzuarbeiten.«

»Es war deine Idee!«

»Soll ich dir beim Durchgehen der Liste behilflich sein?«

»Nein.« Genausogut hätte ich einem Nachbarn meinen Lottoschein geben können, um dann zuzusehen, wie er den Jackpot kassierte.

Morelli hielt hinter meinem Jeep an. »Bevor du gehst, muß ich dir noch etwas sagen.«

»Was?«

»Die Schuhe, die du anhast, sind grauenvoll.«

»Sonst noch was?«

»Das mit dem Reifen letzte Nacht tut mir leid.«

Aber gewiß doch.

Um siebzehn Uhr war ich zwar völlig durchgefroren und klitschnaß, aber dafür hatte ich alle Namen auf der Liste abgehakt. Einige Leute hatte ich angerufen, anderen Besuche abgestattet, allerdings war dabei reichlich wenig herausgekommen. Die meisten kannten Kenny schon seit ihrer Kindheit. Keiner hatte seit seiner Verhaftung Kontakt mit ihm gehabt, und ich sah keinen Grund, das anzuzweifeln. Niemand wußte etwas von Differenzen zwischen Kenny und Moogey. Einige Leute bescheinigten Kenny Unberechenbarkeit und einen Hang zu unseriösen Geschäften. Das war zwar interessant, aber so allgemein, daß es mich auch nicht weiterbrachte. Bei einigen Gesprächen hatte es bedeutungsschwangere Pausen gegeben, die einige böse Ahnungen in mir wachriefen.

Als letzte Tat dieses Tages nahm ich mir noch einmal Kennys Wohnung vor. Der Hausmeister war über meinen Status nicht ganz im Bilde und hatte mir daher vor zwei Tagen die Wohnungstür geöffnet. Dabei hatte ich unauffällig einen Schlüssel mitgehen lassen und hatte seitdem jederzeit freien Zutritt. Rein rechtlich gesehen bewegte ich mich in einer Grauzone; unangenehm wurde die Sache erst, wenn man mich erwischte.

Kenny wohnte in einem großen Neubaugebiet, das den schönen Namen »Eichenhügel« trug. Da weit und breit weder Eichen noch Hügel zu entdecken waren, mußte man annehmen, daß sie platt gemacht worden waren, um für diese in der Werbung als »Apartmenthäuser der Luxusklasse« bezeichneten Backsteinbunker Platz zu schaffen.

Ich suchte mir eine Parklücke und kniff die Augen zusammen, um trotz der Dunkelheit und des Regens den erleuchteten Eingang im Auge behalten zu können. Ich wartete, bis ein Pärchen vom Parkplatz ins Haus gesprintet war. Erst jetzt holte ich Kennys Schlüssel und mein Selbstverteidigungsspray aus der Handtasche, steckte sie ein, zog mir die Kapuze über die feuchten Haare und kletterte aus dem Jeep. Im Laufe des Tages war es kühler geworden, und die Kälte kroch mir durch die nassen Jeans in die Knochen.

Ich lief mit gesenktem Kopf durch die Eingangshalle und hatte das Glück, einen Fahrstuhl für mich allein zu bekommen. Im zweiten Stock angekommen, lief ich hastig den Korridor entlang. Ich lauschte einen Augenblick an der Tür, dann klopfte ich an. Ich klopfte noch einmal. Niemand öffnete. Schnell schob ich den Schlüssel ins Schloß, betrat mit Herzklopfen die Wohnung und machte Licht. Das Apartment schien leer zu sein. Ich ging von Zimmer zu Zimmer und gewann den Eindruck, daß Kenny seit meinem letzten Besuch nicht mehr dagewesen war. Ich überprüfte seinen Anrufbeantworter. Keine Nachrichten.

Wieder horchte ich an der Tür. Alles war ruhig. Ich knipste das Licht aus, holte tief Luft, schlüpfte hinaus auf den Korridor und machte drei Kreuze, daß ich nicht entdeckt worden war.

Als nächstes suchte ich im Erdgeschoß die Briefkästen und inspizierte Kennys etwas genauer. Er war randvoll. Voll mit Informationen, die mir helfen konnten, Kenny zu finden. Unglücklicherweise waren Verstöße gegen das Postgeheimnis ein ernsthaftes Vergehen. Gerade der Diebstahl von Briefen war besonders verpönt. Ich durfte mich nicht an der Post vergreifen. Briefsendungen waren eigentlich unantastbar. Aber ich hatte schließlich einen *Schlüssel*. Änderte das nicht etwas an der Sachlage? Zugegeben, ganz legal war das mit dem Schlüssel auch nicht, schließlich hatte ich ihn mir unrechtmäßig angeeignet. Ich drückte mir die Nase am Spalt des Briefkastens platt. Eine Telefonrechnung. Die konnte wichtige Hinweise enthalten. Es kribbelte mir in den Fingern. Die Versuchung war so stark, daß mir ganz schwummrig vor den Augen wurde. Natürlich, das war's. Ich würde auf vorübergehende Unzurechnungsfähigkeit plädieren.

Ich atmete noch einmal tief durch, rammte den Schlüssel ins Schloß und schaufelte die Post in meine große schwarze Tasche. Dann schloß ich das Briefkastentürchen wieder leise zu und lief schweißüberströmt zum Wagen, bevor sich die Zurechnungsfähigkeit wieder einstellte und meine gesamte Verteidigungsstrategie über den Haufen warf.

- 2 -

Ich verriegelte die Wagentür und schaute mich verstohlen um, ob mich auch wirklich niemand beobachtet hatte. Die Handtasche hielt ich dicht an die Brust gepreßt, und vor meinen Augen flimmerten kleine schwarze Punkte. Ich war nun einmal nicht der coolste, kaltblütigste Kopfgeldjäger aller Zeiten. Egal, Hauptsache, ich würde diesen Typ schnappen.

Ich ließ den Jeep an, fuhr los und legte eine Aerosmith-Kassette ein. Auf der Schnellstraße drehte ich die Musik voll auf. Es war dunkel und goß in Strömen, aber wir in New Jersey drosseln die Geschwindigkeit für nichts und niemanden. Bremslichter flackerten auf, und ich kam schlingernd zum Stehen. Die Ampel wurde grün, und alle gaben wieder Vollgas. Kurz vor der Ausfahrt mußte ich die Spur wechseln und schnitt dabei einen anderen Wagen. Der Fahrer zeigte mir den Vogel und hupte.

Ich reagierte mit einer abfälligen Geste italienischen Ursprungs und erging mich lautstark in Mutmaßungen über seine Mutter. Wenn man aus Trenton kommt, hat man schließlich einen Ruf zu wahren.

Die Straßen der Stadt waren verstopft, und ich war froh, als ich endlich die Bahngleise überquert hatte und mein altes Viertel immer näher rückte. Kaum hatte ich die Hamilton Street erreicht, geriet ich in einen Strudel familiärer Schuldgefühle.

Als ich den Wagen parkte, spähte meine Mutter aus der Haustür. »Du kommst zu spät«, sagte sie.

»Zwei Minuten!«

»Ich habe Sirenen gehört. Du hattest doch hoffentlich keinen Unfall?«

»Nein, ich hatte keinen Unfall. Ich habe gearbeitet.«

»Du solltest dir endlich einen vernünftigen Job suchen. Etwas Festes, mit geregelter Arbeitszeit. Deine Cousine Marjorie hat eine anständige Stelle als Sekretärin bei J & J. Sie soll richtig gut verdienen.«

Grandma Mazur stand im Flur. Seit Grandpa Mazur sich seine zwei Frühstückseier und das dazugehörige halbe Pfund Speck im Himmel schmecken ließ, wohnte sie bei meinen Eltern.

»Wir müssen uns mit dem Abendessen beeilen, wenn wir rechtzeitig ins Bestattungsinstitut kommen wollen«, sagte Grandma Mazur. »Du weißt doch, daß ich gerne ein bißchen früher da bin, damit ich einen guten Platz kriege. Heute abend kommen auch noch die Kolumbusritter, dieser katholische Männerverein. Da wird es bestimmt voll.« Sie strich ihr Kleid glatt. »Was meinst du? Kann ich so gehen? Oder findest du mich zu aufgedonnert?«

Grandma Mazur war zweiundsiebzig und sah aus wie neunzig. Ich liebte sie aus ganzem Herzen, aber wenn man sie bis auf die Unterwäsche auszog, ähnelte sie einem Suppenhuhn. Zur

Feier des Tages hatte sie sich heute in ein knallrotes Kleid mit glänzenden Goldknöpfen geworfen. »Es ist genau richtig«, sagte ich.

Meine Mutter brachte den Kartoffelbrei aus der Küche. »Kommt essen, bevor alles kalt wird«, sagte sie.

»Was hast du heute getrieben?« fragte Grandma Mazur. »Mußtest du einen durch die Mangel drehen?«

»Ich habe den ganzen Tag nach Kenny Mancuso gesucht, hatte aber wenig Glück.«

»Kenny Mancuso ist ein Faulpelz«, sagte meine Mutter. »Die Morelli- und Mancuso-Männer sind allesamt Nichtsnutze. Man kann ihnen nicht über den Weg trauen.«

Ich sah meine Mutter an. »Hast du etwas Neues über Kenny gehört? Was wird denn so erzählt?«

»Daß er ein Faulpelz ist«, sagte meine Mutter. »Reicht das etwa nicht?«

In unserem Viertel kann man schon als Faulpelz zur Welt kommen. Die weiblichen Morellis und Mancusos waren über jede Kritik erhaben, die Männer hingegen galten als Blindgänger. Sie tranken, fluchten, verprügelten ihre Kinder und betrogen ihre Frauen und Freundinnen.

»Sergie Morelli kommt heute abend auch«, sagte Grandma Mazur. »Er gehört zu den Kolumbusrittern. Wenn du willst, kann ich ihm mal auf den Zahn fühlen. Ich mache es auch ganz unauffällig. Er hatte schon immer eine Schwäche für mich.«

Sergie Morelli war einundachtzig. Unmengen borstiger grauer Haare sprossen ihm aus den Ohren, die halb so groß waren wie sein verschrumpelter Kopf. Eigentlich glaubte ich nicht, daß Sergie wußte, wo sich Kenny versteckte, aber manchmal können auch scheinbar unwichtige Informationen nützlich sein. »Wie wäre es, wenn ich mitkomme?« fragte ich. »Dann könnten wir ihn uns gemeinsam vorknöpfen.«

»Das geht in Ordnung. Aber du mußt versprechen, mir nicht ins Handwerk zu pfuschen.«

Mein Vater verdrehte die Augen und widmete sich seinem Hühnchen.

»Meinst du, ich sollte vorsichtshalber eine Waffe tragen?« fragte Grandma Mazur.

»Meine Güte«, stöhnte mein Vater.

Zum Nachtisch gab es selbstgebackene Apfelpastete. Die säuerlichen Äpfel schmeckten nach Zimt, und die mit Zucker bestäubte Teigkruste war luftig und leicht. Nach dem zweiten Stück hätte ich beinahe einen Orgasmus bekommen. »Du solltest eine Bäckerei aufmachen«, sagte ich zu meiner Mutter. »Mit deinen Kuchen könntest du ein Vermögen verdienen.«

Sie stapelte die Kuchenteller aufeinander und sammelte das Besteck ein. »Mit dem Haushalt und deinem Vater habe ich genug zu tun. Außerdem würde ich, wenn überhaupt, nur als Krankenschwester arbeiten. Ich war immer der Meinung, daß ich eine gute Krankenschwester abgeben würde.«

Wir starrten sie ungläubig an. Diesen Wunsch hatte sie noch nie geäußert. Eigentlich hatte sie noch nie *irgendeine* Ambition geäußert, die nichts mit neuen Schonbezügen oder Vorhängen zu tun hatte.

»Vielleicht solltest du dir überlegen, eine Ausbildung zu machen«, sagte ich. »Es gibt hier doch eine Schwesternschule.«

»Ich hätte keine Lust, Krankenschwester zu werden«, sagte Grandma Mazur. »Da muß man häßliche weiße Schuhe mit Gummisohlen tragen und den ganzen Tag Bettpfannen ausleeren. Wenn schon, würde ich lieber Filmstar werden wollen.«

In unserem Viertel gab es fünf Bestattungsunternehmen. Betty Szajacks Schwager, Danny Gunzer, lag im Institut Stiva.

»Wenn ich sterbe, mußt du unbedingt dafür sorgen, daß man

mich zu Stiva bringt«, sagte Grandma Mazur während der Fahrt. »Ich will nicht, daß mich dieser Stümper Mosel aufbahrt. Der hat keine Ahnung von Make-up. Er benutzt viel zuviel Rouge. Dadurch sieht man einfach unnatürlich aus. Und Sokolowsky soll mich auf keinen Fall nackt sehen. Ich habe ein paar merkwürdige Sachen über ihn gehört. Stiva ist wirklich am besten. Wer was auf sich hält, geht zu Stiva.«

Das Institut befand sich in einer umgebauten viktorianischen Villa in der Hamilton Street, nicht weit vom St.-Francis-Krankenhaus entfernt. Eine große Veranda zog sich rings um das weiß gestrichene Haus mit den schwarzen Fensterläden. Aus Rücksicht auf ältere Herrschaften, die schon etwas wackelig auf den Beinen waren, hatte man einen grünen Teppich ausgerollt, der vom Eingang bis zum Bürgersteig reichte. Neben dem Haus führte ein Weg zur Garage, in der die vier Firmenwagen Platz hatten. Auf der gegenüberliegenden Seite der Einfahrt war ein zusätzlicher Backsteinbau errichtet worden, in dem Leichen aufgebahrt werden konnten. Eine vollständige Besichtigung des Anwesens war mir bis jetzt nicht vergönnt gewesen, aber ich nahm an, daß die zur Einbalsamierung der Leichname benötigte Ausrüstung ebenfalls dort aufbewahrt wurde.

Ich parkte auf der Straße und lief um den Wagen herum, um Grandma Mazur beim Aussteigen behilflich zu sein. Sie hatte sich überlegt, daß sie aus Sergie Morelli bestimmt nichts herausbekommen würde, wenn sie ihm in ihren üblichen Turnschuhen gegenübertrat, und deshalb wackelte sie nun auf hochhackigen schwarzen Lackschuhen daher.

Ich ergriff ihren Arm und führte sie die Treppe hinauf in die Eingangshalle, wo sich die Kolumbusritter mit ihren bunten Hüten und Schärpen versammelten. Man sprach mit gesenkter Stimme, und ein neuer Teppich dämpfte die Schritte. Betäubender Blumenduft vermischte sich mit dem Geruch von Pfefferminzbonbons, die allerdings nicht verbergen konnten, daß sich die anwesenden Ritter schon den einen oder anderen Whiskey hinter die Binde gekippt hatten.

Constantine Stiva hatte sein Geschäft vor dreißig Jahren eröffnet, und seither war in seinem Leben kein Tag ohne Trauerfeier vergangen. Er war mit Leib und Seele Leichenbestatter. Sein Anblick war stets tröstlich, und er verstand es, unaufdringlich im Hintergrund zu agieren. So machte er seiner Zunft alle Ehre.

Seit neuestem betätigte sich auch Constantines Stiefsohn Spiro in Sachen Pietät. Abends, wenn die Trauergäste kamen, wich er nicht von Constantines Seite, und auch bei den vormittags stattfindenden Begräbnissen assistierte er. Der Tod war Constantine Stivas Leben. Spiro hingegen blieb ein Zuschauer. Sein Beileidslächeln war gekünstelt, und seine Augen verrieten Teilnahmslosigkeit. Wahrscheinlich waren die chromblitzenden Behandlungstische sowie die Chemikalien und medizinischen Instrumente seine Lieblingsspielzeuge. Mary Lou Molnars kleine Schwester war mit Spiro in die Schule gegangen und hatte Mary Lou berichtet, daß Spiro seine abgeschnittenen Fingernägel in einem Einmachglas sammelte.

Spiro war klein und dunkel, er hatte behaarte Handrücken, eine prägnante Nase und eine fliehende Stirn. Ehrlich gesagt, sah er aus wie eine mit Hormonen vollgepumpte Ratte, und die Gerüchte über seine Fingernägel hatten ihn mir nicht gerade sympathischer gemacht.

Er war mit Moogey Bues befreundet gewesen, aber der Mord hatte ihn anscheinend nicht sonderlich mitgenommen. Ich hatte kurz mit ihm gesprochen, als ich mich durch Kennys Adreßbuch gearbeitet hatte. Spiros Reaktion war höflich, aber zurückhaltend gewesen. Ja, Moogey und Kenny seien Schulfreunde von ihm gewesen. Ja, man sei auch nach der Schulzeit befreundet geblieben. Nein, Kenny habe er seit dessen Festnahme nicht gesehen, und wo er stecken könnte, wisse er auch nicht.

Constantine war nirgendwo zu sehen, aber Spiro stand im konservativen dunklen Anzug und steifen weißen Hemd in der Eingangshalle und regelte den Verkehr.

Grandma musterte ihn mit einem Blick, der sonst für billigen Modeschmuck reserviert war. »Wo ist Con?« fragte sie.

»Im Krankenhaus. Er hatte letzte Woche einen Bandscheibenvorfall.«

»Nein!« sagte Grandma. »Und wer kümmert sich jetzt um das Geschäft?«

»Ich natürlich. Den Laden schmeiße ich sowieso zum größten Teil alleine, und außerdem habe ich ja auch noch Louie.«

»Wer ist Louie?«

»Louie Moon«, sagte Spiro. »Sie kennen ihn wahrscheinlich nicht, weil er meistens vormittags arbeitet und auch oft für uns fährt. Er ist schon seit sechs Monaten bei uns.«

Eine junge Frau kam herein und blieb in der Mitte der Eingangshalle stehen. Während sie ihren Mantel aufknöpfte, sah sie sich um. Spiro stellte Blickkontakt her und nickte ihr zur Begrüßung zu. Die junge Frau erwiderte den Gruß.

»Anscheinend gefallen Sie ihr«, sagte Grandma zu Spiro.

Spiro lächelte, dabei entblößte er seine vorstehenden Schneidezähne und eine schiefe untere Zahnreihe, die jeden Kieferorthopäden in Ekstase versetzt hätte. »Eine ganze Menge Frauen interessieren sich für mich. Ich bin eine ziemlich gute Partie.« Er breitete die Arme aus. »All das wird eines Tages mir gehören.«

»So habe ich das noch nie gesehen«, sagte Grandma. »Sie könnten einer Frau viel bieten.«

»Ich denke daran zu expandieren«, sagte er. »Vielleicht mache ich ein paar Filialen auf.«

»Hast du das gehört?« fragte mich Grandma. »Es ist doch immer wieder schön, einen jungen Mann mit Ambitionen zu treffen.«

Wenn das noch lange so weiterging, würde ich Spiro die Jacke vollkotzen. »Wir möchten zu Danny Gunzer«, sagte ich zu Spiro. »Wenn Sie uns entschuldigen würden, wir müssen uns beeilen, damit uns die Ritter nicht alle guten Plätze wegschnappen.«

»Sie haben mein vollstes Verständnis. Mr. Gunzer liegt im grünen Saal.«

Der grüne Saal war das ehemalige Wohnzimmer. Eigentlich hätte es einer der vornehmeren Räume sein sollen, aber man hatte es giftgrün gestrichen und Deckenlampen installiert, die hell genug waren, um ein Footballstadion zu beleuchten.

»Der grüne Saal ist fürchterlich«, sagte Grandma, die hinter mir her stolperte. »Bei dem Licht sieht man auch die kleinste Falte. Das kommt davon, wenn man Walter Dumbowski als Elektriker nimmt. Die Dumbowski-Brüder können nichts. Wenn Stiva mich im grünen Saal aufbahren will, nimmst du mich am besten sofort wieder mit nach Hause. Da lasse ich mich doch lieber von der Müllabfuhr abholen. Wer etwas zählt, kommt in einen der holzvertäfelten Säle. Das weiß doch jeder.«

Betty Szajack und ihre Schwester standen am offenen Sarg. Mrs. Goodman, Mrs. Gennaro sowie die alte Mrs. Ciak und ihre Tochter hatten bereits Platz genommen. Grandma Mazur stökkelte los und belegte mit ihrer Handtasche einen Klappstuhl in der zweiten Reihe. Nachdem sie sich ihren Platz gesichert hatte, sprach sie Betty Szajack ihr Beileid aus, während ich mich den Leuten im hinteren Teil des Saals widmete. Ich erfuhr, daß Gail Lazar ein Kind erwartete, Barkolowskis Feinkostladen eine Verwarnung vom Gesundheitsamt erhalten hatte und Biggy Zaremba wegen Erregung öffentlichen Ärgernisses festgenommen worden war. Aber über Kenny Mancuso konnte ich nichts in Erfahrung bringen.

Ich schlängelte mich durch die Menschenmenge nach vorn. Unter dem Flanellhemd und dem T-Shirt begann ich zu schwitzen, und vor meinem inneren Auge plusterten sich meine feuchten Locken zur Struwwelpetermähne auf. Als ich bei Grandma Mazur ankam, hechelte ich wie ein Hund.

»Sieh dir diese Krawatte an«, sagte sie über den Sarg gebeugt, ohne Gunzer auch nur eine Sekunde aus den Augen zu lassen. »Da sind kleine Pferdeköpfe drauf. Wenn das nicht das Größte ist. Da wünscht man sich beinahe, ein Mann zu sein, nur damit man auch mit so einer Krawatte um den Hals aufgebahrt werden kann.«

Im hinteren Teil des Raums wurde es unruhig, und die Unterhaltungen verstummten, denn die Kolumbusritter zogen ein. Die Männer marschierten in Zweierreihen vorwärts. Um ja nichts zu verpassen, drehte sich Grandma Mazur auf den Zehenspitzen um die eigene Achse. Dabei verfing sie sich mit dem Pfennigabsatz im Teppich und kippte stocksteif nach hinten weg.

Bevor ich sie halten konnte, knallte sie gegen den Sarg, ruderte mit den Armen und hielt sich schließlich an einem Drahtgestell fest, auf dem eine große Vase mit Gladiolen stand. Das Gestell hielt der Belastung stand, aber die Vase kippte um und landete genau auf Danny Gunzers Stirn. Wasser lief ihm ins Ohr und tropfte ihm vom Kinn. Auf dem dunkelgrauen Anzug formten die Gladiolen ein bunt-chaotisches Muster. Vor Entsetzen hatte es allen die Sprache verschlagen, und beinahe erwartete man, daß Gunzer mit einem Schreckensschrei aufspringen würde, aber er tat nichts dergleichen.

Grandma Mazur war die einzige, die nicht wie versteinert wirkte. Sie richtete sich auf und zupfte ihr Kleid zurecht. »Ein Glück, daß er tot ist«, sagte sie. »So ist ihm wenigstens nichts passiert.«

»Nichts passiert? *Nichts passiert?*« kreischte Gunzers Witwe mit weit aufgerissenen Augen. »Sehen Sie sich die Krawatte an. Sie ist hin. Für die Krawatte habe ich extra einen Aufschlag bezahlt.«

Ich murmelte eine Entschuldigung und bot an, die Krawatte zu ersetzen, aber Mrs. Gunzer ließ ihrem Wutanfall freien Lauf und wollte sich nicht besänftigen lassen.

Sie drohte Grandma Mazur mit der Faust. »Einsperren sollte man Sie. Sie und Ihre verrückte Enkelin. Eine Kopfgeldjägerin! Hat man so was schon gehört?«

»Wie bitte?« sagte ich, kniff die Augen zusammen und stemmte die Fäuste in die Hüften.

Als Mrs. Gunzer einen Schritt zurückwich, da sie wohl befürchtete, ich würde auf sie schießen, nutzte ich die Gelegenheit, um den Rückzug anzutreten. Ich schnappte Grandma Mazur beim Ellbogen, sammelte ihre Sachen zusammen und manövrierte sie zur Tür hinaus, wo ich in der Eile beinahe Spiro umgerannt hätte.

»Es war ein Unfall«, sagte Grandma zu Spiro. »Ich bin mit dem Absatz hängengeblieben. Das hätte jedem passieren können.«

»Natürlich«, sagte Spiro. »Ich bin mir sicher, Mrs. Gunzer ist sich dessen bewußt.«

»Von wegen«, brüllte Mrs. Gunzer. »Die Frau ist gemeingefährlich.«

Spiro begleitete uns in die Eingangshalle. »Ich hoffe, dieser Vorfall wird Sie nicht davon abhalten, uns bald wieder zu beehren«, sagte er. »Wir freuen uns immer über den Besuch attraktiver Damen.« Er flüsterte mir verschwörerisch zu: »Ich hätte gern in einer geschäftlichen Angelegenheit unter vier Augen mit Ihnen gesprochen.«

»Worum geht es?«

»Mir ist etwas abhanden gekommen, und man hat mir gesagt, Sie wären eine Spezialistin für solche Fälle. Ich habe mich über Sie erkundigt, nachdem Sie wegen Kenny bei mir gewesen sind.«

»Ich habe im Moment wirklich viel zu tun. Außerdem bin ich keine Privatdetektivin, dazu fehlt mir die Lizenz.«

»Eintausend Dollar«, sagte Spiro. »Als Finderlohn.«

Die Zeit stand still, während ich in Gedanken eine Kauforgie veranstaltete. »Wenn Sie es nicht an die große Glocke hängen, spricht nichts dagegen, einem alten Bekannten einen Gefallen zu tun.« Ich senkte die Stimme. »Was suchen wir denn?«

»Särge«, flüsterte Spiro. »Vierundzwanzig Särge.«

Als ich nach Hause kam, wartete Morelli bereits auf mich. Er lehnte an der Wand, die Füße hatte er übereinandergeschlagen und die Hände in den Hosentaschen vergraben. Er sah mich erwartungsvoll an und lächelte beim Anblick der Tüte, die ich mitgebracht hatte.

»Laß mich raten«, sagte er. »Verpflegung von deiner Mutter.«

»Toll, jetzt weiß ich endlich, warum du es bis zum Detective gebracht hast.«

»Ich kann sogar noch genauer werden.« Er schnupperte. »Hühnchen.«

»Wenn du so weitermachst, befördern sie dich noch zum Spürhund.«

Er nahm mir die Tüte ab, während ich die Tür aufschloß. »Du hast wohl einen harten Tag hinter dir?«

»Hart ist gar kein Ausdruck. Wenn ich nicht bald aus diesen Klamotten rauskomme, setze ich Schimmel an.«

Morelli ging in die Küche und packte nacheinander Töpfchen mit Hühnchen, Füllung, Soße und Kartoffelbrei aus. Er schob die Kartoffeln und die Soße in die Mikrowelle. »Wie bist du mit der Liste vorangekommen? Hat sich was Interessantes ergeben?«

Ich gab ihm einen Teller und Besteck und nahm mir ein Bier aus dem Kühlschrank. »Ein Riesenreinfall. Kein Mensch hat Kenny gesehen.«

»Hast du einen Vorschlag, wie wir weitermachen könnten?«

»Nein.« Doch! Die Post! Ich hatte die Post in meiner Handtasche vergessen. Ich breitete sie auf dem Küchentisch aus. Telefonrechnung, Kreditkartenrechnung, massenhaft Reklame und eine Postkarte vom Zahnarzt, die Kenny an seine Vorsorgeuntersuchung erinnern sollte.

Morelli sah mich an und goß dann Soße über die Füllung, den Kartoffelbrei und das kalte Hühnchen. »Ist das deine Post?«

»Guck einfach weg.«

»Scheiße«, sagte Morelli. »Ist dir denn überhaupt nichts heilig?«

»Doch, Mamas Apfelpastete. Also, was soll ich machen? Soll ich die Umschläge über Wasserdampf öffnen?«

Morelli warf die Post auf den Boden und trampelte darauf herum. Als ich sie aufhob, waren die Umschläge schmutzig und zerrissen.

»Beim Transport beschädigt«, sagte Morelli. »Sehen wir uns zuerst die Telefonrechnung an.«

Zu meinem Erstaunen entdeckte ich vier Auslandsgespräche.

»Was hältst du davon?« fragte ich Morelli. »Kennst du die Vorwahl?«

»Die ersten beiden Anrufe gingen nach Mexiko.«

»Kannst du herausbekommen, wem die Nummern gehören?«

Morelli legte sein Besteck zur Seite und griff zum Telefon. »Hi, Murphy«, sagte er. »Ich habe hier zwei Telefonnummern und bräuchte die Namen und Adressen der Teilnehmer.« Er gab die Nummern durch und aß weiter, während er wartete. Nach ein paar Minuten war Murphy wieder am Apparat, und Morelli erhielt die Informationen. Als er auflegte, veriet mir seine

Miene nicht das geringste. Er hatte sein Polizistengesicht aufgesetzt.

»Die andern beiden Nummern sind aus El Salvador. Mehr konnte mir Murphy auch nicht sagen.«

Ich stibitzte ein Stück Hühnchen von seinem Teller. »Warum telefoniert Kenny mit Mexiko und El Salvador?«

»Vielleicht plant er eine Urlaubsreise.«

Wenn Morelli so unschuldig aus der Wäsche guckte, war Vorsicht angebracht. Normalerweise standen ihm seine Emotionen ins Gesicht geschrieben.

Er öffnete die Kreditkartenrechnung. »Kenny war ganz schön aktiv. Im letzten Monat hat er für über zweitausend Dollar eingekauft.«

»Irgendwelche Flugtickets?«

»Nein, keine Flugtickets.« Er reichte mir die Rechnung. »Überzeug dich selbst.«

»Hauptsächlich Klamotten. Alles Läden in der Umgebung.« Ich breitete die Rechnungen vor mir aus. »Wegen dieser Telefonnummern ...«

Er steckte die Nase schon wieder in meine Tüte. »Sehe ich da etwa Apfelpastete?«

»Wenn du die Pastete anrührst, bist du ein toter Mann.«

Morelli kraulte mich unterm Kinn. »Du bist richtig süß, wenn du deine Machotour abspulst. Ich würde mir das ja liebend gerne noch eine Weile anhören, aber ich muß wirklich los.«

Er verabschiedete sich und ging. Erst als die Tür des Lifts hinter ihm zuging, fiel mir auf, daß er Kennys Telefonrechnung mitgenommen hatte. Ich schlug mir mit der flachen Hand gegen die Stirn. »Mist.«

Ich schloß die Wohnungstür ab und entledigte mich auf dem Weg ins Badezimmer meiner Kleider, dann gönnte ich mir eine heiße Dusche. Anschließend kramte ich ein Flanellnachthemd hervor. Ich rubbelte mir die Haare mit einem Handtuch trocken und tapste barfuß in die Küche.

Ich aß zwei Stücke Apfelpastete, gab Rex ein paar Krümel ab und ging ins Bett. Was wohl mit Spiros Särgen passiert war? Er hatte mir keine weiteren Informationen gegeben. Nur, daß die Särge verschwunden waren und gefunden werden mußten. Mir war nicht ganz klar, wie man vierundzwanzig Särge verlieren konnte, aber anscheinend ist nichts unmöglich. Ich hatte versprochen, ohne Grandma Mazur wiederzukommen, um alles Weitere mit ihm zu besprechen.

Um sieben quälte ich mich aus dem Bett und sah aus dem Fenster. Es hatte aufgehört zu regnen, aber schwarze Wolken verbreiteten immer noch Weltuntergangsstimmung. Ich streifte Shorts und ein Sweatshirt über und schlüpfte mit Todesverachtung in meine Laufschuhe. Wenn möglich, joggte ich dreimal in der Woche, allerdings ganz gewiß nicht zu meinem Vergnügen. Ich trainierte, um das eine oder andere Feierabendbier herauszuschwitzen und schneller zu sein als die bösen Buben.

Als ich mit letzter Kraft meine drei Meilen hinter mich gebracht hatte, fuhr ich mit dem Aufzug nach oben. Man soll ja nicht übertreiben.

Ich warf die Kaffeemaschine an und sprang kurz unter die Dusche. Mit Jeans und Jeanshemd bekleidet, schlürfte ich hastig eine Tasse Kaffee und verabredete mich in einer halben Stunde mit Ranger zum Frühstück. Ich kannte mich zwar in meinem alten Viertel aus wie kaum ein anderer, aber nur Ranger war Experte für die Unterwelt. Er hatte Kontakt zu Dealern, Zuhältern und Waffenhändlern. Die Sache mit Kenny war mir nicht ganz geheuer, und ich wollte herausbekommen, woher dieses Gefühl kam. Auch wenn ich mich darum im Grunde nicht zu kümmern brauchte. Mein Job war sehr einfach. Ich mußte Kenny finden und der Polizei übergeben. Das eigentliche Problem war Morelli. Ich traute ihm nicht über den Weg, und es gefiel mir gar nicht, daß er möglicherweise mehr wußte als ich.

Ranger saß schon im Café, als ich hereinkam. Er trug schwarze Jeans, handgearbeitete schwarze Cowboystiefel aus Schlangenleder und ein enganliegendes schwarzes T-Shirt, unter dem sich seine Muskeln abzeichneten. Seine schwarze Lederjacke, die über der Stuhllehne hing, war auf der einen Seite verdächtig ausgebeult.

Ich bestellte Kakao und Blaubeerpfannkuchen mit einer Extraportion Sirup.

Ranger begnügte sich mit einem Kaffee und einer halben Grapefruit. »Was gibt es?« fragte er.

»Hast du von dem Mord an dem Tankwart gehört?«

Er nickte. »Jemand hat Moogey Bues umgelegt.«

»Weißt du, wer es war?«

»Namen kann ich dir keine nennen.«

Kakao und Kaffee wurden serviert. Ich wartete mit der nächsten Frage, bis die Bedienung verschwunden war.

»Was hältst du von der Sache?«

»Ich habe ein äußerst ungutes Gefühl.«

Ich trank einen Schluck Kakao. »Ich auch. Morelli behauptet, er sucht nur nach Kenny Mancuso, um Kennys Mutter einen Gefallen zu tun. Ich glaube aber, es steckt mehr dahinter.«

»Oje«, sagte Ranger. »Du hast einfach zu viele Krimis gelesen.«

»Was sagen deine Quellen? Hat Kenny Moogey Bues abgeknallt?«

»Das kann dir doch völlig egal sein. Du mußt Kenny nur finden und dingfest machen.«

»Dummerweise haben sich alle Spuren im Sande verlaufen.«

Endlich kamen meine Pfannkuchen und Rangers Grapefruit.

»Mann, was für ein Festmahl«, sagte ich mit Blick auf Rangers Frühstück und goß den Sirup über meine Blaubeeren. »Vielleicht sollte ich mir das beim nächsten Mal auch genehmigen.«

»Paß bloß auf«, sagte Ranger. »Es gibt nichts Ekligeres als alte, verfettete, weiße Frauen.«

»Du bist heute nicht gerade eine große Hilfe.«

»Was weißt du über Moogey Bues?«

»Ich weiß, daß er tot ist.«

Er aß ein Stück Grapefruit. »Vielleicht solltest du ihn mal genauer unter die Lupe nehmen.«

»Und während ich mich um Moogey kümmere, könntest du dich ein bißchen umhören.«

»Kenny Mancuso und Moogey bewegen sich nicht unbedingt in meinen Kreisen.«

»Es kann doch nicht schaden.«

»Stimmt«, sagte Ranger. »Schaden kann es wirklich nicht.«

Ich vertilgte die Pfannkuchen, spülte sie mit Kakao hinunter und wünschte, ich hätte einen Pulli angezogen, damit ich darunter diskret den obersten Knopf der Jeans hätte öffnen können. Dann rülpste ich unauffällig und zahlte die Rechnung.

Ich fuhr zum Tatort und stellte mich Cubby Delio, dem Besitzer der Tankstelle, vor.

»Ich kann es einfach nicht fassen«, sagte Delio. »Ich habe den Laden jetzt seit zweiundzwanzig Jahren, und es hat noch nie Probleme gegeben.«

»Wie lange hat Moogey bei Ihnen gearbeitet?«

»Seit sechs Jahren. Er hat schon ausgeholfen, als er noch zur Schule ging. Ich werde ihn wirklich vermissen. Er war ein netter Kerl und sehr zuverlässig. Morgens hat er die Tankstelle immer für mich geöffnet, ich mußte mich um nichts kümmern.«

»Hat er etwas über Kenny Mancuso gesagt? Wissen Sie, warum sich die beiden gestritten haben?«

Er schüttelte den Kopf.

»Haben Sie mit ihm jemals über private Dinge gesprochen?«

»Ich weiß nicht sehr viel über sein Privatleben. Er war ledig und, soweit ich weiß, gerade solo. Auf jeden Fall lebte er allein.« Delio schob die Papiere auf seinem Schreibtisch hin und her und fand schließlich eine fleckige, zerknitterte Liste seiner Angestellten. »Hier ist die Adresse«, sagte er. »Mercerville. In der Nähe der High-School. Er ist gerade erst hingezogen. Hat sich dort ein Haus gemietet.«

Ich schrieb mir die Adresse auf, bedankte mich und kletterte in den Jeep. Ich fuhr die Hamilton entlang, kam an der High-School vorbei und bog nach links in eine Einfamilienhaussiedlung ab. Die gepflegten Vorgärten waren kleinkind- und hundegerecht eingezäunt. Die Häuser waren hauptsächlich weiß, Fensterläden und Vorsprünge in eher dezenten Farben gestrichen. Nur wenige Autos parkten in den Einfahrten. Hier lebten Doppelverdiener. Alle arbeiteten, um den Gärtner, die Hausangestellte und die Kinderbetreuung bezahlen zu können.

Ich fuhr die Straße entlang, bis ich die richtige Nummer gefunden hatte. Das Haus war von den anderen nicht zu unterscheiden, nichts deutete auf Moogeys tragisches Ende hin.

Ich parkte, ging durch den Vorgarten zur Haustür und klopfte an. Niemand machte auf. Etwas anderes hatte ich auch nicht erwartet. Ich spähte durch ein schmales Fenster neben der Tür, konnte aber nur wenig erkennen, das Parkett in der Diele, den Teppichboden auf der Treppe und den Flur, der zur Küche führte. Alles wirkte, als sei es an seinem Platz.

Als nächstes sah ich mir die Garage an. Ein roter BMW stand darin, der vermutlich Moogey gehörte. Eigentlich schien mir das eine Nummer zu groß für einen Tankwart, aber ganz sicher war ich mir nicht. Ich notierte das Kennzeichen und ging zurück zum Jeep.

Ich überlegte gerade, was ich als nächstes tun sollte, als das Handy klingelte.

Es war Connie, die Sekretärin des Kautionsbüros. »Ich habe einen ganz einfachen Fall für dich«, sagte sie. »Wenn du Zeit hast, im Büro vorbeizukommen, gebe ich dir den ganzen Papierkram.«

»Wie einfach ist einfach?«

»Es geht um eine Pennerin. Die alte Schachtel vom Bahnhof. Sie klaut Unterwäsche und vergißt dann ihren Verhandlungstermin. Du brauchst sie bloß abholen und vor den Richter zerren.«

»Wer hat dann die Kaution für sie gestellt, wenn sie obdachlos ist?«

»Irgendeine Kirchengemeinde hat sie adoptiert.«

»Ich bin gleich da.«

Vinnies Büro lag in der Hamilton Street. »Vincent Plum, Bail Bonding Company« verkündete ein Schriftzug über der Tür. Abgesehen von seiner Vorliebe für ausgefallene Sexualpraktiken war Vinnie ein hochanständiger Mensch. Die meiste Zeit verbrachte er damit, die schwarzen Schafe rechtschaffener Arbeiterfamilien Trentons aus den Arrestzellen der Polizei zu befreien. Manchmal waren auch echte Ekelpakete unter seinen Kunden, aber mit diesen Fällen hatte ich wenig zu tun.

Grandma Mazur stellte sich Kopfgeldjäger als Wildwestgestalten vor, die mit rauchenden Colts Türen eintraten. In Wirklichkeit bestand meine Aufgabe an den meisten Tagen darin, irgendwelche Idioten zu zwingen, in meinen Wagen zu steigen, und sie zur Polizei zu chauffieren, wo sie dann einen neuen Verhandlungstermin bekamen und freigelassen wurden. Oft gabelte ich Säufer und Randalierer auf, manchmal war auch ein Ladendieb oder ein Hobby-Autoknacker darunter. Vinnie hatte mir den Mancuso-Auftrag gegeben, weil er zunächst recht einfach ausgesehen hatte. Kenny war nicht vorbestraft und stammte aus einer ordentlichen Familie. Außerdem wußte Vinnie, daß Ranger mir bei der Festnahme helfen würde.

Ich parkte vor Fiorellos Feinkostladen und kaufte mir noch schnell ein Thunfischsandwich, dann ging ich nach nebenan ins Kautionsbüro.

Connie sah von ihrem Schreibtisch auf, der den Zutritt zu Vinnies Büro wie eine Schranke versperrte. Die toupierten schwarzen Haare umrahmten ihr Gesicht wie ein aufgetürmtes Rattennest. Sie war ein paar Jahre älter als ich, einige Zentimeter kleiner und dreißig Pfund schwerer. Genau wie ich hatte auch sie nach einer enttäuschenden Ehe wieder ihren Mädchennamen angenommen. In ihrem Fall war der Rosolli, ein häufiger Name in diesem Viertel, für dessen Verbreitung Connies Onkel Jimmy die Hauptverantwortung trug. Heute war Jimmy zweiundneunzig und hätte seinen Schwanz nicht mal mehr gefunden, wenn er im Dunkeln geleuchtet hätte, aber seine Verdienste lebten weiter.

»Hi«, sagte Connie. »Wie geht's?«

»Im Moment ist das etwas schwer zu beantworten. Hast du den Papierkram für die Pennerin fertig?«

Connie überreichte mir mehrere zusammengeheftete Formulare. »Eula Rothridge. Du findest sie am Bahnhof.«

Ich blätterte die Unterlagen durch. »Kein Foto?«

»Brauchst du nicht. Sie sitzt auf der Bank am Parkplatz und sonnt sich.«

»Muß ich auf irgend etwas achten?«

»Pirsch dich lieber gegen den Wind an sie ran.«

Ich verzog angewidert das Gesicht und machte mich aus dem Staub.

Die günstigste Lage am Ufer des Delaware hatte Trenton einst zu einem wichtigen Handelszentrum gemacht. Mit den Jahren schwand die Bedeutung des Delaware, damit begann auch der unaufhaltsame Abstieg zum toten Nest. Seit neuestem gab es immerhin Zweitligabaseball; Glanz und Gloria konnten also nicht mehr weit sein.

Rund um den Bahnhof hatte sich das Ghetto ausgebreitet, und es war schier unmöglich, dort hinzugelangen, ohne durch ganze Straßenzüge heruntergekommener kleiner Häuser zu kommen, die von ebenso heruntergekommenen Gestalten bewohnt wurden. Im Sommer brodelte der Stadtteil vor Hitze und Aggressivität. Mit dem kälteren Wetter wurde die Stimmung trostloser, und die Feindseligkeiten wurden hinter den Wänden im Warmen ausgetragen.

Aus Gewohnheit verriegelte ich in dieser Gegend Fenster und Türen meines Wagens, was aber im Ernstfall nicht viel nützen würde. Man brauchte bloß ein Obstmesser, um das Stoffverdeck des Jeeps aufzuschlitzen.

Trentons Hauptbahnhof ist klein und nicht sonderlich beeindruckend. Auf dem Vorplatz, der von mehreren Bänken gesäumt wurde, gab es einen kleinen Parkplatz und einen Taxistand. Auch ein Polizist tat dort seinen Dienst.

Eula, die auf der hintersten Bank saß, trug mehrere Wintermäntel übereinander, eine lila Wollmütze und Turnschuhe. Ihr Gesicht war faltig und aufgeschwemmt, das kurzgeschnittene graue Haar ragte in Büscheln unter der Mütze hervor. Ihre Knöchel waren unter einer Fettschicht verschwunden, und die säulenartigen Beine ragten wie gigantische Würstchen aus den Schuhen. Ihre gespreitzten Knie boten der Welt einen unappetitlichen Anblick.

Ich parkte genau vor ihr im Halteverbot, und der Polizist warf mir einen warnenden Blick zu.

Ich wedelte mit den Kautionsunterlagen. »Es dauert keine Minute«, rief ich ihm zu. »Ich bin nur hier, um Eula zum Gericht zu fahren.«

Einen Augenblick sah er mich mitleidig an. Dann starrte er weiter Löcher in die Luft.

Eula fuhr mich an. »Ich will nicht ins Gericht.«

»Warum nicht?«

»Die Sonne scheint. Ich brauche mein Vitamin D.«

»Ich kaufe Ihnen einen Karton Milch, da ist auch Vitamin D drin.«

»Und was kaufen Sie mir sonst noch? Kriege ich auch ein Sandwich?«

Ich holte das Thunfischsandwich aus der Tasche. »Eigentlich sollte das mein Mittagessen werden.«

»Bei Fiorello gibt es gute Sandwiches. Sind auch saure Gurken drauf?«

»Ja, sogar eine Extraportion.«

»Ich weiß nicht. Was soll ich denn mit meinen ganzen Sachen machen?«

Hinter ihr stand ein Einkaufswagen, in dem zwei vollgestopfte schwarze Müllsäcke lagen.

»Wir tun sie einfach in ein Schließfach.«

»Wer zahlt das? Ich lebe von der Sozialhilfe.«

»Das geht auf meine Kosten.«

»Sie werden die Sachen allein tragen müssen. Ich habe ein kaputtes Bein.«

Der Polizist betrachtete seine Schuhspitzen und verkniff sich das Lachen.

»Wollen Sie noch etwas herausnehmen, bevor ich die Tüten einschließe?« fragte ich Eula.

»Nee«, sagte sie. »Ich habe alles, was ich brauche.«

»Und wenn ich Ihr Hab und Gut im Schließfach verstaut, Ihnen Milch gekauft und mein Sandwich gegeben habe, kommen Sie mit. Das habe ich doch richtig verstanden?«

»Haben Sie.«

Ich schleppte die Säcke die Treppe hinauf und gab dem Gepäckträger ein Trinkgeld, damit er mir half, die verdammten Dinger einzuschließen. Ein Sack pro Schließfach. Nachdem ich ein paar Münzen in den Schlitz geworfen und abgeschlossen hatte, lehnte ich mich erschöpft an die Wand. Es wurde höchste Zeit, mal wieder ins Fitness-Studio zu gehen und etwas für meinen Oberkörper zu tun. Auf dem Rückweg ging ich bei McDonald's vorbei und kaufte Eula eine fettarme Milch. Als ich aus dem Bahnhof kam, war Eula verschwunden, genau wie der Polizist. Nur hinter meinem Scheibenwischer klemmte ein Strafzettel.

Ich kopfte an das Fenster des vordersten Taxis. »Wo ist Eula abgeblieben?« fragte ich.

»Keine Ahnung«, sagte der Fahrer. »Sie hat sich ein Taxi genommen.«

»Das kann sie sich leisten?«

»Klar. Die verdient hier ganz gut.«

»Wissen Sie, wo sie wohnt?«

»Da hinten auf der Bank.«

Klasse. Ich stieg ins Auto, wendete und suchte mir eine Parklücke. Dort aß ich mein Sandwich, trank die Milch, verschränkte die Arme vor der Brust und wartete.

Zwei Stunden später hielt ein Taxi, und Eula stieg aus. Sie watschelte zur Bank und setzte sich darauf, als ob sie ihr gehörte. Ich ließ den Wagen zu ihr rollen und lächelte sie freundlich an.

Sie lächelte zurück.

Ich stieg aus und ging zu ihr. »Erinnern Sie sich an mich?«

»Klar. Sie sind mit meinen Sachen abgezogen.«

»Ich habe alles für Sie eingeschlossen.«

»Hat ja auch lange genug gedauert.«

Ich bin schon zu früh auf die Welt gekommen, und in der Zwischenzeit bin ich auch nicht geduldiger geworden. »Sehen Sie diese Schlüssel? Ihr gesamtes Hab und Gut liegt in zwei Schließfächern, an die Sie ohne die Schlüssel nicht mehr herankommen. Entweder Sie steigen jetzt sofort in mein Auto, oder ich schmeiße die Schlüssel ins Klo.«

»So etwas Gemeines würden Sie einer armen alten Frau doch nicht antun.«

Ich war nah daran, sie anzufauchen.

»Okay«, sagte sie und wuchtete sich hoch. »Ich kann genausogut mitkommen. Es ist sowieso nicht mehr sonnig.«

Das Trentoner Polizeipräsidium befindet sich in einem zweistöckigen roten Backsteinklotz; in einem Nebengebäude sind Gerichtssäle und andere Amtsstuben untergebracht. Der ganze Komplex liegt mitten im Ghetto. Das ist sehr praktisch, so hat die Polizei die Kriminalität gewissermaßen vor der Haustür und muß nicht erst lange danach suchen.

Ich stellte den Wagen auf dem Präsidiumsparkplatz ab und ging mit Eula zur Anmeldung. Außerhalb der normalen Dienstzeit oder in Begleitung eines gewalttätigen Kriminellen hätte ich mich am Hintereingang direkt zum zuständigen Beamten durchgeklingelt. Bei Eula war das nicht nötig, also ließ ich sie Platz nehmen und erkundigte mich inzwischen, ob ihr ursprünglicher Kautionsrichter heute Verhandlungen hatte. Da dies nicht der Fall war, mußte ich sie schließlich doch einbuchten lassen.

Nachdem ich Eula die Schließfachschlüssel gegeben hatte, ließ ich mir die Einlieferung der Gesuchten von der Polizei bescheinigen, und dann ging ich.

Draußen wartete Morelli auf mich, er lehnte an meinem Wagen, die Hände in den Hosentaschen. Es war die perfekte Pose eines knallharten Typen, nur daß es bei ihm wahrscheinlich gar keine Pose war.

»Gibt es was Neues?«

»Nichts Besonderes. Wie steht es bei dir?«

Er zuckte mit den Schultern. »Bin heute nicht viel weitergekommen.«

»Tja.«

»Irgendwelche heiße Spuren?«

»Das würde ich dir bestimmt nicht verraten. Schließlich hast du gestern abend die Telefonrechnung mitgehen lassen.«

»Aber nicht absichtlich. Ich hatte sie nur zufällig noch in der Hand.«

»Na, dann kannst du mir ja vielleicht etwas über diese mexikanischen Telefonnummern erzählen.«

»Da gibt es nichts zu erzählen.«

»Ich glaube dir kein Wort. Und noch viel weniger glaube ich, daß du dir nur deshalb so viel Mühe mit Kenny machst, weil er zur Familie gehört.«

»Kannst du dein Mißtrauen irgendwie begründen?«

»Das sagt mir mein Bauch.«

Morelli lächelte. »Das ist aber noch lange kein Beweis.«

Okay. Strategiewechsel. »Ich dachte, wir wären ein Team.«

»Es gibt verschiedene Arten von Teams. Manche arbeiten unabhängig voneinander.«

Ich sah ihn ungläubig an. »Nur damit ich dich richtig verstehe«, sagte ich. »Das Ganze läuft also darauf hinaus, daß ich sämtliche Informationen an dich weitergebe, während du alles Wissenswerte für dich behältst. Wenn wir Kenny dann gefunden haben, schnappst du ihn mir aus unerfindlichen Gründen vor der Nase weg und bringst mich damit um mein Kopfgeld.«

»Nein, das verstehst du falsch. Ich würde dich nie um deine Prämie bringen.«

Das konnte er seiner Großmutter erzählen. Genau darauf lief es hinaus, und das wußten wir beide ganz genau.

- 3 -

Morelli und ich hatten uns schon früher bekriegt, ohne daß eine der beiden Seiten für längere Zeit die Oberhand gewinnen konnte. Nun schien uns eine weitere Schlacht bevorzustehen. Trotzdem würde ich mich irgendwie mit ihm arrangieren müssen. Denn wenn ich mich mit Morelli anlegte, konnte er mir das Leben als Kopfgeldjägerin zur Hölle machen.

Deshalb wollte ich aber noch lange nicht als Morellis Fußabtreter Karriere machen. Ich mußte nur im strategisch richtigen Moment dafür sorgen, daß es so aussah, als könne er auf mir herumtrampeln. Da aber dieser Augenblick noch nicht gekommen war, spielte ich die Empörte. Das fiel mir nicht sonderlich schwer, denn ich war empört. Ich fuhr so zielstrebig vom Parkplatz, als wüßte ich genau, wo ich hin wollte. In Wirklichkeit hatte ich kein konkretes Ziel vor Augen. Es war fast vier Uhr, und da mir die Ideen im Fall Mancuso gründlich ausgegangen waren, fuhr ich nach Haus, um alles noch einmal Revue passieren zu lassen.

Eigentlich mußte ich zu Spiro, aber der Gedanke war mir nicht gerade angenehm. Ich teilte Grandmas Begeisterung für Bestattungsinstitute nicht. Mir war der Tod im Grunde ein bißchen unheimlich, und Spiro fand ich geradezu gruselig.

Ich beschloß, nichts zu überstürzen.

Ich stellte den Wagen hinter dem Haus ab und ließ den Aufzug in der Hoffnung links liegen, das Treppensteigen würde die Blaubeerpfannkuchen vom Frühstück wettmachen und das Spannen meines Hosenbunds endlich beseitigen. Als ich die Wohnungstür öffnete, wäre ich beinahe auf den schlichten weißen Briefumschlag getreten, auf dem mein Name in silbernen Klebebuchstaben prangte. Ich riß ihn auf und las die ebenfalls aufgeklebte und aus zwei Sätzen bestehende Nachricht: »Machen Sie Urlaub. Das ist besser für Ihre Gesundheit.«

Da keine Reiseprospekte beigelegt waren, konnte ich davon ausgehen, daß es sich nicht um eine ausgefallene Werbekampagne der Tourismusbranche handelte.

Es blieb nur noch eine Möglichkeit. Ein Drohbrief. Falls er von Kenny stammte, mußte er sich noch immer in Trenton aufhalten. Und was noch besser war, ich hatte etwas getan, was ihn beunruhigte. Außer Kenny fiel mir niemand ein, der mich bedrohen könnte. Höchstens Kennys Freunde. Und vielleicht auch noch Morelli. Oder gar meine Mutter?

Ich begrüßte Rex, warf meine Handtasche und den Briefumschlag auf den Küchentisch und hörte den Anrufbeantworter ab.

Meine Cousine Kitty, die in einer Bank arbeitete, hatte angerufen, um mir auszurichten, daß sie wie versprochen Mancusos Konto überwachte. Allerdings hatte es noch keine Buchungen gegeben.

Meine allerbeste Freundin Mary Lou Molnar, die inzwischen Mary Lou Stankovic hieß, wollte wissen, ob ich noch lebte, weil ich mich seit Ewigkeiten nicht mehr bei ihr gemeldet hatte.

Die letzte Nachricht kam von Grandma Mazur.

»Ich kann diese blöden Maschinen nicht leiden«, sagte sie. »Es kommt mir bescheuert vor, einfach so ins Nichts zu quasseln. Ich habe in der Zeitung gelesen, daß heute abend die öffentliche Aufbahrung des toten Tankwarts stattfindet, und bräuchte jemand, der mich hinbringt. Elsie Farnsworth wollte mich mitnehmen, aber ich fahre nicht gerne mit ihr. Sie hat Arthritis im Knie, und manchmal kriegt sie den Fuß nicht mehr vom Gaspedal.«

Moogey Bues' öffentliche Aufbahrung klang vielversprechend. Ich lief rasch über den Flur zu Mr. Wolesky, um mir die Zeitung auszuleihen. Da bei ihm Tag und Nacht der Fernseher lief, mußte man regelrecht gegen die Tür hämmern. Wenn er endlich aufmachte, sagte er immer, man solle ihm nicht die Tür eintreten. Als er vor vier Jahren einen Herzanfall erlitt, hatte er zwar einen Krankenwagen gerufen, sich dann aber geweigert, die Wohnung zu verlassen, bevor »Jeopardy!« zu Ende war.

Mr. Wolesky öffnete. »Sie müssen nicht gleich die Tür eintreten. Ich bin ja nicht taub.«

»Ich wollte nur fragen, ob ich mir vielleicht die Zeitung leihen könnte.«

»Wenn ich sie wieder zurückbekomme. Ich brauche das Fernsehprogramm.«

»Ich möchte nur kurz etwas nachschlagen.« Ich überflog die Seite mit den Todesanzeigen. Moogey Bues lag bei Stiva. Neunzehn Uhr.

Ich bedankte mich bei Mr. Wolesky und gab ihm die Zeitung zurück. Dann rief ich Grandma an und sagte ihr, daß ich sie um sieben abholen würde. Die Einladung meiner Mutter zum Abendessen schlug ich aus und versprach ihr, nicht in Jeans ins Bestattungsinstitut zu gehen. Als Teil der Schadensbegrenzung in Sachen Pfannkuchen durchsuchte ich meinen Kühlschrank nach kalorienarmen Speisen.

Als das Telefon klingelte, verspeiste ich gerade einen Salat.

»Yo«, meldete sich Ranger. »Jede Wette, du ißt Salat zum Abendbrot.«

Ich streckte ihm die Zunge raus. »Hast du etwas über Mancuso in Erfahrung bringen können?«

»Mancuso? Nie gehört, kenne ich nicht. Was anderes habe ich nicht zu Ohren gekriegt.«

»Aus rein morbidem Interesse, wo würdest du anfangen, nach vierundzwanzig verschwundenen Särgen zu suchen?«

»Sind die Särge leer oder voll?«

Scheiße, das hatte ich ganz vergessen zu fragen. Ich kniff die Augen zusammen. Ich konnte nur beten, daß sie leer waren.

Ich legte auf und wählte Eddie Gazarras Nummer.

»Schieß los«, sagte er.

»Ich will wissen, woran Morelli im Augenblick arbeitet.«

»Du bist lustig. Die meiste Zeit weiß noch nicht einmal Morellis Vorgesetzter, woran er gerade arbeitet.«

»Ja, aber du kriegst doch eine Menge mit.«

Gazarra seufzte ergeben. »Na gut, ich will mal sehen, was sich machen läßt.«

Morelli war in einem Dezernat am anderen Ende der Stadt tätig. Seine Abteilung arbeitete oft mit den Zollbehörden und der Drogenfahndung zusammen, über konkrete Fälle drang nie viel nach außen. Aber wozu gab es schließlich Kneipentratsch, Sekretärinnenklatsch und Bettgeflüster?

Ich zog die Jeans aus und quetschte mich in ein Kostümchen. Hochhackige Schuhe, Gel, Haarspray und etwas Wimperntusche vervollständigten das Bild. Ich trat einen Schritt zurück und betrachtete mich im Spiegel. Nicht schlecht, trotzdem würde sich Sharon Stone wohl kaum vor Neid von der nächsten Brücke stürzen.

»Jetzt sieh dir diesen Rock an«, sagte meine Mutter, als sie mir die Tür öffnete. »Kein Wunder, daß die Kriminalitätsrate steigt, bei so kurzen Röcken. Wie soll man denn darin sitzen? Da sieht man doch alles.«

»Der Saum ist fünf Zentimeter über dem Knie, das ist nicht *so* kurz.«

»Ich habe keine Zeit, hier den ganzen Tag rumzustehen und über Rocklängen zu diskutieren«, sagte Grandma Mazur. »Ich muß zum Bestattungsinstitut und mir ansehen, wie sie den Kerl hingekriegt haben. Ich hoffe, die Einschußlöcher sind nicht völlig überschminkt.«

»Freu dich lieber nicht zu früh«, sagte ich zu ihr. »Ich glaube nicht, daß es einen offenen Sarg geben wird.« Moogey war nicht nur erschossen, sondern auch noch seziert worden. Da hätte es schon eines sehr tapferen Schneiderleins bedurft, um ihn wieder zusammenzuflicken.

»Kein offener Sarg! Das wäre wirklich jammerschade. Wenn sich herumspricht, daß es bei Stiva keine offenen Särge mehr gibt, werden die Leute wegbleiben.« Sie knöpfte die Strickjacke über ihrem Kleid zu und klemmte sich die Handtasche unter den Arm. »In der Zeitung stand jedenfalls nichts über einen geschlossenen Sarg.«

»Komm doch hinterher noch vorbei«, sagte meine Mutter. »Ich habe Schokoladenpudding gekocht.«

»Willst du wirklich nicht mitfahren?« fragte Grandma Mazur.

»Ich kannte Moogey Bues nicht«, erwiderte sie. »Ich habe etwas Besseres zu tun, als zu der Aufbahrung eines wildfremden Menschen zu gehen.«

»Normalerweise würde ich ja auch nicht hingehen, aber ich helfe Stephanie bei ihren Ermittlungen. Vielleicht kreuzt Kenny Mancuso auf, dann kann sie jede Unterstützung gebrauchen. Im Fernsehen haben sie gezeigt, wie man jemanden außer Gefecht setzt, indem man ihm die Finger in die Augen rammt.«

»Du übernimmst die Verantwortung«, sagte meine Mutter zu mir. »Wenn sie jemandem mit dem Finger ins Auge sticht, mußt du dafür geradestehen.«

Die Tür des großen Aufbahrungssaals stand offen, weil ein unglaublicher Andrang herrschte. Grandma Mazur nahm mich sofort ins Schlepptau und drängelte sich nach vorne.

»Das ist ja die Höhe«, sagte sie, als wir in der ersten Reihe angekommen waren. »Du hattest recht. Der Sarg ist zu.« Sie kniff die Augen zusammen. »Woher sollen wir eigentlich wissen, daß Moogey wirklich da drin ist?«

»Das hat bestimmt jemand überprüft.«

»Aber sicher können wir nicht sein.«

Ich starrte sie schweigend an.

»Vielleicht sollten wir uns selbst überzeugen«, sagte sie.

»NEIN!«

Die Gespräche verstummten, Köpfe drehten sich zu uns um. Ich lächelte entschuldigend und legte den Arm um Grandma, um sie notfalls mit Gewalt von der Ausführung ihres Plans abzuhalten.

Ich senkte die Stimme und schlug einen ernsten Ton an. »Man sieht nicht in geschlossene Särge. Außerdem ist das völlig nebensächlich. Wenn Moogey wirklich verschwunden sein sollte, ist das eine Angelegenheit für die Polizei.«

»Es könnte aber für deinen Fall wichtig sein«, sagte sie. »Vielleicht hat es etwas mit Kenny Mancuso zu tun.«

»Du bist doch nur neugierig auf die Einschußlöcher.«

»Das auch.«

Ranger war ebenfalls gekommen. Soweit mir bekannt war, trug Ranger nur zwei Farben: Armeegrün und Leg-dich-nicht-mit-mir-an-Schwarz. Heute war er ganz in Schwarz erschienen, lediglich der Ohrring glitzerte im Licht. Wie gewöhnlich trug er die Haare zum Pferdeschwanz gebunden. Und wie immer hatte er eine Jacke an. Diesmal war es eine schwarze Lederjacke. Es ließ sich nur darüber spekulieren, was er darunter verbarg. Vermutlich ein Waffenarsenal, das ausreichte, um ein mittelgroßes Land dem Erdboden gleichzumachen. Er lehnte entspannt an der Wand, die Arme vor der Brust verschränkt, die Augen offen.

Ihm gegenüber stand Joe Morelli, ähnlich locker und gelöst.

Ein Mann schob sich an der Menschentraube vor der Tür vorbei. Er blieb stehen, sah sich um und grüßte Ranger mit einem Kopfnicken.

Man mußte Ranger schon sehr gut kennen, um seine Erwiderung überhaupt wahrzunehmen.

Als ich Ranger einen fragenden Blick zuwarf, formte er lautlos mit den Lippen das Wort: »Sandmann«. Der Name sagte mir nichts.

Der Sandmann ging zum Sarg und betrachtete stumm das polierte Holz. Seine Miene war ausdruckslos. Er sah so aus, als hätte er bereits alles gesehen und als könne ihn nichts mehr erschuttern. Die Haut um seine tiefliegenden, dunklen Augen war faltig, was ihn etwas verlebt erscheinen ließ. Die schwarzen Haare hatte er mit Pomade aus dem Gesicht gekämmt.

Er bemerkte, daß ich ihn anstarrte, und für einen Moment trafen sich unsere Blicke.

»Ich muß kurz mit Ranger sprechen«, sagte ich zu Grandma Mazur. »Versprichst du mir, daß du nichts anstellst, wenn ich dich alleine lasse?«

Grandma schniefte. »Willst du mich beleidigen? Ich bin schließlich alt genug, um zu wissen, wie man sich benimmt.«

»Mach keine Dummheiten! Und wehe du versuchst, in den Sarg zu sehen!«

»Ja, ja.«

»Wer war der Typ, der Moogey gerade seine Aufwartung gemacht hat?« fragte ich Ranger.

»Er heißt Perry Sandeman, aber man nennt ihn den Sandmann. Wenn du ihm in die Quere kommst, na dann gute Nacht. Er bläst dir ganz schnell das Licht aus.«

»Woher kennst du ihn?«

»Den kennt man eben. Er macht manchmal kleine Drogengeschäfte.«

»Was treibt ihn hierher?«

»Er arbeitet auch in der Tankstelle.«

»In der gleichen wie Moogey?«

»Ja. Er soll dagewesen sein, als Moogey ins Knie geschossen wurde.«

Im vorderen Teil des Saals schrie jemand auf. Ein lautes Geräusch war zu vernehmen, ein dumpfer Knall wie von einem zufallenden Sargdeckel. Mir schwante nichts Gutes.

Spiro kam hereingelaufen. Die Verärgerung stand ihm ins Gesicht geschrieben. Er marschierte los, die Menge wich zur Seite und gab den Blick auf Grandma Mazur frei.

»Ich bin bloß mit dem Ärmel hängengeblieben«, sagte Grandma zu Spiro. »Und dann ist der doofe Deckel einfach aufgegangen. So was kann jedem passieren.«

Grandma sah mich an und signalisierte mir mit erhobenem Daumen das OK.

»Ist das deine Oma?« fragte Ranger.

»Ja. Sie wollte sich nur überzeugen, daß Moogey auch wirklich in der Kiste liegt.«

»Du hast echt klasse Erbanlagen.«

Spiro überprüfte, ob der Sarg wieder richtig verschlossen war, und hob das heruntergefallene Blumengesteck auf.

Ich lief hinüber, um Grandma beizustehen, aber das war nicht nötig. Spiro wollte den Zwischenfall offensichtlich herunterspielen. Er fand ein paar tröstliche Worte für die umstehenden Trauergäste und machte sich daran, Grandmas Fingerabdrücke von dem glänzenden Holz zu wischen.

»Als der Deckel oben war, konnte ich erkennen, was für gute Arbeit Sie geleistet haben«, sagte Grandma, die weiterhin um den Sarg ging. »Von den Einschußlöchern war fast nichts zu sehen, bis auf die Stelle, wo der Kitt etwas eingesunken war.«

Spiro nickte feierlich, legte ihr sachte die Hand auf den Rücken und schob sie unauffällig weiter. »In der Eingangshalle wird Tee serviert«, sagte er. »Vielleicht wünschen Sie nach Ihrem Mißgeschick eine kleine Stärkung.«

»Eine Tasse Tee wäre nicht zu verachten«, sagte Grandma. »Ich bin hier ohnehin so gut wie fertig.«

Ich begleitete Grandma hinaus und überzeugte mich, daß sie auch tatsächlich Tee trinken ging. Nachdem sie es sich mit ihrer Tasse und einigen Plätzchen gemütlich gemacht hatte, begab ich mich auf die Suche nach Spiro. Er stand draußen vor dem Nebeneingang. Im künstlichen Licht rauchte er heimlich eine Zigarette.

Es war kalt geworden, aber Spiro schien es nicht zu bemerken. Er sog den Rauch tief ein und blies ihn sehr langsam aus. Wahrscheinlich ging es ihm darum, soviel Teer wie irgendmöglich in seinen Körper zu pumpen, um sein armseliges Leben zu verkürzen.

Ich klopfte leise an die Glastür. »Möchten Sie jetzt über Ihr... na, Sie wissen schon, über Ihr Problem sprechen?«

Er nickte, zog noch einmal an der Zigarette und schnipste sie in die Einfahrt. »Ich hätte schon heute mittag angerufen, aber ich dachte mir, daß Sie zu der Aufbahrung von Bues erscheinen würden. Die Objekte müssen so schnell wie möglich gefunden werden.« Er vergewisserte sich kurz, daß wir allein waren.

»Särge sind Produkte wie alle anderen auch. Die Hersteller produzieren Überschuß und Ausschußware. Es gibt sogar Sonderverkäufe. Manchmal kann man auch einen Mengenrabatt ergattern. Vor etwa sechs Monaten ist mir das gelungen. Ich habe ein Angebot gemacht und vierundzwanzig Särge erstanden. Da wir hier nicht viel Lagerfläche haben, wurden die Särge beim Spediteur untergestellt.«

Spiro zog einen Briefumschlag aus der Jackentasche und holte einen Schlüssel heraus. »Das ist der Schlüssel für den angemieteten Lagerraum. Die Adresse steht auf dem Umschlag. Zum Schutz waren die Särge mit Plastik umwickelt und für den Transport in stapelbare Kisten verpackt. Ich habe Ihnen auch ein Foto beigelegt. Sie sehen alle gleich aus. Sehr schlicht.«

»Haben Sie die Polizei eingeschaltet?«

»Ich habe den Diebstahl überhaupt nicht gemeldet. Mir wäre es lieb, wenn ich die Särge zurückbekommen könnte, ohne Aufsehen zu erregen.«

»Die Sache ist mir eine Nummer zu groß.«

»Eintausend Dollar.«

»Meine Güte, es geht um Särge! Wer klaut schon Särge? Und wo soll ich überhaupt suchen? Haben Sie irgendwelche Hinweise?«

»Ich habe einen Schlüssel und eine ausgeräumte Lagerhalle.«

»An Ihrer Stelle würde ich mir das Geld sparen und den Diebstahl einfach der Versicherung melden.«

»Die Versicherung ersetzt mir den Schaden nicht, ohne daß ich Anzeige erstatte, und ich möchte die Polizei da raushalten.«

Die tausend Dollar waren verlockend, aber der Auftrag klang absolut merkwürdig. Ich hatte wirklich keinen Schimmer, wo ich nach vierundzwanzig Särgen suchen sollte. »Mal angenommen, ich finde sie, was mache ich dann? Wer verrückt genug ist, Särge zu klauen, der wird auch um sie kämpfen.«

»Eins nach dem anderen«, sagte Spiro. »Für Ihren Finderlohn müssen Sie die Särge nicht zurückbringen. Darum kümmere ich mich.«

»Ich könnte mich ja mal ein bißchen umhören.«

»Die Sache muß aber unter uns bleiben.«

Als ob ich scharf darauf wäre, herumzuerzählen, daß ich nach Särgen suchte. »Ich schweige wie ein Grab.« Ich steckte den Umschlag in meine Tasche. »Noch eine Frage. Nur damit wir uns richtig verstehen, die Särge sind doch leer?«

»Sind sie.«

Auf der Suche nach Grandma kam mir der Gedanke, daß die Sache vielleicht doch nicht so aussichtslos war, wie ich im ersten Augenblick angenommen hatte. Spiro waren zwei Dutzend Särge abhanden gekommen. Die waren nicht so leicht zu verstecken.

Man konnte sie schließlich nicht einfach in den Kofferraum packen. Da mußte man schon mit einem Lieferwagen oder Laster anrücken. Vielleicht war es gar kein Außenstehender gewesen. Hatte ein Mitarbeiter der Spedition Spiro gelinkt? Und dann? Der Markt für Särge war ziemlich begrenzt, und man konnte sie kaum zu Blumenständern oder Lampenschirmen umfunktionieren. Die Särge mußten an ein Bestattungsunternehmen verscherbelt werden. Wir hatten es also mit echten Profis zu tun. Denn wer hatte jemals von einem Schwarzmarkt für Särge gehört?

Grandma trank Tee mit Joe Morelli. Morelli mit einem Teetäßchen in der Hand war ein merkwürdiger Anblick. Als Teenager war Morelli ziemlich wild gewesen. Zwei Jahre bei der Marine und zwölf weitere bei der Polizei hatten ihm Disziplin eingebleut, aber man würde ihn schon entmannen müssen, um ihn vollständig zu zähmen. Bei Morelli mußte man immer darauf gefaßt sein, daß das Tier in ihm hervorbrach. Einerseits zog mich das geradezu magisch an, andererseits machte es mir eine Höllenangst.

»Da kommt sie ja«, sagte Grandma. »Wenn man vom Teufel spricht…«

Morelli grinste. »Wir haben uns über dich unterhalten.«

»Wie schön.«

»Ich habe gehört, du hattest ein geheimes Treffen mit Spiro.«

»Eine geschäftliche Besprechung«, sagte ich.

»Dabei ging es nicht zufälligerweise darum, daß Spiro, Kenny und Moogey alte Schulfreunde waren?«

Ich spielte die Überraschte. »Was du nicht sagst. Alte Schulfreunde?«

Er hielt drei Finger hoch. »Ein richtiges Kleeblatt.«

»Ach«, sagte ich.

Jetzt grinste er über das ganze Gesicht. »Du bist wohl immer noch auf dem Kriegspfad.«

»Lachst du mich etwa aus?«

»So würde ich es nicht nennen.«

»Wie denn sonst?«

Er verlagerte das Gewicht auf die Fersen und schob die Hände in die Hosentasche. »Ich finde dich süß.«

»Großer Gott.«

»Zu blöd, daß wir nicht mehr zusammenarbeiten«, sagte Morelli. »Wenn wir zusammenarbeiten würden, könnte ich dir etwas über das Auto meines Vetters erzählen.«

»Was ist damit?«

»Man hat es heute nachmittag gefunden. Es wurde einfach stehengelassen. Keine Leichen im Kofferraum. Keine Blutspuren und kein Kenny.«

»Wo?«

»Auf dem Parkplatz des Einkaufszentrums.«

»Vielleicht wollte Kenny bloß was besorgen.«

»Unwahrscheinlich. Die Wachmänner erinnern sich, daß der Wagen die ganze Nacht über dort stand.«

»War er abgeschlossen?«

»Ja, nur die Fahrertür nicht.«

Ich überlegte kurz. »Wenn ich das Auto meines Vetters irgendwo stehenlassen würde, würde ich es wenigstens abschließen.«

Morelli und ich sahen uns an, wir hatten beide den gleichen Gedanken. Womöglich war Kenny tot. Dafür gab es natürlich keine handfesten Beweise, aber mich beschlich eine böse Vorahnung, und ich fragte mich, wie all das mit dem Brief zusammenhing, den ich vor kurzem erhalten hatte.

Morelli bekam einen grimmigen Zug um den Mund. »Du hast recht«, sagte er.

Stiva hatte eine Wand zwischen Flur und Eßzimmer des viktorianischen Hauses entfernen lassen und damit eine große

Eingangshalle gewonnen. Ein durchgehender Teppichboden dämpfte die Schritte. Der Tee stand auf einem Ahorntischchen neben der Küchentür. Ein dezentes Licht fiel auf antike Sessel und Couchtische, und überall standen kleine Blumenarrangements. Man hätte sich in diesem Raum durchaus wohl fühlen können, wäre da nicht das Wissen darum gewesen, daß irgendwo im selben Haus Onkel Harry, Tante Minnie oder Morty der Postbote mausetot und splitternackt darauf warteten, mit Formaldehyd vollgepumpt zu werden.

»Möchtest du eine Tasse Tee?« fragte Grandma.

Ich schüttelte den Kopf. Tee reizte mich im Moment gar nicht. Mir war eher nach frischer Luft und Schokoladenpudding. Und ich wollte endlich meine Strumpfhose loswerden. »Von mir aus können wir gehen«, sagte ich zu Grandma. »Wie steht es mir dir?«

Grandma sah sich um. »Eigentlich ist es noch ein bißchen früh, aber ich habe die Begrüßungsrunde ja schon hinter mich gebracht.« Sie stellte die Teetasse ab und klemmte sich die Handtasche unter den Arm. »Außerdem könnte ich einen Schlag Schokoladenpudding vertragen.«

Sie wandte sich an Morelli. »Bei uns gab es heute abend Schokoladenpudding zum Nachtisch, und es ist was übrig geblieben. Wir machen nämlich immer gleich zwei Schüsseln.«

»Ich habe schon lange keinen selbstgemachten Schokoladenpudding mehr gegessen«, sagte Morelli.

Grandma war plötzlich ganz Ohr. »Tatsächlich? Sie können sich uns gern anschließen. Es ist genug für alle da.«

Ich gab einen erstickten Laut von mir und funkelte Morelli warnend an.

Er antwortete mit seinem treuherzigen Hundeblick. »Schokoladenpudding klingt phantastisch.«

»Abgemacht«, sagte Grandma. »Sie wissen, wo wir wohnen?«

Morelli versicherte ihr, er würde unser Haus sogar mit geschlossenen Augen finden, wollte aber zu unserer Sicherheit hinter uns herfahren.

»Ist das nicht großartig?« sagte Grandma, als wir im Auto saßen. »Er sorgt sich um unsere Sicherheit. So ein höflicher junger Mann. Und wie gut er aussieht. Außerdem ist er auch noch Polizist. Wetten, das war ein Revolver unter seiner Jacke.«

Den Revolver würde er brauchen, wenn meine Mutter ihn vor der Haustür entdeckte. Für sie würde dort nicht Joe Morelli stehen, der Appetit auf Schokoladenpudding hatte. Auch nicht der junge Mann, der nach der Schule bei der Marine angeheuert hatte. Und schon gar nicht der Polizist Morelli, sondern der achtjährige kleine Lüstling, der mit der damals sechsjährigen Stephanie in der Garage seiner Eltern »Puff-Puff« gespielt hatte.

»Das ist deine Chance«, sagte Grandma, als wir anhielten.

»Du könntest einen Mann gebrauchen.«

»Aber nicht den.«

»Und warum nicht?«

»Er ist nicht mein Typ.«

»In Sachen Männer hast du wirklich keinen Geschmack«, sagte Grandma. »Dein Exmann war ein Schlappschwanz. Alle wußten es, aber du wolltest ja nicht hören.«

Morelli parkte seinen Wagen hinter meinem und stieg aus. Meine Mutter öffnete die Tür, und sogar auf diese Entfernung konnte ich ihre verkniffene Miene und den stocksteifen Rücken sofort erkennen.

»Wir freuen uns schon alle auf den Pudding«, sagte Grandma. »Wir haben Detective Morelli mitgebracht, weil er seit ewigen Zeiten keinen selbstgemachten Schokoladenpudding mehr gegessen hat.«

Meine Mutter preßte die Lippen zusammen.

»Ich möchte Ihnen keine Umstände machen«, sagte Morelli. »Sicher haben Sie nicht mit Besuch gerechnet.«

Das war der Zauberspruch, der einem in unserem Viertel jede Tür öffnete. Keine Hausfrau, die etwas auf sich hielt, würde sich nachsagen lassen, daß sie nicht jederzeit bereit war, Besuch zu empfangen. Mit diesem Spruch hatte sich sogar Jack the Ripper problemlos überall Zugang verschaffen können.

Meine Mutter nickte schroff und trat unwillig zur Seite. Wir schoben uns an ihr vorbei ins Haus.

Aus Angst vor einem Blutbad war mein Vater nie über die »Puff-Puff«-Angelegenheit informiert worden. Daher war er Morelli gegenüber nicht feindseliger eingestellt als den anderen heiratsfähigen jungen Männern, die meine Mutter und Grandma von der Straße zerrten. Er musterte Joe kurz, betrieb nur das Nötigste an Konversation und wandte seine Aufmerksamkeit wieder dem Fernseher zu. So gelang es ihm, meine Großmutter mit dem Pudding geflissentlich zu übersehen.

»Der Sarg war tatsächlich zu«, erzählte sie meiner Mutter. »Aber wegen eines kleinen Mißgeschicks habe ich Moogey Bues trotzdem gesehen.«

Meine Mutter riß die Augen auf. »Ein Mißgeschick?«

Ich schlüpfte aus der Jacke. »Grandma ist mit dem Ärmel am Sarg hängengeblieben, und dabei ist der Deckel aufgegangen.«

Meine Mutter schlug die Hände über dem Kopf zusammen. »Den ganzen Tag über haben die Leute wegen der Gladiolen angerufen. Jetzt werde ich mir morgen alles über den Sargdeckel anhören müssen.«

»Moogey sah nicht besonders gut aus«, sagte Grandma Mazur. »Ich habe Spiro zwar gesagt, daß er ihn gut hinbekommen hat, aber das war gelogen.«

Morelli trug einen Blazer und ein schwarzes Strickhemd. Als

er sich setzte, sprang das Jackett auf und sein Hüftholster kam zum Vorschein.

»Schönes Teil«, sagte Grandma. »Ist das ein 45er?«

»Eine 9 mm Automatik.«

»Dürfte ich wohl einen Blick darauf werfen?« fragte Grandma. »Ich würde so etwas zu gern einmal in der Hand halten.«

»Nein«, riefen alle wie im Chor.

»Ich habe mal auf ein Hühnchen geschossen«, erklärte Grandma Morelli. »Es war ein Unfall.«

Morelli wußte nicht gleich, was er sagen sollte. »Wo haben Sie es getroffen?« fragte er schließlich.

»Genau in den Bürzel«, sagte Grandma. »Es war ein Volltreffer!«

Zwei Portionen Pudding und drei Bier später riß Morelli sich vom Fernseher los. Ich begleitete ihn nach draußen. Wir blieben noch eine Weile am Straßenrand stehen, um uns ungestört zu unterhalten. Es war eine stern- und mondlose Nacht. In den meisten Häusern brannte kein Licht mehr, und die Straßen waren leer. In einem anderen Stadtteil wäre einem eine solche Nacht vielleicht gefährlich vorgekommen, hier fühlte man sich sicher und geborgen.

Morelli schlug den Kragen meiner Kostümjacke hoch. Seine Finger streiften meinen Nacken, und sein Blick verweilte auf meinen Lippen. »Du hast eine nette Familie«, sagte er.

Ich kniff die Augen zusammen. »Wenn du mich küßt, schreie ich, bis mein Vater kommt und dich verprügelt.«

Allerdings hätte ich wahrscheinlich vorher schon ein feuchtes Höschen.

»Ich könnte es mit deinem Vater aufnehmen.«

»Aber du würdest es nicht.«

Morelli hatte meinen Kragen immer noch nicht losgelassen. »Nein, das würde ich nicht.«

»Erzähle mir mehr über das Auto. Gab es keine Anzeichen für einen Kampf?«

»Keine. Der Schlüssel steckte im Zündschloß, und die Fahrertür war zugezogen.«

»Gab es in der Umgebung des Wagens Blutspuren?«

»Ich war noch nicht vor Ort, aber die Spurensicherung hat nichts gefunden.«

»Fingerabdrücke?«

»Die werden gerade ausgewertet.«

»Irgendwelche persönlichen Habseligkeiten?«

»Es wurde nichts gefunden.«

»Dann hat er also nicht in dem Auto gehaust«, folgerte ich.

»Du machst Fortschritte«, sagte Morelli. »Endlich stellst du die richtigen Fragen.«

»Ich bilde mich mit Fernsehkrimis fort.«

»Wir sollten uns über Spiro unterhalten.«

»Spiro hat mich in einer bestattungstechnischen Angelegenheit engagiert.«

Morelli lachte. »In einer bestattungstechnischen Angelegenheit?«

»Ich will nicht darüber reden.«

»Aber es hat nichts mit Kenny zu tun?«

»Ich schwöre.«

Im ersten Stock ging ein Fenster auf, und meine Mutter steckte den Kopf heraus. »Stephanie«, rief sie halblaut. »Was machst du da draußen? Was sollen denn die Nachbarn denken?«

»Machen Sie sich keine Sorgen, Mrs. Plum«, rief Morelli. »Ich wollte sowieso gerade los.«

Bei meiner Heimkehr trainierte Rex in seinem Laufrad. Als ich das Licht anmachte, hörte er abrupt auf, riß die schwarzen Augen auf und zuckte empört mit den Barthaaren, weil die Nacht so plötzlich vorbei sein sollte.

Auf dem Weg in die Küche zog ich meine Schuhe aus. Dort angelangt, landete die Handtasche auf der Anrichte, dann hörte ich den Anrufbeantworter ab.

Es war nur eine Nachricht von Gazarra darauf, der mich am Ende seiner Schicht angerufen hatte, um mir zu sagen, wie wenig er über Morelli hatte in Erfahrung bringen können. Nur, daß er an einem großen Ding arbeitete, das irgendwie mit der Mancuso-Bues-Geschichte zusammenhing.

Ich rief Morelli an.

Er nahm erst nach dem sechsten Klingeln ab und schien etwas außer Atem. Höchstwahrscheinlich war er gerade erst zur Tür hereingekommen.

Es gab keinen Grund für den Austausch höflicher Floskeln.

»Du Ratte«, sagte ich ohne weitere Umschweife.

»Wer mag das wohl sein?«

»Du hast mich angelogen. Ich habe es ja gleich gewußt, du Wichser.«

Ein angespanntes Schweigen breitete sich zwischen uns aus, bis mir klar wurde, daß meine Anschuldigung ziemlich vage ausgefallen war. Ich wurde etwas deutlicher.

»Ich will wissen, an welchem geheimen Fall du gerade arbeitest, und ich will wissen, wie das alles mit Kenny Mancuso und Moogey Bues zusammenhängt.«

»Ach so«, sagte Morelli. »*Die* Lüge meinst du.«

»Also?«

»Über die Lüge kann ich leider nicht mit dir sprechen.«

- 4 -

In der Nacht wälzte ich mich meist schlaflos im Bett hin und her, die Gedanken an Kenny Mancuso und Joe Morelli ließen mir keine Ruhe. Um sieben stand ich groggy und schlechtgelaunt auf. Ich duschte, zog Jeans und T-Shirt an und machte Kaffee.

Mein Hauptproblem war, daß mir zu Joe Morelli zuviel und zu Kenny Mancuso zuwenig einfiel.

Ich machte mir eine Schüssel Cornflakes, goß Kaffee in meine Donald-Duck-Tasse und nahm mir Spiros Briefumschlag vor. Die Lagerhalle der Spedition lag in einem Gewerbegebiet an der Route 1. Das beigelegte Foto stammte offensichtlich aus einem Katalog oder einer Broschüre. Es zeigte einen Sarg, der unverkennbar am unteren Ende des Sortiments rangierte. Es war kaum mehr als eine schmucklose Holzkiste, ohne die üblichen Schnitzereien und Beschläge. Warum Spiro sich vierundzwanzig dieser Dinger zugelegt hatte, überstieg mein Vorstellungsvermögen. In unserem Viertel leistete man sich teure Hochzeiten und Bestattungen. In so einem Sarg beerdigt zu werden war undenkbar. Sogar Mrs. Ciak, die von der Sozialhilfe lebte und abends um neun das Licht ausmachte, um zu sparen, hatte für ihr Begräbnis ein paar Tausender zurückgelegt.

Nachdem ich gefrühstückt hatte, spülte ich Schüssel und Löffel, goß mir eine zweite Tasse Kaffee ein und schüttete Rex ein paar Cornflakes und Blaubeeren in sein Keramikschüsselchen. Rex schoß aus der Suppendose hervor, seine kleine Schnauze vor Aufregung bebend. Er rannte zum Napf, stopfte sich die Backen voll und fegte zurück in sein Versteck, so daß nur noch sein vor Freude vibrierendes Hinterteil zu sehen war. Das ist das schöne an einem Hamster. Es ist wirklich nicht schwer, ihn glücklich zu machen.

Ich griff mir die Jacke und die große schwarze Handtasche mit meiner Ausrüstung. Mr. Woleskys Fernseher dröhnte durch die geschlossene Tür, und vor Mrs. Karwatts Apartment duftete es im Flur nach gebratenem Speck. Im Treppenhaus begegnete ich keinem Menschen, und als ich aus dem Haus trat, hielt ich einen Augenblick inne, um die frische Morgenluft zu genießen. Ein paar Blätter klammerten sich noch an die Zweige, aber die meisten Bäume waren schon kahl, und das dürre Geäst hob sich gegen den hellen Himmel ab. Irgendwo in der Nachbarschaft bellte ein Hund, und eine Autotür wurde zugeschlagen. Der Durchschnittspendler fuhr zur Arbeit, und die begnadete Kopfgeldjägerin Stephanie Plum machte sich auf die Suche nach vierundzwanzig Billigsärgen.

Es gab zwar Schlimmeres als den Berufsverkehr in Trenton, aber trotzdem war er nervenaufreibend. Da ich meine Nerven schonen wollte, mied ich die zu dieser Tageszeit völlig verstopfte Hamilton Street und nahm einen Schleichweg durch die heruntergekommeneren Viertel der Innenstadt.

R&J Storage lag in der Oakland Avenue. Vor zehn Jahren war die Gegend noch völlig verödet gewesen. Es gab nichts als struppiges Gras. Scherben, Kronkorken, Zigarettenkippen, Kondome und vom Wind angewehter Dreck verschandelten die Landschaft. Dann wurde das Gelände als Gewerbegebiet erschlossen und beherbergte nun eine Druckerei, einen Sanitärgroßmarkt sowie R&J Storage. Das Gras war geteerten Parkplätzen gewichen, aber Scherben, Kronkorken und der ganze andere Großstadtdreck waren geblieben, und der Müll sammelte sich nun in abgelegenen Winkeln und Gullys.

Ein stabiler Maschendrahtzaun umgab das Speditionsgelände, und zwei Zufahrten führten in den weitläufigen Komplex garagengroßer Lagerhallen. Auf einem kleinen Schild am Zaun waren die Geschäftszeiten angegeben: Täglich von 7.00 bis

22.00 Uhr. Die Tore standen offen. Die Gebäude waren weiß und blau gestrichen. Alles wirkte sauber und gut durchorganisiert. Der ideale Ort, um ein paar Särge zu klauen.

Ich fuhr langsam auf das Gelände. Als ich bei der Nummer 16 angekommen war, parkte ich den Jeep und steckte den Schlüssel ins Schloß. Die Tür klappte nach oben und gab den Blick auf eine leere Halle frei. Keine Särge, aber auch keine Einbruchsspuren.

Einen Augenblick stand ich versonnen da und stellte mir die dichtgestapelten Holzkisten vor. Als ich mich umdrehte, wäre ich beinahe mit Morelli zusammengestoßen.

»Huch«, japste ich, schlug die Hand auf die Brust und schluckte einen Schreckensschrei hinunter. »Ich kann es nicht ausstehen, wenn du dich so anschleichst. Was machst du hier?«

»Ich bin dir gefolgt.«

»Ich will nicht, daß du mich verfolgst. Verletzt du damit nicht meine Bürgerrechte? Ist das nicht vielleicht sogar Polizeischikane?«

»Die meisten Frauen würden sich freuen, wenn ich hinter ihnen her wäre.«

»Aber ich nicht.«

»Verrate mir, worum es geht.« Er zeigte auf den leeren Lagerraum. »Was wird hier gespielt?«

»Wenn du es unbedingt wissen willst, ich suche nach Särgen.«

Er konnte sich ein Lächeln nicht verkneifen.

»Im Ernst! Spiro hatte hier vierundzwanzig Särge gelagert, und jetzt sind sie verschwunden.«

»Verschwunden? Du meinst, sie sind geklaut worden. Hat er Anzeige erstattet?«

Ich schüttelte den Kopf. »Er wollte die Polizei da raushalten. Es soll sich nicht herumsprechen, daß er eine Ladung Billigsärge gekauft hat.«

»Ich will dir ja nicht die Laune verderben, aber das stinkt doch zum Himmel. Leute, denen etwas gestohlen wird, das Geld gekostet hat, gehen zur Polizei, damit die Versicherung zahlt.«

Ich schloß die Tür und steckte den Schlüssel wieder ein. »Er gibt mir tausend Dollar dafür, daß ich die Särge finde. Da kümmert mich die Geruchsnote weniger. Es gibt keine Anzeichen dafür, daß an der Sache irgend etwas faul ist.«

»Und was ist mit Kenny? Ich dachte, du bist hinter ihm her?«

»Da komme ich im Moment nicht weiter.«

»Gibst du auf?«

»Ich schalte einfach mal einen Gang zurück.«

Bevor ich den Wagen anlassen konnte, hatte Morelli sich schon auf den Beifahrersitz geschwungen.

»Wohin fahren wir?« fragte er.

»*Ich* unterhalte mich jetzt mit dem Geschäftsführer.«

Morelli lächelte schon wieder. »Hier tun sich ja ganz neue Karrieremöglichkeiten für dich auf. Wenn du deine Sache gut machst, wirst du vielleicht befördert und darfst demnächst Grabräuber und Friedhofsschänder jagen.«

»Sehr witzig. Verschwinde aus meinem Auto.«

»Ich dachte, wir wären Partner.«

Wer's glaubt, wird selig. Ich wendete, fuhr zum Büro und stieg aus. Morelli blieb mir auf den Fersen.

Ich drehte mich um, baute mich wütend vor ihm auf und schob ihn weg. »Halt. Wir machen keinen Gruppenausflug.«

»Ich könnte dir behilflich sein«, sagte Morelli. »Deinen Fragen etwas mehr Nachdruck verleihen.«

»Aus welchem Grund solltest du das tun?«

»Weil ich ein netter Kerl bin.«

Ich konnte mich nur mühsam beherrschen. »Für wie blöd hältst du mich eigentlich?«

»Kenny, Moogey und Spiro waren in der Schule die dicksten

Freunde. Moogey ist tot, und ich habe das Gefühl, daß unsere Freundin Julia nicht mehr viel mit der Sache zu tun hat. Vielleicht läßt Kenny sich inzwischen von Spiro helfen.«

»Und ich arbeite jetzt für Spiro, und du bist dir nicht sicher, ob du mir die Story mit den Särgen abnehmen sollst.«

»Ich weiß wirklich nicht, was ich davon halten soll. Was weißt du über die Särge? Wo sind sie gekauft worden? Wie sehen sie aus?«

»Sie sind aus Holz. Zirka zwei Meter lang ...«

»Ich kann vorlaute Kopfgeldjägerinnen auf den Tod nicht ausstehen.«

Ich zeigte ihm das Foto.

»Du hast recht«, sagte er. »Sie sind aus Holz und etwa zwei Meter lang.«

»Außerdem sind sie häßlich.«

»Genau.«

»Und sehr schlicht.«

»Grandma Mazur würde sich im Grabe umdrehen, wenn sie in so einer Kiste unter die Erde käme«, sagte Morelli.

»Nicht jeder ist so qualitätsbewußt wie Grandma Mazur. Ich bin sicher, das Institut Stiva hält eine große Auswahl an Särgen bereit.«

»Du solltest mich mit dem Geschäftsführer reden lassen«, sagte Morelli. »Ich kann das besser als du.«

»Jetzt hast du endgültig verschissen. Verzieh dich ins Auto.«

Trotz unserer Reibereien mochte ich Morelli. Vernünftigerweise hätte ich die Finger von ihm lassen müssen, aber ich war keine Sklavin der Vernunft. Mir gefiel sein berufliches Engagement und was er aus sich gemacht hatte. Schon in seiner wilden Jugend konnte ihm niemand etwas vormachen, und als Polizist war ihm dieser Instinkt geblieben. Zugegeben, er war ein Macho, aber das war nicht allein seine Schuld, schließlich stammte er aus New Jersey und war obendrein ein Morelli. Wenn man das bedachte, machte er eigentlich eine ganz anständige Figur.

Das Büro war ein kleiner Raum mit einer Theke, hinter der eine Frau mit einem R&J-Storage-T-Shirt stand. Sie war Ende Vierzig, Anfang Fünfzig, hatte ein nettes Gesicht und eine mollige Figur. Sie nickte mir kurz zu und hatte dann nur noch Augen für Morelli, der natürlich doch mitgekommen war.

Morelli trug eine knallenge verwaschene Jeans, die nicht nur seinen einzigartig knackigen Hintern zur Geltung brachte. Unter der Lederjacke wölbte sich eine prachtvolle Männerbrust. Die Dame schluckte sichtbar und zwang sich, den Blick über den Bund der Jeans zu heben.

Ich erzählte ihr, daß ich im Lager eines Freundes nach dem Rechten gesehen hätte und mir wegen der Sicherheitsvorkehrungen Sorgen machte.

»Wie heißt Ihr Freund?« fragte sie.

»Spiro Stiva.«

»Nichts für ungut«, sagte sie mit leicht angeekelter Miene. »Aber er hat das ganze Lager voller Särge. Er behauptet, sie seien leer, aber das ist mir egal. Ich mache trotzdem einen großen Bogen um seine Halle. Wegen der Sicherheitsvorkehrungen brauchen Sie sich wirklich keine Sorgen zu machen. Wer klaut schon Särge?«

»Woher wissen Sie, daß er Särge lagert?«

»Ich habe gesehen, wie sie gebracht wurden. Es waren so viele, daß sie mit einem Laster angeliefert und mit dem Gabelstapler ausgeladen werden mußten.«

»Arbeiten Sie ganztags hier?« fragte ich.

»Ich bin immer hier«, sagte sie. »Meinem Mann und mir gehört der Laden. Ich bin das R in ›R&J‹. Roberta.«

»Sind bei Ihnen in den letzten Monaten noch mehr Laster vorgefahren?«

»Ein paar große Sattelschlepper. Warum? Gibt es ein Problem?«

Spiro wollte, daß die Sache unter uns blieb, aber ich wußte nicht, wie ich an weitere Informationen kommen sollte, ohne Roberta einzuweihen. Außerdem hatte sie garantiert einen Generalschlüssel, und sobald wir weg waren, würde sie sich Spiros Lager trotz ihrer Sargphobie vornehmen und feststellen, daß es leer war.

»Die Särge sind verschwunden«, sagte ich. »Die Halle ist leer.«

»Das ist unmöglich! So leicht läßt sich eine Ladung Särge nicht beiseite schaffen. Die waren doch bis unter die Decke gestapelt. Hier fahren zwar ständig Laster vor, aber ich hätte mitbekommen, wenn jemand Särge eingeladen hätte.«

»Lagerraum 16 liegt ziemlich weit hinten«, sagte ich. »Von hier aus kann man ihn nicht sehen. Vielleicht sind sie nicht alle auf einmal abtransportiert worden.«

»Wie sind die Diebe reingekommen?« wollte sie wissen. »Haben sie das Schloß aufgebrochen?«

Ich konnte ihr nicht sagen, wie sie sich Zugang verschafft hatten. Das Schloß war unbeschädigt, und Spiro hatte mir versichert, daß er den Schlüssel nicht aus der Hand gegeben hätte. Natürlich konnte das eine Lüge sein.

»Ich würde gerne eine Liste Ihrer Kunden sehen«, sagte ich. »Außerdem wäre es hilfreich, wenn Sie überlegen würden, welche Laster in der Nähe von Mr. Stivas Lagerraum geparkt waren.«

»Er ist versichert«, sagte sie. »Wir verlangen von allen Kunden, daß sie eine Versicherung abschließen.«

»Um sich an die Versicherung zu wenden, müßte er Anzeige erstatten, und zur Zeit möchte Mr. Stiva die Sache noch vertraulich behandeln.«

»Um ganz ehrlich zu sein, ist es mir auch lieber, wenn es nicht an die große Glocke gehängt wird. Die Leute sollen ja nicht denken, daß ihre Sachen bei uns nicht sicher sind.« Sie druckte mir eine Kundenliste aus. »Das ist der aktuelle Stand. Wenn jemand sein Lager räumt, bleibt er noch drei Monate gespeichert, dann wird er automatisch aus der Datei gelöscht.«

Morelli und ich überflogen die Liste, aber wir kannten keinen der Namen.

»Muß man sich bei Ihnen ausweisen?« fragte Morelli.

»Wir lassen uns den Führerschein zeigen«, sagte sie. »Die Versicherung besteht darauf.«

Ich faltete den Computerausdruck zusammen und steckte ihn ein, dann gab ich Roberta meine Visitenkarte und bat sie, mich anzurufen, falls sie sich noch an etwas erinnerte. Im Gehen fiel mir ein, sie zu bitten, die anderen Lagerräume zu überprüfen. Vielleicht waren die Särge ja gar nicht abtransportiert worden, sondern nur in eine andere Halle gebracht worden.

Als wir wieder im Jeep saßen, gingen Morelli und ich die Liste noch einmal durch, kamen aber keinen Schritt weiter.

Roberta kam aus dem Büro. In der Hand hielt sie einen Schlüsselbund, das Handy hatte sie in die Tasche gesteckt.

»Die große Sargsuche«, sagte Morelli und sah ihr nach, bis sie hinter den ersten Lagerräumen verschwunden war. Er machte es sich auf seinem Sitz bequem. »Ich verstehe das nicht. Warum klaut jemand Särge? Sie sind groß, unhandlich und so gut wie unverkäuflich. Hier stehen doch bestimmt genug Sachen herum, die wesentlich einfacher zu verscherbeln wären. Warum also Särge?«

»Vielleicht braucht der Dieb welche. Könnte doch sein, daß irgendein am Hungertuch nagender Leichenbestatter sie geklaut hat. Einer wie Mosel. Seit Stiva expandiert, geht es mit ihm bergab. Vielleicht wußte Mosel von den Särgen und hat sich eines

Nachts hier eingeschlichen, um sie sich unter den Nagel zu reißen.«

Morelli sah mich an, als ob ich vom Mars käme.

»Könnte doch sein«, sagte ich. »Es gibt nichts, was es nicht gibt. Wir sollten uns mal umsehen, ob irgendwer Tote in Spiros Särgen aufbahrt.«

»O Mann.«

Ich zog den Schulterriemen meiner Handtasche hoch. »Bei Bues' Aufbahrung gestern abend war auch ein gewisser Sandeman. Kennst du ihn?«

»Ich habe ihn vor zwei Jahren bei einer Drogenrazzia festgenommen.«

»Ranger hat mir erzählt, daß Sandeman genau wie Moogey in der Tankstelle gearbeitet hat. Er soll auch an dem Tag dagewesen sein, als Moogey ins Knie geschossen wurde. Ich wollte nur wissen, ob ihr ihn schon verhört habt.«

»Nein. Noch nicht. Scully bearbeitet den Fall. Er hat Sandeman befragt, aber es ist nicht sehr viel dabei herausgekommen. Die Schießerei fand im Büro statt, und zu der Zeit hat Sandeman in der Werkstatt an einem Wagen gearbeitet. Bei dem Krach der Maschinen hat er nicht einmal den Schuß gehört.«

»Ich dachte, ich frage ihn mal, ob er was von Kenny weiß.«

»Leg dich nicht mit Sandeman an. Der ist ein Wichser. Mies drauf und gefährlich.« Morelli holte seine Autoschlüssel aus der Tasche. »Aber ein Supermechaniker.«

»Ich paß schon auf mich auf.«

Morelli schien davon nicht sehr überzeugt. »Soll ich nicht doch lieber mitkommen?« fragte er. »Ich kann Leute ganz gut in die Mangel nehmen.«

»Ich habe es nicht so mit Mangeln. Trotzdem, danke für das Angebot.«

Sein Fairlane war neben meinem Jeep geparkt.

»Wirklich nett, das Hulamädel auf der Hutablage«, sagte ich. »Netter Touch.«

»Das war Costanzas Idee. Es verdeckt die Antenne.«

Aus dem Kopf der Puppe ragte tatsächlich ein Stückchen Antenne. Ich sah Morelli mit zusammengekniffenen Augen an. »Du willst mir doch nicht etwa schon wieder folgen?«

»Nur, wenn du mich bittest.«

»Da kannst du lange warten.«

Morelli sah nicht so aus, als ob er mir glaubte.

Ich fuhr auf dem schnellsten Weg zur Tankstelle. Morgens und abends bildeten sich Schlangen vor den Zapfsäulen, aber um diese Zeit war nicht viel los. Das Büro war leer. Die Durchgangstür zur Werkstatt stand offen. Auf einer der vier Hebebühnen stand ein Auto.

Sandeman montierte einen Reifen. Er trug ein ausgewaschenes ärmelloses Harley-Davidson-T-Shirt, das ihm nur bis zum Bauchnabel ging, und ölverschmierte Jeans. Seine Arme und Schultern waren mit zähnefletschenden Schlangentätowierungen übersät. Inmitten der Reptilien prangte ein rotes Herz mit der Inschrift: »I love Jean«. Die Glückliche. Sandemans Erscheinungsbild wäre im Grunde nur noch durch verfaulte Zähne und ein paar dicke Eiterbeulen auf der Stirn abzurunden gewesen.

Als er mich sah, richtete er sich auf und wischte sich die Hände an der Jeans ab. »Ja?«

»Sind Sie Perry Sandeman?«

»Höchstpersönlich.«

»Stephanie Plum«, sagte ich und verzichtete darauf, ihm die Hand zu geben. »Ich arbeite für Kenny Mancusos Kautionsbüro und versuche, ihn ausfindig zu machen.«

»Ich habe ihn nicht gesehen«, sagte Sandeman.

»Er soll ein Freund von Moogey gewesen sein.«

»Das habe ich auch gehört.«

»War Kenny öfter hier?«

»Nein.«

»Hat Moogey ihn manchmal erwähnt?«

»Nein.«

Vergeudete ich hier meine Zeit? Ja.

»Sie waren hier, als Moogey ins Knie geschossen wurde«, sagte ich. »Glauben Sie, es war ein Unfall?«

»Ich war in der Werkstatt, als es passiert ist, und kann dazu wirklich nichts sagen. So, und jetzt ist die Fragestunde beendet. Ich muß arbeiten.«

Ich gab ihm meine Karte und bat ihn, mich anzurufen, falls ihm noch irgend etwas einfallen sollte.

Er zerriß die Karte und ließ die Papierschnipsel auf den Betonboden fallen.

Eine intelligente Frau hätte jetzt den Rückzug angetreten, aber in New Jersey läßt man sich die Chance, jemandem auf den Schlips zu treten, nur ungern entgehen.

Ich stemmte die Hände in die Hüften und beugte mich vor. »Haben Sie ein Problem?«

»Ich mag keine Bullen, auch keine Bullenschlampen.«

»Ich bin keine Polizistin. Ich bin Kautionsdetektivin.«

»Dann bist du eben eine Kopfgeldjägerschlampe, und mit denen rede ich erst recht nicht.«

»Nennen Sie mich nicht noch einmal Schlampe.«

»Meinst du, ich habe Angst vor dir?«

Ich hätte nicht übel Lust gehabt, ihm eine Ladung Tränengas ins Gesicht zu sprühen oder ihm einen Elektroschock zu verpassen. Die Frau in der Waffenhandlung hatte mir das Gerät aufgeschwatzt, und ich hatte es noch nicht ausprobiert. Die Wirkung von 45000 Volt, direkt durch das Harley-Davidson-Emblem in seinen Körper gejagt, hätte mich schon interessiert.

»Wehe, Sie halten Informationen zurück, Sandeman. Ihr Bewährungshelfer fände das wahrscheinlich überhaupt nicht lustig.«

Sein Stoß warf mich zurück. »Wenn mein Bewährungshelfer was gesteckt kriegt, könntest du zu spüren kriegen, warum man mich den Sandeman nennt. Überleg es dir also gut.«

Kein sehr netter Gedanke.

- 5 -

Es war noch früh am Nachmittag, als ich die Tankstelle verließ. Mein Besuch bei Sandeman hatte nichts gebracht außer der Gewißheit, daß ich ihn nicht ausstehen konnte. Normalerweise hätte ich mir nicht vorstellen können, daß Kenny und Sandeman Freunde waren, aber normal war an diesem Fall sowieso nichts, und irgend etwas an Sandeman ließ bei mir sämtliche Alarmglocken läuten.

Ich hatte keine Lust, in Sandemans Leben herumzuschnüffeln, aber ich würde ihm wohl doch etwas Zeit widmen müssen. Zumindest sein trautes Heim mußte mal unter die Lupe genommen werden, und sei es nur, um sicherzugehen, daß Kenny sich nicht dort einquartiert hatte.

Ich fuhr zu Vinnies Büro. Connie stampfte wütend durch die Gegend und knallte Schranktüren zu, als ich ankam.

»Dein Vetter ist ein Scheißkerl«, schrie sie mich an. »*Stronzo*.«

»Was hat er denn jetzt schon wieder angestellt?«

»Du kennst doch unsere neue Aushilfe für die Ablage?«

»Sally Irgendwas?«

»Sally, die das Alphabet aufsagen konnte.«

Ich sah mich im Büro um. »Ist sie weg?«

»Na klar ist sie weg. Als sie sich gerade über die Registratur beugte, hat sich dein Vetter von hinten angepirscht und wollte Schwänzchen versenken spielen.«

»Ich nehme an, Sally war nicht sehr beeindruckt.«

»Sie ist laut schreiend aus dem Büro gerannt. Ihr Gehalt soll ich für einen wohltätigen Zweck spenden. Jetzt habe ich keinen mehr für die Ablage, und rate mal, an wem die ganze Arbeit hängenbleibt.« Connie schloß eine Schublade mit einem Tritt. »Das war die dritte Aushilfe in zwei Monaten!«

»Vielleicht sollten wir zusammenlegen und Vinnie kastrieren lassen.«

Connie holte ein Schnappmesser aus ihrem Schreibtisch und ließ die Klinge herausspringen. »Vielleicht sollten wir es gleich selbst erledigen.«

Das Telefon klingelte, und Connie legte das Messer zurück in die Schublade. Während sie telefonierte, suchte ich in den Akten nach Sandeman. Es gab keine Unterlagen über ihn. Entweder war er ohne Kaution freigelassen worden, oder er war zur Konkurrenz gegangen. Auch im Telefonbuch war er nicht zu finden. Also rief ich Loretta Heinz bei der Zulassungsstelle an. Loretta und ich kannten uns schon eine halbe Ewigkeit. Sie war zusammen mit mir bei den Pfadfindern gewesen und hatte die zwei schlimmsten Wochen meines Lebens im Camp Sacajawea gemeinsam mit mir durchlitten. Loretta brauchte bloß den Namen in ihren Computer einzutippen, und schon hatte ich Sandemans Adresse.

Sandeman wohnte in der Morton Street, die in einer heruntergekommenen Villengegend lag. Die Vorgärten waren verwildert, in verdreckten Fenstern hingen kaputte Rollos, die Wände waren mit Graffiti besprüht, und die Farbe blätterte von den Fensterrahmen. Die meisten Häuser waren in Wohnungen aufgeteilt worden, einige waren ausgebrannt oder standen leer.

Andere waren saniert worden und schienen bemüht, ihren ehemals würdevollen Glanz wiederzuerlangen.

Sandeman wohnte in einem der umgebauten Häuser; es war nicht gerade das eleganteste in der Straße, aber auch bei weitem nicht das schäbigste. Ein alter Mann saß vor der Tür. Das Weiß seiner Augen war gelblich verfärbt, graue Stoppeln überzogen die ausgemergelten Wangen, seine Haut war aschfarben. Die Zigarette im Mundwinkel, sog er den Rauch ein und blinzelte zu mir hoch.

»Einen Bullen rieche ich zehn Meter gegen den Wind«, sagte er.

»Ich bin kein Bulle.« Warum hielten mich heute bloß alle für eine Polizistin? Ich warf einen Blick auf meine Doc Martens und fragte mich, ob die Schuhe daran schuld waren. Vielleicht hatte Morelli recht und diese Treter waren wirklich nichts für mich. »Ich suche Perry Sandeman«, sagte ich und gab ihm meine Visitenkarte. »Ich muß einen Freund von ihm finden.«

»Sandeman ist nicht da. Tagsüber arbeitet er in einer Tankstelle. Und abends ist er auch kaum zu Hause. Der kommt nur her, wenn er blau oder völlig high ist. Dann ist er gemeingefährlich. Wenn er gesoffen hat, geht man ihm besser aus dem Weg. Er wird dann besonders fies. Allerdings ist er ein guter Mechaniker. Das sagen alle.«

»In welchem Apartment wohnt er?«

»Drei c.«

»Ist jemand in der Wohnung?«

»Ich habe keinen reingehen sehen.«

Ich schob mich an ihm vorbei ins Haus und blieb einen Moment stehen, um mich an die Dunkelheit zu gewöhnen. Die Luft war stickig, und es roch, als ob die Sanitäranlagen einiges zu wünschen übrig ließen. Die Tapeten platzten von den Wänden, und der Holzfußboden knirschte vom Straßenschmutz.

Ich holte mein Tränengas aus der Handtasche und steckte es in die Jacke, dann ging ich die Treppe hinauf. Im zweiten Stock gab es drei Türen. Alle waren geschlossen. Hinter der einen lief ein Fernseher. Aus den beiden anderen Wohnungen drang kein Laut. Ich klopfte an die Tür von 3c und wartete. Ich klopfte erneut, aber es regte sich nichts.

Einerseits hatte ich höllische Angst davor, wirklich jemandem zu begegnen, und hätte am liebsten die Flucht ergriffen, andererseits wollte ich Kenny finden und fühlte mich verpflichtet, die Sache durchzuziehen.

Durch das Fenster am Ende des Flurs sah ich das verrostete Gitter einer Feuertreppe. Vielleicht konnte ich, wenn ich hinauskletterte, einen Blick in Sandemans Wohnung werfen. Niemand war zu sehen, und in dem gegenüberliegenden Haus waren alle Rollos heruntergelassen.

Ich schloß die Augen und atmete einmal tief durch. Was sollte mir schon groß passieren? Ich konnte höchstens verhaftet, erschossen oder zusammengeschlagen werden. Wenn ich Glück hatte, war niemand da, und ich kam noch einmal mit heiler Haut davon.

Ich öffnete das Fenster und kletterte hinaus. Mit Feuerleitern kannte ich mich aus, denn auf meiner eigenen hatte ich schon so manche Stunde in der Sonne gesessen. Ich schlich zu Sandemans Fenster und sah ein ungemachtes Bett, einen Küchentisch nebst Stuhl, einen Fernseher auf einem Metallständer und einen riesigen Kühlschrank. An zwei Wandhaken hingen mehrere Kleiderbügel. Auf dem Tisch teilte sich eine Kochplatte den Platz mit zerdrückten Bierdosen, verschmierten Papiertellern und zerknüllten Lebensmittelverpackungen. Außer der Wohnungstür konnte ich keine weiteren Türen entdecken. Wahrscheinlich benutzte Sandeman das Klo im Treppenhaus. Bestimmt kein sehr appetitlicher Anblick.

Von Kenny keine Spur.

Ich stand schon mit einem Bein wieder im Flur, als ich den alten Mann genau unter mir erspähte. Mit einer Hand schützte er seine Augen vor der Sonne, in der anderen hielt er noch immer meine Visitenkarte.

»Na, jemand da?« fragte er.

»Nein.«

»Habe ich mir schon gedacht«, sagte er. »Es wird noch ein bißchen dauern, bis er nach Hause kommt.«

»Schöne Feuertreppe.«

»Müßte mal wieder repariert werden. Die Schrauben sind verrostet. Ich würde mich da nicht mehr raus trauen. Aber bei einem Feuer ist das den Leuten sowieso egal.«

Ich lächelte verkrampft und kletterte ins Haus zurück. Dann lief ich schnell nach unten, sprang in den Jeep, verriegelte die Türen und fuhr los.

Eine halbe Stunde später überlegte ich, welche Klamotten für meine abendlichen Recherchen wohl am geeignetsten wären. Die Wahl fiel auf einen langen Jeansrock und eine weiße Strickbluse. Ich frischte mein Make-up auf und drehte mir ein paar elektrische Lockenwickler ins Haar. Als ich sie wieder herausnahm, wirkte ich einige Zentimeter größer. Es reichte zwar immer noch nicht zum Basketballstar, aber auf einen Durchschnittspakistani wirkte ich wahrscheinlich trotzdem beeindruckend.

Ich schwankte zwischen Burger King und Pizza Hut, als das Telefon klingelte.

»Stephanie«, sagte meine Mutter. »Es gibt Kohlrouladen, und zum Nachtisch habe ich Gewürzkuchen gebacken.«

»Klingt gut«, erwiderte ich. »Aber ich habe schon etwas vor.«

»Was denn?«

»Ich gehe essen.«

»Mit einem Mann.«

»Nein.«

»Dann hast du auch nichts vor.«

»Das Leben besteht nicht nur aus Rendezvous.«

»Aus was denn sonst?«

»Arbeit zum Beispiel.«

»Stephanie, Stephanie, Stephanie, du arbeitest für deinen nichtsnutzigen Vetter Vinnie. Das ist doch nichts für dich.«

Ich kam mir vor, als würde ich mit dem Kopf gegen eine Betonwand rennen.

»Zum Gewürzkuchen gibt es auch noch Vanilleeis«, sagte sie.

»Dieses Diäteis?«

»Nein, das teure Sahneeis.«

»Na gut. Ich komme.«

Rex kam aus seiner Suppendose, räkelte sich und streckte sein Hinterteil gen Himmel. Er gähnte und beschnupperte seinen Napf; als er nichts darin fand, wandte er sich seinem Laufrad zu.

Damit er sich keine Sorgen machte, wenn ich spät nach Hause kam, klärte ich ihn über meine Pläne für den Abend auf. Ich ließ das Licht in der Küche brennen, schaltete den Anrufbeantworter ein, schnappte mir meine Handtasche nebst der braunen Bomberjacke und schloß hinter mir ab. Ich würde etwas zu früh kommen, aber das war in Ordnung. Wenigstens konnte ich dann noch in Ruhe die Todesanzeigen studieren und mir überlegen, welche Bestattungsinstitute ich mir nach dem Essen vornehmen sollte.

Als ich vor meinem Elternhaus hielt, gingen gerade die Laternen an. Der Mond leuchtete silbrig in der Abenddämmerung. Es war kühler geworden.

Grandma Mazur kam mir im Flur entgegen. Ihre Dauerwelle war frisch onduliert, hell schimmerte die rosa Kopfhaut durch das stahlgraue Haar.

»Ich war heute beim Friseur«, sagte sie. »Ich dachte, ich könnte vielleicht ein paar Hinweise im Fall Mancuso aufschnappen.«

»Wie ist es gelaufen?«

»Nicht schlecht. Die können noch anständig Waschen und Legen. Norma Szajack, Bettys Cousine zweiten Grades, hat sich die Haare färben lassen. Alle meinten, ich sollte es auch mal ausprobieren. Ich hätte auch bestimmt nichts dagegen gehabt, wenn die nicht vor kurzem im Fernsehen gezeigt hätten, daß man davon Krebs kriegen kann. Die Frau in der Sendung hatte einen Tumor, der so groß wie ein Basketball war, und sie hat gesagt, es käme vom Haarefärben.

Auf jeden Fall habe ich mich ein bißchen mit Norma unterhalten. Normas Junge Billie ist mit Kenny Mancuso zur Schule gegangen, und jetzt arbeitet er in einem Kasino in Atlantic City. Norma hat mir erzählt, daß Kenny nach seiner Entlassung aus der Armee oft nach Atlantic City gefahren ist. Laut Billie hat er mit dem Geld nur so um sich geworfen.«

»Hat sie erwähnt, ob Kenny in letzter Zeit auch in Atlantic City war?«

»Davon hat sie nichts gesagt. Nur daß Kenny Billie vor drei Tagen angerufen hat und sich Geld leihen wollte. Billie hat ja gesagt, aber Kenny ist nicht aufgetaucht.«

»Das hat Billie seiner Mutter erzählt?«

»Er hat es seiner Frau erzählt, und die ist damit zu Norma gerannt. Sie war wohl nicht sehr begeistert, daß Billie Kenny Geld leihen wollte. Weißt du was? Ich glaube, jemand hat Kenny um die Ecke gebracht. Wahrscheinlich haben sie ihn schon längst den Fischen zum Fraß vorgeworfen. Ich habe eine Sendung darüber gesehen, wie echte Profikiller Leichen verschwinden lassen. Die schneiden ihren Opfern die Kehle durch und hängen sie erst mal zum Ausbluten kopfüber in die Dusche, damit sie nicht den

Teppich ruinieren. Der Trick bei der Sache ist, daß du den Toten die Eingeweide herausreißen und die Lunge durchbohren mußt. Wenn du das vergißt, kannst du sie nicht im Fluß versenken, weil sie dann immer wieder an die Wasseroberfläche kommen.«

Aus der Küche drang ein dumpfes Stöhnen, und auch mein Vater, der sich im Wohnzimmer hinter der Zeitung verkrochen hatte, gab einen erstickten Laut von sich.

Es klingelte, und Grandma Mazur sprang zur Tür. »Besuch!«

»Besuch?« sagte meine Mutter. »Wir erwarten doch gar keinen Besuch.«

»Ich habe einen jungen Mann für Stephanie eingeladen«, sagte Grandma. »Er ist eine gute Partie. Er macht zwar nicht viel her, aber er hat einen anständigen Beruf.«

Grandma öffnete die Tür, und Spiro Stiva kam hereinspaziert.

Mein Vater lugte über den Rand seiner Zeitung. »Allmächtiger«, murmelte er. »Ein Totengräber!«

»Der verdirbt einem ja den Appetit«, flüsterte ich meiner Mutter zu.

Sie tätschelte meinen Arm. »Vielleicht ist es gar nicht so schlimm, und außerdem kann es nicht schaden, sich mit einem Stiva gutzustellen. Deine Großmutter wird schließlich auch nicht jünger.«

»Ich habe Spiro eingeladen, weil seine Mutter nur noch bei Con im Krankenhaus sitzt und niemand für ihn sorgt.« Grandma zwinkerte mir zu.

Meine Mutter legte noch ein Gedeck auf. »Wir freuen uns immer über Besuch«, sagte sie. »Stephanies Freunde sind uns stets willkommen.«

»Ja, nur ist sie in letzter Zeit so wählerisch, daß sich an der Männerfront rein gar nichts tut«, sagte Grandma zu Spiro. »Warten Sie, bis Sie den Nachtisch probiert haben. Den Gewürzkuchen hat Stephanie gebacken.«

»Habe ich nicht.«

»Die Kohlrouladen sind auch von ihr«, sagte Grandma. »Sie wird mal eine gute Ehefrau abgeben.«

Spiro betrachtete die Spitzentischdecke und das Geschirr mit den rosa Blümchen. »Ich war auch schon ein bißchen auf Weiberschau. In meiner Position muß man an die Zukunft denken.«

Auf Weiberschau? Sehr charmant.

Spiro nahm neben mir Platz. Mir sträubten sich die Nackenhaare, und ich rückte diskret von ihm ab.

Grandma reichte Spiro die Rouladen. »Hoffentlich macht es Ihnen nichts aus, über das Geschäft zu reden«, sagte sie. »Ich hätte nämlich ein paar Fragen. Zum Beispiel habe ich mich schon immer gefragt, ob Sie den Verstorbenen Unterwäsche anziehen. Es scheint mir eigentlich nicht nötig zu sein, andererseits …«

Mein Vater hielt schockiert inne, in der einen Hand die Margarine, in der anderen das Messer, und für einen kurzen Moment dachte ich, er würde Grandma erstechen.

»Spiro ist sicher nicht hier, um sich über Unterwäsche zu unterhalten«, sagte meine Mutter.

Spiro nickte und lächelte Grandma Mazur an. »Berufsgeheimnis.«

Um zehn vor sieben verabschiedete Spiro sich nach seinem zweiten Stück Gewürzkuchen. Er mußte zur Arbeit.

Grandma Mazur winkte ihm nach. »Das ist nicht schlecht gelaufen«, sagte sie zu mir. »Ich glaube, du gefällst ihm.«

»Möchtest du noch etwas Eis?« fragte meine Mutter. »Oder eine Tasse Kaffee?«

»Nein, danke, ich bin satt. Außerdem habe ich noch etwas vor.«

»Was denn?«

»Ich wollte bei ein paar Bestattungsinstituten vorbeischauen.«

»Bei welchen?« rief Grandma aus der Diele.

»Ich fange bei Sokolowsky an.«

»Wer ist dort aufgebahrt?«

»Helen Martin.«

»Kenne ich nicht, aber vielleicht sollte ich ihr trotzdem die letzte Ehre erweisen, wenn ihr so gut befreundet wart«, sagte Grandma.

»Danach gehe ich zu Mosel und dann zur Stätte des ewigen Friedens.«

»Stätte des ewigen Friedens? Nie gehört!« sagte Grandma. »Ist das neu? Ist es in unserem Viertel?«

»In der Stark Street.«

Meine Mutter bekreuzigte sich.

»So schlimm ist die Stark Street auch wieder nicht«, sagte ich.

»Da wimmelt es von Rauschgifthändlern und Mördern. Du gehörst da nicht hin. Frank, willst du sie wirklich in die Stark Street gehen lassen?«

Mein Vater blickte von seinem Teller auf. »Was?«

»Stephanie will in die Stark Street.«

Mein Vater war mit dem Kuchen beschäftigt gewesen und hatte offensichtlich nicht zugehört. »Soll ich sie hinfahren?«

Meine Mutter verdrehte die Augen. »Da seht ihr, was ich jeden Tag mitmache.«

Grandma war aufgesprungen. »Ich brauche nicht lange. Ich hole nur schnell meine Handtasche, dann können wir los.«

Vor dem Spiegel im Flur zog Grandma sich die Lippen nach, dann schlüpfte sie in ihren guten Wollmantel und hängte sich das Lacktäschchen über den Arm. Der Mantel hatte einen Nerzkragen und leuchtete königsblau. Über die Jahre schien er in dem Maße zu wachsen, in dem Grandma schrumpfte. Jetzt ging er ihr fast bis zu den Knöcheln. Ich nahm ihren Arm und führte sie zum Jeep. Beinahe fürchtete ich, sie würde unter dem schweren Wollstoff zusammenbrechen. Ich sah sie bereits in einem Meer von Königsblau hilflos am Boden liegen und wie die böse Hexe im »Zauberer von Oz« mit den Beinchen strampeln.

Wie geplant fuhren wir zuerst zu Sokolowsky. Die Verstorbene sah in ihrem hellblauen Rüschenkleid und den passend getönten Haaren einfach hinreißend aus. Grandma begutachtete ihr Make-up mit den kritischen Augen eines Profis.

»Die hätten einen grünen Abdeckstift unter den Augen benutzen sollen«, sagte sie. »Bei so einem Licht muß man viel abdecken. Stiva hat in den neuen Räumen indirekte Beleuchtung, da sieht die Sache schon wieder anders aus.«

Ich überließ Grandma sich selbst und machte mich auf die Suche nach Melvin Sokolowsky. Ich fand ihn in seinem Büro gleich neben dem Eingang. Die Tür stand offen. Sokolowsky saß hinter einem beachtlichen Mahagonischreibtisch an seinem Laptop. Ich klopfte, um mich bemerkbar zu machen.

Er war ein gutaussehender Mann von Mitte Vierzig und trug einen dunklen Anzug, weißes Hemd und eine dezent gestreifte Krawatte.

Als er mich in der Tür stehen sah, zog er fragend die Augenbrauen hoch. »Ja, bitte?«

»Ich hätte mich gern über die Kosten einer Beerdigung informiert«, sagte ich. »Meine Großmutter ist nicht mehr die Jüngste, und ich dachte mir, es könnte nicht schaden, sich schon mal nach Sargpreisen zu erkundigen.«

Er holte einen großen, in Leder gebundenen Katalog aus den Tiefen seines Schreibtischs hervor und schlug ihn auf. »Unser Angebot umfaßt verschiedene Komplettprogramme und eine große Auswahl an Särgen.«

Er blätterte darin herum und tippte dann auf einen Sarg, der den Namen Montgomery trug.

»Sehr schön«, sagte ich. »Sieht aber ein bißchen teuer aus.«

Er blätterte ein paar Seiten weiter zu den Fichtenholzmodellen.

»Das ist die günstigere Preisklasse. Wie Sie sehen, sind sie durchaus attraktiv, mit Mahagonifurnier und Messingbeschlägen.«

Ich sah mir die Abbildung an, konnte aber nichts auch nur annähernd so Schäbiges entdecken wie Spiros verschwundene Särge. »Gibt es nichts Billigeres?« fragte ich. »Haben Sie etwas ohne Furnier?«

Sokolowsky verzog das Gesicht. »Für wen, sagten Sie, soll der Sarg sein?«

»Für meine Großmutter.«

»Sind Sie enterbt worden?«

Ein sarkastischer Totengräber hatte mir gerade noch gefehlt. »Haben Sie nun einfache Holzkisten da oder nicht?«

»So etwas wird in diesem Viertel nicht gekauft. Vielleicht könnten wir ja Ratenzahlungen vereinbaren. Oder wir sparen am Make-up und frisieren die Haare Ihrer Großmutter nur vorne.«

Jetzt war ein schneller Rückzug angesagt. »Ich werde es mir überlegen.«

Er drückte mir noch rasch einige Prospekte in die Hand. »Wir werden sicher eine Lösung finden. Ich könnte Ihnen auch eine wirklich günstige Grabstätte vermitteln.«

In der Eingangshalle kam mir Grandma Mazur entgegen.

»Was hat er da von einer Grabstätte gefaselt?« fragte sie. »Wir haben doch schon ein sehr schönes Grab. Ganz in der Nähe vom Brunnen. Da liegt die ganze Familie. Als deine Tante Marion unter die Erde kam, mußten sie Onkel Fred etwas tiefer legen, damit sie über ihm Platz hatte. Mich werden sie wohl auf deinen Großvater packen. Immer dasselbe. Noch nicht einmal als Tote hast du deine Ruhe.«

Aus den Augenwinkeln sah ich, wie Sokolowsky sie von oben bis unten taxierte.

Grandma Mazur hatte es ebenfalls bemerkt.

»Sieh dir diesen Sokolowsky an«, sagte sie. »Der verschlingt mich geradezu mit den Augen. Das muß an meinem neuen Kleid liegen.«

Unser nächstes Ziel war das Institut Mosel. Dann ging es weiter zu Dorfman und zur Letzten Ruhe. Bis wir uns endlich auf den Weg zur Stätte des ewigen Friedens machten, hatte ich den Tod gründlich satt. Der Duft der Blumen und das pietätvolle Geflüster gingen mir auf die Nerven. Bei Mosel hatte Grandma sich noch gut amüsiert, aber schon bei Dorfman hatte sie mächtig abgebaut. Zur Letzten Ruhe ging sie gar nicht mehr mit rein, sondern wartete im Jeep auf mich, während ich schnell hineinlief und mich nach Sargpreisen erkundigte.

Die Stätte des ewigen Friedens war das letzte Bestattungsinstitut auf meiner Liste. Es war schon nach neun, und die Straßen der Innenstadt gehörten jetzt Nutten und ihren Freiern, Dealern und Junkies.

Kaum war ich in die Stark Street eingebogen, befanden wir uns in einer trostlosen Gegend, geprägt von schmuddeligen Reihenhäusern und kleinen Läden. Aus den geöffneten Bars fielen qualmige Lichtkegel auf den dunklen Bürgersteig. Männer standen vor den Bars herum, machten ihre Geschäfte oder schlugen einfach nur die Zeit tot. Das kühle Wetter hatte die meisten Anwohner in die Wohnungen getrieben und dafür gesorgt, daß nur noch die Verlierer auf der Straße waren.

Grandma Mazur drückte sich die Nase an der Scheibe platt. »Das ist also die Stark Street«, sagte sie. »Wimmelt es hier nicht nur so von Huren und Drogenhändlern? Die würde ich zu gerne mal sehen. Letztens waren zwei Nutten im Fernsehen, und am Ende stellte sich heraus, daß es verkleidete Männer waren. Der eine hatte eine knallenge Radlerhose an und erzählte, er müßte sich seinen Penis zwischen den Beinen mit Heftpflaster festkleben, um ihn zu kaschieren. Stell dir das mal vor.«

Kurz vor dem Bestattungsinstitut hielt ich an und betrachtete die Stätte des ewigen Friedens. Es war eines der wenigen Gebäude in der Straße, das nicht mit Graffiti beschmiert war. Das weiße Mauerwerk sah aus wie frisch geschrubbt, und eine Lampe über der Tür erhellte die Straße. Ein paar Männer in Anzügen standen rauchend und plaudernd im Lichtschein. Zwei Frauen in Sonntagskleidern kamen heraus, suchten ihre Männer und gingen mit ihnen zu einem Auto. Sie fuhren davon, und die Übriggebliebenen kehrten ins Haus zurück. Die Straße war nun menschenleer.

Ich nahm eine der freigewordenen Parklücken und ging meine Geschichte noch einmal durch. Ich war hier, um dem im Alter von achtundsechzig Jahren verstorbenen Fred »Duffy« Wilson die letzte Ehre zu erweisen. Wenn jemand Fragen stellte, würde ich behaupten, er sei ein Freund meines Großvaters gewesen.

Grandma Mazur und ich betraten das Bestattungsunternehmen und sahen uns um. Es war klein. Drei Säle und eine Kapelle. Nur einer der Säle wurde genutzt. Die Beleuchtung war gedämpft, die Einrichtung schlicht, aber geschmackvoll.

Grandma nuckelte an ihrem Gebiß und sah sich die Leute an, die aus dem Saal strömten. »Das nimmt uns keiner ab«, sagte sie. »Wir haben die falsche Hautfarbe. Hier können wir uns nicht unauffällig unters Volk mischen.«

Genau das dachte ich auch. Eigentlich war dieser Teil der Stark Street ein einziger großer Schmelztiegel, in dem das Zusammengehörigkeitsgefühl eher durch das gemeinsame schwere Los gewachsen war als durch die Hautfarbe.

»Verrätst du mir, was hier gespielt wird?« fragte Grandma.

»Was willst du in den ganzen Bestattungsinstituten? Suchst du jemanden? Ich wette, wir jagen gerade einen Kriminellen.«

»Da liegst du nicht ganz falsch. Aber leider kann ich dich nicht einweihen.«

»Mach dir keine Sorgen. Ich schweige wie ein Grab.«

Ich warf einen Blick auf Duffys Sarg, und sogar aus dieser Distanz konnte ich sehen, daß der Familie nichts zu teuer gewesen war. Eigentlich hätte ich weiter ermitteln sollen, aber ich war zu müde, um mich noch einmal über Bestattungskosten zu informieren. »Ich habe genug gesehen«, sagte ich zu Grandma. »Von mir aus können wir nach Hause fahren.«

»Einverstanden. Ich muß endlich aus diesen Schuhen raus. So eine Gangsterjagd macht ganz schön müde.«

Wir gingen hinaus und blieben unter der Lampe stehen.

»Komisch«, sagte Grandma Mazur. »Ich hätte wetten können, daß wir das Auto hier geparkt hatten.«

Ich seufzte. »Das hatten wir auch.«

»Es ist weg.«

Das war es in der Tat. Der Jeep war verschwunden. Ich holte das Handy aus der Tasche und rief Morelli an. Als er sich nicht meldete, versuchte ich es unter der Nummer seines Autotelefons.

Es knisterte kurz in der Leitung, dann war Morelli am Apparat.

»Hier ist Stephanie«, sagte ich. »Ich stehe vor der Stätte des ewigen Friedens in der Stark Street, und mir ist gerade das Auto geklaut worden.«

Er antwortete nicht gleich, aber ich meinte ein unterdrücktes Lachen zu hören. »Hast du den Diebstahl schon der Polizei gemeldet?« fragte er schließlich.

»Ich melde ihn dir.«

»Da muß ich mich ja direkt geehrt fühlen.«

»Grandma Mazur ist bei mir, und ihr tun die Füße weh.«

»Habe verstanden. Roger.«

Ich steckte das Handy wieder ein. »Morelli ist auf dem Weg.«

»Nett von ihm, uns abzuholen.«

Vermutlich hatte Morelli sowieso auf dem Parkplatz vor meinem Haus kampiert, um mich abzufangen und das Neueste über Perry Sandeman zu erfahren.

Grandma und ich blieben in der Nähe der Tür und behielten die vorbeifahrenden Autos im Auge, für den Fall, daß mein Wagen zufällig darunter war. Es gab keine weiteren Zwischenfälle, und Grandma Mazur war sichtlich enttäuscht, daß sie nicht von irgendwelchen Dealern oder Zuhältern angequatscht worden war.

»Ich weiß gar nicht, was die ganze Aufregung soll«, sagte sie. »Heute ist doch eine Nacht wie jede andere, warum haben wir noch kein einziges Verbrechen gesehen? Die Stark Street wird ihrem Ruf wirklich nicht gerecht.«

»Irgendeine Schweinebacke hat meinen Wagen geklaut.«

»Stimmt. Das ist immerhin etwas. Aber von dem Diebstahl haben wir nichts mitgekriegt. Wenn man es nicht mit eigenen Augen sieht, ist es einfach nicht das gleiche.«

Morelli bog um die Ecke. Er hielt in der zweiten Reihe, schaltete das Warnlicht ein und kam zu uns herüber. »Was ist passiert?«

»Der Jeep stand abgeschlossen auf dem Parkplatz. Wir sind ins Bestattungsinstitut gegangen, und als wir zehn Minuten später zurückkamen, war er weg.«

»Gibt es Zeugen?«

»Nicht daß ich wüßte. Aber ich habe mich auch nicht umgehört.« In meiner kurzen Zeit als Kopfgeldjägerin hatte ich gelernt, daß die Leute in der Stark Street nie etwas sahen oder hörten.

»Nach deinem Anruf habe ich gleich eine Suchmeldung an alle Streifenwagen durchgeben lassen«, sagte Morelli. »Du mußt morgen auf die Wache kommen und offiziell Anzeige erstatten.«

»Meinst du, ich kriege das Auto wieder?«

»Möglich ist alles.«

»Letztens habe ich eine Sendung über Autodiebstahl gesehen«, sagte Grandma Mazur. »Da haben sie gezeigt, wie die Wagen ausgeschlachtet werden. Wahrscheinlich ist von deinem Jeep nur noch ein Ölfleck auf irgendeinem Werkstattboden übrig.«

Morelli öffnete die Beifahrertür seines Geländewagens und hob Grandma hinein. Ich zwängte mich neben sie und versuchte mir Mut zu machen. Es wurden längst nicht alle gestohlenen Autos als Ersatzteillager mißbraucht. Mein Jeep war so schnuckelig, daß bestimmt jemand eine Spritztour damit machen würde. Ich durfte die Hoffnung nicht aufgeben.

Morelli wendete und brachte Grandma nach Hause. Wir blieben nur, bis Grandma in ihrem Schaukelstuhl saß und wir meine Mutter überzeugt hatten, daß uns auf der Stark Street nichts Schlimmes zugestoßen war – von dem Diebstahl einmal abgesehen.

Bevor wir gingen, gab sie mir wie üblich eine Tüte mit, das hatte bereits Tradition. »Nur eine Kleinigkeit für zwischendurch«, sagte sie. »Ein bißchen Gewürzkuchen.«

»Ich bin ganz wild auf Gewürzkuchen«, sagte Morelli, als wir wieder im Auto saßen und zu meiner Wohnung fuhren.

»Tatsächlich? Du kriegst trotzdem nichts ab.«

»Vielleicht doch«, sagte er. »Schließlich habe ich dir heute abend aus der Patsche geholfen. Dafür kannst du mir zumindest ein Stück Gewürzkuchen abgeben.«

»Es geht dir ja gar nicht um den Kuchen. Du willst doch nur mitkommen, um mich über Perry Sandeman auszuhorchen.«

»Das ist nicht der einzige Grund.«

»Sandeman war nicht sehr gesprächig.«

»Hast du trotzdem etwas aus ihm rausbekommen?«

»Er kann Bullen nicht leiden. Mich mag er auch nicht besonders. Und ich kann ihn nicht ausstehen. Er wohnt in der Morton Street und ist ein brutaler Säufer.«

»Woher weißt du, daß er ein brutaler Säufer ist?«

»Von seinem Nachbarn.«

Morelli sah mich von der Seite an. »Ganz schön mutig.«

»Finde ich nicht«, log ich dreist. »Das ist doch Routine.«

»Hoffentlich hast du deinen Namen für dich behalten. Sandeman wäre bestimmt nicht erfreut, wenn er wüßte, daß du ihn ausspioniert hast.«

»Ich habe dem Nachbarn meine Visitenkarte gegeben.« Daß ich auf der Feuertreppe erwischt worden war, behielt ich für mich. Warum solche Nebensächlichkeiten erwähnen?

Morelli schien an meinem Verstand zu zweifeln. »Ich habe gehört, bei Macy's suchen sie Kosmetikerinnen.«

»Fang nicht wieder damit an. Ich gebe ja zu, es war ein Fehler.«

»Bei dir wird das langsam zur Gewohnheit, du Dummerchen.«

»Das ist eben mein Stil. Und nenn mich nicht Dummerchen.«

Manche Leute beziehen ihr Wissen aus Büchern, andere hören auf gute Ratschläge, und wieder andere lernen durch ihre Fehler. Ich gehöre in die letzte Kategorie. Wenigstens mache ich den gleichen Fehler nur selten zweimal. Höchstens im Umgang mit Morelli. Er hatte die Angewohnheit, mein Leben in regelmäßigen Abständen auf den Kopf zu stellen. Und ich hatte die Angewohnheit, mir das gefallen zu lassen.

»Hat deine Tour durch die Bestattungsinstitute etwas ergeben?«

»Nichts.«

Er stellte den Motor ab und beugte sich zu mir. »Du riechst nach Nelken.«

»Paß auf, du zerquetschst den Kuchen.«

Er sah auf die Tüte. »Das ist ziemlich viel.«

»Findest du?«

»Was meinst du, wie du in die Breite gehst, wenn du das alles allein futterst.«

Ich seufzte. »Okay, du kannst etwas von dem Kuchen abhaben. Aber komm bloß nicht auf dumme Gedanken.«

»Was soll das denn bedeuten?«

»Das weißt du genau!«

Morelli grinste.

Fast hätte ich hochmütig den Kopf in den Nacken geworfen, aber da ich fand, daß es dafür schon zu spät am Abend war, begnügte ich mich mit einem wütenden Knurren. Ich stolzierte los, und Morelli heftete sich an meine Fersen. Ohne ein Wort zu wechseln, fuhren wir mit dem Fahrstuhl nach oben. Beim Anblick meiner nur angelehnten Wohnungstür blieben wir schlagartig stehen. Kratzspuren markierten die Stelle, wo das Werkzeug zwischen Rahmen und Tür geschoben worden war.

Morelli zog die Waffe. Während er mir bedeutete, zur Seite zu treten, ließ er die Tür nicht aus den Augen.

Ich holte meinen .38er aus der Handtasche und drängte mich vor ihn. »Meine Wohnung, mein Problem«, sagte ich. Ich hatte zwar keine besondere Lust, den Helden zu spielen, wollte die Kontrolle über die Situation aber nicht aus der Hand geben.

Morelli zog mich zurück. »Sei kein Idiot.«

Mr. Wolesky kam mit einer Abfalltüte aus seiner Wohnung und beobachtete unser Gerangel. »Was ist hier los?« fragte er. »Soll ich die Polizei rufen?«

»Ich bin Polizist«, sagte Morelli.

Mr. Wolesky musterte ihn ausgiebig, dann sagte er zu mir: »Wenn er Sie belästigt, lassen Sie es mich wissen. Ich gehe nur kurz den Müll wegbringen.«

Morelli sah hinter ihm her. »Ich glaube fast, er traut mir nicht.«

Kluger Kopf.

Vorsichtig spähten wir in mein Apartment. Beim Betreten der Diele blieben wir fast so dicht beieinander wie siamesische Zwillinge. In Küche und Wohnzimmer war kein Eindringling zu entdecken. Wir durchsuchten das Bad und das Schlafzimmer, sahen unter dem Bett nach und inspizierten die Feuertreppe vor dem Fenster.

»Alles in Ordnung«, sagte Morelli. »Sieh nach, ob etwas gestohlen oder zerstört wurde. Ich versuche inzwischen, die Tür zu sichern.«

Auf den ersten Blick schien der Schaden hauptsächlich aus Wandschmierereien zu bestehen, die sich um weibliche Geschlechtsorgane und anatomisch unmögliche Andeutungen drehten. Mein Schmuckkästchen war offenbar nicht angerührt worden. Das grenzte schon an eine Beleidigung, da meine Straßohrringe so echt aussahen, daß sie als Brillanten hätten durchgehen können. Na ja, der Täter hatte eben keine Ahnung. Er konnte ja noch nicht einmal Vagina buchstabieren.

»Die Tür schließt nicht mehr, aber man kann die Kette vorlegen«, rief Morelli aus der Diele. Dann ging er ins Wohnzimmer. Plötzlich wurde es unheimlich still.

»Joe?«

»Ja.«

»Was machst du?«

»Ich sehe mir deine Katze an.«

»Ich habe keine Katze.«

»Was denn dann?«

»Einen Hamster.«

»Weißt du das genau?«

Mir wurde ganz anders. *Rex!* Ich rannte ins Wohnzimmer, wo Rex' Glaskäfig auf einem Beistelltisch stand. Ich blieb stocksteif stehen und schlug die Hand vor den Mund. Eine große schwarze Katze steckte in dem Hamsterkäfig, dessen Drahtdeckel mit Isolierband festgeklebt worden war.

Der Anblick schnürte mir die Kehle zu. Es war Mrs. Delgados Katze, die da in dem Käfig kauerte und kurz vor einem Tobsuchtsanfall stand. Sie machte keinen besonders hungrigen Eindruck, und Rex war nirgendwo zu sehen.

»Scheiße«, sagte Morelli.

Ich gab einen gurgelnden Laut von mir, fast schon ein Schluchzen, und biß mir in die Hand, um nicht laut loszuheulen.

Morelli legte den Arm um mich. »Ich kaufe dir einen neuen Hamster. Ich kenne den Besitzer einer Zoohandlung. Wahrscheinlich ist er noch nicht im Bett. Wenn ich ihn frage, macht er uns den Laden bestimmt noch mal auf.«

»Ich will keinen neuen Hamster«, plärrte ich los. »Ich will Rex. Ich habe ihn geliebt.«

Morelli drückte mich an sich. »Ist ja schon gut. Er hatte doch ein schönes Leben. Und bestimmt war er nicht mehr der Jüngste. Wie alt war er denn?«

»Zwei.«

Die Katze fauchte bösartig.

»Das ist Mrs. Delgados Katze«, sagte ich. »Sie wohnt über mir, und die Katze wohnt auf der Feuertreppe.«

Morelli holte eine Schere aus der Küche. Er schnitt das Klebeband durch und nahm den Deckel ab. Die Katze sprang heraus und fegte ins Schlafzimmer. Morelli folgte ihr, öffnete das Fenster und die Katze war verschwunden.

Ich sah in den Käfig, konnte aber keine Hamsterüberreste entdecken. Kein Fell, keine kleinen Knochen, keine gelblichen Nagezähne. Absolut nichts.

Morelli trat neben mich. »Ganz schön gründlich«, sagte er.

Ich schluchzte erneut auf.

Wir hockten eine ganze Weile vor dem Käfig und starrten schweigend in die Streu und auf die Rückseite der Suppendose.

»Wofür ist die Dose?« wollte Morelli wissen.

»Er hat darin geschlafen.«

Morelli klopfte mit dem Finger an die Dose, und Rex kam herausgeflitzt.

Vor Erleichterung wäre ich beinahe in Ohnmacht gefallen. Ich wußte nicht, ob ich lachen oder weinen sollte, und brachte keinen Ton heraus.

Rex war offensichtlich in einem ähnlichen Zustand wie ich. Er rannte mit bebender Schnauze im Käfig auf und ab, und seine schwarzen Knopfaugen fielen ihm fast aus dem Kopf.

»Armes Kerlchen«, sagte ich und nahm ihn aus dem Käfig, um ihn mir genauer anzusehen.

»Vielleicht solltest du ihn ein bißchen in Ruhe lassen«, sagte Morelli. »Er scheint ziemlich durcheinander zu sein.«

Ich streichelte Rex den Rücken. »Hast du das gehört? Bist du durcheinander?«

Rex' Reaktion bestand darin, mir die Zähne in die Daumenkuppe zu schlagen. Mit einem Schrei riß ich die Hand weg, wodurch der Hamster wie ein Frisbee durch die Luft geschleudert wurde. Er segelte durch das Zimmer, schlug dumpf auf, lag einige Sekunden wie betäubt da und verkroch sich schnell hinter dem Bücherregal.

Morelli warf einen Blick auf meinen blutenden Daumen und sah dann hinüber zum Regal. »Soll ich ihn erschießen?«

»Nein, du sollst ihn nicht erschießen. Hol dir das große Sieb aus der Küche, und fang ihn ein, während ich mich verarzte.«

Als ich fünf Minuten später aus dem Badezimmer kam, kauerte Rex wie versteinert unter dem Sieb. Morelli saß am Eßtisch und verschlang den Gewürzkuchen. Für mich hatte er ein Glas Milch und zwei Stücke Kuchen hingestellt.

»Ich glaube, es ist nicht sonderlich schwer zu erraten, wer für diesen Überfall verantwortlich ist«, sagte Morelli und zeigte auf meine Visitenkarte, die mit einem Tranchiermesser mitten auf der Tischplatte befestigt war. »Netter Tischschmuck«, feixte er. »Wie war das noch? Du hast einem von Sandemans Nachbarn deine Visitenkarte gegeben?«

»Ich hielt es für eine gute Idee.«

Morelli trank seine Milch aus und vertilgte den restlichen Kuchen, dann lehnte er sich zufrieden zurück. »Hat dich diese Geschichte sehr mitgenommen?« fragte er.

»Besonders gut vertragen habe ich sie nicht.«

»Möchtest du, daß ich hierbleibe, bis die Tür repariert ist?«

Ich dachte über seinen Vorschlag nach. Ich war schon früher in brenzlige Situationen geraten und kannte das Gefühl, allein und verängstigt zu sein. Das Problem war nur, daß ich das vor Morelli nicht zugeben wollte. »Meinst du, er kommt wieder?«

»Heute nacht bestimmt nicht. Und wenn du ihm von jetzt an aus dem Weg gehst, läßt er dich sicher in Ruhe.«

Ich nickte. »Ich komme schon allein zurecht. Aber danke für das Angebot.«

Er stand auf. »Du hast meine Nummer, wenn du mich brauchst.«

Ich würde mich hüten.

Er warf einen Blick auf Rex. »Soll ich dir helfen, Dracula wieder in sein Gemach zu verfrachten?«

Ich kniete mich hin, lüpfte das Sieb und setzte Rex zurück in den Käfig. »Normalerweise beißt er nicht«, sagte ich. »Er war nur etwas erregt.«

Morelli kraulte mir das Kinn. »Kann ich verstehen, geht mir manchmal genauso.«

Nachdem Morelli gegangen war, legte ich die Kette vor und bastelte mir eine Alarmvorrichtung aus Gläsern, die ich vor der Tür aufstapelte. Wenn jemand hereinkam, würde er die Pyramide umwerfen und mich wecken. Außerdem hatte diese Konstruktion den Vorteil, daß sich ein barfüßiger Eindringling an den Scherben die Füße verletzen würde. Obwohl das zugegebenermaßen im November nicht sehr wahrscheinlich war.

Ich putzte mir die Zähne, zog meinen Pyjama an, legte den Revolver auf den Nachttisch und ging ins Bett. Als erstes würde ich morgen den Hausmeister anrufen, um die Tür reparieren zu lassen, und wenn ich schon mal dabei war, würde ich ihm gleich noch ein bißchen Wandfarbe abschwatzen.

Ich lag lange wach. Meine Muskeln zuckten vor Anspannung, und meine Gedanken ließen mir keine Ruhe. Ich hatte Morelli nichts davon gesagt, aber ich war mir ziemlich sicher, daß es nicht Sandeman gewesen war, der meine Wohnung verwüstet hatte. Unter einem der Wandsprüche, der mich der Teilnahme an einer Verschwörung bezichtigte, klebte ein silbernes K. Wahrscheinlich wäre es besser gewesen, wenn ich Morelli auf das K aufmerksam gemacht und ihm den Drohbrief gezeigt hätte. Ich wußte selbst nicht genau, warum ich es nicht getan hatte. Vermutlich war es ein eher kindischer Grund, so nach dem Motto: Ätschi, bätschi, wenn du mir deine Geheimnisse nicht erzählst, erzähle ich dir meine auch nicht.

In der Dunkelheit kreisten meine Gedanken immer wieder um dieselben Fragen. Warum war Moogey getötet worden, und weshalb war Kenny nirgendwo zu finden? Brauchte ich neue Zahnplomben?

Ich fuhr aus dem Schlaf und saß kerzengerade im Bett. Die Sonne schien durch den nicht ganz zugezogenen Vorhang herein, und mein Herz klopfte wie wahnsinnig. Irgendwo hörte ich ein Scharren. Nun war ich hellwach, und mir wurde klar, daß ich durch das Klirren der umfallenden Gläser geweckt worden war.

- 6 -

Ich griff nach dem Revolver und sprang aus dem Bett, doch dann wußte ich nicht weiter. Sollte ich die Polizei rufen, aus dem Fenster springen oder das Schwein an der Tür abknallen? Zum Glück wurde mir die Entscheidung abgenommen, denn ich erkannte die fluchende Stimme im Flur. Es war Morelli.

Ich sah auf den Wecker. Es war acht Uhr. Ich hatte also verschlafen. So was passiert, wenn man die halbe Nacht kein Auge zugetan hat. Ich schlüpfte in meine Doc Martens und schlurfte in den scherbenübersäten Flur. Morelli, dem es gelungen war, die Türkette zu lösen, stand in der Diele und betrachtete das Chaos.

Er hob den Kopf und musterte mich. »Hast du etwa in den Schuhen geschlafen?«

Ich funkelte ihn böse an und holte Schaufel und Besen aus der Küche. Ich drückte ihm den Besen in die Hand, knallte ihm die Schaufel vor die Füße und stampfte über die Scherben zurück ins Schlafzimmer. Ich zog Jogginghosen und ein Sweatshirt über. Als ich mich in dem ovalen Spiegel über der Kommode erblickte, hätte ich beinahe laut aufgeschrien. Ich war ungeschminkt, hatte Ringe unter den Augen, und die Haare standen in alle Himmelsrichtungen ab. Da ich mir sicher war, daß auch ein Kamm nicht viel ausrichten würde, setzte ich meine Rangersmütze auf.

Als ich wieder in die Diele kam, waren die Scherben beseitigt, und Morelli kochte in der Küche Kaffee.

»Hast du schon einmal etwas von Anklopfen gehört?« fragte ich.

»Ich habe geklopft, aber du hast nicht aufgemacht.«

»Dann hättest du lauter klopfen müssen.«

»Damit Mr. Wolesky mich wegen Ruhestörung anzeigt?«

Ich fischte die Kuchenreste aus dem Küchenschrank und teilte sie auf. Die eine Hälfte für Morelli, die andere für mich. Wir aßen im Stehen, während wir auf den Kaffee warteten.

»Du hast nicht gerade eine Glückssträhne in letzter Zeit, Schätzchen«, sagte Morelli. »Erst wird dein Auto geklaut, dann wird deine Wohnung verwüstet, und zu allem Überfluß versucht auch noch jemand, deinen Hamster ins Jenseits zu befördern. Vielleicht solltest du mal etwas kürzer treten.«

»Machst du dir Sorgen um mich?«

»Ja.«

Wir scharrten verlegen mit den Füßen.

»Irgendwie peinlich«, sagte ich.

»Das kannst du laut sagen.«

»Hast du etwas von meinem Jeep gehört?«

»Nein.« Er zog ein zusammengefaltetes Blatt Papier aus der Innentasche seiner Jacke. »Das ist die Diebstahlanzeige. Wenn du sie dir angesehen hast, müßtest du sie noch unterschreiben.«

Ich überflog den Text, setzte meinen Namen darunter und gab sie Morelli zurück. »Danke für die Hilfe.«

Morelli steckte das Blatt wieder ein. »Ich muß zurück in die Stadt. Hast du für heute irgendwelche Pläne?«

»Die Tür reparieren.«

»Willst du den Einbruch und die Sachbeschädigung anzeigen?«

»Wenn alles repariert ist, tue ich einfach so, als wäre nichts passiert.«

Morelli nickte bloß, aber er machte keinerlei Anstalten zu gehen.

»Was ist los?« fragte ich.

»Eine ganze Menge.« Er atmete tief durch. »Wegen dieses Falls, an dem ich zur Zeit arbeite.«

»Dem streng geheimen?«

»Ja.«

»Von mir erfährt keine Menschenseele etwas davon, Ehrenwort.«

»Klar«, sagte Morelli. »Nur Mary Lou kriegt es brühwarm erzählt.«

»Warum sollte ich es Mary Lou erzählen?«

»Weil sie deine beste Freundin ist, und Frauen immer mit ihren besten Freundinnen tratschen.«

Ich zeigte ihm einen Vogel. »Das ist sexistisch und bescheuert.«

»Na und?« sagte Morelli.

»Rückst du jetzt damit raus oder nicht?«

»Du mußt es wirklich für dich behalten.«

»Versprochen.«

Morelli zögerte. Er war offensichtlich hin und her gerissen. Noch einmal atmete er tief durch. »Wenn das rauskommt ...«

»Keine Angst.«

»Vor drei Monaten wurde in Philadelphia ein Polizist erschossen. Obwohl er eine kugelsichere Weste trug, wurde er von zwei Kugeln mit ungewöhnlich hoher Durchschlagskraft in die Brust getroffen. Die eine zerfetzte seinen linken Lungenflügel, die andere traf ihn ins Herz.«

»Sogenannte Bullenkiller.«

»Genau. Illegale Stahlkernmunition. Vor zwei Monaten wurde in Newark ein Auto mit einer Bazooka beschossen. Die Waffe stammte aus Armeebeständen. Das Geschoß hat die Zahl der

Sherman Street Big Dogs ziemlich dezimiert und den Ford Bronco von Big Dog Lionel Simms pulverisiert. Anhand der Hülsen ließ sich die Herkunft der Bazooka nach Fort Braddock zurückverfolgen. Daraufhin wurden in Braddock die Bestände überprüft, und man entdeckte, daß verschiedene Waffen fehlten. Nach Kennys Festnahme haben wir seinen Revolver durch den Computer gejagt, und was meinst du, was dabei herauskam?«

»Er stammte aus Braddock.«

»Genau.«

Das war eine wirklich spannende Geschichte. »Was hat Kenny dazu gesagt?«

»Angeblich hatte er den Revolver auf der Straße gekauft. Den Namen des Verkäufers kannte er nicht, aber er wollte uns helfen, den Mann zu identifizieren.«

»Und dann ist er verschwunden.«

»Es sind verschiedene Behörden mit dem Fall befaßt«, sagte Morelli. »Es soll auf keinen Fall etwas an die Öffentlichkeit gelangen.«

»Warum hast du mich ins Vertrauen gezogen?«

»Weil du sowieso in die Sache verwickelt bist und Bescheid wissen solltest.«

»Und warum hast du mich nicht schon früher eingeweiht?«

»Anfangs schienen wir eine ziemlich heiße Spur zu haben. Ich hatte gehofft, wir könnten Kenny schnell festnehmen und dich aus der Geschichte raushalten.«

Mit rasender Geschwindigkeit spielte ich die verschiedensten Möglichkeiten durch.

»Du hättest ihn festnehmen können, als er mit Julia auf dem Parkplatz die Nummer geschoben hat.«

»Hätte ich«, stimmte er zu.

»Aber das hätte dir nicht weitergeholfen.«

»Wobei?«

»Du wolltest herausbekommen, wo er sich versteckt. Du suchst nämlich gar nicht nach Kenny, sondern nach den Waffen.«

»Mach weiter.«

Ich war so stolz auf mich, daß ich mich beherrschen mußte, um nicht wie ein Honigkuchenpferd zu grinsen. »Kenny war in Braddock stationiert. Er wurde vor vier Monaten aus der Armee entlassen und warf mit Geld nur so um sich. Erst kauft er ein Auto und bezahlt bar, dann mietet er eine ziemlich teure Wohnung und hängt sich lauter neue Klamotten in den Schrank.«

»Und weiter.«

»Für einen Tankwart ging es Moogey auch nicht gerade schlecht. Er hatte einen echten Luxusschlitten in der Garage stehen.«

»Und welchen Schluß ziehst du daraus?«

»Kenny hat den Revolver nicht auf der Straße gekauft. Moogey und er haben etwas mit dem Waffenklau in Braddock zu tun. Was hat Kenny in Braddock gemacht? Wo hat er gearbeitet?«

»In einem der Lagerhäuser.«

»Und wo wurden die verschwundenen Waffen gelagert?«

»Nebenan, aber Kenny hatte dort auf jeden Fall Zutritt.«

»Aha!«

Morelli lachte. »Werde bloß nicht übermütig. Daß Kenny im Lager gearbeitet hat, ist noch lange kein Beweis für seine Schuld. Hunderte von Soldaten gehen dort ein und aus. Und was Kennys Reichtum betrifft... Er könnte dealen, beim Pferderennen gewonnen haben oder Onkel Mario erpressen.«

»Ich glaube, er handelt mit Waffen.«

»Das glaube ich auch«, sagte Morelli.

»Wißt ihr schon, wie er das Zeug weggebracht hat?«

»Nein, wir tappen noch im dunkeln. Er könnte alles auf einmal oder auch nach und nach abtransportiert haben. Die Bestände werden nie überprüft, es sei denn, es wird etwas gebraucht oder es ist etwas, wie in diesem Fall, als Diebesgut aufgetaucht. Zur Zeit sammeln wir Hintergrundinformationen über Kennys Armeefreunde und seine Kollegen im Lager. Bis jetzt haben sich aber noch keine Verdachtsmomente erhärtet.«

»Und wie machen wir jetzt weiter?«

»Ich dachte, Ranger könnte uns vielleicht helfen.«

Ich hatte mich bereits hinter das Telefon geklemmt.

»Yo«, meldete sich Ranger. »Ich hoffe, du hast gute Nachrichten.«

»Vielversprechende«, antwortete ich. »Können wir uns zum Mittagessen treffen?«

»Um zwölf, bei Big Jim.«

»Wir werden zu dritt sein«, sagte ich. »Du, ich und Morelli.«

»Ist er bei dir?« wollte Ranger wissen.

»Ja.«

»Bist du nackt?«

»Nein.«

»Es ist ja noch früh am Tag«, sagte Ranger.

Es klickte in der Leitung, und ich legte auf.

Nachdem Morelli gegangen war, rief ich Dillon Ruddick an, den Hausmeister. Er war ein netter Kerl und ein guter Freund. Ich schilderte ihm mein Problem, und eine halbe Stunde später stand er mit einem Werkzeugkasten und einem Eimer Farbe vor der Tür.

Während er die Tür reparierte, fing ich an zu streichen. Bis die Schmierereien wirklich weg waren, mußte ich sie dreimal überpinseln, aber um elf war die Wohnung frei von Drohungen, und neue Schlösser waren auch eingebaut.

Ich duschte, putzte mir die Zähne, fönte mir die Haare und zog Jeans und einen schwarzen Rollkragenpulli an.

Ich rief meine Versicherung an und meldete den Jeep als gestohlen. Ich erfuhr, daß mir kein Leihwagen zustand und daß ich mit der Zahlung erst in dreißig Tagen rechnen könnte, falls das Auto bis dahin nicht wiederaufgetaucht war. Ich hatte gerade mit einem enttäuschenden Seufzer aufgelegt, als das Telefon klingelte. Noch bevor ich den Hörer abgenommen hatte, merkte ich an dem plötzlichen Drang, laut loszuschreien, daß es nur meine Mutter sein konnte.

»Hast du den Wagen schon zurückbekommen?« fragte sie.

»Nein.«

»Mach dir keine Sorgen. Wir haben uns etwas überlegt. Du kannst Onkel Sandors Auto haben.«

Onkel Sandor war letzten Monat im Alter von vierundachtzig Jahren in ein Pflegeheim gekommen und hatte den Wagen seiner einzigen noch lebenden Schwester, Grandma Mazur, vermacht. Allerdings hatte sie nie Auto fahren gelernt, und es stand auch zur Erleichterung meiner Eltern und der restlichen Menschheit nicht zu befürchten, daß sie es auf ihre alten Tage noch nachholte.

Obwohl man einem geschenkten Gaul bekanntlich nicht ins Maul schaut, wollte ich Onkel Sandors Auto wirklich nicht haben. Es war ein hellblauer 1953er Buick mit weißem Dach und Weißwandreifen, die so breit waren, daß sie auf einen Bagger gepaßt hätten. Er hatte Ähnlichkeit mit einem kleinen Wal und fraß einem bei seinem Benzinverbrauch wahrscheinlich die Haare vom Kopf.

»Das kommt gar nicht in Frage«, sagte ich zu meiner Mutter. »Es ist wirklich ein reizendes Angebot, aber der Wagen gehört Grandma Mazur.«

»Deine Großmutter möchte, daß du ihn bekommst. Dein Vater ist schon auf dem Weg zu dir. Fahr vorsichtig, hörst du?«

Verdammt. Ich schlug die Einladung zum Essen aus und legte auf. Ich schaute nach Rex, um sicherzugehen, daß er den Schock des gestrigen Abends einigermaßen verkraftet hatte. Er schien guter Dinge zu sein, also gab ich ihm noch rasch ein Stück Brokkoli und eine Walnuß, bevor ich nach unten ging, um auf meinen Vater zu warten.

Von weitem näherte sich ein satt röhrendes Motorengeräusch. Ich konnte nur beten, daß es sich nicht um den Buick handelte.

Als sich die wulstige Schnauze des Autoungetüms um die Ecke schob, schlug mein Herz im Takt der stampfenden Kolben. Es war der Buick in all seiner Pracht, nicht das kleinste Staubkörnchen oder Rostfleckchen war zu sehen. Onkel Sandor hatte den Wagen 1953 neu gekauft und immer perfekt in Schuß gehalten.

»Ich halte das für keine gute Idee«, sagte ich zu meinem Vater. »Was ist, wenn er einen Kratzer bekommt?«

»Der kriegt keinen Kratzer«, antwortete mein Vater, während er auf der breiten Sitzbank zur Seite rutschte. »Das ist ein Buick.«

»Aber ich mag kleine Autos«, erklärte ich.

»Daran wird dieses Land noch zugrunde gehen«, sagte mein Vater. »An diesen Kleinwagen. Seit wir angefangen haben, diese winzigen Autos aus Japan zu importieren, geht in Amerika alles den Bach runter.« Er schlug mit der Faust auf das Armaturenbrett. »Das ist noch ein richtiges Auto. Für die Ewigkeit gebaut. Ein Auto, auf das man stolz sein kann. Das ist ein Auto mit Power.«

Ich stieg ein und starrte mit offenem Mund auf die nicht enden wollende Kühlerhaube. Also gut, die Kiste war riesengroß und häßlich, aber wenigstens hatte sie Power.

Ich umklammerte das Lenkrad und trat mit dem linken Fuß ins Leere, bevor ich registrierte, daß es keine Kupplung gab.

»Automatik«, sagte mein Vater. »Das amerikanische Erfolgsrezept.«

Ich brachte meinen Vater nach Hause und rang mir ein Lächeln ab. »Danke.«

Meine Mutter stand auf der Veranda. »Sei vorsichtig«, rief sie mir zu. »Und verriegle die Türen.«

Als Morelli und ich ins Big Jim kamen, war Ranger schon da. Er saß mit dem Rücken zur Wand, um den Raum ständig im Auge behalten zu können. Ganz der Kopfgeldjäger. Wahrscheinlich hatte er Morelli zu Ehren den größten Teil seines Waffenarsenals im Wagen gelassen und fühlte sich etwas nackt.

Der Blick in die Speisekarte erübrigte sich. Bei Big Jim aß man Spareribs und Gemüse. Wir bestellten und warteten mit dem Gespräch, bis die Getränke serviert worden waren. Ranger lehnte sich zurück und verschränkte die Arme vor der Brust. Morelli nahm eine etwas lässigere Haltung ein. Ich hockte auf der äußersten Stuhlkante und hatte die Ellenbogen auf den Tisch gestützt, jederzeit fluchtbereit, sollten die beiden zum Zeitvertreib eine kleine Schießerei vom Zaun brechen.

»Also«, sagte Ranger schließlich. »Worum geht es?«

Morelli beugte sich etwas vor. Er sprach mit gesenkter Stimme und schlug einen beiläufigen Ton an. »Der Armee sind ein paar Spielzeuge abhanden gekommen. Bis jetzt ist das Zeug in Newark, Philadelphia und Trenton aufgetaucht. Wissen Sie, ob zur Zeit Army-Ware angeboten wird?«

»Irgendwas wird immer angeboten.«

»Es geht nicht um Erbsenpistolen«, sagte Morelli. »Es geht um Bullenkiller, Bazookas, M-16er und brandneue 9-mm-Berettas mit der Prägung ›Eigentum der US-Army‹.«

Ranger nickte. »Ich weiß von dem Auto in Newark und dem Polizisten in Philly. Was war in Trenton?«

»In Trenton war es der Revolver, mit dem Kenny Moogey ins Knie geschossen hat.«

»Ehrlich?« Ranger warf den Kopf zurück und lachte. »Das wird ja immer schöner. Kenny Mancuso schießt seinem besten Freund versehentlich ins Knie. Ein Polizist, der gar nicht im Dienst ist, sondern nur tanken will, nimmt ihn fest, und dann ist die Waffe auch noch heiß.«

»Was erzählt man sich denn so auf der Straße?« fragte Morelli. »Ist Ihnen etwas zu Ohren gekommen?«

»*Nada*«, sagte Ranger. »Hat Kenny euch was erzählt?«

»*Nada*«, sagte Morelli.

Während wir Gläser und Besteck zur Seite schoben, um Platz für das Essen zu schaffen, verstummte das Gespräch.

Ranger sah Morelli in die Augen. »Ich habe das Gefühl, das war noch nicht alles.«

Morelli machte sich über seine Spareribs her und lieferte die durchaus überzeugende Imitation eines Löwen in freier Wildbahn. »Die Sachen sind in Braddock geklaut worden.«

»Während Kenny dort stationiert war?«

»Möglicherweise.«

»Jede Wette, dieser kleine Scheißer hatte auch noch freien Zugang zu den Waffen.«

»Bis jetzt könnte alles nur Zufall sein«, sagte Morelli. »Es wäre gut, wenn wir herausfinden würden, wie die Waffen verschoben wurden.«

Ranger ließ den Blick kurz durch den Raum schweifen und konzentrierte sich dann wieder auf Morelli. »Hier weiß keiner was, aber ich kann mich ja mal in Philly umhören.«

Auf dem Grund meiner Tasche meldete sich der Piepser. Ich kramte darin herum, aber es blieb mir schließlich nichts anderes übrig, als jedes Teil einzeln herauszufischen: Handschellen, Tränengas, Elektroschocker, Haarspray, Geldbörse, Walkman, Schweizer Offiziersmesser, Piepser.

Ranger und Morelli beobachteten mich fasziniert.

Ich warf einen Blick auf die Anzeige: »Roberta.«

Morelli sah von seinen Spareribs auf. »Wollen wir wetten?«

»Kein Bedarf.«

In dem engen Durchgang zu den Toiletten hing ein Münztelefon. Erst nach längerem Klingeln hob Roberta ab. Ich hatte gehofft, sie hätte die Särge gefunden, aber soviel Glück war mir dann doch nicht vergönnt. Die Überprüfung der anderen Lager hatte nichts ergeben, aber ihr war eingefallen, daß sie einen Laster mehrmals in der Nähe der Nummer 16 gesehen hatte.

»Es war gegen Ende des Monats«, sagte sie. »Ich weiß noch, daß ich die Monatsabrechnung gemacht habe, als er ein paarmal hin und her gefahren ist.«

»Können Sie ihn beschreiben?«

»Ziemlich groß. Sah aus wie ein Umzugswagen, aber kein Riesenlaster. Auf jeden Fall war es kein Leihwagen. Er war weiß und hatte eine schwarze Aufschrift an der Tür, aber ich habe sie nicht lesen können, da Nummer sechzehn ziemlich weit weg vom Büro ist.«

»Haben Sie den Fahrer gesehen?«

»Tut mir leid. Ich habe nicht darauf geachtet. Ich hatte genug mit meiner Abrechnung zu tun.«

Ich bedankte mich und legte auf. Es war schwer zu sagen, ob die Information nützlich war. In Trenton und Umgebung gab es sicherlich Hunderte von Lastern, auf die Robertas Beschreibung paßte.

Morelli sah mich erwartungsvoll an, als ich zurückkam. »Und?«

»Sie hat nichts gefunden, aber sie erinnert sich an einen weißen Laster mit schwarzer Schrift an der Tür, der gegen Ende des Monats mehrmals hin und her gefahren ist.«

»Das grenzt den Kreis der Verdächtigen ja gewaltig ein.«

Ranger hatte seine Spareribs abgenagt. Er sah auf die Uhr und stand auf. »Ich habe eine Verabredung.«

Er und Morelli schüttelten sich die Hand wie echte Männer, und dann war Ranger verschwunden.

Morelli und ich aßen schweigend weiter. Wohl fühlten wir uns in Gesellschaft des anderen eigentlich fast nur beim Essen. Nachdem wir die letzten Gemüsereste vertilgt hatten, seufzten wir zufrieden und baten um die Rechnung.

Bei Big Jim wurden zwar nicht gerade Fünf-Sterne-Preise verlangt, aber ich hatte nicht mehr viel Geld in der Tasche und mußte meine letzten Münzen herauskramen. Es war höchste Zeit, mal wieder bei Connie vorbeizugehen. Vielleicht hatte sie ja einen einfachen Fall für mich.

Morellis Wagen stand vor dem Restaurant, ich hingegen hatte meinen Schlitten zwei Blocks entfernt im Parkhaus an der Maple Street abgestellt. Nachdem ich Morelli am Ausgang verabschiedet hatte, marschierte ich los. Ich tröstete mich mit dem Gedanken, daß ich froh sein konnte, überhaupt wieder ein Auto zu haben. Warum sollte es mir peinlich sein, in einem 53er Buick gesehen zu werden? Er war ein Transportmittel wie jedes andere auch. Sicher, deshalb hatte ich auch eine Viertelmeile entfernt in der Tiefgarage geparkt.

Ich fuhr ins Kautionsbüro. Genau vor dem Eingang fand ich eine Parklücke. Ich betrachtete die hellblaue Wölbung der Kühlerhaube und fragte mich, wo der Wagen wohl aufhörte. Langsam ließ ich den Buick auf den Bürgersteig rollen und stieß prompt gegen die Parkuhr. Ich beendete das Manöver und stieg aus.

Connie saß an ihrem Schreibtisch und sah mit ihren dicken zusammengezogenen Augenbrauen und den blutroten Lippen noch furchteinflößender aus als sonst. Ordner stapelten sich auf den Büroschränken, und ihr Tisch war mit Zetteln und leeren Kaffeetassen übersät.

»Na!« sagte ich. »Wie geht es?«

»Frag nicht.«

»Habt ihr schon jemand neuen?«

»Sie fängt morgen an. In der Zwischenzeit kann ich nicht eine einzige Akte finden, weil nichts an seinem Platz ist.«

»Du solltest Vinnie zwingen, dir zu helfen.«

»Vinnie ist nicht da. Er ist mit Mo Barnes in North Carolina, um einen Ausreißer einzusammeln.«

Ich nahm mir ein paar Akten vor und fing an, sie in alphabetischer Reihenfolge zu sortieren. »Mit Kenny Mancuso komme ich zur Zeit nicht weiter. Hast du etwas, womit ich schnell ein bißchen Geld verdienen kann?«

Sie reichte mir ein paar zusammengeheftete Formulare. »Eugene Petras. Hat gestern seinen Gerichtstermin versäumt. Er sitzt wahrscheinlich zu Hause und ist so blau, daß er noch nicht einmal weiß, welcher Tag heute ist.«

Ich sah mir die Kautionsunterlagen an. Es war eine Adresse in unserem Viertel. Angeklagt war Eugene wegen Mißhandlung seiner Ehefrau. »Müßte ich den Typ kennen?«

»Vielleicht kennst du seine Frau Kitty. Ihr Mädchenname war Lukach. Ich glaube, sie war in der Schule zwei Klassen unter dir.«

»War das seine erste Festnahme?«

Connie schüttelte den Kopf. »Das geht schon ewig so. Ein echtes Schwein. Immer, wenn er ein paar Bier intus hat, verprügelt er Kitty. Manchmal schlägt er sie krankenhausreif. Sie hat ihn schon öfter angezeigt, aber immer wieder einen Rückzieher gemacht. Ich nehme an, sie hat Angst.«

»Klingt ja reizend. Was bringt mir der Kerl ein?«

»Der mußte bloß zweitausend Dollar hinlegen. Gewalt in der Ehe ist für viele immer noch ein Kavaliersdelikt.«

Ich klemmte mir die Papiere unter den Arm. »Bis bald.«

Kitty und Eugene wohnten gegenüber der alten Knopffabrik

an der Ecke Baker und Rose Street. Das schmale Reihenhaus grenzte direkt an den Bürgersteig, eine Veranda oder einen Vorgarten gab es nicht. Es war mit kastanienbraunen Schindeln verkleidet, an den weiß gestrichenen Fensterrahmen und Rohren blätterte die Farbe ab. Die Vorhänge im Wohnzimmer waren zugezogen. Im ersten Stock brannte nirgendwo Licht.

Das Tränengas hatte ich griffbereit in der Jackentasche, Handschellen und Elektroschocker steckten im Bund meiner Levis. Als ich klopfte, hörte ich Geräusche im Haus. Ich klopfte erneut. Eine Männerstimme rief etwas Unverständliches. Noch mehr Geschäftigkeit, dann ging die Tür auf.

Eine junge Frau verschanzte sich hinter der vorgelegten Kette. »Ja?«

»Sind Sie Kitty Petras?«

»Was wollen Sie?«

»Ich möchte zu Eugene, Ihrem Mann. Ist er da?«

»Nein.«

»Ich habe aber gerade eine Männerstimme gehört. Klang wie Eugene.«

Kitty Petras war spindeldürr, mit einem verkniffenen Gesichtsausdruck und großen braunen Augen. Sie war ungeschminkt. Die braunen Haare hatte sie im Nacken zu einem Pferdeschwanz zusammengebunden. Sie war nicht sonderlich hübsch, aber auch nicht unattraktiv. Vor allem war sie nichtssagend. Sie hatte das kaum einprägsame Gesicht einer geschlagenen Frau, die jahrelang versucht hatte, sich unsichtbar zu machen.

Sie betrachtete mich argwöhnisch. »Kennen Sie Eugene?«

»Ich arbeite für sein Kautionsbüro. Eugene hätte gestern vor Gericht erscheinen sollen, und nun würden wir gern einen neuen Termin vereinbaren.« Es war keine richtige Lüge, aber eben doch nur die halbe Wahrheit. Zuerst würde tatsächlich ein neuer Termin festgelegt werden, aber dann kam er bis zur Verhandlung in eine dunkle, stinkende Zelle.

»Ich weiß nicht...«

Plötzlich tauchte Eugene hinter ihr auf. »Was ist los?«

Kitty trat zur Seite. »Diese Frau möchte, daß du dir einen neuen Verhandlungstermin geben läßt.«

Eugene drückte sein Gesicht in den Türspalt. Das auffälligste an ihm waren sein Kinn, die Nase, die rotgeränderten Augen und eine hochprozentige Fahne. »Hä?«

Ich wiederholte mein Lügenmärchen und trat einen Schritt zur Seite, so daß er die Tür öffnen mußte, wenn er mich sehen wollte.

Die Kette schlug klappernd gegen den Türrahmen.

»Sie wollen mich wohl verscheißern?« sagte Eugene.

Ich schob mich ins Haus und log, daß sich die Balken bogen.

»Es wird höchstens ein paar Minuten dauern. Wir müssen nur kurz zum Gericht.«

»Dazu kann ich nur eins sagen.« Er drehte sich um, ließ seine Hose herunter und bückte sich. »Sie können mich mal am Arsch lecken.«

Da er mit dem Rücken zu mir stand, war das Tränengas ziemlich sinnlos, also zog ich den Elektroschocker aus dem Hosenbund. Ich hatte ihn noch nie eingesetzt, aber er machte einen sehr benutzerfreundlichen Eindruck. Ich beugte mich vor und drückte das Gerät gegen Eugenes Hintern. Er quiekte kurz und sackte in sich zusammen.

»Oh, Gott«, kreischte Kitty. »Was haben Sie mit ihm gemacht?«

Ich sah auf Eugene hinunter, der regungslos und mit heruntergelassener Hose vor mir lag. Sein Blick war glasig und der Atem etwas flach, aber was sollte man auch anderes von einem Mann erwarten, der gerade genügend Strom abbekommen hatte, um damit ein kleines Zimmer zu beleuchten? Er war käseweiß, aber das war er vorher auch schon gewesen. »Das war ein Elektroschocker«, sagte ich. »Laut Gebrauchsanweisung hinterläßt er keine bleibenden Schäden.«

»Schade. Ich wünschte, Sie hätten ihn umgebracht.«

»Wollen Sie ihm nicht die Hose hochziehen?« Die Welt war auch ohne den Anblick von Eugenes Schniedelwutz häßlich genug.

Als Kitty ihm den Reißverschluß zugezogen hatte, stupste ich ihn leicht mit dem Fuß an. Er reagierte so gut wie gar nicht. »Es ist wahrscheinlich besser, wenn wir ihn in mein Auto verfrachten, bevor er wieder zu sich kommt.«

»Und wie sollen wir das anstellen?« fragte Kitty.

»Wir werden ihn wohl zum Wagen schleifen müssen.«

»Auf gar keinen Fall. Ich will damit nichts zu tun haben. Mein Gott, ist das furchtbar. Er wird mich grün und blau schlagen.«

»Wenn er im Gefängnis ist, kann er Sie nicht verprügeln.«

»Dann verprügelt er mich eben, wenn er wieder rauskommt.«

»Nur, wenn Sie dann noch hier sind.«

Eugene versuchte vergeblich, die Lippen zu bewegen, und Kitty erschrak. »Er steht gleich auf! Tun Sie doch was.«

Ich wollte ihm keinen weiteren Elektroschock verpassen. Wenn ich ihn mit verkohlten Haaren bei Gericht ablieferte, würde mich das in kein besonders gutes Licht rücken. Ich packte ihn bei den Füßen und zog.

Kitty rannte nach oben. Schubladen wurden aufgerissen und wieder zugeknallt. Es klang, als ob sie packte.

Ich brachte es fertig, Eugene bis zum Buick zu ziehen, aber ohne fremde Hilfe würde ich ihn niemals in den Wagen bugsieren können.

Kitty türmte Koffer und Reisetaschen im Wohnzimmer auf. »Heh, Mrs. Petras«, rief ich. »Könnten Sie mal mit anfassen?«

Sie steckte den Kopf zur Tür heraus. »Was ist denn?«

»Allein kriege ich ihn nicht ins Auto.«

Sie nagte an ihrer Unterlippe. »Ist er bei Bewußtsein?«

»Noch nicht. Er ist noch ziemlich angeschlagen.«

Zögernd kam sie auf mich zu. »Er hat die Augen auf.«

»Stimmt, aber die Pupillen sind noch verdreht. Ich kann mir nicht vorstellen, daß er viel sieht.«

Eugene fing an, mit den Beinen zu strampeln.

Kitty und ich packten jede einen Arm und zogen ihn hoch.

»Es wäre einfacher, wenn Sie etwas näher am Bürgersteig geparkt hätten«, sagte Kitty. »Sie stehen ja mitten auf der Straße.«

Ich schwankte unter der Last. »Zum Einparken brauche ich eine Parkuhr, die ich anvisieren kann.«

In einer gemeinsamen Anstrengung stemmten wir Eugene auf den Rücksitz. Dort hing er wie ein nasser Sandsack, und ich fesselte ihn mit Handschellen an den Haltegriff.

»Was werden Sie jetzt tun?« fragte ich Kitty. »Können Sie irgendwo unterkommen?«

»Ich habe eine Freundin in New Brunswick. Bei ihr kann ich eine Weile bleiben.«

»Teilen Sie dem Gericht auf jeden Fall Ihre Adresse mit.«

Sie nickte und ging zurück ins Haus.

In den Kurven fiel Eugenes Kopf etwas zur Seite, ansonsten verlief die Fahrt zur Polizeiwache ereignislos.

Ich fuhr zum Hintereingang, klingelte und winkte in die Überwachungskamera.

Sofort öffnete sich die Tür, und Crazy Carl Costanza steckte den Kopf heraus. »Ja?«

»Pizzalieferung.«

»Polizisten belügen ist strafbar.«

»Kann mir mal eben jemand helfen, einen Kerl aus meinem Auto zu holen?«

Carl wippte auf den Fersen. »Sag bloß, das ist dein Auto?«

Meine Augen wurden zu Schlitzen. »Hast du was dagegen?«

»Ganz bestimmt nicht. Ich bin politisch korrekt und mache keine Witze über Frauen mit großen Autos.«

»Sie hat mich mit einem Elektroschocker angegriffen«, sagte Eugene. »Ich will meinen Anwalt sprechen.«

Carl und ich sahen uns an.

»Schrecklich, was der Alkohol aus den Menschen machen kann«, sagte ich, während ich die Handschellen aufschloß. »Die erzählen die verrücktesten Geschichten.«

»Hast du ihm wirklich einen Stromstoß verpaßt?«

»Um Gottes willen!«

»Du hast ihm nicht die Neuronen etwas aufgemischt?«

»Nur ein bißchen am Po gekitzelt.«

Bis ich die nötigen Papiere erhalten hatte, war es nach sechs. Zu spät, um bei Vinnie im Büro vorbeizugehen und mein Geld abzuholen. Ich trödelte ein bißchen auf dem Parkplatz herum und sah mir die Gebäude auf der gegenüberliegenden Straßenseite an. Ein Hutgeschäft, ein Gebrauchtmöbellager, ein Lebensmittelladen und eine Kirche. Ich hatte dort noch nie einen Menschen kommen oder gehen sehen und fragte mich, wovon die Besitzer lebten. Wahrscheinlich erwirtschafteten sie kaum genug zum Leben, trotzdem hielten sich die Läden schon seit Jahren.

Für den Fall, daß mein Cholesterinspiegel im Laufe des Tages auf einen besorgniserregenden Wert gesunken war, kaufte ich mir unterwegs eine große Portion Fried Chicken. Ich ließ mir das Essen einpacken und fuhr in die Paterson Street, wo ich vor Julia Cenettas Haus parkte. Ich konnte mein Abendessen genausogut hier einnehmen, und wenn ich Glück hatte, tauchte vielleicht sogar Kenny auf.

Ich spülte die letzten Happen mit Dr. Pepper hinunter und redete mir ein, ich könne es gar nicht besser haben. Kein Spiro, kein Abwasch, kein Streß.

Bei Julia brannte Licht, da aber die Vorhänge zugezogen waren, konnte ich leider nicht spionieren. In der Einfahrt standen zwei Autos. Das eine gehörte Julia, das andere vermutlich ihrer Mutter.

Irgendwann hielt vor dem Haus ein Wagen, dem ein blondes Muskelpaket entstieg. Julia öffnete ihm die Tür. Sie drehte sich noch einmal um, rief jemandem im Inneren des Hauses etwas zu, und sie gingen. Julia und ihr blonder Jüngling knutschten eine Weile im Auto. Dann fuhren sie davon. Offenbar war Kenny abserviert worden.

Ich verkrümelte mich und lieh mir in der Videothek *Ghostbusters* aus; das ist mein absoluter Lieblingsfilm und eine nie versiegende Quelle der Inspiration. Außerdem deckte ich mich mit Popcorn, KitKat, Keksen, Kakaopulver und Marshmallows ein. Ich weiß eben, wie man es sich gutgehen läßt.

Die Anzeige meines Anrufbeantworters blinkte, als ich nach Hause kam.

Spiro erkundigte sich, ob ich bei der Suche nach den Särgen vorangekommen sei und ob ich morgen mit ihm essen gehen wolle. Beide Fragen ließen sich mit einem klaren Nein beantworten. Ihm dies mitzuteilen, schob ich jedoch hinaus, denn schon beim Klang seiner Stimme auf dem Anrufbeantworter drehte sich mir der Magen um.

Die zweite Nachricht war von Ranger: »Ruf mich an.«

Ich versuchte es bei ihm zu Hause. Keine Antwort. Also wählte ich die Nummer seines Autotelefons.

»Yo«, sagte Ranger.

»Hier ist Stephanie. Was ist passiert?«

»Es steigt gleich eine Party, und du solltest dich entsprechend ausstaffieren.«

»Du meinst mit Seidenstrümpfen und Stöckelschuhen?«

»Ich hatte eher an einen 38er gedacht.«

»Wo soll ich dich treffen?«

»Ich bin an der Ecke West Lincoln und Jackson Street.«

Die Jackson Street war etwa zwei Meilen lang und wurde von Schrottplätzen, einer stillgelegten Fabrik, gammeligen Kneipen und billigen Absteigen gesäumt. Die Gegend war so heruntergekommen, daß noch nicht einmal Jugendbanden es für nötig hielten, hier mit Graffitis ihr Revier zu markieren. Hinter dem Fabrikgelände begegneten einem kaum noch Autos. Die Straßenlaternen waren zerschossen, ausgebrannte Häuser und herumliegende Fixerutensilien prägten das Bild.

Wenigstens versetzte ich Bill Murray und die anderen Geisterjäger aus gutem Grund. Ranger war garantiert auf einer heißen Spur, die entweder zu Kenny oder zu den Särgen führen würde. Hätte Ranger Verstärkung bei einer Festnahme gebraucht, hätte er sicher nicht mich um Hilfe gebeten. Er konnte innerhalb einer Viertelstunde ein Team zusammentrommeln, für das die Invasion Kuwaits ein Kinderspiel wäre. Überflüssig zu erwähnen, daß ich nicht gerade zu den Topleuten dieses Elitekommandos gehörte. Um genau zu sein, gehörte ich überhaupt nicht dazu.

In dem Buick fühlte ich mich auch auf der Jackson Street relativ sicher. Wer verzweifelt genug war, das hellblaue Monster entführen zu wollen, hatte vermutlich nicht den Grips dazu. Ich brauchte mir noch nicht einmal Sorgen zu machen, aus einem vorbeifahrenden Auto beschossen zu werden. Es dürfte ziemlich schwer sein zu zielen, während man von Lachkrämpfen geschüttelt wird.

Wenn Ranger keine Gangster transportierte, fuhr er einen schnittigen schwarzen Mercedes. Den Ford Bronco benutzte er nur für die Verbrecherjagd. Ich entdeckte ihn in einer kleinen

Seitenstraße. Mir wurde ganz anders bei dem Gedanken, daß ich womöglich in der Jackson Street jemanden hochnehmen sollte. Ich parkte vor dem Bronco und sah Ranger aus dem Schatten treten.

»Was ist mit deinem Jeep?«

»Geklaut worden.«

»Es wird gemunkelt, daß hier heute abend ein Waffengeschäft steigen soll. Alles aus Militärbeständen und Munition, an die man sonst nicht rankommt. Der Anbieter soll ein Weißer sein.«

»Kenny!«

»Kann sein. Ich dachte, wir sollten uns die Sache mal aus der Nähe ansehen. Mein Informant sagt, der Deal würde in der Jackson Street 270 über die Bühne gehen. Das ist das Haus schräg gegenüber mit den kaputten Fenstern.«

Ein paar Meter weiter war ein rostiges Auto aufgebockt. Nirgendwo brannte Licht.

»Es geht uns nicht darum, das Geschäft auffliegen zu lassen«, sagte Ranger. »Wir bleiben also brav in unserem Versteck und versuchen nur, den Weißen zu erkennen. Wenn es Kenny ist, folgen wir ihm.«

»Es ist ein bißchen zu dunkel, um jemanden zu identifizieren.«

Ranger reichte mir ein Fernglas. »Nimm das Nachtsichtgerät.«

Natürlich.

Nachdem wir bereits über eine Stunde gewartet hatten, fuhr ein Lieferwagen vorbei. Sekunden später tauchte er wieder auf und hielt an.

Ich richtete das Nachtsichtgerät auf den Fahrer. »Er scheint weiß zu sein«, sagte ich zu Ranger. »Aber er trägt eine Skimaske. Ich kann ihn nicht richtig erkennen.«

Ein BMW schob sich hinter den Lieferwagen, und vier Schwarze stiegen aus. Wir konnten hören, wie die Seitentür des

Lieferwagens geöffnet wurde. Gedämpfte Stimmen schallten herüber. Jemand lachte. Ein Schwarzer lud große Holzkisten aus, trug sie zum BMW und verstaute sie im Kofferraum. Dann ging er zu dem Lieferwagen zurück und holte die nächste Holzkiste.

Plötzlich flog hinter der aufgebockten Schrottkarre die Haustür auf, Polizisten stürmten mit gezückten Waffen auf den BMW zu. Ein Streifenwagen kam angerast und blieb schlingernd stehen. Die vier Schwarzen stoben in alle Himmelsrichtungen auseinander. Es fielen Schüsse, und der Lieferwagen raste davon.

»Behalte du den Lieferwagen im Auge«, rief Ranger und sprintete zu seinem Bronco. »Ich komme hinter dir her.«

Ich gab Vollgas. Erst als ich aus der Seitenstraße schoß, merkte ich, daß der Lieferwagen bereits von einem anderen Auto verfolgt wurde. Reifen quietschten, ich stieß einen Fluch aus, und mit einem dumpfen *Wumm* knallte der Verfolger gegen den Buick. Dabei wurde das Blaulicht vom Dach des Wagens geschleudert und segelte wie eine Sternschnuppe durch die Nacht. Ich hatte den Aufprall kaum gespürt, aber das andere Auto, vermutlich ein Polizeiwagen, war gute fünf Meter zurückgeschleudert worden.

Die Rücklichter des Lieferwagens entfernten sich immer weiter, und ich spielte mit dem Gedanken, ihnen hinterherzujagen. Vermutlich keine sonderlich gute Idee. Fahrerflucht nach dem Zusammenstoß mit einem Polizeiwagen schien mir nicht besonders ratsam.

Ich suchte gerade in der Handtasche nach meinem Führerschein, als die Tür aufgerissen wurde und mich niemand anderer als Joe Morelli aus dem Wagen zerrte. Ungläubig starrten wir uns an.

»Das gibt es nicht«, schrie Morelli. »Ich glaub es einfach

nicht. Liegst du eigentlich nachts wach und überlegst dir, wie du mir das Leben zur Hölle machen kannst?«

»Das wäre doch etwas zuviel des Guten.«

»Du hättest mich beinahe umgebracht.«

»Jetzt übertreibe mal nicht. Außerdem mußt du es nicht gleich persönlich nehmen. Ich wußte ja nicht mal, daß du in dem Auto sitzt.« Und wenn ich es gewußt hätte, wäre ich wahrscheinlich getürmt. »Außerdem rege ich mich schließlich auch nicht darüber auf, daß du mir in die Quere gekommen bist. Ohne dich hätte ich ihn erwischt.«

Morelli fuhr sich mit der Hand über die Augen. »Ich hätte auswandern sollen, als noch Zeit dazu war. Ich hätte in der Navy bleiben sollen.«

Ich sah zu seinem Auto hinüber. Ein Teil des Kotflügels fehlte, und die Stoßstange lag auf der Erde. »Es ist gar nicht so schlimm. Wahrscheinlich fährt es sogar noch.«

Wir betrachteten das hellblaue Monster. Es hatte nicht den kleinsten Kratzer abbekommen.

»Ist eben ein Buick«, sagte ich entschuldigend. »Ich habe ihn geliehen.«

Morelli würdigte mich keines Blickes. »Scheiße.«

Ein Streifenwagen hielt hinter ihm. »Alles in Ordnung?«

»Ja, könnte nicht besser sein«, sagte Morelli. »Mir geht es blendend.« Der Streifenwagen fuhr weiter.

»Ein Buick«, sagte Morelli. »Ganz wie in alten Zeiten.«

Als Achtzehnjährige hatte ich Morelli mit einem ähnlichen Auto quasi überfahren.

»Ist das Ranger da hinten in dem Bronco?« fragte Morelli.

Ich drehte mich um. Ranger hatte sich nicht vom Fleck gerührt, er hing über dem Lenkrad und schüttelte sich vor Lachen.

»Willst du den Unfall melden?« fragte ich.

»Das wäre wirklich zuviel der Ehre.«

»Hast du den Typen im Lieferwagen gesehen? Glaubst du, es war Kenny?«

»Er war so groß wie Kenny, wirkte aber schmaler.«

»Vielleicht hat er abgenommen.«

»Ich weiß nicht«, sagte Morelli. »Ich hatte nicht das Gefühl, daß es Kenny war.«

Der Bronco kam langsam herangerollt.

»Ich verschwinde jetzt lieber«, sagte Ranger. »Ich will nicht das fünfte Rad am Wagen sein.«

Ich half Morelli, die Stoßstange auf den Rücksitz zu verfrachten und die restlichen Autotrümmer an den Straßenrand zu kicken.

»Ich muß zurück auf die Wache«, sagte Morelli. »Ich will dabeisein, wenn sie die Kerle vernehmen.«

»Läßt du die Nummernschilder des Lieferwagens überprüfen?«

»Der war bestimmt gestohlen.«

Ich stieg in den Buick und fuhr rückwärts aus der Seitenstraße, um die Glasscherben in der Jackson Street zu umgehen. Dann machte ich mich auf den Heimweg. Nach einigen Meilen wendete ich und fuhr zum Polizeirevier. Ich suchte mir ein dunkles Plätzchen und wartete. Nach etwa fünf Minuten rollten zwei Streifenwagen auf den Parkplatz. Morelli folgte ihnen. Die fehlende Stoßstange des Fairlane fiel in dieser Umgebung nicht weiter auf. Trenton verschwendete kein Geld für Schönheitsreparaturen. Sämtliche Polizeiautos sahen aus, als wären sie mit Müh und Not der Schrottpresse entkommen.

Zu dieser späten Stunde war der Parkplatz relativ leer. Morelli stellte den Fairlane neben seinen Privatwagen und verschwand im Gebäude. Als die Polizisten begannen, die Gefangenen auszuladen, fuhr ich auf den Platz und parkte den Buick neben Morellis Wagen.

Nach einer Stunde wurde es kalt im Auto, und ich schaltete die Heizung ein, bis es wieder gemütlich warm war. Ich aß die Hälfte meines KitKat und streckte mich auf der Sitzbank des Buicks aus. Noch eine Stunde verging, und ich mußte das Auto erneut aufheizen. Ich hatte gerade den letzten Krümel Schokolade verputzt, als die Tür des Polizeireviers aufging. Diese Silhouette kannte ich, es war Morelli. Die Tür schlug hinter ihm zu, und er ging zu seinem Toyota. Auf halber Strecke entdeckte er den Buick. Seine Lippen bewegten sich, und man brauchte kein Genie zu sein, um zu erraten, was er gesagt hatte.

Ich stieg aus, um es ihm noch schwerer zu machen, mich zu ignorieren.

»Na?« sagte ich möglichst locker. »Wie ist es gelaufen?«

»Die Ware stammt aus Braddock. Das ist aber auch schon so ziemlich alles.« Er kam einen Schritt näher und schnupperte. »Ich rieche Schokolade.«

»Das war ein halbes KitKat.«

»Du hast nicht zufällig noch die andere Hälfte?«

»Die habe ich schon vorhin gegessen.«

»Zu dumm. Vielleicht wäre mir ja doch noch etwas Wichtiges eingefallen, wenn ich ein Stückchen KitKat bekommen hätte.«

»Soll das etwa heißen, daß ich dich verpflegen muß?«

»Hast du noch Proviant in deiner Handtasche?«

»Nein.«

»Oder Apfelpastete im Kühlschrank?«

»Ich habe Popcorn und Süßigkeiten zu Hause. Eigentlich wollte ich mir heute abend einen Film reinziehen.«

»Ist es frisches Popcorn?«

»Ja.«

»Okay, ich glaube, damit kann ich mich zufriedengeben.«

»Wenn ich mein Popcorn mit dir teilen soll, mußt du dich aber ganz schön ins Zeug legen.«

Morelli lächelte anzüglich.

»Ich spreche von deinen Informationen.«

»Aber klar doch«, sagte Morelli.

- 7 -

Morelli fuhr in seinem neuen Geländewagen hinter mir her, hielt aber ausreichend Abstand, um nicht in die Turbulenzen des Buick zu geraten, der sich unaufhaltsam seinen Weg durch die Nacht bahnte.

Wir parkten nebeneinander hinter dem Haus. Mickey Boyd zündete sich gerade unter dem Vordach eine Zigarette an. Mickeys Frau Francine trug seit einer Woche Nikotinpflaster, und seitdem war das Qualmen in der Wohnung verboten.

»Wahnsinn«, sagte Mickey, dem die Zigarette an der Unterlippe festgewachsen zu sein schien. »Was für ein Straßenkreuzer. Toller Wagen dieser Buick. So was wird heutzutage einfach nicht mehr gebaut.«

Ich sah Morelli von der Seite an. »Diese Begeisterung für verchromte Schlitten muß irgendwie typisch männlich sein.«

»Es liegt an der Größe«, sagte Morelli. »Man will schließlich auch mal was abschleppen können.«

Wir nahmen die Treppe. Während wir hinaufgingen, merkte ich, wie mir die Angst in die Glieder kroch. Mit der Zeit würde ich mich bestimmt wieder sicherer fühlen und nicht mehr so oft an die Verwüstung meiner Wohnung denken. Aber so weit war ich noch nicht. Es fiel mir schwer, meine Gefühle zu verbergen, aber ich wollte nicht, daß Morelli mich für einen Angsthasen hielt. Zum Glück war meine Tür völlig intakt, und als wir die Wohnung betraten, hörte ich, wie sich das Laufrad des Hamsters in der Dunkelheit drehte.

Ich knipste das Licht an und ließ Jacke und Handtasche auf das Dielentischchen fallen.

Morelli folgte mir in die Küche und sah zu, wie ich das Popcorn in die Mikrowelle schob. »Jede Wette, du hast dir zum Popcorn auch noch ein Video ausgeliehen.«

Ich machte die Tüte mit den Süßigkeiten auf und hielt sie Morelli hin. »*Ghostbusters*.«

Morelli nahm ein Bonbon und warf es sich in den Mund. »Von Filmen verstehst du wohl auch nicht viel?«

»Hör mal, das ist mein Lieblingsfilm!«

»So was Lahmes. Da spielt ja nicht mal de Niro mit.«

»Erzähl mir lieber von der Festnahme.«

»Wir haben die vier Schwarzen aus dem BMW geschnappt«, sagte Morelli. »Aber die wissen auch nichts. Das Geschäft ist am Telefon vereinbart worden.«

»Was ist mit dem Lieferwagen?«

»Geklaut, wie ich mir schon dachte. In Trenton zugelassen.«

Die Mikrowelle piepste, und ich nahm das Popcorn heraus. »Schwer zu glauben, daß man mitten in der Nacht in die Jackson Street fährt, um von jemandem geklaute Army-Knarren zu kaufen, den man nur vom Telefon kennt.«

»Der Verkäufer kannte die richtigen Leute. Das hat den Typen offensichtlich gereicht. Wir haben es nicht mit Profis zu tun.«

»Gibt es Anhaltspunkte, die Kenny mit der Sache in Verbindung bringen?«

»Gar keine.«

Ich schüttete das Popcorn in eine Schüssel, die ich gleich an Morelli weiterreichte. »Auf wen hat sich der Verkäufer berufen? Jemand, den ich kenne?«

Morelli holte ein Bier aus dem Kühlschrank. »Willst du auch eins?«

Ich nahm eine Dose und öffnete sie. »Also, was ist, kenn ich ihn?«

»Vergiß es. Es hilft uns bei der Suche nach Kenny nicht weiter.«

»Habt ihr eine Personenbeschreibung des Verkäufers? Wie klang seine Stimme? Welche Augenfarbe hatte er?«

»Ein typischer Weißer, mit durchschnittlicher Stimme und ohne besondere Merkmale. Auf seine Augenfarbe hat keiner geachtet. Die Jungs wollten ihn schließlich nicht vernaschen, sie wollten bloß die Kanonen.«

»Wenn wir zusammengearbeitet hätten, wäre er uns nicht durch die Lappen gegangen. Du hättest mich anrufen sollen«, sagte ich. »Als Kautionsdetektivin habe ich ein Recht darauf, an Einsätzen beteiligt zu werden, die meinen Fall betreffen.«

»Falsch. Wir können dich zu einem Einsatz mitnehmen, wir müssen aber nicht.«

»Okay, und warum bin ich dann nicht verständigt worden?«

Morelli nahm sich eine Handvoll Popcorn. »Es gab keine konkreten Hinweise, daß Kenny den Lieferwagen fahren würde.«

»Aber es bestand die Möglichkeit.«

»Ja, die Möglichkeit bestand.«

»Und du hast es vorgezogen, mich nicht zu informieren. Ich wußte es. Ich habe es gleich gewußt, du willst mich bescheißen.«

Morelli zog ins Wohnzimmer um. »Heißt das, du erklärst mir schon wieder den Krieg?«

»Das heißt, du bist eine Schweinebacke. Gib mir mein Popcorn und verschwinde.«

»Nein.«

»Was heißt hier nein?«

»Wir hatten eine Absprache. Du kriegst die Informationen, und ich bekomme das Popcorn. Ich nehme mir nur, was mir zusteht.«

Am liebsten hätte ich Morelli die gleiche Behandlung wie Eugene Petras angedeihen lassen.

»Überleg dir genau, was du tust«, sagte Morelli. »Wenn du auch nur in die Nähe des Tischchens kommst, kriege ich dich sofort wegen unerlaubten Mitführens einer Waffe dran.«

»Du bist ekelhaft. Das wäre Amtsmißbrauch.«

Morelli nahm die *Ghostbusters*-Kassette vom Fernseher und schob sie in den Videorecorder. »Willst du dir den Film jetzt ansehen oder nicht?«

Als ich aufwachte, hatte ich schlechte Laune, wußte aber nicht genau weshalb. Vermutlich lag es daran, daß ich keine Gelegenheit bekommen hatte, Morelli einen Elektroschock zu verpassen, ihn zu erschießen oder ihm wenigstens eine Ladung Tränengas zu verabreichen. Er war gegangen, als der Film zu Ende und die Popcornschüssel leer war. Zum Abschied riet er mir, ich solle mehr Vertrauen zu ihm haben.

»Sicher«, sagte ich. Wenn meine Tante Räder hätte …

Ich setzte Kaffee auf, rief bei Eddie Gazarra an und bat um einen Rückruf. Dann lackierte ich mir die Zehennägel und trank Kaffee, während die Rice Krispies und Marshmallows in der Pfanne brutzelten. Ich verspeiste gerade meine zweite Portion, als das Telefon klingelte.

»Was willst du denn nun schon wieder?« fragte Gazarra.

»Letzte Nacht sind in der Jackson Street vier Schwarze festgenommen worden. Ich möchte wissen, auf wen sich der Fahrer des Lieferwagens berufen hat.«

»Scheiße, an solche Informationen komme ich nicht ran.«

»Brauchst du immer noch einen Babysitter?«

»Wir brauchen ständig Babysitter. Ich sehe mal, was sich machen läßt.«

Ich ging kurz unter die Dusche, zupfte die Haare zurecht und zog Levis und ein Flanellhemd an. Dann holte ich den Revolver aus der Handtasche und legte ihn wieder in die Keksdose. Ich schaltete den Anrufbeantworter ein und schloß die Wohnungstür hinter mir zu.

An diesem Morgen war die Luft frisch und der Himmel fast blau. Rauhreif funkelte wie Glitzerstaub auf den Scheiben des Buick. Ich ließ den Motor an und drehte die Heizung voll auf.

Untätig herumzusitzen, liegt mir nicht besonders. Mir ist es lieber, irgend etwas zu tun, sei es auch noch so langweilig und aussichtslos. Ich verbrachte also den Vormittag damit, bei Kennys Freunden und Verwandten vorbeizufahren. Während ich herumgondelte, hielt ich nach einem weißen Laster mit schwarzer Schrift an der Tür Ausschau. Bis jetzt hatte ich überhaupt noch nichts gefunden, dafür wurde die Liste der Dinge, nach denen ich suchte, immer länger. Vielleicht machte ich also doch Fortschritte. Je länger die Liste, um so größer die Wahrscheinlichkeit, endlich fündig zu werden.

Nachdem ich drei Nieten gezogen hatte, gab ich auf und fuhr ins Büro. Ich mußte mir den Scheck für Petras abholen, außerdem wollte ich von dort aus meinen Anrufbeantworter abhören. Ich fand eine Parklücke und machte mich daran, das hellblaue Riesenbaby einzuparken. In einer Rekordzeit von unter zehn Minuten stand der Wagen einigermaßen parallel zum Bürgersteig. Lediglich der Hinterreifen hing auf der Bordsteinkante.

»Super gemacht«, sagte Connie. »Ich hatte schon Angst, dir würde beim Andocken des Ozeandampfers das Benzin ausgehen.«

Ich warf meine Handtasche auf die Couch. »Ich werde immer besser. Den Wagen hinter mir habe ich nur zweimal gerammt, und die Parkuhr ist völlig ungeschoren davongekommen.«

Hinter Connie tauchte ein bekanntes Gesicht auf. »Scheiße, du hast doch wohl nicht etwa mein Auto zu Schrott gefahren?«

»Lula!«

Meine alte Bekannte trug ihre zweieinhalb Zentner Lebendgewicht stolz vor sich her. Sie hatte einen weißen Jogginganzug und Turnschuhe an. Die orange gefärbten Haare sahen aus, als wären sie mit der Gartenschere geschnitten und mit Tapetenkleister in Form gebracht worden.

»Hi«, sagte Lula. »Das ist ja ein Ding. Wo kommst du denn her?«

»Ich wollte mir mein Geld abholen. Aber was machst du hier? Brauchst du eine Kaution?«

»Ach was, ich doch nicht. Ich arbeite hier und soll den Laden auf Vordermann bringen. Da knie ich mich jetzt voll rein.«

»Was macht dein altes Gewerbe?«

»Ich habe mich zur Ruhe gesetzt. Meinen Stammplatz an der Ecke habe ich Jackie abgetreten. Nach dem Überfall im letzten Sommer konnte ich einfach nicht mehr auf den Strich gehen.«

Connie grinste bis über beide Ohren. »Ich dachte, Lula weiß, wie man mit Vinnie umzugehen hat.«

»Genau«, sagte Lula. »Der soll ruhig kommen, den mach ich zu Hackfleisch. Wenn sich dieser Wicht mit einer Frau von meinem Kaliber anlegt, muß er sich warm anziehen.«

Ich hatte Lula wirklich gern. Wir hatten uns vor einigen Monaten kennengelernt, als meine Kopfgeldjägerkarriere noch in den Kinderschuhen steckte. Damals hatte ich in der Nähe ihres Stammplatzes in der Stark Street ermittelt.

»Bist du jetzt abgemeldet, oder kriegst du immer noch mit, was auf der Straße so läuft?« fragte ich Lula.

»Was willst du denn wissen?«

»Vier Typen sind gestern abend geschnappt worden, als sie Waffen kaufen wollten.«

»Pah. Das weiß doch jeder. Das waren die beiden Long Brüder, Booger Brown und sein gehirnamputierter Vetter Freddie Johnson.«

»Weißt du vielleicht auch, von wem sie die Waffen kaufen wollten?«

»Von irgend'nem Weißen. Mehr kann ich dir auch nicht sagen.«

»Hinter dem bin ich her.«

»Ist schon komisch, jetzt auf der Seite des Gesetzes zu stehen«, sagte Lula. »Da muß ich mich erst mal dran gewöhnen.«

Ich hörte meinen Anrufbeantworter ab. Spiro hatte eine weitere Einladung hinterlassen und Eddie Gazarra eine ganze Namensliste. Die ersten vier stimmten mit den von Lula genannten überein. Die letzten drei waren die Namen der Gangster, auf die sich der Waffenhändler berufen hatte. Ich schrieb sie mir auf und wandte mich noch einmal an Lula.

»Kannst du mir etwas über Lionel Boone, Stinky Sanders und Jamal Alou erzählen?«

»Boone und Sanders sind Dealer. Die gehen so oft in den Bau, wie unsereins in Urlaub fährt. Eine sehr hohe Lebenserwartung haben sie nicht, wenn du mich fragst. Alou kenne ich nicht.«

»Wie sieht es mir dir aus?« fragte ich Connie. »Hast du schon mal von dieser Versagertruppe gehört?«

»Auf Anhieb fällt mir nichts ein, aber du kannst gerne die Akten durchgehen.«

»Halt«, sagte Lula. »Das ist mein Job. Laß mich mal machen.«

Inzwischen rief ich Ranger an.

»Habe gestern abend noch mit Morelli geredet«, sagte ich zu Ranger. »Die Bullen haben die vier aus dem BMW geschnappt. Der Fahrer des Lieferwagens hat Lionel Boone, Stinky Sanders und Jamal Alou genannt. Mehr war nicht rauszubekommen.«

»Ganz schön schwere Jungs«, sagte Ranger. »Alou ist ein echter Profi, der motzt dir jeden Ballermann auf.«

»Vielleicht sollten wir mal mit ihnen reden.«

»Ich glaube nicht, daß dir ihre Kommentare gefallen würden. Es wird wohl besser sein, wenn ich mir die Typen vornehme.«

»Ist mir recht. Ich habe sowieso genug zu tun.«

»Keiner von den Pennern taucht in unseren Akten auf«, rief mir Lula zu. »Mit solchem Gesocks geben wir uns nicht ab.«

Als ich mit meinem Scheck aus dem Büro kam, sah ich Sal Fiorello, dem der italienische Feinkostladen gehörte. Er starrte verzückt durch das Seitenfenster des Buick. »Was für ein Wagen, und wie gut er in Schuß ist«, murmelte er vor sich hin.

Langsam gingen mir die Kerle auf die Nerven. »Guten Morgen, Mr. Fiorello.«

»Ein echtes Prachtstück von einem Auto«, sagte er.

»Stimmt«, erwiderte ich. »So etwas fährt nicht jeder.«

»Mein Onkel Manni hatte einen 53er Buick. Man hat sogar seine Leiche darin gefunden.«

»Oh, das tut mir leid.«

»War wirklich schade, der ganze Sitz war ruiniert«, sagte Sal.

Ich fuhr zu Stiva und parkte gegenüber dem Bestattungsinstitut. Der Lieferwagen eines Blumenladens bog in die Einfahrt und verschwand hinter dem Gebäude. Ansonsten regte sich nichts. Das Gebäude war von einer unheimlichen Stille umgeben. Ich mußte an Constantine Stiva denken, der im St.-Francis-Krankenhaus lag. Meines Wissens hatte er noch nie Urlaub genommen, jetzt war er ans Bett gefesselt und mußte zusehen, wie sein ekliger Stiefsohn die Geschäfte führte.

Wahrscheinlich brachte es ihn beinah um den Verstand. Ich fragte mich, ob er etwas über den Verlust der Särge wußte, und tippte eher auf nein. Vermutlich hatte Spiro den Mist ganz alleine gebaut und Con sollte nichts davon erfahren.

Ich mußte Spiro über meine mangelnden Ermittlungserfolge informieren und seine Einladung zum Essen ablehnen, aber ich konnte mich nicht aufraffen, die Straße zu überqueren. Abends um sieben konnte ich eine Leichenhalle voller Kolumbusritter gerade noch verkraften. Aber um elf Uhr morgens war der Gedanke, mit Spiro unter lauter Toten ganz allein zu sein, nicht gerade verlockend.

Während ich noch eine Weile im Wagen sitzen blieb, ließ ich mir die Schulfreundschaft von Spiro, Kenny und Moogey durch den Kopf gehen. Der gerissene Kenny. Der etwas unterbelichtete Spiro mit den schlechten Zähnen und dem Leichenbestatter als Stiefvater. Und Moogey, der allem Anschein nach die Harmlosigkeit in Person war. Schon komisch, wie unter den unterschiedlichsten Menschen enge Bindungen aus nichts anderem entstehen als der Sehnsucht nach Freundschaft.

Jetzt war Moogey tot. Kenny war verschwunden. Und Spiro fehlten vierundzwanzig Särge. *C'est la vie*. Eben noch spielt man in der High-School Basketball und klaut den kleinen Mitschülern das Taschengeld, und ehe man sich versieht, überschminkt man schon die Einschußlöcher im Kopf des besten Freundes.

Mir kam ein merkwürdiger Gedanke. Womöglich hatten die beiden Fälle miteinander zu tun. Was wäre, wenn Kenny die Waffen geklaut und in Spiros Särgen versteckt hätte? Was dann? Das wußte ich auch nicht so genau.

Wolkenfetzen huschten über den Himmel, und es war windiger geworden. Welke Blätter wehten über die Straße und landeten raschelnd auf meiner Windschutzscheibe.

Um zwölf war endgültig klar, daß ich meine Angst nicht besiegen würde. Auch kein Problem. Es gab ja eine Alternative. Ich würde zu meinen Eltern fahren und bei ihnen Mittag essen. Anschließend konnte ich dann Grandma Mazur herschleppen.

Um kurz vor zwei fuhr ich auf den kleinen Parkplatz des Bestattungsinstituts. Grandma, die neben mir saß, reckte sich, um über das Armaturenbrett nach draußen sehen zu können.

»Normalerweise gehe ich ja nicht am Nachmittag zu Stiva«, sagte sie, während sie ihre Siebensachen zusammensuchte. »Höchstens im Sommer, wenn ich mal Lust auf einen Spaziergang habe. Abends ist das Publikum einfach mehr nach meinem Geschmack. Aber natürlich können Kopfgeldjägerinnen wie wir darauf keine Rücksicht nehmen.«

Ich half Grandma beim Aussteigen. »Ich muß nur mit Spiro reden. Ich helfe ihm bei einem Problem.«

»Ach ja? Was ist denn das für ein Problem? Ich wette, es ist eine Leiche verschwunden.«

»Nein, es ist keine Leiche verschwunden.«

»Schade, ich hätte dir zu gerne geholfen.«

Wir gingen die Treppe hinauf. Vor dem Aushang mit den Aufbahrungsterminen des Tages blieben wir stehen.

»Wegen wem sind wir angeblich hier?« wollte Grandma wissen. »Wollen wir zu Feinstein oder zu Mackey?«

»Was ist dir lieber?«

»Ich könnte Mackey besuchen. Den habe ich schon eine halbe Ewigkeit nicht mehr gesehen.«

Ich überließ Grandma sich selbst und ging los, um Spiro zu suchen. Er saß hinter dem großen Schreibtisch in Cons Büro und telefonierte. Als ich hereinkam, legte er auf und bat mich, Platz zu nehmen.

»Das war mein lieber Stiefvater«, sagte er. »Er ruft ständig an und quatscht mir die Ohren voll. Er geht mir wirklich auf die Nerven.«

Beinahe wünschte ich mir, Spiro würde zudringlich werden, damit ich ihm einen Elektroschock verpassen konnte. Aber vielleicht könnte ich ihn auch ohne Vorwand mit ein paar Volts beglücken. Wenn er sich umdrehte, könnte ich ihn im Nacken erwischen und behaupten, es wäre jemand anderes gewesen. Ein verrückter Trauergast wäre ins Büro gerannt und hätte ihm eine Ladung verpaßt.

»Also, welche Neuigkeiten haben Sie für mich?«

»Es gibt keinen Zweifel, die Särge sind tatsächlich verschwunden.« Ich legte den Lagerschlüssel auf den Schreibtisch. »Lassen Sie uns noch einmal über den Schlüssel sprechen. Sie hatten nur ein einziges Exemplar?«

»Genau.«

»Haben Sie irgendwann einen Zweitschlüssel anfertigen lassen?«

»Nein.«

»Haben Sie den Schlüssel an Dritte weitergegeben?«

»Nein.«

»Nie? Auch nicht beim Parken? Haben Sie da vielleicht mal die Autoschlüssel aus der Hand gegeben?«

»Es hatte wirklich niemand außer mir Zugang zu dem Schlüssel. Er lag bei mir zu Hause in der Kommode.«

»Was ist mit Con?«

»Was soll mit ihm sein?«

»Könnte er den Schlüssel an sich genommen haben?«

»Con weiß nichts von den Särgen. Das Geschäft war ein Alleingang von mir.«

Das wunderte mich nicht. »Was wollten Sie eigentlich mit den Särgen? Hier im Viertel wird so etwas doch nicht gekauft.«

»Ich war nur der Zwischenhändler. Es gab einen anderen Käufer.«

Ein anderer Käufer. Na klar, hätte ich aber auch selbst darauf kommen können. »Weiß der Käufer schon von seinem Glück?«

»Noch nicht.«

»Und Sie möchten Ihren Ruf nicht ruinieren.«

»Das kann man so sagen.«

Ich hatte fürs erste genug gehört. Im Moment wußte ich noch nicht einmal, ob ich überhaupt weiter nach den Särgen suchen wollte.

»Okay«, sagte ich. »Wechseln wir das Thema. Kenny Mancuso.«

Spiro wurde hinter Cons Schreibtisch merklich kleiner. »Wir waren früher Freunde«, sagte er. »Kenny, Moogey und ich.«

»Es wundert mich, daß Kenny Sie nicht um Hilfe gebeten hat. Er hätte zum Beispiel versuchen können, bei Ihnen unterzuschlüpfen.«

»Dann könnte ich ja noch von Glück sagen.«

»Was meinen Sie damit?«

»Er will mich fertigmachen.«

»Kenny?«

»Er war hier.«

Als ich das hörte, sprang ich auf. »Wann? Haben Sie ihn gesehen?«

Spiro holte ein Blatt Papier aus der Schreibtischschublade und schob es zu mir herüber. »Als ich heute ins Büro kam, lag das auf meinem Schreibtisch.«

Es handelte sich um eine ziemlich rätselhafte Nachricht. »Du hast etwas, was mir gehört. Jetzt habe ich etwas, was Dir gehört.« Der Text war aus silbernen Klebebuchstaben zusammengesetzt worden. Die Unterschrift war ein silbernes K.

»Was hat das zu bedeuten?« fragte ich.

Spiro wurde noch ein Stück kleiner. »Das weiß ich auch nicht. Er muß verrückt geworden sein. Aber Sie suchen doch weiter nach den Särgen, ja?«

Einerseits machte er sich wegen Kenny fast in die Hose, andererseits interessierte er sich auffallend für die Särge. Sehr verdächtig.

»Ich kann es gerne weiter versuchen«, sagte ich. »Aber um ganz ehrlich zu sein, mache ich keine Fortschritte.«

Grandma war noch in dem Saal, wo Mackey aufgebahrt wurde. Sie hatte eine strategisch günstige Position neben Marjorie Boyer und Mrs. Mackey am Kopf des Sargs ergattert. Mrs. Mackey hatte einen Schwips und gab mit etwas schwerer Zunge pikante Episoden aus ihrem Leben zum besten. Während sie schwankend und gestikulierend erzählte, schwappte ihr immer wieder eine undefinierbare Flüssigkeit aus der Teetasse auf die Füße.

»Das mußt du sehen«, sagte Grandma zu mir. »Georges Sarg ist mit dunkelblauem Satin ausgeschlagen, weil Blau und Gold die Farben seiner Loge sind. Ist das nicht toll?«

»Heute abend kommen seine Logenbrüder«, sagte Mrs. Mackey. »Sie richten eine Gedenkfeier für ihn aus. Und sie haben einen Kranz geschickt... Er ist soooo groß!«

»Georges Ring ist ein echtes Prachtstück«, sagte Grandma.

Mrs. Mackey schüttete den Rest ihres »Tees« in sich hinein. »Das ist der Logenring. George wollte unbedingt damit begraben werden.«

Grandma beugte sich über den Sarg und berührte den Ring. »Hoppla.«

Keiner wagte zu fragen, was geschehen war.

Grandma richtete sich wieder auf. »Jetzt seht euch das an«, sagte sie und hielt etwas Wurstförmiges in die Höhe. »Sein Finger ist abgefallen.«

Mrs. Mackey sackte ohnmächtig zu Boden, während Marjorie Boyer schreiend davonrannte.

Ich wagte mich ein paar Schritte näher. »Bist du sicher?« fragte ich Grandma Mazur. »Wie konnte das passieren?«

»Ich habe bloß den Ring bewundert, und plötzlich hatte ich den Finger in der Hand«, sagte sie.

Gefolgt von Marjorie Boyer stürmte Spiro in den Saal. »Was haben Sie mit dem Finger gemacht?«

Grandma hielt den Finger hoch. »Ich habe ihn mir nur ein bißchen genauer angesehen, und schon ist er abgegangen.«

Spiro versuchte, Grandma den Finger aus der Hand zu reißen. »Das ist kein echter Finger. Das ist Wachs.«

»Ich hatte ihn plötzlich in der Hand«, sagte Grandma. »Sehen Sie doch selbst.« Wir starrten auf den Stummel an Georges Hand, wo eigentlich der Mittelfinger hätte sitzen müssen.

»Vor ein paar Tagen war ein Mann im Fernsehen, der behauptet hat, Außerirdische würden Menschen fangen und an ihnen Experimente durchführen«, sagte Grandma. »Könnte doch sein, daß hier auch so etwas passiert ist. Vielleicht haben die Außerirdischen Georges Finger. Oder sogar noch andere Körperteile. Sollen wir mal genauer nachsehen?«

Spiro klappte den Sargdeckel zu. »Wenn wir die Toten präparieren, kann schon mal ein kleines Mißgeschick passieren«, sagte er. »Dann müssen wir zu Hilfsmitteln greifen.«

Ein schrecklicher Gedanke befiel mich. Nein, sagte ich mir. Kenny Mancuso wäre zu so einer Tat nicht fähig. So etwas Widerwärtiges war ihm nicht zuzutrauen.

Spiro stieg über Mrs. Mackey hinweg und ging zur Sprechanlage neben der Tür. Ich folgte ihm und hörte, wie er Louie Moon bat, einen Krankenwagen zu rufen und etwas Modelliermasse in den Saal Nummer vier zu bringen.

»Wegen des Fingers...«, sagte ich zu Spiro.

»Wenn Sie etwas von Ihrem Job verstünden, säße er schon längst hinter Gittern«, sagte Spiro. »Ich weiß überhaupt nicht, warum ich Sie wegen der Särge engagiert habe, wenn Sie noch nicht mal in der Lage sind, Mancuso zu finden. Das kann doch nicht so schwer sein. Der Kerl muß völlig durchgedreht sein, wenn er hier Briefe hinterläßt und die Leichen verstümmelt.«

»Haben Sie die Polizei verständigt?«

»Machen Sie Witze? Ich kann nicht zur Polizei gehen. Die rennen doch sofort zu Con. Wenn der etwas davon erfährt, ist hier die Hölle los.«

»Ich bin zwar kein Jurist, aber es scheint mir doch, daß es Ihre Pflicht ist, Anzeige zu erstatten.«

»Schließlich habe ich es Ihnen gemeldet.«

»O nein, das können Sie sich abschminken, dafür übernehme ich keine Verantwortung.«

»Es wird doch wohl meine Sache sein, ob ich ein Verbrechen anzeige oder nicht«, sagte Spiro. »In keinem Gesetz steht geschrieben, daß ich der Polizei alles erzählen muß.«

Spiro sah über meine linke Schulter. Neugierig geworden drehte ich mich um und zuckte zusammen, als ich Louie Moon nur einige Zentimeter hinter mir stehen sah. Er war leicht zu identifizieren, weil sein Name in roten Buchstaben auf die Brust seines weißen Overalls gestickt war. Er war mittelgroß, von durchschnittlicher Statur und etwa dreißig Jahre alt. Er war blaß und hatte ausdruckslose, wäßrig blaue Augen. Sein blondes Haar begann bereits schütter zu werden. Er sah mich nur kurz an und gab Spiro die Modelliermasse.

»Uns ist jemand in Ohnmacht gefallen«, sagte Spiro zu ihm. »Würdest du den Rettungswagen zur Hintertür lotsen und die Sanitäter hierher schicken?«

Moon drehte sich schweigend um und ging. Er war die Ruhe in Person. Vielleicht brachte der Umgang mit Toten eine solche Ausgeglichenheit mit sich. Die Arbeit hatte sicher ihre friedlichen Seiten, wenn man sich erst einmal an die verschiedenen Körpersäfte gewöhnt hatte. Viel Ansprache hatte man wohl kaum, aber dafür einen niedrigen Blutdruck.

»Was ist mit Moon?« fragte ich Spiro. »Kam er an den Lagerschlüssel ran? Weiß er etwas von den Särgen?«

»Moon weiß gar nichts. Er hat den Intelligenzquotienten einer Eidechse.«

Schön gesagt für einen, der selbst so etwas Reptilienhaftes hatte.

»Gehen wir die Sache noch mal von Anfang an durch«, sagte ich. »Wann haben Sie den Brief erhalten?«

»Ich wollte vom Büro aus telefonieren und habe ihn bei der Gelegenheit auf meinem Schreibtisch gefunden. Das muß kurz vor zwölf gewesen sein.«

»Und der Finger? Wann haben Sie gemerkt, daß er ab war?«

»Bevor wir öffnen, mache ich immer einen kleinen Kontrollrundgang. Dabei fiel mir auf, daß Georges Finger fehlte, und ich habe die entsprechenden Reparaturen vorgenommen.«

»Das hätten Sie mir sagen sollen.«

»Eigentlich wollte ich es für mich behalten. Ich habe nicht gedacht, daß es jemals publik werden würde. Woher sollte ich wissen, daß mir Ihre Katastrophenoma einen Strich durch die Rechnung machen würde?«

»Wissen Sie, wie Kenny ins Haus gekommen ist?«

»Er muß einfach reinspaziert sein. Wenn ich abends gehe, schalte ich die Alarmanlage ein, und wenn ich morgens komme, schalte ich sie wieder aus. Tagsüber ist die Hintertür für Lieferanten geöffnet. Vorne kann man auch so gut wie jederzeit herein.«

Ich hatte den Haupteingang am Morgen mehrere Stunden beobachtet, und er war von niemand benutzt worden. Es war eine Blumenlieferung gekommen, das war aber auch schon alles. Allerdings hätte Kenny sich natürlich einschleichen können, bevor ich meinen Posten bezogen hatte.

»Sie haben nichts gehört?«

»Louie und ich haben den ganzen Vormittag in dem neuen Anbau gearbeitet. Die Lieferanten wissen, daß sie uns über die Sprechanlage rufen können, wenn sie uns brauchen.«

»Und wer war heute da?«

»Clara, die bei uns für die Frisuren zuständig ist. Sie ist so gegen halb zehn gekommen, um Mrs. Grasso die Haare zu richten. Sie ist ungefähr eine Stunde geblieben. Wenn Sie möchten, können Sie gern mit ihr reden. Aber bitte erzählen Sie ihr nichts. Sal Munoz hat Blumen gebracht. Ich habe die Lieferung selbst entgegengenommen, daher weiß ich, daß er Ihnen nicht weiterhelfen kann.«

»Vielleicht sollten Sie mal nachsehen, ob noch etwas fehlt.«

»Ich will gar nicht so genau wissen, was sonst noch weg ist.«

»Aber was will Kenny eigentlich von Ihnen? Was haben Sie, was er nicht hat?«

Spiro griff sich in den Schritt. »Er war schon immer ein bißchen unterentwickelt. Sie wissen schon.«

Ich bleckte die Zähne. »Das meinen Sie doch nicht ernst?«

»Man weiß nie, was für Motive die Leute haben. Solche Sachen können ganz schön an einem nagen.«

Ich holte Grandma Mazur ab. Mrs. Mackey war wieder auf den Beinen und wirkte recht munter. Marjorie Boyer war noch etwas grün im Gesicht, aber vielleicht lag es ja auch nur an der Beleuchtung.

Als wir auf den Parkplatz kamen, fiel mir auf, daß der Buick auf der einen Seite wegzusacken schien. Louie Moon stand selig lächelnd daneben, den Blick auf einen großen Schraubenzieher geheftet, der aus dem Reifen ragte. Genausogut hätte er dem Gras beim Wachsen zusehen können.

Großmutter ging in die Hocke. »Was für eine Schande, einem Buick so etwas anzutun.«

Man soll ja nicht gleich paranoid werden, aber ich glaubte keine Sekunde, daß die Attacke auf meinen Wagen ein Zufall war.

»Haben Sie gesehen, wer das getan hat?« fragte ich Louie.

Er schüttelte den Kopf. »Ich bin gerade rausgekommen, um auf den Krankenwagen zu warten.« Seine Stimme war ebenso ausdruckslos wie sein Blick.

»Und sonst war niemand auf dem Parkplatz? Haben Sie ein Auto wegfahren sehen?«

»Nein.«

Ich gönnte mir einen Seufzer und ging wieder ins Haus, um den Pannendienst anzurufen. Als ich nach Kleingeld für den Münzautomaten in der Eingangshalle suchte, mußte ich feststellen, daß meine Hand zitterte. Dabei war es doch bloß ein platter Reifen. Keine große Sache. Bloß ein Auto, ein altes Auto.

Ich ließ Grandma Mazur von meinem Vater abholen. Während ich wartete, daß der Reifen gewechselt wurde, versuchte ich mir vorzustellen, wie sich Kenny in das Bestattungsinstitut eingeschlichen und Spiro den Brief auf den Schreibtisch gelegt hatte. Ungesehen durch die Hintertür zu kommen wäre ein Klacks gewesen. Einen Finger abzuschneiden, war schon schwieriger. Das dauerte seine Zeit.

- 8 -

Durch den Hintereingang des Bestattungsinstituts gelangte man in einen kurzen Korridor, von dem Türen zum Keller, zur Küche und zum Büro abgingen und der in die Eingangshalle mündete. Zwischen Büro und Keller ging es durch eine Glastür auf die asphaltierte Garagenzufahrt hinaus. Durch diese Tür traten die Verstorbenen ihre letzte Reise an.

Als Con Stiva vor zwei Jahren einen Innenarchitekten mit der Verschönerung des Instituts beauftragt hatte, hatte dieser sich bei der farblichen Gestaltung für Malve und Limone entschieden und die Wände mit idyllischen Landschaftsgemälden geschmückt. Sämtliche Räume wurden mit dicken Teppichböden ausgelegt, bis nichts mehr knarrte oder knackte. Und nun trieb Kenny auf leisen Sohlen sein Unwesen in diesem Haus.

Im Korridor stieß ich auf Spiro. »Ich muß mehr über Kenny erfahren«, sagte ich. »Wo würde er sich verstecken? Wer würde ihm helfen? An wen könnte er sich wenden?«

»Die Morellis und Mancusos sind Familienmenschen. Wenn von denen einer den Löffel abgibt, könnte man meinen, die ganze Sippe wäre gestorben, so wie die uns hier in ihren häßlichen schwarzen Klamotten die Bude vollheulen. Ich schätze, Kenny hat sich irgendwo auf einem Mancusoschen Dachboden verkrochen.« Davon war ich nicht unbedingt überzeugt. Wenn dem so gewesen wäre, hätte Morelli es inzwischen längst herausbekommen. Die Mancusos und Morellis waren nicht gerade berühmt dafür, daß sie Geheimnisse für sich behalten konnten.

»Und wenn er nicht auf einem Mancusoschen Dachboden hockt?«

Spiro zuckte mit den Schultern. »Er ist oft nach Atlantic City gefahren.«

»Hat er außer Julia Cenetta noch andere Freundinnen?«

»Sie können ja mal das Telefonbuch durchgehen.«

»So viele, hm?«

Draußen mußte ich mich noch etwas in Geduld fassen, bis mein alter Bekannter Al, der Automechaniker, den Reifen gewechselt hatte. Aber schließlich wischte er sich doch noch die Hände am Overall ab und gab mir die Rechnung.

»Hatten Sie nicht einen Jeep, als ich Ihnen das letzte Mal einen neuen Reifen montiert habe?«

»Der Jeep wurde geklaut.«

»Haben Sie sich schon mal überlegt, auf öffentliche Verkehrsmittel umzusteigen?«

»Wo ist der Schraubenzieher abgeblieben?«

»Im Kofferraum. Vielleicht können Sie ihn irgendwann gebrauchen.«

Bis zum Salon Clara war es nicht weit, nur drei Straßen weiter die Hamilton hinunter. Als ich eine Parklücke für den Buick entdeckte, biß ich die Zähne zusammen, hielt den Atem an und setzte mit Karacho rückwärts hinein. Je schneller ich die Prozedur hinter mich brachte, desto besser. Daß es ein bißchen knapp geworden war, wußte ich, als es hinter mir schepperte.

Ich stieg unauffällig aus und besah mir den Schaden. Dem Buick war nichts passiert. Der andere Wagen hatte einen kaputten Scheinwerfer. Nachdem ich einen Zettel mit meinem Namen und meiner Versicherung hinter den Scheibenwischer geklemmt hatte, steuerte ich den Salon Clara an.

In diesem Teil der Stadt drehte sich fast das ganze Leben um Kneipen, Bestattungsinstitute, Bäckereien und Frisiersalons, wobei letztere eine besonders wichtige Rolle spielten, da unser Viertel aufgrund einer Zeitschleife in den fünfziger Jahren steckengeblieben war. Dies hatte zur Folge, daß die Mädchen schon in sehr jungen Jahren anfingen, sich nur noch für Frisuren zu interessieren. Ehe sie etwas mit Jungen unternahmen, verbrachten sie lieber jede freie Minute damit, ihre Barbiepuppen zu frisieren. Barbie setzte die Maßstäbe, an denen sich alles orientierte. Lange schwarze Wimpern, stahlblauer Lidschatten, vorstehender Spitzbusen und eine platinblonde Haarpracht. Das war es, wonach jede Frau strebte. Barbie zeigte uns sogar, wie wir uns kleiden sollten. Enge Glitzerkleider, knappe Shorts, die eine oder andere Federboa und natürlich Stöckelschuhe zu jeder Gelegenheit. Dabei hätte Barbie heutzutage noch einiges mehr zu bieten gehabt, aber die Mädchen aus meinem alten Viertel fielen nicht so leicht auf eine Yuppie-Barbie herein. Sie wollten nichts wissen von sportlich elegantem Schick oder von Kostümen für die erfolgreiche Karrierefrau. Sie wollten aussehen wie Filmstars.

Meiner Meinung nach hinkte unser Viertel der Entwicklung inzwischen so weit hinterher, daß wir den Rest des Landes schon wieder überholt hatten. Wir hatten uns gar nicht erst lange damit abgegeben, Geschlechterrollen in Frage zu stellen. Bei uns konnte jeder Mensch so sein, wie er wollte. Bei uns hatte es noch nie einen Kampf Mann gegen Frau gegeben. Bei uns hieß es von jeher Schwach gegen Stark.

Schon als kleines Mädchen hatte mir Clara die Haare geschnitten. Sie frisierte mich für die Erstkommunion und den High-School-Abschlußball. Inzwischen ließ ich mir die Haare in der Stadt bei Mr. Alexander schneiden, aber ab und zu schaute ich immer noch bei Clara vorbei, um mir die Nägel maniküren zu lassen.

Der Salon war in einem umgebauten Einfamilienhaus untergebracht. Die Zwischenwände waren entfernt worden, so daß ein einziger großer Raum mit abgetrennter Toilette entstanden war. Vorn gab es einen Wartebereich mit Stahlrohrstühlen, wo man sich die Zeit mit zerfledderten Illustrierten vertrieb oder sich in Fachzeitschriften Frisuren ansah, die kein Mensch kopieren konnte. Dann folgten die Waschbecken, den Frisierstühlen genau gegenüber. Unmittelbar vor der Toilette lag der kleine Manikürebereich. An den Wänden hingen Poster, auf denen noch mehr exotische, utopische Frisuren abgebildet waren.

Als ich hereinkam, drehten sich die Köpfe unter den Trockenhauben wie auf Kommando in meine Richtung.

Unter der dritten Haube von hinten saß meine Erzfeindin, Joyce Barnhardt. Im zweiten Schuljahr hatte Joyce Barnhardt mir einen Becher Wasser auf den Stuhl geschüttet und behauptet, ich hätte in die Hose gemacht. Zwanzig Jahre später hatte ich sie in flagranti auf meinem Eßtisch erwischt, rittlings auf meinem Ehemann hockend.

»Tag, Joyce«, sagte ich. »Lange nicht gesehen.«

»Hallo, Stephanie. Wie geht es dir?«

»Gut.«

»Es heißt, du hättest deinen Job als Schlüpferverkäuferin verloren.«

»Ich habe keine Schlüpfer verkauft.« So eine miese Ratte. »Ich war Dessouseinkäuferin bei E. E. Martin, bis die Firma von Baldicott übernommen wurde.«

»Du standest mit deiner Unterwäsche ja schon immer auf Kriegsfuß. Weißt du noch, wie du dir im zweiten Schuljahr in die Hose gepinkelt hast?«

Hätte ich eine Blutdruckmanschette getragen, wäre sie mir vom Arm geplatzt. Ich klappte die Trockenhaube nach hinten und rückte Joyce so dicht auf den Leib, daß sich unsere Nasen fast berührten. »Weißt du, was ich inzwischen beruflich mache, Joyce? Ich bin Kopfgeldjägerin, und ich bin bewaffnet, also reiz mich lieber nicht.«

»In New Jersey ist doch jedes Kleinkind bewaffnet«, sagte Joyce. Sie griff in ihre Handtasche und holte eine 9 mm Beretta heraus.

Peinlich, peinlich. Erstens hatte ich meine Waffe überhaupt nicht dabei, und zweitens war sie mickriger als die von Joyce.

Nun meldete sich Bertie Greenstein zu Wort, die neben Joyce unter der Haube saß. »Ich stehe mehr auf Fünfundvierziger«, sagte sie und kramte einen Colt aus ihrer Einkaufstasche.

»Bei denen ist mir der Rückstoß zu stark«, rief Betty Kuchta von der anderen Seite des Raums herüber. »Und sie nehmen in der Tasche zuviel Platz weg. Ein Achtunddreißiger ist besser.«

»Stimmt«, sagte Clara. »Früher hatte ich auch einen Fünfundvierziger, aber der war so schwer, daß ich von dem ständigen

Herumschleppen eine Schleimbeutelentzündung gekriegt habe. Deshalb hat mir der Arzt geraten, auf eine leichtere Knarre umzusteigen. Außerdem nehme ich meistens noch Tränengas mit.«

Bis auf die alte Mrs. Rizzoli, die gerade eine Dauerwelle bekam, waren alle Frauen zur Verteidigung mit Tränengas ausgerüstet.

Betty Kuchta schwenkte einen Elektroschocker. »Diese Dinger sind auch nicht von Pappe.«

»Kinderspielzeug«, sagte Joyce und zückte einen Taser.

Den Taser konnte keine mehr überbieten.

»Na, was darf's denn sein?« fragte mich Clara. »Eine Maniküre? Übrigens haben wir gerade einen neuen Nagellack reinbekommen. Mango-Magie heißt er.«

Eigentlich hatte ich nicht vorgehabt, mir die Nägel lackieren zu lassen, aber Mango-Magie klang einfach unwiderstehlich. »Das hört sich ausgesprochen appetitlich an«, sagte ich. Ich hängte Jacke und Tasche über einen Stuhl, setzte mich an das Maniküretischchen und tauchte die Finger in die Einweichschale.

»Und? Hinter wem sind Sie diesmal her?« wollte Mrs. Rizzoli wissen. »Man munkelt, Sie hätten es auf Kenny Mancuso abgesehen.«

»Wissen Sie vielleicht, wo er ist?«

»Ich nicht«, sagte Mrs. Rizzoli. »Aber Kathryn Freeman hat ihn angeblich um zwei Uhr morgens bei der kleinen Zaremba aus dem Haus kommen sehen.«

»Das war nicht Kenny Mancuso«, sagte Clara. »Das war Mooch Morelli. Ich weiß es von Kathryn persönlich. Sie wohnt nämlich bei mir gegenüber. Sie mußte um die Zeit noch einmal mit ihrem Hund raus. Der hatte Durchfall, weil er Hühnerknochen gefressen hatte. Ich habe ihr schon so oft gesagt, daß sie dem Hund keine Hühnerknochen geben soll, aber die Frau hört einfach nicht auf mich.«

»Mooch Morelli!« sagte Mrs. Rizzoli. »Nicht zu fassen. Weiß seine Frau etwas davon?«

Joyce kippte ihre Trockenhaube wieder nach vorn. »Sie soll schon die Scheidung eingereicht haben.«

Alle Frauen vertieften sich wieder in ihre Illustrierten, weil es ihnen bei dem Thema allmählich mulmig wurde mit Joyce und mir in einem Raum. Schließlich wußte das ganze Viertel, wer mit wem auf meinem Eßtisch erwischt worden war, und niemand wollte das Risiko eingehen, mit Lockenwicklern auf dem Kopf in eine Schießerei zu geraten.

»Und was ist mit Ihnen?« fragte ich Clara, die hingebungsvoll an meinen Fingernägeln feilte. »Haben Sie vielleicht etwas von Kenny gesehen?«

Sie schüttelte den Kopf. »Schon lange nicht mehr.«

»Jemand will beobachtet haben, daß er heute morgen bei Stiva rumgeschlichen ist.«

Clara riß den Kopf hoch. »Heilige Mutter Gottes. Ich war heute morgen selbst bei Stiva.«

»Haben Sie etwas Verdächtiges gesehen oder gehört?«

»Nein. Da muß ich wohl schon wieder weg gewesen sein. Aber eigentlich wundert es mich gar nicht. Kenny und Spiro waren schon immer dicke Freunde.«

Betty Kuchta streckte ihren Kopf unter der Trockenhaube hervor. »Er ist nicht ganz richtig im Oberstübchen.« Sie tippte sich an die Stirn. »Er war mit meiner Gail in einer Klasse. Die Lehrer in der Schule hatten Angst, ihm den Rücken zuzudrehen.«

Mrs. Rizzoli nickte. »Ein verdorbenes Früchtchen. Ein ganz brutaler Kerl, genau wie sein Onkel Guido.«

»Nehmen Sie sich bloß in acht vor ihm«, sagte Mrs. Kuchta

zu mir. »Ist Ihnen schon mal sein kleiner Finger aufgefallen? Als Zehnjähriger hat Kenny sich mit dem Beil seines Vaters die Fingerkuppe abgeschlagen. Er wollte ausprobieren, ob es weh tut.«

»Die Geschichte mit dem Finger hat mir Adele Baggionne auch erzählt«, sagte Mrs. Rizzoli. »Sie hat aus dem Fenster gesehen und sich gewundert, was Kenny wohl im Garten mit der Axt vorhatte. Da hat er auch schon die Hand auf den Holzklotz gelegt und sich ein Stück vom Finger abgehackt. Er hat nicht geweint. Er hat bloß gelächelt und sich die Wunde angesehen. Adele sagt, er wäre verblutet, wenn sie keinen Rettungswagen gerufen hätte.«

Es war kurz vor fünf, als ich den Salon Clara verließ. Je mehr ich über Kenny und Spiro erfuhr, desto mehr grauste es mir vor ihnen. Anfangs hatte ich Kenny nur für einen Klugscheißer gehalten, doch nun entpuppte er sich immer mehr als ein gefährlicher Irrer. Und Spiro machte auch keinen wesentlich sympathischeren Eindruck.

Auf der Heimfahrt wurde meine Stimmung von Minute zu Minute düsterer. Mir war so mulmig zumute, daß ich mich mit dem Tränengas bewaffnete, bevor ich die Wohnungstür aufschloß. Nachdem ich Licht gemacht hatte, mußte ich mich zuerst gründlich überzeugen, daß alles in Ordnung war, bevor ich mich wieder etwas beruhigte. Es war eine Nachricht auf dem Anrufbeantworter.

Eine Nachricht von meiner Freundin Mary Lou. »Was ist los? Hast du eine Affäre mit Kevin Costner, oder warum meldest du dich überhaupt nicht mehr?«

Ich zog mir schnell die Jacke aus, dann rief ich sie an. »Ich war in der letzten Zeit ganz schön im Streß«, sagte ich. »Aber nicht wegen Kevin Costner.«

»Weswegen denn dann?« fragte sie.

»Unter anderem wegen Joe Morelli.«

»Ich werd verrückt.«

»Nicht so, wie du denkst. Ich suche seit Tagen nach Kenny Mancuso, aber ich komme einfach nicht weiter.«

»Du hörst dich deprimiert an. Geh, und laß dir die Nägel machen.«

»Habe ich schon probiert, aber es nützt nichts.«

»Dann hilft nur noch eines.«

»Einkaufen?«

»Erraten«, sagte Mary Lou. »Wir treffen uns um sieben im Einkaufszentrum. In der Schuhabteilung bei Macy's.«

Mary Lou war bereits von Schuhen umringt, als ich eintraf.

»Wie findest du die?« In hochhackigen schwarzen Stiefeletten drehte sie eine Pirouette vor mir.

Mary Lou war ein kleines Kraftpaket, knapp einen Meter sechzig groß und stabil gebaut. Sie hatte eine Löwenmähne, die in dieser Woche rot gefärbt war, stand auf große Kreolen-Ohrringe und feucht geschminkte Lippen. Sie war seit sechs Jahren glücklich verheiratet und hatte zwei Kinder. Obwohl ich ihre Sprößlinge gut leiden konnte, war ich mit meinem Hamster vollauf zufrieden. Hamsterbesitzer brauchen keinen Windeleimer.

»Die kommen mir irgendwie bekannt vor«, antwortete ich. »Trägt so etwas nicht die böse Hexe im Märchen?«

»Gefallen sie dir nicht?«

»Sollen sie für einen besonderen Anlaß sein?«

»Für Silvester.«

»Sag bloß, du willst ohne Pailletten gehen?«

»Such dir doch auch was aus«, sagte sie. »Irgend etwas Schickes.«

»Ich brauche keine neuen Schuhe. Ich brauche ein Nachtsichtgerät. Meinst du, man kann hier irgendwo eines kaufen?«

»Ich glaub, ich werd nicht mehr«, sagte Mary Lou. Sie hielt mir ein Paar violette Plateausohlenpumps aus Wildleder hin. »Sieh dir bloß mal diese Schuhe an. Sie sind wie für dich gemacht.«

»Ich habe kein Geld für so was. Ich bin ziemlich pleite.«

»Dann klauen wir sie eben.«

»So etwas mache ich nicht mehr.«

»Seit wann denn das?«

»Schon ewig nicht mehr. Außerdem habe ich nie etwas so Großes mitgehen lassen. Nur einmal haben wir bei Sal Kaugummi geklaut, weil wir Sal nicht leiden konnten.«

»Und wie war das mit der Jacke von der Heilsarmee?«

»Sie gehörte mir schließlich!« Als ich vierzehn war, hatte meine Mutter meine liebste Jeansjacke der Heilsarmee gegeben. Mary Lou und ich hatten sie wieder zurückgeholt. Zu Hause sagte ich, ich hätte sie gekauft, aber wir hatten sie im Heilsarmeeladen geklaut.

»Du könntest sie wenigstens anprobieren«, sagte Mary Lou. Sie angelte sich einen Verkäufer. »Wir hätten dieses Paar gern in Siebeneinhalb.«

»Ich will keine neuen Schuhe«, sagte ich. »Ich brauche eine neue Knarre. Joyce Barnhardt hat eine größere Waffe als ich.«

»Aha! Jetzt verstehe ich, was mit dir los ist.«

Ich setzte mich hin und zog die Doc Martens aus. »Ich habe sie heute bei Clara getroffen. Ich hätte sie fast erwürgt.«

»Du solltest ihr lieber dankbar sein. Dein Exmann war ein Vollidiot.«

»Aber sie ist so ein fieses Stück.«

»Sie arbeitet übrigens hier. In der Kosmetikabteilung. Ich habe sie vorhin gesehen. Sie hatte eine Kundin, die so aussah, als ob sie aus einem Gruselfilm entsprungen wäre.«

Der Verkäufer brachte mir die Schuhe, und ich schlüpfte hinein.

»Sind sie nicht wunderbar?« fragte Mary Lou.

»Nicht übel, aber ich kann doch nicht in solchen Schuhen auf einen Menschen schießen.«

»Du hast doch sowieso noch nie auf jemanden geschossen. Oder doch? Na gut, das eine Mal vielleicht.«

»Meinst du, Joyce Barnhardt besitzt lila Schuhe?«

»Zufälligerweise weiß ich, daß Joyce Barnhardt Größe zehn hat. Mit den Füßen würde sie darin wie ein Trampeltier aussehen.«

Ich ging ein paar Schritte und betrachtete mich im Spiegel. »Jetzt kannst du platzen vor Neid, Joyce Barnhardt.«

Als ich mich umdrehte, um die Schuhe auch von hinten zu bewundern, stieß ich mit Kenny Mancuso zusammen.

Er packte meine Arme mit eisernem Griff und riß mich an sich. »Na, überrascht? Mit mir hast du wohl nicht gerechnet, was?«

Ich war sprachlos.

»Du bist eine echte Landplage«, sagte er. »Meinst du, ich hätte nicht gesehen, wie du bei Julia vor dem Haus durchs Gebüsch gepirscht bist? Meinst du etwa, ich weiß nicht, daß du ihr erzählt hast, ich hätte ein Verhältnis mit Denise Barkolowski?« Er schüttelte mich so heftig, daß meine Zähne klapperten. »Und jetzt machst du mit Spiro gemeinsame Sache, was? Ihr haltet euch wohl für wahnsinnig clever.«

»Lassen Sie sich lieber von mir festnehmen. Sonst schickt Vinnie Ihnen vielleicht einen anderen Kopfgeldjäger hinterher, der nicht so zahm ist wie ich.«

»Weißt du denn nicht, daß ich etwas Besonderes bin? Ich spüre keine Schmerzen. Wahrscheinlich bin ich sogar unsterblich.«

Der Typ hatte wirklich eine Meise.

Plötzlich hielt Kenny ein Messer in der Hand. »Wie viele

Warnungen muß ich dir eigentlich noch schicken, bevor du auf mich hörst?« fragte er. »Muß ich dir erst ein Ohr abschneiden, damit du kapierst?«

»Sie können mir keine Angst machen. Sie sind ein Feigling. Sie trauen sich ja nicht mal, vor einen Richter zu treten.« Den Spruch hatte ich mit einigem Erfolg schon öfter bei widerspenstigen Kautionsflüchtlingen angewandt.

»Aber natürlich jage ich dir Angst ein«, sagte Kenny. »Ich bin ja auch ein gefährlicher Typ.« Das Messer blitzte auf und stach mir ein Loch in den Ärmel. »Jetzt kommt dein Ohr dran.«

Da meine Tasche mit der gesamten Kopfgeldjägerausrüstung neben Mary Lou auf dem Stuhl lag, tat ich das, was jede andere intelligente und unbewaffnete Frau in meiner Lage ebenfalls getan hätte. Ich brüllte lauthals los. Kenny erschrak. Er verriß das Messer, und ich büßte lediglich ein paar Haare ein. Mein Ohr blieb mir erhalten.

»Aufhören«, sagte Kenny. »Das ist ja peinlich, das Gekreische.« Er schubste mich in ein Schuhregal, sprang tänzelnd zurück und verschwand.

Ich rappelte mich hoch und nahm die Verfolgung auf. Angetrieben von einer Überdosis Adrenalin und einem Mangel an gesundem Menschenverstand, bahnte ich mir den Weg durch Lederwaren und Kinderbekleidung. Mary Lou und der Schuhverkäufer waren dicht hinter mir. Kenny und die Plateausohlen lautstark verfluchend, prallte ich an der Kosmetiktheke mit einer alten Dame zusammen und hätte sie um ein Haar zu Fall gebracht.

»Verdammt!« schrie ich. »Entschuldigung.«

»Weiter!« rief Mary Lou aus der Kinderabteilung. »Fang den Saukerl!«

Kaum hatte ich mich von der alten Dame losgemacht, als ich auch schon mit den nächsten beiden Frauen zusammenstieß.

Eine davon war Joyce Barnhardt in ihrem Kosmetikerinnenkittel. Wir gingen zu Boden, ein knurrendes, tobendes Menschenknäuel.

Als sich Mary Lou und der Schuhverkäufer beherzt ins Getümmel stürzten, um uns zu trennen, bekam Joyce von meiner besten Freundin einen gut gezielten Tritt in die Kniekehle verpaßt. Während sie sich laut heulend vor Schmerzen krümmte, half mir der Schuhverkäufer rasch auf die Beine.

Ich sah mich nach Kenny um, aber der war natürlich längst über alle Berge.

»Du großer Gott«, sagte Mary Lou. »War das Kenny Mancuso?«

Ich nickte und schnappte keuchend nach Luft.

»Was wollte der denn?«

»Ein Rendezvous. Weil er die Schuhe so schick findet.«

Mary Lou schnaubte.

Der Schuhverkäufer lächelte. »Wenn Sie gerade Turnschuhe anprobiert hätten, wäre er Ihnen bestimmt nicht entwischt.«

Ehrlich gesagt, hatte ich keine genaue Vorstellung davon, was ich getan hätte, wenn mir Kenny nicht durch die Lappen gegangen wäre. Er hatte ein Messer, und ich hatte bloß geile Schuhe.

»Ich rufe meinen Anwalt an«, sagte Joyce, während sie sich hochrappelte. »Du hast mich tätlich angegriffen! Ich verklage dich, daß dir Hören und Sehen vergeht.«

»Es war ein Unfall«, antwortete ich. »Ich habe Kenny verfolgt, und du bist mir in die Quere gekommen.«

»Wir sind hier in der Kosmetikabteilung«, schrie Joyce. »Du kannst dich doch nicht wie eine Wahnsinnige aufführen und zivilisierte Menschen durch die Kosmetikabteilung jagen.«

»Wieso wie eine Wahnsinnige? Ich habe nur meine Arbeit getan.«

»Du hast dich wie eine Wahnsinnige aufgeführt«, sagte Joyce. »Du bist nicht ganz normal. Du und deine Großmutter, ihr habt doch einen Sprung in der Schüssel.«

»Na, wenigstens bin ich kein Flittchen.«

Joyce riß die Augen so weit auf, daß sie ihr fast aus dem Kopf sprangen. »Wer ist hier ein Flittchen?«

»Du.« Ich reckte mich ihr in meinen lila Pumps entgegen. »Du bist das Flittchen.«

»Wenn ich ein Flittchen bin, bist du eine Pennerin.«

»Und du bist eine Lügnerin und Betrügerin.«

»Schlampe.«

»Nutte.«

»Also, wie sieht es aus?« sagte Mary Lou zu mir. »Kaufst du jetzt die Schuhe oder nicht?«

Die Überzeugung, mit den Pumps die richtige Entscheidung getroffen zu haben, hielt nicht ganz bis zu Hause vor. Sicher, es waren sagenhafte Schuhe, aber sie waren lila. Was sollte ich mit lila Schuhen anfangen? Nun würde ich mir ein lila Kleid kaufen müssen. Und neues Make-up. Zu einem lila Kleid konnte man schließlich nicht jedes Make-up tragen. Also brauchte ich auf jeden Fall einen neuen Lippenstift und neuen Eyeliner.

Ich stellte meine Tasche und den Schuhkarton in die Küche und fuhr erschreckt zusammen, als das Telefon klingelte. Für einen Tag hatte ich genug Aufregungen erlebt. Ich war überreizt.

»Na, wie ist es?« fragte der Anrufer. »Fürchtest du dich jetzt? Nimmst du mich jetzt ernst?«

Mein Herzschlag setzte aus. »Kenny?«

»Hast du meine Nachricht gekriegt?«

»Was für eine Nachricht?«

»Ich habe dir was in die Jackentasche gesteckt. Eine Nachricht für dich und deinen Freund Spiro.«

»Wo sind Sie?«

Es klickte in der Leitung. Kenny hatte aufgelegt.

Scheiße.

Ich steckte die Hand in die Jackentasche und holte alles heraus, was ich fand... gebrauchte Taschentücher, einen Lippenstift, einen Vierteldollar, eine Snickers-Verpackung, einen abgeschnittenen Finger. »*Igitt*!«

Ich schmiß den gesamten Krempel auf den Boden. »Scheiße, verdammte Scheiße!« Ich stolperte ins Badezimmer und hängte mich mit dem Kopf über die Kloschüssel. Nach einigen Minuten ergebnislosen Wartens kam ich wieder hoch. Es tat mir fast leid, weil ich zu gern die Riesenportion Eis mit heißer Karamelsoße wieder losgeworden wäre, die ich mir mit Mary Lou reingezogen hatte.

Nachdem ich mir ausgiebig die Hände gewaschen hatte, schlich ich vorsichtig wieder in die Küche. Der Finger lag auf dem Fußboden. Er machte einen ziemlich balsamierten Eindruck. Ich nahm mir das Telefon, wich so weit wie möglich vor dem sterblichen Überrest zurück und rief Morelli an.

»Du mußt herkommen«, sagte ich.

»Ist etwas passiert?«

»DU MUSST SOFORT KOMMEN!«

Zehn Minuten später ging die Fahrstuhltür auf.

»Hm«, sagte Morelli. »Daß du im Hausflur auf mich wartest, ist wohl kein gutes Zeichen.« Er warf einen Blick auf meine Tür. »Du hast nicht zufälligerweise eine Leiche da drin, oder?«

»Nicht ganz.«

»Könntest du dich etwas genauer ausdrücken?«

»Ich habe einen toten Finger auf dem Küchenfußboden liegen.«

»Sonst noch etwas? Hängt der Finger beispielsweise an einer Hand oder einem Arm?«

»Es ist bloß ein Finger. Ich glaube, er gehörte George Mackey.«

»Du hast ihn erkannt?«

»Nein. Aber George hat einen zuwenig. Wenn Mrs. Mackey nicht soviel von seiner Loge und dem Ring geschwärmt hätte, mit dem er unbedingt begraben werden wollte, hätte Grandma Mazur ihm nie den Finger abgebrochen. Der war aber nur aus Wachs. Irgendwie muß Kenny heute morgen in das Bestattungsinstitut eingedrungen sein. Er hat Spiro eine Nachricht hinterlassen und George den Finger abgehackt. Und als ich vorhin mit Mary Lou einkaufen war, hat Kenny mich in der Schuhabteilung bedroht. Dabei muß er mir den Finger in die Tasche gesteckt haben.«

»Hast du getrunken?«

Ich sah ihn empört an und zeigte mit ausgestrecktem Arm zur Küche.

Morelli schob sich an mir vorbei, stemmte die Hände in die Hüften und starrte auf den Küchenfußboden. »Du hast recht. Es ist tatsächlich ein Finger.«

»Als ich nach Hause kam, hat das Telefon geklingelt. Es war Kenny, der mir sagen wollte, daß er mir eine Nachricht in die Jackentasche gesteckt hatte.«

»Und die Nachricht war der Finger?«

»Genau.«

»Wie kommt er auf den Fußboden?«

»Er wird mir wohl aus der Hand gefallen sein, als ich ins Badezimmer gelaufen bin, weil mir schlecht geworden ist.«

Morelli hob den Finger mit einem Küchentuch auf. Er packte ihn in einen Plastikbeutel, den er oben zuband und einsteckte. Dann lehnte er sich an den Küchenschrank und verschränkte die Arme vor der Brust. »Fang noch einmal ganz von vorne an.«

Bis auf den Zwischenfall mit Joyce Barnhardt erzählte ich ihm alles. Ich berichtete ihm von dem Brief mit den silbernen Klebebuchstaben, von dem silbernen K an meiner Schlafzimmerwand und von dem Schraubenzieher im Weißwandreifen, lauter Aufmerksamkeiten, die ich wahrscheinlich Kenny verdankte.

Als ich fertig war, schwieg Morelli erst einmal eine Weile. Dann wollte er wissen, ob ich die Schuhe gekauft hatte.

»Ja«, sagte ich.

»Zeig her.«

Ich ließ mich nicht lange bitten.

»Sehr sexy«, sagte er. »Mir wird schon ganz anders.«

Schnell verstaute ich die Schuhe wieder im Karton. »Kannst du dir vorstellen, was Kenny damit meint, daß Spiro etwas hat, was ihm gehört?«

»Nein. Du?«

»Nein.«

»Würdest du es mir sagen, wenn du eine konkrete Vermutung hättest?«

»Vielleicht.«

Morelli machte den Kühlschrank auf, aber er fand nichts außer leeren Fächern. »Du hast kein Bier im Haus.«

»Ich mußte mich zwischen Lebensmitteln und den Schuhen entscheiden.«

»Du hast dich richtig entschieden.«

»Wetten, daß es um die gestohlenen Waffen geht? Spiro steckt garantiert mit drin. Vielleicht mußte Moogey deshalb sterben. Möglicherweise wußte er, daß Spiro und Kenny bei dem Waffenraub gemeinsame Sache gemacht haben. Oder sie haben das Ding zu dritt gedreht, und Moogey hat hinterher kalte Füße gekriegt.«

»Ich finde, du könntest dich ruhig ein bißchen näher mit Spiro anfreunden«, sagte Morelli. »Geht mal zusammen ins Kino. Haltet Händchen.«

»Igitt! Was für eine eklige Idee!«

»Aber ich würde an deiner Stelle nicht in den neuen Schuhen mit ihm ausgehen. Sonst gerät er am Ende noch völlig aus dem Häuschen. Die Schuhe reservierst du besser für mich, und dazu ziehst du ein aufreizendes Kleid an – und Strapse. Dazu gehören eindeutig Strapse.«

Wenn ich das nächste Mal einen Finger in der Jackentasche fand, würde ich ihn im Klo versenken. »Es gefällt mir gar nicht, daß wir Kenny nirgendwo aufspüren können, während er mich nach Lust und Laune verfolgt.«

»Wie sah er aus? Hatte er einen Bart? Gefärbte Haare?«

»Mir ist nichts Besonderes aufgefallen. Er sah jedenfalls nicht so aus, als ob er in finsteren Verstecken hausen müßte. Er war gewaschen und frisch rasiert, und er machte auch keinen hungrigen Eindruck. Er hatte saubere Klamotten an. Er schien mir bloß ein kleines bißchen... angesäuert zu sein. Er meinte, ich wäre eine Landplage.«

»Wer? Du? Eine Landplage? Wie kommt er bloß auf die Idee?«

»Auf jeden Fall lebt er nicht von der Hand in den Mund. Wenn er die Waffen verkauft, müßte er doch auch Geld haben. Vielleicht wohnt er außerhalb der Stadt in einem Motel. In New Brunswick zum Beispiel oder Atlantic City.«

»In Atlantic City wird steckbrieflich nach ihm gefahndet. Aber es ist nichts dabei herausgekommen. Bis heute war die Spur eiskalt. Daß er dich jetzt plötzlich auf dem Kieker hat, ist die beste Nachricht der Woche. Ich muß mich jetzt bloß hinter dich klemmen und abwarten, bis er wieder zuschlägt.«

»Toll. Ich spiele wahnsinnig gern den Köder für einen blutrünstigen Leichenverstümmler.«

»Keine Sorge. Ich paß schon auf dich auf.«

Ich schnitt eine Grimasse.

»Nun gut.« Morelli hatte seinen sachlichen Polizistenton angeschlagen. »Vergessen wir jetzt mal das Geflachse. Wir müssen uns ernsthaft unterhalten. Ich weiß, wie über die Morelli- und Mancuso-Männer geredet wird. Daß wir Penner, Säufer und Frauenhelden sind. Ich gebe auch gern zu, daß da einiges dran ist. Aber leider machen solche Pauschalverurteilungen den wenigen positiven Ausnahmen wie mir das Leben schwer.«

Ich schnaubte verächtlich.

»Dafür kommt ein Typ wie Kenny, dem man überall sonst auf der Welt das Etikett Soziopath verpassen würde, mit diesem Vorurteil noch viel zu gut weg. Als Kenny acht Jahre alt war, hat er seinen Hund angezündet, ohne auch nur das kleinste bißchen Reue zu zeigen. Er ist ein berechnender Charakter. Er interessiert sich nur für sich selbst. Er hat keine Angst, weil er keine Schmerzen kennt. Und dumm ist er auch nicht.«

»Stimmt es, daß er sich ein Stück vom Finger abgehackt hat?«

»Ja. Die Geschichte ist wahr. Wenn ich gewußt hätte, daß er dich bedroht, hätte ich einiges anders gemacht.«

»Was denn zum Beispiel?«

Morelli antwortete nicht gleich. »Erstens hätte ich dir den Soziopathenvortrag früher gehalten. Und zweitens hätte ich dafür gesorgt, daß du dich in einer Wohnung mit kaputtem Türschloß nicht hinter einer Gläserpyramide hättest verbarrikadieren müssen.«

»Bis vorhin wußte ich ja selbst nicht genau, wer es auf mich abgesehen hat.«

»Von heute an steckst du das Tränengas nicht mehr in die Handtasche, sondern trägst es am Gürtel.«

»Wenigstens wissen wir jetzt, daß Kenny noch im Lande ist. Vermutlich denkt er gar nicht daran, sich abzusetzen, solange er von Spiro noch etwas zu kriegen hat.«

»Hat Spiro sehr entsetzt auf den Finger reagiert?«

»Auf mich wirkte er eher verärgert. Als ob ihm die Sache gar nicht in den Kram paßte. Er hat Angst, daß Con etwas davon erfährt. Spiro hat nämlich große Pläne. Er will den Laden übernehmen und Filialen aufmachen.«

Morelli grinste breit. »Filialen von einem Bestattungsinstitut?«

»Genau. Wie McDonald's.«

»Vielleicht wäre es am gescheitesten, wir warten einfach ab, bis Kenny und Spiro sich gegenseitig fertiggemacht haben. Dann brauchen wir zum Schluß nur noch die Reste vom Boden aufzukehren.«

»Apropos Reste. Was hast du mit dem Finger vor?«

»Ich möchte überprüfen, ob er an George Mackeys Hand paßt. Und dabei will ich Spiro ein bißchen auf den Zahn fühlen.«

»Lieber nicht. Er will mit der Polizei nichts zu tun haben. Er wollte weder die Leichenschändung noch Kennys Brief melden. Wenn du ihn jetzt in die Zange nimmst, feuert er mich garantiert.«

»Was schlägst du vor?«

»Gib mir den Finger. Ich bringe ihn morgen ins Bestattungsinstitut zurück. Vielleicht finde ich etwas heraus, was uns weiterhilft.«

»Das kann ich nicht zulassen.«

»Ach, nein? Der Finger gehört schließlich mir. Er steckte in meiner Jacke.«

»Nun reg dich nicht auf. Ich bin Polizist. Ich muß an meinen Auftrag denken.«

»Ich bin Kopfgeldjägerin. Ich muß ebenfalls an meinen Auftrag denken.«

»Na schön, du kannst den Finger haben, aber du mußt mir versprechen, mich auf dem laufenden zu halten. Bei dem kleinsten Anzeichen, daß du mir etwas verschweigst, drehe ich dir den Strom ab.«

»Einverstanden. Jetzt gib mir den Finger, und dann gehst du schön nach Hause, bevor du es dir wieder anders überlegst.«

Er legte den Plastikbeutel ins Gefrierfach. »Sicher ist sicher«, sagte er.

Ich schloß hinter Morelli ab und überprüfte die Fenster. Ich sah unter das Bett und in sämtliche Schränke. Erst als ich mich vergewissert hatte, daß niemand außer mir in der Wohnung war, ging ich ins Bett. Aber das Licht ließ ich brennen.

Um sieben Uhr klingelte das Telefon. Blinzelnd ließ ich den Blick zwischen Wecker und Telefon hin und her wandern. So etwas wie eine gute Nachricht um sieben Uhr morgens gab es nicht. Aus Erfahrung wußte ich, daß man zwischen elf Uhr nachts und neun Uhr früh ausschließlich Hiobsbotschaften bekam.

Ich nahm ab. »Ja? Was ist passiert?«

Es war Morelli. »Nichts ist passiert. Bis jetzt jedenfalls nicht.«

»Es ist sieben Uhr. Spinnst du, mich um diese Uhrzeit anzurufen?«

»Dein Vorhang ist noch zugezogen. Ich wollte mich nur überzeugen, daß dir nichts zugestoßen ist.«

»Mein Vorhang ist zu, weil ich noch im Bett liege. Und woher weißt du überhaupt, daß er zu ist?«

»Weil ich vor deinem Haus stehe.«

- 9 -

Ich wälzte mich aus dem Bett, riß den Vorhang auf und sah durchs Fenster. Tatsächlich, der hellbraune Fairlane stand neben Onkel Sandors Buick auf dem Parkplatz. Die Stoßstange lag noch auf dem Rücksitz, und jemand hatte das Wort BULLE auf die Fahrertür gesprüht. Ich machte das Fenster auf und streckte den Kopf hinaus. »Zieh Leine.«

»Ich habe in fünfzehn Minuten eine Besprechung«, rief Morelli. »Es dauert höchstens eine Stunde, und danach habe ich den Rest des Tages frei. Warte auf mich, bevor du zu Stiva fährst.«

»Okay.«

Als Morelli um halb zehn zurückkam, war ich schon ziemlich unruhig. Wie der Blitz war ich aus dem Haus, den abgeschnittenen Finger in der Handtasche. Ich hatte die Doc Martens angezogen, für den Fall, daß ich jemandem einen Fußtritt verpassen mußte. Das Tränengas hing griffbereit am Gürtel, der Elektroschocker steckte aufgeladen in der Jackentasche.

»Wozu die Eile?« fragte Morelli.

»George Mackeys Finger macht mich nervös. Ich kann es kaum erwarten, ihn wieder mit seinem Besitzer zu vereinen.«

»Wenn du zwischendurch mit mir reden willst, ruf mich einfach an«, sagte Morelli. »Du hast meine Autotelefonnummer?«

»Ja, im Kopf.«

»Und die Piepsernummer?«

»Habe ich mir auch gemerkt.«

Ich ließ den Buick an und fuhr los. Morelli hielt respektvoll Abstand. Eine Straßenecke vom Institut Stiva entfernt, kam mir mit blinkendem Blaulicht eine Motorradeskorte entgegen. Toll. Eine Beerdigung. Ich fuhr rechts ran, bis der Leichenwagen, der Blumentransporter und die Limousine mit den engsten Angehörigen vorbeigerollt waren. In der Limousine saß Mrs. Mackey.

Ein Blick in den Rückspiegel verriet mir, daß Morelli hinter mir angehalten hatte. Er schüttelte den Kopf, als ob er sagen wollte: Vergiß es.

Ich rief ihn an. »Die wollen George ohne seinen Finger begraben!«

»Als ob George sich noch für den Finger interessieren würde. Du kannst ihn mir geben. Ich bewahre ihn als Beweisstück auf.«

»Als Beweis? Wofür?«

»Leichenschändung.«

»Das glaube ich dir nicht. Wahrscheinlich willst du ihn bloß auf den Müll schmeißen.«

»Ich hatte eher daran gedacht, ihn dem Kollegen Goldstein in den Spind zu schmuggeln.«

Der Friedhof lag anderthalb Meilen vom Bestattungsinstitut entfernt. Vor mir schlichen sieben bis acht Wagen im Trauerzug dahin. Es war ein sonnig frischer Tag, der Himmel leuchtete winterlich blau, und ich hatte eher das Gefühl, auf dem Weg zu einem Football-Spiel als auf dem zu einer Beerdigung zu sein. Wir ließen das Friedhofstor hinter uns und fuhren noch ein gutes Stück weiter auf das Gelände, bis wir zu dem frisch ausgehobenen Grab mit den Stühlen für die Trauergäste kamen. Spiro geleitete die Witwe Mackey zu ihrem Platz.

Nachdem ich geparkt hatte, stellte ich mich dicht neben Spiro. »Ich habe Georges Finger.«

Keine Antwort.

»Georges Finger«, wiederholte ich so eindringlich wie eine Kindergartentante. »Den echten. Den verschwundenen. Ich habe ihn in meiner Handtasche.«

»Was zum Henker macht Georges Finger in Ihrer Handtasche?«

»Das ist eine ziemlich lange Geschichte. Aber jetzt müssen wir erst einmal dafür sorgen, daß der gute Mann vollständig unter die Erde kommt.«

»Sind Sie wahnsinnig? Meinen Sie etwa, ich mache den Sarg noch mal auf? Wen interessiert denn schon Georges Finger? Keine Sau.«

»Doch, mich.«

»Suchen Sie lieber meine verdammten Särge. Sie erwarten doch nicht, daß ich Ihnen für den Finger Finderlohn zahle, oder?«

»Mein Gott, Spiro, was sind Sie für ein Ekel.«

»Was wollen Sie eigentlich von mir?«

»Ich will, daß Sie sich überlegen, wie Sie George wieder mit seinem Finger vereinen können. Sonst mache ich Ihnen eine Szene, die sich gewaschen hat.«

Spiro zögerte noch.

»Ich erzähle es Grandma Mazur«, fügte ich hinzu.

»Bitte nicht, nein!«

»Also, was wird jetzt aus dem Finger?«

»Wir lassen den Sarg sowieso erst runter, wenn die Angehörigen und Freunde wieder in ihren Autos sitzen. Dann können wir den Finger hinterherschmeißen. Wäre das in Ihrem Sinne?«

»Ich höre wohl nicht recht. Sagten Sie hinterherschmeißen?«

»Der Sarg wird jedenfalls nicht mehr aufgemacht. Sie müssen sich schon damit begnügen, daß George und sein Finger im selben Loch begraben werden.«

»Ich glaube fast, ich bekomme gleich einen Schreikrampf.«

»Verdammt noch mal.« Er wollte die Lippen zusammenkneifen, was ihm aber wegen seiner vorstehenden Zähne nicht ganz gelang. »Na schön. Ich mache den Sarg auf. Hat Ihnen schon mal jemand gesagt, daß Sie die reinste Landplage sind?«

Ich ließ Spiro stehen und entfernte mich ein paar Schritte vom Grab. »Alle sagen, ich wäre eine Landplage.«

»Dann wird es wohl stimmen«, sagte Morelli und legte mir den Arm um die Schultern. »Bist du den Finger losgeworden?«

»Spiro gibt ihn George nach der Zeremonie zurück, wenn die Trauergäste weg sind.«

»Bleibst du solange?«

»Ja. Dann kann ich noch in Ruhe mit Spiro reden.«

»Ich haue mit den Scheintoten ab. Aber ich bleibe in der Nähe, falls du mich brauchst.«

Ich drehte das Gesicht in die Sonne und ließ meine Gedanken schweifen. Es wurde nur ein kurzes Gebet gesprochen. Bei Temperaturen um den Gefrierpunkt hielt sich das Institut Stiva nicht länger als nötig am Grab auf. Da es noch nie vorgekommen war, daß eine Witwe aus unserem Viertel zur Beerdigung vernünftige Schuhe trug, hatte der Bestatter dafür Sorge zu tragen, daß die alten Damen keine kalten Füße bekamen. Als die Zeremonie zu Ende war, hatte Mrs. Mackey noch nicht einmal eine rote Nase. Dann stapften die alten Herrschaften durch das tote Gras zu den Autos. In einer halben Stunde würden sie bei Mrs. Mackey sitzen, Salzstangen essen und Cocktails trinken. Spätestens um ein Uhr würde Mrs. Mackey in ihrem großen leeren Haus ganz allein sein.

Autotüren fielen ins Schloß, Motoren sprangen an. Die Trauergäste fuhren davon.

Spiro hatte die Hände in die Hüften gestemmt, das Modell eines leidgeprüften Bestattungsunternehmers. »Und nun?« sagte er.

Ich holte den Plastikbeutel aus der Handtasche und reichte ihn hinüber.

Spiro gab ihn an einen der beiden Friedhofsarbeiter weiter, die neben dem Grab standen, und wies ihn an, den Sarg noch einmal zu öffnen und den Beutel hineinzulegen.

Die beiden Männer zuckten nicht mit der Wimper. Aber wer seinen Lebensunterhalt damit verdiente, mit Blei ausgekleidete Kisten im Boden zu versenken, gehörte vermutlich nicht gerade zur neugierigsten Sorte Mensch.

»Also?« sagte Spiro. »Woher haben Sie den Finger?«

Ich erzählte ihm von meiner Begegnung mit Kenny in der Schuhabteilung und vom anschließenden Fund des Fingers in meiner Jackentasche.

»Sehen Sie?« sagte Spiro. »Das ist der Unterschied zwischen

Kenny und mir. Kenny muß sich immer künstlich in Szene setzen. Für ihn ist alles ein Spiel. Wenn wir als Kinder einen Käfer gefunden hatten, habe ich ihn einfach zertreten, aber Kenny mußte ihn erst noch umständlich mit der Stecknadel aufspießen, um auszuprobieren, wie lange es dauerte, bis er tot war. Kenny läßt andere gern ein bißchen zappeln, während ich das, was getan werden muß, möglichst schnell und glatt über die Bühne bringen will. Ich an seiner Stelle hätte versucht, Sie nachts auf einem menschenleeren Parkplatz zu erwischen, und Ihnen Georges Finger in den Hintern geschoben.«

Mir wurde schwindelig.

»Rein theoretisch gesprochen«, fügte Spiro hinzu. »Bei einem Klasseweib wie Ihnen würde ich so etwas natürlich nie machen. Es sei denn, Sie würden mich darum bitten.«

»Ich muß los.«

»Sollen wir uns nicht später irgendwo treffen? Wir könnten essen gehen. Nur weil Sie eine Landplage sind und ich ein Ekel bin, muß das noch lange nicht heißen, daß wir nicht zusammenpassen.«

»Da würde ich mir lieber ein Auge ausstechen.«

»Sie werden Ihre Meinung schon noch ändern«, sagte Spiro. »Ich habe wirklich was zu bieten.«

Genauer wollte ich es gar nicht wissen. »Der Ansicht scheint Kenny auch zu sein.«

»Kenny ist ein Idiot.«

»Aber früher war er Ihr Freund.«

»Die Zeiten ändern sich.«

»Inwiefern?«

»Das geht Sie nichts an.«

»Kenny ist aber offenbar der Meinung, daß wir zwei uns gegen ihn verschworen haben.«

»Kenny spinnt. Wenn Sie ihn das nächste Mal sehen, schießen Sie ihn lieber gleich über den Haufen. Sie haben doch eine Kanone?«

»Ich muß jetzt wirklich los.«

»Bis später«, sagte Spiro und drückte mit einer imaginären Pistole auf mich ab.

Ich konnte kaum schnell genug in den Buick springen. Nachdem ich die Tür verriegelt hatte, rief ich Morelli an.

»Vielleicht hast du recht. Vielleicht sollte ich doch auf Kosmetikerin umsatteln.«

»Das wäre genau das Richtige für dich«, sagte Morelli. »Dann darfst du lauter alten Schachteln Augenbrauen anmalen.«

»Ich habe nichts aus Spiro herausbekommen. Auf jeden Fall nichts, was ich hören wollte.«

»Dafür habe ich gerade etwas Interessantes im Radio gehört. Gestern nacht ist in der Low Street ein Feuer ausgebrochen. In einem der Gebäude, die zu der alten Röhrenfabrik gehören. Es war eindeutig Brandstiftung. Die Fabrik ist seit Jahren verlassen, aber es sieht so aus, als ob dort heimlich Särge gelagert wurden.«

»Soll das heißen, jemand hat meine Särge eingeäschert?«

»Hat Spiro den Finderlohn an irgendwelche Bedingungen geknüpft, oder ist es egal, in welchem Zustand du die Kisten ablieferst?«

»Wir treffen uns in der Low Street.«

Die Röhrenfabrik lag auf einem schmalen Streifen Land zwischen der Straße und den Eisenbahngleisen. Sie war in den siebziger Jahren stillgelegt worden und fiel seitdem langsam in sich zusammen. Das Gelände war von wertlosen Grundstücken eingerahmt, an die eine Handvoll ums Überleben kämpfende Gewerbebetriebe grenzte.

Das verrostete Fabriktor hing schief in den Angeln, der rissige Asphalt war mit Scherben und verwittertem Müll übersät. Ein bleierner Himmel spiegelte sich in rußigen Wasserpfützen. Ein Löschzug stand mit laufendem Motor auf dem Platz. Ein Streifenwagen und das Dienstfahrzeug des Brandinspektors standen etwas näher an der Laderampe, wo das Feuer offensichtlich ausgebrochen war.

Nachdem Morelli und ich geparkt hatten, gingen wir auf eine Gruppe Männer zu, die sich unterhielten und dabei Notizen machten.

»Na, wie sieht's aus?« fragte Morelli.

Der Mann, der ihm antwortete, hieß John Petrucci. Ich kannte ihn. Als mein Vater noch bei der Post gearbeitet hatte, war Petrucci sein Vorgesetzter gewesen. Nun war er Brandinspektor. Zufälle gibt's ...

»Es war Brandstiftung«, sagte Petrucci. »Ziemlich genau auf eine Ladebucht beschränkt. Jemand hat einen Haufen Särge mit Benzin übergossen und angesteckt. Die Feuerspur ist klar zu erkennen.«

»Irgendwelche Verdächtigen?« fragte Morelli.

Die Männer sahen ihn an, als ob er den Verstand verloren hätte.

Morelli grinste. »Man wird ja wohl noch fragen dürfen. Können wir uns ein bißchen umsehen?«

»Macht, was ihr wollt. Wir sind hier fertig. Der Gutachter von der Versicherung war auch schon da. Der Gebäudeschaden ist nicht allzugroß. Beton ist geduldig. Wir warten nur noch darauf, daß jemand kommt, der die Brandstelle absichert.«

Morelli und ich kletterten die Laderampe hoch. Mit der Taschenlampe, die ich stets bei mir trug, leuchtete ich den Raum aus. Der Strahl fiel auf einen verkohlten, triefend nassen Schuttberg, auf dessen Rückseite einige identifizierbare Reste aus den Trümmern ragten. Eine äußere Holzkiste und eine innere Holzkiste, schwarz angesengt, aber ansonsten nichts Besonderes. Als ich die Hand danach ausstreckte, sackten Sarg und Verpackung mit einem leisen Seufzer in sich zusammen.

»Wenn dich der Ehrgeiz packt, könntest du die Griffe aufsammeln und damit die Zahl der gelagerten Särge ermitteln«, sagte Morelli. »Damit gehst du dann zu Spiro, und der sagt dir, ob es seine Särge waren oder nicht.«

»Was meinst du, wie viele es waren?«

»Eine ganze Menge.«

»Ich glaube, genauer brauche ich es nicht zu wissen.« Ich wickelte einen Griff in ein Papiertaschentuch und steckte ihn ein. »Wieso stiehlt ein Mensch erst Särge und verbrennt sie dann?«

»Aus Spaß? Aus Gemeinheit? Vielleicht fand der Typ es zuerst clever, Särge zu klauen, bis er gemerkt hat, daß er sie nicht mehr los wurde.«

»Spiro wird nicht besonders erfreut sein.«

»Nein«, sagte Morelli. »Aber bei dem Gedanken wird einem richtig schön warm ums Herz.«

»Ich hätte das Geld so nötig gebraucht.«

»Wozu?«

»Um den Jeep abzubezahlen.«

»Was für einen Jeep denn?«

Der Sarggriff in meiner Jackentasche wurde immer schwerer. Spiro war mir dermaßen unheimlich, daß ich ihm nicht schon wieder einen Besuch abstatten wollte. Außerdem lautete meine Devise: Hast du Angst und Sorgen, verschieb alles auf morgen.

»Ich habe mir überlegt, bei meinen Eltern zu Mittag zu essen«, sagte ich zu Morelli. »Anschließend wollte ich Grandma Mazur mit zu Stiva nehmen. In George Mackeys Saal ist inzwischen bestimmt ein neuer Verstorbener aufgebahrt worden, den sie sich anschauen könnte.«

»Ausgesprochen freundlich von dir. Bin ich zum Mittagessen eingeladen?«

»Nein. Du hast bei uns schon Nachtisch bekommen. Wenn ich dich noch einmal mit nach Hause bringe, werde ich meines Lebens nicht mehr froh. Zwei Mahlzeiten sind so gut wie verlobt.«

Unterwegs zu meinen Eltern war von Morelli nichts zu sehen. Anscheinend hatte ich ihn erfolgreich abgewimmelt. Vielleicht würde doch noch alles gut ausgehen. Ich würde zwar wahrscheinlich keinen Finderlohn bekommen, aber dafür mußte ich mich wenigstens nicht mehr mit Spiro abgeben.

Als ich in die High Street einbog, blieb mir fast das Herz stehen. Morellis Fairlane stand vor dem Haus. Ich wollte hinter ihm einparken, verschätzte mich aber und rammte sein rechtes Rücklicht.

Morelli stieg aus und besah sich den Schaden. »Das war Absicht«, sagte er.

»War es nicht. Daran ist bloß der Buick schuld. Man weiß nie, wo er aufhört.« Ich funkelte ihn böse an. »Was willst du hier? Du kriegst kein Mittagessen.«

»Ich will dich doch nur beschützen. Aber ich warte solange im Wagen.«

»Gut.«

»Gut.«

»Stephanie«, rief meine Mutter. »Warum stehst du denn mit deinem Freund auf dem Bürgersteig?«

»Siehst du?« sagte ich zu Morelli. »Ich habe es ja gleich gewußt. Jetzt bist du schon mein Freund.«

»Es gibt Schlimmeres.«

Meine Mutter winkte uns zu. »Kommt rein. Was für eine nette Überraschung. Zum Glück habe ich genug Suppe gekocht. Und dein Vater hat gerade frisches Brot vom Bäcker geholt.«

»Ich mag Suppe«, sagte Morelli.

»Du magst keine Suppe«, sagte ich.

Nun erschien auch noch Grandma Mazur in der Tür. »Wieso bringst du denn den jungen Mann mit?« fragte sie mich. »Ich dachte, er wäre nicht dein Typ.«

»Er ist mir einfach nachgefahren.«

»Wenn ich das gewußt hätte, hätte ich mir die Lippen geschminkt.«

»Er kommt nicht mit rein.«

»Natürlich kommt er rein«, sagte meine Mutter. »Es ist genug Suppe da. Was sollen die Leute denken, wenn wir ihn nicht ins Haus bitten?«

»Genau«, sagte Morelli zu mir. »Was sollen denn die Leute denken?«

Mein Vater, der in der Küche den Wasserhahn reparierte, machte einen erleichterten Eindruck, als er Morelli in der Diele stehen sah. Wahrscheinlich wäre es ihm lieber gewesen, wenn ich ihm etwas Praktisches ins Haus gebracht hätte, einen Metzger oder Automechaniker zum Beispiel, aber immerhin war ein Polizist im Vergleich zu einem Leichenbestatter schon ein kleiner Fortschritt.

»Setzt euch«, sagte meine Mutter. »Nehmt euch Brot und Käse. Nehmt euch von dem Aufschnitt. Er ist von Giovichinni. Der hat einfach den besten Aufschnitt.«

Während sich die anderen von der Suppe nahmen und mit Aufschnitt eindeckten, holte ich das Sargfoto aus meiner Tasche. Die Aufnahme war zwar nicht besonders scharf, aber der abgebildete Sarg hatte große Ähnlichkeit mit den Resten, die ich in der alten Röhrenfabrik gesehen hatte.

»Was hast du da?« wollte Grandma Mazur wissen. »Ein Foto von einem Sarg?« Sie beugte sich näher heran. »Hoffentlich wolltest du mich nicht in so eine häßliche Kiste stecken. Ich möchte einen Sarg mit Schnitzereien. Nicht so einen Soldatensarg.«

Morelli hob den Kopf. »Sagten Sie Soldatensarg?«

»Solche scheußlichen Särge gibt es nur beim Militär. Es müssen noch wahnsinnig viele übrig sein von der Operation Wüstensturm. Darüber haben sie letztens was im Fernsehen gebracht. In Kuwait sind nicht genügend amerikanische Soldaten gefallen, und nun wissen sie nicht, wohin mit den Kisten. Deshalb verkauft die Armee jetzt die Särge.«

Ich sah Morelli an. Offenbar hatten wir die gleiche Idee.

Morelli legte die Serviette zur Seite und rückte vom Tisch ab. »Ich müßte mal eben telefonieren«, sagte er zu meiner Mutter. »Dürfte ich wohl Ihren Apparat benutzen?«

Es hörte sich zwar ziemlich abwegig an, daß Kenny Waffen und Munition in den Särgen aus dem Armeestützpunkt geschmuggelt haben sollte, aber schließlich gab es nichts, was es nicht gab. Und es wäre eine Erklärung dafür, warum Spiro wegen der Särge so nervös war.

»Und?« fragte ich gespannt, als Morelli wieder zurück kam.

»Maria überprüft es für mich.«

Grandma Mazur hörte auf, ihre Suppe zu löffeln. »Ist das Polizeiarbeit? Sagen Sie bloß, Sie ermitteln?«

»Ich wollte mir nur einen Zahnarzttermin geben lassen«, sagte Morelli. »Mir ist eine Plombe rausgefallen.«

»Sie brauchen so ein Gebiß wie ich«, sagte Grandma. »Ich kann meine Zähne einfach mit der Post zum Zahnarzt schikken.«

Plötzlich kamen mir ernsthafte Bedenken, ob ich Grandma Mazur ins Beerdigungsinstitut mitnehmen sollte. Mit einem widerwärtigen Leichenbestatter konnte sie es jederzeit aufnehmen, aber wohl kaum mit einem gefährlichen Verbrecher, als der Spiro sich auf einmal zu entpuppen schien.

Als ich mit der Suppe fertig war, bediente ich mich aus dem Plätzchenglas und warf dabei einen Blick auf den schlanken Morelli. Er hatte zwei Teller Suppe, ein halbes Brot und sieben Plätzchen vertilgt. Ich hatte mitgezählt.

Morelli bemerkte meinen neidischen Blick und zog fragend die Augenbraue hoch.

»Du treibst wohl ziemlich viel Sport«, sagte ich.

»Wenn ich Zeit habe, jogge ich. Und ich mache ein bißchen Hanteltraining.« Er grinste. »Wir Morelli-Männer setzen kein Fett an.«

Das Leben war einfach ungerecht.

Morellis Piepser meldete sich, und er ging noch einmal zum Telefonieren in die Küche. Als er wieder zurückkam, machte er ein höchst zufriedenes Gesicht. »Mein Zahnarzt«, sagte er. »Gute Neuigkeiten.«

Ich räumte schnell den Tisch ab. »Die Arbeit ruft«, sagte ich zu meiner Mutter. »Ich muß los.«

»Du nennst das Arbeit, was du treibst?« gab sie zurück.

»Vielen Dank für das Essen«, sagte Morelli zu ihr. »Die Suppe war köstlich.«

»Besuchen Sie uns bald wieder«, antwortete sie. »Morgen gibt es Schmorbraten. Stephanie, bring doch deinen Freund morgen mittag auch wieder mit.«

»Nein.«

»Das ist nicht sehr höflich«, sagte meine Mutter. »Behandelt man so seinen Freund?«

Wenn meine Mutter bereit war, einen Morelli als meinen Freund zu akzeptieren, zeigte das nur, daß sie die Hoffnung, mich noch einmal unter die Haube oder wenigstens an den Mann zu bringen, fast aufgegeben hatte. »Er ist nicht mein Freund.«

Meine Mutter gab mir eine Tüte Plätzchen mit. »Morgen gibt es Windbeutel. Ich habe schon ewig keine mehr gemacht.«

Als wir endlich draußen waren, baute ich mich drohend vor Morelli auf. »Du kommst morgen nicht mit zum Essen.«

»Dann eben nicht«, sagte Morelli.

»Was ist bei dem Anruf herausgekommen?«

»In Braddock stehen massenhaft Armeesärge herum. Vor sechs Monaten fand eine Verkaufsaktion statt, also zwei Monate vor Kennys Entlassung. Das Bestattungsinstitut Stiva hat vierundzwanzig Särge erworben. Sie lagerten mehr oder weniger im gleichen Teil des Stützpunktes wie die Waffen. Dabei darf man aber nicht vergessen, wie riesig das Gelände ist. Mehrere Lagerhäuser und ein offener Platz, so groß wie ein Fußballfeld, und alles hinter einem Zaun.«

»Der Zaun wäre für Kenny kein Problem gewesen, weil er ja sowieso dahinter gearbeitet hat.«

»Genau. Nachdem die Särge verkauft waren, wurden sie mit dem Namen des neuen Besitzers markiert. Deshalb wußte Kenny, welche für Spiro bestimmt waren.« Morelli grinste. »Mein Onkel Vito wäre stolz gewesen.«

»War Vito auch ein Sargdieb?«

»Meistens hat er dafür gesorgt, daß die Särge voll wurden. Als Dieb hat er sich nur nebenbei betätigt.«

»Du hältst es also für möglich, daß Kenny die gestohlenen Waffen in Spiros Särgen aus dem Stützpunkt geschmuggelt hat?«

»Es hört sich zwar ein bißchen melodramatisch an, aber es könnte so gewesen sein.«

»Okay. Gehen wir also davon aus, daß Spiro, Kenny und möglicherweise auch Moogey die Waffen in Braddock geklaut und bei R&J untergestellt haben. Dann ist die Sore plötzlich verschwunden. Einer von ihnen hat seine Kumpels beschissen. Spiro kann es nicht gewesen sein, weil er mich sonst nicht beauftragt hätte, die Särge zu suchen.«

»Anscheinend war Kenny es aber auch nicht«, sagte Morelli.

»Wenn er behauptet, daß Spiro etwas hat, was ihm gehört, muß er die gestohlenen Waffen meinen.«

»Aber wer bliebe denn dann noch übrig? Moogey?«

»Tote verabreden sich nicht zu nächtlichen Waffendeals.«

Da ich nicht über die Splitter von Morellis Rücklicht fahren wollte, hob ich die größten Stücke auf und gab sie ihm. »Gegen so was bist du doch bestimmt versichert.«

Morelli machte ein gequältes Gesicht.

»Klemmst du dich wieder hinter mich?« fragte ich.

»Ja.«

»Dann achte auf meine Reifen, wenn wir bei Stiva sind.«

Da auf dem kleinen Parkplatz des Instituts wegen des starken Mittagsbetriebs kein Platz mehr frei war, mußte ich den Buick auf der Straße abstellen. Ich konnte Morelli zwar nirgendwo entdecken, aber ich spürte, daß er in der Nähe war.

Spiro stand in der Eingangshalle und teilte die Ströme der Trauergäste wie Moses die Fluten des Roten Meeres.

»Na, wie sieht es aus?« fragte ich.

»Ich habe alle Hände voll zu tun. Gestern abend kam Joe Loosey neu rein. Gefäßerweiterung, und Stan Radiewski liegt auch hier. Er war ein Elk. Bei den Elks ist immer der Teufel los.«

»Ich habe eine gute und eine schlechte Nachricht«, sagte ich. »Zuerst die gute: Ich glaube, ich habe Ihre Särge gefunden.«

»Und die schlechte?«

Ich zog den geschwärzten Griff aus der Tasche. »Und nun die schlechte: Das ist alles, was von den Särgen noch übrig ist.«

Spiro starrte auf den Griff. »Das ist mir zu hoch.«

»Letzte Nacht hat jemand einen Haufen Särge verbrannt. Erst hat er sie in der alten Röhrenfabrik schön ordentlich gestapelt, dann hat er sie mit Benzin übergossen und angesteckt. Obwohl nicht viel übriggeblieben ist, konnte man immerhin einen Sarg samt Transportverpackung identifizieren.«

»Haben Sie das selbst gesehen? Ist sonst noch etwas verbrannt?«

Ein paar Waffen vielleicht? »Ich hatte den Eindruck, daß es nur Särge waren. Aber Sie können sich gern selbst überzeugen.«

»Mist«, sagte Spiro. »Ich kann hier aber nicht weg. Wer soll sich denn solange um die verfluchten Elks kümmern?«

»Louie?«

»Um Gottes willen, Louie doch nicht. Sie müssen mir den Gefallen tun. Es geht nicht anders.«

»O nein. Ich nicht.«

»Sie brauchen doch nur aufzupassen, daß der Tee nicht ausgeht, und den trauernden Hinterbliebenen ab und zu etwas vorzusülzen. ›Die Wege des Herrn sind unergründlich‹, kommt zum Beispiel immer gut an. Es dauert doch bloß eine halbe Stunde.« Er suchte bereits nach seinen Autoschlüsseln. »Wer war sonst noch bei der Röhrenfabrik?«

»Ein Brandinspektor, ein Streifenpolizist, ein Typ, den ich nicht kannte, Joe Morelli und ein paar Feuerwehrmänner, die gerade ihren Krempel zusammengeräumt haben.«

»Hat einer von ihnen etwas Wichtiges von sich gegeben?«

»Nein.«

»Haben Sie ihnen gesagt, daß die Särge mir gehören?«

»Nein. Aber bilden Sie sich nicht ein, daß ich hierbleibe. Ich will nur meinen Finderlohn, dann verschwinde ich.«

»Ich trenne mich erst von meinem Geld, wenn ich mit meinen eigenen Augen gesehen habe, daß es meine Särge sind. Schließlich könnten sie genausogut jemand anderem gehören. Oder Sie haben sich das alles nur ausgedacht.«

»Eine halbe Stunde«, sagte ich. »Länger bleibe ich auf keinen Fall!«

Ich überprüfte das Teetischchen. Alles in schönster Ordnung, genügend heißes Wasser, genügend Plätzchen. Ich setzte mich und starrte versonnen auf einen Blumenstrauß. Sämtliche Elks waren bei Stan Radiewski in dem neuen Anbau, und in der Eingangshalle war es unheimlich still. Es gab keine Illustrierten, keinen Fernseher. Sterbenslangweilige Musik plätscherte aus dem Lautsprecher.

Nachdem ich eine Ewigkeit gewartet hatte, kam Eddie Ragucci herein. Eddie war Buchhalter und ein hohes Tier bei den Elks.

»Wo ist das Wiesel?« fragte Eddie.

»Spiro mußte weg. Aber er kommt bald wieder.«

»In Stans Aufbahrungssaal ist es zu warm. Der Thermostat muß kaputt sein. Wir können die Heizung nicht abdrehen. Stans Schminke verläuft. So etwas wäre bei Con nie passiert. Was für ein Pech aber auch, daß Stan ausgerechnet jetzt abtreten mußte, wo Con im Krankenhaus liegt.«

»Die Wege des Herrn sind unergründlich.«

»Wie wahr, wie wahr.«

»Ich werde mal probieren, ob ich Spiros Mitarbeiter finden kann.«

Ich schaltete an der Sprechanlage herum und bestellte Louie auf gut Glück in die Eingangshalle.

Als ich mir gerade den letzten Knopf vornahm, erschien Louie tatsächlich. »Ich war im Balsamierungsraum«, sagte er.

»Ist sonst noch jemand da?«

»Nur Mr. Loosey.«

»Ich meinte, noch andere Mitarbeiter. Clara aus dem Frisiersalon zum Beispiel.«

»Nein. Nur ich.«

Ich schickte ihn zu Stan Radiewski, um sich den Thermostat anzusehen.

Fünf Minuten später war er wieder zurück. »Er war verbogen«, sagte er. »Immer dasselbe. Die Leute stützen sich darauf, und dann verbiegt er sich.«

»Arbeiten Sie gern in einem Bestattungsinstitut?«

»Vorher habe ich in einem Pflegeheim gearbeitet. Hier ist es viel einfacher, weil man die Leute nur mit einem Schlauch abspritzen muß. Und rumzappeln tun sie auch nicht.«

»Haben Sie Moogey Bues gekannt?«

»Erst als er tot war. Ich habe fast ein Pfund Gips gebraucht, um das Loch in seinem Kopf zuzuschmieren.«

»Kennen Sie Kenny Mancuso?«

»Spiro sagt, daß Kenny Mancuso Moogey erschossen hat.«

»Wissen Sie, wie er aussieht? Ist er vielleicht einmal hiergewesen?«

»Ich weiß, wie Kenny aussieht, aber ich habe ihn schon lange nicht mehr gesehen. Stimmt es, daß Sie eine Kopfgeldjägerin sind und ihn suchen?«

»Er ist nicht zu seinem Gerichtstermin erschienen.«

»Wenn ich ihn sehe, sage ich Ihnen Bescheid.«

Ich gab ihm meine Karte. »Unter dieser Nummer erreichen Sie mich.«

Krachend flog die Tür auf, und Spiro kam in die Halle marschiert. Seine schwarzen Lackschuhe und die Hosenaufschläge waren mit Asche gepudert. Seine Wangen glühten ungesund rot, und von seinen Rattenäuglein sah man nur noch die schwarz funkelnden Pupillen.

»Und?« fragte ich.

Er sah an mir vorbei. Als ich mich umdrehte, stand Morelli hinter mir.

»Suchen Sie jemanden?« fragte Spiro ihn. »Radiewski liegt im Anbau.«

Morelli zeigte ihm seine Polizeimarke.

»Ich weiß, wer Sie sind«, sagte Spiro. »Ist etwas passiert? Kaum ist man mal eine halbe Stunde weg, schon gibt es ein Problem.«

»Es gibt kein Problem«, antwortete Morelli. »Ich versuche nur, den Besitzer einiger verbrannter Särge ausfindig zu machen.«

»Sie haben ihn gefunden. Aber ich habe den Brand nicht gelegt. Man hat mir die Särge gestohlen.«

»Haben Sie den Diebstahl angezeigt?«

»Ich wollte nicht, daß sich die Geschichte herumspricht. Die kleine Superschnüfflerin hier sollte die verdammten Kisten für mich aufstöbern.«

»Der eine Sarg, der halbwegs verschont geblieben ist, sah für dieses Viertel ein bißchen zu schlicht aus«, sagte Morelli.

»Die Särge stammten aus Restbeständen der Armee. Ich hatte mir überlegt, in einem anderen Teil der Stadt eine Filiale aufzumachen oder sie nach Philadelphia zu schaffen. In Philadelphia wohnen viele arme Leute.«

»Mich würde interessieren, wie so ein Kauf abläuft«, sagte Morelli.

»Man reicht ein Gebot ein, und wenn es angenommen wird, muß man die Ware innerhalb einer Woche aus dem Armeestützpunkt abholen.«

»Welcher Stützpunkt war es bei Ihnen?«

»Braddock.«

Morelli ließ sich nichts anmerken. »War nicht Kenny Mancuso in Braddock stationiert?«

»Doch. Wie zig andere auch.«

»Okay«, sagte Morelli. »Ihr Angebot wurde also akzeptiert. Und wie haben Sie die Särge abtransportiert?«

»Moogey und ich haben sie mit einem Mietlaster geholt.«

»Noch eine letzte Frage. Können Sie sich erklären, warum jemand Ihre Särge stehlen und anschließend verbrennen sollte?«

»Klar, der Typ war ein Irrer. Aber Sie müssen mich jetzt entschuldigen, ich habe zu tun«, sagte Spiro. »Oder brauchen Sie mich noch?«

»Im Moment nicht.«

Spiro verschwand in seinem Büro.

»Bis später«, sagte Morelli zu mir und ließ mich ebenfalls stehen.

Spiros Bürotür war geschlossen. Ich klopfte. Keine Reaktion. Ich klopfte ein wenig energischer. »Spiro«, rief ich. »Ich weiß doch, daß Sie da sind!«

Spiro riß die Tür auf. »Was wollen Sie denn nun schon wieder?«

»Mein Geld.«

»Verdammt noch mal, ich habe wirklich andere Sorgen als Ihre paar Kröten.«

»Was denn zum Beispiel?«

»Kenny Mancuso zum Beispiel, den Wahnsinnigen, der meine Särge verbrannt hat.«

»Woher wissen Sie, daß es Kenny war?«

»Wer soll es denn sonst gewesen sein? Er ist nicht ganz dicht im Kopf, und er hat mich bedroht.«

»Das hätten Sie Morelli sagen sollen.«

»Aber sicher. Das hat mir gerade noch gefehlt. Als ob ich nicht schon genug Scherereien hätte. Jetzt soll ich mir auch noch von einem Bullen in den Arsch gucken lassen.«

»Sie haben wirklich nicht viel für die Polizei übrig, was?«

»Ich scheiße auf die Bullen.«

Ein warmer Luftzug streifte meinen Nacken. Ich drehte mich um. Louie Moon stand so dicht hinter mir, daß er mir fast auf die Fersen trat.

»Entschuldigung«, sagte er. »Ich muß mit Spiro sprechen.«

»Spuck's ruhig aus«, forderte Spiro ihn auf.

»Es ist wegen Mr. Loosey. Er hat einen Unfall gehabt.«

Spiro sagte kein Wort, aber er bekam einen stechenden Blick.

»Ich hatte Mr. Loosey auf dem Tisch liegen«, sagte Louie. »Als ich ihn gerade anziehen wollte, mußte ich den Thermostat reparieren gehen, und wie ich wieder zurückkomme, sehe ich, daß ein Stück fehlt, und zwar sein…äh, sein Glied. Ich weiß auch nicht, wie das passieren konnte. Von der einen Minute auf die andere war es plötzlich weg.«

Spiro schob Louie mit einer schwungvollen Handbewegung zur Seite und stürmte, gotteslästerliche Flüche ausstoßend, aus dem Büro.

Wenige Minuten später war er wieder zurück. Er hatte rote Flecken im Gesicht und krallte die Hände ineinander. »Ich glaube es einfach nicht«, knurrte er grimmig. »Da ist man eine halbe Stunde weg, und schon dringt jemand ein und hackt Loosey den Schwanz ab. Und wissen Sie auch, wer dieser Jemand war? Kenny war das und sonst keiner. Ich vertraue Ihnen den Laden an, und Sie lassen Kenny herein, damit er irgendwelche Schwänze abhacken kann.«

Das Telefon klingelte. Spiro hob wütend ab. »Stiva?«

Als er die Lippen zusammenkniff, wußte ich, daß der Anrufer Kenny war.

»Du bist wahnsinnig«, sagte Spiro. »Zuviel Koks. Zu viele Trips.«

Kenny wollte antworten, aber er kam nicht mehr zu Wort.

»Schnauze«, fuhr Spiro ihn an. »Deine Drohungen kannst du dir sonstwo hinschieben. Du hast doch keine Ahnung, mit wem du dich anlegst. Wenn ich dich hier finde, bring ich dich um. Und wenn ich dich nicht persönlich erledige, lasse ich dich von meiner Torte umnieten.«

Von seiner Torte? Ob er mich damit meinte? »Augenblick mal eben«, mischte ich mich ein. »Würden Sie den letzten Satz noch mal wiederholen?«

Spiro knallte den Hörer auf die Gabel. »So ein Wichser.«

Ich stemmte die Hände auf den Schreibtisch. »Ich bin keine Torte. Ich bin auch kein bezahlter Killer. Und ich habe auf gar keinen Fall Lust, für Sie den Kopf hinzuhalten. Sie sind ein Ekelpaket, eine Eiterbeule, ein Hundehaufen. Und wenn Sie jemals wieder einem anderen Menschen mit mir drohen, sorge ich persönlich dafür, daß Sie bis ans Ende Ihrer Tage im Knabenchor singen können.«

Stephanie Plum, die Meisterin der leeren Versprechungen.

»Warum denn gleich so krötig? Sie haben wohl Ihre Tage, was?«

Zum Glück hatte ich meine Knarre nicht dabei, sonst hätte ich ihn womöglich über den Haufen geknallt.

»Die meisten Leute würden Ihnen gar nichts dafür bezahlen, daß Sie die verbrannten Särge gefunden haben«, sagte Spiro. »Aber weil ich so ein netter Mensch bin, stelle ich Ihnen einen Scheck aus. Betrachten wir das Geld als eine Art Vorschuß. Vielleicht kann ich Sie ja doch noch mal gebrauchen.«

Ich nahm den Scheck und ging. Es hatte keinen Sinn, mit ihm zu diskutieren. Er kapierte sowieso nichts.

Als ich unterwegs einen Tankstop einlegte, hielt Morelli hinter mir.

»Es wird immer merkwürdiger«, sagte ich. »Kenny muß inzwischen total durchgedreht sein.«

»Was ist denn nun schon wieder passiert?«

Ich erzählte ihm von Mr. Looseys traurigem Verlust und Kennys Anruf.

»Gönn dem Wagen lieber Super«, sagte Morelli. »Sonst fängt der Motor an zu klopfen.«

»Gott bewahre! Das wäre ja eine Katastrophe!«

Morelli stöhnte auf. »Verflucht.«

Eine etwas übertriebene Reaktion, wie ich fand. »Ist es denn so tragisch, wenn der Motor klopft?«

Er lehnte sich an den Kotflügel. »Gestern abend ist in New Brunswick ein Polizist erschossen worden. Er wurde zweimal in die Brust getroffen, obwohl er eine kugelsichere Weste trug.«

»Armeemunition?«

»Ja.« Er sah mich an. »Ich muß diese Waffen finden. Sie liegen direkt vor meiner Nase.«

»Meinst du, Kenny könnte recht haben, was Spiro angeht? Daß Spiro die Särge selbst ausgeräumt und mich nur zur Tarnung angeheuert hat?«

»Das glaube ich eigentlich nicht. Ich würde eher vermuten, daß zuerst nur Kenny, Moogey und Spiro an der Sache beteiligt waren und daß sie von einem später hinzugekommenen vierten Mitspieler böse aufs Kreuz gelegt worden sind. Dieser Unbekannte hat Kenny, Moogey und Spiro die Waffen geklaut und die drei gegeneinander ausgespielt. Ich glaube auch nicht, daß es jemand aus Braddock war, weil die Sachen in New Jersey und Philadelphia stückweise unters Volk gebracht werden.«

»Es müßte jemand sein, der zumindest einen der drei sehr gut kennt. Ein alter Freund zum Beispiel oder eine Geliebte.«

»Oder es ist jemand, der ihnen durch Zufall auf die Schliche gekommen ist«, sagte Morelli. »Jemand, der sie belauscht hat.«

»Jemand wie Louie Moon zum Beispiel?«

»Ja, genau. Jemand wie Louie Moon«, sagte Morelli.

»Außerdem muß es dem unbekannten Vierten möglich gewesen sein, an den Lagerschlüssel heranzukommen. Auch das trifft auf Louie Moon zu.«

»Aber von der Sorte Leute muß es in Spiros Umgebung nur so wimmeln. Angefangen bei seiner Putzfrau bis hin zu Clara, der Friseuse. Dasselbe gilt für Moogey. Nur weil Spiro dir gesagt hat, daß er als einziger einen Schlüssel hatte, braucht es noch lange nicht zu stimmen. Wahrscheinlich hatte jeder der drei seinen eigenen.«

»Aber wo ist dann Moogeys Schlüssel abgeblieben? Hat man ihn bei ihm gefunden? Hing er an seinem Schlüsselbund?«

»Sein Schlüsselbund ist bis heute nicht aufgetaucht. Die Kollegen dachten, er würde irgendwo in der Werkstatt herumliegen und sich früher oder später von selbst wieder einfinden. Es schien nicht wichtig zu sein. Moogeys Eltern haben einen Ersatzschlüssel für seinen Wagen mitgebracht.

Ich werde gleich noch mal bei Spiro vorbeifahren und ihm ein bißchen auf den Zahn fühlen. Seit wir die Särge gefunden haben, habe ich ja einen schönen Grund dafür. Und mit Louie Moon möchte ich auch reden. Kannst du ein Weilchen auf dich allein aufpassen?«

»Mach dir um mich keine Sorgen. Ich komme schon zurecht. Ich wollte bloß einkaufen gehen. Mal sehen, ob ich nicht ein Kleid finde, das zu meinen neuen Schuhen paßt.«

Morelli bekam einen harten Zug um den Mund. »Du lügst. Du hast irgendeine Dummheit vor.«

»Jetzt bin ich aber wirklich enttäuscht. Ich dachte, du könntest es kaum erwarten, daß ich mir ein lila Kleid zu den lila Schuhen kaufe. Ich hatte ein superenges Minikleid im Sinn, mit Glasperlen und Pailletten.«

»Ich kenne dich, du gehst bestimmt nicht einkaufen.«

»Großes Indianerehrenwort. Ich gehe einkaufen. Du kannst mir glauben.«

Morelli kräuselte spöttisch die Lippen. »Du würdest doch sogar den Papst persönlich anlügen.«

Ich konnte mich gerade noch beherrschen, nicht das Kreuzzeichen zu machen. »Ich lüge fast nie.« Nur, wenn es unumgänglich ist. Oder wenn ich mit der Wahrheit nicht weiterkomme.

Sobald Morelli nicht mehr zu sehen war, fuhr ich zu Vinnies Büro, um mir ein paar Adressen zu beschaffen.

- 10 -

Im Kautionsbüro war der Teufel los.

»Dominic Russo hat selbstgemachte Saucen«, schrie Connie. »Mit Eiertomaten. Mit frischem Basilikum. Mit frischem Knoblauch.«

»Der soll sich seine Eiertomaten an den Hut stecken. Ich sage bloß, die beste Pizza der Stadt gibt es bei Tiny in der First Street«, schrie Lula zurück. »Nirgendwo gibt es so gute Pizza wie bei Tiny. Der Mann macht die reinste Soul-Pizza.«

»Soul-Pizza? Ich lach mich tot. Seit wann versteht ihr Schwarzen denn was von Pizza?« brüllte Connie.

Wie auf Befehl drehten sich die beiden Frauen gleichzeitig zu mir um.

»Du mußt den Schiedsrichter machen«, raunzte Connie. »Sag du dieser neunmalklugen Person, wie toll Dominics Pizza ist.«

»Natürlich gibt es bei Dom gute Pizza«, sagte ich. »Aber ich mag am liebsten die Pizza von Pino.«

»Pino!« Connie verzog verächtlich den Mund. »Pino kriegt die Sauce in riesigen Kanistern fertig ins Haus geliefert.«

»Ich weiß«, sagte ich. »Aber ich stehe nun mal auf Sauce aus Kanistern.« Ich warf meine Handtasche auf Connies Schreibtisch. »Schön, daß ihr euch so gut versteht.«

Lula gab ein wütendes Knurren von sich.

Ich knallte mich auf die Couch. »Ich brauche ein paar Adressen, weil ich mich ein bißchen als Meisterspionin betätigen will.«

Connie griff hinter sich ins Regal und nahm das Adreßbuch heraus. »Auf wen hast du es denn abgesehen?«

»Spiro Stiva und Louie Moon.«

»Ich wäre nicht besonders versessen darauf, Spiros Sofakissen umzudrehen«, sagte Connie. »Genausowenig wie ich Lust hätte, in seinen Kühlschrank zu gucken.«

Lula verzog das Gesicht. »Redet ihr etwa von dem Leichenbestatter? Du willst doch nicht etwa bei einem Leichenbestatter einbrechen, oder?«

Connie schrieb mir Spiros Adresse auf, dann schlug sie unter Louie Moon nach.

Ich warf einen Blick auf den ersten Zettel. »Weißt du, wo das ist?«

»In den Century Court Apartments. Du fährst die Klockner rauf bis zur Demby.« Connie gab mir die zweite Adresse. »Wo das ist, weiß ich nicht. Irgendwo in Hamilton Township.«

»Was suchst du eigentlich?« fragte Lula.

Ich steckte die Adressen ein. »Ich weiß nicht. Vielleicht einen Schlüssel.« Oder ein paar Kisten mit Gewehren im Wohnzimmer.

»Soll ich nicht lieber mitkommen?« fragte Lula. »Für so ein mageres Hühnchen wie dich ist es doch viel zu gefährlich, alleine loszuziehen.«

»Vielen Dank für das Angebot«, sagte ich. »Aber die Beschützerin zu spielen gehört bestimmt nicht zu deinem Aufgabenbereich.«

»Fragt sich bloß, was für einen Aufgabenbereich ich überhaupt habe«, sagte Lula. »Ich mache, was getan werden muß, und im Moment habe ich alles erledigt, außer, ich hätte noch Lust, den Boden zu fegen und das Klo zu schrubben.«

»Sie ist ein Registratur-Freak«, sagte Connie. »Sie wurde für die Registratur geboren.«

»Ich habe noch viel mehr drauf«, sagte Lula. »Warte bloß, bis du mich als stellvertretende Kopfgeldjägerin erlebt hast.«

»Okay, von mir aus kannst du abschieben.«

Lula wurschtelte sich in ihre Jacke und nahm ihre Handtasche. »Geile Sache«, sagte sie. »Stephanie und Lula, wie Cagney und Lacey.«

Ich suchte auf dem Stadtplan an der Wand nach Moons Adresse. »Wenn Connie nichts dagegen hat, kannst du gerne mitkommen. Aber ich bin Cagney.«

»Kommt nicht in die Tüte! Ich bin Cagney«, antwortete Lula.

»Ich habe es zuerst gesagt.«

Lula stülpte die Unterlippe vor und kniff die Augen zusammen. »Aber es war meine Idee. Wenn ich nicht Cagney sein kann, mache ich nicht mit.«

Ich musterte sie skeptisch. »Das ist doch wohl nicht dein Ernst, oder?«

»Worauf du Gift nehmen kannst«, knurrte Lula.

Ich sagte Connie, sie brauche nicht auf uns zu warten, und hielt Lula die Tür auf. »Zuerst überprüfen wir Louie Moon«, sagte ich zu ihr.

Als Lula das hellblaue Riesenbaby sah, blieb sie wie angewurzelt stehen. »Sag bloß, wir fahren mit dem Schlitten da?«

»Ja.«

»Ich habe mal einen Zuhälter gekannt, der hatte auch so eine Karre.«

»Der Wagen hat meinem Onkel Sandor gehört.«

»Ist der auch vom Fach?«

»Ich glaube nicht.«

Louie Moon wohnte am äußersten Rand von Hamilton Township. Es war kurz vor vier, als wir in die Orchid Street einbogen. »Orchideenstraße«, ein ganz schön exotischer Name für eine Aneinanderreihung langweiliger Schuhkartons. Die Siedlung stammte aus den sechziger Jahren, als Grundstücke noch billig zu haben waren. Inmitten der großen Gärten wirkten die kleinen Häuschen noch mickriger, als sie sowieso schon waren. Garagen und Veranden lockerten das triste Bild etwas auf. Trotz aller bunten Anstriche, Erkerfenster und Azaleenbeete herrschte eine unglaubliche Gleichförmigkeit.

Louie Moons Haus war blau, und es hob sich von den Nachbarhäusern auch dadurch ab, daß es mit bunten Lämpchen dekoriert war und ein fast mannshoher Nikolaus aus Plastik an der rostigen Fernsehantenne hing.

»Der Typ kann es wohl gar nicht mehr erwarten«, sagte Lula.

Die verstaubten Lämpchen und der verblichene Weihnachtsmann machten auf mich eher den Eindruck, als sei Louie Moon das ganze Jahr über in Weihnachtsstimmung.

Eine Garage gab es nicht, und es parkte auch kein Auto in der Straße. Das Haus sah dunkel und verlassen aus. Ich ließ Lula im Wagen und ging zur Tür. Ich klopfte zweimal. Keine Reaktion. Die Vorhänge waren nicht zugezogen. Louie hatte nichts zu verbergen. Ich ging um das Haus herum und spähte durch die Fenster. Alles wirkte sauber und ordentlich, auch wenn mich die Möbel an eine Sperrmüllsammlung erinnerten. Nichts deutete darauf hin, daß Louie in letzter Zeit zu Geld gekommen war. Es stapelten sich auch keine Munitionskisten auf dem Küchentisch. Kein einziges Sturmgewehr lag herum. Er schien allein zu leben. Nur eine Tasse und eine Schüssel in der Spüle. Nur eine Seite des Doppelbetts zerwühlt.

Louie Moon paßte gut in das kleine blaue Haus. Ich konnte mich nicht überwinden, durch ein Fenster einzusteigen.

Die Luft war feucht und kalt, der Boden hart. Ich schlug den Jackenkragen hoch und ging zurück zum Wagen.

»Das hat ja nicht lange gedauert«, sagte Lula.

»Es gab nicht viel zu sehen.«

»Und jetzt kommt der Leichenbestatter dran?«

»Ja.«

»Gut, daß er nicht da wohnt, wo er arbeitet. Ich möchte gar nicht wissen, was sie mit den Toten so alles anstellen.«

Es wurde schon langsam dunkel, als wir die Century Court Apartments erreichten. Die einstöckigen roten Backsteingebäude hatten weiße Fenster. Insgesamt hatte jedes Haus zwanzig Wohnungen. Zehn oben, zehn unten.

Spiro hatte eine Eckwohnung im Erdgeschoß. Die Fenster waren dunkel, sein Wagen war nirgendwo zu sehen. Seit Con im Krankenhaus lag, mußte Spiro abends Überstunden machen. Weil ich mit dem auffälligen Buick nicht erwischt werden wollte, falls Spiro auf die Idee kam, zwischendurch mal schnell nach Hause zu fahren, um sich ein paar frische Socken anzuziehen, fuhr ich bis zur nächsten Ecke weiter.

»Wetten, daß wir hier was Wichtiges finden?« fragte Lula, während sie ausstieg. »Das habe ich irgendwie im Urin.«

»Wir wollen uns nur ein bißchen umsehen«, sagte ich. »Wir haben nichts Verbotenes vor, wir wollen zum Beispiel nicht einbrechen.«

»Logo«, sagte Lula. »Ist doch klar.«

Wie zwei Spaziergänger schlenderten wir zum Haus. Da bei den Fenstern, die zur Straße hinausgingen, die Vorhänge zugezogen waren, wanderten wir gemächlich um das Haus herum. Leider waren die Vorhänge hinten ebenfalls zu. Lula probierte die Terrassentür und die beiden Fenster, aber sie waren abgeschlossen.

»Ist das nicht zum Kotzen?« sagte sie. »Wie sollen wir denn was rauskriegen, wenn wir nichts sehen können? Und ausgerechnet jetzt, wo ich was im Urin habe.«

»Ja«, antwortete ich. »Ich würde auch zu gern einen Blick in die Wohnung werfen.«

Lula holte mit ihrer Handtasche aus und schlug eine Fensterscheibe ein. »Wo ein Wille ist, da ist auch ein Weg«, sagte sie.

Ich war sprachlos, und als ich endlich wieder etwas von mir geben konnte, kam nur so etwas wie ein unterdrücktes Kreischen heraus. »Ich glaub's einfach nicht! Du hast gerade das Fenster eingeschlagen!«

»Der Herr sorgt für die Seinen«, sagte Lula.

»Ich habe dir doch gesagt, daß wir nichts Ungesetzliches machen wollen. Man kann nicht einfach anderen Leuten die Scheiben einschlagen.«

»Cagney hätte es genauso gemacht.«

»Cagney hätte das nie im Leben gemacht.«

»Hätte sie wohl.«

»Hätte sie nicht!«

Sie öffnete das Fenster und steckte den Kopf hindurch. »Scheint keiner zu Hause zu sein. Es ist wohl besser, wenn wir einsteigen und nachsehen, ob die Glassplitter irgendeinen Schaden angerichtet haben.« Schon hatte sie den Oberkörper ins Zimmer geschoben. »Sie hätten das Fenster ruhig ein bißchen größer machen können«, sagte sie. »Da kann sich eine gut gebaute Frau wie unsereins ja kaum durchquetschen.«

Ich nagte unschlüssig an meiner Unterlippe, weil ich mich nicht entscheiden konnte, ob ich sie ganz hineinschieben oder wieder herausziehen sollte. Sie sah aus wie Puh der Bär, der in einem Kaninchenbau feststeckte.

Sie ächzte, und plötzlich war auch ihr Unterteil hinter Spiros Vorhang verschwunden. Gleich darauf ging die Terrassentür auf, und Lula fragte: »Willst du den ganzen Tag da stehenbleiben oder was?«

»Dafür können wir ins Gefängnis kommen!«

»Sag bloß, du bist noch nie irgendwo eingebrochen.«

»Jedenfalls habe ich noch nie etwas kaputtgemacht.«

»Hast du doch diesmal auch nicht. Wofür hast du mich denn schließlich mitgenommen?«

Dagegen ließ sich nichts sagen.

Ich schlüpfte ins Haus und blieb erst einmal stehen, bis sich meine Augen an die Dunkelheit gewöhnt hatten. »Weißt du, wie Spiro aussieht?«

»Ist das so ein kleiner Wicht mit einem Rattengesicht?«

»Ja. Du hältst am besten vorne auf der Veranda Wache. Wenn Spiro kommt, klopfst du dreimal.«

Lula öffnete die Haustür und lugte hinaus. »Die Luft ist rein«, sagte sie. Dann bezog sie draußen Posten.

Ich verriegelte vorne und hinten die Tür, machte Licht und drehte den Dimmer herunter. Dann nahm ich mir als erstes die Küche vor. Ich durchsuchte die Schränke, überprüfte die Verpackungen im Kühlschrank und warf sogar einen Blick in den Müll.

Ich durchstöberte Eß- und Wohnzimmer, ohne etwas Brauchbares zu finden. Das Frühstücksgeschirr stand noch im Spülbecken, die Morgenzeitung war auf dem Tisch ausgebreitet. Vor dem Fernseher lag ein Paar schwarze Schuhe, die jemand achtlos von den Füßen gestreift hatte. Ansonsten fand ich nichts. Keine Waffen, keine Schlüssel, keine Drohbriefe. Keine hastig hingekritzelten Adressen auf dem Block neben dem Küchentelefon.

Ich machte im Badezimmer Licht. Schmutzige Wäsche türmte sich auf dem Fußboden. Nicht für alles Geld der Welt hätte ich Spiros dreckige Klamotten angerührt. Wenn er ein Beweisstück in der Hosentasche hatte, war es vor mir sicher. Ich durchsuchte das Medizinschränkchen und sah in den Abfalleimer. Nichts.

Die Schlafzimmertür war geschlossen. Ich hielt den Atem an und legte die Hand auf die Klinke. Als ich sah, daß das Zimmer leer war, wäre ich vor Erleichterung fast in Ohnmacht gefallen. Die Möbel waren skandinavische Kiefer, die Tagesdecke schwarzer Satin. Über dem Bett klebten Spiegelfliesen an der Zimmerdecke. Auf dem Nachttisch stapelten sich Pornohefte. Auf einer Titelseite klebte ein benutztes Kondom.

Zu Hause würde ich als erstes mit kochendem Wasser duschen.

Vor dem Fenster stand ein großer Schreibtisch, der einen vielversprechenden Eindruck machte. Ich setzte mich in den dazugehörigen schwarzen Ledersessel und ging vorsichtig Spiros Post durch, Reklamesendungen, Rechnungen und Privatbriefe. Die Rechnungen waren im Rahmen des Üblichen, und die Briefe hatten fast alle mit dem Bestattungsinstitut zu tun. Dankesschreiben der Hinterbliebenen. »Lieber Spiro, danke, daß Du mich in dieser schweren Zeit auch noch bis aufs Hemd ausgenommen hast.«

Auf jedem verfügbaren Zettel hatte Spiro Notizen über irgendwelche Telefongespräche gemacht, auf den Rückseiten von Briefumschlägen und Briefrändern. Von keinem dieser Zettel sprang mir die Überschrift »Todesdrohungen von Kenny« ins Auge. Ich schrieb mir sämtliche Telefonnummern auf, neben denen kein Name stand, und steckte sie zur späteren Überprüfung in die Handtasche. Zum Schluß kramte ich noch zwischen Büroklammern und Gummibändern in den Schubladen herum. Nichts.

Auf dem Anrufbeantworter waren keine Nachrichten, unter dem Bett war alles leer, und auch die Wäsche in der Kommode gab keine Geheimnisse preis.

Der Wandschrank war meine letzte Hoffnung. Er quoll fast über von schwarzen Anzügen, weißen Hemden und schwarzen Schuhen. Sechs Paar standen in Reih und Glied auf dem Schrankboden, sechs Paar Schuhe und sechs Schuhkartons. Hm, merkwürdig. Ich machte einen Schuhkarton auf. Volltreffer. Eine Waffe. Ein 45er Colt. Schnell nahm ich mir auch die anderen fünf Kartons vor. Insgesamt förderte ich drei Knarren und drei Kisten Munition zutage.

Nachdem ich mir die Seriennummern der Waffen und die Informationen auf den Munitionsschachteln notiert hatte, spähte ich durch einen Spalt im Schlafzimmervorhang zu Lula hinaus. Sie saß auf der Treppe und feilte sich die Fingernägel. Als ich an die Scheibe klopfte, flog ihr die Feile im hohen Bogen aus der Hand. Anscheinend war sie doch nicht so abgebrüht, wie sie tat. Ich gab ihr mit einigen Gesten zu verstehen, daß ich aufbruchbereit war und hinter dem Haus auf sie warten würde.

Ich überzeugte mich, daß ich nichts durcheinandergebracht hatte, knipste überall das Licht aus und ging durch die Terrassentür nach draußen. Bestimmt merkte Spiro sofort, daß jemand in seiner Wohnung gewesen war, aber mit ein bißchen Glück würde er Kenny für den Einbrecher halten.

»Los, spuck's aus«, sagte Lula. »Hast du was entdeckt?«

»Ich habe ein paar Knarren gefunden.«

»Das ist alles? Eine Kanone hat doch jedes Kind.«

»Bist du auch bewaffnet?«

»Aber sicher, Kindchen. Klar bin ich bewaffnet.« Sie holte eine schwere schwarze Waffe aus ihrer Handtasche. »Das ist mein Schießeisen«, sagte sie. »Das hat Harry, der Hengst, mir geschenkt, als ich noch angeschafft habe. Willst du wissen, warum er Harry, der Hengst, hieß?«

»Nein, danke.«

»Der war so gut bestückt, daß man es mit der Angst kriegen konnte. So was hast du noch nicht gesehen. Will ich jedenfalls nicht hoffen.«

Ich setzte Lula im Büro ab und fuhr nach Hause. Es war dunkel geworden, und es nieselte leicht. Ich stellte den Wagen ab, warf mir die Tasche über die Schulter und flüchtete ins Trokkene, froh, wieder daheim zu sein.

Mrs. Bestler drehte mit ihrer Gehhilfe ein paar Runden im Hausflur. Schritt, Schritt, rumms. Schritt, Schritt, rumms.

»Wieder ein Tag rum?« sagte sie.

»Gott sei Dank«, antwortete ich.

Aus Mr. Woleskys Wohnung hörte ich das Saalpublikum einer Fernsehsendung applaudieren.

Ich schloß meine Wohnungstür auf und warf einen mißtrauischen Blick in jeden Raum. Alles in Ordnung. Es waren keine Nachrichten auf dem Anrufbeantworter, und Post hatte ich auch keine bekommen.

Ich machte mir einen heißen Kakao und ein Sandwich mit Erdnußbutter und Honig. Ich stellte den Teller auf die Tasse, klemmte mir das Telefon unter den Arm, griff nach der Liste mit Spiros Telefonnummern und schleppte den ganzen Krempel ins Wohnzimmer.

Bei der ersten Nummer meldete sich eine Frau.

»Ich hätte gern mit Kenny gesprochen«, sagte ich.

»Sie müssen sich verwählt haben. Hier gibt es keinen Kenny.«

»Ist da nicht das Restaurant Colonial Grill?«

»Nein, ein Privatanschluß.«

»Dann entschuldigen Sie bitte«, sagte ich.

Die ersten vier Versuche liefen alle nach dem gleichen Schema ab. Es waren jeweils Privatanschlüsse, wahrscheinlich Kunden von Spiro. Bei der fünften Nummer meldete sich ein Pizza-Dienst, bei der sechsten das St.-Francis-Krankenhaus. Die siebte Nummer gehörte einem Motel in Bordentown. Vielleicht sollte ich dort einmal mein Glück versuchen.

Ich gab Rex eine Ecke von meinem Sandwich ab, seufzte bei dem Gedanken, aus der warmen, gemütlichen Wohnung noch einmal in die unfreundliche Nacht hinauszumüssen, und zog mir die Jacke über. Das Motel, an der Route 206 gelegen, war eine ausgesprochene Billigabsteige. Die insgesamt vierzig Zimmer lagen im Erdgeschoß, gesäumt von einer schmalen Veranda. In zwei Fenstern brannte Licht. Das Neonschild am Straßenrand zeigte an, daß noch Zimmer frei waren. Von außen machte die

Anlage einen sauberen und ordentlichen Eindruck, aber ich wäre jede Wette eingegangen, daß die Möbel altmodisch, die Tapeten verschossen, die Tagesdecken fadenscheinig und die Waschbecken mit Rostflecken übersät waren.

Ich parkte in der Nähe der Anmeldung und ging hinein. Hinter der Theke saß ein älterer Mann vor dem Fernseher.

»'n Abend«, sagte er.

»Sind Sie der Manager?«

»Manager, Besitzer, Mädchen für alles.«

Ich zeigte ihm Kennys Bild. »Ich suche diesen Mann. Haben Sie ihn vielleicht schon einmal gesehen?«

»Würden Sie mir verraten, weshalb Sie ihn suchen?«

»Er hat gegen seine Kautionsauflagen verstoßen.«

»Und was heißt das genau?«

»Daß er ein gesuchter Verbrecher ist.«

»Sind Sie von der Polizei?«

»Ich bin Kautionsdetektivin. Ich arbeite für ein Kautionsbüro.«

Der Mann sah sich das Bild an und nickte. »Er hat Zimmer siebzehn. Er wohnt schon seit ein paar Tagen hier.« Er blätterte in dem Buch mit den Anmeldungen, das auf der Theke lag. »Da haben wir ihn. John Sherman. Ist am Dienstag angekommen.«

Ich konnte es kaum fassen! Mein Gott, war ich gut. »Ist er allein?«

»Soweit ich weiß, ja.«

»Was für ein Auto fährt er? Wissen Sie das Kennzeichen?«

»So was interessiert mich nicht. Wir haben hier genug Parkmöglichkeiten.«

Ich bedankte mich, sagte ihm, daß ich eine Weile draußen warten würde, und bat ihn, mich nicht zu verraten, falls Sherman zurückkam.

Ich suchte mir mit dem Buick eine dunkle Ecke und ging in

Lauerstellung. Wenn Kenny auftauchte, würde ich Ranger anrufen. Wenn ich Ranger nicht erreichen konnte, würde ich es bei Joe Morelli probieren.

Um neun Uhr beschlich mich das dumpfe Gefühl, mir den falschen Beruf ausgesucht zu haben. Meine Zehen waren eiskalt, und ich mußte dringend aufs Klo. Kenny hatte sich nicht blicken lassen, und im Motel tat sich auch nichts, was mir die Wartezeit verkürzt hätte. Ich ließ den Motor an, um den Wagen aufzuwärmen, und machte ein paar isometrische Übungen. Ich gönnte mir einen Wachtraum über eine heiße Nacht mit Batman. Am besten gefiel mir sein knallenger Gummianzug.

Um elf Uhr fragte ich den Motelmanager, ob ich seine Toilette benutzen dürfte. Nachdem ich von ihm noch eine Tasse Kaffee abgestaubt hatte, setzte ich mich wieder in den Wagen. Die Warterei war zwar ziemlich anstrengend, wäre aber in meinem kleinen Jeep unerträglich gewesen. In dem Buick fühlte man sich unverwundbar. Als säße man in einem Bunker auf vier Rädern, ausgestattet mit Fenstern und weichen Polstermöbeln. Quer über die vordere Sitzbank konnte ich die Beine ausstrecken, und die Rückbank wirkte so einladend wie eine Couch.

Gegen halb eins döste ich ein, um Viertel nach eins wachte ich wieder auf. Bei Kenny war es immer noch dunkel, und auf dem Parkplatz war kein fremder Wagen hinzugekommen.

Ich hatte verschiedene Alternativen. Ich konnte weiter allein Wache schieben, mich von Ranger ablösen lassen oder nach Hause fahren und wiederkommen, bevor es hell wurde. Wenn ich Ranger um Hilfe bat, müßte ich ihm einen wesentlich größeren Anteil als ursprünglich geplant von meiner Prämie abgeben. Wenn ich aber weiter allein Wache hielt, würde ich vermutlich früher oder später im Schlaf erfrieren, so wie das Mädchen mit den Schwefelhölzern. Also entschied ich mich für die dritte Alternative. Wenn Kenny heute nacht doch noch ins Motel kam, dann bestimmt nur, um zu schlafen. In dem Fall würde ich ihn um sechs Uhr auch noch antreffen.

Auf der Heimfahrt sang ich laut vor mich hin, um nicht einzudösen. Mit letzter Kraft schleppte ich mich in die Wohnung. Dann kroch ich mit den Schuhen an den Füßen ins Bett. Um sechs Uhr riß mich der Wecker aus dem Tiefschlaf.

Nachdem ich mich aus dem Bett gewälzt hatte, sah ich zu meiner Erleichterung, daß ich bereits angezogen war. Ich erledigte nur schnell das Allernötigste im Badezimmer, dann war ich schon wieder unterwegs. Der Himmel über dem Parkplatz war pechschwarz, und die Autofenster waren vereist. Entzückend. Ich ließ den Buick an, drehte die Heizung voll auf, griff nach dem Kratzer und meißelte die Scheiben frei. Anschließend war ich relativ wach. Auf dem Weg nach Bordentown deckte ich mich mit Kaffee und Doughnuts ein.

Es war noch dunkel, als ich bei dem Motel ankam. Nirgendwo brannte Licht, und es standen nicht mehr Autos als gestern abend auf dem Platz. Ich parkte hinter dem Büro und machte mich über den Kaffee her. Mein Optimismus hatte seit gestern ein wenig gelitten. Ich hielt es sogar für möglich, daß sich der Manager einen Scherz mit mir erlaubt hatte. Sollte Kenny bis zum späten Nachmittag immer noch nicht aufgetaucht sein, würde ich mir sein Zimmer zeigen lassen.

Wenn ich clever gewesen wäre, hätte ich mir frische Socken angezogen und eine Decke mitgenommen. Aber wenn ich wirklich clever gewesen wäre, hätte ich dem Manager einen Zwanziger zugesteckt und ihn gebeten, mich anzurufen, wenn Kenny zurückkam.

Um zehn vor sieben bog ein Ford auf den Parkplatz ein. Eine Frau stieg aus, musterte mich neugierig und ging ins Büro. Zehn Minuten später kam der alte Mann heraus und schlenderte zu einem schrottreifen Chevy. Er winkte, lächelte und fuhr davon.

Da ich nicht wußte, ob er der Frau von mir erzählt hatte, und weil ich nicht wollte, daß sie womöglich die Polizei rief, weil eine verdächtige Fremde auf ihrem Parkplatz herumlungerte, ging ich hinüber und sagte noch einmal brav dasselbe Sprüchlein auf wie am Abend zuvor.

Die Antworten, die ich bekam, stimmten mit denen vom vergangenen Abend überein. Ja, sie erkannte den Mann auf dem Foto wieder. Ja, er hatte sich als John Sherman eingetragen.

»Hübscher Bursche«, sagte sie. »Aber nicht besonders freundlich.«

»Haben Sie seinen Wagen bemerkt?«

»Schätzchen, an dem Knaben ist mir gar nichts entgangen. Er fuhr einen blauen Lieferwagen, ohne Fenster.«

»Haben Sie sich vielleicht das Kennzeichen notiert?« fragte ich.

»Nein. Das war so ziemlich das einzige, was mich an ihm nicht interessiert hat.«

Ich bedankte mich, setzte mich wieder in den Wagen und widmete mich meinem kalten Kaffee. Ab und zu stieg ich aus, um meine eingeschlafenen Glieder zu recken und mir ein bißchen die Füße zu vertreten. Mittags gönnte ich mir eine Viertelstunde Pause. Als ich wieder zurückkam, erwartete mich das gewohnte Bild.

Um drei Uhr parkte Morelli neben mir. Er stieg aus und setzte sich zu mir in den Buick.

»Mann«, sagte er. »Ist das eisig hier drin.«

»Kommst du mich zufällig besuchen?«

»Kelly fährt auf dem Weg zum Dienst hier vorbei und hat den Buick gesehen. Jetzt nimmt er Wetten an, mit wem du dir wohl ein paar gemütliche Stunden im Motel machst.«

Ich knirschte mit den Zähnen. »Verdammt.«

»Und was treibst du wirklich hier?«

»Durch eine detektivische Meisterleistung habe ich herausgefunden, daß Kenny in dem Motel wohnt, und zwar unter dem Namen John Sherman.«

Morelli sah mich gespannt an. »Du hast ihn identifiziert?«

»Sowohl der Mann als auch die Frau von der Anmeldung haben Kenny anhand eines Fotos wiedererkannt. Er fährt einen blauen Lieferwagen und wurde zuletzt gestern morgen gesehen. Ich bin gestern am späten Abend gekommen und habe bis eins gewartet. Seit halb sieben bin ich wieder hier.«

»Keine Spur von Kenny?«

»Fehlanzeige.«

»Hast du sein Zimmer durchsucht?«

»Noch nicht.«

»War das Zimmermädchen schon da?«

»Nein.«

Morelli machte die Tür auf. »Dann laß uns mal einen Blick hineinwerfen.«

Nachdem Morelli sich an der Rezeption ausgewiesen hatte, händigte ihm die Frau den Schlüssel für Zimmer siebzehn aus. Er klopfte zweimal an die Tür. Als niemand antwortete, schloß er auf, und wir traten ein.

Das Bett war ungemacht. Ein marineblauer Matchbeutel stand offen auf dem Fußboden. Er enthielt Socken, Unterhosen und zwei schwarze T-Shirts. Ein Flanellhemd und eine Jeans hingen achtlos über einer Stuhllehne. Im Badezimmer lag Rasierzeug.

»Sieht mir sehr nach einem überstürzten Aufbruch aus«, sagte Morelli. »Wahrscheinlich hat er dich entdeckt.«

»Unmöglich. Ich habe in der dunkelsten Ecke vom Parkplatz gestanden. Und woher sollte er wissen, daß ich es war?«

»Zuckerstückchen, dich erkennt jeder.«

»Der verdammte Wagen! Er ruiniert mein Leben. Er zerstört mir meine Karriere.«

Morelli grinste. »Mehr kannst du von einem Auto wirklich nicht verlangen.«

Ich wollte ihm einen verächtlichen Blick zuwerfen, aber meine klappernden Zähne machten die Wirkung zunichte.

»Die Frau von der Rezeption kann mich verständigen, wenn Kenny zurückkommt«, sagte Morelli. Er musterte mich von Kopf bis Fuß. »Du siehst aus, als ob du in deinen Klamotten geschlafen hättest.«

»Wie ist es gestern mit Spiro und Louie Moon gelaufen?«

»Ich glaube nicht, daß Louie Moon etwas mit der Sache zu tun hat. Er hat nicht das Zeug dazu.«

»Und das wäre? Intelligenz vielleicht?«

»Kontakte«, sagte Morelli. »Wer auch immer die Waffen zur Zeit hat, weiß genau, an wen er sie verkaufen kann. Ich habe mich ein bißchen umgehört. Moon verkehrt nicht in den richtigen Kreisen. Er hat keinen Schimmer, an wen er sich wenden müßte.«

»Und Spiro?«

»Er hat jedenfalls noch kein Geständnis abgelegt.« Er knipste das Licht aus. »Fahr nach Hause, nimm eine Dusche und zieh dich vor dem Abendessen um.«

»Wieso vor dem Abendessen?«

»Um sechs Uhr steht bei deiner Mutter der Braten auf dem Tisch.«

»Das ist doch wohl nicht dein Ernst.«

Er lachte. »Ich hole dich um Viertel vor sechs ab.«

»Nein! Ich kann selber fahren.«

Morelli trug eine braune Bomberjacke und einen roten Wollschal. Er nahm den Schal ab und schlang ihn mir um den Hals. »Du siehst halb erfroren aus«, sagte er. »Fahr nach Hause und wärm dich auf.«

Es nieselte immer noch. Der Himmel war bleigrau, und meine Stimmung war auch nicht viel sonniger. Ich war Kenny Mancuso so dicht auf den Fersen gewesen wie nie zuvor, aber ich hatte die Spur wieder verloren. Ich schlug mir mit der flachen Hand gegen die Stirn. Dumm, dumm, dumm. Wie konnte ich nur so blöd sein, ihn in dem hellblauen Riesenbaby zu beschatten?

Die zwölf Meilen Fahrt nach Hause legte ich unter anhaltenden Selbstbeschimpfungen zurück. Jetzt hatte ich dreimal die Gelegenheit gehabt, Kenny festzunageln, einmal bei Julia Cenetta, einmal im Einkaufszentrum und einmal im Motel. Aber ich Idiotin hatte alle drei Chancen versiebt.

Vielleicht sollte ich mich doch lieber auf Kleinkriminelle beschränken, auf Ladendiebe und angetrunkene Autofahrer. Nur leider konnte man von solch mickrigen Fällen nicht leben.

An meiner Wohnungstür hing eine Nachricht von Dillon, dem Hausmeister. Er hatte ein Päckchen für mich angenommen.

Ich fuhr mit dem Aufzug in den Keller und trat in den kleinen Vorraum, von dem vier in Schlachtschiffgrau gestrichene Türen abgingen. Die eine führte zu den Kellerabteilen der einzelnen Mietparteien, die zweite in den Heizungskeller und die dritte zu irgendwelchen Hausmeisterräumen. Hinter der vierten Tür wohnte Dillon, mietfrei und rundum zufrieden.

Ich bekam dort unten immer Beklemmungen, aber Dillon fühlte sich wohl. Er fand das Geblubber der Heizung beruhigend. An seiner Tür klebte ein Zettel, auf dem stand, daß er um fünf wieder zu Hause sein würde.

Ich fuhr nach oben, gab Rex ein paar Rosinen und einen Tortillachip und nahm eine lange heiße Dusche. Anschließend warf ich mich krebsrot aufs Bett und dachte über meine Zukunft nach. Aber nicht allzu gründlich. Als ich wieder aufwachte, war es Viertel vor sechs und jemand hämmerte an meine Tür.

Ich warf mir den Bademantel über, stapfte in die Diele und linste durch den Spion. Es war Joe Morelli. Ich öffnete die Tür einen Spaltbreit, ohne die Sicherheitskette abzunehmen. »Ich komme gerade aus der Dusche.«

»Es wäre nett, wenn du aufmachen würdest, bevor Mr. Wolesky rauskommt und mich wieder in die Mangel nimmt.«

Ich ließ mich erweichen.

Als Morelli in der Diele stand, kräuselte er amüsiert die Lippen. »Eine furchterregende Frisur.«

»Ich habe auf den nassen Haaren geschlafen.«

»Kein Wunder, daß du kein Liebesleben hast. Den Kerl mußt du erst mal finden, der es ertragen würde, neben so einer Frisur aufzuwachen.«

»Setz dich ins Wohnzimmer. Wehe, du stehst auf, bevor ich es dir erlaube. Vergreif dich nicht an meinen Lebensmitteln, erschreck meinen Hamster nicht und führ keine Ferngespräche.«

Als ich zehn Minuten später aus dem Schlafzimmer kam, saß Morelli friedlich vor dem Fernseher. Ich trug ein weißes T-Shirt und darüber ein Oma-Kleid, braune Boots und eine schlabbrige Strickjacke. Es war mein Annie-Hall-Look, in dem ich mir sehr feminin vorkam, der aber auf das andere Geschlecht die entgegengesetzte Wirkung hatte. Wenn ich diese Kluft trug, kam noch nicht einmal mehr der entschlossenste Schwanz hoch. In diesem Look fühlte ich mich bei einer Verabredung mit einem Unbekannten sicherer als mit einer Dose Tränengas in der Handtasche.

Ich wickelte mir Morellis roten Schal um den Hals und knöpfte meine Jacke zu. »Wenn wir zu spät kommen, kriegen wir höllischen Ärger.«

»Darüber würde ich mir an deiner Stelle keine Gedanken machen«, sagte Morelli, während wir die Wohnung verließen.

»Wenn deine Mutter dich in der Aufmachung sieht, vergißt sie sofort, wie spät es ist.«

»Das ist mein Annie-Hall-Look.«

»Tatsächlich? Ich finde, du siehst viel zu lecker aus für so eine Müslikutte.«

Ich hatte es so eilig, daß ich die Treppe nahm. Unten fiel mir das Päckchen wieder ein, das Dillon noch für mich hatte. »Warte einen Augenblick«, rief ich Morelli zu. »Ich bin sofort zurück.«

Ich lief in den Keller. Diesmal hatte ich Glück. Dillon war zu Hause.

»Ich wollte mein Päckchen abholen, aber ich habe es furchtbar eilig«, sagte ich.

Kaum hatte er mir die Sendung in die Hand gedrückt, war ich schon wieder nach oben gesprintet.

»Drei Minuten zuwenig oder zuviel können für einen Braten entscheidend sein«, sagte ich zu Morelli, nahm seine Hand und zerrte ihn zu seinem Toyota. Eigentlich hatte ich nicht vorgehabt, mich von ihm mitnehmen zu lassen, aber wenn wir in einen Stau gerieten, konnte er uns den Weg mit dem Blaulicht freimachen. »Hast du ein Blaulicht für den Wagen?« fragte ich, während ich einstieg.

Morelli schnallte sich an. »Natürlich. Aber du bildest dir doch hoffentlich nicht ein, daß ich es einem Braten zuliebe einsetze, oder?«

Ich warf einen forschenden Blick nach hinten.

Sofort sah Morelli in den Rückspiegel. »Hältst du nach Kenny Ausschau?«

»Ich spüre, daß er hier irgendwo ist.«

»Ich sehe niemanden.«

»Das heißt noch lange nicht, daß er nicht da ist. Er ist ein guter Versteckspieler. Er schleicht sich bei Stiva ein und hackt den Toten unbemerkt ein Körperteil ab. Im Einkaufszentrum stand er plötzlich wie aus dem Boden gewachsen vor mir. Er hat mich vor Julia Cenettas Haus und auf dem Motelparkplatz beobachtet, ohne daß ich etwas von ihm gemerkt habe. Und jetzt habe ich das unheimliche Gefühl, daß er mich verfolgt.«

»Aber weshalb sollte er?«

»Na ja, zum einen hat Spiro ihm erzählt, ich würde ihn umbringen, wenn er Spiro nicht in Frieden läßt.«

»Ach, du Himmel.«

»Vielleicht bilde ich mir ja auch alles bloß ein.«

»Manchmal soll man sich ruhig auf seine Instinkte verlassen.«

Wir mußten an einer Ampel halten. Die Uhr am Armaturenbrett sprang auf 5:58. Ich knackte mit den Fingerknöcheln, und Morelli warf mir einen fragenden Blick zu.

»Okay«, sagte ich. »Ich gebe es zu, meine Mutter macht mich nervös.«

»Dafür sind Mütter schließlich da«, antwortete Morelli. »Du darfst es nicht persönlich nehmen.«

Je weiter wir in heimische Gefilde vordrangen, desto schwächer wurde der Verkehr. Obwohl keine verdächtigen Scheinwerfer hinter uns waren, wurde ich das Gefühl nicht los, daß Kenny mich im Visier hatte.

Meine Mutter und Grandma Mazur warteten schon auf uns. Normalerweise waren es die Unterschiede zwischen meiner Mutter und meiner Großmutter, die mich erstaunten. Heute war es die Ähnlichkeit, die mir ins Auge stach. Hoch aufgerichtet und mit geradem Rücken standen sie in der Tür. Es war eine herausfordernde Haltung, die ich nur zu gut von mir selbst kannte. Sie hatten die Hände gefaltet, und ihr Blick ruhte unverwandt auf Morelli und mir. Sie hatten die runden Gesichter und schweren Augenlider meiner ungarischen Vorfahren, die aus der Puszta stammten. Es gab nicht einen einzigen Stadtbewohner unter ihnen. Im Gegensatz zu mir waren sie sehr zierlich gebaut.

Als ich mit hochgerafftem Kleid aus dem Geländewagen sprang, sahen sie mich ungläubig an.

»Was hast du denn an?« fragte meine Mutter entsetzt. »Kannst du dir keine anständigen Sachen leisten? Hast du dir diese Lumpen irgendwo ausgeliehen? Frank, gib Stephanie Geld. Sie muß sich etwas zum Anziehen kaufen.«

»Ich brauche keine neuen Klamotten«, sagte ich. »Die Sachen sind neu. Ich habe sie gerade erst gekauft. So was trägt man heutzutage.«

»Wie willst du jemals einen Mann finden, wenn du in solchen Sachen herumläufst?« Meine Mutter wandte sich hilfesuchend an Morelli. »Habe ich nicht recht?«

Morelli grinste. »Ich finde sie ziemlich schnuckelig. Das ist ihr Anna-Müsli-Look.«

Ich legte mein Päckchen auf den Dielentisch und zog die Jacke aus. »Annie Hall!«

Grandma Mazur nahm den Umschlag in die Hand und betrachtete ihn. »Eine Eilsendung. Muß etwas Wichtiges sein. Fühlt sich an, als ob eine Schachtel darin ist. Laut Absender kommt es von einem R. Klein aus der Fifth Avenue in New York. Schade, daß es nicht für mich ist. Ich hätte nichts dagegen, eine Eilsendung zu bekommen.«

Ich kannte niemanden, der R. Klein hieß, und ich hatte in New York auch nichts bestellt. Ich nahm Großmutter den Umschlag ab und öffnete ihn. Er enthielt eine kleine Pappschachtel. Ich nahm die Schachtel heraus. Sie war nicht besonders schwer.

»Komischer Geruch«, sagte Grandma. »Wie ein Insektenvertilgungsmittel. Aber vielleicht ist es ja auch ein neues Parfüm.«

Ich riß den Klebestreifen herunter, nahm den Deckel ab und schnappte nach Luft. In der Schachtel lag ein Penis. Er war glatt an der Wurzel abgeschnitten, fachmännisch balsamiert und mit einer Hutnadel auf einem Stück Styropor festgesteckt worden.

Alle Anwesenden starrten in stummem Entsetzen auf den Penis.

Grandma Mazur fand als erste die Sprache wieder. »Von der Sorte habe ich schon ewig keinen mehr gesehen«, sagte sie mit einem fast wehmütigen Unterton in der Stimme.

Meine Mutter schlug die Hände über dem Kopf zusammen und fing so laut an zu schreien, daß ihr die Augen aus dem Kopf traten. »Schafft das sofort aus dem Haus! In was für einer Welt leben wir denn? Was sollen die Leute denken?«

Mein Vater kam aus dem Wohnzimmer in die Diele geschlurft, um zu sehen, was die Aufregung zu bedeuten hatte. »Was ist denn los?« fragte er und beugte sich ebenfalls über die Schachtel.

»Das ist ein Penis«, sagte Grandma Mazur. »Stephanie hat ihn mit der Post bekommen. Kein schlechtes Stück.«

Mein Vater schreckte zurück. »Jesus, Maria und Joseph!«

»Wer ist denn zu so etwas fähig?« rief meine Mutter. »Ist er aus Gummi? Ist es ein Gummipenis?«

»Sieht mir nicht nach Gummi aus«, sagte Grandma Mazur. »Er kommt mir ziemlich echt vor, nur die Farbe ist anders. Jedenfalls kann ich mich nicht erinnern, daß sie so eine komische Farbe haben.«

»Der reine Wahnsinn!« sagte meine Mutter. »Was für ein Mensch würde denn seinen Penis verschicken?«

Grandma Mazur warf einen Blick auf den Absender. »Hier steht Klein. Ich dachte immer, das wäre ein jüdischer Name, aber der Penis sieht mir nicht besonders jüdisch aus.«

Sogleich richteten sich alle Augen auf sie.

»Nicht, daß ich besonders viel darüber wüßte«, sagte Großmutter. »Aber ich glaube, ich habe mal im *National Geographic* einen jüdischen Penis gesehen.«

Morelli nahm mir die Schachtel aus der Hand und setzte den Deckel wieder darauf. Wir wußten beide, wem der Penis gehört hatte. Joseph Loosey.

»Ich muß das Essen leider ausfallen lassen«, sagte Morelli. »Das ist eine Sache für die Polizei.« Er nahm meine Tasche vom Dielentisch und hängte sie mir über die Schulter. »Stephanie muß ebenfalls mitkommen, damit ich ihre Aussage aufnehmen kann.«

»Daran ist nur diese Kopfgeldjägerei schuld«, sagte meine Mutter zu mir. »Das ist der falsche Umgang für dich. Warum suchst du dir nicht eine anständige Arbeit, wie deine Cousine Christine? Christine hat noch nie so etwas mit der Post bekommen.«

»Christine arbeitet in einer Vitaminfabrik. Sie sitzt den ganzen Tag an ihrem Einfülltrichter und paßt auf, daß die Tabletten auch immer schön in die Röhrchen fallen.«

»Sie verdient gutes Geld damit.«

Ich machte meine Jacke zu. »Ich verdiene auch gutes Geld. Manchmal auf jeden Fall.«

- 11 -

Morelli riß die Wagentür auf, warf das Päckchen auf den Sitz und forderte mich mit einer ungeduldigen Handbewegung zum Einsteigen auf. Obwohl er sich nichts anmerken lassen wollte, spürte ich, daß er vor Wut kochte.

»Es ist zum Kotzen«, sagte er, während er den Wagen anließ. »Dieser Witzbold. Wirklich zum Totlachen, seine Spielchen. Als Junge hat er mir immer erzählt, was für Streiche er sich gerade wieder geleistet hatte. Ich wußte nie, was wahr und was erfunden war. Vielleicht wußte Kenny es selbst nicht so genau. Vielleicht war für ihn alles real.«

»Meinst du wirklich, daß die Polizei sich um die Sache kümmern sollte?«

»Der Versand menschlicher Körperteile durch die Post ist jedenfalls nicht erlaubt.«

»Mußten wir uns deswegen so schnell von meinen Eltern verabschieden?«

»Ich hatte es deshalb so eilig, weil ich es keine zwei Stunden am Eßtisch ausgehalten hätte, während in Gedanken alle mit Joe Looseys Schwanz beschäftigt sind, der nebenan im Kühlschrank liegt.«

»Ich wäre dir sehr dankbar, wenn du diese Episode für dich behalten würdest. Sonst kommen die Leute noch auf falsche Gedanken, was Mr. Loosey und mich angeht.«

»Dein Geheimnis ist bei mir sicher.«

»Ob wir es Spiro erzählen sollten, was meinst du?«

»Ich finde, *du* solltest es ihm sagen. Laß ihn in dem Glauben, daß ihr beide Kennys Opfer seid. Als seine Leidensgenossin kriegst du vielleicht doch noch etwas aus ihm heraus.«

Unterwegs holten wir uns am Schalter eines Drive-in-Restaurants etwas zu essen. Sobald Morelli das Fenster wieder hochgekurbelt hatte, zog der Duft Amerikas durch den Wagen.

»Ein Braten ist es leider nicht«, sagte er.

Damit hatte er recht. Aber für mich war das wichtigste am Essen sowieso der Nachtisch. Ich steckte den Strohhalm in den Milchshake und fischte mir ein paar Pommes aus der Tüte. »Und was für Geschichten hat Kenny dir anvertraut, als ihr noch Kinder wart?«

»Das möchte ich dir lieber nicht erzählen. Ich will mich auch gar nicht daran erinnern. Die widerwärtigsten Sachen, echt krankhaft.«

Er nahm sich eine Handvoll Pommes. »Du hast mir noch gar nicht erzählt, wie du Kenny in dem Motel aufgestöbert hast.«

»Wahrscheinlich sollte ich meine Berufsgeheimnisse lieber nicht preisgeben.«

»Na, komm schon, gib dir einen Ruck.«

Okay, Zeit für ein bißchen Eigenwerbung. Zeit, Morelli mit ein paar wertlosen Informationen gnädig zu stimmen und ihn bei einer illegalen Aktivität im nachhinein zum Mitwisser zu machen. »Ich bin in Spiros Wohnung eingebrochen. Dabei habe ich ein paar Telefonnummern gefunden. Als ich sie überprüft habe, bin ich auf das Motel gestoßen.«

Morelli schaute mich an. Zum Glück konnte ich im Dunkeln nicht erkennen, was für ein Gesicht er machte. »Du bist in Spiros Wohnung eingedrungen? Durch eine zufällig unversperrte Tür, wie ich stark hoffe?«

»Durch ein mittels einer Damenhandtasche eingeschlagenes Fenster.«

»Verdammt, Stephanie. Das ist Einbruch und unbefugtes Betreten. Dafür kann man verhaftet werden. Dafür kann man in den Knast kommen.«

»Ich habe aufgepaßt.«

»Das erleichtert mich sehr.«

»Spiro wird wahrscheinlich denken, daß es Kenny gewesen ist. Er erstattet bestimmt keine Anzeige.«

»Dann wußte Spiro also doch, wo Kenny sich verkrochen hatte. Es wundert mich, daß Kenny so unvorsichtig ist.«

»Spiro hat im Bestattungsinstitut ein Telefon mit Anruferkennung. Vielleicht wußte Kenny nicht, daß er sein Versteck mit einem Anruf verraten würde.«

Den Rest der Strecke legten wir schweigend zurück. Morelli bog auf den Revierparkplatz ein, suchte sich eine Lücke und schaltete die Scheinwerfer aus.

»Möchtest du mit reinkommen?«

»Lieber nicht. Ich warte hier.«

Er nahm das Penispäckchen und eine Essenstüte mit. »Ich bin so schnell wie möglich wieder zurück.«

Ich gab ihm den Zettel mit den Seriennummern der Waffen und den Informationen von den Munitionskartons. »Ich habe in Spiros Schlafzimmer ein kleines Waffenlager ausgehoben. Du könntest mal überprüfen, ob die Artillerie aus Braddock stammt.« Ich war zwar nicht gerade versessen darauf, Morelli zu helfen, weil er mir immer noch nicht ganz traute, aber allein konnte ich die Herkunft der Waffen nicht feststellen. Und wenn sie wirklich gestohlen waren, hätte ich bei Morelli einen Gefallen gut.

Er lief zum Hintereingang des Reviers. Die Tür ging auf, und ein helles Viereck zeichnete sich in der dunklen Backsteinfassade ab. Als sich die Tür wieder geschlossen hatte, packte ich meinen Cheeseburger aus. Ob Morelli das Beweismittel wohl offiziell identifizieren lassen mußte? Und wenn ja, von wem? Von Louie Moon oder Mrs. Loosey wahrscheinlich. Hoffentlich dachte er daran, die Hutnadel herauszuziehen, bevor er Mrs. Loosey in die Schachtel sehen ließ.

Als ich den Cheeseburger und die Pommes verdrückt hatte, machte ich mich über den Milchshake her. Draußen regte sich nichts, weder auf dem Parkplatz noch auf der Straße, und die Stille in dem Toyota schlug mir regelrecht auf die Ohren. Eine Zeitlang hörte ich mir beim Atmen zu. Als es mir langweilig wurde, durchsuchte ich das Handschuhfach und die Kartentaschen. Ich fand nichts Interessantes. Wenn ich der Uhr am Armaturenbrett glauben konnte, war Morelli seit zehn Minuten weg. Ich trank den Milchshake aus und stopfte alle Verpackungen in die Tüte. Was nun?

Es war kurz vor sieben. Im Bestattungsinstitut begann jetzt

die Besuchszeit. Die ideale Gelegenheit, um Spiro von Looseys Schwanz zu erzählen. Leider war ich dazu verurteilt, in Morellis Wagen zu hocken und Däumchen zu drehen. Plötzlich sprang mir das Glitzern des Zündschlüssels ins Auge. Vielleicht sollte ich mir den Toyota ausborgen und einen kleinen Abstecher zum Bestattungsinstitut machen. Es wäre bestimmt nicht verkehrt, mich zur Abwechslung mal wieder um meine Arbeit zu kümmern. Schließlich hatte ich keine Ahnung, wie lange Morelli für den Papierkram brauchen würde. Womöglich saß ich noch stundenlang hier fest! Morelli wäre mir wahrscheinlich dankbar, wenn ich inzwischen an dem Fall weiterarbeitete. Andererseits würde er sicher ziemlich ungemütlich werden, wenn er herauskam und sein Wagen verschwunden war.

Ich kramte einen schwarzen Filzstift aus meiner Tasche. Da ich keinen Zettel fand, schrieb ich Morelli eine Nachricht auf die Hamburgertüte. Ich setzte ein paar Schritte zurück, stellte die Tüte an die Stelle, wo vorher der Toyota gestanden hatte, stieg wieder ein und fuhr los.

Das Institut war hell erleuchtet, und auf der Veranda tummelte sich eine ansehnliche Schar Trauergäste. Samstags hatte Stiva immer ein volles Haus. Da ich weder auf dem Parkplatz noch auf der Straße eine Lücke fand, bog ich in die für Leichenwagen reservierte Einfahrt ein. Ich würde nur ein paar Minuten brauchen, und außerdem würde sicher niemand einen Wagen abschleppen, in dessen Rückfenster ein Polizeiwappen klebte.

Spiro zeigte nacheinander zwei Gemütsregungen, als er mich sah. Zum einen Erleichterung, zum anderen Erstaunen über meinen Aufzug.

»Scharfe Klamotten«, sagte er. »Sie sehen so aus, als wären Sie gerade aus der tiefsten Pampa eingetroffen.«

»Ich habe Neuigkeiten für Sie.«

»Und ich für Sie.« Er deutete mit dem Kopf in Richtung des Büros. »Kommen Sie mit.«

Er ging durch die Eingangshalle voraus, riß die Bürotür auf und knallte sie hinter uns wieder zu.

»Sie werden es nicht glauben«, sagte er. »Jetzt spinnt Kenny, das Arschloch, total. Wissen Sie, was er sich geleistet hat? Er ist in meine Wohnung eingebrochen.«

Ich machte große Augen. »Nein!«

»Doch. Ist das zu fassen? Er hat eine Fensterscheibe eingeschlagen.«

»Warum sollte er bei Ihnen einbrechen?«

»Weil er total wahnsinnig ist.«

»War es auch bestimmt Kenny? Hat er etwas mitgenommen?«

»Natürlich war es Kenny. Wer denn sonst? Nein, es fehlt nichts. Der Videorekorder ist noch da, meine Kamera, mein Geld, mein Schmuck, einfach alles. Es muß Kenny gewesen sein. Der Typ ist ein Irrer.«

»Haben Sie den Einbruch bei der Polizei gemeldet?«

»Was zwischen Kenny und mir gespielt wird, geht niemanden etwas an. Schon gar nicht die Polizei.«

»Vielleicht sollten Sie sich das doch noch mal überlegen.«

Spiro kniff die Augen zusammen und musterte mich mißtrauisch. »Ach, ja?«

»Sie erinnern sich an den kleinen Zwischenfall gestern, die Sache mit Mr. Looseys Penis?«

»Ja. Und?«

»Kenny hat ihn mir mit der Post geschickt.«

»Im Ernst?«

»Als Eilsendung.«

»Wo ist er jetzt?«

»Die Polizei hat ihn. Morelli war dabei, als ich ihn ausgepackt habe.«

»Scheiße!« Spiro beförderte den Papierkorb mit einem Fußtritt quer durch den Raum. »Scheiße, Scheiße, Scheiße, Scheiße, Scheiße.«

»Ich verstehe nicht ganz, warum Sie sich so aufregen«, sagte ich. »Im Grunde ist es doch allein Kennys Problem. Sie haben schließlich nichts verbrochen.« Es konnte nicht schaden, ihm ein bißchen Honig ums Maul zu schmieren. Je mehr er mir vertraute, desto besser.

Spiro hörte auf zu wüten und sah mich an. Ich hatte fast das Gefühl, hören zu können, wie sich in seinem Kopf das rostige Getriebe in Gang setzte. »Das stimmt«, sagte er. »Ich habe nichts verbrochen. Ich bin das Opfer. Weiß Morelli, daß das Päckchen von Kenny stammt? War ein Brief dabei? Ein Absender?«

»Kein Brief. Kein Absender. Schwer zu sagen, wieviel Morelli weiß.«

»Haben Sie ihm denn nicht gesagt, daß Kenny es geschickt hat?«

»Ich habe schließlich keine konkreten Beweise. Aber eines steht fest. Da das Ding ganz offensichtlich balsamiert worden ist, wird die Polizei sicher bei verschiedenen Bestattungsinstituten Erkundigungen einziehen. Man wird wissen wollen, warum Sie den... Diebstahl nicht gemeldet haben.«

»Vielleicht sollte ich lieber reinen Tisch machen und den Bullen sagen, was für ein durchgeknallter Irrer Kenny ist. Ich könnte ihnen von dem Finger und dem Einbruch bei mir zu Hause erzählen.«

»Und Con? Wollen Sie ihn auch aufklären? Ist er eigentlich noch im Krankenhaus?«

»Er ist heute entlassen worden. Er will sich noch eine Woche erholen und dann wenigstens stundenweise wieder einsteigen.«

»Con wäre nicht sehr entzückt, wenn er erführe, daß in seinem Institut die unterschiedlichsten Körperteile verlorengegangen sind.«

»Wem sagen Sie das? Wenn mir noch einer damit kommt, daß der Körper des Menschen heilig ist, kriege ich einen Schreikrampf. Was soll der Scheiß? Schließlich kann Loosey seinen Schwanz doch sowieso nicht mehr gebrauchen.«

Spiro ließ sich wie ein Sack in den gepolsterten Managersessel hinter dem Schreibtisch plumpsen. Die Maske des Biedermanns war ins Rutschen geraten. Die wachsweiße Gesichtshaut spannte sich über den schrägen Wangenknochen, die vorstehenden Zähne ragten spitz unter der Oberlippe hervor. Er verwandelte sich immer mehr in eine Ratte, hinterlistig, aus dem Mund stinkend, bösartig. Schwer zu sagen, ob er das Nagetierhafte schon seit seiner Geburt oder, dank ständiger Hänseleien, erst im Laufe der Jahre erworben hatte.

Spiro beugte sich vor. »Wissen Sie, wie alt Con ist? Zweiundsechzig. Jeder andere in seinem Alter würde längst an den wohlverdienten Ruhestand denken, jeder andere, aber nicht Constantine Stiva. Wenn ich längst eines natürlichen Todes gestorben sein werde, wird Constantine immer noch seinen Kunden in den Arsch kriechen. Er ist wie eine Schlange, deren Herz nur zwölfmal in der Minute schlägt. Er schont sich. Er saugt das Formaldehyd ein, als wäre es ein Lebenselixier. Er krallt sich aus reiner Gehässigkeit ans Leben, um mich zu ärgern.

Warum kann er nicht Krebs haben? Was nützt mir ein Bandscheibenvorfall? An einem kaputten Rücken ist noch keiner krepiert.«

»Ich dachte immer, Sie verstehen sich gut mit Con.«

»Er macht mich wahnsinnig mit seinen Regeln und seinem Lieb-Kind-Getue. Sie sollten ihn mal im Balsamierungsraum sehen. So was von penibel, nicht zum Aushalten. Als ob der verfluchte Keller ein Schrein wäre. Constantine Stiva vor dem

Altar der Verstorbenen. Wollen Sie wissen, was ich über die Toten denke? Ich finde, sie stinken.«

»Warum arbeiten Sie dann hier?«

»Weil man damit Geld verdienen kann, und weil ich das Geld liebe.«

Fast hätte ich mich vor Ekel geschüttelt. Was für ein Einblick in Spiros schlammig schleimige Gefühlswelt, in seine dreckigen Gedankengänge. Der Mann im weißen Bestatterhemd, außen hui, innen pfui. »Haben Sie seit dem Einbruch noch einmal etwas von Kenny gehört?«

»Nein.« Spiro wurde nostalgisch. »Was waren wir früher für gute Freunde. Kenny, Moogey und ich, die Unzertrennlichen. Dann ist Kenny zum Militär gegangen und hat sich verändert. Plötzlich ist er sich wahnsinnig schlau vorgekommen und hatte lauter grandiose Ideen.«

»Zum Beispiel?«

»Das kann ich Ihnen nicht sagen, aber daß sie grandios waren, können Sie mir glauben. Nicht, daß mir so etwas nicht auch einfallen könnte, aber ich habe zuviel anderes um die Ohren.«

»Hat Kenny Sie an seinen tollen Plänen beteiligt? Ist für Sie etwas dabei herausgesprungen?«

»Das kam schon vor. Kenny war unberechenbar. Der konnte einem was vormachen, ohne daß man es gemerkt hat. So ist er auch mit den Frauen umgegangen. Die Weiber standen total auf ihn.« Spiro lächelte fies. »Wir haben uns darüber totgelacht. Er hat ihnen den treusorgenden, liebevollen Freund vorgespielt, während er gleichzeitig alles gebumst hat, was ihm über den Weg lief. Kenny hatte echt ein Händchen für die Weiber. Er konnte sie sogar verprügeln, und sie sind trotzdem zu ihm zurückgekommen. Wirklich bewundernswert. Der Typ hatte was drauf. Ich habe selbst gesehen, wie er seine Tussis mit Zigaretten verbrannt und ihnen Nadeln in die Haut gestochen hat, aber sie kamen immer wieder angekrochen.«

Mir wäre fast der Cheeseburger wieder hochgekommen. Ich wußte nicht, wer widerwärtiger war. Kenny, der Frauen mit Nadeln quälte, oder Spiro, der ihn deswegen bewunderte. »Ich muß langsam los«, sagte ich. »Ich habe noch etwas anderes zu erledigen.« Mich nach diesem Gespräch zu desinfizieren zum Beispiel.

»Warten Sie einen Augenblick. Ich habe noch eine Frage zu meiner persönlichen Sicherheit. Mit solchen Sachen kennen Sie sich doch aus, nicht wahr?«

Ich? Spiro mußte mich verwechseln. »Aber natürlich.«

»Was soll ich wegen Kenny unternehmen? Ich hatte an einen Leibwächter gedacht. Ich bräuchte jemanden, der abends mit mir den Laden zusperrt und aufpaßt, daß ich heil nach Hause komme. Ich schätze, ich kann froh sein, daß Kenny nicht in der Wohnung auf mich gewartet hat.«

»Haben Sie Angst vor ihm?«

»Er ist mir unheimlich. Man sieht ihn nicht, aber er ist da. Er lauert in einer dunklen Ecke, er beobachtet, er plant.« Unsere Blicke trafen sich. »Sie kennen Kenny nicht«, sagte Spiro. »Er kann ein richtig patenter Kerl sein, aber dann wieder ist er der Teufel in Person. Glauben Sie mir, ich habe ihn in Aktion erlebt. Den Anblick würde ich mir an Ihrer Stelle lieber ersparen.«

»Ich habe Ihnen schon einmal gesagt, daß ich keine Lust habe, für Sie den Leibwächter zu spielen.«

Er nahm einen Packen Zwanziger aus der obersten Schreibtischschublade und zählte ein paar Scheine ab. »Hundert Dollar pro Abend. Sie müssen nur dafür sorgen, daß mir auf dem Weg nach Hause nichts passiert. Ansonsten kann ich auf mich selbst aufpassen.«

Plötzlich erkannte ich, wie praktisch es wäre, Spiro zu beschützen. Wenn Kenny tatsächlich aufkreuzte, wäre ich gleich an Ort und Stelle. Ich käme leichter an Informationen heran. Und ich könnte vollkommen legal jeden Abend Spiros Haus durchsuchen. Es würde allerdings auch bedeuten, daß ich mich für Geld verkaufte. Aber es hätte auch wesentlich schlimmer kommen können. Mit ein bißchen Pech wären dabei nicht mehr als fünfzig Dollar für mich herausgesprungen. »Wann soll ich anfangen?«

»Heute abend. Ich mache um zehn Uhr zu. Seien Sie ein paar Minuten früher da.«

»Warum ich? Warum mieten Sie sich nicht lieber einen großen, starken Kerl?«

Spiro legte das Geld zurück. »Ich will doch nicht wie eine Schwuchtel aussehen. Wenn ich mit Ihnen herumziehe, denken die Leute, Sie wären heiß auf mich. Das ist besser für mein Image. Es sei denn, Sie ziehen weiterhin so unmögliche Sachen an. Dann muß ich es mir vielleicht doch noch einmal anders überlegen.«

Tolle Aussichten.

Als ich Spiro verließ, wurde ich schon von Morelli erwartet. Er lehnte in der Eingangshalle an der Wand und schien vor Wut zu kochen. Er ließ sich nicht viel anmerken, nur sein Brustkorb hob und senkte sich etwas schneller, als er mich aus dem Büro kommen sah. Ich setzte ein falsches Lächeln auf und flitzte so schnell zur Tür hinaus, daß Spiro keine Zeit hatte, uns zusammen zu sehen.

»Dann hast du meine Nachricht also gefunden?« sagte ich, als wir den Toyota erreichten, und lächelte noch um einiges künstlicher.

»Du hast nicht nur meinen Wagen geklaut, du hast auch noch falsch geparkt.«

»Du parkst doch auch ständig falsch.«

»Nur wenn ich im Dienst bin … und wenn es regnet.«

»Ich weiß gar nicht, warum du dich so aufregst. Du wolltest doch, daß ich mir Spiro vorknöpfe. Und genau das habe ich getan.«

»Erstens mußte ich mich von einem Streifenwagen mitnehmen lassen, und zweitens, was viel wichtiger ist, möchte ich nicht, daß du allein unterwegs bist. Ich behalte dich so lange im Auge, bis wir Mancuso kassiert haben.«

»Wie rührend du um meine Sicherheit besorgt bist.«

»Freu dich nicht zu früh. Ich passe deshalb auf dich auf, weil du ein unheimliches Talent dafür hast, über die Leute zu stolpern, die du gerade suchst, und weil du völlig unfähig bist, sie festzunehmen. Ich möchte nicht, daß deine nächste Begegnung mit Kenny wieder ein Reinfall wird. Ich will dabeisein, wenn du ihn findest.«

Seufzend stieg ich ein. Wo er recht hatte, hatte er recht. Als Kopfgeldjägerin war ich nicht gerade Weltklasse.

Den Weg zu meiner Wohnung legten wir schweigend zurück. Da ich die Straßen wie meine Westentasche kannte, hatte ich normalerweise kaum einen Blick für sie übrig. Aber an diesem Abend achtete ich etwas besser auf meine Umgebung als sonst. Ich wollte Kenny auf gar keinen Fall übersehen. Was hatte Spiro gesagt? Daß er in dunklen Ecken lauerte, beobachtete und plante? Das klang mir ein bißchen zu kitschig. Kenny war ein stinknormaler Soziopath, der sich einbildete, daß er mit Gott verschwägert war.

Der auffrischende Wind trieb Wolkenfetzen über die Mondsichel. Morelli parkte neben dem Buick und stellte den Motor aus. Er drehte sich zu mir und spielte an meinem Jackenkragen herum. »Hast du heute abend schon etwas vor?«

Ich beichtete ihm den Leibwächter-Job.

Morelli starrte mich mit großen Augen an. »Wie schaffst du

das bloß?« fragte er. »Warum reitest du dich immer in solche Situationen rein? Wenn du wenigstens wüßtest, was du tust.«

»Wahrscheinlich habe ich einen guten Schutzengel.« Ich sah auf die Uhr. Obwohl es schon halb acht war, arbeitete Morelli immer noch. »Du hast aber ganz schön lange Dienst«, sagte ich. »Ich dachte, bei der Polizei hätte man Achtstundenschichten.«

»In meiner Abteilung geht es flexibel zu. Ich arbeite, wenn ich gebraucht werde.«

»Du hast überhaupt kein Privatleben.«

Er zuckte mit den Schultern. »Ich mag meinen Beruf. Wenn ich urlaubsreif bin, fahre ich übers Wochenende ans Meer oder fliege für eine Woche auf die Antillen.«

Das war ja höchst interessant. Ich hätte Morelli nie für einen Karibik-Urlauber gehalten. »Was machst du auf den Antillen? Wieso zieht es dich dorthin?«

»Ich tauche.«

»Und was treibst du hier in New Jersey, wenn du ans Meer fährst?«

Morelli grinste. »Ich lege mich am Strand unter den Holzsteg und linse den Mädels unter die Röcke. Alte Gewohnheit.«

Ich konnte mir kaum vorstellen, wie Morelli in der Karibik elegant in die Fluten tauchte, aber dafür sah ich ihn überdeutlich als frühreifes Früchtchen unter dem Holzsteg liegen oder vor den Strandbars herumlungern und spärlich bekleidete Frauen begaffen. Später vergnügte er sich dann gemeinsam mit seinem Vetter Mooch unter den Planken, bis sie mit Onkel Manny und Tante Florence ins Ferienhaus zurückfahren mußten. Und noch ein paar Jahre später lag er statt mit Vetter Mooch mit seiner Cousine Sue Ann Beale unter dem Steg und sah ihr unter den Rock.

Ich stieß die Wagentür auf. Der Wind pfiff um die Antennen und riß an meinem Rock. Die Haare flatterten mir wild um den Kopf.

Im Fahrstuhl sah Morelli amüsiert zu, wie ich verzweifelt versuchte, das Lockenchaos mit einem Gummiband zu bändigen. Oben angekommen, stand er geduldig wartend daneben, während ich nach dem Wohnungsschlüssel kramte.

»Hat Spiro Angst?« wollte Morelli wissen.

»Sonst hätte er mich wohl kaum als Leibwächterin engagiert.«

»Vielleicht ist das bloß ein Trick, um dich in seine Wohnung zu locken.«

Ich trat in die Diele, machte Licht und schlüpfte aus meiner Jacke. »Dann ist es aber ein ziemlich teurer Trick.«

Morelli ging ins Wohnzimmer und schaltete den Sportkanal ein. Ich erkannte die blauen Trikots der Rangers. Die Caps spielten in Weiß. Ich sah mir ein Bully an, bevor ich in die Küche ging, um den Anrufbeantworter abzuhören.

Zwei Nachrichten waren auf dem Band. Die erste war von meiner Mutter, die mir sagen wollte, daß die Bank Kassiererinnen suchte und daß ich mir unbedingt die Hände waschen sollte, falls ich Mr. Loosey angefaßt hatte. Der zweite Anruf war von Connie. Vinnie sei aus North Carolina zurück und wolle mich morgen im Büro sehen. Da konnte mein lieber Vetter aber lange warten. Vinnie hatte Angst um die Mancuso-Kröten. Wenn ich zu ihm ging, würde er mir den Fall abnehmen und einem erfahreneren Kopfgeldjäger geben.

Nachdem ich den Anrufbeantworter ausgeschaltet hatte, griff ich nach einer Tüte Tortillachips und zwei Flaschen Bier. Ich knallte mich neben Morelli auf die Couch und stellte die Tüte zwischen uns. Ma und Pa beim trauten Fernsehabend.

Im ersten Drittel des Eishockeyspiels klingelte das Telefon.

»Na, wie geht's?« fragte der Anrufer. »Besorgt Joe es dir von hinten? Darauf soll er ganz besonders geil sein. Du bist echt cool. Treibst es mit Spiro und Joe-Boy gleichzeitig.«

»Mancuso?«

»Ich wollte nur mal hören, ob du dich über mein Überraschungspaket gefreut hast.«

»Ich war begeistert. Was soll das Ganze?«

»Nichts Besonderes. Es war bloß ein Gag. Ich habe gesehen, wie du es in der Diele aufgemacht hast. Nette Idee, das alte Muttchen an der Überraschung zu beteiligen. Ich mag Omas. Man könnte sagen, sie sind meine Spezialität. Frag Joe, was ich mir für alte Omas alles einfallen lasse. Nein, am besten zeige ich es dir.«

»Sie sind krank, Mancuso. Sie brauchen Hilfe.«

»Die einzige, die hier Hilfe braucht, ist deine Oma. Und du vielleicht auch. Wir wollen ja schließlich nicht, daß du dich ausgeschlossen fühlst. Anfangs war ich bloß sauer auf dich, weil du mir dauernd in die Quere gekommen bist. Aber inzwischen sehe ich das anders. Inzwischen habe ich den Eindruck, daß man sich mit dir und deiner senilen Oma so richtig schön amüsieren könnte. Es ist viel geiler, wenn jemand dabei ist, der zusehen muß, bis er selber an die Reihe kommt. Dann würdest du mir vielleicht sogar erzählen, wie Spiro seinen alten Freund bestohlen hat.«

»Woher wollen Sie wissen, daß es Spiro und nicht Moogey war?«

»Moogey wußte nicht genug, um seinen alten Freund bestehlen zu können.«

Es klickte in der Leitung. Kenny hatte aufgelegt.

Morelli stand neben mir, die Bierflasche in der Hand, einen gelassenen Ausdruck im Gesicht, aber sein Blick war hart geworden.

»Das war dein Vetter«, sagte ich. »Er hat sich erkundigt, ob ich sein Paket bekommen habe. Außerdem hat er noch gemeint, er hätte Lust, sich ein bißchen mit Grandma Mazur und mir zu amüsieren.«

Obwohl ich mich bemühte, die Rolle der abgebrühten und knallharten Kopfgeldjägerin zu spielen, war ich innerlich vollkommen durcheinander. Ich hatte nicht die Absicht, Joe Morelli zu fragen, was Kenny Mancuso mit alten Frauen machte. Ich wollte nichts davon wissen, und ich wollte nicht, daß er es mit Grandma Mazur machte.

Schnell rief ich bei meinen Eltern an, um mich zu überzeugen, daß Grandma nichts passiert war. Meine Mutter sagte, sie säße gesund und munter vor dem Fernseher. Ich versicherte ihr, daß ich mir die Hände gewaschen hätte, und schlug eine Einladung zum Nachtisch aus.

Ich zog das Kleid aus und Jeans, Turnschuhe und Flanellhemd an. Dann nahm ich den .38er aus der Keksdose, vergewisserte mich, daß er geladen war, und steckte ihn in meine Handtasche.

Als ich wieder ins Wohnzimmer kam, ließ Morelli Rex an einem Tortillachip knabbern.

»Ich glaube fast, jetzt wird es ernst. Du hast deinen Kampfanzug an«, sagte Morelli. »Und du warst an der Keksdose.«

»Mancuso hat Drohungen gegen meine Großmutter ausgestoßen.«

Morelli schaltete das Eishockeyspiel aus. »Er wird zusehends nervöser und frustrierter, und er stellt sich von Mal zu Mal dümmer an. Es war dumm von ihm, dir im Einkaufszentrum aufzulauern. Es war dumm, sich bei Stiva einzuschleichen. Und es war dumm, dich anzurufen. Jedesmal wenn er sich zu so einer Dummheit hinreißen läßt, erhöht sich die Gefahr, erwischt zu werden. Wenn alles nach seinen Wünschen geht, kann Kenny sehr schlau sein. Aber wenn ihm etwas nicht in den Kram paßt, ist er schnell mit seinem Latein am Ende. Dann schlägt er bloß noch wild um sich.

Er ist verzweifelt, weil aus seinem Waffengeschäft nichts geworden ist. Jetzt braucht er einen Sündenbock, einen Prügelknaben. Entweder er hatte einen Interessenten, der ihm einen Vorschuß bezahlt hat, oder er hatte schon einen Teil der Ladung verkauft, bevor der Rest geklaut wurde. Ich tippe auf die Vorschußtheorie. Ich schätze, ihm steht das Wasser bis zum Hals, weil er den Vertrag nicht erfüllen kann und den Vorschuß längst verbraten hat.«

»Er glaubt, daß Spiro die Waffen hat.«

»Die beiden würden sich bei passender Gelegenheit am liebsten gegenseitig zerfleischen.«

Ich wollte mir gerade die Jacke anziehen, als das Telefon erneut klingelte. Diesmal war der Anrufer Louie Moon.

»Er war hier«, sagte Moon. »Kenny Mancuso war im Institut. Er hat Spiro mit dem Messer angegriffen.«

»Wo ist Spiro jetzt?«

»Im St. Francis. Ich habe ihn hingebracht. Aber jetzt bin ich wieder hier, weil ich mich um den Laden kümmern muß. Einer muß ja zusperren und so.«

Eine Viertelstunde später waren wir im Krankenhaus. Zwei Streifenbeamte, Vince Roman und ein Neuer, den ich nicht kannte, standen sich an der Anmeldung zur Notaufnahme die Füße platt.

»Na, wie sieht's aus?« fragte Morelli.

»Der junge Stiva sagt, daß dein Vetter mit dem Messer auf ihn losgegangen ist.« Vince deutete mit dem Kopf auf die Tür hinter der Anmeldung. »Er wird jetzt da drin wieder zusammengeflickt.«

»Wie schlimm ist es?«

»Er hatte noch Glück im Unglück. Ich schätze, Kenny wollte ihm die Hand abschneiden, aber er ist mit der Klinge an Spiros goldenem Armband abgerutscht. So ein fettes Armband hast du noch nie gesehen.« Vince und sein Partner schmunzelten. »Da würde selbst Liberace vor Neid erblassen.«

»Ich nehme nicht an, daß jemand Kenny verfolgt hat?«

»Der hat sich in Luft aufgelöst.«

Wir fanden Spiro in der Notaufnahme, der Vorhang um sein Bett war halb zugezogen. Sein rechter Unterarm war dick verbunden, sein weißes Hemd blutbespritzt und am Hals offen. Ein blutiger Schlips und ein Küchentuch lagen auf dem Fußboden.

Bei meinem Anblick erwachte Spiro schlagartig aus seiner Apathie. »Sie sollten mich doch beschützen!« rief er. »Wo zum Teufel waren Sie, als ich Sie brauchte?«

»Mein Dienst beginnt erst um zehn Uhr.«

Sein Blick blieb an Morelli hängen. »Der Kerl ist wahnsinnig. Ihr Vetter ist ein Irrer. Er wollte mir die Hand abhacken. Er gehört hinter Gitter. Er gehört in die Klapsmühle. Ich sitze in meinem Büro, ahne nichts Böses und arbeite an Mrs. Mackeys Rechnung, als plötzlich Kenny vor mir steht. Er ist völlig außer sich und behauptet, ich hätte ihn bestohlen. Ich verstehe überhaupt nicht, was er von mir will. Er ist total durchgedreht. Und dann sagt er, er will mich in lauter kleine Stücke zerhacken, bis ich ihm sage, was er wissen will. Zum Glück hatte ich das Armband um, sonst müßte ich jetzt auf Linkshänder umsatteln. Ich habe um Hilfe geschrien, da ist Louie gekommen und Kenny ist abgehauen. Ich brauche Polizeischutz. Miss Bodyguard taugt nichts.«

»Wenn Sie wollen, lasse ich Sie heute abend im Streifenwagen nach Hause bringen«, sagte Morelli. »Aber mehr kann ich nicht für Sie tun.« Er gab Spiro seine Visitenkarte. »Wenn Sie ein Problem haben, können Sie mich anrufen. Wenn Sie schnell Hilfe brauchen, wählen Sie lieber die Notrufnummer.«

Spiro schnaubte verächtlich und starrte mich an.

Ich lächelte süß. »Dann also bis morgen?« fragte ich.

»Ja, gut«, knurrte er. »Bis morgen.«

Der Wind war abgeflaut, aber dafür nieselte es, als wir das Krankenhaus verließen.

»Es ist eine Warmfront im Anzug«, sagte Morelli. »Wenn der Regen aufgehört hat, soll es richtig schön werden.«

Wir stiegen in Morellis Toyota und beobachteten den Streifenwagen, der in der für Rettungswagen reservierten Einfahrt stand. Nach etwa zehn Minuten kamen die beiden Polizisten mit Spiro aus der Klinik und brachten ihn nach Hause. Wir fuhren ihnen nach. Nachdem sich Vince Roman und sein neuer Partner überzeugt hatten, daß in der Wohnung niemand auf Spiro wartete, fuhren sie davon.

Morelli und ich blieben noch eine Weile im Wagen sitzen. Bei Spiro brannte Licht, und wenn ich richtig vermutete, würde es hinter seinen Vorhängen wohl die ganze Nacht nicht mehr dunkel werden.

»Wir sollten ihn beschatten«, sagte Morelli. »Kenny ist kein Geistesriese. Er wird Spiro so lange auf den Pelz rücken, bis er kriegt, was er will.«

»Das kann er sich sparen. Spiro hat sowieso nicht, was Kenny sucht.«

Morelli starrte unentschlossen durch die regennasse Scheibe. »Ich brauche einen anderen Wagen. Kenny kennt den Toyota.«

Daß er auch den Buick kannte, verstand sich von selbst. Die ganze Welt kannte meinen Buick. »Wie wäre es mit dem Fairlane?«

»Den kennt er bestimmt auch. Außerdem brauche ich ein Fahrzeug, in dem ich etwas mehr Deckung habe. Einen Lieferwagen oder einen Bronco mit getönten Scheiben.« Er ließ den Motor an. »Weißt du, wann Spiro morgens aufmacht?«

»Normalerweise ist er um neun im Büro.«

Als Morelli um halb sieben an meine Tür klopfte, war ich schon lange aus den Federn. Ich hatte geduscht und war angezogen. Ich trug die übliche Kopfgeldjägerkluft, Jeans, warmes Hemd, solide Schuhe. Rex' Käfig war sauber, die Kaffeemaschine lief.

»Das ist der Plan«, sagte Morelli. »Du folgst Spiro, und ich folge dir.«

Besonders überzeugend kam mir der Plan nicht vor, aber da ich selbst keinen besseren hatte, konnte ich mich nicht beklagen. Ich schüttete den Kaffee in die Thermoskanne, packte zwei Sandwiches und einen Apfel in meine kleine Kühltasche und schaltete den Anrufbeantworter ein.

Es war noch dunkel, als wir das Haus verließen. Sonntagmorgen. Kein Verkehr. Wir waren beide nicht sehr gesprächig.

»Und, was fährst du heute?« fragte ich, als ich Morellis Wagen nicht auf dem Parkplatz stehen sah.

»Einen schwarzen Explorer. Er steht auf der Straße. Neben dem Haus.«

Ich schloß den Buick auf und warf meine gesamte Ausrüstung auf den Rücksitz, einschließlich der Decke, die ich vorsichtshalber mitgenommen hatte und nun aller Voraussicht nach doch nicht brauchen würde. Es regnete nicht mehr, und es kam mir sehr viel wärmer vor. Wahrscheinlich waren es um die zehn Grad.

Ich war mir nicht ganz sicher, ob Spiro sonntags die gleiche Arbeitszeit hatte wie sonst. Das Bestattungsinstitut war zwar sieben Tage die Woche geöffnet, aber am Wochenende hing der Andrang vermutlich auch von der Anzahl der neu eingegangenen Verstorbenen ab. Daß Spiro ein braver Kirchgänger war, glaubte ich jedenfalls nicht. Da bekreuzigte ich mich schnell. Ich konnte mich nicht erinnern, wann ich das letzte Mal in der Messe gewesen war.

»Was soll das denn?« fragte Morelli. »Wieso machst du das Kreuzzeichen?«

»Weil heute Sonntag ist und ich mal wieder nicht in der Kirche bin.«

Morelli legte mir die Hand auf den Kopf. Sie fühlte sich so ruhig und stark an, daß mir ganz warm wurde.

»Gott liebt dich trotzdem«, sagte er.

Die Hand wanderte in meinen Nacken hinunter. Morelli zog mich an sich und küßte mich auf die Stirn. Er umarmte mich, dann marschierte er mit großen Schritten über den Parkplatz und war verschwunden.

Ich schwang mich hinter das Lenkrad. Mir war ein bißchen schwindlig. Ob sich zwischen Morelli und mir etwas anbahnte? Was hatte ein Kuß auf die Stirn zu bedeuten? Nichts. Er hatte überhaupt nichts zu bedeuten. Höchstens, daß Morelli ab und zu ein netter Mensch sein konnte. Okay, aber warum grinste ich dann wie ein Honigkuchenpferd? Weil ich auf Entzug war. Weil mein Liebesleben nicht existent war. Weil ich mit einem Hamster zusammenlebte. Andererseits hätte es auch noch schlimmer sein können. Ich hätte immer noch mit Dickie Orr, dem Schlappschwanz, verheiratet sein können.

Die Fahrt verlief ereignislos. Der Himmel wurde langsam hell. Schwarze Wolkenbänder wechselten mit blauen Himmelsstreifen ab. In der Wohnanlage war noch alles dunkel, nur bei Spiro brannte Licht. Ich hielt an und suchte im Rückspiegel nach Morellis Scheinwerfern. Nichts zu sehen. Ich drehte mich um und überprüfte den Parkplatz. Keine Spur von einem Explorer.

Egal. Morelli war trotzdem in der Nähe. Das spürte ich.

Ich machte mir trotzdem keine großen Illusionen über die Rolle, die ich bei diesem Plan zu spielen hatte. Ich war der Köder. Mit dem Buick sollte ich mich möglichst auffällig auf die

Lauer legen, damit Kenny nicht allzu gründlich nach einem zweiten Beschatter Ausschau hielt.

Ich goß mir einen Becher Kaffee ein und machte mich auf eine längere Wartezeit gefaßt. Ein orangefarbener Schein zeichnete sich am Horizont ab. In Spiros Nachbarwohnung ging das Licht an. Ein paar Fenster weiter wurde es ebenfalls hell. Auf einen Schlag wurde der Himmel strahlend blau. Tätää! Der Morgen war da.

Spiro hatte die Rollos noch nicht hochgezogen. In seiner Wohnung rührte sich nichts. Als ich gerade anfangen wollte, mir Sorgen um ihn zu machen, ging die Tür auf und er kam aus dem Haus. Er überprüfte zweimal, ob er abgeschlossen hatte, und lief dann zu seinem Wagen. Er fuhr einen marineblauen Lincoln, das Lieblingsauto aller aufstrebenden jungen Bestattungsunternehmer. Spiro hatte ihn bestimmt aus Steuergründen als Firmenwagen geleast.

Er war etwas sportlicher gekleidet als sonst. Schwarze Jeans und Joggingschuhe, schlabbriger grüner Pullover, aus dessen Ärmel ein weißer Verband hervorlugte.

Spiro fuhr mit Vollgas vom Parkplatz. Ich hatte irgendein Zeichen des Erkennens erwartet, aber er raste vorbei, ohne mir auch nur einen einzigen Blick zu gönnen. Wahrscheinlich mußte er sich zu sehr darauf konzentrieren, nicht vor Angst in die Hose zu machen.

Ich folgte ihm in etwas gemächlicherem Tempo. Es herrschte nicht viel Verkehr, und ich wußte sowieso, wohin er wollte. Einen halben Häuserblock vor dem Bestattungsinstitut hielt ich an. Von dort aus konnte ich den Haupteingang, den Nebeneingang und den kleinen Parkplatz an der Seite gut im Auge behalten.

Spiro parkte in der Einfahrt und betrat das Institut durch den Nebeneingang. Während er den Sicherheitscode eintippte, blieb die Tür offen, dann schloß sie sich hinter ihm, und im Büro ging das Licht an.

Zehn Minuten später traf Louie Moon ein.

Ich gönnte mir noch einen Becher Kaffee und aß ein halbes Sandwich. Niemand kam, und niemand ging. Um halb zehn fuhr Louie Moon mit dem Leichenwagen weg. Eine Stunde später kam er wieder zurück, und eine Bahre wurde durch den Hintereingang ins Gebäude geschoben. Das war wahrscheinlich der Grund, daß Louie und Spiro an diesem Sonntag arbeiten mußten.

Um elf Uhr rief ich mit dem Handy zu Hause an, um mich nach Grandma Mazur zu erkundigen.

»Sie ist nicht da«, sagte meine Mutter. »Kaum bin ich mal zehn Minuten weg, läßt dein Vater deine Großmutter mit Betty Greenburg wegfahren.«

Betty Greenburg war neunundachtzig und die Hölle auf Rädern.

»Seitdem sie im August den Schlaganfall hatte, kann sich Betty Greenburg nichts mehr merken«, sagte meine Mutter. »Letzte Woche ist sie bis nach Asbury Park gefahren. Eigentlich wollte sie nur schnell etwas einkaufen, aber dann hat sie irgendwo die falsche Ausfahrt genommen.«

»Wie lange ist Grandma schon weg?«

»Fast zwei Stunden, obwohl sie nur zum Bäcker wollte. Vielleicht rufe ich lieber die Polizei an.«

Plötzlich hörte ich im Hintergrund eine Tür knallen und lautes Stimmengewirr.

»Deine Großmutter ist wieder da«, sagte meine Mutter. »Sie hat einen Verband um die Hand.«

»Gib sie mir mal.«

Grandma Mazur kam ans Telefon. »Es ist nicht zu fassen«, sagte sie empört. »Mir ist eben etwas Furchtbares passiert. Betty und ich hatten gerade beim Bäcker eine Schachtel frischer italienischer Plätzchen gekauft, als kein anderer als Kenny Mancuso hinter einem Auto auftaucht und dreist auf mich zu marschiert.

›Wen haben wir denn da?‹ sagt er. ›Wenn das nicht Grandma Mazur ist.‹

›Stimmt, aber ich weiß auch, wer Sie sind‹, sage ich. ›Sie sind dieser Taugenichts, Kenny Mancuso.‹

›Da haben Sie recht‹, sagte er. ›Und ich werde Ihnen in Ihren schlimmsten Alpträumen erscheinen.‹«

Grandma atmete ein paarmal tief durch, um sich zu beruhigen.

»Mom hat erzählt, du hättest einen Verband um die Hand«, sagte ich behutsam. Ich wollte sie nicht drängen, aber ich mußte die Wahrheit wissen.

»Das war Kenny. Er hat mir einen Eispickel in die Hand gestochen«, antwortete Grandma mit unnatürlich schriller Stimme. Offenbar hatte sie sich noch nicht wieder ganz gefangen.

Ich schob die Sitzbank nach hinten und ließ den Kopf hängen.

»Hallo«, sagte Grandma. »Bist du noch da?«

Ich holte tief Luft. »Wie geht es dir jetzt?«

»Mir geht es gut. Im Krankenhaus haben sie mich gut versorgt. Ich habe Tylenol mit Kodein bekommen. Wenn man davon was intus hat, merkt man noch nicht mal, wenn man von einem Lastwagen überrollt wird. Und weil ich so aufgedreht war, haben die Ärzte mir auch noch ein paar Beruhigungspillen gegeben. Anscheinend habe ich noch Glück gehabt, weil der Eispickel keine wichtigen Teile verletzt hat. Er ist glatt zwischen den Knochen durchgegangen. Ein sauberer Einstich.«

»Und was ist aus Kenny geworden?«

»Der hat sich wie ein feiger Hund sofort aus dem Staub gemacht. Aber er will wiederkommen. Er hat gesagt, das wäre bloß der Anfang gewesen.« Ihre Stimme wurde brüchig. »Kannst du dir das vorstellen?«

»Vielleicht wäre es besser, wenn du in der nächsten Zeit nicht aus dem Haus gehst.«

»Das glaube ich auch. Ich bin todmüde, und ich könnte eine schöne Tasse Tee vertragen.«

Meine Mutter kam wieder an den Apparat. »Was ist nur aus dieser Welt geworden?« sagte sie. »Eine alte Frau wird am hellichten Tag vor der Bäckerei angegriffen.«

»Ich lasse das Telefon eingeschaltet. Laß Grandma nicht mehr aus dem Haus, und melde dich, wenn noch etwas passiert.«

»Was denn noch? Ist denn noch nicht genug passiert?«

Ich beendete das Gespräch und stöpselte das Handy in den Zigarettenanzünder. Mein Herz schlug dreimal so schnell wie gewöhnlich, und meine Hände waren schweißnaß. Ich konnte kaum noch klar denken, so aufgewühlt war ich. Ich stieg aus und hielt nach Morelli Ausschau. Ich fuchtelte mit den Händen, um ihn auf mich aufmerksam zu machen.

Im Buick zirpte das Telefon. Es war Morelli. Ein ungeduldiger oder aber auch besorgter Unterton lag in seiner Stimme.

»Ja?« sagte er.

Morelli hörte sich schweigend an, was ich ihm über Grandmas Abenteuer zu erzählen hatte. Zum Schluß hörte ich ihn fluchen und enttäuscht seufzen. Es mußte schwer für ihn sein. Immerhin gehörte Kenny Mancuso zu seiner Familie.

»Es tut mir leid«, sagte er. »Kann ich irgend etwas für dich tun?«

»Du kannst mir helfen, Mancuso zu schnappen.«

»Den erwischen wir schon.«

Unausgesprochen blieb die Befürchtung, daß wir ihn nicht schnell genug erwischen würden.

»Halten wir uns trotzdem weiter an den Plan?« fragte Morelli.

»Aber nur bis sechs. Ich esse heute abend zu Hause. Ich muß Grandma Mazur sehen.«

Im Bestattungsinstitut tat sich bis um ein Uhr nichts mehr. Dann wurde die Tür für die öffentliche Aufbahrung am Nachmittag geöffnet. Während ich mit dem Fernglas die Fenster beobachtete, erhaschte ich einen Blick auf Spiro, der nun, wie üblich, Anzug und Schlips trug. Offensichtlich hatte er sich inzwischen im Büro umgezogen. Auf dem Parkplatz herrschte ein reges Kommen und Gehen. Für Kenny wäre es ein leichtes gewesen, sich zwischen den Trauergästen unerkannt ins Gebäude zu schleichen. Wenn er sich einen Bart anklebte, einen Hut oder eine Perücke aufsetzte, würde er niemandem besonders auffallen.

Um zwei Uhr schlenderte ich über die Straße.

Spiro schnappte nach Luft, als er mich sah, und zog instinktiv den verletzten Arm an sich. Seine Bewegungen schienen mir unnatürlich abrupt, und sein Blick war so düster, daß ich den Eindruck hatte, er sei etwas desorientiert. Er erinnerte mich an eine Ratte im Labyrinth, die alle möglichen Hindernisse überwand, um doch immer wieder in einer Sackgasse zu landen, vergeblich nach einem Ausgang suchend.

Mir fiel ein Mann auf, der allein neben dem Teetischchen stand. Er war um die Vierzig, mittelgroß, mittelschwer und ziemlich kräftig. Er trug Sportsakko und Stoffhose. Er kam mir bekannt vor, aber es dauerte einen Augenblick, bis ich ihn einordnen konnte. Er war an der Tankstelle gewesen, als Moogey herausgebracht wurde. Ich hatte angenommen, daß er zur Mordkommission gehörte, aber vielleicht war er auch von einem anderen Dezernat oder vom FBI.

Ich ging zu ihm und stellte mich vor.

Er gab mir die Hand. »Andy Roche.«

»Sie arbeiten mit Morelli zusammen.«

Er ließ sich seine Überraschung nicht anmerken. »Manchmal.«

Ich gab einen Schuß ins Blaue ab. »FBI?«

»Steuerfahndung.«

»Läuft hier eine verdeckte Operation?«

»Kann man wohl sagen. Wir haben heute eine falsche Leiche eingeschmuggelt. Ich spiele den trauernden Bruder.«

»Sehr clever.«

»Ist dieser Spiro immer so knurrig?«

»Er hatte gestern einen schweren Tag. Und letzte Nacht hat er nicht viel Schlaf bekommen.«

- 12 -

Okay, Morelli hatte mir also nichts über Andy Roche gesagt. Wen wunderte das? Mich jedenfalls nicht. Morelli spielte nicht gern mit offenen Karten. Das war nun einmal nicht sein Stil. Er ließ sich nie die Trümpfe aus der Hand nehmen. Weder von seinem Boß noch von seinen Partnern – und von mir schon gar nicht. Es war nicht persönlich gemeint. Schließlich ging es darum, Kenny zu schnappen. Wie wir das anstellten, war mir mittlerweile herzlich egal.

Ich verabschiedete mich erst einmal von Roche und interviewte Spiro. Ja, er wollte, daß ich ihn abends ins Bettchen brachte. Nein, er hatte nichts von Kenny gehört.

Ich nutzte die günstige Gelegenheit, um zur Toilette zu gehen, und setzte mich dann wieder in den Buick. Um fünf Uhr machte ich Feierabend. Ich hielt es nicht mehr aus. Ständig sah ich die schrecklichsten Bilder, wie Grandma Mazur mit dem Eispickel verletzt wurde. Ich fuhr nach Hause, warf ein paar Klamotten in den Wäschekorb, packte Make-up, Haargel und Fön obendrauf und schleifte den Korb zum Wagen. Ich ging noch einmal nach oben, um Rex zu holen, löschte das Licht und schloß die Tür hinter mir ab. Ich konnte Grandma Mazur nur beschützen, wenn ich bei meinen Eltern wohnte.

»Was hat das zu bedeuten?« fragte meine Mutter, als sie den Hamsterkäfig erblickte.

»Ich ziehe für ein paar Tage zu euch.«

»Du hast gekündigt. Gott sei Dank! Du findest bestimmt eine bessere Stelle.«

»Ich habe nicht gekündigt. Ich brauche bloß einen kleinen Tapetenwechsel.«

»Aber die Nähmaschine und das Bügelbrett stehen in deinem Zimmer. Schließlich wolltest du nicht mehr bei uns wohnen.«

Ich drückte den Hamsterkäfig an mich. »Dann habe ich mich eben geirrt. Ich bin wieder da. Ich komme schon irgendwie zurecht.«

»Frank!« rief meine Mutter. »Komm und hilf Stephanie, sie will wieder bei uns einziehen.«

Ich ging die Treppe hinauf. »Aber nur für ein paar Tage. Nur vorübergehend.«

»Das hat Stella Lombardis Tochter auch gesagt, und jetzt wohnt sie schon seit drei Jahren wieder bei ihren Eltern.«

Ich stand kurz vor einem Schreikrampf.

»Wenn du mir Bescheid gesagt hättest, hätte ich noch putzen können«, sagte meine Mutter. »Und eine neue Tagesdecke hätte ich dir auch gekauft.«

Ich stieß die Tür mit dem Knie auf. »Ich brauche keine neue Tagesdecke. Die alte tut es auch.« Ich stellte Rex erst einmal auf das Bett, bis ich die Kommode abgeräumt hatte. »Wie geht es Grandma?«

»Sie macht ein Nickerchen.«

»Macht sie nicht«, rief Grandma Mazur aus ihrem Zimmer. »Bei dem Krach werden ja Tote wieder lebendig. Was ist denn los?«

»Stephanie zieht bei uns ein.«

»Wie kommt sie denn darauf? So todlangweilig, wie es hier ist.« Grandma steckte den Kopf zu mir herein. »Du bist doch wohl nicht schwanger?«

Einmal in der Woche ließ sich meine Großmutter die Haare waschen und legen. Bis zum nächsten Friseurbesuch schlief sie dann anscheinend mit dem Kopf über der Bettkante, da ihre adretten kleinen Wellen zwar mit der Zeit ein wenig an Präzision einbüßten, aber nie wirklich durcheinandergerieten. Heute sah sie aus, als ob sie ihre Haare mit Wäschestärke eingesprüht hätte und dann in den Windkanal gekommen wäre. Ihr Kleid war vom Schlafen zerknittert, und sie trug rosa Pantöffelchen. Ihre linke Hand war verbunden.

»Was macht deine Hand?« fragte ich.

»Es pocht ein bißchen. Ich schlucke lieber noch ein paar von den Pillen.«

Trotz des Bügelbretts und der Nähmaschine hatte sich mein Zimmer in den vergangenen zehn Jahren kaum verändert. Es war ein kleiner Raum mit nur einem Fenster. Die schweren weißen Wintervorhänge wurden in der ersten Maiwoche abgenommen und durch Stores ersetzt. Die Wände waren mattrosa gestrichen, die Fußleisten weiß. Auf dem Bett lag eine gesteppte Tagesdecke mit rosa Blümchenmuster, das im Laufe der Zeit durch häufiges Waschen etwas verblaßt war. Ansonsten standen in dem Zimmer ein schmaler Kleiderschrank, eine Kommode und ein Nachttisch aus Ahornholz, darauf eine Lampe mit einem Milchglasschirm. An der Wand hing noch mein High-School-Abschlußfoto und eine Aufnahme von mir als Majorette. Ich hatte es zwar in der Kunst des Taktstockwerfens nie zu großer Meisterschaft gebracht, dafür aber immer eine gute Figur gemacht, wenn ich auf den Football-Platz marschierte. Einmal war mir bei einem Auftritt in der Halbzeitpause der Stock im hohen Bogen aus der Hand geflogen und mitten zwischen den Posaunen der Schulkapelle gelandet. Noch bei der Erinnerung überlief es mich heiß und kalt.

Ich holte meinen Wäschekorb nach oben und stellte ihn in die Ecke. Essensdüfte zogen durch das Haus, und das Klappern des Geschirrs drang bis in den ersten Stock herauf. Mein Vater, der im Wohnzimmer vor dem Fernseher saß, drehte den Ton lauter, um gegen das Geschepper aus der Küche anzukommen.

»Stell es leiser!« rief meine Mutter. »Sonst werden wir noch alle taub.«

Mein Vater tat so, als hätte er nichts gehört.

Als ich zum Essen nach unten ging, vibrierten meine Zahnplomben, und ich hatte ein nervöses Zucken im linken Auge.

»Ist das nicht schön?« sagte meine Mutter. »Die ganze Familie um den Tisch versammelt. Schade, daß Valerie nicht auch da ist.«

Meine Schwester Valerie war seit hundert Jahren mit demselben Mann verheiratet und hatte zwei Kinder. Valerie war die »normale« Tochter.

Grandma Mazur, die mir gegenübersaß, machte mir regelrecht angst mit ihren ungekämmten Haaren und dem nach innen gekehrten Blick. Um es mit den Worten meines Vaters zu sagen: Das Licht war an, aber es war niemand zu Hause.

»Wie viele Kodeintabletten hat Grandma bis jetzt genommen?« fragte ich meine Mutter.

»Soweit ich weiß, nur eine«, antwortete sie.

Mein Auge zuckte, und ich legte schnell den Finger darauf. »Sie kommt mir ein bißchen weggetreten vor.«

Mein Vater hob den Kopf. Er hatte schon den Mund geöffnet,

um etwas zu sagen, aber dann überlegte er es sich doch wieder anders und butterte lieber sein Brot weiter.

»Mom«, rief meine Mutter. »Wie viele Pillen hast du geschluckt?«

Grandma schraubte den Kopf zu ihr herum. »Was für Pillen?«

»Es ist wirklich furchtbar, daß man heutzutage eine alte Frau nicht mehr alleine aus dem Haus lassen darf«, sagte meine Mutter. »Wir leben doch nicht in Washington. Als nächstes wird man womöglich noch aus einem fahrenden Auto heraus beschossen. Früher hätte es so etwas nicht gegeben.«

Ich wollte ihr nicht die Illusionen rauben, aber in der guten alten Zeit, von der sie sprach, hatte bei uns im Viertel vor jedem dritten Haus ein Mafia-Auto geparkt. Männer wurden nachts aus dem Bett geholt, mit vorgehaltener Waffe zu einer Kiesgrube gebracht und auf bewährte Weise aus dem Weg geräumt. Normalerweise bestand für Familien und Nachbarn keine Gefahr, aber es konnte trotzdem gelegentlich vorkommen, daß sich eine verirrte Kugel in den falschen Körper bohrte.

Außerdem machten die Männer der Familien Mancuso und Morelli die Gegend unsicher. Kenny war gemeingefährlicher als die meisten, aber es hätte mich sehr gewundert, wenn er der erste Mancuso gewesen wäre, der zum Vergnügen Frauen quälte. Meines Wissens hatte noch nie einer von der Sippschaft eine alte Frau mit einem Eispickel angegriffen, aber die Mancusos und Morellis waren berüchtigt für ihr gewalttätiges Temperament und für ihre besondere Begabung, den Frauen so lange Honig ums Maul zu schmieren, bis sie sich auf eine unerträgliche Beziehung einließen.

Das hatte ich schon am eigenen Leib erfahren. Als Morelli mich vor vierzehn Jahren verführt hatte, hatte er zwar keine Gewalt angewendet, aber besonders nett war er auch nicht gewesen.

Um sieben Uhr war Grandma eingeschlafen und schnarchte wie ein betrunkener Holzfäller.

Ich zog die Jacke an und nahm meine Tasche.

»Wo willst du hin?« fragte meine Mutter.

»Zu Spiro Stiva. Er bezahlt mich dafür, daß ich ihm abends beim Abschließen des Instituts helfe.«

»Endlich mal ein anständiger Job«, sagte meine Mutter. »Du kannst froh sein, daß Stiva dich genommen hat.«

Nachdem die Haustür hinter mir ins Schloß gefallen war, atmete ich ein paarmal tief durch. Die Abendluft strich mir wohltuend kühl über das Gesicht. Das Zucken im Auge verschwand. Auf der Veranda gegenüber machte Poochie sich seine Hundegedanken und wartete darauf, daß die Stimme der Natur ihn rief.

Im Institut Stiva stand Andy Roche auf seinem Posten.

»Na, wie geht's?« fragte ich.

»Gerade hat mir eine alte Dame gesagt, daß ich wie Harrison Ford aussehe.«

Ich nahm mir ein Plätzchen vom Teller. »Sollten Sie nicht bei Ihrem verstorbenen Bruder sein?«

»Wir haben uns nicht sehr nahegestanden.«

»Wo ist Morelli?«

Roche ließ den Blick durch den Raum schweifen. »Die Antwort weiß nicht einmal der Wind.«

Ich hatte es mir gerade wieder im Buick gemütlich gemacht, als das Telefon klingelte.

»Wie geht es deiner Großmutter?« fragte Morelli.

»Sie schläft.«

»Hoffentlich wohnst du nur vorübergehend wieder bei deinen Eltern. Ich wollte mir doch noch etwas für deine lila Schuhe einfallen lassen.«

Ich war überrascht. Statt Spiro zu beschatten, war Morelli mir gefolgt. Und ich hatte ihn nicht einmal bemerkt. Ich kniff die Lippen zusammen. Was für eine miserable Kopfgeldjägerin ich doch war. »Mir ist nichts Besseres eingefallen. Ich hatte Angst um Grandma Mazur.«

»Du hast eine tolle Familie, aber ich glaube nicht, daß du es ohne Valium länger als achtundvierzig Stunden bei ihnen aushältst.«

»Wir Plums schlucken kein Valium. Wir essen Käsekuchen.«

»Hauptsache, es wirkt«, sagte Morelli und legte auf.

Um zehn vor zehn fuhr ich in die Einfahrt des Bestattungsinstituts. Ich parkte so, daß Spiro sich noch an mir vorbeiquetschen konnte. Dann schloß ich den Buick ab und ging durch den Nebeneingang ins Haus.

Spiro, der gerade die letzten Trauergäste verabschiedete, machte einen nervösen Eindruck auf mich. Von Louie Moon war nichts zu sehen, Andy Roche war verschwunden. Ich schob die fünfte Patrone in den .38er und steckte die Waffe ins Holster. Ich klipste eine Halterung für das Tränengas und eine zweite für die Taschenlampe an den Gürtel. Für hundert Dollar pro Abend konnte ich Spiro ruhig eine kleine Show bieten. Daß ich Herzrasen bekommen würde, wenn ich die Waffe benutzen müßte, war mein kleines Geheimnis.

Über meiner Kampfausrüstung trug ich eine halblange Jacke. Praktisch bedeutete das, daß ich verdeckt eine Waffe trug, was, streng genommen, gesetzlich verboten war. Hätte ich die Jacke aber ausgezogen, wären im Viertel sofort sämtliche Telefone heißgelaufen, weil ich bewaffnet bei Stiva herumlief. Im Vergleich zu einem solchen Skandal erschien mir die Gefahr, verhaftet zu werden, eher gering.

Als sich die Veranda geleert hatte, begleitete ich Spiro auf einem Rundgang durch die öffentlich zugänglichen Stockwerke, bei dem wir uns vergewisserten, daß alle Fenster und Türen verriegelt waren. Nur zwei Säle waren belegt, einer davon mit dem falschen Bruder.

Es war gespenstisch still, und meine Scheu vor dem Tod wurde durch die Gegenwart Spiro Stivas, des dämonischen Bestattungsunternehmers, noch verstärkt. Ich hatte die ganze Zeit die Hand am Griff meines kleinen Revolvers und ärgerte mich schwarz, daß ich keine Silberkugeln geladen hatte.

Wir gingen durch die Teeküche und kamen im hinteren Korridor wieder heraus. Spiro öffnete die Tür zum Keller.

»Augenblick«, sagte ich. »Wo wollen Sie hin?«

»Wir müssen den Kellerausgang überprüfen.«

»Wir?«

»Jawohl, wir. Ich und meine Leibwächterin.«

»Ich verzichte.«

»Sie wollen doch, daß ich Sie bezahle, oder?«

Selbst meine Geldgier hatte Grenzen. »Werden da die Toten aufbewahrt?«

»Tut mir leid, die Leichen sind uns leider ausgegangen.«

»Was ist denn da unten?«

»Der Heizungskeller, was dachten Sie denn?«

Ich nahm die Waffe aus dem Holster. »Ich bin direkt hinter Ihnen.«

Spiro warf einen Blick auf meinen Fünfschüsser. »Das ist ja das reinste Mädchenspielzeug.«

»Das würden Sie garantiert nicht mehr sagen, wenn ich Ihnen damit in den Fuß schießen würde.«

»Wie man hört, haben Sie damit einen Mann abgeknallt.«

Das Thema wollte ich nun wirklich nicht erörtern. »Gehen Sie jetzt nach unten, oder wird da heute nichts mehr draus?«

Der Keller bestand im Grunde nur aus einem einzigen Raum und hatte bis auf die Särge, die sich in der Ecke stapelten, nichts Aufregendes zu bieten.

Der Ausgang lag gleich rechts neben der Treppe. Ich sah nach, ob der Riegel vorgeschoben war. »Niemand hier«, sagte ich zu Spiro und steckte die Waffe wieder ein. Ich wußte selbst nicht, auf wen ich hatte schießen wollen. Auf Kenny vermutlich. Vielleicht auch auf Spiro. Oder auf Gespenster.

Als wir wieder oben waren, wartete ich in der Diele, während Spiro in seinem Büro herumtrödelte. Als er endlich wieder herauskam, hatte er einen Mantel übergezogen und trug eine Sporttasche.

Ich hielt ihm die Hintertür auf, bis er die Alarmanlage aktiviert und das Licht ausgeschaltet hatte. Im Institut wurde es dunkel. Die Außenbeleuchtung blieb an.

Spiro zog die Tür zu und nahm die Autoschlüssel aus der Manteltasche. »Wir nehmen meinen Wagen. Sie fahren mit mir.«

»Was halten Sie davon, wenn Sie Ihren Wagen nehmen und ich meinen?«

»Kommt nicht in Frage. Für meine hundert Eier will ich meinen Leibwächter neben mir sitzen haben. Sie können mit dem Lincoln nach Hause fahren und mich morgen früh wieder abholen.«

»Das hatten wir aber nicht ausgemacht.«

»Sie waren doch heute morgen sowieso bei mir vor dem Haus. Ich habe Sie gesehen. Sie haben auf Kenny gewartet, damit Sie ihn wieder in den Knast bringen können. Wenn Sie sowieso bei mir rumhängen, können Sie mich genausogut zur Arbeit bringen.«

Der Lincoln stand nicht weit von der Tür entfernt. Spiro zielte mit der Fernbedienung auf den Wagen, und die Alarmanlage ging aus. Sobald wir eingestiegen waren und er sich in Sicherheit wähnte, steckte er sich eine Zigarette an.

Wir standen mitten in einer menschenleeren Einfahrt in einem hellen Lichtkegel. Kein gutes Plätzchen für eine Zigarettenpause. Vor allem dann nicht, wenn Morelli diesen Teil des Geländes womöglich nicht einmal einsehen konnte.

»Fahren Sie los«, sagte ich zu Spiro. »Oder wollen Sie sich Kenny als Zielscheibe anbieten?«

Er ließ den Motor an, aber er fuhr nicht los. »Was würden Sie machen, wenn Kenny jetzt plötzlich neben dem Wagen auftaucht und Sie mit der Waffe bedroht?«

»Keine Ahnung. Das weiß man immer erst, wenn es ernst wird.«

Spiro machte ein nachdenkliches Gesicht. Er zog an seiner Zigarette und fuhr los.

An der Ecke Hamilton und Gross mußten wir an einer Ampel halten. Spiros Blick huschte zu Delios Tankstelle auf der anderen Seite der Kreuzung. Die Zapfsäulen waren beleuchtet, im Kassenhäuschen brannte Licht. Die Werkhallen waren dunkel und verlassen. Vor der hintersten Werkstatt standen mehrere Personenwagen und ein Laster, die nach Feierabend gebracht worden waren und am nächsten Morgen als erste repariert werden sollten.

Spiro starrte schweigend und mit ausdruckslosem Gesicht vor sich hin. Ich hatte keine Ahnung, was in ihm vorging.

Die Ampel sprang um, und wir fuhren weiter. Kurz vor der nächsten Kreuzung kam mir plötzlich die große Erleuchtung. »Ach, du meine Güte«, sagte ich. »Drehen Sie um. Wir müssen zurück zu der Tankstelle.«

Spiro bremste und fuhr rechts ran. »Sie haben doch wohl nicht etwa Kenny gesehen?«

»Nein. Ich habe einen Laster gesehen! Einen großen weißen Laster mit schwarzer Beschriftung auf der Tür!«

»Ist ja sensationell. Na, und?«

»Die Frau von der Spedition hat erzählt, daß ein großer weißer Laster mit schwarzer Schrift ein paarmal an Ihrem Lager vorbeigefahren ist. Damals hat mir die Beschreibung nicht weitergeholfen.«

Spiro wartete eine Lücke im Verkehr ab, wendete und fuhr zu der Tankstelle. Er parkte am Rand des Vorplatzes, im Schutz der Fahrzeuge, die morgen früh als erstes zu reparieren waren. Das Risiko, daß Sandeman noch arbeitete, war zwar nicht besonders groß, vorsichtshalber behielt ich das Büro aber trotzdem genau im Auge. Auf eine Konfrontation mit ihm wollte ich es nicht unbedingt ankommen lassen.

Wir stiegen aus und sahen uns den Lastwagen an. Er gehörte Macko Furniture, einem Möbelgeschäft. Ich kannte den Laden. Es war ein kleiner Familienbetrieb, der unserem Viertel die Treue gehalten hatte, als viele andere auf die grüne Wiese gezogen waren.

»Sagt Ihnen das etwas?« fragte ich Spiro.

Er schüttelte den Kopf. »Nein. Bei Macko Furniture kenne ich niemanden.«

»Der Wagen hätte die richtige Größe für Ihre Särge.«

»In Trenton gibt es doch mindestens fünfzig Laster, auf die die Beschreibung zutrifft.«

»Schon, aber der hier steht an der Tankstelle, wo Moogey gearbeitet hat. Und Moogey wußte über die Särge Bescheid. Er hat sie schließlich aus Braddock abgeholt.«

Es wurde langsam Zeit, daß Spiro, der Schleimi, unvorsichtig wurde und mir auch ein paar Informationen zukommen ließ.

»Dann denken Sie also, daß Moogey mir die Särge zusammen mit einem Komplizen von Macko Furniture geklaut hat«, sagte Spiro.

»Das wäre möglich. Oder Moogey hat sich den Laster nur ausgeliehen, als er zur Reparatur in der Werkstatt war.«

»Aber was hätte Moogey denn mit vierundzwanzig Särgen anfangen wollen?«

»Das verraten Sie mir.«

»Selbst mit einer hydraulischen Hebevorrichtung bräuchte man mindestens zwei Männer, um die Särge zu bewegen.«

»Das dürfte kein großes Problem sein. Man heuert für ein paar Dollar einen starken Hornochsen an, der einem bei der Arbeit hilft.«

Spiro steckte die Hände in die Taschen. »Ich weiß nicht«, sagte er. »Ich kann es einfach nicht richtig glauben, daß Moogey so etwas machen würde. In zwei Punkten konnte man sich felsenfest auf ihn verlassen. Er war treu, und er war dumm. Moogey war ein großer, starker Schwachkopf. Kenny und ich haben uns deshalb mit ihm abgegeben, weil man bei ihm immer was zu lachen hatte. Er hat immer gemacht, was wir wollten. Wenn wir ihm gesagt hätten, daß er sich mit dem Rasenmäher über den Schwanz fahren soll, hätte er höchstens gefragt: Soll ich erst versuchen, einen hochzukriegen?«

»Vielleicht war er doch nicht so dumm, wie Sie dachten.«

Spiro drehte sich um und ging zum Lincoln zurück. Den Rest der Fahrt legten wir schweigend zurück. Als wir vor Spiros Haus ankamen, konnte ich mir eine letzte Bemerkung über die Särge nicht verkneifen.

»Ist schon eine komische Geschichte. Kenny glaubt, daß Sie etwas haben, was ihm gehört. Und jetzt vermuten wir, daß Moogey etwas gehabt haben könnte, was Ihnen gehört.«

Spiro drehte sich zu mir um. Als er den linken Arm über das Lenkrad legte, sprang sein Mantel auf, und ich sah den Griff einer Waffe in einem Schulterholster aufblitzen.

»Worauf wollen Sie hinaus?« fragte Spiro.

»Nichts. Ich habe bloß laut nachgedacht. Es ist doch wirklich komisch, daß Sie und Kenny so viele Gemeinsamkeiten haben.«

Unsere Blicke trafen sich, und mir lief ein Schauer über den Rücken. Auch in der Magengrube wurde es eiskalt. Morelli hatte recht, was Spiro anging. Er war jederzeit imstande, einen Gegner zu zerfleischen und mir eine Kugel ins Hirn zu jagen. Ich konnte bloß hoffen, daß ich ihm nicht zu fest auf die Zehen getreten war.

»Denken Sie lieber leise nach. Oder noch besser, denken Sie überhaupt nicht mehr nach«, sagte Spiro.

»Wenn Sie sich so aufregen, muß ich mir überlegen, den Preis zu erhöhen.«

»Ich glaube, ich hör nicht recht«, sagte Spiro. »Sie sind doch sowieso schon überbezahlt. Für hundert Dollar pro Abend könnten Sie mir wenigstens einen blasen.«

Ich würde ihm höchstens eine Eintrittskarte in den Knast besorgen, und zwar gratis. Dieser tröstliche Gedanke gab mir die nötige Kraft, in Spiros Wohnung meinen Leibwächterpflichten nachzugehen. Ich machte in allen Räumen Licht, sah in den Schränken nach, zählte die Wollmäuse unter dem Bett und gruselte mich vor den angetrockneten Seifenschaumresten in der Dusche.

Als ich Entwarnung gegeben hatte, brachte ich den Lincoln zurück zum Beerdigungsinstitut und stieg in den Buick um.

Kurz vor dem Haus meiner Eltern entdeckte ich Morelli im Rückspiegel. Er stand am Straßenrand und wartete, bis ich geparkt hatte. Erst nachdem ich ausgestiegen war, fuhr er langsam ein paar Meter weiter vor und hielt hinter dem hellblauen Monster an. Vermutlich durfte man ihm seine Vorsicht nicht übelnehmen.

»Was wolltet ihr an der Tankstelle?« fragte Morelli. »Hast du Spiro mit dem Lastwagen geködert?«

»Ich habe es versucht.«

»Ist etwas dabei herausgekommen?«

»Angeblich kennt er keinen, der bei Macko Furniture arbeitet. Und er glaubt auch nicht, daß Moogey die Särge gestohlen hatte. Moogey hat für Kenny und Spiro offenbar nur den Clown gespielt. Ich bin noch nicht einmal überzeugt, daß er überhaupt etwas mit der Sache zu tun hatte.«

»Aber Moogey hat schließlich die Särge nach New Jersey transportiert.«

Ich lehnte mich mit dem Rücken an den Buick. »Vielleicht haben Kenny und Spiro ihn nur teilweise in ihren Plan eingeweiht, und dann hat Moogey doch etwas spitzgekriegt und beschlossen, sich auch ein Stück vom Kuchen abzuschneiden.«

»Und du meinst, Moogey hat sich den Möbelwagen ausgeliehen, um die Särge wegzuschaffen.«

»Das wäre immerhin eine Theorie.« Ich hängte die Tasche über die Schulter. »Morgen früh um acht muß ich Spiro abholen und zur Arbeit bringen.«

»Ich warte vor seinem Haus auf dich.«

Als ich die Tür aufgeschlossen hatte, blieb ich erst noch einen Augenblick in der dunklen Diele stehen. Ich mochte das Haus am liebsten, wenn es schlief. Abends strahlte es eine tiefe Zufriedenheit aus. Ob es ein guter oder weniger guter Tag gewesen war, er war gelebt worden, und das Haus war für seine Familie dagewesen.

Ich hängte die Jacke weg und schlich auf Zehenspitzen in die Küche. Bei mir zu Hause etwas Eßbares zu finden, war Glückssache. In der Küche meiner Mutter fündig zu werden, war eine todsichere Angelegenheit. Dann hörte ich vertraute Schritte auf der Treppe.

»Na, wie war es bei Stiva?« fragte meine Mutter.

»Nicht schlecht. Ich habe ihm geholfen, das Institut abzuschließen, und ihn hinterher nach Hause gebracht.«

»Es ist sicher nicht leicht, mit der verletzten Hand Auto zu fahren. Ich habe gehört, daß er mit dreiundzwanzig Stichen genäht werden mußte.«

Ich bediente mich aus dem Kühlschrank.

»Gib her«, sagte meine Mutter und nahm mir den Schinken aus der Hand.

»Laß, das kann ich doch selber«, sagte ich.

Meine Mutter holte ihr schärfstes Messer aus der Besteckschublade. »Du schneidest den Schinken nicht dünn genug.«

Sie machte zwei Schinkenbrote und goß zwei Gläser Milch ein. »Du hättest ihn ruhig zu einem Sandwich einladen können«, sagte sie.

»Spiro?«

»Joe Morelli.«

Meine Mutter verblüffte mich immer wieder aufs neue. »Es hat eine Zeit gegeben, da hättest du ihn mit dem Tranchiermesser aus dem Haus gejagt«, sagte ich.

»Er hat sich geändert.«

Ich biß ausgehungert in mein Sandwich. »Das behauptet er auch.«

»Er soll ein guter Polizist sein.«

»Ein guter Polizist ist nicht dasselbe wie ein guter Mensch.«

Als ich aufwachte, wußte ich im ersten Augenblick nicht, wo ich war. Ich starrte an eine Zimmerdecke aus einem früheren Leben. Grandma Mazurs Stimme holte mich mit einem Ruck in die Gegenwart.

»Wenn ich nicht sofort ins Badezimmer kann, passiert ein Unglück«, rief sie. »Ich habe die Lauferitis.«

Die Tür ging auf, und mein Vater grummelte etwas Unverständliches. Mein Auge fing an zu zucken. Ich kniff es fest zusammen und konzentrierte mich mit dem anderen Auge auf den Wecker. Halb acht. Verdammt. Ich hatte besonders früh bei Spiro sein wollen. Ich sprang aus dem Bett und wühlte mir eilig ein paar frische Sachen zum Anziehen aus dem Wäschekorb. Ich zog einmal die Bürste durch die Haare, schnappte mir meine Tasche und stürmte aus dem Zimmer.

»Grandma«, brüllte ich durch die Badezimmertür. »Dauert es noch lange bei dir?«

»Ist der Papst katholisch?« brüllte sie zurück.

Eine halbe Stunde konnte das Klo zur Not noch warten. Wenn ich erst um neun aufgestanden wäre, hätte ich es sogar noch anderthalb Stunden länger ohne Klo ausgehalten.

Meine Mutter erwischte mich mit der Jacke in der Hand. »Wo willst du hin?« fragte sie. »Du hast noch nicht gefrühstückt.«

»Ich muß Spiro abholen.«

»Spiro kann warten. Den Toten ist es egal, ob er eine Viertelstunde später kommt. Komm jetzt, frühstücken.«

»Ich habe keine Zeit.«

»Du bekommst auch einen leckeren Haferbrei. Er steht schon auf dem Tisch, und ich habe dir ein Glas Orangensaft eingegossen.« Sie warf einen Blick auf meine Füße. »Was sind denn das für Schuhe?«

»Das sind Doc Martens.«

»Solche Schuhe hat dein Vater in der Army getragen.«

»Es sind tolle Schuhe«, sagte ich. »Ich liebe sie heiß und innig. Heutzutage trägt jeder Mensch solche Schuhe.«

»Frauen, die einen netten Mann heiraten möchten, tragen solche Schuhe nicht. Frauen, die andere Frauen mögen, tragen solche Schuhe. Du bist doch hoffentlich nicht auf Abwege geraten?«

Ich hielt mir das Auge zu.

»Was ist mit deinem Auge?« fragte meine Mutter.

»Es zuckt.«

»Du bist zu nervös. Das kommt nur von deinem Job. Aber dann mit nüchternem Magen aus dem Haus stürzen wollen. Und was hast du da am Gürtel?«

»Tränengas.«

»Deine Schwester Valerie hat noch nie so etwas am Gürtel hängen gehabt.«

Ich warf einen Blick auf die Uhr. Wenn ich mich mit dem Essen beeilte, wäre ich immer noch um acht bei Spiro.

Mein Vater saß, in eine Zeitung vertieft, am Tisch und trank Kaffee. »Was macht der Buick?« fragte er. »Tankst du Super?«

»Dem Buick geht's gut. Wir haben keine Probleme.«

Ich kippte den Orangensaft hinunter und machte mich über den Haferbrei her. Irgend etwas fehlte. Kakao vielleicht oder Eiscreme. Ich gab drei Löffel Zucker hinzu und goß noch etwas Milch nach.

Grandma Mazur setzte sich zu uns. »Meine Hand tut nicht mehr so weh«, sagte sie. »Aber ich habe höllische Kopfschmerzen.«

»Bleib heute lieber zu Hause«, sagte ich. »Schon dich noch ein bißchen.«

»Ich wollte mich von Clara verwöhnen lassen. Außerdem seh ich zum Fürchten aus. Ich kann mir gar nicht vorstellen, was ich mit meinen Haaren gemacht habe.«

»Wenn du nicht rausgehst, sieht dich sowieso keiner«, sagte ich.

»Aber stell dir mal vor, es kommt jemand zu Besuch. Dein gutaussehender Morelli-Junge zum Beispiel. Meinst du etwa, er soll mich mit dieser Gruselfrisur sehen? Außerdem muß ich mich unters Volk mischen, solange die Hand noch verbunden ist. Ich bin die Sensation des Tages. Es wird ja schließlich nicht jeder beim Bäcker attackiert.«

»Ich muß heute morgen ein paar Sachen erledigen. Aber wenn ich wieder zurück bin, bringe ich dich zu Clara«, sagte ich. »Wehe, du gehst ohne mich aus dem Haus!«

Ich löffelte die Schüssel aus und gönnte mir im Stehen noch eine halbe Tasse Kaffee. Ich hatte die Hand schon auf der Türklinke, als das Telefon klingelte.

»Für dich«, rief meine Mutter. »Es ist Vinnie.«

»Sag ihm, ich bin schon weg.«

Als ich in die Hamilton einbog, meldete sich das Handy.

»Du hättest lieber zu Hause mit mir sprechen sollen«, sagte Vinnie. »Das wäre billiger für dich gewesen.«

»Ich kann dich kaum verstehen ... lausige Verbindung.«

»Komm mir bloß nicht mit der alten Leier.«

Ich machte ein paar Statikgeräusche.

»Auf das getürkte Geknister falle ich auch nicht mehr rein. Ich will dich heute morgen im Büro sehen, also bemüh dich gefälligst hierher.«

Morelli war bei Spiro nirgendwo zu entdecken, aber ich nahm an, daß er trotzdem nicht weit war. Es standen zwei Lieferwagen und ein Laster vor dem Haus, die als Versteck und Ausguck in Frage kamen.

Ich ließ Spiro einsteigen und nahm Kurs auf das Beerdigungsinstitut. An der Ampel Ecke Hamilton und Gross sahen wir neugierig zu der Tankstelle hinüber.

»Vielleicht sollten wir reingehen und ein paar Fragen stellen«, sagte Spiro.

»Was für Fragen?«

»Über den Möbelwagen. Nur so, zum Spaß. Es würde mich schon interessieren, ob Moogey die Särge geklaut hat.«

Ich hatte zwei Alternativen. Wenn ich Spiro auf die Folter spannen wollte, brauchte ich bloß zu sagen: Wozu soll das denn jetzt noch gut sein? und wäre einfach an der Tankstelle vorbeigefahren. Ich konnte aber auch mitspielen, um zu sehen, was bei der Befragung rauskommen würde. Spiro ein bißchen zu quälen wäre mir zwar lieber gewesen, aber mein Instinkt riet mir, ihn ruhig machen zu lassen und am Ball zu bleiben.

Die Montagehallen waren offen. Höchstwahrscheinlich arbeitete Sandeman heute. Komischerweise störte mich dieser Gedanke kaum. Im Vergleich zu Kenny kam mir Sandeman allmählich nur noch wie ein kleines Licht vor. Cubby Delio saß im Büro. Spiro und ich gingen hinein.

Cubby sprang auf, als er uns sah. Auch wenn Spiro nicht viel zu sagen hatte, er repräsentierte trotzdem das Bestattungsinstitut Stiva, einen wichtigen Kunden der Tankstelle. Der gesamte Fuhrpark des Instituts kam zum Tanken und zur Inspektion zu Cubby Delio.

»Es tut mir leid, was mit Ihrer Hand passiert ist«, sagte Cubby zu Spiro. »So eine Schweinerei. Und das, obwohl Kenny und Sie doch alte Freunde sind. Er muß verrückt geworden sein. Das sagen alle.«

Spiro wischte die Mitleidsbekundungen mit einer genervten Handbewegung beiseite. Er zeigte aus dem Fenster. »Ich hätte Sie gern etwas über den Möbelwagen da draußen gefragt. Kommt er regelmäßig zur Inspektion? Ist er öfter hier?«

»Ja. Macko Furniture ist ein Stammkunde von uns, genau wie das Institut Stiva. Sie haben zwei Lastwagen, die beide bei uns gewartet werden.«

»Wer liefert die Fahrzeuge ab? Ist es immer derselbe Fahrer?«

»Normalerweise ist es Bucky oder Biggy. Sie arbeiten schon ewig bei Macko. Ist etwas mit dem Wagen? Oder interessieren Sie sich für neue Möbel?«

»Ich spiele mit dem Gedanken, mich neu einzurichten«, antwortete Spiro.

»Gute Firma. Ein alter Familienbetrieb, wo man noch darauf achtet, daß die Wagen erstklassig in Schuß gehalten werden.«

Spiro steckte die verletzte Hand in die Jacke. Jetzt sah er aus wie ein Bonsai-Napoleon. »Haben Sie noch keinen Nachfolger für Moogey gefunden?«

»Ich habe schon einen neuen Mann ausprobiert, aber es hatte keinen Sinn. Für Moogey Ersatz zu finden, ist schwer. Als er den

Laden noch geschmissen hat, brauchte ich mich um kaum etwas selbst zu kümmern. Ich konnte mir sogar einen Tag in der Woche freinehmen und zum Pferderennen gehen. Auch nach dem Knieschuß war noch Verlaß auf ihn. Er hat einfach weitergearbeitet.«

Spiro hatte vermutlich den gleichen Gedanken wie ich, daß Moogey sich an einem der Renntage den Möbelwagen ausgeliehen haben mußte. Wenn er selbst damit durch die Gegend kutschiert wäre, hätte er die Tankstelle einem Komplizen anvertrauen müssen. Andernfalls hätte er sich jemanden suchen müssen, der den Wagen für ihn fuhr.

»Es ist wahrlich nicht leicht, gute Mitarbeiter zu finden«, sagte Spiro. »Das Problem kenne ich.«

»Ich habe einen ausgezeichneten Mechaniker«, sagte Cubby. »Sandeman heißt er. Er hat seine Eigenarten, aber er kann verflucht gut mit Autos umgehen. Der Rest der Belegschaft kommt und geht. Schließlich brauche ich keinen Ingenieur als Tankwart oder zum Reifenwechseln. Wenn ich jetzt noch jemanden hätte, der für mich im Büro sitzen würde, wäre ich mehr als zufrieden.«

Spiro gab noch ein paar ölige Floskeln von sich, dann verabschiedeten wir uns.

»Kennen Sie jemanden, der hier arbeitet?« fragte er mich.

»Ich habe einmal mit diesem Sandeman gesprochen. Er hat sehr eigene Ansichten. Er ist ein kleiner Freizeit-Dealer.«

»Kennen Sie ihn näher?«

»Er ist nicht gerade verrückt nach mir.«

Spiro ließ den Blick auf meine Füße sinken. »Es könnte an den Schuhen liegen.«

Ich öffnete ihm die Autotür. »War das alles? Oder möchten Sie vielleicht noch einen Kommentar über meinen Wagen abgeben?«

Spiro stieg ein. »Im Gegenteil, Ihr Wagen ist einmalig. Wenigstens verstehen Sie was von Autos.«

Die Alarmanlage des Bestattungsinstituts funktionierte einwandfrei. Die oberflächliche Untersuchung der beiden Kunden ergab, daß niemand sie um irgendwelche Körperteile erleichtert hatte. Ich sagte Spiro, daß ich zum Nachteinsatz wieder da wäre und er mich jederzeit anpiepsen könnte, wenn er mich früher brauchte.

Ich hätte Spiro gern noch länger beobachtet. Bestimmt würde er den Hinweisen, die ich ihm geliefert hatte, weiter nachgehen. Und wer weiß, was er bei seiner Suche alles zutage förderte? Noch wichtiger war allerdings ein anderer Punkt. Wenn Spiro etwas unternahm, würde Kenny ebenfalls aktiv werden müssen. Leider war mit dem Buick an eine sinnvolle Beschattungsaktion nicht zu denken. Wenn ich Spiro verfolgen wollte, bräuchte ich einen anderen Wagen.

Da sich die halbe Tasse Kaffee, die ich zum Frühstück getrunken hatte, allmählich bemerkbar machte, beschloß ich, erst einmal einen Kurzbesuch bei meinen Eltern einzulegen, um aufs Klo zu gehen und zu duschen. So konnte ich auch in Ruhe überlegen, wie ich die Autofrage lösen sollte. Um zehn würde ich dann Grandma Mazur zur Generalüberholung in den Frisiersalon fahren.

Als ich nach Hause kam, war mein Vater im Badezimmer, und meine Mutter schnipselte in der Küche Gemüse für eine Minestrone.

»Ich muß mal ganz dringend«, sagte ich. »Meinst du, Daddy braucht noch lange?«

Meine Mutter verdrehte die Augen. »Ich weiß es wirklich nicht. Wenn er die Zeitung mitnimmt, kann es Stunden dauern.«

Ich stibitzte etwas Möhre und Sellerie für Rex, lief nach oben und hämmerte an die Badezimmertür. »Kann ich bald rein?« rief ich.

Keine Antwort.

Ich klopfte etwas lauter. »Alles in Ordnung da drin?«

»Mein Gott«, knurrte es hinter der Tür. »Kann man denn in diesem Haus noch nicht mal in Ruhe scheißen?«

Ich ging in mein Zimmer. Meine Mutter hatte das Bett gemacht und meine Sachen zusammengelegt. Ich sagte mir, daß es schön sei, wieder daheim zu sein und sich verwöhnen zu lassen. Ich sollte dankbar sein. Ich sollte den Luxus genießen.

»Na, wie gefällt es dir hier?« fragte ich den schlafenden Rex. »Ist doch mal was anderes, Oma und Opa zu besuchen, was?« Ich hob den Deckel hoch, um ihm sein Frühstück zu geben, aber mein Auge zuckte so heftig, daß ich den Käfig verfehlte und das Stück Möhre auf den Fußboden warf.

Als mein Vater das Badezimmer um zehn Uhr immer noch nicht geräumt hatte, führte ich in der Diele Indianertänze auf. »Beeil dich«, sagte ich zu Grandma Mazur. »Wenn ich nicht bald aufs Klo kann, platze ich.«

»Clara hat eine schöne Toilette. Da riecht es nach Potpourri, und da steht eine Häkelpuppe, die auf einer Rolle Klopapier hockt. Bei Clara darfst du bestimmt aufs Klo.«

»Ich weiß, ich weiß. Nun komm endlich.«

Sie trug ihren blauen Wollmantel und ein graues Kopftuch.

»In dem Mantel wird es dir sicher zu warm«, sagte ich. »Es ist nicht besonders kalt draußen.«

»Ich habe nichts anderes anzuziehen«, sagte sie. »Nur noch Lumpen. Ich dachte, wenn wir bei Clara fertig sind, könnten wir ein bißchen einkaufen gehen. Ich habe meinen Scheck vom Sozialamt bekommen.«

»Geht es dir schon wieder gut genug für einen Einkaufsbummel?«

Sie hielt die verletzte Hand hoch und starrte auf den Verband. »Bis jetzt geht es. Es war auch kein besonders großes Loch. Ehrlich gesagt, habe ich erst im Krankenhaus gemerkt, wie tief es war. Es ging alles so schnell.

Bis jetzt dachte ich immer, ich könnte auf mich allein aufpassen. Aber ich bin wohl doch nicht mehr so flink wie früher. Ich stand einfach da wie ein Idiot und habe mir von ihm in die Hand stechen lassen.«

»Du hättest nichts machen können, Grandma. Kenny ist viel größer als du, und du warst unbewaffnet.«

Ihr standen die Tränen in den Augen. »Seinetwegen kam ich mir wie eine dumme alte Frau vor.«

Morelli lehnte lässig an meinem Buick, als ich aus dem Frisiersalon kam. »Wer hatte denn die glorreiche Idee, mit Cubby Delio zu sprechen?«

»Spiro. Und Delio war garantiert nicht der letzte, bei dem er sein Glück versucht. Er muß die Waffen finden, damit er sich Kenny vom Hals schaffen kann.«

»Hast du dabei etwas Neues erfahren?«

Ich gab Morelli das Gespräch wieder.

»Bucky und Biggy kenne ich«, sagte er. »Die würden nie bei einem krummen Ding mitmachen.«

»Vielleicht ist es ja doch der falsche Möbelwagen.«

»Das glaube ich nicht. Ich habe ihn heute morgen schon in aller Frühe fotografiert und Roberta gezeigt. Sie hat gesagt, es ist derselbe.«

»Ich dachte, du wolltest auf mich aufpassen! Stell dir vor, ich wäre angegriffen worden. Stell dir vor, Kenny wäre mit einem Eispickel auf mich losgegangen.«

»Streckenweise bin ich dir ja auch gefolgt. Außerdem ist Kenny ein Langschläfer.«

»Das ist keine Entschuldigung! Du hättest mir wenigstens sagen können, daß ich allein zurechtkommen mußte!«

»Was hast du als nächstes vor?« wollte Morelli wissen.

»Grandma ist in einer Stunde fertig. Ich habe ihr versprochen, mit ihr einkaufen zu gehen. Und irgendwann muß ich heute auch noch zu Vinnie.«

»Zieht er dich von dem Fall ab?«

»Nein. Ich nehme Grandma Mazur mit. Die wird ihm schon Bescheid stoßen.«

»Ich muß dauernd an Sandeman denken...«

»Ja«, sagte ich. »Mir geht es genauso. Anfangs habe ich gedacht, daß er Kenny versteckt. Aber vielleicht ist es genau anders herum gewesen. Vielleicht hat er Kenny aufs Kreuz gelegt.«

»Du meinst, Moogey hat sich mit Sandeman zusammengetan?«

Ich zuckte mit den Schultern. »Wäre doch möglich. Derjenige, der die Knarren geklaut hat, muß Kontakte zur Unterwelt haben.«

»Aber du hattest doch nicht den Eindruck, daß Sandeman in letzter Zeit zu Geld gekommen ist.«

»Ich glaube, Sandeman zieht sich sein Geld in die Nase.«

- 13 -

»Es geht mir schon viel besser, seit ich wieder eine anständige Frisur habe«, sagte Grandma Mazur und krabbelte umständlich in den Buick. »Ich habe mir die Haare sogar tönen lassen. Hast du den Unterschied gemerkt?«

Sie war nicht mehr blaugrau, sondern aprikotfarben gefärbt.

»Doch, jetzt bist du eher rotblond«, sagte ich.

»Ja, genau. Die Farbe wollte ich immer mal ausprobieren.«

Bis zu Vinnie hatten wir nicht weit zu fahren.

»Hier bin ich noch nie gewesen«, sagte Grandma, während sie sich neugierig umblickte. »Kein übler Laden.«

»Vinnie telefoniert gerade«, sagte Connie. »Er ist in einer Minute für Sie da.«

Lula baute sich vor Grandma auf, um sie sich genauer anzusehen. »So, Sie sind also Stephanies Oma«, sagte sie. »Ich habe schon viel von Ihnen gehört.«

Grandmas Augen leuchteten auf. »Tatsächlich? Was denn zum Beispiel?«

»Daß man Sie mit einem Eispickel angegriffen hat, zum Beispiel.«

Grandma zeigte Lula ihren Verband. »In diese Hand hat er gestochen, und der Eispickel ging glatt durch.«

Lula und Connie bewunderten die verletzte Hand.

»Und das ist noch lange nicht alles, was passiert ist«, sagte Grandma. »Vor ein paar Tagen hat Stephanie ein Päckchen mit einem männlichen Glied bekommen. Ich war dabei, als sie es aufgemacht hat. Ich habe es ganz genau gesehen. Es war mit einer Hutnadel auf einem Stück Styropor aufgespießt.«

»Das gibt's doch nicht«, sagte Lula.

»Wenn ich's doch sage«, gab Grandma zurück. »Abgeschnitten wie ein Hühnerhals und mit einer Hutnadel festgesteckt. Hat mich irgendwie an meinen Mann erinnert.«

Lula beugte sich vor und flüsterte: »Wegen der Größe? War Ihr Alter auch so gut bestückt?«

»Ach was«, sagte Grandma. »Der Schwanz von meinem Mann war genauso tot.«

Als Vinnie den Kopf aus seinem Büro steckte und Grandma Mazur entdeckte, schluckte er ein paarmal krampfhaft. »Na, das ist ja eine Überraschung«, sagte er.

»Ich habe Grandma gerade vom Friseur abgeholt«, sagte ich. »Da ich also ohnehin in der Nähe war, dachte ich, ich komme kurz vorbei und erkundige mich, was du auf dem Herzen hast.«

Vinnie ließ die Schultern hängen. Die nach hinten geklatschten spärlichen Haare glänzten genauso wie seine spitzen schwarzen Schuhe. »Ich möchte wissen, wie es in der Sache Mancuso steht. Es sollte eine einfache Festnahme sein, und jetzt sieht es fast so aus, als ob mir eine ganze Stange Geld durch die Lappen geht.«

»Ich bin schon ganz nahe dran«, sagte ich. »Manchmal geht es eben nicht so schnell.«

»Zeit ist Geld«, sagte Vinnie. »Mein Geld.«

Connie verdrehte die Augen.

Und Lula sagte: »Ach ja?«

Wir wußten alle, daß Vinnies Kautionsgeschäfte von einer Versicherungsgesellschaft finanziert wurden.

Vinnie wippte auf den Zehenspitzen, die Hände locker an der Hosennaht. Typischer Stadtmensch. Verklemmter Schlaffi. »Dieser Fall übersteigt deine Fähigkeiten. Ich setze Mo Barnes auf Mancuso an.«

»Ich habe zwar nicht die leiseste Ahnung, wer dieser Mo Barnes ist«, sagte Grandma, »aber ich weiß, daß er meiner Enkelin nicht das Wasser reichen kann. Es gibt keinen besseren Kopfgeldjäger als Stephanie, und du wärst ganz schön blöd, wenn du Stephanie von Mancuso abziehen würdest. Vor allen Dingen jetzt, wo ich mit ihr zusammenarbeite. Wir haben den Fall schon fast geknackt.«

»Nichts für ungut«, sagte Vinnie. »Aber ihr zwei könntet nicht einmal eine Walnuß mit dem Vorschlaghammer knacken. Und Mancuso werdet ihr schon gar nicht schnappen.«

Grandma richtete sich zu ihrer vollen Größe auf und reckte das Kinn.

»Achtung, aufpassen«, sagte Lula.

»Wer seine Familie schädigt, zieht Unheil auf sich«, sagte Grandma zu Vinnie.

»Was denn für ein Unheil zum Beispiel?« fragte Vinnie. »Daß mir die Haare ausfallen? Daß mir die Zähne im Mund verfaulen?«

»Gut möglich«, sagte Grandma. »Vielleicht verhexe ich dich. Oder ich rede mal mit deiner Grandma Bella. Vielleicht erzähle ich deiner Großmutter, wie unverschämt du mit einer alten Frau umspringst.«

Vinnie wiegte sich hin und her, wie eine Katze im Käfig. Er würde sich hüten, seine Großmutter gegen sich aufzubringen. Grandma Bella war nämlich noch unheimlicher als Grandma Mazur. Es war schon mehr als einmal vorgekommen, daß sie einen erwachsenen Mann an den Ohren gezogen hatte, bis er in die Knie ging. Mit malmenden Kiefern stieß Vinnie ein leises Knurren aus. Er murmelte etwas Unverständliches, verschwand rückwärts in seinem Büro und knallte die Tür zu.

»So«, sagte Grandma. »Damit hätten wir die Plumsche Seite der Familie erst einmal abgehakt.«

Als wir vom Einkaufen zurückkamen, war es später Nachmittag geworden. Als meine Mutter uns ins Haus ließ, hatte sie einen grimmigen Zug um den Mund.

»Für die Haare kann ich nichts«, sagte ich schnell. »Das war Grandmas eigene Idee.«

»Wir haben alle unser Kreuz zu tragen«, sagte meine Mutter. Sie sah nach unten und fiel auf die Knie.

Grandma Mazur hatte Doc Martens an den Füßen. Außerdem trug sie eine halblange Daunenjacke, hochgekrempelte Jeans und ein Flanellhemd, das zu meinem paßte. Wir sahen aus wie zwei aus der Geisterbahn entsprungene Zwillingsschlampen.

»Ich muß mich vor dem Essen noch ein bißchen hinlegen«, sagte Grandma. »Ich bin fix und fertig vom Einkaufen.«

»Ich könnte in der Küche etwas Hilfe gebrauchen«, sagte meine Mutter zu mir.

Mir schwante nichts Gutes. Meine Mutter brauchte nie Hilfe in der Küche. Nur wenn sie sich Sorgen machte oder irgendeine arme Seele zusammenstauchen wollte, kam sie plötzlich nicht mehr allein zurecht. Oder wenn sie jemanden aushorchen wollte. »Nimm dir eine Schüssel Schokoladenpudding, Stephanie«, hieß es dann zum Beispiel. »Ach, und übrigens, Mrs. Herrel hat gesehen, wie du mit Joseph Morelli in die Garage seines Vaters gegangen bist. Und warum ist das Etikett an deinem Schlüpfer außen?«

Ich folgte ihr in die Höhle der Löwin, wo die Kartoffeln auf dem Herd kochten, die Luft dampfig und das Fenster beschlagen war. Meine Mutter machte den Backofen auf, um einen Blick auf den Braten zu werfen, und mir schlug der überwältigende Duft einer Lammkeule entgegen. Mein Blick wurde glasig, und vor Vorfreude klappte mir der Unterkiefer herunter.

Meine Mutter ging vom Herd zum Kühlschrank. »Zur Lammkeule passen Möhren am besten. Du kannst sie schälen«, sagte sie und drückte mir die Tüte mit den Möhren und das Schälmesser in die Hand. »Ach, und übrigens, warum hat dir eigentlich jemand einen Penis geschickt?«

Um ein Haar hätte ich mir die Fingerkuppe abgesäbelt.

»Laut Absender kam das Päckchen aus New York, aber der Poststempel war von hier«, sagte sie.

»Über den Penis kann ich dir nichts sagen. In der Sache wird inzwischen polizeilich ermittelt.«

»Thelma Biglos Sohn Richie hat ihr erzählt, daß der Penis Joe Loosey gehört hat. Und daß Kenny Mancuso ihn abgeschnitten hat, als Loosey bei Stiva für die Aufbahrung vorbereitet wurde.«

»Wo hat Richie Biglo das denn aufgeschnappt?«

»Richie arbeitet bei Pino an der Bar. Richie weiß alles.«

»Ich möchte nicht über den Penis reden.«

Meine Mutter nahm mir das Messer ab. »Jetzt sieh dir doch bloß mal an, wie du die Möhren geschält hast. So kann ich sie unmöglich auf den Tisch bringen. Da ist ja überall Schale dran.«

»Man soll Möhren sowieso nicht schälen. Man soll sie nur schrubben. Die Vitamine stecken alle in der Schale.«

»Dein Vater ißt aber keine ungeschälten Möhren. Du weißt doch selbst, wie heikel er ist.«

Meinem Vater konnte man alles vorsetzen, solange es kein Obst oder Gemüse war. Vitamine nahm er nur zu sich, wenn man ihn mit Gewalt dazu zwang.

»Es sieht mir ganz so aus, als ob Kenny Mancuso es auf dich abgesehen hat«, sagte meine Mutter. »Es ist nicht nett, einer Frau einen Penis zu schicken. So etwas gehört sich nicht.«

Ich hätte gern noch mehr geholfen, aber ich konnte keine neue Aufgabe entdecken, so krampfhaft ich auch suchte.

»Und ich weiß auch, was die Geschichte mit deiner Großmutter zu bedeuten hat«, sagte sie. »Kenny Mancuso will über sie an dich heran. Darum hat er sie beim Bäcker angegriffen. Darum wohnst du wieder hier. Damit du in der Nähe bist, wenn er noch einmal zuschlägt.«

»Er ist wahnsinnig.«

»Natürlich ist er wahnsinnig. Das weiß doch jeder. Alle Mancuso-Männer sind geisteskrank. Sein Onkel Rocco hat sich aufgehängt. Er hatte eine Vorliebe für kleine Mädchen. Mrs. Ligatti hat ihn mit ihrer Tina erwischt. Und am nächsten Tag hat Rocco sich aufgehängt. Ein Glück, sage ich. Wenn Al Ligatti ihn in die Finger gekriegt hätte...« Meine Mutter schüttelte den Kopf. »Ich will gar nicht daran denken.« Sie drehte die Flamme unter den Kartoffeln aus und sah mich an. »Wie gut bist du wirklich als Kopfgeldjägerin?«

»Ich habe noch nicht ausgelernt.«

»Bist du gut genug, Kenny Mancuso zu fangen?«

»Ja.« Vielleicht.

Sie senkte die Stimme. »Dann schnapp dir den Mistkerl. Ich will nicht, daß er noch länger die Gegend unsicher macht. Es ist nicht richtig, daß so ein Mensch frei herumlaufen und alten Frauen weh tun darf.«

»Ich tue, was ich kann.«

»Gut.« Sie nahm eine Dose Preiselbeeren aus dem Vorratsschrank. »Jetzt, wo wir alles bekakelt haben, kannst du den Tisch decken.«

Eine Minute vor sechs stand Morelli vor der Tür.

Ich machte auf, ließ ihn aber nicht in die Diele. »Was gibt es?«

Morelli rückte mir so dicht auf den Pelz, daß ich einen Schritt zurück machen mußte.

»Ich war gerade in der Gegend, weil ich die Sicherheitsvorkehrungen überprüfen wollte«, sagte Morelli. »Da habe ich plötzlich Lammkeule gerochen.«

»Wer ist da?« rief meine Mutter.

»Morelli. Er kam gerade zufällig vorbei und hat die Lammkeule gerochen. Aber er geht schon wieder. UND ZWAR SOFORT!«

»Sie hat wirklich keine Manieren«, sagte meine Mutter zu Morelli. »Ich weiß nicht, woher sie dieses schlechte Benehmen hat. Ich habe sie nicht so erzogen. Stephanie, leg noch ein Gedeck auf.«

Um halb acht verließen Morelli und ich das Haus. Er folgte mir in einem beigebraunen Lieferwagen bis zum Bestattungsinstitut, wo er auf den Kundenparkplatz fuhr, während ich in die Einfahrt einbog.

Nachdem ich den Buick abgeschlossen hatte, ging ich zu Morelli hinüber. »Hast du noch etwas Neues herausbekommen?«

»Ich bin die Rechnungen der Tankstelle durchgegangen. Der Möbelwagen war am Ende des Monats zu einem Ölwechsel in der Werkstatt. Bucky hat ihn morgens um sieben gebracht und am nächsten Tag wieder abgeholt.»

»Laß mich raten. Cubby Delio war an dem Tag beim Pferderennen. Moogey und Sandeman haben gearbeitet.«

»Genau. Sandeman hat den Auftrag angenommen. Seine Unterschrift ist auf der Rechnung.«

»Hast du mit Sandeman geredet?«

»Nein. Als ich zur Tankstelle kam, hatte er schon Feierabend gemacht. Ich konnte ihn nirgends finden, weder zu Hause noch in den Kneipen, die ich abgeklappert habe. Ich will es später noch mal probieren.«

»Hast du bei ihm zu Hause etwas Interessantes gefunden?«

»Die Tür war abgeschlossen.«

»Du hast nicht durchs Fenster gesehen?«

»Das wollte ich dir überlassen. Ich weiß doch, wie versessen du auf solche Abenteuer bist.«

Mit anderen Worten, Morelli war zu feige gewesen, sich beim Spionieren auf der Feuerleiter erwischen zu lassen. »Bist du noch da, wenn ich mit Spiro den Laden zumache?«

»Mich kriegen hier keine zehn Pferde weg.«

Ich betrat das Bestattungsinstitut durch den Nebeneingang. Anscheinend hatte sich Kenny Mancusos Missetat herumgesprochen, da der penislose Joe Loosey im Honoratiorensaal aufgebahrt war, der den rekordverdächtigen Andrang der Trauernden kaum fassen konnte.

Spiro, der in der Eingangshalle stand und das Bad in der Menge genoß, hielt sich den in Erfüllung seiner bestatterischen

Pflichten verletzten Arm und kostete seine Rolle als tragische Berühmtheit weidlich aus. Dicht scharten sich die Leute um ihn und lauschten andächtig seinen Worten.

Spiro ließ sein Publikum mit einer Verbeugung stehen und bedeutete mir, ihm in die Küche zu folgen. Unterwegs nahm er noch die große silberne Gebäckplatte vom Teetisch mit, ohne Andy Roche, der sich wieder daneben postiert hatte, zu beachten.

»Die vermehren sich da draußen wie die Karnickel«, sagte Spiro, während er eine Großpackung Plätzchen auf die Platte kippte. »Die fressen mir noch die Haare vom Kopf. Eigentlich müßte ich nach Geschäftsschluß eine Besichtigung von Looseys Stummel veranstalten und Eintrittsgeld dafür verlangen.«

»Hat Kenny sich wieder gemeldet?«

»Nein. Ich glaube, er hat sein Pulver verschossen. Wobei mir siedendheiß etwas einfällt. Ich brauche Sie nicht mehr.«

»Woher der plötzliche Sinneswandel?«

»Weil sich die Lage entspannt hat.«

»Das ist der einzige Grund?«

»Ja. Das ist alles.« Er lief hinaus und knallte den Plätzchenteller wieder auf den Tisch. »Na, wie geht es uns denn heute?« fragte er Roche. »Wie ich sehe, kriegt Ihr Bruder von Looseys Beliebtheit auch etwas ab. Wahrscheinlich fragt sich der eine oder andere, ob Ihr Bruder noch völlig intakt ist, wenn Sie verstehen, was ich meine. Wie Sie sicher schon bemerkt haben, habe ich den Sargdeckel nur oben öffnen lassen, damit keiner auf die Idee kommt, ein bißchen nachzufühlen.«

Roche sah aus, als ob er jeden Augenblick ersticken würde. »Danke«, sagte er. »Gut, daß Sie so vorausschauend sind.«

Ich ging zu Morelli hinaus und informierte ihn über meine Kündigung.

»Das kam aber ganz schön plötzlich«, sagte er, kaum zu erkennen in dem dunklen Wagen.

»Ich glaube, Kenny hat die Waffen. Ich glaube, wir haben Spiro auf die richtige Fährte gesetzt. Er hat Kenny den Tip weitergegeben, und Kenny ist auf Gold gestoßen. Deshalb läßt er Spiro jetzt in Ruhe.«

»Möglich wäre es.«

Ich hatte meine Autoschlüssel schon in der Hand. »Ich fahre schnell mal rüber zu Sandeman. Ich möchte wissen, ob er zu Hause ist.«

Ich parkte einen halben Block von Sandemans Haus entfernt, Morelli mit dem Lieferwagen genau dahinter. Vom Bürgersteig aus sahen wir an dem klotzigen Gebäude hoch, das sich schwarz vom blauen Nachthimmel abhob. Aus einem unverhängten Fenster im Erdgeschoß fiel grelles Licht. Im ersten Stock bezeugten zwei matt leuchtende Vierecke, daß dort ebenfalls jemand zu Hause war.

»Was für einen Wagen fährt Sandeman?« fragte ich Morelli.

»Er hat eine Harley und einen Ford.«

Auf der Straße waren weder das Motorrad noch der Wagen zu sehen. Die Harley fanden wir schließlich hinter dem Haus. Auf dieser Seite waren alle Fenster dunkel, auch bei Sandeman brannte kein Licht. Niemand hockte auf der Treppe. Durch die unversperrte Tür gelangte man in einen düsteren Korridor, der nur von einer 40-Watt-Funzel erhellt wurde, die im Hauseingang von der Decke baumelte. Aus dem oberen Stockwerk drangen Fernsehgeräusche herunter.

Morelli blieb einen Augenblick lauschend am Fuß der Treppe stehen, bevor er langsam in den zweiten Stock hinaufstieg. Oben war alles dunkel und still. Anscheinend war Sandeman noch immer nicht zu Hause. »Für mich wäre es unmoralisch, in die Wohnung einzudringen«, sagte Morelli.

Und für mich? Für mich wäre es ja bloß ungesetzlich.

Morelli warf einen Blick auf meine schwere Taschenlampe. »Natürlich hätte eine Kautionsdetektivin das Recht, dem Gesuchten in seine Wohnung zu folgen.«

»Nur, wenn die Kautionsdetektivin davon überzeugt wäre, den Gesuchten dort auch anzutreffen.«

Morelli wartete auf meine Entscheidung.

Ich sah auf die Feuerleiter hinaus. »Sie ist sehr klapprig.«

»Ja«, sagte er. »Das habe ich auch schon gedacht. Könnte gut sein, daß sie zu schwach für mich ist.« Er tippte mir unter das Kinn und sah mir tief in die Augen. »Aber so ein zierliches Persönchen wie dich hält sie bestimmt aus.«

Zierliches Persönchen? Das war ja eine ganz neue Beschreibung für mich. Ich holte tief Luft und kletterte aus dem Fenster. Das Eisen stöhnte, rostige Metallflocken lösten sich unter meinen Füßen und rieselten leise zur Erde. Ich stieß einen halblauten Fluch aus und schob mich vorsichtig auf Sandemans Fenster zu.

Ich hielt die Hände an die Scheibe und sah hinein. Das Zimmer war schwärzer als schwarz. Ich rüttelte leicht am Rahmen. Das Fenster war nicht verriegelt. Ich drückte dagegen, aber es ging nur einen Spaltbreit auf.

»Kommst du rein?« flüsterte Morelli.

»Nein. Das Fenster klemmt.« Ich ging in die Hocke und leuchtete mit der Taschenlampe in das Zimmer. Soweit ich sehen konnte, hatte sich seit meinem letzten Besuch nichts verändert. Dasselbe Chaos, derselbe Schweinestall. Es stank nach ungewaschener Kleidung und überquellenden Aschenbechern. Nichts deutete auf einen Kampf hin. Es gab auch keine Anzeichen für eine überstürzte Flucht oder plötzlichen Wohlstand.

Bevor ich aufgab, wollte ich noch ein letztes Mal mein Glück mit dem Fenster probieren und stemmte mich mit aller Kraft gegen den alten Holzrahmen. Plötzlich sprangen Dübel aus der bröseligen Wand, und der Boden der Feuertreppe neigte sich um fünfundvierzig Grad nach unten. Stufen und Geländer verbogen sich, Eisenwinkel rissen sich los, und ich fing an zu rutschen, mit den Füßen voraus ins Ungewisse. Ich stieß mit der Hand an einen Querholm, griff in blinder Panik zu und hielt mich fest – ganze zehn Sekunden lang. Dann krachte ich mit der Feuertreppe aus dem zweiten Stock hinunter auf die im ersten Stock. Einen Augenblick lang blieb alles still. Lange genug, daß ich »Scheiße« flüstern konnte.

Über mir beugte sich Morelli aus dem Fenster. »Nicht bewegen.«

Mit lautem Gekreisch und Geschepper löste sich nun auch die untere Feuertreppe aus der Verankerung und riß mich mit in die Tiefe. Ich landete mit einem satten Plumps auf dem Rücken und bekam erst einmal keine Luft mehr.

Ich lag wie gelähmt auf der Erde, bis Morellis Gesicht über mir auftauchte. Diesmal war es nur eine Handbreit von mir entfernt.

»Scheiße«, flüsterte er. »Mensch, Stephanie, sag doch was.«

Stumm starrte ich ihn an, nicht imstande, etwas zu sagen, nicht einmal imstande, nach Luft zu schnappen.

Morelli tastete nach meiner Halsschlagader. Dann befühlte er meine Beine, von unten nach oben. »Kannst du mit den Zehen wackeln?«

Nicht, wenn seine Hand sich an der Innenseite meines Oberschenkels entlangschob. Meine Haut glühte, und meine Zehen hatten sich regelrecht ineinander verkrampft. Ich gab ein schmatzendes Geräusch von mir. »Wenn sich deine Finger noch einen Millimeter höher bewegen, zeige ich dich wegen sexueller Belästigung an.«

Morelli fuhr sich erleichtert mit der Hand über die Augen. »Du hast mir vielleicht einen Schrecken eingejagt.«

»Was machen Sie da unten?« rief jemand laut aus einem Fenster. »Was ist das für ein Radau? Ich rufe die Polizei. Das ist ruhestörender Lärm. Das lasse ich mir nicht gefallen.«

Ich stützte mich auf die Ellenbogen. »Bring mich hier weg.«

Morelli half mir vorsichtig hoch. »Ist dir auch wirklich nichts passiert?«

»Es scheint auf jeden Fall nichts gebrochen zu sein.« Ich rümpfte die Nase. »Was riecht denn da so komisch? O mein Gott, ich habe mir doch hoffentlich nicht in die Hose gemacht?«

Morelli drehte mich um. »Hoppla«, sagte er. »In diesem Haus hat jemand einen großen Hund. Einen großen, kranken Hund. Einen großen, kranken Hund mit Durchfall.«

Ich schlüpfte aus meiner Jacke und hielt sie auf Armeslänge von mir. »War das alles?«

»Hinten auf der Jeans ist auch noch was.«

»Und sonst?«

»In den Haaren.«

Ich bekam einen hysterischen Anfall. »Mach es weg! Mach es weg! Mach es weg!«

Morelli hielt mir den Mund zu. »Leise!«

»Mach es mir aus den Haaren!«

»Das geht nicht. Du wirst es schon rauswaschen müssen.« Er nahm meine Hand. »Kannst du gehen?«

Ich war noch recht wackelig auf den Beinen.

»Gut so«, sagte Morelli. »Weiter so. Gleich bist du beim Wagen. Und dann stecken wir dich unter die Dusche. Und wenn wir dich ein, zwei Stunden geschrubbt haben, bist du wieder so gut wie neu.«

»So gut wie neu.« Es klingelte in meinen Ohren, und meine Stimme klang weit weg. »So gut wie neu«, wiederholte ich.

Als wir zum Wagen kamen, machte Morelli mir die Hecktür auf. »Es macht dir doch nichts aus, hinten einzusteigen?«

Ich starrte ihn verständnislos an.

Morelli leuchtete mir mit der Taschenlampe in die Augen. »Hast du dir auch wirklich nichts getan?«

»Was meinst du, was für ein Hund es war?«

»Ein großer Hund.«

»Was für eine Rasse?«

»Rottweiler. Ein Männchen, alt und verfettet. Schlechte Zähne. Hat jede Menge Thunfisch gegessen.«

Ich fing an zu weinen.

»O nein«, sagte Morelli. »Nicht weinen. Ich kann das nicht sehen.«

»Ich habe Rottweilerscheiße in den Haaren.«

Er wischte mir mit dem Daumen die Tränen ab. »Es wird schon wieder, Spatz. Es ist gar nicht so schlimm. Das mit dem Thunfisch war nur ein Witz.« Er half mir in den Wagen. »Halte dich gut fest. Bevor du dich versiehst, habe ich dich nach Hause verfrachtet.«

Er brachte mich in meine Wohnung.

»Das ist wohl die beste Lösung«, sagte er. »Du willst doch bestimmt nicht, daß deine Mutter dich so sieht.« Er nahm den Schlüssel aus meiner Handtasche und schloß auf.

Die Wohnung fühlte sich kalt und verlassen an. Es war zu still. Kein Rex, der in seinem Laufrad herumsauste. Kein Licht, das mich willkommen hieß.

Linkerhand lockte die Küche. »Ich brauche ein Bier«, sagte ich. Ich hatte es nicht mehr so eilig, unter die Dusche zu kommen. Meinen Geruchssinn hatte ich verloren, mit dem Zustand meiner Haare hatte ich mich abgefunden.

Ich schlurfte in die Küche und machte die Kühlschranktür auf. Das Licht ging an, und ich starrte in sprachlosem Entsetzen auf einen Fuß … einen großen, dreckigen, blutigen, knapp oberhalb des Knöchels abgetrennten Fuß, der neben einem Töpfchen Margarine und einer noch gut halbvollen Flasche Preiselbeercocktail stand.

»Da liegt ein Fuß im Kühlschrank«, sagte ich zu Morelli. Glocken läuteten, Blitze zuckten, mein Mund wurde taub, und ich fiel um, wie von einer Axt gefällt.

Ich kämpfte mich aus der Bewußtlosigkeit ans Licht. »Mom?«

»Nicht ganz«, sagte Morelli.

»Was ist passiert?«

»Du bist ohnmächtig geworden.«

»Es war einfach zuviel. Die Hundescheiße, der Fuß...«

»Ich verstehe schon.«

Mit zittrigen Beinen stand ich auf.

»Ich schlage vor, du gehst jetzt unter die Dusche, während ich mich um alles kümmere«, sagte Morelli. Er gab mir ein Bier. »Die Flasche kannst du mitnehmen.«

Ich sah ihn mißtrauisch an. »Kommt das Bier etwa aus meinem Kühlschrank?«

»Nein«, sagte Morelli. »Von woanders.«

»Gut. Wenn es aus meinem Kühlschrank wäre, könnte ich es nicht trinken.«

»Ich weiß«, sagte Morelli und schob mich ins Badezimmer. »Geh schön duschen, und trink dein Bier.«

Als ich aus der Dusche kam, hatten sich zwei uniformierte Polizisten, ein Techniker von der Spurensicherung und zwei Beamte in Zivil in meiner Küche versammelt.

»Ich habe eine Vermutung, wem der Fuß gehören könnte«, sagte ich zu Morelli.

Er machte sich Notizen auf einen Block. »Ich habe die gleiche Idee.« Er hielt mir das Blatt Papier hin. »Da unten unterschreiben.«

»Und was ist das?«

»Eine vorläufige Aussage.«

»Wie konnte Kenny mir den Fuß in den Kühlschrank schmuggeln?«

»Er hat die Scheibe im Schlafzimmer eingeschlagen. Du brauchst eine Alarmanlage.«

Ein uniformierter Beamter ging hinaus, in der Hand eine große Kühltasche.

Ich schluckte meinen Ekel hinunter. »War das der Fuß?«

Morelli nickte. »Ich habe versucht, auf die Schnelle deinen Kühlschrank ein bißchen sauberzumachen. Aber du willst ihn dir bestimmt noch etwas gründlicher vornehmen, wenn du mehr Zeit dafür hast.«

»Danke. Du hast mir sehr geholfen.«

»Wir haben die ganze Wohnung durchsucht«, sagte er. »Aber wir haben keine bösen Überraschungen mehr gefunden.«

Der zweite Streifenpolizist verabschiedete sich auch. Die beiden Beamten in Zivil und der Techniker folgten ihm.

»Und was jetzt?« fragte ich Morelli. »Es hat wohl nicht mehr viel Zweck, Sandemans Wohnung zu beobachten.«

»Jetzt beschatten wir Spiro.«

»Und was wird aus Roche?«

»Roche bewacht das Bestattungsinstitut. Wir klemmen uns hinter Spiro.«

Wir reparierten das zerbrochene Fenster notdürftig mit einem darübergeklebten Müllbeutel, knipsten das Licht aus und verließen die Wohnung. Auf dem Flur hatte sich eine kleine Schar Neugieriger versammelt.

»Was ist passiert?« fragte Mr. Wolesky. »Was geht hier vor? Uns sagt ja keiner was.«

»Es war bloß eine kaputte Scheibe«, antwortete ich. »Ich dachte zuerst, es wäre etwas Ernsthaftes, deshalb habe ich die Polizei gerufen.«

»Wurde etwas gestohlen?«

Ich schüttelte den Kopf. »Nein, es fehlt nichts.« Nach allem, was ich wußte, entsprach das sogar der Wahrheit.

Mrs. Boyd schien mir die Geschichte nicht ganz abzukaufen. »Aber wozu war die Kühltasche gut? Ich habe gesehen, wie ein Polizist eine Kühltasche ins Auto gebracht hat.«

»Da hatte er sein Bier drin«, sagte Morelli. »Es waren Freunde von mir. Wir gehen nachher noch auf eine Party.«

Wir ließen die lieben Nachbarn stehen und liefen zum Wagen. Aber als Morelli die Tür öffnete, schlug uns ein dermaßen übler Gestank entgegen, daß uns nichts anderes übrig blieb, als den Rückzug anzutreten.

»Du hättest besser die Fenster aufmachen sollen«, sagte ich.

»Wir lassen die Kiste erst mal ein bißchen durchlüften«, sagte er. »Es wird schon wieder werden.«

Ein paar Minuten später pirschten wir uns noch einmal an.

»Nicht zum Aushalten«, sagte ich.

Morelli stemmte die Hände in die Hüften. »Wir haben keine Zeit, ihn auszuschrubben. Dann müssen wir eben mit offenen Fenstern fahren. Vielleicht werden wir den Gestank so los.«

Nachdem wir uns fünf Minuten vom Fahrtwind hatten durchpusten und durchkühlen lassen, war der Geruch immer noch nicht schwächer geworden.

»Jetzt reicht's«, sagte Morelli. »Ich kann den Gestank nicht mehr ertragen. Wir steigen um.«

»Holen wir deinen Toyota?«

»Den fährt jetzt der Typ, von dem ich mir diese Kiste geborgt habe.«

»Und was ist mit dem Fairlane?«

»Der steht in der Werkstatt.« Er bog in die Greenwood ein. »Wir nehmen den Buick.«

Zum ersten Mal freute ich mich richtig auf mein Auto.

Morelli hielt hinter dem hellblauen Riesenbaby, und noch ehe der Wagen richtig ausgerollt war, stand ich schon mit einem Bein auf dem Bürgersteig. Ich atmete die frische Luft in vollen Zügen ein, wedelte mit den Armen und schüttelte den Kopf, um auch noch die letzten Gestankreste, die an mir hafteten, zu vertreiben.

Ich ließ den Motor an. »Elf Uhr. Fahren wir zu Spiro oder zum Bestattungsinstitut?«

»Zum Institut. Als du unter der Dusche warst, habe ich mit Roche telefoniert. Zu dem Zeitpunkt war Spiro noch in seinem Büro.«

Der Kundenparkplatz war verlassen. Es standen mehrere Wagen auf der Straße, aber sie schienen alle leer zu sein. »Wo ist Roche?«

»In einer Wohnung gegenüber.«

»Von da kann er aber den Hintereingang nicht sehen.«

»Stimmt, aber die Außenbeleuchtung ist mit einem Bewegungsmelder verbunden. Wenn sich jemand dem Gebäude von hinten nähert, geht das Licht an.«

»Spiro kann das System doch sicher abschalten.«

Morelli fläzte sich auf dem Sitz. »Es gibt nun mal keine gute Stelle, von wo aus man die Hintertür beobachten kann. Roche könnte sie nicht einmal vom Kundenparkplatz aus im Auge behalten.«

Spiros Lincoln stand in der Einfahrt. Im Büro brannte Licht.

Ich stellte den Motor ab. »Er macht Überstunden. Normalerweise arbeitet er um diese Zeit nicht mehr.«

»Hast du dein Handy dabei?«

Ich gab es ihm.

Morelli bekam eine Verbindung. Er fragte, ob jemand zu Hause sei. Die Antwort war nicht zu verstehen. Morelli gab mir das Telefon zurück.

»Spiro ist noch da. Seit die letzten Trauergäste um zehn Uhr gegangen sind, hat Roche niemanden mehr hineingehen sehen.«

Wir standen zwischen zwei Laternen in einer kleinen Seitenstraße, die von bescheidenen Reihenhäuschen gesäumt wurde. Die meisten waren dunkel. Anscheinend ging man in dieser Gegend früh zu Bett.

In der nächsten halben Stunde saßen Morelli und ich friedlich schweigend in dem Buick und beobachteten das Bestattungsinstitut. Zwei gut aufeinander eingespielte Veteranen der Verbrecherjagd.

Als es zwölf wurde und sich noch immer nichts getan hatte, wurde ich unruhig. »Da stimmt was nicht«, sagte ich. »So lange würde Spiro nie im Büro bleiben. Er arbeitet schließlich nur aus Geldgier und nicht aus Vergnügen.«

»Vielleicht wartet er auf jemanden.«

Ich legte die Hand auf den Türgriff. »Ich gehe mal ein bißchen spionieren.«

»NEIN!«

»Ich will nur sehen, ob die Bewegungsmelder hinter dem Haus funktionieren.«

»Du machst uns noch den ganzen Plan kaputt. Und wenn Kenny in der Nähe lauert, vertreibst du ihn.«

»Vielleicht hat Spiro die Bewegungsmelder ausgeschaltet und Kenny ist schon längst im Haus.«

»Unmöglich.«

»Woher willst du das wissen?«

Morelli zuckte mit den Schultern. »Instinkt.«

Ich knackte mit den Fingerknöcheln.

»Um ein guter Kopfgeldjäger zu sein, fehlt dir noch einiges«, sagte Morelli.

»Was zum Beispiel?«

»Geduld. Sieh dich doch mal selber an. Du sitzt da, als hättest du Hummeln im Hintern.«

Er legte mir den Daumen in den Nacken und massierte mir langsam den Hals. Mir fielen die Augen zu, und ich atmete immer langsamer.

»Tut das gut?« fragte Morelli.

»Mmm.«

Er knetete mir mit beiden Händen die Schultern. »Entspann dich.«

»Wenn ich mich noch mehr entspanne, zerschmelze ich und laufe vom Sitz.«

Er hielt inne. »Das hört sich gut an.«

Ich sah ihm in die Augen.

»Nein«, sagte ich.

»Warum nicht?«

»Weil ich diesen Film schon kenne und das Ende nicht mag.«

»Vielleicht endet er diesmal anders.«

»Aber vielleicht auch nicht.«

Er strich mir mit dem Daumen über die Halsschlagader. »Und die Mitte des Films? Hat dir wenigstens die Mitte gefallen?« Seine Stimme war so rauh wie eine Katzenzunge.

Die Mitte war ganz und gar nicht zu verachten gewesen. »Da habe ich auch schon Besseres erlebt.«

Morelli grinste breit. »Lügnerin.«

»Außerdem sind wir hier, um nach Spiro und Kenny Ausschau zu halten.«

»Keine Sorge. Roche hält schon die Augen offen. Wenn er etwas entdeckt, piepst er mich an.«

War das der Traum meiner einsamen Nächte? Sex in einem Buick mit Joe Morelli? Nein! Oder doch?

»Ich glaube, ich kriege eine Erkältung«, sagte ich. »Ein andermal vielleicht.«

»Angsthase, Angsthase.«

Ich seufzte. »Wie kindisch. Genau die Reaktion, die ich von dir erwartet habe.«

»Stimmt doch gar nicht«, sagte Morelli. »Du hast Action erwartet.« Er beugte sich vor und küßte mich. »Na, und wie war das? Gefällt dir die Reaktion besser?«

»Hmm...«

Er küßte mich noch einmal. Tja, wenn er sich unbedingt anstecken wollte, war es sein Problem. Womöglich bekam ich ja auch gar keine Erkältung. Vielleicht hatte ich mich geirrt.

Morelli knöpfte mein Hemd auf und schob mir die BH-Träger von den Schultern.

Mich überlief ein Frösteln. Gewiß kam es von der kalten Luft und hatte nichts mit einer bösen Vorahnung zu tun. »Piepst Roche dich auch bestimmt an, wenn er Kenny sieht?« fragte ich.

»Ja«, sagte Morelli, während seine Lippen meine Brust suchten. »Kein Grund zur Sorge.«

Kein Grund zur Sorge! Er hatte die Hand in meiner Hose und sagte mir, es gäbe keinen Grund zur Sorge!

Ich stöhnte. Was war bloß los mit mir? Ich war eine erwachsene Frau. Ich hatte auch meine Bedürfnisse. Was war denn so verkehrt daran, diese Bedürfnisse gelegentlich zu befriedigen? Wieso sollte ich mir die Chance auf einen ordentlichen Orgasmus entgehen lassen? Schließlich machte ich mir noch nicht einmal falsche Hoffnungen. Ich war immerhin keine sechzehnjährige Gans mehr, die einen Heiratsantrag erwartete. Ich erwartete lediglich einen Orgasmus, mehr nicht. Und ich hatte mir wahrhaftig mal wieder einen verdient. Den letzten Höhepunkt in männlicher Gesellschaft hatte ich gehabt, als Ronald Reagan noch Präsident gewesen war.

Ich warf einen prüfenden Blick auf die Fenster. Von oben bis unten beschlagen. So weit, so gut. Also dann, ran an den Speck.

Ich strampelte mir die Schuhe von den Füßen und zog mich bis auf den schwarzen Tanga splitternackt aus.

»Und jetzt du«, sagte ich zu Morelli. »Ich will dich sehen.«

Er brauchte keine zehn Sekunden, um sich auszuziehen, und davon ging auch noch die Hälfte für Knarren und Handschellen drauf.

Mir lief das Wasser im Munde zusammen. Morelli war noch imposanter gebaut, als ich ihn in Erinnerung hatte. Und dabei hatte ich ihn sowieso schon als ziemlich monumental in Erinnerung.

Er hakte einen Finger unter den Tangastring und zog mir mit einer geschmeidigen Bewegung das Höschen aus. Als er auf mich klettern wollte, stieß er sich den Kopf am Lenkrad an. »Ich habe es schon ewig nicht mehr in einem Auto gemacht«, sagte er.

Wir zogen nach hinten um. Dort fielen wir sofort übereinander her, Morelli im aufgeknöpften Jeanshemd und in weißen Sportsocken, ich voller neuer Zweifel.

»Wenn Spiro das Licht ausmacht, kann Kenny durch die Hintertür kommen«, sagte ich.

Morelli küßte mich auf die Schulter. »Roche würde es merken, wenn Kenny im Haus ist.«

»Und woran würde er es merken?«

Morelli seufzte. »Roche würde es merken, weil das ganze Bestattungsinstitut verwanzt ist.«

Ich machte mich von ihm los. »Davon hast du mir nichts gesagt! Wie lange wird das Haus schon abgehört?«

»Du willst doch jetzt hoffentlich aus einer Mücke keinen Elefanten machen, oder?«

»Was hast du mir sonst noch verschwiegen?«

»Das war alles. Ich schwöre.«

Ich glaubte ihm kein Wort. Er hatte sein Polizistengesicht aufgesetzt. Plötzlich fiel mir ein, daß er völlig unverhofft zum

Abendessen aufgekreuzt war. »Woher wußtest du, daß meine Mutter eine Lammkeule gebraten hatte?«

»Das habe ich gerochen, als du die Tür aufgemacht hast.«

»Das glaubst du doch selbst nicht!« Ich nahm meine Handtasche vom Vordersitz und kippte sie zwischen uns aus. Haarbürste, Haarspray, Lippenstift, Tränengas, Taschentücher, Elektroschocker, Kaugummi, Sonnenbrille... schwarzes Kästchen. Verdammt!

Ich hielt Morelli das Gerät empört unter die Nase. »Du fiese Ratte! Du hast mir eine Wanze in die Tasche gesteckt.«

»Es war nur zu deinem Besten. Weil ich Angst um dich hatte.«

»Das ist widerwärtig. Das ist eine Verletzung der Privatsphäre! Wie konntest du das tun, ohne mich zu fragen?« Außerdem war es gelogen. Er hatte bloß Angst, ich würde ihm zuvorkommen und Kenny finden, ohne ihm etwas davon zu sagen. Ich kurbelte das Fenster hinunter und warf die Wanze im hohen Bogen auf die Straße.

»Scheiße«, sagte Morelli. »Das Ding ist vierhundert Dollar wert.« Er sprang aus dem Wagen, um das Gerät zu suchen.

Ich zog die Tür zu und verriegelte sie. Er konnte mir mal im Mondschein begegnen. Wie hatte ich nur so blöd sein können, mit einem Morelli zusammenzuarbeiten? Ich kletterte nach vorne und rutschte hinter das Lenkrad.

Morelli versuchte die Beifahrertür zu öffnen, aber sie ging nicht auf. Ich hatte alle Türen verriegelt. Von mir aus konnte er sich ruhig den Schwanz abfrieren. Er hatte es verdient. Ich gab Gas und ließ ihn in Hemd und Socken auf der Straße stehen, den Ständer auf Halbmast.

Nach ein paar Minuten kamen mir Bedenken. Wahrscheinlich war es keine geniale Idee, einen Bullen mitten in der Nacht nackt auf der Straße auszusetzen. Was wäre, wenn nun ein Verbrecher vorbeikäme? Am Ende konnte Morelli in seinem Zustand noch nicht einmal weglaufen. Okay, an mir sollte seine Rettung nicht scheitern. Ich wendete und fuhr in die kleine Seitenstraße zurück. Morelli hatte sich in der Zwischenzeit nicht vom Fleck gerührt. Er stemmte die Hände in die Hüften und machte ein wütendes Gesicht.

Ich bremste ab, kurbelte das Fenster hinunter und warf ihm seine Waffe hinaus. »Nur für den Fall des Falles«, sagte ich. Dann trat ich das Gaspedal bis zum Anschlag durch und schoß davon.

- 14 -

Ich schlich leise die Treppe hinauf und stieß einen Seufzer der Erleichterung aus, als ich heil in meinem Zimmer angekommen war und die Tür hinter mir abgeschlossen hatte. Ich wollte meiner Mutter nicht unbedingt meine Sex-im-Buick-Frisur erklären müssen. Außerdem hatte ich Angst, sie würde mit ihrem Röntgenblick sofort sehen, daß ich meinen Tanga in der Jackentasche hatte. Ich zog mich im Dunkeln aus, schlüpfte ins Bett und zog die Decke bis zum Kinn hoch.

Als ich aufwachte, überkam mich in zweifacher Hinsicht ein Gefühl des Bedauerns. Erstens, weil ich den Beobachtungsposten verlassen hatte und nun nicht wußte, ob Kenny gefaßt worden war oder nicht. Zweitens, weil ich mir die seltene Gelegenheit zu einem ungestörten Klobesuch hatte entgehen lassen und wieder einmal als letzte an der Reihe war.

Ich lag im Bett und lauschte dem Kommen und Gehen im Badezimmer: erst Mutter, dann Vater und zuletzt meine Großmutter. Als ich Grandma Mazur über die knarrende Treppe nach unten gehen hörte, wickelte ich mich in den wattierten rosa Morgenrock, den ich als Sechzehnjährige geschenkt bekommen hatte, und patschte mit nackten Füßen ins Bad. Wegen der Kälte war das Fenster über der Wanne geschlossen, und der Geruch nach Rasiercreme und Mundwasser hing schwer in der dunstigen Luft.

Ich duschte schnell, rubbelte die Haare mit dem Handtuch trocken und zog Jeans und Sweatshirt an. Ich hatte keine besonderen Pläne für den Tag, ich wollte nur Grandma Mazur im Auge behalten und bei Spiro weiter am Ball bleiben. Immer gesetzt den Fall natürlich, daß Kenny letzte Nacht nicht erwischt worden war.

Unwiderstehlicher Kaffeeduft lockte mich hinunter in die Küche, wo Morelli bereits beim Frühstück saß. Anscheinend hatte er schon eine Portion Speck, Eier und Toast vertilgt. Als ich hereinkam, lehnte er sich mit der Tasse in der Hand zufrieden zurück und musterte mich nachdenklich.

»Morgen«, sagte er, ohne die geringste Gefühlsregung zu zeigen.

Ich schenkte mir Kaffee ein. »Morgen«, antwortete ich, ebenso zurückhaltend. »Was gibt es Neues?«

»Nichts. Deine fette Beute ist immer noch auf freiem Fuß.«

»Bist du extra gekommen, um mir das zu sagen?«

»Nein, ich wollte meine Brieftasche abholen. Ich muß sie gestern abend in deinem Wagen vergessen haben.«

»Stimmt.« Zusammen mit verschiedenen Kleidungsstücken.

Ich trank noch einen Schluck und stellte die Tasse weg. »Ich hole sie dir.«

Morelli stand auf. »Vielen Dank für das Frühstück«, sagte er zu meiner Mutter. »Es war eine Wucht.«

Sie strahlte. »Das war doch selbstverständlich. Stephanies Freunde sind uns immer willkommen.«

Er ging mit mir nach draußen und wartete, während ich seine Sachen aus dem Auto holte.

»Stimmt das, was du über Kenny gesagt hast?« fragte ich. »Er ist letzte Nacht nicht aufgekreuzt?«

»Spiro war bis kurz nach zwei im Büro. Es hörte sich so an, als ob er am Computer gespielt hat. Das waren die einzigen Geräusche, die Roche mit der Wanze eingefangen hat. Keine Anrufe. Keine Spur von Kenny.«

»Dann hat Spiro also vergeblich auf jemanden gewartet.«

»Sieht so aus.«

Hinter dem Buick stand das hellbraune Wrack, das ich so gut kannte. »Du hast ja deinen Wagen wieder zurück«, sagte ich zu Morelli. Der Fairlane hatte dieselben Beulen und Kratzer wie eh und je, und die Stoßstange lag noch immer auf dem Rücksitz. »Ich dachte, er war in der Werkstatt.«

»War er auch«, sagte Morelli. »Sie haben die Scheinwerfer repariert.« Er warf einen Blick auf das Haus. »Deine Mutter steht in der Tür und beobachtet uns.«

»Ich weiß.«

»Wenn sie nicht da wäre, würde ich dich packen und so lange schütteln, bis dir die Plomben aus den Zähnen fallen.«

»Polizeigewalt.«

»Das hat nichts damit zu tun, daß ich Polizist bin. Es hat nur etwas damit zu tun, daß ich Italiener bin.«

Ich gab ihm seine Schuhe. »Ich wäre wirklich gern bei der Verhaftung dabei.«

»Ich sehe zu, was ich machen kann.«

Wir sahen uns in die Augen. Ob ich ihm glaubte? Nein.

Morelli holte seine Autoschlüssel heraus. »Laß dir lieber eine gute Erklärung für deine Mutter einfallen. Sie will bestimmt wissen, wie meine Sachen in dein Auto gekommen sind.«

»Dabei denkt sie sich nichts. Ich habe ständig Männersachen im Auto.«

Morelli grinste.

»Was waren das für Sachen?« fragte meine Mutter, kaum daß ich wieder im Haus war. »Eine Hose und Schuhe? Habe ich das richtig gesehen?«

»Frag mich lieber nicht.«

»Dann frage ich dich eben«, sagte Grandma Mazur. »Das ist bestimmt eine spannende Geschichte.«

»Was macht deine Hand?« fragte ich. »Tut sie noch weh?«

»Nur wenn ich eine Faust mache, und das kann ich mit dem dicken Verband sowieso nicht. Aber wenn es die rechte Hand gewesen wäre, würde ich jetzt ganz schön dumm dastehen.«

»Hast du heute schon etwas vor?«

»Erst am Abend um sieben. Dann kann man noch mal Joe Loosey besichtigen. Und weil ich bis jetzt nur seinen Penis zu sehen gekriegt habe, wollte ich mir den Rest von ihm auch noch gönnen.«

Mein Vater las im Wohnzimmer die Zeitung. »Wenn ich einmal abtrete, möchte ich verbrannt werden«, sagte er. »Ich will nicht, daß man mich öffentlich aufbahrt.«

»Seit wann denn das?« fragte meine Mutter aus der Küche.

»Seit Loosey seinen Schniedel verloren hat. Wenn mich der Schlag trifft, will ich auf dem kürzesten Weg ins Krematorium.«

Meine Mutter stellte mir einen Teller Rührei hin. Dazu bekam ich noch Speck, Toast und Orangensaft serviert.

Während ich mich über das Frühstück hermachte, überlegte ich, was ich tun sollte. Ich konnte mich mit Grandma zu Hause verkriechen und den Schutzengel für sie spielen. Ich konnte sie mitnehmen und unterwegs auf sie aufpassen. Ich konnte aber auch einfach meinen Geschäften nachgehen und hoffen, daß sie heute nicht auf Kennys Liste stand.

»Noch ein bißchen Rührei?« fragte meine Mutter. »Noch eine Scheibe Toast?«

»Danke, es reicht.«

»Du bestehst nur noch aus Haut und Knochen. Du mußt mehr essen.«

»Ich bin nicht dünn. Ich bin dick. An meiner Jeans kriege ich den Knopf nicht mehr zu.«

»Du bist dreißig Jahre alt. Mit dreißig geht jede Frau ein wenig in die Breite. Und wieso trägst du überhaupt noch Jeans? In deinem Alter kleidet man sich nicht mehr wie ein kleines Kind.« Sie beugte sich vor und sah mir ins Gesicht. »Was ist bloß mit deinem Auge los? Zuckt es schon wieder?«

Damit war die erste Alternative wohl ausgeschieden.

»Ich muß jemanden beschatten«, sagte ich zu Grandma Mazur. »Willst du mitkommen?«

»Warum nicht? Meinst du, es wird gefährlich?«

»Nein. Ich glaube, es wird langweilig.«

»Wenn ich mich langweilen will, kann ich auch zu Hause bleiben. Auf wen haben wir es denn abgesehen? Doch nicht etwa auf den elenden Kenny Mancuso?«

Eigentlich hatte ich vor, mich an Morelli zu hängen. Aber indirekt lief es wohl auf das gleiche hinaus. »Doch, wir sind hinter Kenny Mancuso her.«

»Dann bin ich dabei. Mit dem habe ich noch ein Hühnchen zu rupfen.«

Eine halbe Stunde später war sie abmarschbereit. Sie trug Jeans, Daunenjacke und Doc Martens.

Unweit des Instituts sah ich den Fairlane am Straßenrand stehen. Er schien leer zu sein. Morelli stattete wahrscheinlich Roche gerade einen Besuch ab. Ich parkte dahinter und achtete darauf, dem anderen Wagen nicht zu nahe zu kommen. Ich konnte den Vorder- und Nebeneingang des Instituts überblikken sowie die Tür des Hauses gegenüber, wo Roche Wache schob.

»Mit Beschattungen kenne ich mich aus«, sagte Grandma.

»Letztens waren Privatdetektive im Fernsehen, die haben alles ganz genau erzählt.« Sie steckte den Kopf in die Einkaufstasche, die sie mitgebracht hatte. »Ich habe hier alles, was wir brauchen. Illustrierte, damit uns die Zeit nicht zu lange wird. Sandwiches und ein paar Dosen Cola. Ich habe sogar ein Glas dabei.«

»Was für ein Glas?«

»Früher waren da Oliven drin.« Sie zeigte es mir. »Damit wir zwischendurch pinkeln können. Das machen Privatdetektive so.«

»Ich kann nicht in ein Glas pinkeln. Das können nur Männer.«

»Verflixt«, sagte Grandma. »Warum bin ich nicht selbst darauf gekommen? Und dafür habe ich auch noch die ganzen Oliven weggeschüttet.«

Wir lasen die Illustrierten und rissen uns ein paar Kochrezepte heraus. Wir aßen Sandwiches und tranken Cola.

Nachdem wir die Cola getrunken hatten, mußten wir aufs Klo, also legten wir bei meinen Eltern eine Pinkelpause ein. Anschließend fuhren wir zum Bestattungsinstitut zurück, parkten wieder hinter Morelli und warteten weiter.

»Du hast recht«, sagte meine Großmutter nach einer Stunde. »Es ist langweilig.«

Wir spielten »Ich sehe was, was du nicht siehst«, zählten Autos und lästerten ein bißchen über Joyce Barnhardt. Wir hatten gerade angefangen, Eckenraten zu spielen, als ich in einem entgegenkommenden Wagen Kenny Mancuso erkannte. Er fuhr einen zweifarbigen Chevy, der so groß wie ein Bus war. Wir starrten uns überrascht an, nicht lange, nur den längsten Sekundenbruchteil der Geschichte.

»Scheiße!« schrie ich, während ich nach dem Zündschlüssel tastete und mir gleichzeitig den Hals verrenkte, um Kenny nicht aus den Augen zu verlieren.

»Hinterher!« rief Grandma. »Laß das Stinktier nicht entkommen!«

Ich wollte gerade losfahren, als ich sah, daß Kenny an der nächsten Kreuzung gewendet hatte und mit Karacho von hinten auf uns zu geschossen kam. Ich schaffte es gerade noch, Grandma eine Warnung zuzurufen.

Der Chevy krachte auf den Buick und schob ihn auf Morellis Fairlane, der wiederum seinen Vordermann besprang. Kenny setzte zurück, gab Gas und rammte uns noch einmal.

»Jetzt reicht es aber«, sagte Grandma Mazur. »Für solche Achterbahnfahrten bin ich zu alt. Ich habe zerbrechliche Knochen.« Sie zog einen langläufigen .45er aus der Einkaufstasche, stieß die Autotür auf und stieg aus. »Dir werd' ich's zeigen!« Sie legte auf den Chevy an und drückte ab. Eine Flamme schoß aus der Mündung, und der Rückstoß war so stark, daß Grandma auf dem Hosenboden landete.

Kenny drückte aufs Gas und verschwand.

»Habe ich ihn erwischt?« wollte Grandma wissen.

»Nein«, sagte ich, während ich ihr beim Aufstehen half.

»Ging der Schuß wenigstens knapp daneben?«

»Schwer zu sagen.«

Sie hielt sich die Stirn. »Ich habe mir die Kanone an den Kopf gehauen. Mit so einem festen Rückstoß hatte ich nicht gerechnet.«

Wir gingen um die Autos herum und besahen uns den Schaden. Der Buick war so gut wie unversehrt geblieben. Er hatte lediglich einen Kratzer an der hinteren Stoßstange. Vorne schien er überhaupt nichts abbekommen zu haben.

Morellis Wagen glich einem Akkordeon. Motor- und Kofferraum waren in sich zusammengefaltet, Scheinwerfer und Rücklichter zersplittert. Sein Vordermann war ein paar Schritte angeschoben worden, aber ansonsten schien ihm nichts passiert zu sein. Es hatte hinten eine kleine Delle in der Stoßstange, die aber nicht unbedingt von diesem Unfall herrühren mußte.

Ich blickte die Straße hinauf, jede Sekunde darauf gefaßt, einen wutentbrannten Morelli heranstürmen zu sehen, aber es blieb ruhig.

»Hast du dir weh getan?« fragte ich Grandma Mazur.

»Ach was«, sagte sie. »Ohne die Handverletzung hätte ich die kleine Ratte garantiert erwischt. Aber so mußte ich mit einer Hand schießen.«

»Wo hast du den .45er her?«

»Den hat mir Elsie geliehen. Sie hat ihn mal auf einem Flohmarkt gekauft, als sie noch in Washington wohnte.« Sie versuchte zu schielen. »Blute ich?«

»Nein, aber du hast eine Macke an der Stirn. Ich glaube, ich bringe dich jetzt lieber nach Hause, damit du dich ein bißchen ausruhen kannst.«

»Keine schlechte Idee«, sagte sie. »Ich habe ziemlich weiche Knie. Ich bin wohl doch nicht so abgebrüht wie die Leute aus dem Fernsehen. Denen scheinen ihre Ballereien gar nichts auszumachen.«

Ich verfrachtete Grandma in den Wagen und schnallte sie an. Dann warf ich noch einen letzten Blick auf das Chaos am Straßenrand. Wer haftete wohl für den ersten Wagen in der Reihe? Er war zwar kaum beschädigt, aber ich steckte trotzdem meine Visitenkarte unter den Scheibenwischer, für den Fall, daß der Besitzer die Delle entdeckte und wissen wollte, was geschehen war.

Morelli brauchte ich keine Karte zu hinterlassen. Er würde sowieso als allererstes auf mich tippen.

»Ist wohl besser, wenn wir zu Hause nichts von deiner Knarre erzählen«, sagte ich zu Grandma. »Du weißt ja, was Mom von Schußwaffen hält.«

»Das wäre mir auch lieber«, antwortete sie. »Ich kann es immer noch nicht fassen, daß ich den Wagen verfehlt habe. Daß ich noch nicht einmal einen Reifen getroffen habe.«

Meine Mutter zog die Augenbrauen hoch, als wir abgekämpft nach Hause kamen. »Was ist jetzt wieder los?« fragte sie mit einem mißtrauischen Blick auf Grandma. »Was hast du denn da am Kopf?«

»Ich habe mich selbst mit der Coladose gehauen«, sagte Grandma. »Das hättest du sehen sollen. Ein irrer Unfall.«

Eine halbe Stunde später klopfte Morelli an die Tür. »Ich muß dich sprechen... aber draußen«, sagte er, packte meinen Arm und zog mich mit sich.

»Es war nicht meine Schuld«, sagte ich. »Grandma und ich saßen in dem Buick und dachten an nichts Böses, als Kenny plötzlich von hinten angerast kam und uns in deinen Wagen geschoben hat.«

»Könntest du das bitte noch mal wiederholen?«

»Er fuhr einen zweifarbigen Chevy. Er hat Grandma und mich in dem geparkten Wagen entdeckt. Er hat gewendet und uns von hinten gerammt. Zweimal. Dann ist Grandma aus dem Wagen gesprungen und hat auf ihn geschossen. Da ist er abgehauen.«

»Das ist die lächerlichste Ausrede, die ich je gehört habe.«

»Es ist die Wahrheit!«

Grandma steckte den Kopf zur Tür heraus. »Was treibt ihr denn hier draußen?«

»Er glaubt mir nicht, daß Kenny uns mit dem Chevy gerammt hat. Er denkt, ich habe die Geschichte erfunden.«

Grandma nahm ihre Einkaufstasche vom Dielentisch. Sie kramte den .45er heraus und zielte auf Morelli.

»O Gott!« Morelli duckte sich zur Seite und nahm Grandma die Waffe ab. »Woher haben Sie die Kanone?«

»Geliehen«, antwortete Grandma. »Ich habe damit auf Ihren Taugenichts von einem Vetter geschossen, aber er ist mir entkommen.«

Morelli konzentrierte sich einen Augenblick auf seine Schuhe, bevor er die nächste Frage stellte. »Die Waffe ist sicher nicht registriert, oder?«

»Wieso?« fragte Grandma. »Wo soll sie denn registriert sein?«

»Hier«, sagte Morelli zu mir. »Laß die Knarre verschwinden. Ich will sie nie mehr sehen.«

Ich drückte Grandma die Waffe in die Hand, schob sie ins Haus und zog die Tür zu. »Ich kümmere mich darum«, sagte ich. »Ich sorge dafür, daß der Besitzer sie zurückbekommt.«

»Dann ist diese abstruse Story also tatsächlich wahr?«

»Wo warst du, als es passiert ist? Warum hast du nichts davon mitbekommen?«

»Ich habe Roche abgelöst. Ich habe das Bestattungsinstitut beobachtet und nicht mein Auto.« Er warf einen Blick auf den Buick. »Hat er was abbekommen?«

»Nur hinten einen Kratzer an der Stoßstange.«

»Hast du schon mal daran gedacht, den Wagen der Army als Geheimwaffe anzubieten?«

Es wurde mal wieder Zeit, Morelli daran zu erinnern, wie nützlich ich ihm war. »Hast du Spiros Waffen überprüft?«

»Absolut sauber. Alles registriert und angemeldet.«

Mit anderen Worten: ein Schuß in den Ofen.

»Stephanie«, rief meine Mutter. »Bist du ohne Jacke draußen? Du holst dir den Tod.«

»Apropos Tod«, sagte Morelli. »Wir haben eine Leiche gefunden, die zu deinem Fuß paßt. Sie ist heute morgen an einem Brückenpfeiler hängengeblieben.«

»Sandeman?«

»Ja.«

»Meinst du, Kenny hat eine selbstzerstörerische Ader und legt es darauf an, sich festnehmen zu lassen?«

»Ich glaube nicht, daß es so kompliziert ist. Kenny ist unruhig geworden. Am Anfang stand ein genialer Plan, an einen Haufen Geld zu kommen. Dann ist irgend etwas schiefgelaufen, und das Unternehmen ging den Bach runter. Kenny wußte nicht mehr weiter. Jetzt sucht er einen Sündenbock. Moogey, Spiro oder dich.«

»Er ist am Ende, nicht wahr?«

»Völlig.«

»Meinst du, Spiro ist genauso verrückt wie Kenny?«

»Spiro ist nicht verrückt. Spiro ist eine Null.«

Da hatte er recht. Spiro war ein unbedeutender Wicht. Ich warf einen Blick auf Morellis Wagen. »Soll ich dich irgendwo hinfahren?«

»Nicht nötig.«

Um sieben Uhr war rund um das Institut Stiva kein Parkplatz mehr zu bekommen. Ich hielt kurz in der Lieferanteneinfahrt und ließ Grandma schon einmal vorgehen.

Als sie in ihrem weiten blauen Mantel und mit den aprikotfarbenen Haaren die Treppe hinaufging, glich sie einem kleinen bunten Vogel. Sie hatte ihr schwarzes Täschchen unter den Arm geklemmt, und die bandagierte Hand, die sie wie eine weiße Fahne von sich streckte, kennzeichnete sie schon von weitem als Opfer des Krieges gegen Kenny Mancuso.

Ich mußte zweimal um den Block fahren, bis ich eine Parklücke fand. Dann lief ich schnell zurück, schlüpfte durch den Nebeneingang ins Institut und wappnete mich innerlich gegen die Treibhausschwüle und das Gemurmel der Trauergäste. Wenn ich diese Geschichte hinter mir hatte, würde ich nie mehr ein Beerdigungsinstitut betreten. Da konnte sterben, wer wollte.

Ohne mich. Auch wenn es meine Mutter oder Großmutter traf. Sie würden ohne mich auskommen müssen.

Ich gesellte mich unauffällig zu Roche, der wie immer neben dem Teetischchen stand. »Wie ich sehe, wird Ihr Bruder morgen beerdigt.«

»Stimmt. Mann, was werde ich diesen Laden vermissen, die billigen Sägemehlplätzchen und den dünnen Tee. Ich bin ja ein solcher Teeliebhaber.« Er blickte sich um. »Ach, ich weiß gar nicht, warum ich mich beklage. Ich hatte schon üblere Aufträge. Letztes Jahr mußte ich mich mal als Pennerin verkleiden und bin prompt überfallen worden. Ich habe mir zwei Rippen dabei gebrochen.«

»Haben Sie meine Großmutter gesehen?«

»Ja, als sie hereinkam, aber inzwischen habe ich sie aus den Augen verloren. Ich schätze, sie wollte den Typen sehen, dem sie sein ... Ding abgeschnitten haben.«

Ich nahm den Kopf zwischen die Schultern und kämpfte mich bis in den Saal durch, wo Joe Loosey aufgebahrt war. Ich drängte mich bis zum Sarg und zur Witwe Loosey vor. Eigentlich hatte ich erwartet, Grandma in dem für die engsten Angehörigen reservierten Bereich vorzufinden. Nachdem sie Joes Penis gesehen hatte, würde sie sich fast als Familienmitglied fühlen.

»Mein herzliches Beileid«, sagte ich zu Mrs. Loosey. »Haben Sie Grandma Mazur gesehen?«

Sie machte ein erschrecktes Gesicht. »Edna ist hier?«

»Ich habe sie vor ungefähr zehn Minuten draußen abgesetzt. Ich dachte, Sie wollte zu Ihnen, um Ihnen ihr Beileid auszusprechen.«

Mrs. Loosey legte schützend die Hand auf den Sarg. »Ich habe sie nicht gesehen.«

Ich kämpfte mich wieder zurück und sah auf einen Sprung zu Andy Roches falschem Bruder hinein. Eine Handvoll Leute stand hinten im Saal. Dem Geräuschpegel nach zu urteilen, debattierten sie den großen Penisskandal. Ich erkundigte mich, ob jemand Grandma Mazur gesehen hatte. Niemand. Ich ging in die Eingangshalle zurück. Ich sah in der Teeküche, in der Damentoilette und auf der Veranda nach. Ich fragte jeden, der mir begegnete.

Niemand hatte eine kleine alte Dame in einem weiten blauen Mantel gesehen.

Allmählich begann ich, mir Sorgen zu machen. Es sah Grandma ganz und gar nicht ähnlich, einfach zu verschwinden. Sie war gern unter Menschen. Ich hatte selbst gesehen, wie sie das Bestattungsinstitut betreten hatte, also mußte sie eigentlich noch im Haus sein. Daß sie schon wieder gegangen war, hielt ich nicht für wahrscheinlich. Sonst hätte ich sie sicher auf der Straße gesehen, als ich nach einem Parkplatz suchte. Außerdem konnte ich mir nicht vorstellen, daß sie sich Joe Looseys Anblick hätte entgehen lassen.

Ich ging in den ersten Stock hinauf, wo Särge und Akten gelagert wurden. Ich öffnete die Bürotür und knipste das Licht an. Das Büro war leer. Die Toilette war leer. Der Wandschrank mit den Büroartikeln war leer.

Als ich wieder nach unten kam, bemerkte ich, daß Roche nicht mehr neben dem Teetischchen stand. Dafür fand ich Spiro, der mit säuerlichem Gesicht neben dem Eingang wartete.

»Ich kann Grandma Mazur nicht finden«, sagte ich zu ihm.

»Herzlichen Glückwunsch.«

»Das ist nicht witzig. Ich mache mir Sorgen.«

»Verständlich. Sie ist ja auch verrückt.«

»Haben Sie sie gesehen?«

»Nein. Und das ist das erste Positive, was mir in den letzten beiden Tagen passiert ist.«

»Ich hätte gerne mal in den hinteren Räumen nachgesehen.«

»Sie ist nicht hinten. Solange wir Publikumsverkehr haben, sind die Türen abgeschlossen.«

»Grandma Mazur kann ziemlich einfallsreich sein, wenn sie sich etwas in den Kopf gesetzt hat.«

»Sie würde es sowieso nicht lange dort aushalten. Fred Dagusto liegt auf Tisch eins, und er ist kein hübscher Anblick. Ein Fleischberg von dreihundertundzehn Pfund. Speck, soweit das Auge reicht. Den muß ich erst mit Öl einschmieren, damit ich ihn überhaupt in den Sarg quetschen kann.«

»Ich möchte die hinteren Räume trotzdem sehen.«

Spiro sah auf die Uhr. »Sie müssen schon warten, bis wir schließen. Ich kann diese Spinner nicht allein lassen. Bei so einem Andrang kann es passieren, daß der eine oder andere ein Souvenir mitgehen läßt. Wenn man die Tür unbewacht läßt, nehmen sie alles mit, was nicht niet- und nagelfest ist.«

»Ich brauche keinen Fremdenführer. Ich brauche bloß den Schlüssel.«

»Kommt nicht in Frage. Ich bin für meine Toten verantwortlich. Seit der Sache mit Loosey ist mir das viel zu riskant.«

»Wo ist Louie?«

»Er hat heute frei.«

Ich ging auf die Veranda hinaus und starrte auf die andere Straßenseite. Die Fenster der für die Überwachung angemieteten Wohnung waren dunkel. Sicher lag Roche dort drüben auf der Lauer. Vielleicht war Morelli bei ihm. Ich machte mir zwar Sorgen um Grandma Mazur, aber ich wollte nicht unbedingt Morelli damit behelligen. Fürs erste war es besser, wenn er das Gebäude von außen im Auge behielt.

Ich wanderte zum Nebeneingang und ließ den Blick forschend über den Parkplatz wandern, bis hin zu den Garagen hinter dem Haus. Ich sah durch die getönten Scheiben in die Leichenwagen, überprüfte die offene Ladefläche des Blumentransporters und klopfte auf den Kofferraumdeckel von Spiros Lincoln.

Die Kellertür war verriegelt, aber der Lieferanteneingang zur Küche stand offen. Ich ging hinein, drehte noch eine Runde durch das Haus und probierte die Durchgangstür zu den Balsamierungsräumen. Sie war abgeschlossen, genau wie Spiro gesagt hatte.

Ich schlüpfte schnell ins Büro und rief zu Hause an.

»Ist Grandma Mazur da?« fragte ich.

»O nein!« sagte meine Mutter. »Du hast deine Großmutter verloren. Wo bist du?«

»Im Institut Stiva. Grandma muß hier irgendwo sein. Aber es ist furchtbar voll, und ich kann sie nicht finden.«

»Bei uns ist sie jedenfalls nicht.«

»Wenn sie noch auftaucht, soll sie sich bei Stiva melden.«

Als nächstes rief ich Ranger an, erklärte ihm mein Problem und bereitete ihn schon einmal darauf vor, daß ich eventuell seine Hilfe brauchen würde.

Dann nahm ich mir noch einmal Spiro zur Brust. Ich drohte ihm mit dem Einsatz meines Elektroschockers, wenn er mir nicht sofort die Balsamierungsräume aufschloß. Er überlegte nicht lange, drehte sich um und marschierte mir voraus an den Aufbahrungssälen vorbei. Er stieß die Tür auf, daß es krachte, und schnauzte, ich solle mich gefälligst beeilen.

Als ob ich Lust gehabt hätte, mich länger als unbedingt nötig mit Fred Dagusto zu beschäftigen.

»Hier ist sie auch nicht«, sagte ich zu Spiro, der am Türpfosten lehnte und in die Diele hinauslugte, um ja keinen Trauergast entwischen zu lassen, der mit einer geklauten Rolle Klopapier in der ausgebeulten Manteltasche das Weite suchen wollte.

»Wer hätte das gedacht?« sagte er. »Was für eine Überraschung.«

»Jetzt muß ich nur noch im Keller nachsehen.«

»Sie ist nicht im Keller. Der Keller ist abgeschlossen. Genau wie der Balsamierungsraum es bis vor einer Minute auch noch war.«

»Ich will aber nachsehen!«

»Sie ist bestimmt mit einer anderen alten Schreckschraube mitgegangen«, sagte Spiro. »Und jetzt sitzt sie irgendwo in einem Café und treibt eine arme Kellnerin in den Wahnsinn.«

»Lassen Sie mich in den Keller, und ich werde Sie nie mehr belästigen. Ehrenwort.«

»Ein verlockender Gedanke.«

Ein alter Mann schlug Spiro klatschend auf die Schulter. »Wie geht es Con? Ist er aus dem Krankenhaus wieder raus?«

»Ja.« Spiro machte sich los. »Er ist entlassen worden. Nächste Woche fängt er wieder an zu arbeiten. Am Montag.«

»Sie sind bestimmt froh, daß er zurückkommt.«

»Ja, ich könnte einen Freudentanz aufführen.«

Spiro bahnte sich einen Weg durch die Trauergrüppchen in der Eingangshalle. Ich folgte ihm und wartete ungeduldig, während er umständlich mit den Kellerschlüsseln herumfummelte. Mir schlug das Herz bis zum Hals, so sehr graute mir davor, was ich am Fuß der Treppe finden würde.

Ich konnte nur hoffen, daß Spiro recht hatte. Vielleicht saß Grandma ja tatsächlich mit einer alten Freundin in einem Café. Aber ich glaubte es nicht wirklich.

Wenn sie mit Gewalt aus dem Haus gebracht worden wäre, hätten Morelli oder Roche etwas unternommen. Es sei denn, sie wäre zur Hintertür hinausgeschafft worden. Der Hintereingang lag für die beiden Männer im toten Winkel. Immerhin hatten sie zum Ausgleich dafür Abhörgeräte eingebaut. Und wenn die Wanzen funktionierten, wußten Morelli und Roche, daß ich nach meiner Großmutter suchte, und hatten längst alles Nötige veranlaßt. Was auch immer das sein mochte.

Ich knipste das Licht an und rief die Treppe hinunter: »Grandma?«

Im Keller brüllte der Heizkessel, und aus dem hinteren Raum drang leises Stimmengemurmel. Unter mir fiel ein kleiner Lichtkegel hell auf den Kellerboden. Angestrengt blinzelnd versuchte ich, über den Lichtkreis hinaus irgend etwas zu erkennen, und achtete auf das leiseste Geräusch.

Es war so still, daß es mir vor Angst fast den Magen umdrehte. Dort unten war jemand. Das spürte ich genauso deutlich wie Spiros Atem in meinem Nacken.

Ehrlich gesagt, war ich nicht gerade die mutigste Frau der Welt. Ich hatte Angst vor Spinnen und Außerirdischen, und manchmal mußte ich sogar abends unter meinem Bett nachschauen, ob nicht ein klauenbewehrtes, sabberndes Monster auf mich wartete. Wenn ich eines entdeckt hätte, wäre ich schreiend aus der Wohnung gerannt und nie wieder zurückgekommen.

»Die Zeit läuft«, sagte Spiro. »Gehen Sie jetzt runter oder nicht?«

Ich nahm meinen .38er aus der Tasche und ging mit gezückter Knarre die Treppe hinunter. Stephanie Plum, die feige Kopfgeldjägerin, die immer nur eine Stufe auf einmal nahm, die praktisch blind war, weil ihr vor Angst schwummerig wurde.

Auf der letzten Stufe blieb ich stehen und tastete mit der linken Hand nach dem Lichtschalter. Ich drückte darauf, aber alles blieb dunkel.

»He, Spiro«, rief ich. »Das Licht geht nicht.«

Spiro, der oben geblieben war, ging in die Hocke. »Das muß die Sicherung sein.«

»Wo ist der Kasten?«

»Rechts von Ihnen. Hinter dem Heizkessel.«

Verdammt. Rechts von mir war es pechschwarz. Ich wollte gerade nach meiner Taschenlampe greifen, als Kenny aus einer dunklen Ecke hervorsprang und mich von der Seite rammte. Wir fielen um. Ich bekam keine Luft mehr und verlor den .38er, der über den Boden davonschlitterte. Kaum hatte ich mich wieder hochgerappelt, wurde ich platt auf den Bauch geworfen und bekam ein Knie zwischen die Schulterblätter gedrückt. Dann bohrte sich etwas Spitzes, Scharfes in meinen Hals.

»Keine Bewegung«, sagte Kenny. »Wenn du dich rührst, stech ich dich ab.«

Oben fiel die Tür ins Schloß, und Spiro kam die Treppe herab. »Kenny? Was machst du hier? Wie bist du reingekommen?«

»Durch die Kellertür. Mit dem Schlüssel, den du mir gegeben hast. Wie denn sonst?«

»Ich wußte nicht, daß du noch mal zurückkommen wolltest. Ich dachte, du hättest gestern abend alles verstaut.«

»Ich wollte auf Nummer Sicher gehen. Ich mußte mich überzeugen, daß noch alles an Ort und Stelle ist.«

»Was soll denn das nun wieder heißen?«

»Daß du mich nervös machst«, sagte Kenny.

»Ich dich? Das ist gut. Wer ist denn hier der Fickerige?«

»Paß bloß auf, was du sagst.«

»Ich will dir mal den Unterschied zwischen dir und mir erklären«, sagte Spiro. »Für mich ist die ganze Sache ein Geschäft. Ich verhalte mich wie ein Geschäftsmann. Jemand hat die Särge gestohlen, deshalb habe ich einen Profi engagiert, der sie wiederfinden sollte. Ich bin nicht durch die Gegend gerannt und habe meinem Partner ins Knie geschossen, weil ich sauer war. Ich war nicht so dumm, mit einer gestohlenen Waffe auf ihn zu schießen und mich von einem Bullen schnappen zu lassen, der noch nicht mal im Dienst war. Ich habe mir auch nicht eingebildet, meine Partner hätten sich gegen mich verschworen. Ich dachte auch nicht, daß wir das Ding des Jahrhunderts drehen. Für mich war es von Anfang an nur ein Geschäft.

Ich bin auch wegen unserem Schätzchen Stephanie nicht durchgedreht. Weißt du, was dein Problem ist, Kenny? Du setzt dir was in den Kopf, und dann gibt es für dich kein Halten mehr. Du kommst nicht mehr davon los, egal was für eine Schnapsidee es ist. Und du mußt immer deine Show abziehen. Du hättest Sandeman sauber und ordentlich aus dem Weg räumen können, aber nein, du mußtest ihm einen Fuß abhacken.«

Kenny kicherte. »Und willst du wissen, was dein Problem ist, Spiro? Du kannst dich einfach nicht amüsieren. Du mußt immer den bierernsten Bestatter spielen. Du solltest zur Abwechslung mal versuchen, an etwas Lebendigem herumzuflicken.«

»Du bist krank.«

»Du bist aber auch schon ziemlich angekränkelt. Du hast mir zu oft bei meinen kleinen Zaubertricks zugesehen.«

Spiro trat von einem Fuß auf den anderen. »Du redest zuviel.«

»Ist doch egal. Dieses Schätzchen wird keinem mehr was verraten. Wir lassen sie und ihre Oma einfach verschwinden.«

»Soll mir recht sein. Aber bitte nicht hier. Ich will nichts damit zu tun haben.« Spiro schaltete die Sicherung ein, und das Licht ging an.

Fünf Särge standen an der Wand des Heizungskellers, und neben dem Hinterausgang stapelten sich einige Kisten und Kästen. Man mußte kein Genie sein, um zu erraten, was sie enthielten.

»Ich verstehe das nicht«, sagte ich. »Wozu haben Sie das Zeug hierhergebracht? Ab Montag ist Con wieder im Laden. Wie wollen Sie die Waffen vor ihm verbergen?«

»Bis Montag ist alles weg«, sagte Spiro. »Wir haben die Sachen gestern bloß hergeschafft, weil wir Inventur machen mußten. Sandeman hat sie in seinem Pickup durch die Gegend gefahren und auf der Straße verkauft. Ein Glück für uns, daß Sie den Möbelwagen an der Tankstelle gesehen haben. Noch ein, zwei Wochen, und Sandeman hätte alles verscherbelt gehabt.«

»Ich weiß nicht, wie Sie die Waffen hier reingeschmuggelt haben, aber Sie kriegen sie auf keinen Fall wieder raus. Morelli läßt das Haus beobachten.«

Kenny schnaubte. »Sie gehen genauso raus, wie sie reingekommen sind. Im Totfleischtransporter.«

»Ich bitte dich«, sagte Spiro.

»Ich habe mich versprochen. Ich meinte natürlich den Leichenwagen.« Kenny stand auf und riß mich hoch. »Die Bullen beobachten Spiro, und sie beobachten das Haus. Aber sie achten weder auf den Leichenwagen noch auf Louie Moon, beziehungsweise auf den Mann, den sie für Louie Moon halten. Hinter den getönten Scheiben würde für die Bullen auch ein Schimpanse mit Mütze wie Louie Moon aussehen. Dabei ist uns der gute alte Louie tatsächlich eine große Hilfe gewesen. Man braucht ihm bloß einen Schlauch in die Hand zu drücken, und schon ist er stundenlang beschäftigt. Er hat keinen Schimmer, wer in der Zwischenzeit mit seinem Leichenwagen durch die Gegend kurvt.«

Nicht schlecht. Sie verkleideten Kenny als Louie Moon, schmuggelten die Waffen und Munition im Leichenwagen aufs Gelände und brachten sie durch den Hintereingang, den Morelli und Roche nicht sehen konnten, in den Keller, der zu meinem Pech vermutlich noch nicht einmal abgehört wurde. Irgendwie konnte ich mir nicht vorstellen, daß Roche im Keller Wanzen installiert haben sollte.

»Was war jetzt eigentlich mit dem alten Muttchen?« fragte Spiro Kenny.

»Sie wollte sich gerade einen Teebeutel aus der Küche holen, als sie mich draußen im Garten gesehen hat.«

Spiro machte ein grimmiges Gesicht. »Hat sie es jemandem erzählt?«

»Nein. Sie kam aus dem Haus und hat mich geschimpft, weil ich sie in die Hand gestochen habe. Sie meinte, ich müßte dem Alter mehr Respekt zollen.«

Soweit ich sehen konnte, war Grandma nicht im Keller. Das bedeutete hoffentlich, daß Kenny sie in die Garage gesperrt hatte. Wenn sie in der Garage war, lebte sie vielleicht noch und war womöglich unverletzt. Falls sie aber doch irgendwo im Keller war, in einer Ecke, die ich nicht einsehen konnte, war sie für meinen Geschmack viel zu ruhig.

Da ich mich bei diesem unschönen Gedanken nicht allzu lange aufhalten wollte, kämpfte ich meine Panik nieder. Ich mußte einen kühlen Kopf bewahren. Doch leider war es um meine Kaltblütigkeit nicht sehr gut bestellt. Vielleicht würde ich mir mit List und Tücke weiterhelfen können. Doch auch darum stand es nicht unbedingt zum Besten. Das einzige Gefühl, das ich momentan außer Angst noch aufbringen konnte, war Wut. Ich kochte geradezu vor Wut. Ich mußte an Grandma denken, an die Frauen, die Mancuso mißhandelt hatte, und an die Polizisten, die mit der gestohlenen Munition getötet worden waren! Ich steigerte mich immer weiter in meine Wut hinein, bis ich mich stark und gefährlich fühlte.

»Und was nun?« fragte ich Kenny. »Wie soll es weitergehen?«

»Jetzt legen wir dich erst mal auf Eis. Bis das Haus leer ist. Mal sehen, in was für einer Stimmung ich dann bin. Wir haben die Qual der Wahl. Schließlich sind wir in einem Bestattungsinstitut. Wir könnten dich zum Beispiel an einem Tisch festschnallen und bei lebendigem Leib balsamieren. Das wäre geil.« Er drückte mir die Messerspitze in den Nacken. »Marsch.«

»Wohin?«

Er deutete mit dem Kopf die Richtung an. »In die Ecke da hinten.«

»Zu den Särgen?«

Er grinste und stieß mich weiter. »Die Särge kommen später dran.«

Plötzlich sah ich, daß hinter den Särgen zwei Kühlfächer mit schweren Eisentüren in die Wand eingelassen waren.

»Schön dunkel da drin«, sagte Kenny. »Ideal zum Nachdenken.«

Mir lief ein kalter Schauer über den Rücken, und mein Magen krampfte sich zusammen. »Grandma Mazur ...?«

»Verwandelt sich gerade in einen Eiszapfen.«

»NEIN! Lassen Sie sie raus. Machen Sie das Kühlfach auf. Ich tue alles, was Sie wollen.«

»Du machst sowieso, was ich will«, sagte Kenny. »Wenn du erst mal eine Stunde in der Kühlung warst, wirst du kaum noch zappeln können.«

Mir liefen Tränen über das Gesicht. »Sie ist alt. Sie ist keine Gefahr für Sie. Lassen Sie sie gehen.«

»Keine Gefahr? Soll das ein Witz sein? Die Alte ist gemeingefährlich. Was meinst du, was das für ein Akt war, sie in die Schublade zu kriegen.«

»Inzwischen ist sie bestimmt tot«, sagte Spiro.

Kenny sah ihn an. »Meinst du?«

»Wie lange ist sie denn schon drin?«

Kenny sah auf die Uhr. »Zehn Minuten vielleicht.«

Spiro steckte die Hände in die Hosentaschen. »Hast du die Temperatur runtergedreht?«

»Nein«, antwortete Kenny. »Ich habe sie bloß reingeschoben.«

»Wenn die Fächer leer sind, werden sie nicht gekühlt«, sagte Spiro. »Das spart Strom. Wahrscheinlich ist es da drin nicht viel kälter als hier draußen.«

»Okay, aber dafür ist sie bestimmt inzwischen vor Angst gestorben. Was meinst du?« fragte Kenny mich. »Meinst du, sie ist tot?«

Beinahe hätte ich laut losgeheult.

»Dem Schätzchen hat es die Sprache verschlagen«, sagte Kenny. »Sollen wir die Schublade mal rausziehen und sehen, ob die alte Hexe noch atmet?«

Spiro entriegelte die Tür. Langsam zog er die stählerne Schublade heraus. Das erste, was ich erblickte, waren Grandma Mazurs Schuhe, dann kamen ihre knochigen Schienbeine zum Vorschein, der weite blaue Mantel und die steif ausgestreckten Arme. Die Hände waren unter dem Wollstoff nicht zu sehen.

Mir wurde schwindlig vor Kummer, und ich mußte mich zum Weiteratmen zwingen. Ich blinzelte ein paarmal mit den Augen, um wieder klar sehen zu können.

Als die Schublade ganz herausgerollt war, rastete sie ein. Grandma blickte starr an die Decke, die Augen geöffnet, den Mund geschlossen, reglos wie ein Stein.

Sekundenlang starrten wir sie schweigend an.

Kenny fand als erster die Sprache wieder. »Sieht doch schön tot aus«, sagte er. »Du kannst sie wieder reinschieben.«

Plötzlich war ein leises Geräusch zu vernehmen. Ein Zischen. Wir lauschten aufmerksam.

Ich bemerkte ein feines Zucken um Grandmas Augen. Wieder zischte es. Ein wenig lauter als zuvor. Grandma Mazur sog durch den Mund die Luft ein!

»Hmm«, sagte Kenny. »Vielleicht ist sie doch nicht so tot, wie ich dachte.«

»Hättest du bloß die Kühlung angeschmissen«, sagte Spiro. »Die Kiste kann man bis auf minus zwanzig Grad runterfahren. Bei zwanzig Grad unter Null hätte sie keine zehn Minuten überlebt.«

Grandma zuckte schwach mit den Beinen.

»Was macht sie?« fragte Spiro.

»Sie will sich setzen«, sagte Kenny. »Aber sie ist zu alt. Die alten Knochen wollen nicht mehr, was, Oma?«

»Alt«, flüsterte sie. »Das wollen wir doch erst mal sehen.«

»Schieb sie wieder rein«, sagte Kenny zu Spiro. »Und schalte die Kühlung ein.«

Spiro hatte die Schublade schon ein ganzes Stück weit wieder in das Kühlfach gerollt, als Grandma sie mit den Füßen zum Stehen brachte. Sie hatte die Knie angewinkelt, sie trampelte gegen den Stahl und kämpfte mit aller Kraft gegen ihr endgültiges Verschwinden.

Spiro knurrte und stemmte sich dagegen, aber die Schublade wollte nicht einrasten, und er bekam die Eisentür nicht ganz zu.

»Da klemmt was«, sagte Spiro. »Sie paßt nicht mehr rein.«

»Hol sie wieder raus«, schlug Kenny vor. »Vielleicht sehen wir dann, woran es liegt.«

Spiro zog die Schublade langsam wieder heraus.

Grandmas Kinn kam zum Vorschein, dann ihre Nase und ihre Augen. Die Arme hielt sie über dem Kopf.

»Machst du Faxen, Oma?« fragte Kenny. »Blockierst du die Schublade?«

Grandma sagte kein Wort, aber ihr Mund zuckte. Sie malmte mit ihren Gebißplatten.

»Nimm die Arme runter«, befahl Kenny ihr. »Hör auf, mich zu verarschen. Ich habe keine Geduld für so was.«

Grandma zog zuerst die bandagierte Hand aus dem Kühlfach. Dann folgte die andere, und in der anderen hielt sie den langläufigen .45er. Sie streckte den Arm aus und feuerte.

Wir warfen uns auf den Boden. Grandma schoß noch einmal.

Nach dem zweiten Schuß herrschte gespanntes Schweigen. Keiner bewegte sich, außer Grandma.

Sie setzte sich aufrecht hin und mußte erst einmal nach Fassung ringen.

»Ich weiß, was ihr denkt«, sagte Grandma in die Stille hinein. »Ihr fragt euch, ob ich noch mehr Kugeln in meiner Kanone habe. Aber ich muß euch sagen, nach der ganzen Aufregung und der Gefangenschaft im Kühlschrank habe ich glatt vergessen, wie viele ich überhaupt geladen hatte. Da es allerdings ein fünfundvierziger Magnum ist, die stärkste Handfeuerwaffe der Welt, mit der man einem Menschen locker die Rübe wegpusten kann, müßt ihr euch eigentlich nur eines fragen, und zwar: Ist heute mein Glückstag? Na, was ist? Ich warte. Habt ihr heute euren Glückstag, ihr Penner?«

»Scheiße«, flüsterte Spiro. »Sie hält sich für Clint Eastwood.«

PENG! Grandma hatte eine Glühbirne ausgeschossen.

»Huch!« sagte sie. »Ich glaube fast, mit dem Visier stimmt was nicht.«

Kenny robbte zu den Waffenkisten, Spiro lief zur Treppe, und ich rutschte auf dem Bauch zentimeterweise an Grandma heran.

PENG! Wieder fiel ein Schuß. Großmutter hatte Kenny verfehlt, aber dafür eine der Kisten getroffen. Es gab eine Explosion, und ein Feuerball stieg zur Kellerdecke auf.

Ich sprang auf und zerrte Grandma aus dem Kühlfach.

Schon flog die nächste Kiste in die Luft. Flammen züngelten über den Boden und an den Holzsärgen empor. Wir hatten Glück, daß wir noch nicht von umherfliegenden Trümmern getroffen worden waren. Rauch wälzte sich durch den Raum, der das Licht verdeckte und in den Augen brannte.

Ich zog Grandma zur Hintertür und stieß sie auf den Hof hinaus.

»Bist du noch heil?« rief ich.

»Er wollte mich umbringen«, sagte sie. »Er wollte dich auch umbringen.«

»Ja.«

»Schrecklich, was aus manchen Leuten wird. Sie verlieren jeglichen Respekt vor dem Leben.«

»Ja.«

Grandma sah zum Haus zurück. »Gut, daß nicht alle so sind wie Kenny. Gut, daß es noch ein paar anständige Menschen gibt.«

»Menschen wie wir«, sagte ich.

»Stimmt, aber ich dachte eher an Dirty Harry.«

»Du hast den beiden ganz schön den Marsch geblasen.«

»Davon träume ich schon seit Jahren. So hat auch dieses unerfreuliche Erlebnis seine guten Seiten.«

»Kannst du nach vorn zum Haupteingang gehen und Morelli suchen?«

Grandma schlurfte auf die Einfahrt zu. »Wenn er da ist, finde ich ihn.«

Kenny war genau gegenüber von uns gewesen, als wir die Flucht ergriffen. Entweder war er die Treppe hinaufgelaufen, oder er war immer noch im Keller und versuchte sich zur Hintertür durchzuschlagen. Die zweite Möglichkeit hielt ich für wahrscheinlicher. Im Erdgeschoß waren zu viele Leute.

Ich stand keine zehn Meter von der Tür entfernt und wußte nicht, was ich tun sollte, falls Kenny tatsächlich herauskam. Ich hatte weder ein Schießeisen noch Tränengas. Ich hatte nicht einmal eine Taschenlampe. Sicherlich wäre es das Klügste, mich zu verdrücken und Kenny zu vergessen. Für die paar Kröten lohnte es sich nicht, Kopf und Kragen zu riskieren.

Aber ich konnte mir nichts vormachen. Es ging längst nicht mehr um Geld. Es ging nur noch um Grandma.

Wieder kam es zu einer kleineren Explosion, und hinter den Küchenfenstern loderten Flammen auf. Auf der Straße schrien Leute, von fern waren Sirenen zu hören. Eine Rauchwolke quoll aus der Kellertür, eine Rauchwolke in Menschengestalt. Ein Höllenwesen, vom Feuerschein umzuckt. Kenny.

Er bückte sich, hustete und holte ein paarmal tief Luft. Seine Hände hingen leer herunter. Anscheinend hatte er keine Waffe gefunden. Glück für mich. Kenny blickte sich verstohlen um und kam direkt auf mich zu. Mir wäre das Herz fast stehengeblieben, aber dann merkte ich, daß er mich gar nicht gesehen hatte. Ich stand im Schatten des Hauses, mitten auf seinem Fluchtweg. Er wollte sich um die Garage herumschleichen und in den kleinen Gassen des Viertels verschwinden.

Vor dem Brüllen des Feuers waren seine Schritte nicht zu hören. Er war keine zwei Meter mehr von mir entfernt, als er mich entdeckte. Unsere Blicke trafen sich, und er blieb wie angewurzelt stehen. Statt davonzulaufen, stürzte er sich mit einem Fluch auf mich, und wir gingen zu Boden. Ich verpaßte ihm einen saftigen Stoß mit dem Knie und rammte ihm den Daumen ins Auge.

Kenny riß sich heulend los und kam auf alle viere hoch. Ich packte seinen Fuß und ging wieder zu Boden. Dann wälzten wir uns tretend, boxend und fluchend noch ein bißchen auf der Erde herum.

Er war größer und stärker als ich. Ob er auch irrer als ich war, darüber könnte man streiten.

Ich hatte die Wut auf meiner Seite. Kenny war verzweifelt, aber ich war außer mir vor Wut.

Ich wollte ihn nicht nur aufhalten … ich wollte ihn verletzen. Wer gibt so etwas schon gern zu? Ich nicht. Ich hatte mich bis dahin noch nie als gemeine, rachsüchtige Person gesehen. So kann man sich irren.

Ich machte eine Faust und verpaßte ihm einen derart saftigen Rückhandschlag, daß mir die Schockwellen den Arm hinaufliefen. Es knackte, Kenny ächzte und schlug mit ausgebreiteten Armen um sich.

Ich krallte mich in sein Hemd und rief um Hilfe.

Als er mir die Hände um den Hals legte, traf mich sein Atem heiß im Gesicht. Heiser knurrte er: »Stirb.«

Gut, aber wenn ich starb, würde ich ihn mitnehmen. Ich hatte sein Hemd in einem Todesgriff. Er konnte mir nicht entkommen, es sei denn, er hätte sich das Hemd vom Leib gerissen. Sollte er mich ruhig würgen, bis ich das Bewußtsein verlor, deshalb würde ich ihn noch lange nicht loslassen.

Ich konzentrierte mich so stark auf Kennys Hemd, daß ich nicht gleich begriff, daß wir Zuwachs bekommen hatten.

»Herrgott«, brüllte Morelli mir ins Ohr. »Nun laß doch endlich los!«

»Dann entkommt er!«

»Er kann nicht entkommen«, schrie Morelli. »Ich habe ihn.«

Hinter Morelli kamen Ranger und Roche mit zwei uniformierten Streifenbeamten um das Haus.

»Schafft sie mir vom Hals«, kreischte Kenny. »Hilfe! Diese Plum-Weiber sind die reinsten Bestien!«

Wieder knackte es im Dunkeln. Vermutlich hatte Morelli aus Versehen etwas kaputtgemacht, was Kenny gehörte. Seine Nase zum Beispiel.

- 15 -

Ich hatte den Käfig in eine blaue Decke gewickelt, damit Rex sich auf dem Transport nicht erkältete. Nun nahm ich ihn vorsichtig aus dem Buick und klappte die Tür mit dem Hinterteil zu. Es war schön, sich wieder sicher fühlen zu können. Kenny saß hinter Gittern, und eine Kaution konnte er sich diesmal abschminken. Mit ein bißchen Glück würde er lebenslänglich bekommen.

Rex und ich nahmen den Aufzug. Als wir ausstiegen, war mir ganz schwummerig vor Glück. Ich liebte den Hausflur, ich liebte Mr. Wolesky, ich liebte Mrs. Bestler. Es war neun Uhr morgens, und gleich würde ich in meinem eigenen Badezimmer eine Dusche nehmen. Ich liebte mein Badezimmer.

Ich balancierte Rex auf dem Hüftknochen, während ich die Tür aufschloß. Später würde ich im Kautionsbüro vorbeischauen und meinen Scheck abholen. Dann würde ich einkaufen gehen. Vielleicht würde ich mir sogar einen neuen Kühlschrank zulegen.

Ich stellte Rex auf den Couchtisch und zog den Vorhang auf. Ich liebte meinen Vorhang.

Ich blieb eine Weile am Fenster stehen und genoß die Aussicht auf den Parkplatz. Ich hatte fast das Gefühl, daß ich den Parkplatz ebenfalls liebte.

»Endlich wieder daheim«, sagte ich. Wie friedlich es war. Wie ruhig.

Es klopfte an der Tür.

Ich spähte durch den Spion. Es war Morelli.

»Möchtest du vielleicht den Rest der Geschichte hören?« fragte Morelli.

Ich ließ ihn herein. »Hat Kenny geredet?«

Morelli gab sich locker und entspannt, aber sein Blick wanderte prüfend umher. Einmal Polizist, immer Polizist. »Er hat auf jeden Fall ein paar dunkle Punkte aufgeklärt«, sagte er. »Am Anfang waren sie zu dritt, genau wie wir dachten. Kenny, Moogey und Spiro. Jeder von ihnen hatte einen Schlüssel zu dem Lagerraum.«

»Einer für alle, alle für einen.«

»Es war wohl eher so, daß keiner dem anderen über den Weg traute. Kenny war der Kopf der Bande. Er hat den Diebstahl geplant und im Ausland einen Käufer für die gestohlenen Waffen aufgetan.«

»Die mexikanischen und salvadorianischen Telefonnummern.«

»Genau. Er hat auch einen anständigen Vorschuß bekommen...«

»Den er viel zu schnell ausgegeben hat.«

»Genau. Er ist zu dem Lager gefahren, um die Sachen transportfertig zu machen, und was muß er feststellen?«

»Die Beute ist verschwunden.«

»Schon wieder richtig geraten«, sagte Morelli. »Warum hast du eine Jacke an?«

»Ich bin erst vor ein paar Minuten gekommen.« Ich sah traurig in Richtung Badezimmer. »Ich wollte gerade duschen gehen.«

»Hmm«, sagte Morelli.

»Kein Hmm. Erzähl mir lieber von Sandeman. Wie paßt er in das Puzzle hinein?«

»Sandeman hat ein paar Gespräche zwischen Moogey und Spiro aufgeschnappt und ist neugierig geworden. Also hat er sich eine der vielen Fähigkeiten zunutze gemacht, die er sich im Laufe seiner Karriere als Kleinkrimineller angeeignet hatte, und heimlich Moogeys Schlüssel nachgemacht. Nach längerer Suche hat er das Lager tatsächlich gefunden.«

»Wer hat Moogey umgebracht?«

»Sandeman. Er hat kalte Füße bekommen. Er dachte, Moogey würde irgendwann die Sache mit dem ausgeliehenen Möbelwagen spitzkriegen.«

»Und das alles hat Sandeman Kenny erzählt?«

»Kenny kann ein ziemlicher Überredungskünstler sein.«

Das bezweifelte ich keine Sekunde lang.

Morelli spielte an dem Reißverschluß meiner Jacke herum. »Du wolltest also duschen...«

Ich zeigte mit dem ausgestreckten Arm zur Tür. »Raus.«

»Möchtest du nichts über Spiro wissen?«

»Was ist mit ihm?«

»Wir haben ihn noch nicht gefunden.«

»Obwohl ihr doch so darauf brennt.«

Morelli verzog das Gesicht.

»Das ist typischer Bestatterhumor«, erläuterte ich ihm.

»Noch eines. Kenny hat eine interessante Erklärung dafür, wie das Feuer entstanden ist.«

»Lüge. Alles Lüge.«

»Du hättest dir eine Menge Angst und Ärger ersparen können, wenn du die Wanze in der Handtasche gelassen hättest.«

Ich verschränkte die Arme. »Laß uns lieber nicht davon sprechen.«

»Du hast mich mit nacktem Hintern auf der Straße stehen lassen.«

»Aber immerhin habe ich dir deine Waffe gegeben.«

Morelli grinste. »Du wirst mir noch mehr geben, Zuckerschnecke.«

»Vergiß es.«

»Niemals«, sagte Morelli. »Du schuldest mir was.«

»Ich schulde dir gar nichts! Wenn überhaupt, schuldest du mir was. Ich habe deinen Vetter für dich gefangen.«

»Und dabei das Institut Stiva niedergebrannt sowie Staatseigentum im Wert von mehreren tausend Dollar zerstört.«

»Sei doch nicht so pingelig.«

»Pingelig? Schätzchen, du bist die miserabelste Kopfgeldjägerin der Welt.«

»Jetzt reicht es mir aber. Ich habe es nicht nötig, mich in meiner eigenen Wohnung beleidigen zu lassen.«

Ich schob ihn in den Hausflur, knallte die Tür zu, legte den Riegel vor und linste durch den Spion.

Morelli grinste mich an.

»Das bedeutet Krieg«, rief ich.

»Was für ein Glück für mich«, sagte Morelli. »Im Kriegführen bin ich unschlagbar.«